精品软件
实用教程

Flash CS4
实用教程

史春艳　等编著

電子工業出版社

Publishing House of Electronics Industry

北京·BEIJING

内 容 简 介

Flash 是目前功能最强大的矢量动画制作软件之一，广泛应用于网页设计和多媒体创作等领域。利用其最新版本 Flash CS4，可以轻松创作网页上动态或交互的多媒体内容。

本书全面系统地介绍了 Flash 的各种使用方法和用途，包括基本工具的使用、动画的制作以及 Flash 影片的优化和发布等。书中还对 ActionScript 编程进行了较为详尽的介绍，使读者不仅仅停留在初学者的水平，通过对经典实例的学习，可以逐渐成为一个精通 ActionScript 编程的高手。

本书内容丰富、结构清晰、语言简练，具有很强的实用性和可操作性，既适合初学者自学，也可作为培训学校的教学用书。

未经许可，不得以任何方式复制或抄袭本书之部分或全部内容。
版权所有，侵权必究。

图书在版编目（CIP）数据

Flash CS4 实用教程 / 史春艳等编著.—北京：电子工业出版社，2010.1
精品软件实用教程
ISBN 978-7-121-10092-5

Ⅰ.F… Ⅱ.史… Ⅲ.动画－设计－图形软件，Flash CS4－教材 Ⅳ.TP391.41

中国版本图书馆 CIP 数据核字（2009）第 232745 号

责任编辑：李云静
文字编辑：李　锋
印　　刷：北京市天竺颖华印刷厂
装　　订：三河市鑫金马印装有限公司
出版发行：电子工业出版社
　　　　　北京市海淀区万寿路 173 信箱　　邮编：100036
开　　本：787×1092　1/16　　　　印张：35.5　　字数：1023 千字
印　　次：2010 年 1 月第 1 次印刷
定　　价：68.00 元

凡所购买电子工业出版社图书有缺损问题，请向购买书店调换。若书店售缺，请与本社发行部联系，联系及邮购电话：（010）88254888。

质量投诉请发邮件至 zlts@phei.com.cn，盗版侵权举报请发邮件到 dbqq@phei.com.cn。

服务热线：（010）88258888。

出 版 说 明

　　为了满足一部分用户想在较短的时间内真正学会计算机某项专门知识和操作技能的愿望，我们组织计算机教学和应用这两方面的专家共同策划和编写了"精品软件实用教程"丛书。本丛书的宗旨是帮助那些想从事计算机行业的人员快速掌握某项计算机专业技能，完成从新手到行家的转变。

本套丛书的读者对象

　　本套丛书针对计算机初学者编写，也可作为计算机培训班的教材。

本套丛书的特点

　　本套丛书在写作风格上注重实用、好用，从读者的接受能力和使用要求出发，合理调配内容结构，达到事半功倍的效果和举一反三的目的。

　　在图书内容组织和体例上，作者把丰富的教学经验融入到图书中，条例清楚，循序渐进，使读者学起来得心应手，很容易吸收和掌握。本套丛书十分强调动手操作与课本知识相结合，每章附有大量实例练习，通过实际操作，加深对所学内容的理解，提高学习的效率。

本套丛书的内容

　　本套丛书涵盖了计算机的基础知识和技能，包括办公应用软件、操作系统、图形图像处理和网页制作等，具体书目如下：

　　《Excel 2007 实用教程》
　　《中文版 Photoshop CS3 实用教程》
　　《Dreamweaver CS4 实用教程》
　　《Flash CS4 实用教程》
　　《AutoCAD 2007 实用教程》

前　言

Flash 是面向 Web 的交互式开发工具，网络上随处可见用 Flash 制作的小动画，无论是 Flash 作品，还是 Flash 用户，其发展都极为迅速。

自从 Macromedia 公司于 1997 年推出第一代 Flash 软件以来，Flash 已经发展和升级了几代产品。如今的 Flash 具有强大的矢量化图形和动画处理能力，并在功能界面集成化、数据传输、网络功能以及无缝连接等方面取得了很大的提高，得到了越来越多的用户认可，成为网络动画制作的最佳工具之一。

不要把 Flash 仅看做是一个简单的动画制作工具，它还可以完成多种任务，例如演示图像、编辑图像和声音、制作动画以及编辑脚本等。

本书全面系统地介绍了 Flash 的各种使用方法和用途，包括基本工具的使用、动画的制作以及 Flash 影片的发布等。

本书重点对 ActionScript 编程进行了较为详尽的介绍，力求使读者不再停留在初学者的水平，通过对一系列经典实用的编程实例的讲解，帮助读者快速掌握 ActionScript 编程技巧，成为 Flash 高手。

本书的作者是多年从事 Flash 动画制作的专家和学者，具有丰富的教学经历和实践经验，本书是他们多年工作经验的总结和归纳。参加本书编写工作的有史春艳、胡宝成、祁大鹏、杨卫军、沈典敏、葛晓燕、李响、朱丽荣、袁桂容、沈典华、邱瑞学、沈园武、聂庆华、张洪义、周永华等。尽管我们力求完美，但书中难免有一些疏漏和不足，衷心希望得到广大读者的批评和指正。

目　　录

第 **1** 章　Flash 基础知识

本 章 包 括

◆ Flash CS4 概述　　　　　　　◆ Flash CS4 的安装与卸载

◆ Flash CS4 的工作环境　　　　◆ Flash CS4 的帮助

Flash 是目前功能最强大的矢量动画制作软件之一，广泛应用于网页设计和多媒体创作等领域。Adobe Flash CS4 是美国 Adobe 公司兼并 Macromedia 之后出品的 Flash 动画制作软件的最新版本。使用该软件，可以轻松创作网页上动态或交互的多媒体内容。本章主要介绍 Flash CS4 的基础知识。

1.1　Flash CS4 概述

Flash CS4 兼具多种功能，同时操作简易，还可用于创建生动且富有表现力的网页，是一种应用比较广泛的多媒体创意工具。

1.1.1　Flash 动画的特点

在进入 Flash 动画制作行列之前，我们首先了解一下 Flash 动画的特点，为以后提高学习兴趣奠定基础。Flash 动画的特点造就了 Flash 动画在网络中的流行，其具体特点主要表现在以下几个方面。

◆ **使用【流】播放技术**：Flash 动画的最大特点就是以【流】的形式来进行播放，即不需要将文件全部下载，只需下载文档的部分内容，然后在播放的同时自动将后面部分的文档下载并播放。

◆ **动画作品文件数据量非常小**：Flash 动画对象可以是矢量图形，因此动画大小可以保持为最小状态，即使动画内容很丰富，其数据量也非常小。

◆ **适用范围广**：Flash 动画适用范围极广。它可以应用于 MTV、小游戏、网页制作、搞笑动画、情景剧和多媒体课件等领域。

◆ **表现形式多样**：Flash 动画可以包含文字、图片、声音、动画以及视频等内容。

◆ **交互性强**：Flash 具有极强的交互功能，开发人员可以轻松地为动画添加交互效果。

Adobe Flash CS4 除了继承传统 Flash 动画的以上优点之外，还具有以下一些突出的特点。

◆ **Adobe Photoshop 和 Illustrator 导入**：Flash CS4 从 Illustrator 和 Photoshop 中借用了一些创新的工具，最重要的是 PSD 和 AI 文件的导入功能，作为艺术工具，它们比 Flash 更好用。我们可以非常轻松地将元件从 Photoshop 和 Illustrator 中导入到 Flash CS4 中，然后在 Flash CS4 中编辑它们。

Flash CS4 可与 Illustrator 共享界面，Illustrator 中所有的图形在保存或复制后都可以导入到 Flash CS4 中。

当用户将 AI 和 PSD 文件导入到 Flash 中时，一个导入窗口会自动跳出，它上面显示了大量单一元件的控制使用信息。用户可以从中选择要导入的图层，决定它们的格式、名称及文本的编辑状态等，还可以使用高级选项在导入过程中优化和自定义文件。

◆ **将动画转换为 ActionScript 代码**：即时将时间线动画转换为可由开发人员轻松编辑、再次使用和利用的 ActionScript 3.0 代码。

◆ **Adobe 界面**：享受新的简化的界面，该界面强调与 Adobe Creative Suite 3 等应用程序的一致性，并可以进行自定义以改进工作流和最大化工作区空间。

◆ **ActionScript 3.0 开发**：使用新的 ActionScript 3.0 语言可以节省时间，该语言具有改进的性能、增强的灵活性及更加直观和结构化的开发功能。

◆ **丰富的绘图功能**：比起 Illustrator 和 Photoshop 以及其他一些主要的专业级别设计工具来说，之前版本的 Flash 软件的绘图工具是非常逊色的，而 Flash CS4 则"借用"了 Illustrator 和 After Effects 中的钢笔工具，可以对点和线进行 Bézier（贝济埃）曲线控制。

使用智能形状绘制工具以可视方式调整工作区上的形状属性，使用 Adobe Illustrator 所倡导的新的钢笔工具创建精确的矢量插图，从 Illustrator CS3 将插图粘贴到 Flash CS4 中。

◆ **用户界面组件**：使用新的、轻量的、可轻松设置外观的界面组件为 ActionScript 3.0 创建交互式内容。使用绘图工具以可视方式修改组件的外观，而且不需要进行编码。

◆ **高级 QuickTime 导出**：使用高级 QuickTime 导出器，将在 SWF 文件中发布的内容渲染为 QuickTime 视频。导出包含嵌套的 MovieClip 的内容以及 ActionScript 3.0 生成的内容和运行时效果（如投影和模糊）。

◆ **复杂的视频工具**：使用全面的视频支持，创建、编辑和部署流和渐进式下载的 Flash Video。使用独立的视频编码器、Alpha 通道支持、高质量视频编码器、嵌入的提示点、视频导入支持、QuickTime 导入和字幕显示等，确保获得最佳的视频体验。

◆ **省时编码工具**：Flash CS4 使用了新的代码编辑器增强功能，能节省编码时间。功能强大的新 ActionScript 调试器提供了极好的灵活性和用户反馈以及与 Adobe Flex Builder 2 调试的一致性。

1.1.2　Flash 的应用领域

随着计算机网络技术的发展和提高，Flash 软件的版本也在不断升级，性能也逐步提高，因此 Flash 越来越广泛地应用到各领域。利用 Flash 制作的动画作品，风格各异，种类繁多，目前 Flash 的应用领域主要有以下几个方面。

网络动画

Flash 具有强大的矢量绘图功能，可对视频、声音进行良好的支持，同时利用 Flash 制作的动画能以较小的容量在网络上进行发布，加上以流媒体形式进行播放，使 Flash 制作的网络动画作品在网络中大量传播，并且深受闪客的喜爱。Flash 网络动画中最具代表性的作品主要有搞笑短片、MTV 和音乐贺卡等。

使用 Flash 制作的网络动画一般嵌入到网页中，用于表现某一主题，如图 1.1 所示。

图 1.1　网络动画

网络广告

通过 Flash 还可以制作网络广告，网络的一些特性决定了网页广告必须具有短小且表达能力强等特点，而 Flash 可以充分满足这些要求，同时其出众的特性也获得广大用户的认可，因此在网络广告领域得到了广泛的应用。

网络广告一般具有超链接功能，单击它可以浏览相关的网页，如图 1.2 所示。

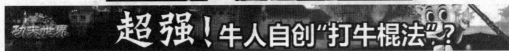

图 1.2　网络广告

在线游戏

利用 Flash 中的动作脚本语句可以编制一些简单的游戏程序，配合 Flash 强大的交互功能，可以制作出大量精彩的在线游戏，如图 1.3 所示。

这类游戏操作比较简单，趣味性强，老少皆宜，为大量的网络用户所喜爱。

多媒体教学

Flash 除了在网络商业应用中被广泛采用，在教学领域也发挥着重要作用，利用 Flash 可以制作多媒体教学课件，如图 1.4 所示。

图 1.3　在线游戏

图 1.4　多媒体课件

　　凭借其强大的媒体支持功能和丰富的表现手段，Flash 课件已在越来越多的教学中被采用，并且还有继续发展和壮大的趋势。

动态网页

　　使用 Flash 可制作出具备一定交互功能的网页，使得页面能根据用户的需求做出不同的响应。这些网页具有动感、美观、时尚等特点，如图 1.5 所示。

图 1.5　动态网页

1.1.3　Flash 动画制作的基本步骤

　　我们在网络上看到的 Flash 动画都是按照一定流程经过多个环节制作出来的。要想制作出优秀的 Flash 动画，任何一个环节都不可忽视，其中的每个环节都会直接影响作品的质量。

　　Flash 动画的制作流程大致可分为以下几个环节。

◯步骤 01　整体策划。在动画制作之前，首先应明确制作动画的目的，之后才可以为整个动画进行策划，包括动画的剧情、分镜头的表现手法、动画片段的衔接，以及对动画中出现的人物、背景、音乐等进行构思。动画策划在 Flash 动画制作中非常重要，对整个动画的品质起着决定性的作用。

◯步骤 02　收集素材。完成动画策划后，需要对制作素材进行搜集。在搜集时应根据策划时拟好的素材类型进行操作，做到有针对性。

◯步骤 03　制作动画。制作动画是 Flash 动画作品制作中最为关键的一步，它是利用所搜集的素材表现动画策划中各个项目的具体实现手段。在制作的每一个环节中都应该保持严谨的态度，认真处理细节，使整个动画的质量得到统一。

◯步骤 04　调试动画。调试动画主要是对动画的各个细节、动画片段的衔接、声音与动画之间的协调等进行局部的调整，使整个动画看起来更加流畅，在一定程度上保证动画作品的最终品质。

◯步骤 05　测试动画。在动画完成之前，要对动画效果、品质等进行最后的检测。由于播放 Flash 动画是通过计算机对动画中的各个矢量图形、元件的实时运算来实现的，因此动画播放的效果在很大程度上取决于计算机的具体配置。在测试时，应尽可能多地在不同档次、不同配置的计算机上测试动画，然后根据测试后的结果对动画进行调整和修改，使动画在较低配置的计算机上也可以取得良好的播放效果。

◯步骤 06　发布动画。发布动画是 Flash 动画制作过程的最后一步，用户可以对动画的生成格式、画面品质和声音效果等进行设置。在进行动画发布时，用户应根据动画的用途和使用环境等进行参数设置，这些设置将最终影响到动画文件的格式、文件大小以及动画在网络中的传输速率。

1.1.4　Flash 的学习方法

　　要学好 Flash，首先要有正确的学习方法，这样既可以节约时间，又可以提高学习效率。

◆　**打好基础**。用户首先应从 Flash CS4 最基本的功能和操作学起，在熟练掌握这些功能后，再学习其他较为深入的内容，练习更具难度的操作。

◆　**注重实际操作**。在了解了 Flash CS4 的基本操作之后，可以试着利用所学知识制作一些简单的动画作品，也模仿制作一些简单且具代表性的作品，在不断尝试和演练的过程中，逐步提高自身水平。

◆　**善于吸取经验**。优秀的 Flash 作品除了使用的技术手段高超外，其蕴含的创意和构思也相当独特。用户可通过下载一些 Flash 作品的源文件或反复观摩网络上的经典作品，从中分析别人使用的手段和技巧，发现作品的亮点，然后将学到的知识应用于自己的作品中。

◆　**加强交流**。在有条件的情况下，可经常访问一些知名的 Flash 网站和论坛，和其他 Flash 爱好者一起学习探讨、交流经验。

1.1.5　Flash CS4 的新增功能

Flash CS4 相对于以前的版本增添了多个全新功能，这些新功能主要包括以下几点。

基于对象的动画

此功能不仅可以大大简化 Flash 中的设计过程，而且还提供了更大程度的控制。创作的动画补间将直接应用于对象而不是关键帧，使用控制点可以轻松变换移动路径，从而精确控制每个单独的动画属性。

【动画编辑器】面板

该面板是 Flash CS4 的新增面板，通过此面板可以实现对每个关键帧参数（包括旋转、大小、缩放、位置、滤镜等）的完全单独控制，还可以使用关键帧编辑器借助曲线以图形化方式控制缓动。

3D 变形

全新的 3D 平移与旋转工具，可以对对象进行三维模式的动画处理，让物件沿着 X、Y 和 Z 轴运动，从而使动画具有三维效果。

补间动画预设

对任何对象应用预置的动画可更快地开始项目。可以从数十种预设中进行选择，还可以创建和保存自己的预设。同时，在团队工作中共享预设可节省创建动画的时间。

使用骨骼工具建立反向运动

使用全新的骨骼工具建立类似锁链物件的效果，或将单一形状快速扭曲变形。

使用 Deco 工具进行装饰性绘画

将元件转变为即时设计工具。可使用多种方式套用元件，使用装饰工具快速建立类似万花筒的效果并套用填色，或是使用喷涂刷在任意定义的区域内随机喷涂元件。

支持 H.264 的 Adobe Media Encoder

Flash CS3 支持视频的回放，但是没有视频编码功能，而 Flash CS4 解决了这一问题，不仅呈现最高品质的视频，而且提供了比以前更多的控制。使用其他 Adobe 视频产品（如 Adobe Premiere Pro 和 After Effects）中提供的相同工具编码为 Adobe Flash Player 可识别的任何格式，还包括 MP4 格式的视频文件。

增强的元数据支持

利用新的 XMP 面板，用户可以方便而快速地对其 SWF 内容分配元数据标签。支持将元数据添加到 Adobe Bridge 识别的 SWF 文件中和其他可识别 XMP 元数据的 Creative Suite 应用程序中。改善组织方式并支持对 SWF 文件进行快速查找和检索，增强协同作业并提供更佳的行动使用体验。

Flash CS4 的新功能将会在以后的章节中进行详细介绍，还有其他一些这里未提到的新功能，读者可以通过逐步的学习来充分体会它的优越性。

1.2 Flash CS4 的安装与卸载

要使用 Flash CS4 进行动画制作,首先需要在计算机上安装 Flash CS4。当不需要使用该软件时,也可以将其卸载。

1.2.1 配置需求

Flash CS4 相对于以前版本的 Flash 软件来说,对硬件配置要求已经有了一定的提高。

由于 Flash CS4 的安装运行对电脑的硬件和软件配置有一定的要求,因此在安装 Flash CS4 之前,先要检查计算机的硬件和软件配置是否满足需求。Flash CS4 的系统配置需求如表 1.1 和表 1.2 所示。

表 1.1　Windows 系统下 Flash CS4 的系统配置需求

名称	配置需求
CPU	Intel Pentium 4、Intel Centrino、Intel Xeon 或 Intel Core Duo （或兼容） 处理器
内存	512MB 内存 （建议使用 1GB）
硬盘可用空间	3.5GB 可用硬盘空间,在安装过程中需要其他可用空间（无法安装在基于闪存的设备上）
操作系统	Microsoft Windows XP(带有 Service Pack 2, 推荐 Service Pack 3)或 Windows Vista Home Premium、Business、Ultimate 或 Enterprise（带有 Service Pack 1,通过 32 位 Windows XP 和 Windows Vista 认证）
显示	1024 像素×768 像素分辨率的显示器（推荐 1280 像素×800 像素），带有 16 位显卡
光驱	DVD-ROM 驱动器
其他注意事项	多媒体功能需要 QuickTime 7.1.2 软件
	DirectX 9.0c 软件
	产品激活需要 Internet 或电话连接
	需要宽带 Internet 连接,以使用 Adobe Stock Photoshop 和其他服务

表 1.2　Mac OS 系统下 Flash CS4 的系统配置需求

名称	配置需求
CPU	PowerPC G5 或 Intel 多核处理器
内存	1GB 内存
硬盘可用空间	4GB 可用硬盘空间,安装过程中需要额外的可用空间（无法安装在使用区分大小写的文件系统的卷或基于闪存的设备上）
操作系统	Mac OS X 10.4.11 至 10.5.4 版
显示	1024 像素×768 像素分辨率的显示器（推荐 1280 像素×800 像素），带有 16 位显卡
光驱	DVD-ROM 驱动器
其他注意事项	多媒体功能需要 QuickTime 7.1.2 软件
	产品激活需要 Internet 或电话连接
	需要宽带 Internet 连接以使用其他服务

1.2.2 安装步骤

在使用 Flash CS4 之前，需要先将 Flash CS4 下载并安装到计算机上，读者可以在网上下载 Adobe Flash CS4 的中文版。Flash CS4 和以前版本的安装画面有所不同，它采用一种全新的界面，下面就来介绍安装 Flash CS4 的操作步骤。

○**步骤 01** 首先关闭其他应用程序。

○**步骤 02** 将 Flash CS4 的压缩包解压，放置到桌面上。然后双击 Flash CS4 的安装程序文件，会出现初始化 Adobe Flash CS4 的界面，如图 1.6 所示。

图 1.6　初始化 Adobe Flash CS4

○**步骤 03** 数秒钟后，进入【Adobe Flash CS4 安装-正在加载安装程序】界面，对系统配置进行检测，如图 1.7 所示。

○**步骤 04** 检测完成后，进入【Adobe Flash CS4 安装-欢迎】界面，如图 1.8 所示。

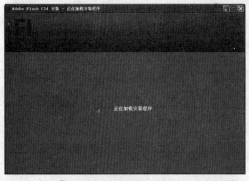 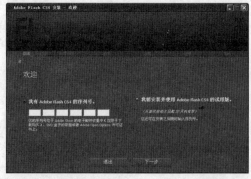

图 1.7　【Adobe Flash CS4 安装–正在加载
　　　　安装程序】界面

图 1.8　【Adobe Flash CS4 安装–欢迎】界面

○**步骤 05** 在序列号文本框中输入该软件的序列号。

 如果不想正式使用此软件，可以不输入序列号而直接选中【我想安装并使用 Adobe Flash CS4 的试用版】单选按钮。

○**步骤 06** 单击【下一步】按钮，出现如图 1.9 所示的【Adobe Flash CS4 安装-许可协议】界面。

○**步骤 07** 单击【接受】按钮，会出现【Adobe Flash CS4 安装-选项】界面，如图 1.10 所示。

 单击【更改】按钮可以将 Flash CS4 安装到指定的文件夹中，本例将 Adobe Flash CS4 安装到默认的本地磁盘（C:）上。

○**步骤 08** 单击【安装】按钮，系统提示正在准备安装，如图 1.11 所示。

图 1.9 【Adobe Flash CS4 安装–许可协议】界面

图 1.10 【Adobe Flash CS4 安装–选项】界面

◯步骤 **09** 稍后进入【Adobe Flash CS4 安装-进度】界面，显示软件安装的整体进度，如图 1.12 所示。

图 1.11 正在准备安装

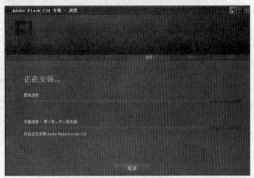

图 1.12 【Adobe Flash CS4 安装–进度】界面

◯步骤 **10** 接着打开【注册您的软件】对话框，如图 1.13 所示。在此对话框中根据要求填写信息，填写完成后单击【立即注册】按钮即可。这里我们不做具体介绍，单击【以后注册】按钮，以后再进行软件的注册。

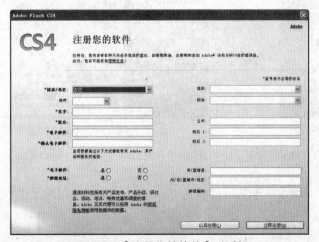

图 1.13 【注册您的软件】对话框

◯步骤 **11** 最后进入【Adobe Flash CS4 安装-完成】界面（如图 1.14 所示），单击【退出】按钮即可完成 Flash CS4 的安装。

安装完成后，在桌面上会出现 Adobe Flash CS4 程序的快捷方式图标，如图 1.15 所示。以后就可以双击这个图标进入 Adobe Flash CS4 程序的界面来制作动画了。

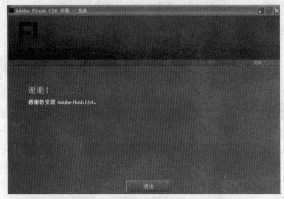

图 1.14 【Adobe Flash CS4 安装–完成】界面　　　　　　　　　图 1.15 快捷方式图标

1.2.3 Flash CS4 的卸载

有时候，计算机中安装的软件过多，会造成运行速度很慢，这时就需要卸载一部分软件。如果 Flash CS4 暂时不用，也可以将其卸载，Flash CS4 的卸载过程很简单，具体操作步骤如下。

步骤01 执行【开始】→【控制面板】命令，如图 1.16 所示。
步骤02 在打开的【控制面板】窗口中，双击【添加或删除程序】图标，如图 1.17 所示。

图 1.16 执行命令　　　　　　　　图 1.17 双击【添加或删除程序】图标

步骤03 在打开的【添加或删除程序】对话框中，选择【Adobe Flash CS4 Professional】程序选项，如图 1.18 所示。
步骤04 单击【更改/删除】按钮，打开【Adobe Flash CS4 安装-正在加载安装程序】界面，如图 1.19 所示。
步骤05 稍后进入【Adobe Flash CS4-卸载选项】界面，如图 1.20 所示。
步骤06 单击【卸载】按钮，在新打开的界面中提示正在准备卸载，如图 1.21 所示。

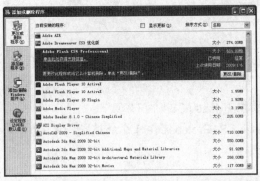

图 1.18　选择【Adobe Flash CS4 Professional 】
　　　　程序选项

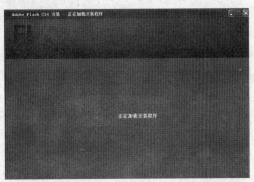

图 1.19　【Adobe Flash CS4 安装–
　　　　正在加载安装程序 】界面

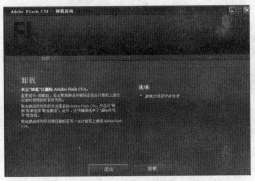

图 1.20　【Adobe Flash CS4–卸载选项 】界面

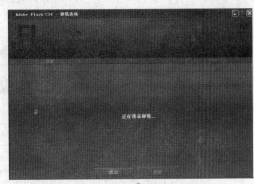

图 1.21　提示正在准备卸载

○**步骤 07**　稍后会打开【Adobe Flash CS4-正在卸载 】界面，显示卸载的整体进度，如图 1.22 所示。
○**步骤 08**　最后进入【Adobe Flash CS4-卸载完成 】界面（ 如图 1.23 所示 ），然后单击【退出 】按
　　　　　钮即可完成对 Adobe Flash CS4 程序的卸载。

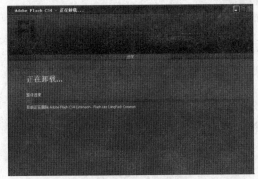

图 1.22　【Adobe Flash CS4–正在卸载 】界面

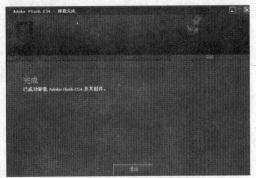

图 1.23　【Adobe Flash CS4–卸载完成 】界面

1.3　Flash CS4 的工作环境

　　要正确使用 Flash CS4 进行动画制作，首先需要了解 Flash CS4 的工作环境，掌握启动和退出
Flash CS4 的方法，并认识 Flash CS4 的开始页和工作界面。

1.3.1　Flash CS4 的启动

安装 Flash CS4 后就可以使用它了。使用 Flash CS4 前首先要启动 Flash CS4，主要有以下 3 种方法。

◆ 双击桌面上 Flash CS4 的快捷方式图标，打开 Flash CS4 的开始页。
◆ 执行【开始】→【所有程序】→【Adobe Flash CS4 Professional】命令。
◆ 通过打开一个 Flash CS4 动画文档启动 Flash CS4。

1.3.2　Flash CS4 的开始页

如果用户不打开任何文档就运行 Flash CS4，便会出现开始页，如图 1.24 所示。使用开始页，可以轻松地执行经常使用的操作。

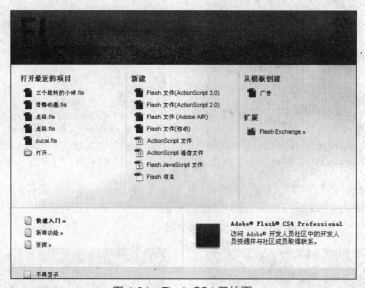

图 1.24　Flash CS4 开始页

使用此开始页，可完成打开最近项目、创建新项目、从模板创建，以及获取 Flash 教程、文档资源等功能。开始页主要包含以下 4 个区域。

◆ **打开最近的项目**：用来打开最近使用过的文档。单击【打开】图标显示【打开文件】对话框，选择要打开的文件。
◆ **新建**：【新建】区域列出了 Flash 文件类型，如 Flash 文件、ActionScript 文件和 Flash 项目等。单击所需的文件类型可以快速创建新的文件。
◆ **从模板创建**：此区域列出了创建新的 Flash 文档最常用的模板。单击所需模板可以创建新的文件。
◆ **扩展**：此区域链接到 Macromedia Flash Exchange Web 站点，通过该站点可以下载 Flash 辅助应用程序、扩展功能以及相关信息。

开始页还提供了对帮助资源的快速访问，可以浏览快速入门、新增功能以及文档的资源等资料。

说明

在使用 Flash CS4 的过程中，用户可根据需要隐藏和再次显示开始页。

◆ 在开始页上，选中【不再显示】复选框，则下次启动时不再显示开始页。

◆ 单击 Flash CS4 工作窗口菜单栏中的【编辑】菜单，在其下拉菜单中选择【首选参数】命令，如图 1.25 所示。在打开的【首选参数】对话框的【常规】类别中，单击【启动时】下拉按钮，在其下拉列表中选择【欢迎屏幕】选项，如图 1.26 所示。单击【确定】按钮关闭对话框，则下次启动时将再次显示开始页。

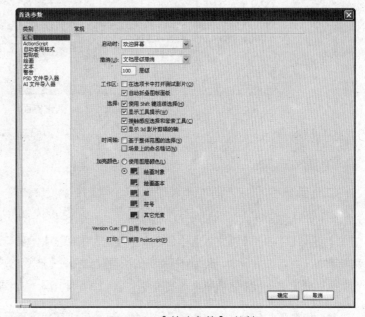

图 1.25 选择【首选参数】命令 　　　　　图 1.26 【首选参数】对话框

1.3.3 Flash CS4 的工作界面

启动 Flash CS4 后，就要熟悉一下其工作界面，为以后的学习打下坚实的基础。

在开始页的【新建】区域中，单击某一选项，如【Flash 文件（ActionScript3.0）】，可以打开 Flash CS4 的工作界面，如图 1.27 所示。

从图 1.27 中可以看出，Flash CS4 的工作环境和其他程序很相似，包括标题栏、菜单栏、【工具】面板、时间轴和编辑区等。

下面逐一介绍各部分内容。

一、标题栏

与所有 Windows 应用程序一样，标题栏用于显示应用程序的图标和名称。在标题栏中可以通过【最小化】按钮、【最大化/还原】按钮和【关闭】按钮对窗口进行相应的操作，如图 1.28 所示。

在标题栏中还有一个【基本功能】下拉按钮，单击此下拉按钮打开其下拉菜单，可以根据动画制作的需要选择多种布局，如图 1.29 所示。

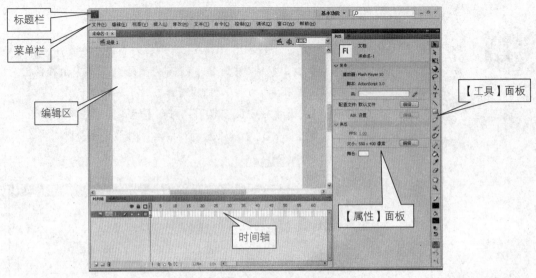

图 1.27　Flash CS4 工作界面

图 1.28　标题栏

二、菜单栏

在 Flash CS4 中共有 11 个菜单，用于执行 Flash CS4 常用命令的操作，由【文件】、【编辑】、【视图】、【插入】、【修改】、【文本】、【命令】、【控制】、【调试】、【窗口】和【帮助】等菜单组成，每个菜单都有一组自己的命令，Flash CS4 中的所有命令都可在相应的菜单中找到。

选择菜单命令时，只需单击某个菜单项，在弹出的下拉菜单中选择要执行的命令即可。

◆ 如果某些命令呈暗灰色，说明该命令在当前编辑状态下不可用，需满足一定条件后才能使用。例如在图 1.30 中，【存回】、【还原】、【AIR 设置】和【共享我的屏幕】4 个命令在当前状态下就不可用。

◆ 如果某个菜单命令后面有黑色三角符号，表示该命令下还有子菜单，如图 1.30 中的【导入】命令等。

◆ 如果某个菜单命令后面跟有省略号，说明选择该命令将打开相应的对话框，如【另存为】命令等。

◆ 如果某个菜单命令后面有一个组合键，说明用户可以直接按组合键执行该命令，如【保存】命令等。

要切换菜单命令，只要在各菜单项上移动鼠标并单击即可。也可按【↑】或【↓】方向键选择各菜单项，再按【Enter】键执行该命令即可。

要关闭所有已打开的菜单，可单击已打开的菜单名称，按【Alt】或【F10】键，或在菜单命令列表以外的其他位置单击鼠标；要逐级向上关闭菜单，则按【Esc】键。

另外，每个菜单后边都有一个大写的英文字母，同时按【Alt】键和菜单后的英文字母可快速打开相应的下拉菜单，如按【Alt+F】组合键可快速打开【文件】下拉菜单，如图 1.30 所示。

图 1.29 【基本功能】下拉菜单   图 1.30 【文件】下拉菜单

三、主工具栏

默认打开的工作界面中没有主工具栏，执行【窗口】→【工具栏】→【主工具栏】命令，可以显示或隐藏主工具栏，如图 1.31 所示。

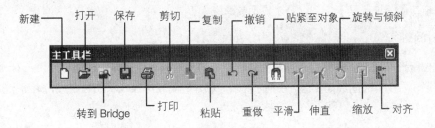

图 1.31 主工具栏

主工具栏主要用于完成对动画文件的基本操作（如新建、打开和保存等）以及一些基本的图形控制操作（如平滑、对齐、旋转或缩放等），主工具栏各按钮的功能如表 1.3 所示。

表 1.3 主工具栏各按钮的功能

按钮名称	功能
新建	创建一个新的 Flash CS4 文档
打开	打开一个已经存在的 Flash CS4 文档
保存	保存当前的 Flash CS4 文档
打印	打印当前的 Flash CS4 文档
剪切	剪切选定范围并放入剪贴板中
复制	复制选定范围并放入剪贴板中

（续表）

按钮名称	功能
粘贴	插入剪贴板中存放的内容
撤销	还原上一个动作
重做	重做上一个还原的动作
贴紧至对象	打开或关闭自动捕捉功能
平滑	自动平滑选定的线段
伸直	自动直线化选定的线段
旋转与倾斜	显示控制点，用来旋转或倾斜选定的范围
缩放	显示控制点，用来放大或缩小选定的范围
对齐	对齐并平均分配选定绘图部分的空间

四、【工具】面板

Flash CS4 中的【工具】面板默认位于窗口的右侧，其中列出了 Flash CS4 中常用的绘图工具，用来绘制、修改和选择插图及更改舞台的视图等。

 【工具】面板的详细内容参见后面相应章节。

执行【窗口】→【工具】命令，可以显示或隐藏【工具】面板。

五、时间轴

时间轴位于窗口底部，主要用于创建动画和控制动画的播放等操作。时间轴分为左右两部分，左侧为图层区，右侧为时间线控制区，由播放指针、帧、时间轴标尺及状态栏组成，如图 1.32 所示。

 时间轴的详细内容参见后面相应章节。

时间轴右上角有一个黑色小三角按钮 ，单击它可打开时间轴的样式选项，如图 1.33 所示。

使用这些选项可以对时间轴做改动，其中【很小】、【小】、【标准】、【中】和【大】等选项用来改变帧的宽度；【预览】的功能是在帧格里以非正常比例预览本帧的动画内容，这对于在大型动画中寻找某一帧内容是非常有用的；【关联预览】选项与【预览】的功能类似，只是将场景中的内容严格按照比例缩放到帧当中显示；【较短】选项用以改变帧格（或是说层）的高度；【彩色显示帧】选项的功能是打开或关闭彩色帧。

时间轴显示文档中哪些地方有动画，包括逐帧动画、补间动画和运动路径等。

使用时间轴的图层区中的控件可以隐藏、显示、锁定或解锁图层，并能将图层内容显示为轮廓。可以将帧拖到同一图层中的不同位置，或是拖到不同的图层中。

执行【窗口】→【时间轴】命令，可以显示或隐藏时间轴。

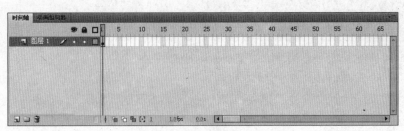

图 1.32　时间轴　　　　　　　　　图 1.33　时间轴样式选项

六、编辑区

Flash CS4 提供这一区域用来编辑制作动画内容，编辑区中将显示用户制作的原始 Flash 动画内容。根据工作的情况和状态，编辑区被分为舞台和工作区。编辑区中心的白色区域是舞台，舞台是最终发布的 Flash 影片（.swf 文件）的可视区域，尽管舞台背景的颜色和大小可以随时更改，但是最好在开始制作动画前将这些设置确定下来。衬托在舞台后面的灰色区域是工作区，在制作动画时，可将制作动画的素材暂时放在工作区中。

如图 1.34 中的灰色区域为工作区，而图像部分则为舞台。

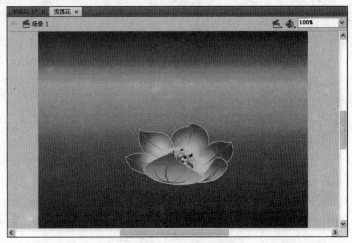

图 1.34　编辑区

七、编辑栏

在编辑区上方的窄条为编辑栏，如图 1.35 所示。

图 1.35　编辑栏

如果同时打开多个 Flash 文档，在编辑栏中将以选项卡的形式显示文档名称，如图 1.36 所示。

图 1.36　以选项卡的形式显示文档名称

文档名称右侧为【关闭】按钮 ，可以关闭当前动画文档。

文档名称下边是状态栏，如图 1.37 所示为动画的场景编辑状态和元件编辑状态。

图 1.37 状态栏的两种状态

状态栏最左侧显示当前动画的编辑状态，处于元件编辑状态时，最左侧显示【返回】按钮 ，单击此按钮可以返回到动画的场景编辑状态。右侧依次为【编辑场景】按钮 、【编辑元件】按钮 和舞台的【显示比例】下拉列表框 。单击【编辑场景】按钮，打开其下拉菜单，可以快速选择要进行动画制作的场景，如图 1.38 所示。单击【编辑元件】按钮，可以在其下拉菜单中选择要编辑修改的元件实例，如图 1.39 所示。在【显示比例】数值框中输入数值后按【Enter】键可以改变舞台中对象的显示比例，或者单击右侧的下拉按钮，在其下拉列表中可以选择不同的选项，如图 1.40 所示。

图 1.38 【编辑场景】下拉菜单　　图 1.39 【编辑元件】下拉菜单　　图 1.40 【显示比例】下拉列表

八、面板

使用面板可以实现对颜色、文本、实例、帧和场景等的处理。Flash CS4 的工作界面包含多个面板，如【属性】面板、【颜色】面板等。执行【窗口】→【颜色】命令，可以打开如图 1.41 所示的【颜色】面板。

为了使用方便，Flash 将多个相关的面板组合成面板组，通过面板选项卡可实现多个面板的快速切换。例如，在图 1.41 中选择【样本】选项卡，可以打开【样本】面板，如图 1.42 所示。

用户还可通过面板上方的控制条来移动面板位置或者将固定面板移动为浮动面板。单击面板右上角的下拉按钮，可以打开一个下拉菜单（如图 1.43 所示），使用此菜单可实现面板的关闭等操作。

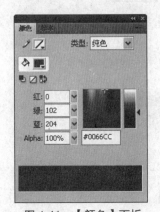

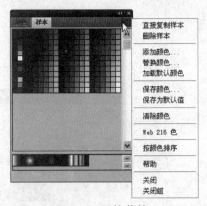

图 1.41 【颜色】面板　　　　图 1.42 【样本】面板　　　　图 1.43 下拉菜单

Flash CS4 包含许多面板，用户可以单击【窗口】菜单中的相关选项，显示或隐藏相应的面板。

在这些面板中，用户经常使用的是【属性】面板，由于其使用频率较高，作用较为重要，因此系统默认显示的即为【属性】面板，同时为操作方便将其放置在编辑区的右侧，如图 1.44 所示。

根据用户操作的不同，【属性】面板会根据不同的情况显示相关属性和操作界面，如图 1.45 分别显示了当选择多角星形工具后和使用 3D 变形工具在舞台中选中影片剪辑元件后的【属性】面板。

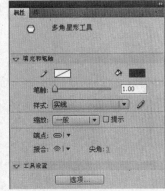

图 1.44 【属性】面板   图 1.45 不同的【属性】面板

默认的【属性】面板占用面积很大，可以通过单击【属性】面板上面的███████████ ▶▶ 区域，显示【属性】面板的图标形式（如图 1.46 所示），这样可以在最大程度上减少面板在 Flash 工作界面中的面积。单击某一面板的图标，可以弹出该面板，如图 1.47 所示。

同理，也可以通过单击图标形式上面的██████ ◀◀ 区域，返回默认显示形式。

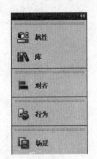

图 1.46 面板的图标显示形式   图 1.47 显示面板

九、快捷菜单

像其他很多应用程序一样，Flash 也提供了操作方便的快捷菜单。右击时间轴、面板或舞台上选中的项目，可以弹出快捷菜单。快捷菜单中包含了很多命令和选项，这些命令和选项的功能尽管可以用其他方式来实现，但菜单中只显示与所选项目有关的选项，这样效率更高。例如，右键单击时间轴中某一帧会弹出如图 1.48 所示的快捷菜单。

十、快捷键

在动画制作中，使用快捷键可直接实现某一菜单项功能，而不需要频繁地使用鼠标来选择或单击菜单项，从而使工作更加方便快捷。例如，只要按下【Ctrl+C】组合键，就可以执行【复制】命令，而不用到【编辑】菜单中寻找【复制】命令。

在 Flash CS4 中，执行【编辑】→【快捷键】命令，可打开【快捷键】对话框，如图 1.49 所示。

图 1.48　右键快捷菜单

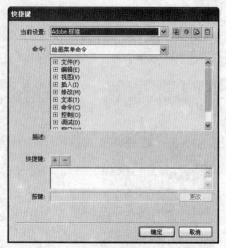

图 1.49　【快捷键】对话框

Flash CS4 支持 Adobe 标准、Fireworks 4、Flash 5、FreeHand 10、Illustrator 10 和 Photoshop 6 等程序类型的快捷键，用户可根据自己的需要选择自己所熟悉的快捷键。

 　在 Flash 中也可以自定义快捷键，设置快捷键的详细知识参见第 2 章。

1.3.4　Flash CS4 的退出

当不使用 Flash CS4 或完成 Flash CS4 的编辑任务后，需要退出该程序，可使用如下几种方法退出 Flash CS4。

◆　在菜单栏中执行【文件】→【退出】命令。
◆　单击 Flash CS4 窗口右上角的【关闭】按钮。
◆　双击 Flash CS4 窗口左上角的【控制菜单】按钮■。
◆　按【Alt+F4】组合键。
◆　单击 Flash CS4 窗口左上角的【控制菜单】按钮■，在弹出的下拉菜单中选择【关闭】命令。

1.4　Flash CS4 的帮助

为了使用户更好地使用 Flash 制作动画，Flash CS4 提供了大量的帮助功能。使用这些功能可以帮助用户更快地熟悉 Flash 知识，掌握动画制作技巧。

下面介绍两种使用 Flash 帮助的方法。

1.4.1 使用开始页的帮助功能

在 Flash CS4 的开始页中，提供了【快速入门】、【新增功能】和【资源】等超链接，通过这些超链接可从 Adobe 网站中获取帮助信息。

单击【快速入门】超链接，可启动默认的 Web 浏览器，打开【Adobe-Flash 开发人员中心】网页，如图 1.50 所示。通过此网页可快速浏览 Flash 的功能，了解 Flash 的基本知识。

单击【新增功能】超链接，可打开有关 Flash CS4 新增功能的网页，如图 1.51 所示。通过此网页可浏览和查找 Flash CS4 新增功能的详细介绍。

图 1.50 【Adobe – Flash 开发人员中心】网页　　　图 1.51 介绍 Flash CS4 新增功能的网页

单击【资源】超链接，可打开 Macromedia 公司关于 Flash 培训和认证的相关信息，如图 1.52 所示。

1.4.2 使用【帮助】菜单

Flash CS4 的【帮助】菜单提供了帮助系统。单击菜单栏中的【帮助】菜单，可以打开【帮助】下拉菜单，如图 1.53 所示。在图中，用户可以发现，【帮助】菜单中包含一些具体的帮助主题，选择相应的命令，可以快速进入该主题的帮助窗口。

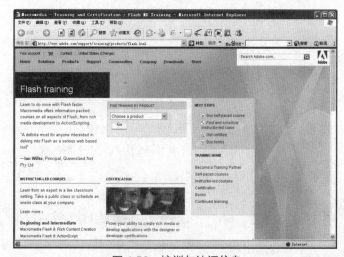 

图 1.52 培训与认证信息　　　　　　　　图 1.53 【帮助】下拉菜单

执行【帮助】→【Flash 帮助】命令或按【F1】键，可以打开 Flash CS4 的在线帮助文档，如图
1.54 所示。

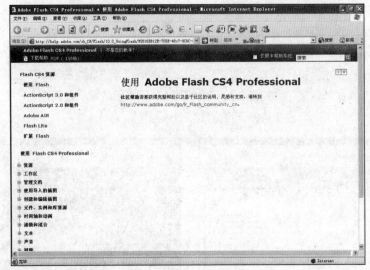

图 1.54　Flash CS4 的在线帮助文档

但是如果网速不好，打开这个在线帮助会比较慢。其实，我们在安装 Flash CS4 时，软件已悄
悄地在本机上安装了一份帮助文档，但默认是关闭的，只要稍加设置即可改变这种默认打开方式。

⟲**步骤01**　启动 Flash CS4，执行【窗口】→【扩展】→【连接】命令，打开【连接】面板，如图
　　　　1.55 所示。

⟲**步骤02**　单击面板右上角的黑色小三角按钮，在其下拉菜单中选择【脱机】选项。

⟲**步骤03**　在弹出的对话框中选中【保持脱机状态】复选框（如图 1.56 所示），最后单击【确定】
　　　　按钮即可。

图 1.55　【连接】面板　　　　　　　图 1.56　选中【保持脱机状态】复选框

再次执行【帮助】→【Flash 帮助】命令或按【F1】键后，就可以以脱机状态打开 Flash CS4 的
帮助文档了。

在帮助窗口的左侧区域中，显示了所有的帮助主题，用户可以通过单击⊞或⊟按钮来展开或折
叠帮助主题，右侧显示帮助的主页。单击左侧区域中的帮助主题，就会在右侧显示具体的帮助信息，
如图 1.57 所示。

　　另外，使用搜索功能查找需要的帮助主题也可以获取帮助信息。在帮助窗口右上角的搜索文本框中输入需要的关键词，然后按【Enter】键即可搜索所有相关的信息。例如在搜索文本框中输入"视频"，按【Enter】键搜索到的所有信息如图 1.58 所示。

图 1.57　显示具体的帮助信息

图 1.58　搜索结果

　　使用帮助系统可以帮助用户更好地使用 Flash CS4，当遇到不清楚的问题时，用户可以充分利用帮助窗口以了解相关知识。

本章首先简单介绍了 Flash 动画的特点、应用领域、Flash 动画制作的基本步骤和学习方法等知识，然后讲解了 Flash CS4 的安装、卸载、启动和退出的方法，Flash 的工作界面及其帮助功能，这些知识是使用 Flash CS4 制作动画的基础。通过对本章内容的学习，读者应了解到 Flash 的迷人魅力和它在动画制作方面的广泛应用。

第 2 章 Flash 基本操作和基本设置

与其他应用程序一样，使用 Flash CS4 制作动画需要掌握一些基本操作和基本设置，熟练掌握这些设置方法，将会使以后的学习更加方便快捷。本章将着重介绍这部分内容。

2.1　Flash CS4 文档操作

Flash 的主要功能就是制作动画，所以掌握动画文档的基本操作非常重要。动画文档的基本操作包括新建、保存、打开和关闭等，下面首先学习这方面的知识。

Flash CS4 提供的文档操作方式非常便捷，用户可以很方便地进行包括新建、保存、关闭和打开在内的文档操作。

2.1.1　新建 Flash 文档

在 Flash 中，新建 Flash CS4 文档是最基本的操作之一。新建 Flash CS4 文档是有一定的技巧和讲究的，下面详细介绍这方面的知识。

新建 Flash CS4 文档有如下 3 种方法。

使用开始页

Flash CS4 启动时，首先打开其开始页，如图 2.1 所示。

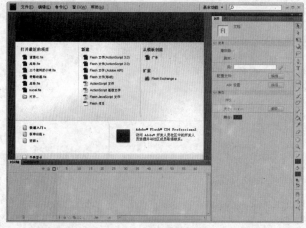

图 2.1　Flash CS4 开始页

在【新建】区域，单击【Flash 文件（ActionScript 3.0）】等选项，即可新建 Flash CS4 文档。

使用【新建文档】对话框

在 Flash CS4 工作界面中，执行【文件】→【新建】命令或按【Ctrl+N】组合键，可打开【新建文档】对话框，如图 2.2 所示。

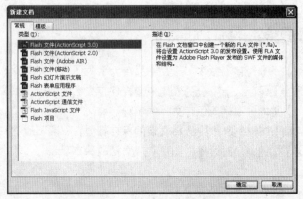

图 2.2　【新建文档】对话框

然后单击【Flash 文件（ActionScript 3.0）】等选项，再单击【确定】按钮也可新建 Flash CS4 文档。

使用模板

在【新建文档】对话框中，单击【模板】选项卡，切换成【从模板新建】对话框，如图 2.3 所示。

图 2.3　【从模板新建】对话框

在此对话框的【类别】列表框中选择模板类别，再在【模板】列表框中选择一个模板，单击【确定】按钮即可新建一个基于该模板的 Flash CS4 文档。

2.1.2　保存 Flash 文档

当作品创作完成后，或需要临时退出 Flash 程序时，应当将作品保存到硬盘上，以便日后使用。

　如果文档包含未保存的更改，则文档选项卡中的文档名称后会出现一个星号（*）。保存文档后星号即会消失。

打开【文件】菜单，可以发现保存文件的方法有 5 种。

◆ 执行【文件】→【保存】命令或按【Ctrl＋S】组合键。

◆ 执行【文件】→【保存并压缩】命令。

◆ 执行【文件】→【另存为】命令或按【Shift＋Ctrl＋S】组合键。

◆ 执行【文件】→【另存为模板】命令。

◆ 执行【文件】→【全部保存】命令。

利用【保存】命令保存文档的具体操作步骤如下：

○**步骤01** 执行【文件】→【保存】命令，打开【另存为】对话框，如图 2.4 所示。

○**步骤02** 在该对话框的【保存在】下拉列表框中选择保存文档的路径。

○**步骤03** 在【文件名】文本框中输入保存文件的名称。

○**步骤04** 在【保存类型】下拉列表框中选择文档的保存类型，一般不改动其默认选择。

○**步骤05** 单击【确定】按钮关闭对话框，即可完成文档的保存。

 如果要保存的文档在设计之前已经保存过，且不需要改变文件保存的名称、路径和格式等，则执行该命令时，可以不弹出对话框直接保存。

执行【文件】→【全部保存】命令与执行【文件】→【保存】命令的功能相同。

在退出 Flash 时如果文档未进行保存，Flash 会提示用户保存或放弃文档的更改，如图 2.5 所示。

图 2.4 【另存为】对话框

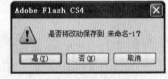

图 2.5 保存提示框

◆ 单击【是】按钮，保存更改并关闭文档。

◆ 单击【否】按钮关闭文档，但不保存更改。

◆ 单击【取消】按钮，放弃退出程序。

 将某一动画制作完成以后，还可以将其保存为模板，以便日后调用。执行【文件】→【另存为模板】命令，打开【另存为模板】对话框，如图 2.6 所示。

在【另存为模板】对话框的【名称】文本框中输入模板的名称；从【类别】下拉列表框中选择一种类别或输入一个名称，以便创建新类别；在【描述】文本框中输入模板说明（最多 255 个字符），然后单击【保存】按钮即可。

将文档另存为模板后，执行【文件】→【新建】命令时，在【新建文档】对话框中选择【模板】选项卡，在【类别】列表框中就会显示刚刚保存的模板类型，在【模板】列表框中会显示刚刚保存的模板名称，在右下角的【描述】区中显示保存为模板时输入的模板说明，如图2.7所示。

图2.6 【另存为模板】对话框　　　　　　　　图2.7 查看新模板

2.1.3 关闭 Flash 文档

Flash 文档编辑并保存完毕后，需要将其关闭，关闭 Flash 文档的方法有如下几种。

◆ 直接单击 Flash 文档名称右侧的关闭按钮 × 。此方法只是关闭 Flash 文档，但不退出 Flash CS4 程序。

◆ 选择【文件】菜单中的【关闭】命令。

◆ 按【Ctrl+W】组合键。

2.1.4 打开 Flash 文档

在制作动画作品时，打开 Flash CS4 文档是最基本的操作之一。只有将相应的素材文件放到舞台中或在舞台中进行绘图才能顺利地进行动画制作的后续工作。打开 Flash CS4 文档有多种方法。

通过【打开】对话框

如果要对已有的 Flash 文档进行编辑，其操作步骤如下：

○**步骤01** 选择【文件】→【打开】命令，弹出【打开】对话框，如图2.8所示。
○**步骤02** 在该对话框的【查找范围】下拉列表框中选择要打开文档所在的路径。
○**步骤03** 在下方的列表框中选中要打开的文件图标。
○**步骤04** 单击【打开】按钮。

按住【Ctrl】键不放，单击多个需要打开的 Flash 文档，可以同时选择多个 Flash 文档；再次单击选择的 Flash 文档，可以取消选中该 Flash 文档。选择多个文档后，单击【打开】按钮可以同时打开多个文件。当打开多个 Flash 文档时，文档窗口顶部的选项卡会标识所打开的各个文档，并允许用户在各个文档之间进行切换。同时还可以通过单击文档窗口顶部的  按钮打开其下拉列表，从中选择需要编辑修改的 Flash 文档，如图 2.9 所示。

图 2.8　【打开】对话框

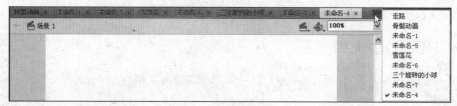

图 2.9　选择 Flash 文档

默认情况下，选项卡按文档创建的时间顺序进行排列，可以通过鼠标拖动文档选项卡来更改它们的排列顺序。

通过【打开最近的文件】命令

要使用最近打开过的 Flash 文档时，只需执行【文件】→【打开最近的文件】命令，在弹出的子菜单中选择需要打开的文件名即可，如图 2.10 所示。

当 Flash 文档所在的文件夹窗口已经打开时，可以选择需要打开的 Flash 文档，直接拖动它到Flash 窗口中，也可以打开该文档。

 也可导入已经绘制好的图形或图片素材。在刚开始启动 Flash CS4 并打开开始页的时候，可以通过选择【打开最近的项目】区域中列出的文档打开 Flash 文档，如图 2.11 所示。还可以在此区域单击【打开】图标 📂 打开… 打开【打开】对话框，在其中选择所需文档。

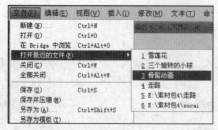

图 2.10　打开最近的文件

图 2.11　【打开最近的项目】区域

在未启动 Flash CS4 的情况下，若要打开某一个动画文档，只需用鼠标左键双击该动画文档图标即可。

通过复制窗口

在制作动画过程中，如果我们想使用某个 Flash 文档而又想在原文档上进行修改时，可以复制此窗口，然后在新的窗口中进行编辑修改。

执行【窗口】→【直接复制窗口】命令（如图 2.12 所示），即可在新的窗口中打开要使用的文档，如图 2.13 所示。

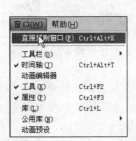

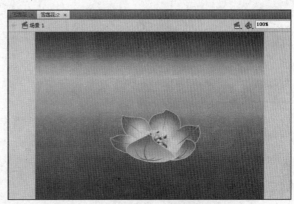

图 2.12　执行【窗口】→【直接复制窗口】命令　　　　图 2.13　在新的窗口打开要使用的文档

2.2　Flash CS4 的基本设置

Flash 的基本设置主要包括舞台大小、背景颜色、标尺、网格以及辅助线等环境的设置。

2.2.1　设置场景属性

场景属性决定了动画影片播放时的显示范围和背景颜色。场景的属性主要通过【属性】面板进行设置，其操作步骤如下：

⇒步骤01 执行【修改】→【文档】命令或在【属性】面板中单击【编辑】按钮，打开 Flash 的【文档属性】对话框，如图 2.14 所示。

⇒步骤02 在【尺寸】文本框中指定文档的宽度和高度。尺寸的单位一般选择像素，最小为 1 像素×1 像素；最大为 2880 像素×2880 像素。

要将舞台大小设置为内容四周的空间都相等，选中【匹配】栏的【内容】单选按钮。要将舞台大小设置为最大的可用打印区域，要选中【匹配】栏中的【打印机】单选按钮。此区域的大小是纸张大小减去【页面设置】对话框的【页边距】区域中当前选定边距之后的剩余区域。如果要将舞台大小设置为默认大小（550 像素×400 像素），只需选中【默认】单选按钮。

○步骤03 单击【背景颜色】按钮中的小三角标志,打开背景颜色拾取器,在其中为当前的 Flash CS4 文档选择背景颜色,如图 2.15 所示。

○步骤04 在【帧频】文本框中设置当前 Flash CS4 文档的播放速度,单位 fps 指的是每秒播放的帧数。Flash CS4 默认的帧频为 12。

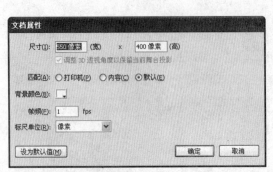

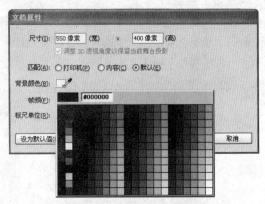

图 2.14 【文档属性】对话框 　　　　　图 2.15 背景颜色拾取器

不是所有 Flash 影片的帧频都设置为 12,用户应该根据影片发布的实际需要来设置。如果制作的影片是要在多媒体设备上播放,比如电视,那么帧频可以设置为 24;如果是在互联网上进行播放,帧频一般设置为 12。

○步骤05 在【标尺单位】下拉列表框中选择相应的单位,一般选择【像素】。

○步骤06 单击【设为默认值】按钮,可以把刚刚设置好的参数作为默认参数,同时激活【调整 3D 透视角度以保留当前舞台投影】复选框。若要将新设置仅用做当前文档的默认属性,则直接单击【确定】按钮即可。

○步骤07 单击【确定】按钮关闭对话框,完成文档属性的设置。

通常情况下第一次制作文件并设置参数后,接着新建第二个文件时,计算机会利用记忆功能,在第二次的【文档属性】对话框中将参数默认为第一次的参数值。

2.2.2 设置标尺、辅助线和网格

标尺是 Flash CS4 提供的一种绘图参照工具,显示在场景的左侧和上方。它可以帮助用户在绘图或编辑影片的过程中,对图形对象进行定位。辅助线则通常与标尺配合使用,在场景中辅助线与标尺相对应,使用户实现对图形对象更加精确的定位。网格是 Flash CS4 提供的另一种绘图参照工具,和标尺不同的是,网格位于场景的舞台中。

设置标尺

标尺可以帮助设计者测量、组织和计划作品的布局。大部分情况下标尺都是以像素为单位的,如果需要更改标尺的单位,可以在【文档属性】对话框中进行设置。执行【视图】→【标尺】命令,垂直和水平标尺会出现在文档窗口的边缘,如图 2.16 所示。

图 2.16　Flash CS4 中的标尺

使用辅助线

辅助线是用户从标尺拖到舞台上的直线，它们可以帮助用户放置和对齐对象，同时标记舞台的重要部分。设置辅助线的步骤如下：

步骤 01　执行【视图】→【标尺】命令，显示标尺。

步骤 02　用鼠标点住上面或左面的标尺并拖动。

步骤 03　在画布上定位辅助线并释放鼠标按钮，如图 2.17 所示。

步骤 04　对于不需要的辅助线，可以将其拖拽到工作区中进行取消。或者执行【视图】→【辅助线】→【显示辅助线】命令来显示或隐藏辅助线。

执行【视图】→【辅助线】→【编辑辅助线】命令，可以打开【辅助线】对话框，如图 2.18 所示。在该对话框中可以对辅助线进行具体设置。

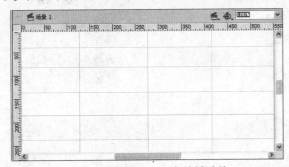

图 2.17　Flash CS4 中的辅助线

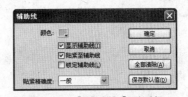

图 2.18　【辅助线】对话框

　导出文档时，不会导出辅助线。

设置网格

除了标尺和辅助线外，在场景中显示的网格也是一种重要的绘图参照工具，Flash 网格在舞台上显示为一个由横线和竖线构成的体系。另外，用户还可以查看和编辑网格、调整网格大小以及更改网格的颜色。设置网格的步骤如下：

步骤 01　执行【视图】→【网格】→【显示网格】命令来显示网格（如图 2.19 所示），再次选择该命令可以将其隐藏。

◯**步骤02** 执行【视图】→【网格】→【编辑网格】命令，打开【网格】对话框，如图2.20所示。

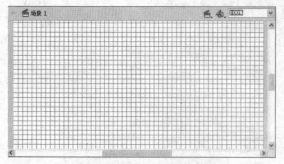

图2.19 显示 Flash CS4 中的网格　　　　　　　　图2.20 【网格】对话框

◯**步骤03** 在该对话框中，更改网格颜色或网格尺寸，单击【颜色】按钮中的小三角标志，打开颜色拾取器，如图2.21所示。在颜色拾取器中选择一种颜色作为网格的颜色。

在 ↕ 10像素 数值框和 ↔ 10像素 数值框中输入数值，可以改变网格的长度和宽度。单击【贴紧精确度】下拉按钮，打开其下拉列表，如图2.22所示。在其中可以选择绘制图形过程中图形对象与网格的贴紧程度。

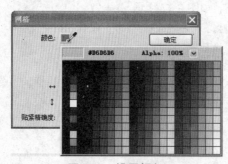

图2.21 设置颜色　　　　　　　　　　　图2.22 【贴紧精确度】下拉列表

◯**步骤04** 单击【确定】按钮确认更改。

 网格只是一种设计工具，不会随文档导出。

2.2.3 改变舞台比例

在使用 Flash CS4 制作动画时，为了操作方便，有时需要改变舞台的显示比例。改变舞台比例的方法主要有如下3种。

使用【舞台视图控制】数值框

用户可在编辑栏右侧的【舞台视图控制】数值框中直接输入数值或者在该下拉列表中选择数值来设置舞台的显示比例，其取值范围为8%～2000%，如图2.23所示。

用户在此下拉列表中，还可选择【符合窗口大小】、【显示帧】和【显示全部】选项。其中，【符合窗口大小】选项用来自动调节到最合适的舞台比例大小；【显示帧】选项可以显示当前帧的内容；【全部显示】选项能显示整个工作区中的所有元素。

使用【工具】面板

在【工具】面板中单击【缩放工具】按钮后，在【工具】面板的选项区域中会显示出两个按钮，分别为【放大】按钮和【缩小】按钮，单击它们可以放大或缩小舞台的显示比例。

单击【工具】面板中的【手形工具】按钮，在舞台上拖动鼠标可平移舞台。

使用菜单

在 Flash CS4 工作界面中，打开【视图】菜单，如图 2.24 所示。

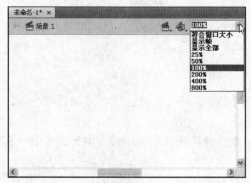

图 2.23 【舞台视图控制】下拉列表

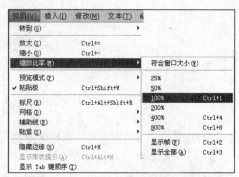

图 2.24 【视图】菜单

在【视图】菜单中有 3 个与改变舞台比例相关的选项。其中，选择【放大】选项可将舞台视图比例增大 50%；选择【缩小】选项可将舞台视图比例缩小 50%；选择【缩放比率】选项，可打开其子菜单，此子菜单与【舞台视图控制】下拉列表相同。

2.2.4 自定义工作区布局

在使用 Flash CS4 制作动画时，系统会打开默认的工作区布局。为了适应自己工作流程的需要，用户可自定义工作区布局。

●**步骤01** 在【基本功能】下拉菜单中选择【新建工作区】选项，弹出【新建工作区】对话框。
●**步骤02** 在【名称】文本框中输入要创建的工作区的名称，如图 2.25 所示。

图 2.25 【新建工作区】对话框

●**步骤03** 单击【确定】按钮完成新工作区的创建，然后根据动画制作需要进行设置，如图 2.26 所示为更改各项设置后的效果。

自定义的工作区布局将会出现在可用工作区布局列表中。如果用户需要使用这些布局，执行【窗口】→【工作区】命令，在其中选择相应的布局即可。

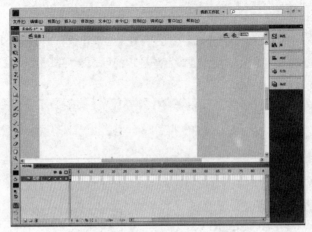

图 2.26　设置好的新建工作区

用户也可以对自定义的工作区布局进行管理，其操作步骤如下：

步骤01 执行【窗口】→【工作区】→【管理工作区】命令，打开【管理工作区】对话框，如图 2.27 所示。

步骤02 在左边的列表框中选择需要的工作区布局。选中任意一个工作区布局后将激活【删除】和【重命名】按钮。

步骤03 如果需要删除该工作区布局，单击【删除】按钮即可。

步骤04 如果需要重命名该工作区布局，单击【重命名】按钮，将弹出【重命名工作区】对话框，如图 2.28 所示。

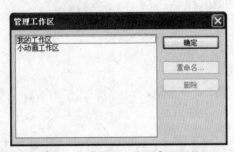

图 2.27　【管理工作区】对话框

图 2.28　【重命名工作区】对话框

步骤05 输入新的名称后激活【确定】按钮，单击【确定】按钮返回到【管理工作区】对话框。

步骤06 单击【确定】按钮即可。

使用自定义工作区布局可以提高动画制作的效率。如果用户需要使用默认的工作区布局，执行【窗口】→【工作区】→【基本功能】命令即可。

2.3　设置 Flash CS4 的首选参数和快捷键

同其他应用系统一样，为了提高操作的效率，Flash CS4 提供了大量的快捷键。利用快捷键，用户不需要频繁操作菜单，能使工作更方便快捷。在 Flash CS4 中，用户可根据自己的操作需要，设置其首选参数和快捷键。

2.3.1　设置 Flash 中的首选参数

启动 Flash CS4 后，执行【编辑】→【首选参数】命令，将弹出【首选参数】对话框，如图 2.29 所示。

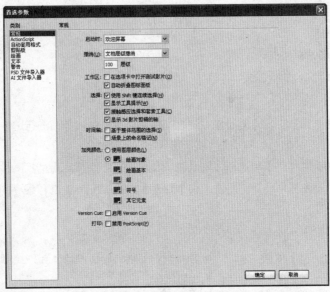

图 2.29　【首选参数】对话框

在该对话框的【类别】列表中，包含【常规】、【ActionScript】、【自动套用格式】、【剪贴板】、【绘画】、【文本】和【警告】等选项。单击某一选项，对话框的右侧将显示相应的设置选项，用户可根据自己的需要进行设置。

一、常规

打开【首选参数】对话框时，系统默认显示【常规】设置选项。

启动时

【启动时】下拉列表包括【不打开任何文档】、【新建文档】、【打开上次使用的文档】以及【欢迎屏幕】等选项。

选择某一选项，在启动 Flash 时，系统会自动进行该项操作。例如，如果选择【打开上次使用的文档】选项，则每次启动 Flash CS4 时，都将打开上次使用的文档。

撤销

【撤销】下拉列表包括【文档层级撤销】和【对象层级撤销】两个选项。选择某一选项，然后在下方的文本框中输入一个 2~300 之间的值，即可设置该选项的撤销/重做级别数。

工作区

选中【在选项卡中打开测试影片】复选框，当执行【控制】→【测试影片】命令时，在应用程序窗口中会打开一个新的文档选项卡；取消选中该复选框，将在应用程序窗口中打开测试影片。

选中【自动折叠图标面板】复选框后，则在处于图标模式中的面板外部单击时，这些面板将自动折叠。

选择

选中【使用 Shift 键连续选择】复选框，可以在按住【Shift】键时连续选择 Flash 的多个元素。

选中【显示工具提示】复选框，当指针停留在控件上时，将显示工具提示。

选中【接触感应选择和套索工具】复选框，当使用选择工具或套索工具进行拖动时，如果矩形框中包括了对象的任何部分，则此对象将被选中；取消选中该复选框，只有当工具的矩形框完全包围对象时，对象才被选中。

选中【显示 3d 影片剪辑的轴】复选框，则在所有 3D 影片剪辑上显示 X、Y 和 Z 轴的重叠部分。这样就能够在舞台上轻松标识它们。

时间轴

选中【基于整体范围的选择】复选框，在时间轴中可基于整体范围进行选择，而不是使用默认的基于帧的选择。

选中【场景上的命名锚记】复选框，可以将 Flash 文档中每个场景的第一帧作为命名锚记。使用命名锚记，可以在浏览器中使用【前进】和【后退】按钮从 Flash 应用程序的一个场景跳到另一个场景。

加亮颜色

选中【使用图层颜色】单选按钮，可以使用当前图层的轮廓颜色作为加亮颜色；选中颜色面板单选按钮，可以从面板中选择一种颜色作为加亮颜色。

Version Cue

选中【启用 Version Cue】复选框，可以启用 Version Cue。

打印

此功能仅限于 Windows 操作系统。如果打印到 PostScript 打印机有问题，则选中【禁用 PostScript】复选框，但是会减慢打印速度。

二、ActionScript

在【类别】列表框中，单击【ActionScript】选项，将打开 ActionScript 设置选项，如图 2.30 所示。

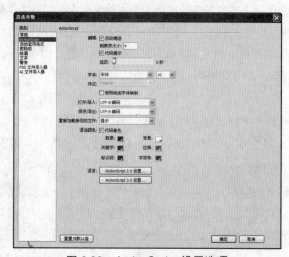

图 2.30　ActionScript 设置选项

编辑

选中【自动缩进】复选框，在左括号（或左大括号）之后输入的文本将按照下面【制表符大小】文本框中指定的大小自动缩进。

【制表符大小】文本框用于指定自动缩进偏移的字符数。

选中【代码提示】复选框，将在【脚本】窗格中启用代码提示。

【延迟】滑动块用于指定代码提示出现之前的延迟时间（以秒为单位）。

字体

用户可以在第一个下拉列表框中指定【脚本】窗格中使用的字体名称，在第二个下拉列表框中指定字体大小。

样式

选择某一特定字体后可以激活【样式】下拉列表框，它可以用来设置字体的粗体及斜体等样式。

选中【使用动态字体映射】复选框，系统会检查每个字符的字体，以确保所选的字体系列具有呈现每个字符所必需的字体。如果没有，Flash CS4 会替换上一个包含必需字符的字体系列。

打开/导入

使用此下拉列表框可指定打开和导入 ActionScript 文件时使用的字符编码。

保存/导出

使用此下拉列表框可指定保存和导出 ActionScript 文件时使用的字符编码。

重新加载修改的文件

此下拉列表包含【总是】【从不】和【提示】等选项，用户可以从中选择重新加载修改文件的方式。选择【总是】选项，发现更改时不显示警告，将自动重新加载文件；选择【从不】选项，发现更改时不显示警告，文件保留当前状态；选择【提示】选项，发现更改时显示警告，用户可以选择是否重新加载文件。

语法颜色

使用颜色面板，可分别设置脚本前景、背景、关键字、注释、标识符或字符串等的颜色，但要在选中【代码着色】复选框的情况下，否则只能设置脚本的前景及背景色。

语言

单击【ActionScript 2.0 设置】按钮，可打开【ActionScript 2.0 设置】对话框，在此可以设置或修改类路径。

单击【ActionScript 3.0 设置】按钮，可打开【ActionScript 3.0 高级设置】对话框，在此可以设置或修改源路径、库路径和外部库路径。

三、自动套用格式

在【类别】列表框中，单击【自动套用格式】选项，将打开自动套用格式设置选项，如图 2.31 所示。

用户可根据 ActionScript 编辑需要，选中相应的复选框，在【预览】窗格中可看到每种选择的效果。

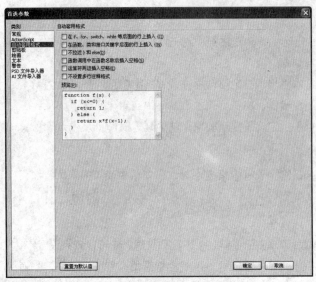

图 2.31　自动套用格式设置选项

四、剪贴板

在【类别】列表框中，单击【剪贴板】选项，将打开剪贴板设置选项，如图 2.32 所示。

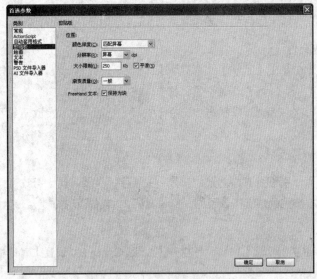

图 2.32　剪贴板设置选项

使用【颜色深度】和【分辨率】下拉列表框可以指定复制到剪贴板时，位图的颜色深度和分辨率。

在【大小限制】文本框中输入数值可以指定将位图图像放在剪贴板上时所使用的内存量。在处理大型或高分辨率的位图图像时，需要增加此值。选中【平滑】复选框，可以应用消除锯齿功能。

使用【渐变质量】下拉列表框，可以指定在 Windows 元文件中放置的渐变填充的质量。使用此设置可以指定将项目粘贴到 Flash 外的位置时的渐变色品质。如果粘贴到 Flash 内，无论此选项如何设置，将完全保留复制数据的渐变质量。

选中【保持为块】复选框，可以确保粘贴的 FreeHand 文件中的文本是可编辑的。

五、绘图

在【类别】列表框中，单击【绘图】选项，将打开绘图设置选项，如图 2.33 所示。

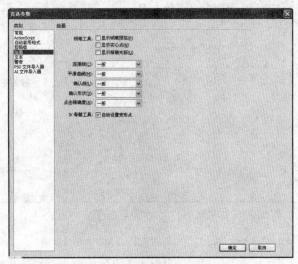

图 2.33　绘图设置选项

选中【显示钢笔预览】复选框，可以在绘画时预览线段。

选中【显示实心点】复选框，可将选定的锚记点显示为空心点，并将没有选定的锚记点显示为实心点。

选中【显示精确光标】复选框，可指定钢笔工具指针以十字准线指针的形式出现，而不是以默认的钢笔工具图标的形式出现，以提高线条的定位精度。

【连接线】下拉列表中包含【必须接近】、【一般】和【可以远离】等选项。使用此下拉列表框可确定绘制线条的终点必须距现有线段多近时，才能对齐到另一条线上最近的点。

【平滑曲线】下拉列表中包含【关】、【粗略】、【一般】和【平滑】等选项。使用此下拉列表框可指定当绘画模式为伸直或平滑时，应用到铅笔工具绘制曲线的平滑量。

【确认线】下拉列表中包含【关】、【严谨】、【一般】和【宽松】等选项。使用此下拉列表框可定义用铅笔工具绘制的线段必须有多直，Flash 才会确认为直线并将其完全变直。在绘画时，如果将【确认线】设置为【关】，可以在绘制线段完毕后，选择一条或多条线段，然后执行【修改】→【形状】→【伸直】命令来伸直线段。

【确认形状】下拉列表中包含【关】、【严谨】、【一般】和【宽松】等选项。使用此下拉列表框可控制绘制的圆形、椭圆、正方形、矩形、90° 和 180° 弧要达到何种精度，才会被确认为几何形状并精确重绘。

【点击精确度】下拉列表中包含【严谨】、【一般】和【宽松】等选项。使用此下拉列表框可指定指针必须距离某个项目多近时，Flash 才能确认该项目。

六、文本

在【类别】列表框中，单击【文本】选项，将打开文本设置选项，如图 2.34 所示。

使用【字体映射默认设置】下拉列表框可选择在 Flash 中打开文档时，替换缺失字体所使用的字体。

图 2.34   文本设置选项

选中【默认文本方向】复选框，可将默认文本方向设置为垂直。

选中【从右至左的文本流向】复选框，可以翻转默认的文本显示方向。

选中【不调整字距】复选框，可以关闭垂直文本的字距微调。

在【输入方法】区域中，选中某一单选按钮可选择适当的语言。

七、警告

在【类别】列表框中，单击【警告】选项，将打开警告设置选项，如图 2.35 所示。

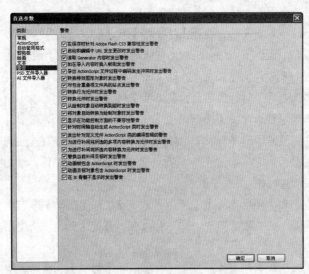

图 2.35   警告设置选项

用户可根据自己的需要，选中或取消选中某一复选框，设置或取消相应复选框对应的提示警告。

2.3.2 设置快捷键

像其他应用系统一样，为了提高操作的效率，Flash 提供大量的快捷键，利用快捷键可使工作更加方便快捷。

在 Flash 中，用户可根据需要设置快捷键，执行【编辑】→【快捷键】命令，打开【快捷键】对话框，如图 2.36 所示。使用此对话框可进行选择、自定义、重命名、删除快捷键以及将设置导出为 HTML 等操作。

一、选择快捷键

单击【当前设置】下拉按钮，打开【当前设置】下拉列表，如图 2.37 所示。

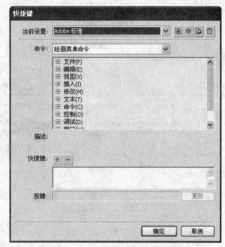

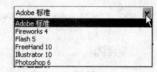

图 2.36　【快捷键】对话框　　　　　　　　　图 2.37　【当前设置】下拉列表

选择其中某一选项，系统可根据用户的需要，将 Flash 的快捷键设置为与用户熟悉的应用程序相同的快捷键。

二、自定义快捷键

在 Flash CS4 中也可以自定义快捷键，其操作步骤如下：

●步骤01　单击【当前设置】下拉列表框右边的【直接复制设置】按钮，打开【直接复制】对话框，如图 2.38 所示。

图 2.38　【直接复制】对话框

●步骤02　在【副本名称】文本框中输入自定义快捷键的名称。

●步骤03　单击【确定】按钮，在【当前设置】下拉列表框中将出现自定义快捷键的名称，如图 2.39 所示。

●步骤04　在【命令】下拉列表框中，选择需要自定义快捷键的命令，如图 2.40 所示。

●步骤05　在【命令】下拉列表框下面的列表框中，选择需要自定义快捷键的菜单项，如图 2.41 所示。

●步骤06　将光标移到【按键】文本框中，按某一快捷键，在此文本框中将显示相应的键值，如图 2.42 所示。

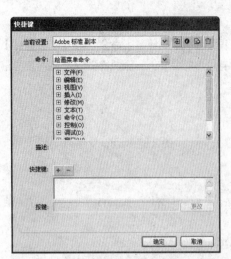

图 2.39　出现自定义快捷键的名称

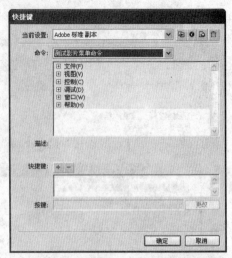

图 2.40　选择需要自定义快捷键的命令

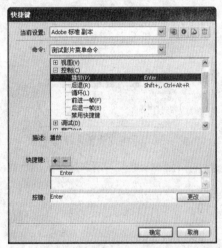

图 2.41　选择需要自定义快捷键的菜单项

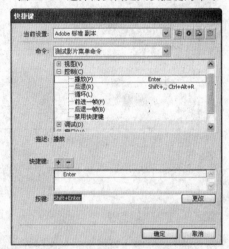

图 2.42　显示相应的键值

○**步骤07**　单击【更改】按钮，相关菜单项将被修改或设置成相应的快捷键，如图 2.43 所示。

○**步骤08**　单击【快捷键】右边的 + 或 - 按钮可添加或删除快捷键。

○**步骤09**　重复步骤 4~8，完成所有的自定义快捷键设置。

○**步骤10**　自定义快捷键完成后，单击【确定】按钮即可。

三、重命名快捷键

单击【当前设置】下拉列表框右边的第二个按钮，打开【重命名】对话框，如图 2.44 所示。

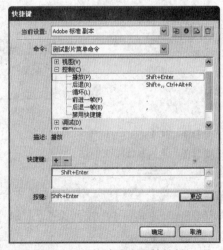

图 2.43　修改或设置快捷键

图 2.44　【重命名】对话框

在【新名称】文本框中输入新的名称，然后单击【确定】按钮即可。

四、将设置导出为 HTML

单击【当前设置】下拉列表框右边的【将设置导出为 HTML】按钮，可以打开【另存为】对话框，如图 2.45 所示。选择 HTML 文件的保存类型并设置文件名，单击【保存】按钮即可将设置导出为 HTML 文档。

在 IE 浏览器中打开该 HTML 文档，可显示相应的快捷键，如图 2.46 所示。

图 2.45　【另存为】对话框

图 2.46　在 IE 浏览器中显示相应的快捷键

五、删除快捷键

单击【当前设置】下拉列表框右边的【删除设置】按钮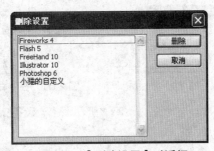，可以打开【删除设置】对话框，如图 2.47 所示。

图 2.47　【删除设置】对话框

在对话框左边的列表框中选择需要删除的快捷键，然后单击【删除】按钮即可将其删除。

2.4　使用和管理命令

在制作 Flash 动画的过程中，有的制作步骤可能需要重复进行，为了有效地提高动画制作的效率，用户可以将这些步骤保存下来，这就需要用到 Flash CS4 的使用和管理命令功能。

2.4.1 创建命令

在 Flash CS4 中创建命令的操作步骤如下：

步骤01 执行【窗口】→【其他面板】→【历史记录】命令，打开【历史记录】面板，如图 2.48 所示。

步骤02 在【历史记录】面板中选择一个步骤或一组步骤，如图 2.49 所示。

图 2.48　【历史记录】面板

图 2.49　选择步骤

步骤03 单击【将选定步骤保存为命令】按钮 ，打开【另存为命令】对话框，如图 2.50 所示。

步骤04 在【命令名称】文本框中输入自定义的名称。

步骤05 单击【确定】按钮即可创建命令。

2.4.2 运行命令

完成命令的创建后，创建的命令将出现在【命令】菜单中（如图 2.51 所示），单击相应的选项即可运行该命令。

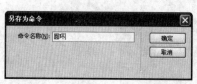

图 2.50　【另存为命令】对话框

图 2.51　在【命令】菜单中出现创建的命令

命令也可以以 JavaScript 文件（扩展名为 .jsfl）的形式保存。运行 JavaScript 或 Flash JavaScript 命令的操作步骤如下：

步骤01 执行【命令】→【运行命令】命令，弹出【打开】对话框，如图 2.52 所示。

步骤02 在【查找范围】下拉列表框中定位到保存命令脚本的文件夹。

步骤03 选择需要运行的命令文件。

步骤04 单击【打开】按钮即可。

图 2.52　【打开】对话框

2.4.3　管理命令

用户也可对创建的命令进行重命名和删除等管理工作，其操作步骤如下：

步骤 01　执行【命令】→【管理保存的命令】命令，打开【管理保存的命令】对话框，如图 2.53 所示。

步骤 02　在左侧的列表框中选择相应的命令。

步骤 03　如果需要删除该命令，单击【删除】按钮即可。

步骤 04　如果需要重命名该命令，单击【重命名】按钮，则弹出【重命名命令】对话框，如图 2.54 所示。

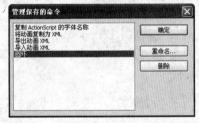

图 2.53　【管理保存的命令】对话框

图 2.54　【重命名命令】对话框

步骤 05　在【命令名称】文本框中输入一个新的命令名称。

步骤 06　单击【确定】按钮，返回到【管理保存的命令】对话框。

步骤 07　单击【确定】按钮关闭对话框即可。

2.5　Flash CS4 的打印设置

虽然 Flash 主要用于 Web 和动画制作，但是也完全支持打印输出。

2.5.1　页面设置

在执行打印操作前，一般应进行页面设置。执行【文件】→【页面设置】命令，打开【页面设置】对话框，如图 2.55 所示。

在【页边距（英寸）】区域中可设置页边距和中心定位；在【纸张】区域中可设置纸张大小；在

【方向】区域中可设置打印方向；在【布局】区域中可设置需要打印的帧和布局。

在【帧】下拉列表框中可设置打印所有帧还是仅第一帧，默认为【仅第一帧】。单击【布局】下拉按钮，打开其下拉列表，如图 2.56 所示。其中各选项的含义如下。

图 2.55 【页面设置】对话框

图 2.56 【布局】下拉列表

◆ **【实际大小】选项**：选择此选项，系统会按实际尺寸打印帧，此设置与打印比例设置可以同时进行。如果希望以一定比例打印该帧，只要在【缩放】数值框中输入一个百分比就行。

◆ **【缩放到页面大小】选项**：选择此选项，系统将会自动缩放帧以充满整个打印区域，不会产生扭曲现象。

◆ **记事本选项**：选择【记事本-方框】、【记事本-网格】或【记事本-空白】选项，每页将打印几幅缩略图，同时对话框中将出现【帧跨度】和【帧边距】等文本框，如图 2.57 所示。

用户应根据实际的需要设置相应的参数，设置完毕后，单击【确定】按钮即可。

2.5.2 打印

页面设置好后，可执行【文件】→【打印】命令，打开【打印】对话框，如图 2.58 所示。

图 2.57 出现【帧跨度】和【帧边距】等文本框

图 2.58 【打印】对话框

选择需要的打印机，单击【确定】按钮即可。

在这里需要注意的是，打印时不会包括文档的背景色（即舞台颜色）。如果想打印背景颜色，必须创建一个填充颜色与背景色一致的矩形，放在所有元素的下面，打印时它才会作为作品的一部分被打印出来。

本章从新建、保存、打开和关闭 Flash CS4 文档等基本操作开始介绍，然后讲解了 Flash CS4 的基本设置，主要包括场景大小、背景颜色、标尺、网格以及辅助线等的设置，这些知识是动画制作的基础。

第 3 章　绘制 Flash 基本图形

本章包括

◆ Flash CS4 的绘图基础　　　　◆ 绘制简单图形

◆ 绘制路径　　　　　　　　　　◆ 对象的选取

在 Flash 中，几乎所有的操作都是针对绘制的图形进行的，图形的绘制是制作动画的基础，也是 Flash 动画制作不可缺少的组成部分。每个精彩的 Flash 动画都少不了精美的图形素材。虽然我们可以通过加工导入的图片来获取制作素材，但对于有些图形，特别是一些表现特殊效果及有特殊用途的图片，必须进行人工绘制。本章将介绍在 Flash CS4 中绘制基本图形的基本知识。

3.1　Flash CS4 的绘图基础

在制作 Flash 动画的过程中，有些比较简单的图形自己动手绘制即可，然后再对其进行编辑，但在学习绘图之前要了解与绘图相关的基本概念。

熟练掌握 Flash CS4 的绘图技巧，将为 Flash 动画制作奠定坚实的基础。我们可以利用其强大的绘图工具绘制几何形状，并对其进行上色修改。

3.1.1　位图与矢量图

位图和矢量图是计算机存储图像文件的两大方式。在使用 Flash 时会经常用到这两种图像。这两种类型的图像可以互相交替使用，取长补短。例如，当我们将一幅位图图像导入舞台后，根据动画制作的需要，要改变某一部分的颜色或某一部分的形状，此时可以将该位图图像转换为矢量图像。

在 Flash 中使用的图形，根据其显示原理的不同，可以分为位图和矢量图两种类型。

位图

位图也叫像素图或点阵图，它由像素或点的网格组成，与矢量图形相比，位图的图像更容易模拟真实场景效果。

如果将位图图像放大到一定的程度，图像边缘会出现锯齿效果，同时会发现位图实际上是由一个个小方格组成的，这些小方格被称为像素点。

像素点是图像中最小的图像元素，每个像素点显示不同的颜色和亮度。位图的大小和质量主要取决于图像中像素点的多少，通常说来，单位面积上所含像素点越多，颜色之间的混合也越平滑，图像越清晰，同时文件也越大。一幅位图图像包括的像素点可以达到数百万个甚至更多。

由于位图是由像素点组成，要存储和显示位图需要对每一个点的信息进行处理（例如一幅 200 像素×300 像素的位图就有 60 000 个像素点，计算机要存储和处理这幅位图就需要记住 60 000 个点的信息）。因此尽管位图有色彩丰富、还原度高等特点，但位图的体积较矢量图要大得多，且位图在放大到一定倍数时会出现明显的马赛克现象，所以一般用在对色彩丰富度或真实感要求比较高的场合。

如图 3.1 所示为位图图像原图和图像放大后的效果对比。

位图原图　　　　　　　　　　　　　放大后的效果

图 3.1　位图图像原图和图像放大后的效果

矢量图

矢量图又叫向量图，是用数学的矢量方式来描述和记录图像内容的，它由点、线、面等元素组成，所记录的是对象的几何形状、线条粗细和色彩等，其中图形的组成元素被称为对象（因此矢量图又称为面向对象绘图），每个对象都是一个自成一体的实体，它具有颜色、形状、轮廓、大小和屏幕位置等属性。

因为每个对象都是独立的实体，它们在计算机内部表示成一系列的数值而不是像素点，这些值最终决定了图形在屏幕上显示的形状，所以计算机在存储和显示矢量图时只需记录图形的边线位置和边线之间的颜色这两种信息即可。我们可以在维持它原有清晰度和弯曲度的同时，多次移动和改变它的属性，而不会影响图像中的其他对象。

矢量图的特点是占用的存储空间小，所以即便是改变对象的位置、形状、大小和颜色，由于这种保存图形信息的方法与分辨率无关，因此无论放大或缩小多少倍，其图像边缘都是平滑的，而视觉细节和清晰度也不会有任何改变，如图 3.2 所示为矢量图原图和放大后的图像效果。

矢量图图形的复杂程度直接影响着矢量图文件的大小，图形的显示尺寸可以进行无极限缩放，且缩放不影响图形的显示精度和效果，因此可以说矢量图形文件的大小与图形的尺寸无关，所以在制作 Flash 动画时，应尽量采用矢量图形，这样可减少动画文件的大小，更适合在网络上播放和传播。

矢量图原图　　　　　　　　　　　　放大后的效果

图 3.2　矢量图原图和放大后的图像效果

3.1.2 【工具】面板

要想制作出精美的动画，首先要熟练使用 Flash CS4 提供的各种工具，掌握每种工具的功能和用途。绘制基本图形最重要的就是使用【工具】面板中的各类工具，如图 3.3 所示。

为了方便用户学习 Flash CS4【工具】面板的功能和用途，本书把 Flash CS4 的【工具】面板按从上到下的排列顺序，分为选择工具区域、绘画工具区域、填色工具区域、查看区域、颜色区域和选项区域 6 部分来分别进行讲解。

选择工具区域

选择工具区域有 5 个选项，如图 3.4 所示。

图 3.3 【工具】面板

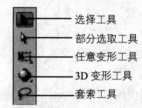

选择工具
部分选取工具
任意变形工具
3D 变形工具
套索工具

图 3.4 选择工具区域

选择工具区域中各工具的功能如表 3.1 所示。

表 3.1 选择工具区域中各工具的功能

工具名称	功能
选择工具	选择和移动舞台中的各种对象，也可改变对象的大小和形状
部分选取工具	对舞台中的对象进行移动或变形操作
任意变形工具	对舞台中的对象进行上下或左右的变形操作
3D 变形工具	对舞台中的对象进行 3D 平移或旋转
套索工具	选择舞台中的不规则对象或区域

对于任意变形工具 ，单击该按钮不放，在出现的下拉列表里可以选择任意变形工具和渐变变形工具对图形进行变形操作，如图 3.5 所示。

　　■ 任意变形工具(Q)
　　　渐变变形工具(F)

图 3.5 下拉列表

绘画工具区域

绘画工具区域有 7 个选项，如图 3.6 所示。其中各工具的功能如表 3.2 所示。

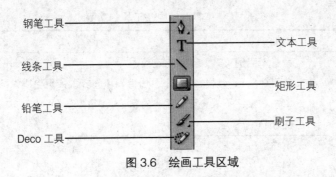

图 3.6　绘画工具区域

表 3.2　绘图工具区域中各工具的功能

工具名称	功能
钢笔工具	绘制直线和曲线，也可调整曲线的曲率。单击该按钮不放直到出现下拉列表，就可以选择钢笔工具的各种相关操作，如图 3.7 所示
文本工具 T	输入和修改文本
线条工具	绘制任意粗细的线条
矩形工具	绘制任意大小的矩形或正方形以及多角星形。单击该按钮不放直到出现下拉列表，可以选择绘制矩形、椭圆及各种多角星形的工具，如图 3.8 所示
铅笔工具	绘制任意形状的线条
刷子工具	绘制任意形状的矢量色块。单击该按钮不放直到出现下拉列表，可以分别选择刷子工具和喷涂刷工具，如图 3.9 所示
Deco 工具	图案填充工具，既可以对整个舞台进行填充，也可以对舞台上的选定对象应用效果

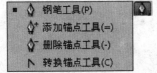 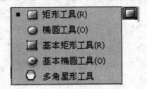 

图 3.7　钢笔工具按钮下拉列表　　图 3.8　矩形工具按钮下拉列表　　图 3.9　刷子工具按钮下拉列表

填色工具区域

填色工具区域有 4 个选项，如图 3.10 所示。其中各工具的功能如表 3.3 所示。

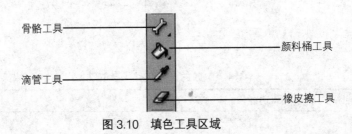

图 3.10　填色工具区域

表 3.3　填色工具区域中各工具的功能

工具名称	功能
骨骼工具	为每个实例与其他实例的连接添加骨骼，用关节连接一系列的元件实例。还可以向形状对象的内部添加骨架填充或改变舞台中对象的边框颜色。单击该按钮不放直到出现下拉列表，从中选择骨骼工具或绑定工具，如图 3.11 所示
颜料桶工具	填充或改变舞台中矢量色块的颜色属性。单击该按钮不放直到出现下拉列表，从中还可以选择墨水瓶工具，如图 3.12 所示
滴管工具	吸取已有对象的颜色，并将其应用于当前对象
橡皮擦工具	擦除舞台中的对象

查看区域

查看区域包含缩放和手形工具，如图 3.13 所示。

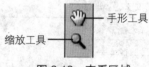

图 3.11　骨骼工具按钮下拉列表　　图 3.12　颜料桶工具按钮下拉列表　　图 3.13　查看区域

查看区域中各工具的功能如表 3.4 所示。

表 3.4　查看区域中各工具的功能

工具名称	功能
手形工具	按住鼠标左键拖动可以移动舞台，方便观察较大的对象
缩放工具	单击鼠标左键可以改变舞台的显示比例

颜色区域

颜色区域包含用于填充笔触颜色和内部色块的工具，如图 3.14 所示。其中各工具的功能如表 3.5 所示。

图 3.14　颜色区域

表 3.5　颜色区域中各工具的功能

工具名称	功能
笔触颜色	设置所选工具的线条和边框颜色
填充颜色	设置选中对象中要填充的颜色

（续表）

工具名称	功能
黑白	使选中对象只以白色或黑色显示
交换颜色	单击它可交换矢量图形的边框颜色和填充颜色

选项区域

选项区域包含显示与选定工具相关的设置按钮，其内容随着所选工具的变化而变化，当选择某种工具后，在选项区域中将出现相应的设置选项，以供用户设置所选工具的属性，如图 3.15 所示。

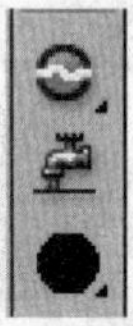

选择橡皮擦工具后的选项区域

选择套索工具后的选项区域

图 3.15 不同工具的选项区域

3.2 绘制简单图形

在制作 Flash 动画的过程中，常常需要制作者手动绘制一些简单的图形用于编辑，这就需要用户掌握必要的绘制图形的方法。

3.2.1 绘制椭圆和正圆

使用椭圆工具可以绘制椭圆和正圆。单击【工具】面板中的【椭圆工具】按钮后，【属性】面板将显示椭圆属性的设置选项，如图 3.16 所示。

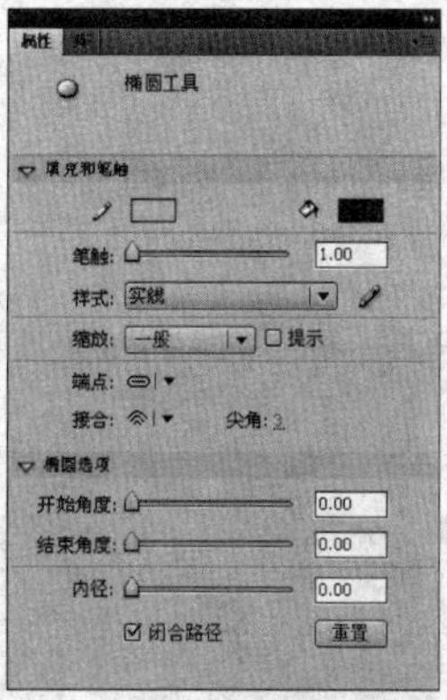

图 3.16 椭圆工具的【属性】面板

其中，用于设置矢量线条的颜色；用于设置矢量色块的颜色；1.00 用于设置矢量线条的粗细，数值越大，线条越粗，反之，线条越细；实线 用于设置矢量线条的样式。

椭圆工具还有部分属性是基于基本椭圆工具的。

◆ **起始角度/结束角度** 0.00：用于设置椭圆的起始点角度和结束点角度。使用这两个控件可以轻松地将椭圆和圆形的形状修改为扇形、半圆形及其他有创意的形状。既可以通过拖动滑块进行更改，也可以直接在右侧的数值框中输入数值。

◆ **内径** ：用于设置椭圆的内径（即内侧椭圆）。可以在数值框中输入内径的数值，或拖动滑块相应地调整内径的大小。输入的数值可以是介于 0~99 之间的值，以表示删除填充的百分比。

◆ **【闭合路径】复选框**：确定椭圆的路径（如果指定了内径，则有多条路径）是否闭合。如果指定了一条开放路径，但未对生成的形状应用任何填充，则仅绘制笔触。默认情况下选中此复选框。

设置完椭圆属性后，就可以在舞台中绘制椭圆或正圆了。其操作步骤如下：

◯**步骤01** 单击【工具】面板中的【椭圆工具】按钮 ◯。
◯**步骤02** 在【属性】面板中设置好相关属性，将鼠标移动到舞台中需要绘制椭圆的位置，此时鼠标变为"＋"形状。
◯**步骤03** 按住鼠标左键进行拖动绘制出一个椭圆，如图 3.17 所示为利用椭圆工具进行绘图的过程及绘制的效果。
◯**步骤04** 将鼠标光标移到空白处，按住【Shift】键并拖动鼠标，将绘制出一个正圆，如图 3.18 所示。

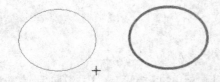

图 3.17　绘制椭圆

图 3.18　绘制的正圆

3.2.2　绘制矩形和正方形

使用矩形工具可以绘制矩形和正方形。在【工具】面板中单击【矩形工具】按钮 ▢，此时的【属性】面板如图 3.19 所示。

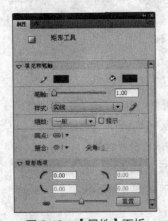

图 3.19　【属性】面板

矩形工具的【属性】面板中各选项的含义如下所述。

◆ **笔触颜色** ：用于设置矢量线条的颜色。

◆ **填充颜色** ：用于设置矢量色块的颜色。

◆ **笔触** 🔲━━━━━ 1.00 ：用于设置矢量线条的粗细，既可以拖动滑块进行设置，也可以直接在数值框中输入数值，数值越大，线条越粗，反之，线条越细。

◆ **样式** 实线 ▾ ：用于设置矢量线条的样式，单击右侧的下拉按钮，打开其下拉列表，可以从中选择样式，如图 3.20 所示。

◆ **编辑笔触样式** ✐：单击此按钮，打开【笔触样式】对话框（如图 3.21 所示），在该对话框中可以对所选择矢量线条的样式进行设置。

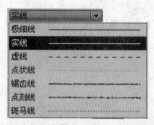

图 3.20 【样式】下拉列表

图 3.21 【笔触样式】对话框

通过设置【属性】面板中的与 4 个弧对应的边角半径，可以设置所绘矩形边角的弧度。可以直接在数值框中输入数值或拖动滑块进行设置，取值范围为-100～100，数值越小，绘制出来的圆角弧度就越小，默认值为 0，即直角矩形。如果输入"100"，绘制出来的圆角弧度最大，得到的是两端为半圆的圆角矩形，如图 3.22 所示。

单击【锁定】按钮🔗，可以对矩形的 4 个边角的弧度分别行设置，如图 3.23 所示。此时的【锁定】按钮成为🔗形状，再次单击【锁定】按钮🔗，即将边角半径锁定为一个控件。

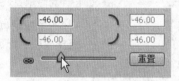

图 3.22 设置矩形边角的弧度

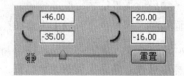

图 3.23 边角半径的弧度不同

设置完矩形的相关属性后，就可以在舞台中绘制矩形或正方形了。其操作步骤如下：

⟳**步骤01** 单击【工具】面板中的【矩形工具】按钮▢。

⟳**步骤02** 在【属性】面板中设置好相关属性，将鼠标移动到舞台中需要绘制矩形的位置，此时鼠标变为"＋"形状。

⟳**步骤03** 按住鼠标左键进行拖动即可绘制出一个矩形，如图 3.24 所示分别为边角半径为 0、100、-100 以及 4 个边角半径不同时的矩形。

在舞台中绘制矩形和正方形的操作步骤与绘制椭圆和正圆基本相同。在绘制的过程中按住【Shift】键，即可绘制正方形。

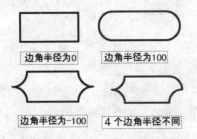

图 3.24　不同边角半径的矩形

3.2.3　绘制多角星形

使用多角星形工具可以绘制多边形和星形。用鼠标单击【矩形工具】按钮不放，出现【矩形工具】下拉列表，选择【多角星形工具】，【属性】面板将显示多角星形工具属性的设置选项，如图 3.25 所示。

图 3.25　选择多角星形工具后的【属性】面板

多角星形工具的使用方法和矩形工具类似，与椭圆工具和矩形工具不同的是多角星形工具的【属性】面板中多了一个【选项】设置按钮　选项...　。单击该按钮，打开如图 3.26 所示的对话框。

在【样式】下拉列表中可选择绘制的样式有【多边形】和【星形】，如图 3.27 所示。在【边数】文本框中可输入多角星形的边数，在【星形顶点大小】文本框中可输入星形顶点的大小。

图 3.26　【工具设置】对话框

图 3.27　【样式】下拉列表

在【工具设置】对话框的【边数】文本框中只能输入介于 3~32 之间的数字；在【星形顶点大小】文本框中只能输入一个介于 0~1 之间的数字，用于指定星形顶点的深度，数字越接近 0，创建的顶点就越深。在绘制多边形时，星形顶点的深度对多边形没有影响。

使用多角星形工具的操作步骤如下：

⟳**步骤01** 单击【工具】面板中的【多角星形工具】按钮▣。

⟳**步骤02** 单击多角星形工具【属性】面板中的【选项】按钮，在弹出的【工具设置】对话框中，设置多角星形工具的详细参数。

⟳**步骤03** 在舞台中拖拽鼠标指针，绘制图形，如图 3.28 所示。

结合上面所讲的几种工具可以绘制出很多漂亮的图形，如图 3.29 和 3.30 所示的分别是利用多角星形工具和矩形工具绘制的某公司标志和卡通城堡图形。

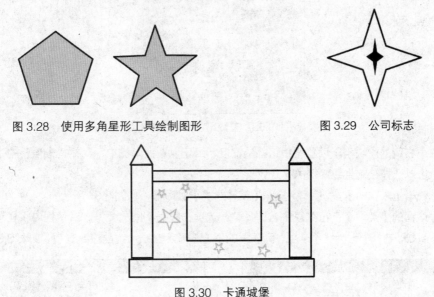

图 3.28 使用多角星形工具绘制图形　　　　图 3.29 公司标志

图 3.30 卡通城堡

3.3 绘制路径

在 Flash 中，绘制路径的工具多为线条工具、钢笔工具和铅笔工具。可根据实际的需要来选择不同的工具。

3.3.1 线条工具

线条工具是最简单的路径绘制工具。其操作步骤如下：

⟳**步骤01** 单击【工具】面板中的【线条工具】按钮◥，再将鼠标移动到舞台中需要绘制直线的位置，此时鼠标变为"＋"形状。

⟳**步骤02** 按住鼠标左键向任意方向拖动，如图 3.31 所示。

⟳**步骤03** 当线条的位置及长度符合要求后，松开鼠标即可绘制出一条直线，如图 3.32 所示。

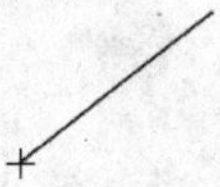

图 3.31 按住鼠标左键拖动 　　　　图 3.32 绘制出的直线

更改直线路径宽度和样式

选中需要设置的线条，这时【属性】面板中会显示当前选中的直线路径的属性，如图 3.33 所示。

图 3.33　直线路径的属性

【笔触】右侧的滑块用于设置直线路径的宽度，还可以在文本框中手动输入数值。在【样式】下拉列表中可以选择绘制直线路径的样式效果。

单击【编辑笔触样式】按钮 ✐，打开【笔触样式】对话框，如图 3.34 所示。

在该对话框的【类型】下拉列表中，选择某一选项，根据不同的类型，对话框中将显示不同的设置选项。例如，选择【锯齿线】选项，列表框的下方将显示出锯齿线的设置选项，如图 3.35 所示。

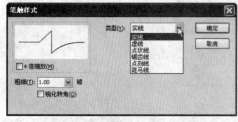

图 3.34　【笔触样式】对话框

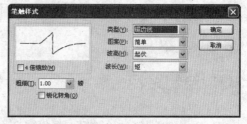

图 3.35　锯齿线的设置选项

用户可以根据绘制的需要设置不同的选项，设置完毕后，单击【确定】按钮即可。

更改直线路径端点和接合

在 Flash CS4 的【属性】面板中可以对绘制出来的路径端点形状进行设置。单击【端点】下拉按钮，打开【端点】按钮的下拉列表，如图 3.36 所示。在此下拉列表中分别选择【圆角】和【方形】选项的绘制效果如图 3.37 所示。

图 3.36　【端点】按钮的下拉列表

圆角　　方形

图 3.37　直线路径端点的设置效果

接合是指两条线段的相接处，也就是拐角的端点形状。在【属性】面板中，单击【接合】下拉按钮，会打开【接合】按钮的下拉列表，如图 3.38 所示。Flash CS4 有 3 种接合点的形状，分别是【尖角】、【圆角】和【斜角】，其中【斜角】是指被"削平"的方形端点。3 种接合点的形状效果如图 3.39 所示。

尖角　　　　圆角　　　斜角

图 3.38　【接合】按钮的下拉列表　　　　图 3.39　直线路径接合的设置效果

3.3.2　铅笔工具

单击【工具】面板中的【铅笔工具】按钮，再将鼠标移到舞台中，然后按住鼠标左键随意拖动即可绘制任意直线或曲线。

在【工具】面板中单击【铅笔模式】按钮后，将打开【铅笔模式】下拉列表（如图 3.40 所示），用户可根据需要进行选择。

【伸直】模式

选择该选项绘制的曲线比较规则，可利用它绘制一些相对较规则的几何图形，如图 3.41 所示。

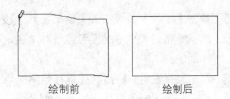

绘制前　　　　　　绘制后

图 3.40　【铅笔模式】下拉列表　　　图 3.41　【伸直】模式效果

【平滑】模式

适用于绘制平滑图形，选择该选项绘制的线条流畅自然，因为在绘制的过程中 Flash 已自动将图形的棱角去掉，转换成接近形状的平滑曲线。可利用它绘制一些相对较柔和细致的图形。在【平滑】模式下利用铅笔工具绘制图形的过程和效果如图 3.42 所示。

【墨水】模式

适于绘制接近手绘线条的图形。选择该选项绘制的曲线将反映鼠标光标绘制的路径，即不进行修饰，完全保持鼠标轨迹的形状，就像用笔画过的痕迹一样。在此模式下绘制的过程和效果如图 3.43 所示。

要得到最接近于手绘的效果，最好选择【墨水】模式。同时，在默认情况下，使用铅笔工具绘制的图形是矢量图形，但是在绘制图形之前如果单击【对象绘制】按钮，这样绘制出的图形将成为一个整体。在移动此模式下绘制出来的图形时，不会改变与其他对象重叠的图形的形状。

图 3.42　【平滑】模式效果　　　　　　　　　　图 3.43　【墨水】模式效果

使用铅笔工具的操作步骤如下:

○**步骤 01**　在【工具】面板中单击【铅笔工具】按钮🖊。
○**步骤 02**　在【属性】面板中设置路径的颜色、宽度和样式。
○**步骤 03**　选择需要的铅笔模式。
○**步骤 04**　在工作区中拖拽鼠标,绘制路径。

3.3.3　钢笔工具

钢笔工具可以用来绘制直线和曲线,还可以调节曲线的曲率,使绘制的线条按照预想的方向弯曲。要绘制精确的路径,可以使用钢笔工具创建直线和曲线段、调整直线段的角度和长度以及曲线段的斜率。钢笔工具不但可以用来绘制普通的开放路径,还可以创建闭合的路径。

绘制直线路径

使用钢笔工具绘制直线路径的操作步骤如下:

○**步骤 01**　单击【工具】面板中的【钢笔工具】按钮🖊,鼠标光标变为♦ₓ形状。
○**步骤 02**　将鼠标移到舞台中的任意位置并单击鼠标左键确定直线起点,此时起点位置会出现一个小圆圈。
○**步骤 03**　释放鼠标左键,将鼠标光标移到另一点上并单击鼠标左键,在起点位置和终点位置之间会自动出现一条直线,如图 3.44 所示。
○**步骤 04**　释放鼠标左键,在舞台中的另一点上单击可绘制出另一条直线,该直线以前一条直线的终点为起点,如图 3.45 所示。

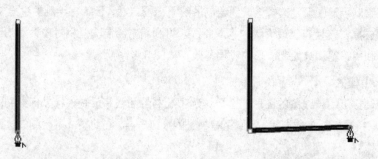

图 3.44　用钢笔工具绘制直线图形(2 点)　　　　图 3.45　用钢笔工具绘制直线图形(3 点)

○**步骤 05**　如果要结束路径绘制,可以按住【Ctrl】键,在路径外单击。如果要闭合路径,可以将鼠标指针移到第一个路径点上并单击,如图 3.46 所示。

绘制曲线路径

使用钢笔工具绘制曲线路径的操作步骤如下：

步骤 01 在【工具】面板中单击【钢笔工具】按钮。

步骤 02 在【属性】面板中设置好笔触和填充的属性。

步骤 03 在舞台上单击某一位置，确定第一个路径点。

步骤 04 拖拽出曲线的方向。拖拽时，路径点两端会出现曲线的切线控制柄。

步骤 05 释放鼠标，将指针放置在希望曲线结束的位置，单击鼠标左键，然后向相同或相反的方向拖拽，如图 3.47 所示。

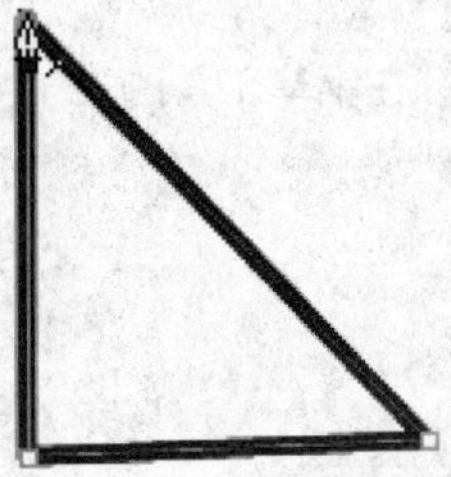

图 3.46　闭合路径绘制

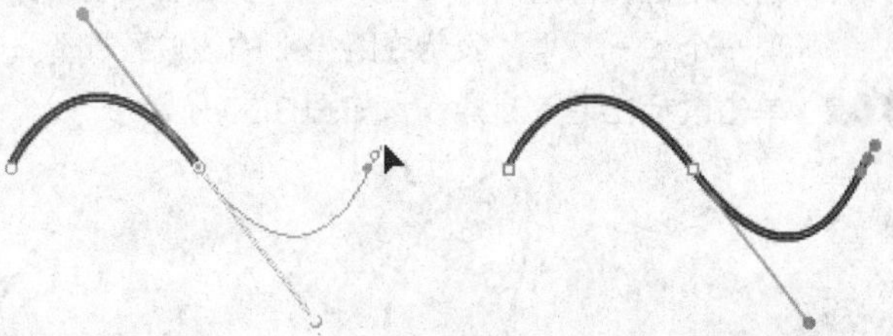

图 3.47　曲线路径的绘制

步骤 06 结束路径绘制时，可以按住【Ctrl】键，并在路径外单击。如果要闭合路径，可以将鼠标指针移到第一个路径点上单击。

改变路径点的状态

路径点分为直线点和曲线点，将曲线点转换为直线点的操作步骤如下：

步骤 01 选择要转换的路径。

步骤 02 用钢笔工具单击所选路径上已存在的曲线路径点，在钢笔工具的右下角将出现一个“∧”号，表示将曲线点转换为直线点。

步骤 03 单击鼠标左键完成操作，如图 3.48 所示为将曲线点变成直线点前后的效果。

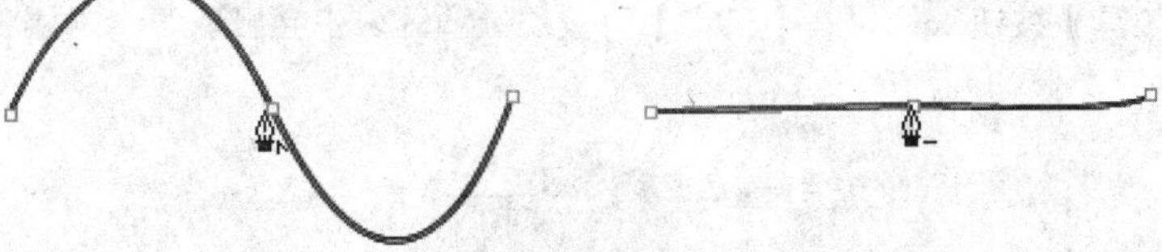

图 3.48　将曲线点转换为直线点前后的效果

添加、删除路径点

在 Flash 中可以通过添加或删除路径点来得到满意的图形。添加路径点的操作步骤如下：

步骤 01 选择路径，将钢笔工具在路径边缘没有路径点的位置上定位，在钢笔工具的右下角将出现一个“+”号，表示在路径上该位置增加一个路径点。

步骤 02 单击鼠标左键即可完成操作，如图 3.49 所示。

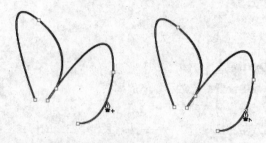

图 3.49　添加路径点前后效果对比

在 Flash CS4 中，删除路径点时只能删除直线点。删除路径点的操作步骤如下：

步骤01 选择路径，将钢笔工具在所选路径上已存在的路径点处定位，在钢笔工具的右下角会出现一个"－"号，表示在路径上的该位置删除一个路径点。

步骤02 单击鼠标左键完成操作，如图 3.50 所示。

图 3.50　删除路径点前后效果对比

3.4　对象的选取

选择工具是 Flash 中使用频率最高的工具，它可用于抓取、选择、移动和改变图形形状。

3.4.1　选择工具

单击【选择工具】按钮后，在【工具】面板的选项区域中会出现 3 个附属工具，如图 3.51 所示。

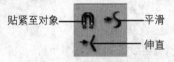

图 3.51　选择工具的选项区域

通过这些按钮可以完成以下操作。

◆ **贴紧至对象**：单击该按钮，使用选择工具拖拽某一对象时，光标旁将出现一个圆圈。将该对象向其他对象移动的时候，它会自动吸附上去，有助于将两个对象连接在一起。另外此工具还可以使对象与辅助线或网格对齐。

◆ **平滑**：对路径和形状进行平滑处理，消除多余的锯齿。使用该工具可以柔化曲线，减少整体凹凸等不规则变化，形成轻微的弯曲。

◆ **伸直：** 对路径和形状进行伸直处理，消除路径上多余的弧度。

在图 3.52 中，左侧的曲线是使用铅笔工具绘制的，显然凹凸不平而且带有毛刺，图中间及右侧的曲线是经过平滑或伸直处理得到的，可以看出曲线变得非常光滑。

选择一个对象

如果选择的是一条直线、一组对象或文本，只需单击需要的对象，就可以选择对象。如果所选的对象是图形，单击一条边线并不能选择整个图形，而需要在某条边线上双击鼠标左键，方可选中整个轮廓。在图 3.53 中，左侧是单击选择一条边线的效果，右侧是双击一条边线后选择所有边线的效果。

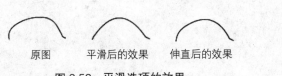

图 3.52　平滑选项的效果

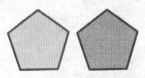

图 3.53　不同的选择效果

选择多个对象

有两种方式可以选择多个对象：一是使用框选；二是按住【Shift】键进行复选。下面以使用框选为例，说明选择多个对象的操作。单击【选择工具】按钮，使用鼠标框选需要的多个对象，松开鼠标即可，如图 3.54 所示。

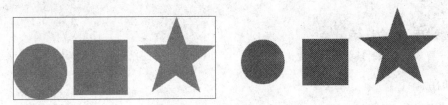

图 3.54　框选多个对象

裁剪对象

在框选对象的时候如果只是框选了对象的一部分，那么系统将会对对象进行裁剪的操作，如图 3.55 所示。当对裁剪对象进行操作时，只操作选择的部分。

图 3.55　裁剪对象

移动拐角

利用选择工具移动对象的拐角，当鼠标指针移动到对象的拐角点时，鼠标指针会发生变化，如图 3.56 所示。

图 3.56　选择拐点后鼠标指针的变化

这时按住鼠标左键并拖拽鼠标，移动到指定位置后释放左键，可以改变拐点的位置，如图 3.57 所示。

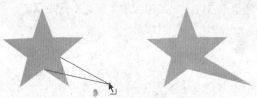

图 3.57　拐点移动的过程

将直线变为曲线

将选择工具移动到对象的边缘，鼠标指针会发生变化，如图 3.58 所示。

这时按住鼠标左键并拖拽鼠标，移动到指定位置后释放左键，可以将直线变为曲线，如图 3.59 所示。

图 3.58　选择对象边缘时鼠标指针的变化　　　　图 3.59　直线到曲线的变化过程

增加拐点

可以在一条线段上增加一个新的拐点，当鼠标指针下方出现一个弧线的标志时，按住【Ctrl】键和鼠标左键进行拖拽，到适当位置释放鼠标，就可以增加一个拐点，如图 3.60 所示。

图 3.60　增加拐点的操作

复制对象

使用选择工具可以直接在工作区中复制对象，其操作步骤如下：

◡**步骤 01**　选择需要复制的对象。
◡**步骤 02**　按【Ctrl】键或者【Alt】键，再拖拽对象至工作区上的任意位置，放开鼠标左键时就生成了复制对象。

3.4.2 部分选取工具

部分选取工具不仅可以选择并移动对象，还可以对图形进行变形等处理。一般和钢笔工具一起使用来修改和调节路径。

使用【部分选取工具】按钮选择对象，对象上将会出现很多的路径点，表示该对象已经被选中，如图 3.61 所示。

图 3.61 被部分选取工具选中的对象

移动路径点

使用部分选取工具选择图形，周围会出现一些路径点。把鼠标指针移动到这些路径点上，鼠标的右下角会出现一个白色的正方形，这时拖拽路径点可以改变对象的形状，如图 3.62 所示。

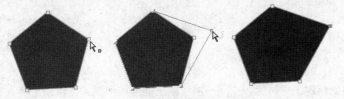

图 3.62 移动路径点

调整路径点的控制手柄

在选择路径点进行移动的过程中，在路径点的两端会出现调节路径弧度的控制手柄（或叫控制句柄），此时选中的路径点将变为实心，拖拽路径点两端的控制手柄，可以改变曲线弧度，如图 3.63 所示。

删除路径点

使用部分选取工具选中对象上的任意路径点后，按下【Delete】键可以删除当前选中的路径点。删除路径点也可以改变当前对象的形状，如图 3.64 所示。

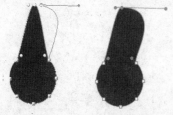

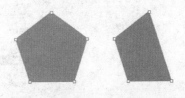

图 3.63 调整路径点两端的控制手柄   图 3.64 删除路径点的效果

选择多个路径点时同样可以使用框选或者按【Shift】键复选。

3.4.3 对象绘制模式

Flash CS4 有一项功能——【合并对象】功能，该功能主要针对利用对象绘制模式绘制的图形对象进行编辑，利用【合并对象】功能可以对图形对象进行联合、交集以及打孔等合并编辑，从而为绘制图形提供了极大的灵活性。

默认状态下，绘制的图形为合并绘制模式。即在此模式下，绘制的图形会自动进行合并。如果所绘制的图形已与另一图形合并，那么在移动绘制的图形时，会改变与其合并的图形的形状，效果如图 3.65 所示。

图 3.65　【合并对象】功能效果

当在【工具】面板中选择钢笔、刷子、形状等工具时，在选项区域中将显示【对象绘制】按钮，如图 3.66 所示。

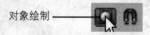

图 3.66　【对象绘制】按钮

单击选择【对象绘制】按钮后，在同一层绘制出的形状和线条将自动组合，在移动时不会互相切割、互相影响，如图 3.67 所示。

图 3.67　对象绘制模式下移动对象

在 Flash CS4 中，可以对绘制对象进行合并。选择需要合并的多个对象，单击【修改】菜单，选择【合并对象】选项，打开【合并对象】子菜单，如图 3.68 所示。

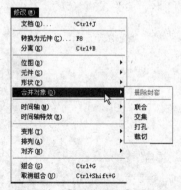

图 3.68　【合并对象】子菜单

由【合并对象】子菜单可以看出，在【合并对象】功能中，主要有【联合】、【交集】、【打孔】和【裁切】4 种合并模式，下面对各合并模式的功能及含义分别进行介绍。

◆ **联合**：选择【联合】选项，可以将两个或多个图形对象合成单个图形对象，效果如图 3.69 所示。

图 3.69　原图与联合后的图形对比

◆ **交集**：选择【交集】选项，将只保留两个或多个图形对象相交的部分，并将其合成为单个图形对象，效果如图 3.70 所示。

◆ **打孔**：选择【打孔】选项，将使用位于上方的图形对象删除下方图形对象中的相应图形部分，并将其合成为单个图形对象，效果如图 3.71 所示。

◆ **裁切**：选择【裁切】选项，将使用位于上方的图形对象保留下方图形对象中的相应图形部分，并将其合成为单个图形对象，效果如图 3.72 所示。

图 3.70 【交集】的效果　　　　图 3.71 【打孔】的效果　　　　图 3.72 【裁切】的效果

3.5　绘制基本图形实例

在大多数情况下，看上去较复杂的图形实际上可以被分解为一些简单的基本图形，因此用户可以使用 Flash CS4 提供的工具绘制所需要的图形。

3.5.1　中国银行标志

制作中国银行标志的操作步骤如下：

⭕**步骤 01**　新建一个 Flash 文档。

⭕**步骤 02**　执行【修改】→【文档】命令（或按组合键【Ctrl+J】），打开【文档属性】对话框，如图 3.73 所示。

⭕**步骤 03**　在【尺寸】文本框中输入文档的宽度和高度，均为 200 像素，背景颜色为白色。

⭕**步骤 04**　选择【工具】面板中的椭圆工具，在其【属性】面板中将笔触颜色设为无。

图 3.73　【文档属性】对话框

○**步骤05**　然后在舞台中绘制一个和舞台一样大小的正圆，如图 3.74 所示。

图 3.74　在舞台中绘制一个正圆

○**步骤06**　执行【窗口】→【变形】命令（或按【Ctrl+T】组合键），打开【变形】面板。

○**步骤07**　在【变形】面板中单击【重制选区和变形】按钮，复制当前的正圆，如图 3.75 所示。

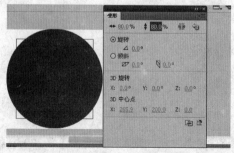

图 3.75　复制当前正圆

○**步骤08**　然后把当前的正圆缩小到原来的 80％，此时的【变形】面板及正圆的效果如图 3.76 所示。

图 3.76　缩小复制的正圆

○**步骤09**　将两个正圆同时选中，执行【修改】→【合并对象】→【打孔】命令，做出圆环的效果，如图 3.77 所示。

步骤 10 选择【工具】面板中的矩形工具，在舞台中绘制一个宽度为 25 像素的矩形，高度和外侧正圆一样高，如图 3.78 所示。

图 3.77　制作圆环

图 3.78　绘制矩形

可以在矩形绘制完成之后，在其【属性】面板中更改宽度和高度，如图 3.79 所示。

步骤 11 再次选择【工具】面板中的矩形工具，在其【属性】面板中设置矩形的边角半径为 20，如图 3.80 所示。

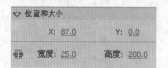

图 3.79　设置矩形大小

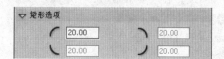

图 3.80　设置矩形边角半径

步骤 12 设置完成后在舞台的中心绘制一个宽度为 100 像素、高度为 80 像素的圆角矩形，效果如图 3.81 所示。

步骤 13 同样使用【变形】面板，复制这个圆角矩形，并且缩小到原来的 50％，效果如图 3.82 所示。

步骤 14 在【属性】面板中将缩小后的圆角矩形的填充颜色更改为白色，效果如图 3.83 所示。

图 3.81　绘制一个圆角矩形

图 3.82　复制并缩小圆角矩形

图 3.83　更改小圆角矩形的填充颜色

步骤 15 中国银行的标志制作完毕，效果如图 3.84 所示。

图 3.84　完成的中国银行标志

 矩形与圆角矩形的位置可以通过执行【窗口】→【对齐】命令，打开【对齐】面板，单击【相对于舞台】按钮，进行精确定位。

3.5.2　绘制简单的背景图

绘制简单的背景图的操作步骤如下：

步骤 01　新建一个 Flash 文档。

步骤 02　在【工具】面板中单击【线条工具】按钮，将鼠标移动到场景中。按住鼠标左键并拖动，在场景中绘制一个地面，如图 3.85 所示。

步骤 03　在【工具】面板中单击【矩形工具】按钮，在【属性】面板中设置填充颜色为无，如图 3.86 所示。

图 3.85　使用线条工具绘制地面　　　　图 3.86　设置矩形属性

步骤 04　将鼠标移动到场景中的合适位置后，按住鼠标左键并拖动，绘制出树的树干，如图 3.87 所示。

步骤 05　用相同的方法在绘制其他 3 棵树的树干。

步骤 06　在【工具】面板中单击【椭圆工具】按钮，在【属性】面板中设置填充颜色为无。

步骤 07　将鼠标移动到树干的相应位置，分别绘制树冠，如图 3.88 所示。

步骤 08　在【工具】面板中单击【铅笔工具】按钮，然后在【工具】面板的选项区域中单击【铅笔模式】按钮，在弹出的下拉列表中选择【平滑】选项。

图 3.87　使用矩形工具绘制树干

图 3.88　使用椭圆工具绘制树冠

步骤09 将鼠标移动到场景的左下方，按住鼠标左键进行拖动，绘制需要的山，如图 3.89 所示。

步骤10 在【工具】面板中单击【钢笔工具】按钮 ，将鼠标移动到山的左下方，单击适当的位置，确定起始点，依次确定其他位置点，绘制需要的湖，如图 3.90 所示。

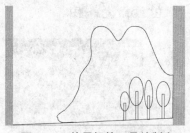

图 3.89　使用铅笔工具绘制山

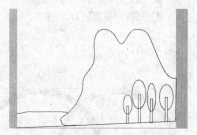

图 3.90　使用钢笔工具绘制湖

步骤11 使用颜料桶工具为图片添加颜色，最终效果如图 3.91 所示。

图 3.91　绘制完成的效果

3.5.3　绘制"环环相扣"

绘制"环环相扣"的操作步骤如下：

步骤01 新建一个 Flash 文档。

步骤02 单击【工具】面板中的【矩形工具】按钮，在其下拉列表里选择【基本椭圆工具】选项。

步骤03 在【属性】面板中将填充颜色改为红色，并将【内径】设为 90，如图 3.92 所示。

步骤04 将鼠标移至舞台中进行拖动，同时按住【Shift】键，绘制一个圆环，如图 3.93 所示。

步骤05 选中圆环，在按住【Ctrl】键的同时拖动圆环复制出一个圆环，并将其填充色改为黑色，如图 3.94 所示。

步骤06 在【工具】面板中单击【选择工具】按钮，然后将两个圆环同时选中。

步骤07 执行【窗口】→【变形】命令，打开【变形】面板，如图 3.95 所示。

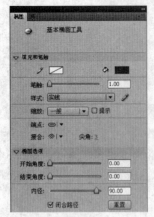

图 3.92 设置圆环属性

图 3.93 绘制圆环

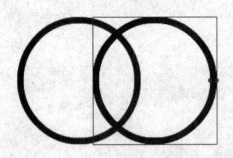

图 3.94 复制圆环

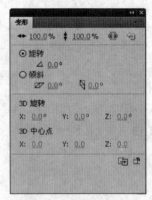

图 3.95 【变形】面板

⭕**步骤 08** 单击【变形】面板中的【重制选区和变形】按钮，复制两个圆环并与前两个重合。

⭕**步骤 09** 执行【修改】→【合并对象】→【交集】命令，得到两个圆环重合部分的图形，如图 3.96 所示。

⭕**步骤 10** 在【工具】面板中单击【矩形工具】按钮，绘制一个矩形，并将两个圆环下面部分的相交区域遮住，效果如图 3.97 所示。

图 3.96 得到重合部分的图形

图 3.97 绘制矩形

 绘制矩形之前要将【工具】面板下方选项区域的【对象绘制】按钮选中。

⭕**步骤 11** 将两个圆环的重合部分与矩形同时选中，执行【修改】→【合并对象】→【打孔】命令，得到相交部分的图形，如图 3.98 所示。

步骤 12 在黑色的圆环上单击鼠标右键，在弹出的快捷菜单中选择【排列】→【移至底层】命令，将黑色的圆环置于红色圆环的下方，得到两环相扣的效果，如图 3.99 所示。

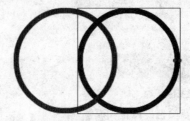

图 3.98 矩形与圆环重合部分的图形   图 3.99 两环相扣

步骤 13 用同样的方法绘制多个圆环相扣的效果，如图 3.100 所示。

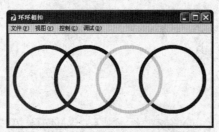

图 3.100 "环环相扣"的最终效果

 利用上面制作"环环相扣"的方法可以制作奥运五环标志，效果如图 3.101 所示。

图 3.101 奥运五环标志的效果

 本章介绍了在 Flash CS4 中绘制图形的基本知识，包括绘制简单图形、绘制路径和对象的选取等方面的内容，最后提供了一些基本图形绘制的实例，帮助用户更好地掌握 Flash CS4 绘图的技巧。

第 4 章　Flash 色彩的编辑

本 章 包 括

◆ 颜色的选择　　　　　　　　　　◆ 颜色的填充

◆ 渐变颜色的设置和调整　　　　　◆ 色彩编辑技巧

完成图形绘制后，为了使图形更加生动、形象，需要给绘制的图形填充颜色。Flash CS4 提供了多种色彩编辑工具，用户可以根据实际的动画要求任意地对色彩进行编辑。本章将介绍 Flash CS4 色彩编辑的有关知识。

4.1　颜色的选择

在绘制 Flash 动画所需图形的过程中，经常需要对这些图形的色彩进行编辑处理，但是在处理之前首先应根据场景需要来选择合适的颜色。选择或设置颜色后，才可以对 Flash 对象进行颜色填充，从而制作出丰富多彩的动画效果。

4.1.1　使用调色板选择颜色

在 Flash CS4 中，每一个 Flash 文件都包含自己的调色板，并存储在 Flash 文档中。例如，单击【工具】面板中的【笔触颜色】按钮 ，将弹出【笔触颜色】调色板，如图 4.1 所示。

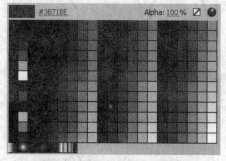

图 4.1　【笔触颜色】调色板

一、Web 安全色

调色板默认打开 216 色 Web 安全色，用户可以直接在调色板中选择需要的颜色。

使用 Flash 制作的动画大多数应用于互联网上，由于用户计算机（如 PC 机和 Mac 机）和 Web 浏览器（如 Netscape、Explorer 和 Mosaic 浏览器）不同，而浏览器无法跨平台使用相同颜色。因此，在跨平台使用相同颜色时，显示的效果可能有所不同。

在 Flash CS4 中进行动画制作，如果选择 216 色的 Web 安全色，无论用户使用何种计算机平台和 Web 浏览器平台，其显示的颜色都相同。

二、颜色值

在 Flash 中，任何一个 RGB 颜色都可以使用十六进制（Hex）的符号来表示。

计算机的显示器通过 RGB 色彩方式显示颜色。人们把红（Red）、绿（Green）和蓝（Blue）这三种色光称之为"三原色光"，RGB 色彩体系就是以这三种颜色为基本色的一种体系。RGB 值是 0~255 之间的一个整数，不同数值叠加会产生不同的色彩，而当相同数值的 R、G、B 叠加时，则会变成白色。

当用户使用鼠标在调色板中选择颜色时，在调色板左上角的文本框中将显示颜色的十六进制值。颜色值以#开头，每个十六进制的颜色数值有 6 位，从左到右，每两位分别表示 R、G 和 B 颜色通道的颜色值。例如，颜色值#000000 表示黑色、颜色值#FF0000 表示红色、颜色值#00FF00 表示绿色、颜色值#0000FF 表示蓝色以及颜色值#FFFFFF 表示白色。

三、Alpha 值

Alpha 值用于设置颜色填充的透明程度。如果 Alpha 值为 0%，则创建的填充不可见（即透明）；如果 Alpha 值为 100%，则创建的填充不透明。

四、【无颜色】按钮

在【笔触颜色】调色板中，单击【无颜色】按钮 ☑，将删除所有笔触颜色。设置笔触颜色为黑色和无色的效果如图 4.2 所示。

笔触颜色为黑色　　　无笔触颜色

图 4.2　设置笔触颜色为黑色和没有颜色的效果对比图

在【填充颜色】调色板中，单击【无颜色】按钮 ☑，将删除所有填充颜色。设置填充颜色为绿色和无色的效果如图 4.3 所示。

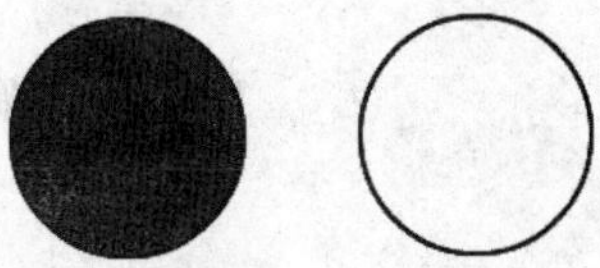

填充颜色为绿色　　　无填充颜色

图 4.3　设置填充颜色为绿色和没有颜色的效果对比图

五、【系统颜色】按钮

单击调色板右上角的【系统颜色】按钮 ⦿，打开 Windows 的系统调色板，如图 4.4 所示。

使用此系统调色板可以选择更多的颜色，选择完毕后，单击【确定】按钮即可。

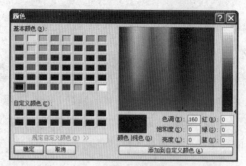

图 4.4　Windows 的系统调色板

4.1.2　使用滴管工具选择颜色

滴管工具的功能就是对颜色的特征进行采集。使用【滴管工具】按钮✍️可以从舞台中指定的位置获取色块、位图和线段的属性来应用于其他对象，滴管工具可进行矢量色块的采样填充、矢量线条的采样填充以及位图和文字的采样填充。

在【工具】面板中单击【滴管工具】按钮✍️，移动鼠标，单击需要选择颜色的位置，如果选择的区域是路径区域，笔触颜色将变成所选择的颜色，同时滴管工具将自动转换为墨水瓶工具（如图4.5 所示），这样即可使用新的笔触颜色绘制或填充其他路径的颜色；如果选择的区域是填充区域，填充颜色将变成所选择的颜色，同时滴管工具将自动转换为颜料桶工具，这样即可使用新的填充颜色绘制或填充图形颜色，如图4.6 所示。

图 4.5　吸取路径颜色　　　　　　　　图 4.6　吸取填充颜色

滴管工具除了提取线条和色块的颜色外，还可对位图进行采样，并利用提取的位图样本对图形进行填充，如图 4.7 所示为利用滴管工具提取位图样本进行填充前后效果对比。

图 4.7　利用滴管工具采样后进行填充

如果在提取颜色之前未将位图打散，选取的样本以及填充的颜色与打散后进行提取填充的效果不同，滴管工具只对吸取点的颜色进行提取，而不是提取整个位图，如图 4.8 所示的是未将位图打散进行提取并填充的效果。

图 4.8　提取未打散的位图样本并填充

利用滴管工具还可以吸取文字属性，操作步骤与上面所讲的类似，首先选择要改变文字属性的文字。然后选择滴管工具，并移到要吸取文字属性的文字上方，当鼠标光标变成 形状时，单击鼠标左键即可。当改变舞台的显示比例时，对刷子绘制出来的线条大小会有影响。

4.1.3　使用【颜色】面板选取颜色

【颜色】面板提供了更改笔触和填充颜色以及创建多色渐变的选项。

执行【窗口】→【颜色】命令（或按【Shift+F9】组合键），打开【颜色】面板，如图 4.9 所示。

在【颜色】面板中，主要通过三种方法设置颜色：一是在颜色拾取器中选择需要的颜色；二是在【红】、【绿】和【蓝】文本框中输入相应的 R、G、B 值；三是在【颜色值】文本框中直接使用十六进制值输入颜色。在【颜色】面板中，还可以设置颜色的 Alpha 值。

4.2　颜色的填充

选择或设置颜色后，可以使用刷子工具、墨水瓶工具和颜料桶工具对 Flash 对象进行颜色填充。

4.2.1　使用刷子工具

在 Flash CS4 中，利用刷子工具可以在已有图形或空白工作区中绘制一些特定形状、大小及颜色的矢量色块，通过更改刷子的大小和形状，可以绘制各种样式的填充线条，还可以为任意区域和图形填充颜色。

它对于填充精度要求不高的对象比较适合。同时，利用刷子工具还可以像用毛笔绘画一样绘制出毛笔的效果。

当改变舞台的显示比例时，对刷子绘制出来的线条大小会有影响。

单击【刷子工具】按钮 后，Flash 的【属性】面板中会出现刷子工具的相关属性，如图 4.10 所示。

在【属性】面板中可以设置刷子工具的填充色和平滑度。同时，在【工具】面板的选项区域中将出现一些刷子工具的选项，如图 4.11 所示。

图 4.9 【颜色】面板

图 4.10　刷子工具的【属性】面板

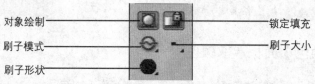

对象绘制 ——————————————— 锁定填充

刷子模式 ——————————————— 刷子大小

刷子形状 ———————

图 4.11　刷子工具的选项区域

一、设置刷子模式

单击【刷子模式】按钮◎，将打开【刷子模式】下拉列表，如图 4.12 所示。其中共有 5 个选项可供选择，用于在不同状态下进行绘图。对刷子模式各选项的说明如下。

【标准绘画】◎

在这种模式下，新绘制的线条会覆盖同一层中原有的图形（包括填充区域和边界线），但是不会影响文本对象和导入的对象。标准绘画模式下绘图的过程及结果如图 4.13 所示。

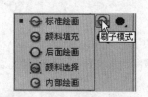

图 4.12　【刷子模式】下拉列表

图 4.13　标准绘画的过程及结果

【颜料填充】◎

在这种模式下，只能在空白区域和已有的矢量色块填充区域内绘制，并且不会影响矢量路径的颜色（即对边界线不起作用）。颜料填充模式下绘图的过程及结果如图 4.14 所示。

【后面绘画】◎

在这种模式下，只能在空白区域中绘制，不会影响原有图形的颜色，绘制出来的色块全部在原有图形下方。后面绘画模式下绘图的过程及结果如图 4.15 所示。

【颜料选择】◎

在这种模式下只能在选择的区域中绘制，也就是说必须先选择一个区域然后才能在被选区域中绘图。填充前后的对比效果如图 4.16 所示。

图 4.14　颜料填充的过程及结果　　　　图 4.15　后面绘画的过程及结果

【内部绘画】

在这种模式下，只能在起始点所在的封闭区域中绘制。如果起始点在空白区域，则只能在空白区域内绘制；如果起始点在图形内部，则只能在图形内部进行绘制。填充前后的对比效果如图 4.17 所示。

图 4.16　颜料选择的对比效果图　　　　图 4.17　内部绘画的对比效果图

二、设置刷子工具的大小和形状

利用【刷子大小】选项，可以设置刷子的大小。打开【刷子大小】下拉列表，根据需要，单击相应的选项即可设置刷子大小，如图 4.18 所示。

利用【刷子形状】选项，可以设置刷子的不同形状。打开【刷子形状】下拉列表，根据需要，单击相应的选项即可设置刷子的形状，如图 4.19 所示。

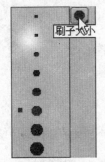

图 4.18　【刷子大小】下拉列表

图 4.19　【刷子形状】下拉列表

 　在使用刷子工具时，按住【Shift】键拖动可将刷子笔触限定为水平和垂直方向。

三、锁定填充设置

当使用渐变色填充时，单击【锁定填充】按钮，将上一笔触的颜色变化规律锁定，作为对该区域的色彩变化规范。

综合起来，使用刷子工具的操作步骤如下：

○**步骤01** 在【工具】面板中单击选择【刷子工具】按钮。
○**步骤02** 在【属性】面板中设置刷子工具的填充色和平滑度。
○**步骤03** 设置【工具】面板中的【刷子模式】选项。
○**步骤04** 设置【工具】面板中的【刷子大小】选项。
○**步骤05** 设置【工具】面板中的【刷子形状】选项。
○**步骤06** 在舞台中拖拽鼠标，绘制图形。

4.2.2 使用墨水瓶工具

使用墨水瓶工具可以改变一条路径的粗细、颜色或线型等，并且可以给分离后的文本或图形添加路径轮廓，但墨水瓶工具本身是不能绘制图形的。

单击【墨水瓶工具】按钮后，Flash CS4 的【属性】面板中会出现墨水瓶工具的相关属性，如图 4.20 所示。

图 4.20　墨水瓶工具的【属性】面板

使用墨水瓶工具的操作步骤如下：

○**步骤01** 单击【工具】面板中的【墨水瓶工具】按钮。
○**步骤02** 在【属性】面板中设置描边路径的颜色、粗细和样式。
○**步骤03** 单击图形对象即可。

使用墨水瓶工具可以快速地给图形对象添加边框路径。下面通过一个具体的实例来说明，其操作步骤如下：

○**步骤01** 新建一个 Flash 文档。
○**步骤02** 执行【文件】→【导入】→【导入到舞台】命令（或按【Ctrl+R】组合键），导入素材图片，如图 4.21 所示。
○**步骤03** 单击【工具】面板中的【墨水瓶工具】按钮，设置笔触颜色为彩虹渐变色，填充不必理会，因为墨水瓶工具不会对填充进行任何修改。
○**步骤04** 在【属性】面板中把笔触高度设置为 3，线型设置为实线，如图 4.22 所示。
○**步骤05** 设置完毕后，把鼠标移动到图形上，鼠标指针会显示为倾倒的墨水瓶形状，如图 4.23 所示。

图 4.21 没有边框路径的原图

图 4.22 墨水瓶工具的【属性】面板

◯ **步骤 06** 在图形上单击鼠标左键，"小狗"的身体周围就描绘出了边框路径。使用同样的方法给整个图形添加边框路径，如图 4.24 所示。

图 4.23 墨水瓶工具的鼠标指针

图 4.24 使用墨水瓶工具给图形描边

对图形使用墨水瓶工具描边时，不仅可以选择单色描边，也可以使用渐变色来进行描边。对于已经有了边框路径的图形，同样也可以使用墨水瓶工具来重新描边。所有被描边的图形必须处于网格状的可编辑状态。

4.2.3 使用颜料桶工具

使用颜料桶工具可填充单色、渐变色以及位图到封闭的区域，同时也可以更改已填充区域的颜色。

单击【颜料桶工具】按钮 后，Flash 的【属性】面板中会出现颜料桶工具的相关属性；如图 4.25 所示。在【工具】面板的选项区域中也将出现颜料桶工具的相关选项，如图 4.26 所示。

图 4.25 颜料桶工具的【属性】面板

图 4.26 颜料桶工具的选项区域

在填充时，如果被填充的区域不是闭合的，可以通过设置颜料桶工具的【空隙大小】来进行填充。单击【空隙大小】按钮，将打开【空隙大小】下拉列表，如图 4.27 所示。

图 4.27　【空隙大小】下拉列表

【空隙大小】下拉列表中各选项的功能如表 4.1 所示。

表 4.1　【空隙大小】下拉列表中各选项的功能

选项名	功能
不封闭空隙	填充时不允许空隙存在
封闭小空隙	颜料桶工具可以忽略较小的空隙，对其进行填充
封闭中等空隙	颜料桶工具可以忽略大一些的空隙，对其进行填充
封闭大空隙	即使线条之间还有一段距离，用颜料桶工具也可以填充线条内部的区域

颜料桶工具选项区域中的【锁定填充】功能和刷子工具的锁定功能类似，在绘图的过程中，位图或渐变填充将扩展覆盖在舞台中涂色的图形对象上。

使用颜料桶工具的操作步骤如下：

⟳步骤01　单击【工具】面板中的【颜料桶工具】按钮 🎨。

⟳步骤02　在【属性】面板中单击【填充颜色】按钮，选择黄色作为填充的颜色，单击星星图形区域，为城堡的星星填充。选择深蓝色后单击城堡的其他需要填充的区域进行填充。

⟳步骤03　选择颜料桶工具的一种模式。

⟳步骤04　单击需要填充颜色的区域，如图 4.28 所示的是填充前后的效果对比。

图 4.28　使用颜料桶工具填充前后的效果对比

4.3　渐变颜色的设置和调整

在 Flash CS4 中，不仅可以设置和填充单一颜色，还可以设置和调整渐变颜色。所谓渐变颜色，简单来说就是从一种颜色过渡到另一种颜色的过程，而且在 Flash CS4 中可以将多达 15 种颜色应用于渐变。利用这种填充方式，可以轻松地表现出光线、立体及金属等效果。Flash CS4 中提供的渐变颜色一共有两种类型：线性渐变和放射状渐变。

4.3.1　设置渐变颜色

在【颜色】面板中，单击【类型】下拉列表框，打开【类型】下拉列表，如图 4.29 所示。使用【类型】下拉列表可更改填充样式，各选项的含义如表 4.2 所示。

表 4.2　【类型】下拉列表中各选项的含义

选项名	含义
无	删除填充
纯色	提供一种纯正的填充单色
线性	产生一种沿线性轨道混合的渐变
放射状	产生从一个中心焦点出发沿环形轨道混合的渐变
位图	允许用可选的位图图像平铺所选的填充区域

一、设置线性渐变颜色

线性渐变颜色是沿着一根轴线（水平或垂直）改变颜色的。在【类型】下拉列表中，选择【线性】选项后，在面板的下方可以设置线性渐变颜色，如图 4.30 所示。

图 4.29　【类型】下拉列表

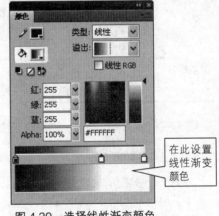

图 4.30　选择线性渐变颜色

双击线性渐变颜色的 按钮，将打开一个颜色拾取器，使用此颜色拾取器可设置线性渐变颜色的结束颜色，如图 4.31 所示。

同样，双击线性渐变颜色的 按钮，将打开一个颜色拾取器，使用此颜色拾取器可设置线性渐变颜色的开始颜色。

当选择【线性】选项，在【类型】下拉列表框的下方将出现【溢出】下拉列表框。溢出是指当应用的颜色超出了这两种渐变的限制，会以何种方式填充空余的区域，也就是说，当一段渐变结束，还不够填满某个区域时，如何处理多余的空间。

单击【溢出】下拉列表框，打开【溢出】下拉列表，如图 4.32 所示。

【溢出】下拉列表包括【扩充模式】、【镜像模式】和【重复模式】三种溢出模式，它们的含义如表 4.3 所示。

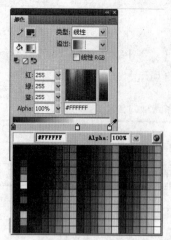

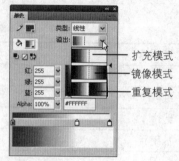

扩充模式
镜像模式
重复模式

图 4.31　设置线性渐变颜色的结束颜色　　　　图 4.32　【溢出】下拉列表

表 4.3　不同溢出模式的含义

模式名称	含义
扩充模式	这一模式是指从渐变的起始色到结束色一直向边缘延伸开来，填充空出来的地方
镜像模式	这一模式是指将此段渐变进行对称翻转，合为一体、头尾相接，然后作为图案平铺在空余的区域，并且根据形状大小的伸缩，一直把此段渐变绵延重复下去，直到填充满整个形状为止
重复模式	这一模式可以想像为渐变有无数个副本，像排队一样，一个接一个地连在一起，来填充空余的区域

　　设置完线性渐变颜色后，使用绘图工具可在舞台绘制有线性渐变颜色的图形，如图 4.33 所示。

二、设置放射状渐变颜色

　　放射状渐变是指颜色以圆形的方式，从中心向周围扩散的变化类型。在【类型】下拉列表中，单击【放射状】选项，在面板的下方将出现放射状渐变颜色，如图 4.34 所示。

图 4.33　绘制有线性渐变颜色的图形　　　　图 4.34　选择放射状渐变颜色

　　放射状渐变颜色的设置与线性渐变颜色的设置基本相同。设置完放射状渐变颜色后，使用绘图工具可在舞台中绘制有放射状渐变颜色的图形，如图 4.35 所示。

图 4.35 绘制有放射状渐变颜色的图形

4.3.2 使用渐变变形工具

渐变变形工具用于调整渐变的颜色，填充对象和位图的尺寸、角度和中心点。使用渐变变形工具调整填充内容时，在调整对象的周围会出现一些控制手柄，根据填充内容的不同，显示的手柄也会有所区别。

一、调整线性渐变

使用渐变变形工具调整线性渐变的操作步骤如下：

步骤01 在【工具】面板中，单击【矩形工具】按钮右下角的小箭头，选择【椭圆工具】。

步骤02 在【属性】面板中设置笔触颜色为无，将填充颜色设置为线性渐变模式的填充色，再在舞台中绘制一个线性状态填充的椭圆形，如图 4.36 所示。

步骤03 单击【任意变形工具】按钮右下角的箭头，在弹出的下拉列表中选择【渐变变形工具】，在椭圆形内部单击鼠标，此时图形周围将出现一个圆形控制手柄、一个矩形控制手柄、一个旋转中心和两条竖线，如图 4.37 所示。

图 4.36 绘制的线性渐变椭圆　　　　　　　　　　　　图 4.37 调整线性渐变

步骤04 将鼠标光标移到椭圆形右侧竖线的圆形控制手柄上，鼠标光标将变成如图 4.38 所示的形状。按住该控制手柄旋转，颜色的渐变方向也随着手柄的移动而改变，如图 4.39 所示。

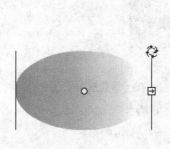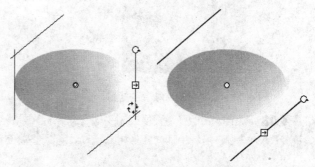

图 4.38 按住圆形控制手柄　　　　　　　　图 4.39 旋转圆形控制手柄后的效果

○**步骤 05**　将鼠标移动到矩形控制柄上，鼠标光标将变成如图 4.40 所示的形状。

○**步骤 06**　按住该手柄向矩形内部拖动，颜色的渐变范围也随着手柄的移动而改变，如图 4.41 所示。

○**步骤 07**　将鼠标光标移动到椭圆形的旋转中心上，鼠标光标变为如图 4.42 所示的形状。

○**步骤 08**　按住该中心并拖动，颜色的渐变位置也随着中心的移动而改变，如图 4.43 所示。

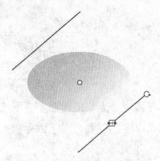

图 4.40　按住矩形控制手柄

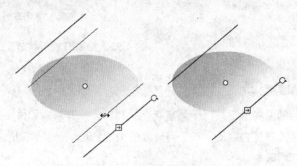

图 4.41　移动矩形控制手柄后的效果

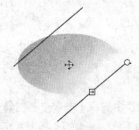

图 4.42　按住旋转中心

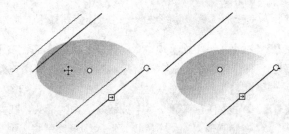

图 4.43　移动中心控制点后的效果

二、调整放射状渐变

使用渐变变形工具调整放射状渐变的操作步骤如下：

○**步骤 01**　在【工具】面板中单击【矩形工具】按钮▣。在【属性】面板中设置笔触颜色为无。执行【窗口】→【颜色】命令，打开【颜色】面板，选中 ▨▧ 按钮。在【颜色】面板的【类型】下拉列表中选择【放射状】选项，在舞台中绘制一个矩形，如图 4.44 所示。

○**步骤 02**　单击【渐变变形工具】按钮▣，在矩形内部单击鼠标，此时图形周围将出现两个圆形控制手柄、一个矩形控制手柄和一个旋转中心，如图 4.45 所示。

图 4.44　绘制放射状渐变的矩形

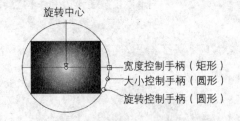

旋转中心

宽度控制手柄（矩形）
大小控制手柄（圆形）
旋转控制手柄（圆形）

图 4.45　调整放射状渐变

○**步骤 03**　将鼠标光标移到宽度控制手柄上，鼠标光标将变成如图 4.46 所示的形状。

○**步骤 04**　按住该控制手柄向矩形内部拖动，可调整填充色的间距，如图 4.47 所示。

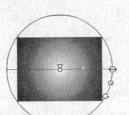

图 4.46　按住宽度控制手柄

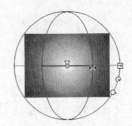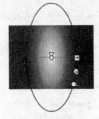

图 4.47　调整填充色间距的过程及效果

○**步骤 05**　将鼠标移动到大小控制手柄上，鼠标光标将变成如图 4.48 所示的形状。

○**步骤 06**　按住该控制手柄向矩形外部拖动，可使颜色沿中心位置扩大，如图 4.49 所示。

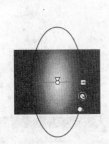

图 4.48　按住大小控制手柄

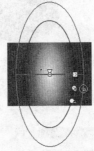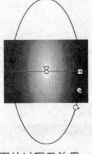

图 4.49　调整颜色范围的过程及效果

○**步骤 07**　将鼠标光标移到旋转控制手柄上，鼠标光标变成如图 4.50 所示的形状。

○**步骤 08**　按住该控制手柄并旋转，可改变渐变色的填充方向，如图 4.51 所示。

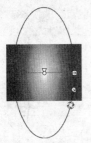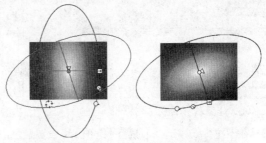

图 4.50　按住旋转控制手柄　　　　图 4.51　改变渐变色填充方向的过程及效果

○**步骤 09**　将鼠标光标移到旋转中心上，鼠标光标变成如图 4.52 所示的形状。

○**步骤 10**　按住该控制手柄并拖动，可改变渐变色的填充位置，如图 4.53 所示。

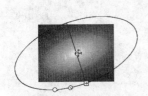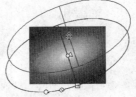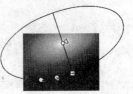

图 4.52　按住旋转中心　　　　图 4.53　改变渐变色填充位置的过程及效果

4.4　色彩编辑技巧

在 Flash 的色彩编辑中，有许多实用的技巧。掌握这些技巧，可提高用户的 Flash 操作水平，下

面我们来介绍几种色彩编辑的技巧。

4.4.1 查找和替换颜色

在 Flash CS4 中，也可以像在文本编辑器中查找和替换文本一样查找和替换颜色。例如，在舞台中绘制了一个填充颜色为绿色的椭圆形，如图 4.54 所示。使用查找和替换颜色功能可将填充颜色由绿色变成黄色，其操作步骤如下：

图 4.54　填充颜色为绿色的椭圆形

⊃步骤01　执行【编辑】→【查找和替换】命令，打开【查找和替换】对话框，如图 4.55 所示。

⊃步骤02　单击【类型】下拉列表框，打开【类型】下拉列表，如图 4.56 所示。

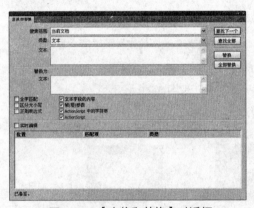

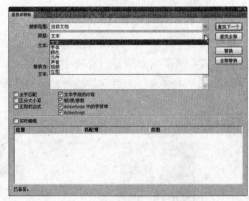

图 4.55　【查找和替换】对话框　　　　　　　图 4.56　【类型】下拉列表

⊃步骤03　在下拉列表中选择【颜色】选项，可设置颜色的【查找和替换】对话框，如图 4.57 所示。

⊃步骤04　使用滴管工具设置查找和替换的颜色值，如图 4.58 所示。

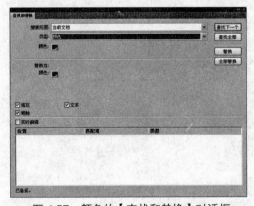

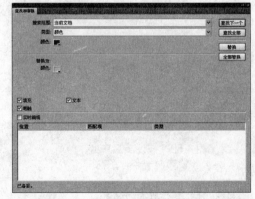

图 4.57　颜色的【查找和替换】对话框　　　　图 4.58　设置查找和替换的颜色值

⊃步骤05　单击【全部替换】按钮，将替换图形的颜色，如图 4.59 所示。

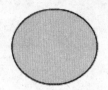

图 4.59   替换图形颜色的效果

4.4.2 调整位图填充

使用渐变变形工具调整位图填充的操作步骤如下：

◗ **步骤 01** 在【颜色】面板中，从【类型】下拉列表中选择【位图】选项，打开【导入到库】对话框，如图 4.60 所示。

◗ **步骤 02** 选择需要打开的图形文件。

◗ **步骤 03** 单击【打开】按钮，在【颜色】面板的下方将出现导入的位图，如图 4.61 所示。

图 4.60 【导入到库】对话框

图 4.61   导入位图后的【颜色】面板

◗ **步骤 04** 在【工具】面板中单击【椭圆工具】按钮，在舞台中绘制一个位图填充的椭圆形，如图 4.62 所示。

◗ **步骤 05** 单击【渐变变形工具】按钮，在椭圆形内部单击鼠标，此时图形周围将出现一些控制手柄，如图 4.63 所示。

图 4.62   绘制位图填充的椭圆形

图 4.63   出现控制手柄

◗ **步骤 06** 将鼠标放置在左下角的控制手柄上时，鼠标变为形状，此时拖动鼠标即可改变填充位图的大小，如图 4.64 所示的是改变填充位图大小的过程和结果。

◗ **步骤 07** 单击左侧的控制手柄，然后拖动鼠标可以在水平方向上改变填充位图的宽度，如图 4.65 所示的是改变填充位图在水平方向上的宽度的过程和结果。

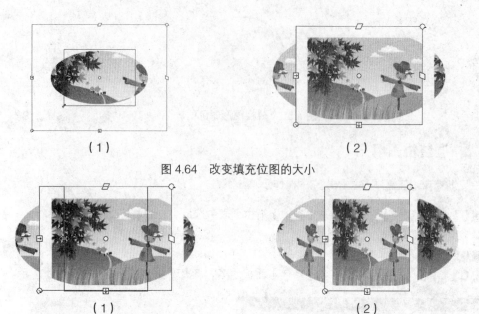

图 4.64　改变填充位图的大小

图 4.65　水平方向上改变填充位图的过程及结果

◯**步骤 08**　单击下方的🔲控制手柄，然后拖动鼠标可以在垂直方向上改变填充位图的高度，如图 4.66 所示的是改变填充位图在垂直方向上的高度的过程和效果。

图 4.66　垂直方向上改变位图填充的过程及结果

◯**步骤 09**　单击上方和右侧的⟋和◻️控制手柄，可以在水平和垂直方向上改填充位图的倾斜角度，如图 4.67 所示的是分别在水平和垂直方向上倾斜填充位图的效果。

图 4.67　水平和垂直方向上倾斜填充位图

◯**步骤 10**　将鼠标放置到右上角的↻控制手柄上，鼠标指针变成↻形状，拖动鼠标即可对填充位图进行旋转。如图 4.68 所示的是旋转填充位图的过程和效果。

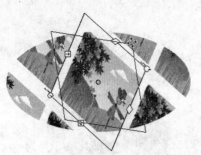

图 4.68　旋转填充位图的过程和效果

⊃**步骤 11**　将鼠标放置在填充位图的中心点位置时，鼠标指针变成 ✛ 形状，此时拖动鼠标即可改变填充位图的中心点，如图 4.69 所示的是改变填充位图中心点的过程和最终效果。

图 4.69　改变填充位图中心点的过程和最终效果

4.4.3　使用【样本】面板管理颜色

【样本】面板的主要作用是保存和管理 Flash 文档中的颜色。执行【窗口】→【样本】命令（或按【Ctrl+F9】组合键），打开【样本】面板，如图 4.70 所示。

添加颜色

如果需要向【样本】面板中添加自定义的颜色，首先需在【工具】面板中单击【填充颜色】按钮，在打开的调色板中选择需要添加的颜色。

在【填充颜色】调色板中单击右上角的【系统颜色】按钮，打开 Windows 的系统调色板，在其中选中要添加的颜色后单击【添加到自定义颜色】按钮，如图 4.71 所示，再单击【确定】按钮。

然后，将鼠标移至【样本】面板的灰色空白区域，此时鼠标变为颜料桶形状，单击鼠标即可添加自定义颜色，如图 4.72 所示。

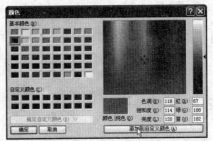

图 4.70　【样本】面板　　　　　　　图 4.71　单击【添加到自定义颜色】按钮

删除颜色

如果需要将【样本】面板中添加的颜色删除掉，按住【Ctrl】键，将鼠标移到需要删除颜色的位置，当鼠标指针变成✂形状时，单击鼠标即可，如图 4.73 所示。

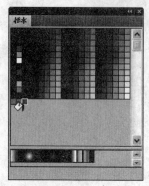
图 4.72　添加自定义颜色

图 4.73　删除自定义颜色

保存颜色样本

如果需要把自定义的颜色保存成调色板的格式，可以进行如下操作：

◎步骤01　单击面板右上角的 ▤ 按钮，弹出面板的快捷菜单，如图 4.74 所示。
◎步骤02　选择【保存颜色】选项，打开【导出色样】对话框，如图 4.75 所示。

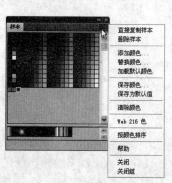
图 4.74　面板的快捷菜单

图 4.75　【导出色样】对话框

◎步骤03　在【保存类型】下拉列表中选择【Flash 颜色集（*.clr）】或【颜色表（*.act）】选项。
◎步骤04　选择或输入需要保存的文件路径和文件名。
◎步骤05　单击【保存】按钮即可。

使用【样本】面板的快捷菜单也可以进行复制样本、删除样本、加载默认颜色或按颜色排序等操作。

4.5　色彩编辑实例

本节主要通过对几个实例的制作过程的讲解，加强和提高用户对色彩编辑知识的理解。

4.5.1　绘制鸡蛋

如果只是在舞台中画一个圆，是没办法使图形对象产生立体效果的。通过对图形颜色的填充和调整，可以得到立体逼真的效果。其具体操作步骤如下：

步骤 01　新建一个 Flash 文档。

步骤 02　在【工具】面板中单击【椭圆工具】按钮 ◎，在【属性】面板中进行如图 4.76 所示的设置。

图 4.76　设置椭圆属性

步骤 03　在场景中拖动鼠标绘制一个椭圆，如图 4.77 所示。

步骤 04　执行【窗口】→【颜色】命令，在【颜色】面板中单击【类型】下拉列表框，从中选择【放射状】选项，如图 4.78 所示。

图 4.77　在舞台中绘制椭圆

图 4.78　选择【放射状】选项

步骤 05　单击【颜色】面板中渐变栏左侧的色标，将颜色改为 "#FFFFFF"。然后再单击渐变栏的其他位置，添加两个色标，进行如图 4.79 所示的颜色设置。

步骤 06　将最右侧的色标的颜色设为 "#FFF084"，如图 4.80 所示。

步骤 07　单击【工具】面板中的【渐变变形工具】按钮，拖动椭圆四周的控制手柄，改变放射状颜色的中心点、放射宽度和放射大小，如图 4.81 所示。

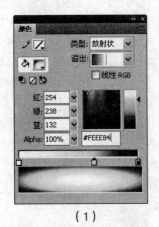

（1） （2）

图 4.79 设置中间两个色标的颜色

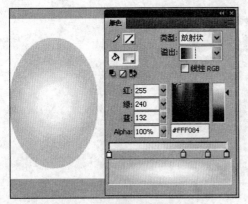

图 4.80 调整放射状颜色

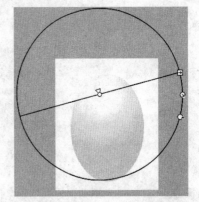

图 4.81 使用渐变变形工具调整渐变中心点

⚫**步骤08** 鸡蛋立体图形完成的最终效果如图 4.82 所示。

图 4.82 完成后的效果

4.5.2 制作立体按钮

在 Flash 中通过调整渐变色，可以很轻松地实现立体的按钮效果，其操作步骤如下：

⚫**步骤01** 新建一个 Flash 文档。

◯**步骤 02**　在【工具】面板中选择椭圆工具，在【属性】面板中将笔触颜色设为无，其他设置如图
4.83 所示。

◯**步骤 03**　按住【Shift】键，在舞台中绘制一个正圆，如图 4.84 所示。

图 4.83　【属性】面板　　　　　　　　图 4.84　在舞台中绘制一个正圆

◯**步骤 04**　执行【窗口】→【颜色】命令，在【颜色】面板中单击【类型】下拉列表框，从中选择
【放射状】选项，如图 4.85 所示。

◯**步骤 05**　将正圆的颜色调整为"红-黑"渐变，如图 4.86 所示。

图 4.85　选择【放射状】选项　　　　　图 4.86　设置放射状渐变

◯**步骤 06**　选择【工具】面板中的渐变变形工具，调整放射状渐变的中心点位置和渐变范围，调整
后的效果如图 4.87 所示。

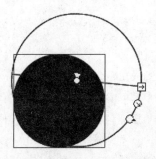

图 4.87　使用渐变变形工具调整渐变色

○**步骤07** 执行【窗口】→【变形】命令（或按【Ctrl+T】组合键），打开【变形】面板。单击【变形】面板中的【复制并应用变形】按钮，把当前的正圆等比例缩小为原来的60％，并且同时旋转180°，如图4.88所示。

○**步骤08** 选中刚刚复制出来的正圆，单击【变形】面板中的【复制并应用变形】按钮，在【变形】面板中继续将其等比例缩小为原来的57％，不进行旋转，如图4.89所示。

图4.88 使用【变形】面板对正圆进行变形

图4.89 再次变形

○**步骤09** 关闭【变形】面板，得到最终的效果，如图4.90所示。

○**步骤10** 单击【工具】面板中的【文本工具】按钮**A**，在得到的按钮上书写文本，如图4.91所示。

图4.90 最终效果

图4.91 书写文本

 在实际的动画设计中，很多的立体效果都是通过渐变色的调整来实现的。

4.5.3 为背景图填充颜色

下面使用刷子工具、墨水瓶工具、颜料桶工具和渐变变形工具等为背景图填充颜色，其具体操作步骤如下：

○**步骤01** 打开一张制作好的背景图像文档。

○**步骤02** 在【工具】面板中单击【颜料桶工具】按钮。

○**步骤03** 在【工具】面板中单击【填充颜色】按钮，打开调色板，选取绿色渐变色，如图4.92所示。

○**步骤04** 将鼠标移至场景中，为树冠填充颜色，如图4.93所示。

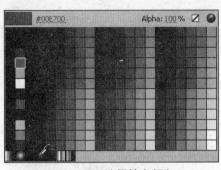

图 4.92　选择填充颜色

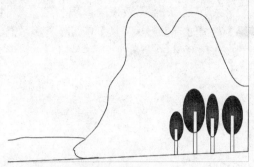

图 4.93　填充树冠

○**步骤 05**　在【工具】面板中单击【填充颜色】按钮，打开调色板，选取棕色。

○**步骤 06**　单击【刷子工具】按钮，在【工具】面板的选项区域中设置其大小和笔头的形状，如图 4.94 所示。

○**步骤 07**　将鼠标移至场景中的树干处，按住鼠标左键沿树干拖动进行颜色填充，如图 4.95 所示。

图 4.94　设置刷子工具

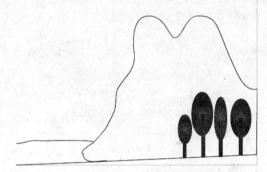

图 4.95　填充树干

○**步骤 08**　单击【墨水瓶工具】按钮。

○**步骤 09**　在【工具】面板中单击【填充颜色】按钮，打开调色板，选取浅蓝色。

○**步骤 10**　将鼠标移至湖的轮廓线条处，单击鼠标左键进行填充，如图 4.96 所示。

○**步骤 11**　在【工具】面板中单击【填充颜色】按钮，打开调色板，选取蓝色渐变色。

○**步骤 12**　将鼠标移动到湖中并单击，填充湖的颜色，如图 4.97 所示。

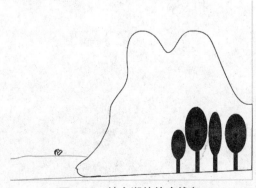

图 4.96　填充湖的轮廓线条

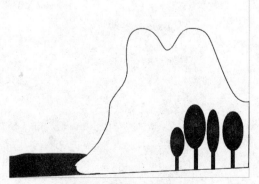

图 4.97　填充湖的颜色

⊃**步骤 13** 在【工具】面板中单击【渐变变形工具】按钮🔳，将鼠标移至湖中并单击，可以通过调节控制手柄改变湖的填充状态，如图 4.98 所示。

⊃**步骤 14** 单击【颜料桶工具】按钮🔥，将填充色设置为绿色，对山进行填充，得到最终效果图，如图 4.99 所示。

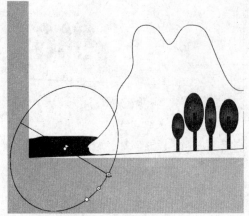

图 4.99 调整湖的填充状态

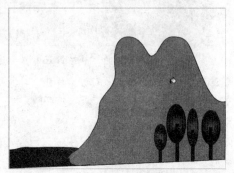

图 4.99 最终效果图

结束语 本章简单介绍了 Flash CS4 色彩编辑的基础知识。在使用 Flash 制作动画时，颜色的选择、填充和调整等操作对动画效果有很重要的影响。本章还对色彩技巧方面做了讲解，读者通过对本章的学习，在以后的动画制作过程中，可以根据实际的动画要求做好色彩编辑操作。

第 5 章　Flash 文本编辑

除了绘制基本图形外，Flash CS4 还提供了强大的文本编辑功能。文本是 Flash 动画中重要的组成部分之一，无论是 MTV、网页广告还是趣味游戏，都会或多或少地涉及到文本的应用。我们除了可以通过 Flash 输入文本外，还可以制作各种字体效果以及利用文本进行交互输入等。本章将介绍 Flash 文字编辑的相关知识。

5.1　文本类型

在 Flash CS4 中，有 3 种文本类型，即静态文本、动态文本和输入文本。在动画播放中，静态文本是不可编辑或改变的；动态文本可以由动作脚本控制其显示；而输入文本可以人工输入其内容。

5.1.1　静态文本

在【工具】面板中单击【文本工具】按钮，系统默认为静态文本，在【属性】面板中可以设置静态文本的属性，如图 5.1 所示。

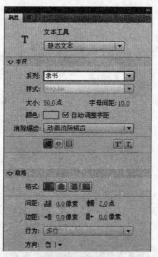

图 5.1　静态文本的【属性】面板

说明　静态文本主要应用于动画中不需要变更的文字，它是在动画设计中应用最多的一种文本类型，在一般的动画制作中主要使用的就是静态文本。

5.1.2　动态文本

在【属性】面板中，单击【文本类型】下拉列表框，打开【文本类型】下拉列表，如图 5.2 所示。

单击【动态文本】选项，可以选择动态文本。在【属性】面板中设置动态文本的属性，如图 5.3 所示。

图 5.2　【文本类型】下拉列表　　　　图 5.3　动态文本的【属性】面板

选择动态文本后，输入的文字相当于变量，可以随时调用或修改，如网站上发布的股票信息、天气预报等。其内容从服务器支持的数据库中读出，或者从其他动画中载入。

动态文本通常配合 Action 动作脚本使用，使文字根据相应变量的变更而显示不同的文字内容。选择动态文本，表示在工作区中创建了可以随时更新的信息。在动态文本的【变量】文本框中为该文本命名，文本框将接收此变量值，从而可以动态地改变文本框中显示的内容。

5.1.3　输入文本

在【文本类型】下拉列表中，单击【输入文本】选项，可在【属性】面板中设置输入文本的属性，如图 5.4 所示。

图 5.4　输入文本的【属性】面板

输入文本与动态文本的用法一样，但是它可以作为一个输入文本框来使用，在 Flash 动画播放时，可以通过这种输入文本框输入文本，实现用户与动画的交互。

5.2　添加静态文本

在 Flash 动画制作中，由于绝大多数的文本是静态文本，同时静态文本的属性设置方法大多可用于动态文本和输入文本中，因此我们首先介绍静态文本的属性设置。在一幅优秀的 Flash 作品中添加上优美的文字更能传情达意，使作品更加真实感人，这就需要用户掌握好文本的添加方法。

5.2.1　输入文本

单击【工具】面板中的【文本工具】按钮 **T**，这时鼠标指针将变成一个十字文本形状，单击舞台中需要输入文本的位置即可输入文本内容。在 Flash 中输入文本有两种方式：一是创建可伸缩文本框；二是创建固定文本框。

创建可伸缩文本框

创建可伸缩文本框的操作步骤如下：

○**步骤01**　单击【工具】面板中的【文本工具】按钮 **T**。
○**步骤02**　在舞台中单击需要输入文本的位置，舞台中将出现一个文本框，文本框的右上角显示为空心的圆，表示此文本框为可伸缩文本框，如图 5.5 所示。
○**步骤03**　在文本框中输入文本，文本框会跟随文本自动改变宽度，如图 5.6 所示。

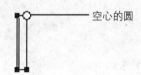

图 5.5　可伸缩文本框状态　　　　　　　　图 5.6　在可伸缩文本框中输入文本

创建固定文本框

创建固定文本框的操作步骤如下：

○**步骤01**　单击【工具】面板中的【文本工具】按钮 **T**。
○**步骤02**　使用鼠标在需要输入文本的位置拖拽出一个区域，这时在舞台中将出现一个文本框，文本框的右上角显示为空心的方块，表示此文本框为固定文本框，如图 5.7 所示。
○**步骤03**　在文本框中输入文本，文本会根据文本框的宽度自动换行，如图 5.8 所示。

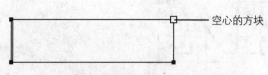

图 5.7　固定文本框状态　　　　　　　　　图 5.8　在固定文本框中输入文本

固定文本框中限制每行输入的字符数，当多于一行时会自动换行；而可伸缩文本框不限制输入文本的多少，文本框随字符的增加而加长。

5.2.2 选取文本

在 Flash 中添加完文本内容后，用户可以继续使用文本工具对其进行编辑。要对文本进行编辑，首先需要选取文本。在 Flash 中选择文本一般有两种方式：一是选中文本框；二是选取文本框内部文本。

选中文本框

选中文本框的操作步骤如下：

●**步骤01** 单击【工具】面板中的【选择工具】按钮▣。

●**步骤02** 单击需要调整的文本框，即可选中该文本框，如图 5.9 所示。

选中文本框后，通过【属性】面板进行的文本属性设置，对当前文本框中的所有文本都有效，如图 5.10 所示。

图 5.9　选中文本框 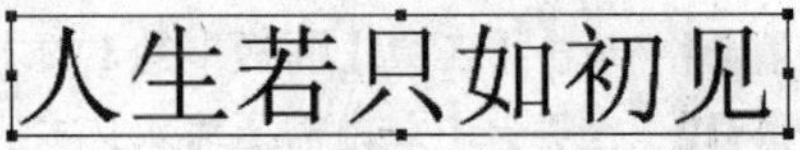　　　　　　　　　　　　图 5.10　对选中的文本框设置文本属性

选取文本框内部文本

选取文本框内部文本的操作步骤如下：

●**步骤01** 单击【工具】面板中的【文本工具】按钮▣。

●**步骤02** 单击需要调整的文本框，将光标定位到文本框中，如图 5.11 所示。

●**步骤03** 拖拽鼠标，选择需要调整的文本，即可选取文本框的内部文本，如图 5.12 所示。

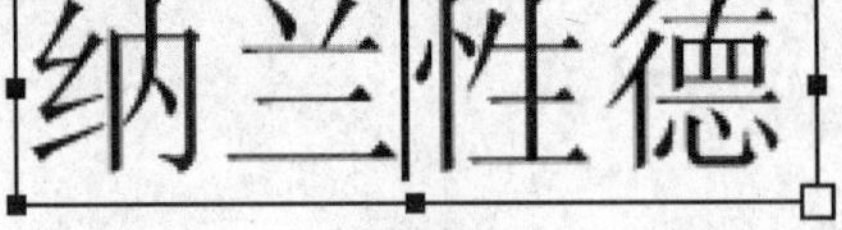

图 5.11　将光标定位到文本框中　　　　　　　图 5.12　选取文本框的内部文本

选取文本框的内部文本可以对同一个文本框中的不同文本分别进行属性设置，如图 5.13 所示为分别改变姓氏和名字的字体后的效果。

图 5.13　对选取的内部文本设置不同的文本属性

 只有静态文本可以对文本框中的部分内容进行更改，动态文本及输入文本均不能分别进行修改。

5.2.3　设置文本样式

使用【属性】面板中可对选取的文本设置文本的字体、大小和颜色等文本属性，其操作步骤如下：

步骤 01 选取需要设置文本属性的文本。

步骤 02 在【属性】面板的【字符】区域中单击【系列】右侧的下拉按钮，从打开的下拉列表中选择需要的字体，如图 5.14 所示。

步骤 03 在【大小】右侧的文本框中输入需要的字体大小，或直接将鼠标放置在文本框上，此时鼠标变为 形状，然后水平拖动鼠标即可改变文字的大小，如图 5.15 所示。

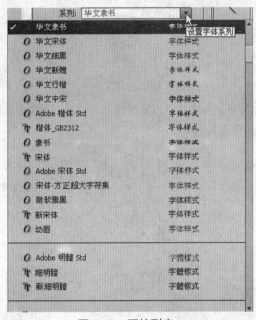

图 5.14　下拉列表

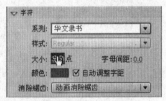

图 5.15　改变字体大小

步骤 04 单击【文本填充颜色】按钮 颜色：，打开一个调色板，从中可选择需要的颜色，如图 5.16 所示。

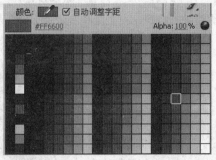

图 5.16　选择需要的颜色

步骤05 单击【样式】右侧的下拉按钮，打开其下拉列表，可将选取的文本设置为粗体和斜体，如图 5.17 所示。

如果所选字体不包括粗体或斜体样式，则在【样式】下拉列表中将不显示该样式，此时可以选择仿粗体或仿斜体样式（执行【文本】→【样式】→【仿粗体】或【仿斜体】命令）。操作系统已将仿粗体和仿斜体样式添加到常规样式中，如图 5.18 所示。

步骤06 在【字母间距】文本框中可以输入合适的字母间距数值，或直接将鼠标放置在文本框上，此时鼠标变为形状，然后水平拖动鼠标也可改变字母间距。

图 5.17 【样式】下拉列表

图 5.18 选择文本样式

步骤07 单击【切换上标】或【切换下标】按钮，可将文本位置修改为上标或下标字符，如图 5.19 所示。设置不同字符位置的效果如图 5.20 所示。

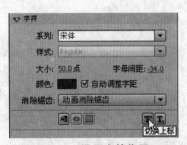

图 5.19 设置字符位置

图 5.20 设置不同字符位置

步骤08 在【属性】面板的【段落】区域中，有【左对齐】、【居中对齐】、【右对齐】或【两端对齐】4 个格式按钮，用来设置文本的对齐方式。

步骤09 还可以设置文本的缩进、行距、左边距和右边距（如图 5.21 所示），设置方法同字母间距。

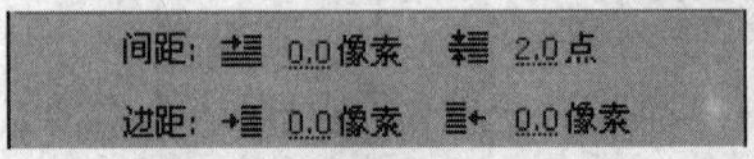

图 5.21 设置边距和间距

在【属性】面板中，还可以改变文本方向。单击【改变文本方向】按钮，打开其下拉菜单，如图 5.22 所示。

从中选择某一选项，它们的对比效果如图 5.23 所示。

图 5.22　【改变文本方向】按钮的下拉菜单　　　图 5.23　改变文本方向的效果

当文本方向为垂直时，在【改变文本方向】按钮右侧将增加一个【旋转】按钮 ，如图 5.24 所示。单击此按钮，可旋转文本方向，如图 5.25 所示。

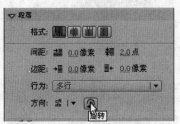

图 5.24　增加一个【旋转】按钮　　　　图 5.25　旋转文本方向

下面以输入一段文字为例，介绍静态文本输入及设置文本样式的过程。其操作步骤如下：

◯步骤01　在【工具】面板中单击【文本工具】按钮。

◯步骤02　将鼠标光标移至舞台中，鼠标光标变为┼形状，按住鼠标左键拖动将出现一个虚线框，在其中输入标题"经典台词"，如图 5.26 所示。

◯步骤03　用相同的方法分别输入正文内容及落款，如图 5.27 所示。

图 5.26　输入标题"经典台词"　　　　图 5.27　输入文字内容

◯步骤04　选中标题"经典台词"的文本框，在【属性】面板中，将字体设置为华文行楷，字体大小设置为 50，文本颜色为红色，此时的【属性】面板如图 5.28 所示。

◯步骤05　选取正文内容，将字体设置为隶书，字体大小设置为 35，文本颜色设置为蓝色。

图 5.28　【属性】面板

⊙**步骤 06**　选取落款部分，将字体设置为华文彩云，字体大小设置为 35，文本颜色设置为黄色。

⊙**步骤 07**　完成后的文本效果如图 5.29 所示。

图 5.29　最终效果

5.2.4　设置文本 URL 链接

在 Flash CS4 中，用户可以很轻松地为文本添加超链接。选取需要设置 URL 链接的文本，然后在【属性】面板的【URL 链接】文本框中输入完整的链接地址即可，如图 5.30 所示。

 要创建指向电子邮件地址的链接，可使用 "mailto:邮件地址"。

当用户输入链接地址后，其下方的【目标】下拉列表框将有效，在此下拉列表中可选择不同的选项，控制浏览器窗口的打开方式，如图 5.31 所示。

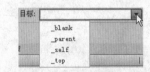

图 5.30　文本的 URL 设置　　　　　　　　　　图 5.31　【目标】下拉列表

下面通过一个具体的实例说明设置文本 URL 链接的过程，其操作步骤如下：

⊙**步骤 01**　新建一个 Flash 文档。

⊙**步骤 02**　使用【工具】面板的文本工具，在舞台中输入文本，如图 5.32 所示。

步骤 03 选取第一个文本框中的"2009 年全国两会报道"几个字，在【属性】面板中设置它们的属性，将字体设置为黑体，字体大小为 50，如图 5.33 所示。

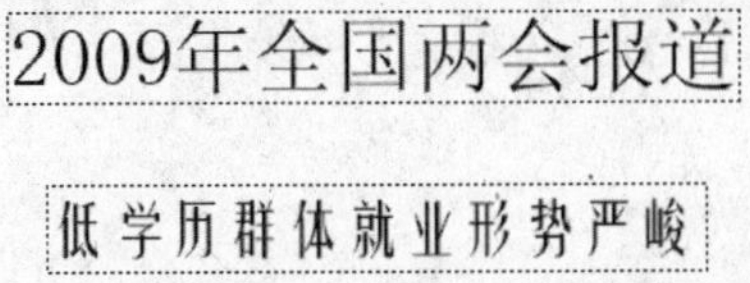

2009年全国两会报道

低学历群体就业形势严峻

图 5.32　使用文本工具在舞台中输入文字

2009年全国两会报道

图 5.33　设置文本属性

步骤 04 选取第二个文本框中的"低学历群体就业形势严峻"几个字，将字体设置为华文隶书，字体大小为 30，如图 5.34 所示。

步骤 05 根据自己的喜好，将文本的填充颜色设置为合适的颜色，完成后的效果如图 5.35 所示。

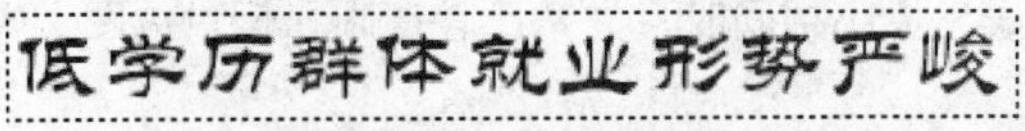

2009年全国两会报道

低学历群体就业形势严峻

图 5.34　设置文本属性

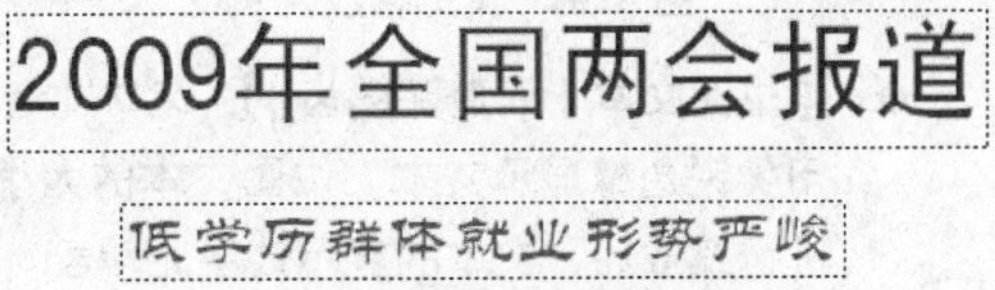

低学历群体就业形势严峻

图 5.35　完成后的效果

步骤 06 选中整个文本框，在【属性】面板中设置文本的 URL 链接，如图 5.36 所示。

步骤 07 执行【控制】→【测试影片】命令（或按【Ctrl+Enter】组合键），在 Flash 播放器中预览动画效果，如图 5.37 所示。

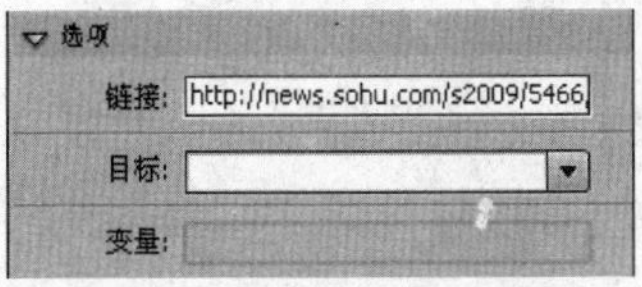

▽ 选项

链接: http://news.sohu.com/s2009/5466

目标:

变量:

图 5.36　给文本添加链接

图 5.37　在 Flash 播放器中预览动画效果

步骤 08 单击文本可浏览相应的网页，如图 5.38 所示。

5.2.5　设置字体呈现方法

Flash CS4 提供了增强的字体光栅化处理功能，可以指定字体的消除锯齿属性。

在【属性】面板中，单击【消除锯齿】下拉列表框，打开其下拉列表，如图 5.39 所示。

在此下拉列表中，各选项的含义如下。

◆ 【使用设备字体】：选择此选项，将指定 SWF 文件使用本地计算机上安装的字体来显示字体。尽管此选项对 SWF 文件大小的影响极小，但还是会强制根据安装在用户计算机上的字体来显示文本。在使用设备字体时，应只选择通常都安装的字体系列。使用设备字体只适用于静态水平文本。

图 5.38　浏览相应网页

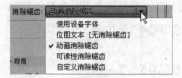

图 5.39　【消除锯齿】下拉列表

◆ **【位图文本（无消除锯齿）】**：选择此选项，将关闭消除锯齿功能，不对文本进行平滑处理，用尖锐边缘显示文本。位图文本的大小与导出大小相同时，文本比较清晰，但对位图文本进行缩放后，文本的显示效果比较差。

◆ **【动画消除锯齿】**：选择此选项，将创建较平滑的动画。由于 Flash 忽略对齐方式和字距微调信息，因此该选项只适用于部分情况。使用【动画消除锯齿】呈现的字体在字体较小时会不太清晰，因此此选项适合于 10 磅或更大的字体。

◆ **【可读性消除锯齿】**：选择此选项，将使用新的消除锯齿引擎，改进了字体（尤其是较小字体）的可读性。此选项的动画效果较差并可能会导致性能问题。如果要使用动画文本，应选择【动画消除锯齿】选项。

◆ **【自定义消除锯齿】**：选择此选项，将打开【自定义消除锯齿】对话框，如图 5.40 所示。

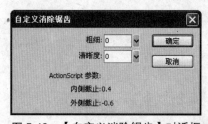

图 5.40　【自定义消除锯齿】对话框

在【粗细】文本框中可设置消除锯齿的粗细，粗细值确定字体消除锯齿转变显示的粗细，较大的值可以使字符看上去较粗。在【清晰度】文本框中可设置消除锯齿的清晰度，清晰度确定文本边缘与背景过渡的平滑度。设置完毕后，单击【确定】按钮即可。

5.3　添加可编辑文本

在 Flash CS4 中，不仅可以添加不可编辑和改变的静态文本，还可以添加可编辑文本，包括动态文本和输入文本两种类型。

5.3.1　添加动态文本

动态文本用于在 Flash 动画中动态显示输入变量或数据的值，也可以显示基于数据库的信息，这些信息来自于服务器端的应用程序，或者是从其他的 Flash 动画中，或者从同一 Flash 动画的其他部分加载的。

　　添加动态文本时，在【工具】面板中单击【文本工具】按钮，在【属性】面板的【文本类型】下拉列表中选择【动态文本】选项，在舞台中单击需要添加动态文本的位置即可。

　　为了与静态文本相区别，动态文本的控制手柄出现在文本框的右下角，而静态文本的控制手柄是在文本框的右上角，如图 5.41 所示。

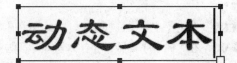

图 5.41　静态文本和动态文本的控制手柄

在动态文本设置中，除了静态文本设置知识外，还应注意如下事项。

◆　在【实例名称】文本框中，为此动态文本输入一个标识符，利用此标识符，Flash 可以将数据动态地放入到此文本区域中。

◆　单击【行为】右侧的下拉按钮，打开其下拉列表可设置文本区域中文本的组织方式，包括【单行】、【多行】和【多行不换行】三个选项，如图 5.42 所示。

图 5.42　下拉列表

◆　单击【将文本呈现为 HTML】按钮 ，Flash 显示动态文本时保持超文本类型，包括字体、超链接和其他 HTML 支持的相关格式。

◆　单击【在文本周围显示边框】按钮 ，可将文本区域设置为白色背景、有边框的样式。

◆　在【变量】文本框中可输入一个变量名称，此功能与【实例名称】功能类似。变量名称应该与实例名称不同，以免在 Flash 中引起混乱。

　　Flash 文件（ActionScript 3.0）不支持【变量】选项，只能选择 ActionScript 1.0-2.0。

5.3.2　添加输入文本

输入文本用于在 Flash 动画中接受用户的输入数据，如表单或密码的输入区域。

　　添加输入文本时，在【工具】面板中单击【文本工具】按钮，在【属性】面板的【文本类型】下拉列表中选择【输入文本】选项，在舞台中单击需要添加输入文本的位置即可。

　　输入文本与动态文本类似，主要区别有如下两点。

◆　在【行为】下拉列表中增加了【密码】选项。在有密码或口令等输入框时需选择此选项，如图 5.43 所示。

◆　增加了【最大字符数】文本框，用于限制输入文本的字符数，0 表示无限制。

图 5.43　多了【密码】选项

　　在 Flash 中，可以使用动态文本和输入文本结合函数来实现交互的动画效果，实际上就是把函数的值和文本框进行数据的传递。下面通过一个具体的实例来说明数据的传递过程，其操作步骤如下：

步骤01　新建一个 Flash 文档。

步骤02　单击【工具】面板中的【文本工具】按钮 **T**。

步骤03　在【属性】面板的【文本类型】下拉列表中选择【输入文本】选项。

步骤04　在舞台的左侧拖拽鼠标，创建一个输入文本框，如图 5.44 所示。

步骤05　单击【属性】面板中的【在文本周围显示边框】按钮，在【变量】文本框中输入变量名称 "MyFlash"，如图 5.45 所示。

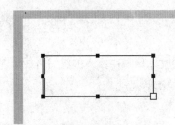

图 5.44　创建输入文本框

图 5.45　输入变量名称

步骤06　再次单击【工具】面板中的【文本工具】按钮 **T**，在舞台右侧拖拽鼠标创建一个文本框，如图 5.46 所示。

步骤07　然后在【属性】面板的【文本类型】下拉列表中选择【动态文本】选项，并设置相应的属性，如图 5.47 所示。

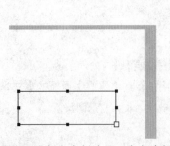

图 5.46　在舞台中创建另一个文本框

图 5.47　设置动态文本的属性

步骤08　执行【控制】→【测试影片】命令（或按【Ctrl+Enter】组合键），在 Flash 播放器中预览动画效果，如图 5.48 所示。

⟳步骤09　在舞台左侧的输入文本框中输入文本，在右侧的动态文本框中将动态显示输入的文本，如图 5.49 所示。

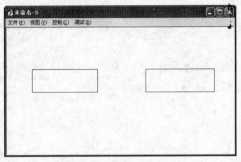

图 5.48　预览动画效果

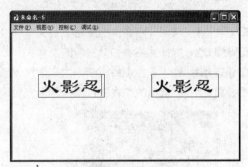

图 5.49　实现动态输入

5.4　文本转换

在 Flash CS4 中，可以将文本转换为矢量图，从而对文本进行特殊处理。

5.4.1　分离文本

在 Flash 中，如果要对文本进行渐变色填充、绘制边框路径等针对矢量图形的操作或制作形状渐变的动画，首先要对文本进行分离操作，将文本转换为可编辑状态的矢量图形。其操作步骤如下：

⟳步骤01　选取需要分离的文本，如图 5.50 所示。

⟳步骤02　执行【修改】→【分离】命令（或按【Ctrl+B】组合键），原来的单个文本框会拆分成多个文本框，每个字符各占一个，如图 5.51 所示。此时，每一个字符都可以使用文本工具单独对其进行编辑。

图 5.50　选取需要分离的文本

图 5.51　第一次分离后的文本

⟳步骤03　选择所有的文本，继续执行【修改】→【分离】命令，这时所有的文本将会转换为网格状的可编辑状态，如图 5.52 所示。

图 5.52　第二次分离后的文本

将文本转换为矢量图形的过程是不可逆转的，用户不能将矢量图形转换成单个文本。

5.4.2　编辑矢量文本

文本转换为矢量图形后，就可以对其进行路径编辑、填充渐变色和添加边框路径等操作。

给文本添加渐变色

给文本添加渐变色的操作步骤如下：

○**步骤 01**　按照分离文本的方法，将文本转换为矢量图形。
○**步骤 02**　选择需要添加渐变色的文本。
○**步骤 03**　在【颜色】面板中，为文本设置渐变色，如图 5.53 所示。
○**步骤 04**　已选择的文本将自动添加渐变色，其效果如图 5.54 所示。

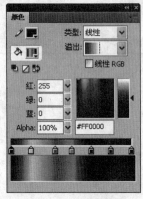

图 5.53　设置渐变色　　　　　　　　　图 5.54　添加渐变色的文本

编辑文本路径

编辑文本路径的操作步骤如下：

○**步骤 01**　将文本转换为矢量图形。
○**步骤 02**　单击【工具】面板中的【部分选取工具】按钮 。
○**步骤 03**　对文本的路径点进行编辑，改变文本的形状，其效果如图 5.55 所示。

给文本添加边框路径

给文本添加边框路径的操作步骤如下：

○**步骤 01**　将文本转换为矢量图形。
○**步骤 02**　单击【工具】面板中的【墨水瓶工具】按钮 。
○**步骤 03**　给文本添加边框路径，其效果如图 5.56 所示。

图 5.55　编辑文本路径点　　　　　　　　图 5.56　给文本添加边框路径

编辑文本形状

编辑文本形状的操作步骤如下：

○**步骤01**　将文本转换为矢量图形。

○**步骤02**　使用【工具】面板中的任意变形工具对文本进行变形操作，如图 5.57 所示。

分 离 文 本

图 5.57　编辑文本形状

5.5　文本效果实例

下面我们使用前面介绍的 Flash 文本编辑知识制作几种文本效果。

5.5.1　制作空心文字

制作空心文字的操作步骤如下：

○**步骤01**　新建一个 Flash 文档。

○**步骤02**　单击【工具】面板中的【文本工具】按钮**T**。

○**步骤03**　在【属性】面板中，将【文本类型】设置为【静态文本】、颜色设置为红色、字体为黑体、大小为 80，如图 5.58 所示。

○**步骤04**　在舞台中输入"空心字"三个字，如图 5.59 所示。

○**步骤05**　执行【修改】→【分离】命令（或按【Ctrl+B】组合键）把文本分离，对于有多个文字的文本框需要分离两次才可以将其分离成可编辑的网格状，如图 5.60 所示。

○**步骤06**　单击【工具】面板中的【墨水瓶工具】按钮，在【属性】面板中，设置笔触颜色为黑色、笔触高度为 3、【样式】为【锯齿线】，如图 5.61 所示。

图 5.58　设置文本属性

空心字

图 5.59　在舞台中输入文本

空心字

图 5.60　把文本分离成可编辑状态

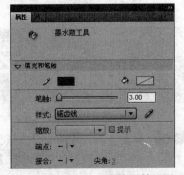

图 5.61　墨水瓶工具的属性设置

◯步骤07 在舞台中单击矢量文本，给文本添加边框路径，如图 5.62 所示。

◯步骤08 单击【工具】面板中的【选择工具】按钮。

◯步骤09 选择文本的红色填充，按【Delete】键，删除填充色，只保留边框路径，最终的效果如图 5.63 所示。

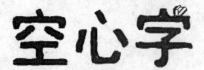

图 5.62　给文本添加边框路径

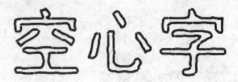

图 5.63　完成的空心文字效果

5.5.2　制作彩虹文字

制作彩虹文字的操作步骤如下：

◯步骤01 新建一个 Flash 文档。

◯步骤02 执行【修改】→【文档】命令（或按【Ctrl+J】组合键），弹出【文档属性】对话框，设置舞台的背景色为黑色，如图 5.64 所示。

◯步骤03 选择【工具】面板中的【文本工具】按钮，在【属性】面板中设置路径和填充样式，设置【文本类型】为【静态文本】，文本颜色为白色、字体为方正姚体，如图 5.65 所示。

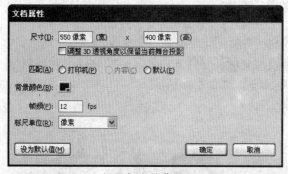

图 5.64　设置舞台的背景色为黑色

图 5.65　设置文本属性

◯步骤04 使用文本工具在舞台中输入文本"彩虹文字"，如图 5.66 所示。

◯步骤05 两次执行【修改】→【分离】命令（或按【Ctrl+B】组合键），将文本分离成可编辑的网格状，如图 5.67 所示。

图 5.66　在舞台中输入文本

图 5.67　把文本分离成可编辑状态

◯步骤06 执行【编辑】→【直接复制】命令（或按【Ctrl+D】组合键），复制文本并将它们移动到不同的位置，如图 5.68 所示。

步骤07 选择下方的文本，执行【修改】→【形状】→【柔化填充边缘】命令，打开【柔化填充边缘】对话框，对文本的边缘进行柔化操作，如图 5.69 所示。

图 5.68　复制当前的文本　　　　　图 5.69　【柔化填充边缘】对话框

步骤08 执行【修改】→【组合】命令（或按【Ctrl+G】组合键），将得到的文字组合起来，如图 5.70 所示。

步骤09 选择上方的文本，将填充颜色设置成彩虹渐变色，然后将它们组合起来，如图 5.71 所示。

图 5.70　把柔化边缘后的文字组合起来　　　　图 5.71　将上方的文字填充为彩虹渐变色

步骤10 执行【窗口】→【对齐】命令（或按【Ctrl+K】组合键），打开【对齐】面板，将两个文本对齐到同一个位置，完成的效果如图 5.72 所示。

图 5.72　制作的彩虹文字

5.5.3　制作金属文字

制作金属文字的操作步骤如下：

步骤01 新建一个 Flash 文档。

步骤02 执行【修改】→【文档】命令（或按【Ctrl+J】组合键），在弹出的【文档属性】对话框中设置舞台的背景色为黑色，如图 5.73 所示。

步骤03 单击【工具】面板中的【文本工具】按钮▣，在【属性】面板中设置路径和填充样式，设置【文本类型】为【静态文本】、文本颜色为白色、字体为黑体，如图 5.74 所示。

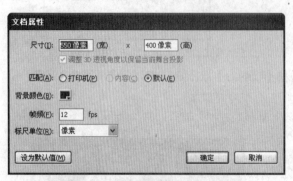

图 5.73　设置舞台的背景色为黑色

图 5.74　属性设置

⊃**步骤 04**　使用文本工具在舞台中输入文本"制作金属字"，如图 5.75 所示。

⊃**步骤 05**　两次执行【修改】→【分离】命令（或按【Ctrl＋B】组合键），将文本分离成可编辑的网格状，如图 5.76 所示。

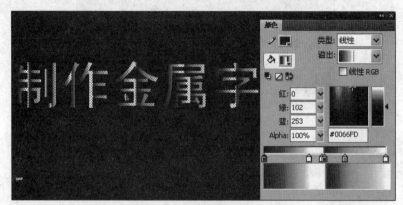

图 5.75　在舞台中输入文本 　　　　　　　　　　　图 5.76　将文本分离成可编辑状态

⊃**步骤 06**　根据自己的喜好给文本添加线性渐变色，如图 5.77 所示。

图 5.77　为文字填充线性渐变色

⊃**步骤 07**　单击【工具】面板中的【渐变变形工具】按钮，把线性渐变从水平方向调整为垂直方向，如图 5.78 所示。

图 5.78 使用渐变变形工具改变渐变方向

○**步骤 08** 单击【工具】面板中的【墨水瓶工具】按钮 ，在【属性】面板中设置笔触颜色为线性渐变色、笔触高度为 6、【样式】为【实线】，如图 5.79 所示。

○**步骤 09** 在【颜色】面板中设置边框路径的渐变色为从白色到蓝色，如图 5.80 所示。

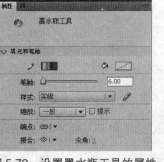

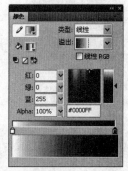

图 5.79 设置墨水瓶工具的属性　　　　图 5.80 在【颜色】面板中设置边框路径的渐变色

○**步骤 10** 在舞台中单击文本，给文本添加边框路径，如图 5.81 所示。

图 5.81 添加边框路径

○**步骤 11** 单击【工具】面板中的【选择工具】按钮，在按住【Shift】键的同时选择所有文本的边框路径。

○**步骤 12** 单击【工具】面板中的【渐变变形工具】按钮 ，把文本边框路径的线性渐变由水平方向调整为垂直方向，完成后的效果如图 5.82 所示。

图 5.82 完成的金属文字

5.5.4 制作立体文字

制作立体文字的操作步骤如下：

○步骤 01 新建一个 Flash 文档。

○步骤 02 单击【工具】面板中的【文本工具】按钮▣，在【属性】面板中，将【文本类型】设置为【静态文本】，文本填充设置为蓝色，字体为黑体，字体大小为 80，如图 5.83 所示。

○步骤 03 在舞台中输入文本"world"，如图 5.84 所示。

图 5.83 设置文本属性

图 5.84 在舞台中输入文本

○步骤 04 单击【工具】面板中的【选择工具】按钮，在按住【Alt】键的同时拖拽这个文本，可以复制出一个新的文本，如图 5.85 所示。

图 5.85 复制文本

○步骤 05 把复制出来的文本更改为红色，并且与当前的蓝色文本对齐，如图 5.86 所示。

○步骤 06 选中两个文本。

○步骤 07 两次执行【修改】→【分离】命令（或按【Ctrl+B】组合键），将文本分离成可编辑的网格状，如图 5.87 所示。

图 5.86 调整复制出来的文本位置 　　 图 5.87 将文本分离成可编辑状态

○**步骤 08** 选择【工具】面板中的墨水瓶工具，在【属性】面板中设置笔触颜色为黑色，笔触高度为 1，笔触样式为实线，如图 5.88 所示。

○**步骤 09** 在舞台中单击文本，给文本添加边框路径，如图 5.89 所示。

　图 5.88　设置墨水瓶工具的属性　　　　　图 5.89　使用墨水瓶工具给文本添加边框路径

○**步骤 10** 使用【工具】面板中的选择工具将所有文本的填充都删除，只保留边框路径，完成的效果如图 5.90 所示。

图 5.90　完成的立体文字效果

5.5.5　制作披雪文字

制作披雪文字的操作步骤如下：

○**步骤 01** 新建一个 Flash 文档。

○**步骤 02** 执行【修改】→【文档】命令（或按【Ctrl+J】组合键），在弹出的【文档属性】对话框中设置舞台的大小，如图 5.91 所示。

○**步骤 03** 执行【文件】→【导入】→【导入到舞台】命令，导入一幅背景图片（如图 5.92 所示），并将其调整到合适大小。

　　图 5.91　设置舞台的大小　　　　　　　　　　图 5.92　导入图片

◯**步骤 04**　按【Ctrl+B】组合键将背景图片分离成可编辑的网格状。

◯**步骤 05**　选择【工具】面板中的文本工具，在【属性】面板中设置文本类型和填充样式，如图 5.93 所示。

◯**步骤 06**　在舞台中输入文本"飞蝶傲雪舞"，如图 5.94 所示。

图 5.93　文本工具的属性设置

图 5.94　输入文本

◯**步骤 07**　两次执行【修改】→【分离】命令（或按【Ctrl+B】组合键），将文本分离成可编辑的网格状，如图 5.95 所示。

◯**步骤 08**　选择【工具】面板中的墨水瓶工具，在【属性】面板中，设置笔触颜色为红色，笔触高度为 1；笔触样式为实线，如图 5.96 所示。

图 5.95　将文本分离

图 5.96　设置墨水瓶工具的属性

◯**步骤 09**　在舞台中，单击文本，给文本添加边框路径，如图 5.97 所示。

◯**步骤 10**　选择【工具】面板中的橡皮擦工具，在其选项区域中，选择【擦除填色】模式和橡皮擦的大小，如图 5.98 所示。

◯**步骤 11**　使用橡皮擦工具擦除舞台中文本上方的区域。

擦除的时候尽量让擦除的边缘为椭圆，如图 5.99 所示。

图 5.97　给文本添加边框路径

图 5.98　设置橡皮擦工具模式

步骤 12　选择【工具】面板中的颜料桶工具，在【属性】面板中设置填充色为白色，单击刚刚擦除的区域，填充白色。

步骤 13　选择【工具】面板中的选择工具，选中文本的所有边框路径并且删除，如图 5.100 所示。

图 5.99　使用橡皮擦工具擦除文本上方区域

图 5.100　删除文本的边框路径

步骤 14　选择【工具】面板中的墨水瓶工具，给白色填充的边缘添加白色的路径，完成的效果如图 5.101 所示。

披雪的效果在暗色背景下更明显，如图 5.102 所示。

图 5.101　披雪文字的最终效果

图 5.102　暗色背景下的披雪文字

结束语

本章主要介绍了 Flash 文本编辑知识。文本工具是 Flash 中不可缺少的重要工具，Flash CS4 虽然不是功能最全面的文字处理程序，但是它可以完成许多文字处理工作。它不仅可以对文本的字体、字体大小、样式、间距、颜色和对齐方式进行细致的编辑，还可以像编辑图形一样对其进行移动、旋转、变形和翻转等操作。通过对本章内容的学习，读者应掌握 Flash CS4 在文本编辑方面的强大功能，从而制作出五彩缤纷的动画。

第 6 章　Flash 的对象编辑

本 章 包 括

- ◆ 外部对象的编辑
- ◆ 对象变形
- ◆ 对象的基本编辑
- ◆ 对象的优化

在使用 Flash CS4 制作动画的过程中，有时需要对创建的对象进行编辑处理，以满足实际动画制作的设计需求，使其具备更好的画面表现效果。本章就介绍对象编辑的相关知识。

6.1　外部对象的编辑

在 Flash 动画制作中，除了使用【工具】面板中的各种工具绘制图形外，还可以使用 Flash 提供的导入功能将外部的对象导入到舞台中。

6.1.1　导入图形对象

Flash CS4 几乎支持现在计算机系统中所有主流的图片文件格式，如表 6.1 所示。

表 6.1　Flash CS4 支持的图片文件格式

软件名称	文件格式
Adobe	.Illustrator、.eps、.ai、.pdf
AutoCAD	.dxf
位图	.bmp
Windows 元文件	.wmf
增强图元文件	.emf
FreeHand	.fh7、.fh8、.fh9、.fh10、.fh11
GIF 图像	.gif
JPEG	.jpg
PNG	.png
Flash Player	.swf

如果系统安装了 QuickTime 4 或更高版本，Flash CS4 还可以导入如表 6.2 所示的图形文件格式。

表 6.2　安装了 QuickTime 4 或更高版本后支持的图片文件格式

软件名称	文件格式
MacPaint	.pntg
Photoshop	.psd

（续表）

软件名称	文件格式
PICT	.pct、.pic
QuickTime 图像	.qtif
Silicon 图形图像	.sgi
TGA	.tga
TIFF	.tif

将外部的图片对象导入到当前动画舞台中的操作步骤如下：

步骤01　新建一个 Flash 文档。

步骤02　执行【文件】→【导入】→【导入到舞台】命令（或按【Ctrl+R】组合键），打开【导入】对话框，如图 6.1 所示。

图 6.1　【导入】对话框

步骤03　选择需要导入的图形文件名。

步骤04　单击【打开】按钮，图形对象将被直接导入到当前舞台中，如图 6.2 所示。

图 6.2　导入到舞台的图片

如果导入的文件名称以数字结尾，并且在同一文件夹中还有其他按顺序编号的文件，Flash 将弹出一个消息提示框，提示是否导入序列中的所有图像，如图 6.3 所示。

图 6.3　消息提示框

单击【是】按钮将导入所有符合条件的文件，单击【否】按钮将导入指定的文件。

6.1.2 设置位图属性

在 Flash CS4 中，系统会将所有导入到舞台中的位图自动保存到当前影片的【库】面板中。用户可以在【库】面板中对位图的属性进行设置，从而对位图进行优化，加快下载速度。其操作步骤如下：

⊃**步骤 01** 把位图素材导入到当前的舞台中。

⊃**步骤 02** 执行【窗口】→【库】命令（或按【Ctrl+L】组合键），打开【库】面板，如图 6.4 所示。

⊃**步骤 03** 在【库】面板中，双击需要编辑的位图，打开【位图属性】对话框，如图 6.5 所示。

图 6.4　【库】面板

图 6.5　【位图属性】对话框

⊃**步骤 04** 选中【允许平滑】复选框，平滑位图素材的边缘。

⊃**步骤 05** 单击【压缩】下拉列表框，打开【压缩】下拉列表，如图 6.6 所示。

⊃**步骤 06** 在【压缩】下拉列表中选择【照片（JPEG）】选项表示用 JPEG 格式输出图像，选择【无损（PNG/GIF）】选项表示以压缩的格式输出文件，但不损失任何图像数据。

⊃**步骤 07** 选中【使用导入的 JPEG 数据】单选按钮表示使用位图素材的默认质量，取消选中该单选按钮可以手动输入新的品质值，如图 6.7 所示。

图 6.7　手动输入新的品质值

图 6.6　【压缩】下拉列表

⊃**步骤 08** 单击【确定】按钮即可完成位图属性的设置。

单击【更新】按钮表示更新导入的位图素材；单击【导入】按钮可以导入一张新的位图素材；单击【测试】按钮可以显示文件压缩的结果，用来与未压缩的文件尺寸进行比较。

6.1.3　分离位图

导入位图并将其应用到动画中之后，还可根据需要对位图的大小等进行适当的编辑；对图片中的多余区域进行删除，修改图片内容，使其在动画中具备更好的表现效果。在编辑之前，首先要对导入到舞台中的位图进行分离操作，将位图中的像素分散到离散的区域中，然后可以分别选择这些区域并进行修改。

分离位图的操作步骤如下：

◯**步骤01**　单击【工具】面板中的【选择工具】按钮 。
◯**步骤02**　单击当前舞台中的位图对象。
◯**步骤03**　执行【修改】→【分离】命令即可分离位图，如图 6.8 所示。

图 6.8　分离后的位图

当分离位图时，可以使用 Flash 绘画和填色工具修改位图，也可通过使用套索工具中的【魔术棒】按钮 ，选择已经分离的位图区域。

6.1.4　使用套索工具更改分离位图的填充色

套索工具 通常用于选取不规则的图形部分，可以用来选择任意形状的图像区域。被选择的区域可以作为单一对象进行编辑，套索工具也经常用于分割图像中的某一部分。

单击【工具】面板中的【套索工具】按钮后，能够在【工具】面板的选项区域中看到套索工具的附加功能按钮，包括【魔术棒】按钮和【多边形模式】按钮，如图 6.9 所示。

图 6.9　套索工具的选项区域

用户可以使用魔术棒工具在图形中选择一块颜色相同的区域。下面介绍一个使用套索工具更改分离位图填充色的实例，其操作步骤如下：

◯**步骤01**　单击【工具】面板中的【套索工具】按钮。
◯**步骤02**　单击【魔术棒设置】按钮 ，打开【魔术棒设置】对话框，如图 6.10 所示。

◯**步骤03**　【阈值】定义选取范围内的颜色与单击处颜色的相近程度，输入的数值越大，选取的相邻区域范围就越大。【阈值】取值范围为 0~200 之间的整数。如果输入 0，则只选择与单击的第一个像素的颜色完全相同的像素。

◯**步骤04**　【平滑】用于指定选取范围边缘的平滑度，单击【平滑】下拉列表框，打开【平滑】下拉列表，如图 6.11 所示。

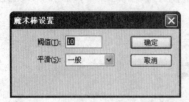

图 6.10　【魔术棒设置】对话框　　　　　　　　　图 6.11　【平滑】下拉列表

◯**步骤05**　在此下拉列表中包括【像素】、【粗略】、【一般】和【平滑】4 个选项。根据需要设置所选区域的边缘平滑程度。

◯**步骤06**　单击【确定】按钮，关闭【魔术棒设置】对话框。

◯**步骤07**　单击【工具】面板的选项区域中的【魔术棒】按钮。

◯**步骤08**　在分离后的位图中，单击需要选择的颜色区域，可选择某一颜色区域，如图 6.12 所示。

◯**步骤09**　选择需要的填充颜色，所选区域将更改为所选颜色，如图 6.13 所示。

图 6.12　选择某一颜色区域　　　　　　　　图 6.13　更改分离位图的填充色

　　单击【工具】面板中的【套索工具】按钮后，也可以使用多边形套索工具在图形中选择一个多边形区域，区域的每条边都是直线。其操作步骤如下：

◯**步骤01**　在【工具】面板中，单击套索工具的选项区域的【多边形模式】按钮。

◯**步骤02**　将鼠标移至舞台中，当鼠标光标变为形状时，在对象的边缘处单击，作为多边形的起点。拖动光标时，有一条直线跟随光标移动，单击确定第一条线段的终点，如图 6.14 所示。

图 6.14　确定第一条线段

○步骤03 再次移动鼠标，在适当的地方单击确定第二条线段的末端点，使用同样的方法，绘制出其他各条边，组成一个封闭的多边形区域，如图 6.15 所示。

○步骤04 双击鼠标左键，完成被封闭区域的选择，如图 6.16 所示。

图 6.15　绘制封闭区域

图 6.16　选择封闭区域

6.1.5　将位图转换为矢量图

　　在制作动画的过程中使用矢量图可以大大减小动画文件的体积，再配合先进的流技术，即使在网速较慢的情况下也同样可以实现令人满意的动画效果。因此我们在导入所需的位图后除了可以将其分离外，还可以将其转换为矢量图，其操作步骤如下：

○步骤01 新建一个 Flash 文档。

○步骤02 执行【文件】→【导入】→【导入到舞台】命令，打开【导入】对话框。

○步骤03 选择需要导入的图形文件名。

○步骤04 单击【打开】按钮，图形对象将被直接导入到当前舞台中，如图 6.17 所示。

○步骤05 执行【修改】→【位图】→【转换位图为矢量图】命令，弹出【转换位图为矢量图】对话框，如图 6.18 所示。

图 6.17　在舞台中导入图片素材

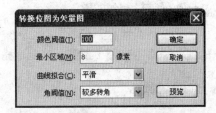

图 6.18　【转换位图为矢量图】对话框

○步骤06 在【颜色阈值】文本框中输入 1～500 之间的数值。当进行位图转换时，系统会比较两个像素的颜色值，如果它们的 RGB 颜色值的差异小于该颜色阈值，则两个像素被认为是颜色相同的。增大该颜色阈值可以减少颜色的数量。

○步骤07 在【最小区域】文本框中输入 1～1000 之间的数值。该数值用于设置在指定像素颜色时需要考虑的周围像素的数量。

步骤 08 【曲线拟合】下拉列表框用于确定绘制的轮廓的平滑程度。单击此下拉列表框，打开其下拉列表，如图 6.19 所示。

步骤 09 根据需要选择适当的曲线拟合。其中，【像素】表示最接近于原图；【非常紧密】表示图像不失真；【紧密】表示图像几乎不失真；【一般】是推荐使用的选项；【平滑】会导致图像相对失真；【非常平滑】会导致图像严重失真。

步骤 10 【角阈值】下拉列表框用于确定是保留锐边还是进行平滑处理。单击此下拉列表框，打开其下拉列表，如图 6.20 所示。

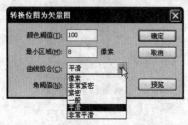
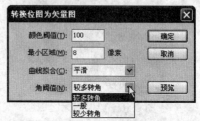

图 6.19　【曲线拟合】下拉列表　　　　　图 6.20　【角阈值】下拉列表

步骤 11 根据需要选择适当的角阈值。其中，【较多转角】表示转角很多，图像会失真；【一般】是推荐使用的选项；【较少转角】表示图像不会失真。

步骤 12 单击【确定】按钮，即可将位图转换为矢量图。如图 6.21 所示的是使用不同设置的位图转换后的效果。

原图　　　　　　颜色阈值：200，最小区域：10　　　　　颜色阈值：40，最小区域：4

图 6.21　使用不同设置的位图转换后的效果

当导入的位图包含复杂的形状和许多颜色时，转换后的矢量图形文件会比原来的位图文件大。

6.2　对象的基本编辑

对象的基本编辑包括对象的选取、复制、移动、删除、粘贴和对齐等操作。

6.2.1　选取对象

要对对象进行编辑，首先需要选取对象。在 Flash 中主要有 3 个相关工具，即选择工具、部分选取工具和套索工具，它们分别用于不同的编辑任务。

一、使用选择工具

选择工具通常用于如下情况。

◆ 选择直线或曲线，通过拖动直线本身或其端点、曲线以及拐点，可以改变形状或线条的形状。

◆ 可以选择、移动或编辑其他 Flash 图形元素，包括组、元件、按钮和文本等。

当使用选择工具选择某一对象时，对象将以网格线方式显示，如图 6.22 所示。

按住【Shift】键，然后依次选取所需要的对象，可选取多个对象，如图 6.23 所示。

图 6.22　以网格线方式显示对象　　　　图 6.23　选择多个对象

二、使用部分选取工具

部分选取工具通常与钢笔工具配合使用，主要用于如下情况。

◆ 移动或编辑直线或轮廓线上的单个锚点或切线。

◆ 移动单个对象。

当使用部分选取工具时，根据操作位置，鼠标指针右下角将显示一个小的实心正方形或空心正方形，如图 6.24 所示。

（1）　　　　　　　　　　　　　　（2）

图 6.24　鼠标指针的不同状态

当显示为一个小的实心正方形时，表示可以移动整个对象，如图 6.25 所示为移动整个对象的过程；当显示为一个小的空心正方形时，表示可以移动这些点改变直线和形状，如图 6.26 所示。

（1）　　　　　　　　（2）

图 6.25　移动整个对象

（1）　　　　　　　　（2）

图 6.26　改变形状

三、使用套索工具

套索工具主要用于如下情况。

◆　用于成组选择图形中不规则形状的区域。

◆　用于分离图形，或选择直线、形状的一部分。

当选定区域后，区域可以作为一个对象被移动、缩放、旋转或改变形状。

四、取消选择

在 Flash 中，取消选择主要有如下几种方式。

◆　按【Esc】键。

◆　在选择对象外的任意空白位置单击鼠标。

◆　执行【编辑】→【取消全选】命令。

◆　按【Ctrl+Shift+A】组合键。

6.2.2　移动、复制和删除对象

选择要移动的对象，将鼠标移动到需要移动的对象上，拖动鼠标即可移动对象。如果移动的同时按住【Shift】键，可以限制其在水平、垂直和 45°范围内移动。

选择了一个或多个对象之后，可以使用光标键来移动对象。每按一次光标键，对象就会向对应方向移动一个像素，使用此方法有利于对象的精确定位。如果同时按下【Shift】键，对象会向对应方向移动 8 个像素。

当选择了一个对象后，在按住【Alt】键的同时移动对象，则原对象将保留，并复制出一个新对象，如图 6.27 所示。

如果需要水平、垂直或成 45°角拖拽对象，需要同时按【Shift+Alt】组合键。

如果需要将对象精确定位到舞台中的某一位置，可使用【信息】面板。其操作步骤如下：

⭕**步骤 01**　选择需要精确定位的对象。

⭕**步骤 02**　执行【窗口】→【信息】命令，打开【信息】面板，如图 6.28 所示。

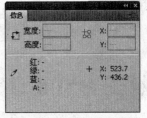

图 6.27　复制对象　　　　　　　　　　　图 6.28　【信息】面板

⭕**步骤 03**　在【X】和【Y】文本框中直接输入对象基准点的 X 和 Y 轴坐标即可。

在【信息】面板中还可以设置对象的宽度和高度。

如果要删除选择的对象，主要有下列几种方法。

◆　按【Delete】或【Backspace】键。

◆　执行【编辑】→【清除】命令。

◆　执行【编辑】→【剪切】命令。

6.2.3　粘贴对象

用户可利用剪贴板进行对象的交换。Flash 中的剪贴板不仅可以供 Flash 内部使用，还可以将对象导入、导出到其他应用程序中。

将选择的对象复制到剪贴板中的操作步骤如下：

⭕**步骤 01**　选择需要的对象。

⭕**步骤 02**　执行【编辑】→【复制】或【剪切】命令（或右击选择的对象，从弹出的快捷菜单中选择【复制】或【剪切】命令），将所选择对象复制或剪切到剪贴板中。

使用剪贴板内容的操作步骤如下：

⭕**步骤 01**　选择需要粘贴的位置。

⭕**步骤 02**　执行【编辑】→【粘贴】命令（或右击需要粘贴的位置，从弹出的快捷菜单中选择【粘贴】命令），剪贴板中的内容将被粘贴到该位置上。

如果在 Flash 内部进行粘贴操作，也可以执行【编辑】→【粘贴到当前位置】命令，将剪贴板中的对象复制到对象的同一位置，从而保证同一对象在不同的图层或动画场景中的位置相同。执行【编辑】→【粘贴到中心位置】命令，可以将剪贴板中的对象复制到舞台的中心位置。

在 Flash 中，还可以使用【选择性粘贴】命令，执行【编辑】→【选择性粘贴】命令，打开【选择性粘贴】对话框，如图 6.29 所示。在此对话框中可设置将剪贴板中的对象以指定的格式粘贴到编辑区中。

图 6.29　【选择性粘贴】对话框

6.2.4　对齐对象

如果在编辑区中有许多对象，可以对对象进行对齐操作。用户可以使用改变对象中心点的方法人工对齐，也可以使用对齐工具完成。

虽然用户可以借助标尺、网格等将舞台中的对象对齐，但是不够精确，因此要实现对象的精准定位，需要使用【对齐】面板。

执行【窗口】→【对齐】命令（或按【Ctrl+K】组合键），打开【对齐】面板，如图 6.30 所示。

图 6.30　【对齐】面板

在【对齐】面板中，包含【对齐】、【分布】、【匹配大小】、【间隔】和【相对于舞台】5 个选项，每个选项都有相应的按钮。

对齐

在【对齐】面板的【对齐】选项中有 6 个按钮用于对齐对象，这些按钮的含义如表 6.3 所示。

表 6.3　【对齐】面板的【对齐】选项

按钮名称	含义
左对齐	以所有被选对象的最左侧为基准，向左对齐
水平中齐	以所有被选对象的中心进行垂直方向的对齐
右对齐	以所有被选对象的最右侧为基准，向右对齐
上对齐	以所有被选对象的最上方为基准，向上对齐
垂直中齐	以所有被选对象的中心进行水平方向的对齐
底对齐	以所有被选对象的最下方为基准，向下对齐

以上选项的部分对齐效果图如图 6.31 所示。

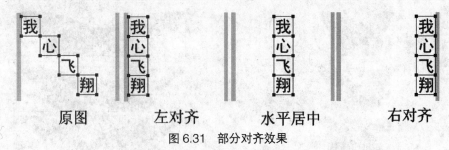

图 6.31　部分对齐效果

分布

在【对齐】面板的【分布】选项中有 6 个按钮用于将所选对象按照中心间距或边缘间距相等的方式对齐对象，这些按钮的含义如表 6.4 所示。

表 6.4　【对齐】面板的【分布】选项

按钮名称	含义
顶部分布	上下相邻的多个对象的上边缘等间距
垂直居中分布	上下相邻的多个对象的垂直中心等间距
底部分布	上下相邻的多个对象的下边缘等间距
左侧分布	左右相邻的多个对象的左边缘等间距
水平居中分布	左右相邻的多个对象的中心等间距
右侧分布	左右相邻的多个对象的右边缘等间距

将图 6.32 所示的对象进行垂直居中分布的效果如图 6.33 所示。

图 6.32　原图

图 6.33　垂直居中分布效果图

匹配大小

【匹配大小】选项的 3 个按钮可以将形状和尺寸在高度或宽度上分别统一，也可以同时统一宽度和高度。

在这 3 个按钮中，【匹配宽度】按钮是将所有选择的对象的宽度调整为相等；【匹配高度】按钮是将所有选择的对象的高度调整为相等；【匹配宽和高】按钮是将所有选择的对象的宽度和高度同时调整为相等。

其中，匹配宽度的效果如图 6.34 所示。

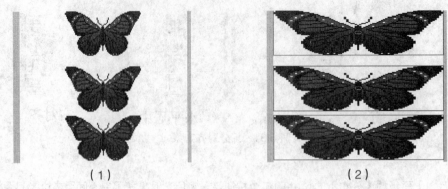

（1）   （2）

图 6.34   匹配宽度的效果图

间隔

【间隔】的两个按钮可以调整对象之间的垂直平均间隔和水平平均间隔。

【垂直平均间隔】按钮 的功能是将上下相邻的多个对象的间距调整相等，其效果如图 6.35 所示。

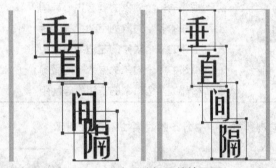

图 6.35   垂直平均间隔的效果图

【水平平均间隔】按钮 的功能是将左右相邻的多个对象的间距调整相等，其效果如图 6.36 所示。

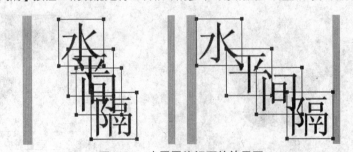

图 6.36   水平平均间隔的效果图

相对于舞台

单击【相对于舞台】按钮 ，将以整个舞台为参照对象来进行对齐。

6.2.5   组合和解组对象

组合对象的操作分为组合与解组两部分。用户可以将组合后的各个对象一起移动、复制、缩放和旋转等，这样就减少了编辑中不必要的麻烦；如果需要单独编辑组合对象中的某个对象，可以解组后再进行编辑。这样不仅可以在对象和对象之间组合，也可以在组合对象和组合对象间组合。组合的操作步骤如下：

⟳步骤01 选择舞台中需要组合的多个对象，可以在按住【Shift】键的同时选择多个对象，如图 6.37 所示。

图 6.37 同时选择舞台中的多个对象

⟳步骤02 执行【修改】→【组合】命令（或按【Ctrl+G】组合键），将所选对象组合成一个整体，如图 6.38 所示。

图 6.38 组合后的对象

对象组合后，可以将组合后的对象作为一个整体进行编辑。用户也可以将组合的对象分离成多个单独的对象，方法是首先选择组合的对象，然后执行【修改】→【取消组合】命令（或按【Ctrl+Shift+G】组合键）即可。

6.2.6 使用辅助工具

在对象编辑中，为了编辑方便，有时需要使用手形工具和缩放工具等辅助工具。

一、手形工具

在许多图形图像处理软件中都包括手形工具，它用于在画面内容超出显示范围时调整视窗，这样方便在工作区中进行操作。使用手形工具的操作步骤如下：

⟳步骤01 单击【工具】面板中的【手形工具】按钮🖐。
⟳步骤02 将鼠标移动到工作区，这时鼠标指针将显示为手形。
⟳步骤03 使用鼠标拖拽工作区，可改变工作区的显示范围，如图 6.39 所示。

图 6.39　改变工作区的显示范围

使用手形工具和选择工具移动的区别是，用选择工具移动对象是改变了对象的位置，而用手形工具改变的仅仅是工作区的显示范围。

二、缩放工具

在绘制较大或较小的舞台内容时会用到缩放工具，对舞台的显示比例进行放大或缩小的操作。使用缩放工具的操作步骤如下：

⊃步骤01　单击【工具】面板中的【缩放工具】按钮🔍。

⊃步骤02　在缩放工具的选项区域中将出现【放大】和【缩小】按钮，如图 6.40 所示。

放大——————缩小

图 6.40　缩放工具的选项区域

⊃步骤03　单击需要的按钮，再单击舞台即可放大和缩小舞台，也可以使用【Ctrl】+【＋】组合键放大舞台，或使用【Ctrl】+【－】组合键缩小舞台，如图 6.41 所示。

图 6.41　使用缩放工具改变舞台的显示比例

缩放工具并不能真正地放大或者缩小对象，它更改的仅仅是工作区的显示比例。

6.3　对象变形

在制作动画的过程中，有可能需要根据动画设计的需求对对象进行变形和翻转操作。

6.3.1 使用任意变形工具变形对象

在 Flash 中，对象变形可通过使用任意变形工具来完成。任意变形工具不仅包括缩放、旋转、倾斜和翻转等基本变形形式，还包括扭曲、封套等一些特殊的变形形式。

在舞台中选择需要进行变形的图像，然后单击【工具】面板中的【任意变形工具】按钮，在【工具】面板的选项区域中将出现附加功能按钮，如图 6.42 所示。

图 6.42　任意变形工具的选项区域

旋转与倾斜

单击【工具】面板中的【任意变形工具】按钮后，可以对对象进行旋转和倾斜处理。其操作步骤如下：

⊃步骤01 选择需要变形的对象。

⊃步骤02 单击【工具】面板中的【任意变形工具】按钮。

⊃步骤03 在【工具】面板的选项区域中单击【旋转与倾斜】按钮，这时选择对象的周围将出现一个可以调整的，有 9 个控制点（或称控点）的矩形框，如图 6.43 所示。

图 6.43　单击【旋转与倾斜】按钮后的对象状态

⊃步骤04 将鼠标指针放置在矩形框的中间 4 个控制点上，可以对对象进行倾斜操作，效果如图 6.44 所示。

图 6.44　对对象进行倾斜操作

⊃步骤05 将鼠标指针放置在矩形框 4 个角的控制点上，可以对对象进行旋转操作，默认以对象的物理中心点进行旋转，如图 6.45 所示。

图 6.45　对对象进行旋转操作

步骤 06 将鼠标指针放置在矩形框的中心控制点上，通过拖拽鼠标指针改变默认中心点的位置，这时对象将围绕调整后的中心点进行旋转，如图 6.46 所示。

图 6.46　改变对象旋转的中心点

如果希望重置中心点，可以双击调整后的中心点。

缩放

可以通过对对象的宽度和高度进行调整来调整对象的尺寸，其操作步骤如下：

步骤 01 选择需要变形的对象。

步骤 02 单击【工具】面板中的【任意变形工具】按钮 。

步骤 03 在【工具】面板的选项区域单击【缩放】按钮 ，这时选择对象的周围将出现一个可以调整的，有 9 个控制点的调节矩形框，如图 6.47 所示。

图 6.47　单击【缩放】按钮后的对象状态

步骤04 将鼠标指针放置在矩形框 4 条边中间的 4 个控制点上，拖拽鼠标可分别改变对象的宽度和高度，如图 6.48 所示。

步骤05 将鼠标指针放置在矩形框 4 个角的控制点上，拖拽鼠标可同时改变当前对象的宽度和高度，如图 6.49 所示。

（1）　　　　　　　　　　　　　　　　（2）

图 6.48　分别改变对象的宽度和高度

图 6.49　同时改变当前对象的宽度和高度

 在缩放的过程中按住【Shift】键可以等比例改变当前对象的尺寸。

扭曲

扭曲就是在对象的一个方向上进行调整时，反方向也会自动调整。其操作步骤如下：

步骤01 选择需要变形的对象。

步骤02 单击【工具】面板中的【任意变形工具】按钮。

步骤03 在【工具】面板的选项区域中单击【扭曲】按钮，这时选择对象的周围将出现一个可以调整的，有 8 个控制点的调节矩形框，如图 6.50 所示。

步骤04 将鼠标指针放置在矩形框 4 条边中间的某一控制点上，拖拽鼠标可单独改变 4 条边的位置，如图 6.51 所示。

图 6.50　单击【扭曲】按钮后的对象状态　　　图 6.51　拖拽中间控制点的效果

◐**步骤05**　将鼠标指针放置在矩形框 4 个角的某一控制点上，拖拽鼠标可单独调整对象的一个角，如图 6.52 所示。

图 6.52　拖拽角控制点的效果

◐**步骤06**　如果在按住【Shift】键的同时拖拽一个角的控制点，可将该角与相邻角沿彼此的相反方向移动相同距离，如图 6.53 所示。

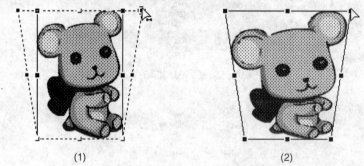

图 6.53　按住【Shift】键拖拽角控制点的效果

封套

封套的功能与部分选取工具的功能类似，它可以使用切线调整曲线，从而调整对象的形状。其操作步骤如下：

◐**步骤01**　选择需要封套的对象。

◐**步骤02**　单击【工具】面板中的【任意变形工具】按钮。

◐**步骤03**　在【工具】面板的选项区域中单击【封套】按钮，对象周围将出现一个可以调整的矩形框，在该矩形框上有 8 个方形的控制点，在两个方形控制点的中间有两个圆形控制点，如图 6.54 所示。

○**步骤 04**　把鼠标指针放置在矩形框的 8 个方形控制点上，拖拽鼠标可以改变对象的形状，如图 6.55 所示。

图 6.54　单击【封套】按钮后的对象状态　　　　　图 6.55　对对象进行变形操作

○**步骤 05**　把鼠标指针放置在矩形框的圆形控制点上，拖拽鼠标可以对每条边的边缘进行曲线变形，如图 6.56 所示。

图 6.56　对对象进行曲线变形

6.3.2　使用变形命令变形对象

变形对象也可以通过 Flash 的变形命令来完成。

单击【修改】菜单，选择【变形】选项，打开【变形】子菜单，在这里可以找到所有对象变形的选项，如图 6.57 所示。

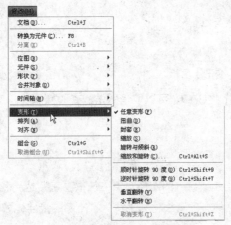

图 6.57　【变形】子菜单

使用变形命令变形对象，首先需选择要变形的对象，然后单击相应的选项即可。对象翻转和旋转的部分效果如图 6.58 所示。

原始图　　　　垂直翻转　　　　水平翻转　　　顺时针旋转 90°

图 6.58　对象翻转和旋转的部分效果

6.3.3　使用【变形】面板变形对象

使用【变形】面板完成对象精确变形的操作步骤如下：

步骤01　执行【窗口】→【变形】命令（或按【Ctrl+T】组合键），可以打开 Flash CS4 的【变形】面板，如图 6.59 所示。

步骤02　在【变形】面板中可以百分比为单位改变当前对象的宽度和高度。单击【约束】按钮，变为形状时可按相同的百分比改变对象的宽度和高度。

步骤03　选中【旋转】单选按钮，然后在后面的文本框中输入相应的角度，可对对象进行固定角度的旋转。选中【倾斜】单选按钮，然后在后面的两个文本框中分别输入水平倾斜和垂直倾斜的角度。

步骤04　单击【重制选区和变形】按钮，可以在对对象进行变形的同时复制对象，如图 6.60 所示。

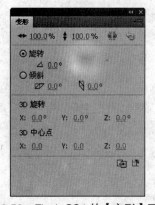

图 6.59　Flash CS4 的【变形】面板

图 6.60　变形的同时复制对象

步骤05　单击【取消变形】按钮，可以取消所做的变形操作。

6.4　对象的优化

在制作动画的过程中，绘制或导入的图形对象往往很难直接达到我们的要求，这时就需要对对象进行编辑和优化，主要包括线条的直线化和平滑化、轮廓的最佳化和转化为填充区域等。

6.4.1 优化路径

优化路径是指通过减少定义路径形状的路径点数量来改变路径和填充的轮廓，从而减小 Flash 文件的体积。优化路径的操作步骤如下：

○**步骤 01** 在舞台中选择需要优化的对象。

○**步骤 02** 执行【修改】→【形状】→【优化】命令（或按【Ctrl+Alt+Shift+C】组合键），打开 Flash CS4 的【优化曲线】对话框，如图 6.61 所示。

○**步骤 03** 通过拖拽【优化强度】滑块来调整优化的强度，也可以直接在其文本框中输入数值进行设置。

○**步骤 04** 选中【显示总计消息】复选框后将弹出提示框，指示平滑完成时的优化效果，如图 6.62 所示。

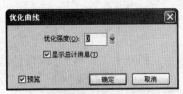

图 6.61 【优化曲线】对话框

图 6.62 提示框

○**步骤 05** 设置完成后，单击【确定】按钮关闭【优化曲线】对话框，即可对对象进行优化。不同的优化效果对比如图 6.63 所示。

原图　　　　　　　　　优化后　　　　　　　　重复优化后

图 6.63 不同的优化效果对比

6.4.2 将线条转换为填充

将线条转换为填充的操作步骤如下：

○**步骤 01** 使用绘图工具在舞台中绘制路径，如图 6.64 所示。

○**步骤 02** 执行【修改】→【形状】→【将线条转换为填充】命令，可以将路径转换为色块，如图 6.65 所示。

图 6.64 在舞台中绘制路径

图 6.65 将路径转换为色块

◯**步骤03** 转换后对线条进行变形并填充，其效果如图6.66所示。

图6.66 对线条进行变形并填充

6.4.3 扩展填充

在制作动画的过程中，除了可以对线条进行填充外，还可以使用扩展填充来改变填充的范围大小，其操作步骤如下：

◯**步骤01** 选择需要扩展填充的对象，如图6.67所示。
◯**步骤02** 执行【修改】→【形状】→【扩展填充】命令，打开【扩展填充】对话框，如图6.68所示。

 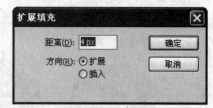

图6.67 需要扩展填充的对象   图6.68 【扩展填充】对话框

◯**步骤03** 在【距离】文本框中输入改变范围的尺寸，这里输入"10像素"。
◯**步骤04** 在【方向】栏中，【扩展】表示扩大一个填充；【插入】表示缩小一个填充。这里选中【插入】单选按钮。
◯**步骤05** 设置完毕后，单击【确定】按钮即可，效果如图6.69所示。

图6.69 扩展填充的效果

6.4.4 柔化填充边缘

如果图形边缘过于尖锐，可以使用柔化填充边缘功能对对象边缘进行柔化。其具体操作步骤如下：

◯**步骤01** 在舞台中选择填充对象。

○步骤 02   执行【修改】→【形状】→【柔化填充边缘】命令，打开【柔化填充边缘】对话框，如
图 6.70 所示。

图 6.70   【柔化填充边缘】对话框

○步骤 03   在【距离】文本框中输入柔化边缘的宽度。

○步骤 04   在【步骤数】文本框中输入用于控制柔化边缘效果的曲线数值。

○步骤 05   在【方向】栏中，选中【扩展】或【插入】单选按钮。

○步骤 06   设置完毕后，单击【确定】按钮即可，最后的效果如图 6.71 所示。

原图   选中【扩展】单选按钮的效果   选中【插入】单选按钮的效果

图 6.71   使用【柔化填充边缘】命令的效果

6.5   对象编辑的实例

下面是使用前面介绍的对象编辑知识制作的几个实例。

6.5.1   制作贺卡

制作贺卡的操作步骤如档:

○步骤 01   新建一个 Flash 文档。

○步骤 02   执行【文件】→【导入】→【导入到舞台】命令（或按【Ctrl+R】组合键），把图片素
材导入到当前动画的舞台中，如图 6.72 所示。

图 6.72   在舞台中导入图片素材

步骤03 执行【修改】→【分离】命令（或按【Ctrl+B】组合键），把导入到当前动画舞台中的位图素材转换为可编辑状态，如图 6.73 所示。

图 6.73　使用【分离】命令把位图转换为可编辑状态

步骤04 取消当前图片的选中状态，单击【工具】面板中的【套索工具】按钮 。

步骤05 使用套索工具在当前图片上拖拽鼠标，绘制一个任意的区域，如图 6.74 所示。

图 6.74　使用套索工具选择图片的任意区域

步骤06 单击【工具】面板中的【选择工具】按钮 ，删除选取区域以外的部分，如图 6.75 所示。

图 6.75　使用选择工具删除多余的区域

步骤07 执行【修改】→【组合】命令（组合【Ctrl+G】组合键），将得到的图形区域组合起来，如图 6.76 所示。

步骤08 单击【工具】面板中的【任意变形工具】按钮 ，按【Shift】键在 4 个控制点拖拽鼠标，为了符合舞台尺寸，可以适当缩小得到的图形。

步骤09 执行【窗口】→【对齐】命令（或按【Ctrl+K】组合键），打开【对齐】面板，将缩小后的图形对齐到舞台的中心位置，如图 6.77 所示。

图 6.76　使用【组合】命令把得到的图形区域组合起来

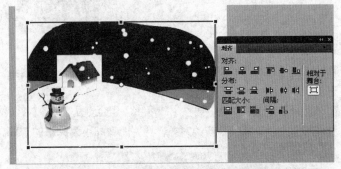

图 6.77　使用【对齐】面板把图形对齐到舞台的中心位置

◯**步骤 10**　执行【文件】→【导入】→【导入到舞台】命令（或按【Ctrl+R】组合键），将另一个
　　　　　图片导入到当前动画的舞台中，如图 6.78 所示。

图 6.78　继续导入位图素材到舞台中

◯**步骤 11**　执行【修改】→【分离】命令（或按【Ctrl+B】组合键），把导入到当前动画舞台中的
　　　　　位图素材转换为可编辑状态，如图 6.79 所示。

图 6.79　使用【分离】命令把位图转换为可编辑状态

○**步骤 12** 取消当前图片的选中状态，单击【工具】面板中的【魔术棒】按钮。

○**步骤 13** 单击当前图片上的空白区域，选择并且删除素材图片的白色背景，如图 6.80 所示。

图 6.80 使用魔术棒工具选择并且删除图片的白色背景

○**步骤 14** 执行【修改】→【组合】命令（或按【Ctrl+G】组合键），把图片组合起来，避免被其他的图形裁切。

○**步骤 15** 执行【窗口】→【变形】命令（或按【Ctrl+K】组合键），打开【变形】面板，单击【重制选区和变形】按钮复制一个新的对象，并将图像缩小为原来的 50％，如图 6.81 所示。

图 6.81 使用【变形】面板复制并且缩小图像素材

○**步骤 16** 将调整好大小的图像素材，对齐到舞台中合适的位置，如图 6.82 所示。

图 6.82 把得到的图像对齐到舞台中合适的位置

○**步骤 17** 单击【工具】面板的【文本工具】按钮，在舞台中输入文字，并调整好位置及样式，最终的完成效果如图 6.83 所示。

图 6.83　最终的完成效果

6.5.2　制作倒影效果

制作倒影效果的操作步骤如下：

🔘**步骤 01**　新建一个 Flash 文档。

🔘**步骤 02**　执行【文件】→【导入】→【导入到舞台】命令（或按【Ctrl+R】组合键），将需要的
图片导入到当前动画的舞台中，如图 6.84 所示。

图 6.84　在舞台中导入图片素材

🔘**步骤 03**　执行【修改】→【转换为元件】命令（或按【F8】快捷键），打开【转换为元件】对话
框，如图 6.85 所示。

图 6.85　【转换为元件】对话框

🔘**步骤 04**　在【类型】下拉列表中选择【图形】选项。

🔘**步骤 05**　单击【确定】按钮，把导入到当前动画的舞台中的位图素材转换为图形元件，如图 6.86
所示。

图 6.86　把图形素材转换为图形元件

○**步骤06**　按住【Alt】键，拖拽鼠标并且复制当前的图形元件，如图 6.87 所示。

图 6.87　按【Alt】键拖拽并且复制当前的图形元件

○**步骤07**　执行【修改】→【变形】→【垂直翻转】命令，把舞台中复制出来的图形元件垂直翻转，如图 6.88 所示。

图 6.88　垂直翻转复制出来的图形元件

◯**步骤 08**　调整好这两个图形元件在舞台中的位置。

◯**步骤 09**　选择下方的图形元件。

◯**步骤 10**　在【属性】面板的【色彩效果】区域中单击【样式】下拉列表框，打开其下拉列表，如
图 6.89 所示。

◯**步骤 11**　在下拉列表中选择【Alpha】选项，设置下方图形元件的透明度为 60％。此时的【属性】
面板如图 6.90 所示。

图 6.89　【样式】下拉列表

图 6.90　设置透明度

◯**步骤 12**　还可在【样式】下拉列表中选择【高级】选项，进行更详细的设置，如图 6.91 所示。

◯**步骤 13**　执行【控制】→【测试影片】命令，可以看到完成的最终效果图，如图 6.92 所示。

图 6.91　【高级】选项的相关参数

图 6.92　完成的最终效果

6.5.3　制作折扇

制作折扇的操作步骤如下：

◯**步骤 01**　新建一个 Flash 文档。

◯**步骤 02**　单击【工具】面板中的【矩形工具】按钮，绘制一个矩形作为扇骨，在矩形工具的选项
区域中取消选择【对象绘制】模式，并调整好矩形的颜色和尺寸，绘制的效果如图 6.93
所示。

◯**步骤 03**　选择【工具】面板中的任意变形工具，调整当前矩形的中心点到矩形的下方，如图 6.94
所示。

图 6.93   在舞台中绘制扇骨   图 6.94   使用任意变形工具调整矩形的中心点

◯**步骤04**   执行【窗口】→【变形】命令（或按【Ctrl+T】组合键），打开【变形】面板，如图 6.95 所示。

图 6.95   【变形】面板

◯**步骤05**   单击【重制选区和变形】按钮，复制刚才绘制的矩形。

◯**步骤06**   在【旋转】单选按钮下方直接拖动文本，将旋转的角度设为 15°。然后连续单击【重制选区和变形】按钮，即可边旋转边复制多个矩形，如图 6.96 所示。

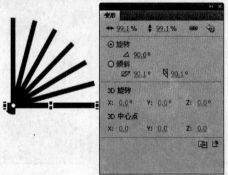

图 6.96   旋转并复制当前的矩形

◯**步骤07**   单击【工具】面板中的【线条工具】按钮，在扇骨的两边绘制两条直线，如图 6.97 所示。

◯**步骤08**   单击【选择工具】按钮，把两条直线拉成和扇面弧度一样的圆弧，如图 6.98 所示。

图 6.97   在新的图层中绘制两条直线   图 6.98   使用选择工具对直线变形

○**步骤09**　单击【工具】面板中的【线条工具】按钮，把两条直线的两端连接成一个闭合的路径，同时使用颜料桶工具为其填充颜色，如图 6.99 所示。

○**步骤10**　按下【Ctrl+F9】组合键打开【颜色】面板。在【颜色】面板的【类型】下拉列表中选择【位图】选项，在弹出的【导入到库】对话框中找到扇面的图片素材。此时的【颜色】面板如图 6.100 所示。

图 6.99　给得到的形状填充颜色　　　　图 6.100　【颜色】面板

○**步骤11**　此时通过颜料桶工具就可以将图片素材填充到扇面中了，如图 6.101 所示。

○**步骤12**　选择【工具】面板中的渐变变形工具，调整填充到扇面中的图片素材，使图片和扇面更加吻合，如图 6.102 所示。

○**步骤13**　完成的最终效果如图 6.103 所示。

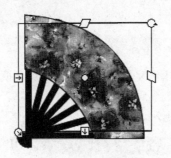

图 6.101　将图片填充到扇面中　　图 6.102　调整扇面中的图片素材　　图 6.103　最终完成的折扇效果

6.5.4　制作变形文字

制作变形文字的操作步骤如下：

○**步骤01**　新建一个 Flash CS4 文档。

○**步骤02**　单击【工具】面板中的【文本工具】按钮，在舞台中输入文本"可爱美人鱼"，如图 6.104 所示。

图 6.104　在舞台中输入文本

◯**步骤 03**　在【属性】面板中设置文本的格式，字体为黑体，字体大小为 78。

◯**步骤 04**　按【Ctrl+B】组合键，对文本进行分离操作，多个文本需要分离两次。分离后的文本显示为网格状，表示可以直接编辑，如图 6.105 所示。

图 6.105　对文字进行分离操作

◯**步骤 05**　单击【工具】面板中的【任意变形工具】按钮📧，在其选项区域中单击【封套】按钮◙，对文字进行变形操作，变形后的效果如图 6.106 所示。

图 6.106　对文字进行变形操作

◯**步骤 06**　选中所有文字后，执行【修改】→【形状】→【柔化填充边缘】命令，打开【柔化填充边缘】对话框，在【距离】文本框中输入"10 像素"，在【方向】栏中，选中【扩展】单选按钮，如图 6.107 所示。

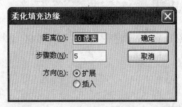

图 6.107　【柔化填充边缘】对话框

◯**步骤 07**　设置柔化填充后的效果如图 6.108 所示。

图 6.108　设置柔化填充后的效果

◯**步骤 08**　选择【工具】面板中的墨水瓶工具，给变形后的文字添加蓝色的边框，效果如图 6.109 所示。

图 6.109　为变形后的文字添加边框

 结束语　本章主要讲解了如何在 Flash CS4 中进行对象编辑，包含对位图对象的编辑以及对对象的优化处理等内容。为了更好地进行动画制作，用户应熟练掌握这些知识。

第**7**章 帧操作及动画制作

本章包括

◆ **帧的操作**　　　　　　　　◆ **逐帧动画**

◆ **补间动画**　　　　　　　　◆ **场景操作**

Flash 动画是由帧组成的，制作动画实际上就是对帧的编辑，当涉及到多个对象的动画时需要将各对象放在不同的图层中，这样在对各对象编辑时才不会影响到其他对象。掌握了帧和图层的基本操作，才能够使图形随着帧的播放而运动，因此帧操作在 Flash 动画制作中具有很重要的地位。本章将介绍 Flash 帧操作及动画制作的相关知识。

7.1 帧的操作

构成 Flash 动画的基础是帧，根据人的视觉暂留特性，通过快速播放一组连续的帧，可以产生动画效果。动画在播放时就是依次显示每一帧中的内容，动画的每一个画面就是一个帧，也可以把帧看作是 Flash 动画中在最短时间单位里出现的画面。因此，在整个动画的制作过程中，更改【时间轴】面板中的帧，可以完成对舞台中对象的时间控制。

7.1.1 使用【时间轴】面板

Flash 动画是时基动画，它是按时间的顺序进行的，【时间轴】面板是 Flash 动画制作的重要工具，使用 Flash 制作的所有动画都需要通过【时间轴】面板来完成。

【时间轴】面板用于组织文档中的资源以及控制文档内容随时间而变化，位于 Flash 工作区的下方，如图 7.1 所示。

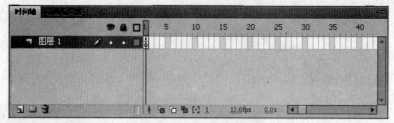

图 7.1 【时间轴】面板

图层控制区位于【时间轴】面板左侧，主要用于对图层进行编辑操作。图层控制区由图层和图层编辑按钮组成，通过这些按钮可以进行新建图层、删除图层以及改变图层位置等操作。

图层的详细操作方法参见后面章节的内容。

【时间轴】面板的右侧用于对帧进行编辑操作，包含 3 个部分：上面的部分是播放头和时间轴标尺；中间的部分是帧的编辑区；下面的部分是时间轴的状态栏。【时间轴】面板右侧各部分的功能如表 7.1 所示。

表 7.1　【时间轴】面板右侧各部分功能

名称	功能
播放头	用于指示当前在舞台中显示的帧，在播放 Flash 文档时，播放头从左向右通过时间轴
时间轴标尺	用于指示帧的编号
帧居中	单击此按钮，当前帧将显示在时间轴的中部
洋葱皮工具	通过使用这些洋葱皮工具可以看出整个动画的帧序列
当前帧	用于表示当前帧所在的位置
帧速率	用于表示每秒种播放的帧数，数值越大，动画播放就越快
运行时间	用于表示从开始帧播放到当前帧所需要的时间

单击【时间轴】面板右上角的按钮，可打开帧视图菜单，如图 7.2 所示。单击其中的菜单选项，可以控制帧的显示状态。例如，单击【大】选项，时间轴中帧的显示状态如图 7.3 所示。

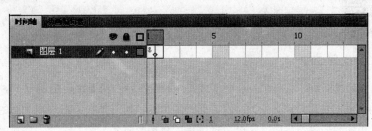

图 7.2　帧视图菜单　　　　　　　　　　图 7.3　更改帧的显示状态

单击【帧速率】文本框，可以直接输入帧频，如图 7.4 所示。将鼠标放置在【帧速率】文本框上，当鼠标变成 形状时，按住鼠标左键进行拖动也可改变帧。

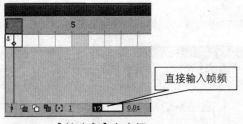

图 7.4　【帧速率】文本框

执行【窗口】→【时间轴】命令（或按【Ctrl+Alt+T】组合键），可关闭或显示【时间轴】面板。

7.1.2　帧的类型

帧是组成 Flash 动画的最基本单位，通过在不同的帧中放置相应的动画元素（如位图、文字和矢量图等），然后对这些帧进行连续播放，最终实现 Flash 动画效果。在 Flash CS4 中，根据帧的不同功能和含义，可将帧分为关键帧、空白关键帧和普通帧等。

一、关键帧

关键帧在时间轴中以一个黑色实心圆表示，关键帧是指在动画播放过程中，表现关键性动作或关键性内容变化的帧。关键帧定义了动画的变化环节，一般图像都必须在关键帧中进行编辑。如果关键帧中的内容被删除，那么关键帧就会转换为空白关键帧。关键帧的显示状态如图 7.5 所示。

二、空白关键帧

空白关键帧在时间轴中以一个空心圆表示，如图 7.6 所示。它表示该关键帧中没有任何内容，这种帧主要用于结束前一个关键帧的内容或用于分隔两个相邻的补间动画。

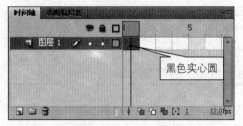
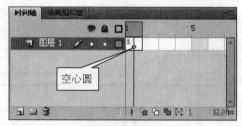

图 7.5　Flash 中的关键帧　　　　　　　　图 7.6　Flash 中的空白关键帧

在空白关键帧中加入对象即可将其转换为关键帧。

三、普通帧

普通帧即静态延长帧，在时间轴中以一个灰色方块表示，如图 7.7 所示。普通帧通常处于关键帧的后面，普通帧只是作为关键帧之间的过渡，用于延长关键帧中动画的播放时间，因此不能对普通帧中的图形进行编辑。一个关键帧后的普通帧越多，该关键帧的播放时间越长。用于延长上一个关键帧的播放状态和时间，静态延长帧当前所对应的舞台不可编辑。静态延长帧在【时间轴】面板中显示为灰色区域。

四、未用帧

未用帧是时间轴中没有使用的帧，如图 7.8 所示。

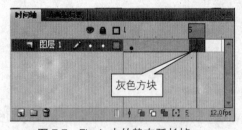
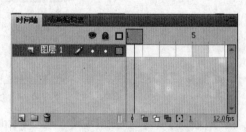

图 7.7　Flash 中的静态延长帧　　　　　　图 7.8　Flash 中的未用帧

五、补间帧

补间帧出现在两个关键帧之间，并由前一个关键帧过渡到后一个关键帧之间的所有帧组成。由于 Flash CS4 中的基本动画类型除逐帧动画之外，还包括自动添加关键帧的补间动画、传统补间和

形状补间 3 种，因此补间帧的状态也有 3 种。

传统补间的补间帧以蓝灰色的箭头表示；形状补间的补间帧以绿色的箭头表示；自动添加关键帧的补间以天蓝色表示，而且没有箭头，如图 7.9 所示。

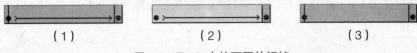

（1）　　　　　　　　　　（2）　　　　　　　　　　（3）

图 7.9　Flash 中的不同补间帧

7.1.3　添加与删除帧

帧是出现在【时间轴】面板上的小格，因此帧的创建与删除基本上都是通过【时间轴】面板来完成的，动画设计者通过连续播放这些帧来生成动画。

在 Flash CS4 中，添加关键帧主要有如下方法。

◆ 在【时间轴】面板中选中需要插入帧的位置，按【F6】键。

◆ 在【时间轴】面板中，右击需要插入帧的位置，将弹出一个快捷菜单（如图 7.10 所示），在弹出的快捷菜单中选择【插入关键帧】选项。

图 7.10　快捷菜单

◆ 在【时间轴】面板中选中需要插入帧的位置，执行【插入】→【时间轴】→【关键帧】命令。

在 Flash CS4 中，添加静态延长帧主要有如下方法。

◆ 在【时间轴】面板中，选中需要插入帧的位置，按【F5】键快速插入静态延长帧。

◆ 在【时间轴】面板中，右击需要插入帧的位置，将弹出一个快捷菜单（参见图 7.10），在弹出的快捷菜单中，选择【插入帧】选项。

◆ 在【时间轴】面板中，选中需要插入帧的位置，执行【插入】→【时间轴】→【帧】命令。

在 Flash CS4 中，添加空白关键帧主要有如下方法。

◆ 在【时间轴】面板中，选中需要插入帧的位置，按【F7】键。

◆ 在【时间轴】面板中，右击需要插入帧的位置，在弹出的快捷菜单中，选择【插入空白关键帧】选项。

◆ 在【时间轴】面板中选中需要插入帧的位置，执行【插入】→【时间轴】→【空白关键帧】命令。

在 Flash CS4 中，删除帧主要有如下方法。

◆ 在【时间轴】面板中，右击需要删除的帧，从弹出的快捷菜单中，选择【删除帧】选项。

◆ 在【时间轴】面板中，选择需要删除的帧，按【Shift+F5】组合键删除静态延长帧。

◆ 在【时间轴】面板中，选择需要删除的帧，按【Shift+F6】组合键删除关键帧。

7.1.4 选择和移动帧

在 Flash CS4 中，如果需要编辑某一帧的对象，就需要选择相应的帧；如果需要改变某一帧在【时间轴】面板中的位置，可以移动相应的帧。

一、选择帧

直接在【时间轴】面板上单击要选择的帧，即可选择该帧。通过对这一帧的选择，可以选择对应舞台中的所有对象，如图 7.11 所示。

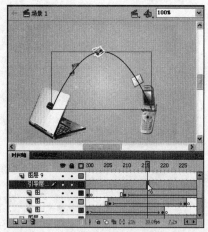

图 7.11 选择【时间轴】面板中的单帧

二、选择帧序列

选择帧序列主要有两种方式：一是直接在【时间轴】面板上拖拽鼠标指针；二是按【Shift】键同时选择多帧，如图 7.12 所示。

图 7.12 选择【时间轴】面板中的帧序列

三、移动帧

如果需要移动某一帧或帧序列，先选择需要移动的帧或帧序列，然后将其拖拽到【时间轴】面板中的新位置上。选择的帧或帧序列，将连同帧的内容一起改变位置，如图 7.13 所示。

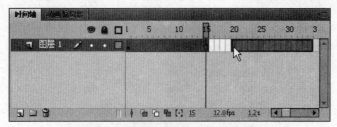

图 7.13 移动【时间轴】面板中的帧

7.1.5 编辑帧

编辑帧包括对帧的复制、粘贴和翻转以及清除关键帧等操作。

一、复制和粘贴帧

复制和粘贴帧的操作步骤如下：

步骤 01 右击需要复制的帧或帧序列，在弹出的快捷菜单中，选择【复制帧】选项，如图 7.14 所示。

图 7.14 选择【复制帧】选项

步骤 02 在【时间轴】面板中，右击需要粘贴帧的位置，在弹出的快捷菜单中，选择【粘贴帧】选项即可。

二、翻转帧

通过翻转帧可以逆转排列一段连续的关键帧序列，最终产生倒着播放动画的效果。

翻转帧时，右击需要翻转的帧序列，在弹出的快捷菜单中，选择【翻转帧】选项，如图 7.15 所示。翻转帧前后的效果对比如图 7.16 所示。

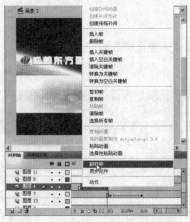

图 7.15　选择【翻转帧】选项

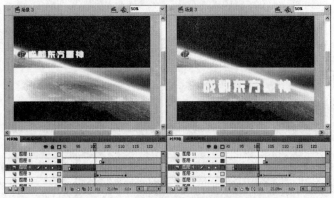

图 7.16　翻转帧前后的效果对比

三、清除关键帧

清除关键帧只能对关键帧进行操作。清除关键帧并不是把帧删除，而是将关键帧转换为静态延长帧。清除关键帧的操作步骤如下：

⊃**步骤 01**　选择要清除的关键帧。

⊃**步骤 02**　右击该关键帧，在弹出的快捷菜单中选择【清除关键帧】选项，如图 7.17 所示。

图 7.17　选择【清除关键帧】选项

如果被清除的关键帧所在的帧序列只有 1 帧，清除关键帧后它将转换为空白关键帧。

7.1.6　洋葱皮工具

在 Flash 中，使用洋葱皮工具的一系列按钮 ▣ ▢ ▢ ▣ 可以看到多个帧中的内容。这样将使设计者更容易安排动画、给对象定位等，并便于比较多个帧内容的位置。

一、绘图纸外观模式

单击【时间轴】面板下方的【绘图纸外观】按钮▣，可以看到当前帧以外的其他帧，它们以不同的透明度来显示，但是不能被选择，如图 7.18 所示。

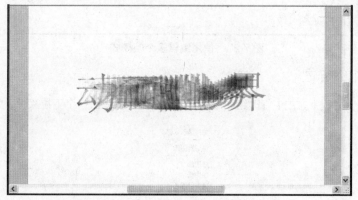

图 7.18　使用绘制纸外观模式

这时，绘图纸外观模式的显示范围被括在一个大括号中，如果需要改变当前洋葱皮工具的显示范围，只需要拖拽两边的大括号即可。

二、绘图纸外观轮廓模式

单击【时间轴】面板下方的【绘图纸外观轮廓】按钮▢，这时舞台中的对象将不显示填充，只显示边框轮廓，如图 7.19 所示。

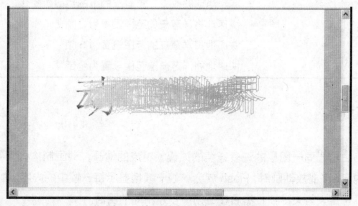

图 7.19　使用绘制纸外观轮廓模式

三、编辑多个帧模式

单击【时间轴】面板下方的【编辑多个帧】按钮▣，这时舞台中将只显示关键帧的内容，并且用户可以修改关键帧中的内容，如图 7.20 所示。

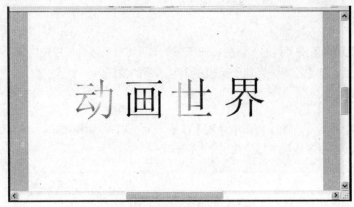

图 7.20　使用编辑多个帧模式

四、修改绘图纸标记

单击【时间轴】面板下方的【修改绘图纸标记】按钮，将弹出一个下拉菜单，如图 7.21 所示。

图 7.21　【修改绘图纸标记】下拉菜单

此菜单各选项的功能如表 7.2 所示，使用这些选项可以对洋葱皮工具的显示范围进行控制。

表 7.2　修改绘图纸标记的菜单功能

菜单项名称	功能
始终显示标记	选中后，不论是否启用洋葱皮模式，都会显示标记
锚定绘制图纸	在正常的情况下，启用洋葱皮范围，是以目前所在的帧为标准，当前帧改变，洋葱皮的范围也跟着变化
绘图纸 2	快速地将洋葱皮的范围设置为 2 帧
绘图纸 5	快速地将洋葱皮的范围设置为 5 帧
所有绘图纸	快速地将洋葱皮的范围设置为全部帧

7.2　逐帧动画

逐帧动画是指由位于同一图层的许多连续的关键帧组成的动画，动画制作者需要在动画的每一帧中创建不同的内容，当播放动画时，Flash 就会一帧一帧地显示每一帧中的内容。制作逐帧动画时，首先需要将每一帧都定义为关键帧，然后在每帧中创建不同的画面。

7.2.1　通过导入生成动画

制作逐帧动画可通过导入的方式来生成动画。使用此方式制作动画，首先需要使用 Fireworks

等编辑工具生成动画制作所需要的对象素材，然后使用 Flash 提供的导入功能将对象导入到舞台中。
其操作步骤如下：

⊃**步骤 01** 新建一个 Flash 文档。

⊃**步骤 02** 执行【文件】→【导入】→【导入到舞台】命令（或按【Ctrl+R】组合键），弹出【导入】对话框，如图 7.22 所示。

⊃**步骤 03** 选择需要导入的第一个文件。

⊃**步骤 04** 单击【打开】按钮，如果生成的对象是按图像序列命名的，将弹出一个提示框，询问是否导入所有图像，如图 7.23 所示。

图 7.22 【导入】对话框

图 7.23 提示框

⊃**步骤 05** 单击【是】按钮，所有的图像将被导入到舞台中，并且按照顺序排列到【时间轴】面板中不同的帧上，如图 7.24 所示。

图 7.24 导入所有图像的效果

⊃**步骤 06** 如果生成的对象不是按图像序列命名的，导入一个对象后，可先在下一帧位置上插入一个关键帧，然后使用前面的方法导入所需要的对象。

⊃**步骤 07** 重复步骤 2~6，直到所有的对象都导入为止。

⊃**步骤 08** 执行【控制】→【测试影片】命令（或按【Ctrl+Enter】组合键），可得到动画的预览效果。

7.2.2 通过帧编辑制作动画

　　制作逐帧动画也可通过对帧进行编辑的方式来实现。下面通过一个具体的实例来讲解其制作过程，操作步骤如下：

○**步骤01** 新建一个 Flash 文档，执行【文件】→【导入】→【导入到舞台】命令，导入背景图片，如图 7.25 所示。

○**步骤02** 在【工具】面板中单击【文本工具】按钮，并在舞台中输入"精彩动画"，如图 7.26 所示。

图 7.25　导入背景图片　　　　　　　　　图 7.26　输入文本

○**步骤03** 选中舞台中的文本，在【属性】面板中设置字体为华文彩云，字体大小为 70，字体颜色为黄色，如图 7.27 所示。

图 7.27　设置文本属性

○**步骤04** 然后分别在第 2、3、4 帧上按【F6】键插入关键帧，如图 7.28 所示。

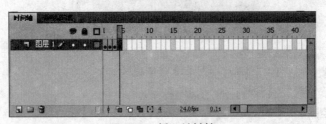

图 7.28　插入关键帧

○**步骤05** 选中第 1 帧，保留文本中第一个字"精"，删除舞台中的其他文本，如图 7.29 所示。

○**步骤06** 选中第 2 帧，保留文本中前两个字"精彩"，删除舞台中的其他文本，如图 7.30 所示。

图 7.29 对第 1 帧进行编辑　　　　　　图 7.30 对第 2 帧进行编辑

步骤 07 使用同样的方法，依次对后面的每一帧内容进行编辑处理。然后选中第 5 帧，按【F6】键插入关键帧。

步骤 08 在【工具】面板中单击【文本工具】按钮，并在舞台中输入"美"，并在【工具】面板中将字体设为华文新楷，大小为 70，颜色为"#99FFFF"。将"美"移至合适位置，如图 7.31 所示。

步骤 09 再在第 6、7、8 帧处按【F6】键插入关键帧，并分别输入"丽"、"纷"和"呈"，同时对其进行不同属性设置，如大小、颜色和旋转方向等，如图 7.32 所示。

图 7.31 输入文本并设置属性　　　　　　图 7.32 输入其他文本内容

步骤 10 执行【控制】→【测试影片】命令（或按【Ctrl+Enter】组合键），得到动画的预览效果，如图 7.33 所示。

（1）　　　　　　　　　　（2）　　　　　　　　　　（3）

图 7.33 动画的预览效果

●步骤 **11**　由于动画播放速度很快，因此需要对播放速度进行适当的调整。执行【修改】→【文档】命令（或按【Ctrl+J】组合键），将弹出【文档属性】对话框，如图 7.34 所示。

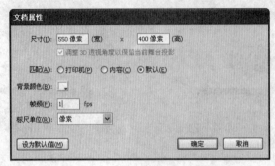

图 7.34　【文档属性】对话框

●步骤 **12**　在【帧频】文本框中输入 "1"，然后单击【确定】按钮，关闭【文档属性】对话框。

●步骤 **13**　执行【控制】→【测试影片】命令（或按【Ctrl+Enter】组合键），得到动画的慢速播放效果。

7.3　补间动画

补间动画是我们在 Flash 中应用最多的一种动画制作模式。用户只需要绘制出关键帧，Flash CS4 就能自动生成中间的补间过程。Flash CS4 提供了传统补间、形状补间和自动添加关键帧的补间 3 种补间动画的制作方法。

7.3.1　传统补间动画

传统补间动画，即 Flash CS3 等以前版本的运动补间动画。在 Flash CS4 中，该补间动画只能给元件的实例添加运动补间的动画效果。通过创建传统补间，可以轻松地实现移动、旋转、改变大小和属性的动画效果。

下面我们通过一个简单的实例来了解创建运动补间动画的方法和过程。其操作步骤如下：

●步骤 **01**　新建一个 Flash 文档。

●步骤 **02**　执行【修改】→【文档】命令（或按【Ctrl+J】组合键），弹出【文档属性】对话框。

●步骤 **03**　将舞台的【背景颜色】设置为黑色，不改变其他默认的选项，如图 7.35 所示。

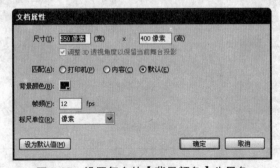

图 7.35　设置舞台的【背景颜色】为黑色

○**步骤 04**　单击【确定】按钮，关闭【文档属性】对话框。

○**步骤 05**　在【工具】面板中单击【文本工具】按钮 ，向舞台中输入"缤纷动画世界"。

○**步骤 06**　选中舞台中的文本，在【属性】面板中设置字体为华文琥珀、字体大小为 90、文本颜色
　　　　　　为白色，如图 7.36 所示。

○**步骤 07**　执行【修改】→【转换为元件】命令（或按【F8】快捷键），弹出【转换为元件】对话
　　　　　　框，如图 7.37 所示。

图 7.36　在舞台中输入文本并设置属性

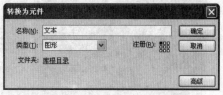

图 7.37　【转换为元件】对话框

○**步骤 08**　在【名称】文本框中输入"文本"。

○**步骤 09**　在【类型】下拉列表中选择【图形】选项。

○**步骤 10**　单击【确定】按钮，关闭【转换为元件】对话框。

○**步骤 11**　执行【窗口】→【对齐】命令（或按【Ctrl+K】组合键），打开【对齐】面板，把转换
　　　　　　好的图形元件对齐到舞台的中心位置，如图 7.38 所示。

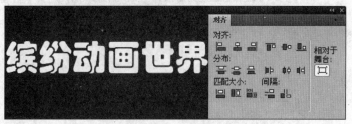

图 7.38　把元件对齐到舞台中心

○**步骤 12**　在【时间轴】面板的第 20 帧处，按【F6】键插入关键帧。

○**步骤 13**　选中舞台中第 20 帧对应的元件。

○**步骤 14**　执行【窗口】→【变形】命令（或按【Ctrl+T】组合键），打开【变形】面板。

○**步骤 15**　将图形元件的高度缩小为原来的 10％，宽度保持不变，如图 7.39 所示。

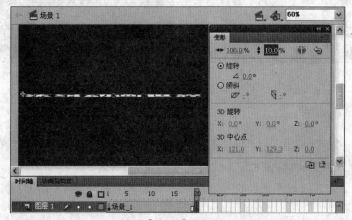

图 7.39　使用【变形】面板缩小元件大小

步骤 16　在【属性】面板中，单击【色彩效果】栏中的【样式】下拉箭头，在其下拉列表中选择
【Alaph】选项，将第 20 帧中的元件透明度设置为 0，如图 7.40 所示。

步骤 17　在两个关键帧中，右击鼠标，将弹出一个快捷菜单，如图 7.41 所示。

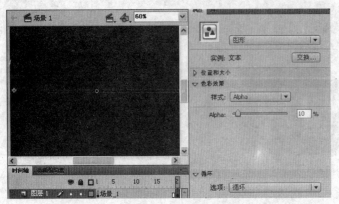

图 7.40　设置第 20 帧中的元件透明度　　　　图 7.41　快捷菜单

步骤 18　选择【创建补间动画】选项，在第 1 帧与第 20 帧之间将产生运动补间帧，如图 7.42
所示。

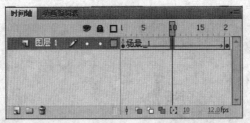

图 7.42　在第 1 帧与第 20 帧之间将产生运动补间帧

步骤 19　执行【控制】→【测试影片】命令（或按【Ctrl+Enter】组合键），得到动画的预览效果，
如图 7.43 所示。

图 7.43　动画的预览效果

7.3.2　形状补间动画

在 Flash CS4 中，用户不仅能够给分离后的可编辑对象添加运动补间动画效果，还可以利用形
状补间方便地创建几何变形和渐变色改变的动画效果。

下面我们通过一个简单的实例来学习创建形状补间动画的过程，其操作步骤如下：

步骤 01　新建一个 Flash 文档。

○**步骤02** 在【工具】面板中单击【文本工具】按钮![T]，在【属性】面板中设置【文本类型】为【静态文本】，文本颜色为黑色，字体为宋体，字体大小为 90，如图 7.44 所示。

图 7.44 文本属性设置

○**步骤03** 在舞台中输入文本"形"。

○**步骤04** 分别在时间轴的第 10、20 和 30 帧处，按【F7】键插入空白关键帧。

○**步骤05** 使用文本工具，在第 10 帧的舞台中输入文本"状"，在第 20 帧的舞台中输入文本"补"，在第 30 帧的舞台中输入文本"间"。

○**步骤06** 依次选中每个关键帧中的文本，执行【修改】→【分离】命令（或按【Ctrl+B】组合键），把文本分离成可编辑的网格状。

○**步骤07** 依次选中每个关键帧中的文本，在【属性】面板中把文本的填充颜色设置为不同的渐变色，如图 7.45 所示。

○**步骤08** 选中所有帧，单击鼠标右键，在弹出的快捷菜单中选择【创建补间形状】选项，创建形状补间形状动画，如图 7.46 所示。

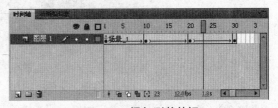

图 7.45 给每个关键帧中的文本添加渐变色   图 7.46 添加形状补间

○**步骤09** 执行【控制】→【测试影片】命令（或按【Ctrl+Enter】组合键），得到动画的预览效果，如图 7.47 所示。

图 7.47 预览动画

7.3.3 形状提示

形状提示是在 Flash 的形状补间动画中，由 Flash 软件随机生成的关键帧之间的变形过程。用户可以通过给动画添加形状提示来控制几何变形的过程。

下面我们通过一个简单的实例来学习形状提示的制作过程。其操作步骤如下：

○**步骤01** 新建一个 Flash 文档。

○**步骤02** 在【工具】面板中单击【文本工具】按钮 ，在【属性】面板中设置【文本类型】为【静态文本】，文本颜色为蓝色，字体为【Rockwell Extra Bold】，字体大小为 80，如图 7.48 所示。

图 7.48 设置文本属性

○**步骤03** 在舞台中输入数字"1"。

○**步骤04** 在时间轴上选择第 20 帧，按【F7】键插入空白关键帧。

○**步骤05** 使用文本工具，在第 20 帧对应的舞台中输入数字"2"。

○**步骤06** 依次选择每个关键帧中的文本，执行【修改】→【分离】命令（或按【Ctrl+B】组合键），把文本分离成可编辑的网格状。

○**步骤07** 选中图层 1 中的所有帧，单击鼠标右键，在弹出的快捷菜单中选择【创建补间形状】选项，这时的【时间轴】面板如图 7.49 所示。

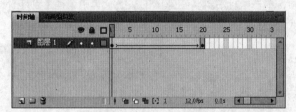

图 7.49 添加形状补间后的【时间轴】面板

○**步骤08** 按【Enter】键，在当前编辑状态中得到动画的预览效果，这时"1"到"2"的变形过程是由 Flash 软件随机生成的，如图 7.50 所示。

图 7.50 Flash 动画随机生成的变形过程

○**步骤09** 选中第 1 帧，执行【修改】→【形状】→【添加形状提示】命令（或按【Ctrl+Shift+H】组合键），在动画中添加形状提示。

○**步骤10** 这时在舞台中的数字 "1" 上会增加一个标有 "a" 的红色圆点，同样在第 20 帧的数字 "2" 上也会生成同样的点，如图 7.51 所示。

○**步骤11** 分别把数字 "1" 和数字 "2" 上的形状提示点 "b" 移动到相应的位置上，如图 7.52 所示。

图 7.51　给动画添加形状提示　　　　　　图 7.52　移动形状提示点的位置

○**步骤12** 用户可以给动画添加多个形状提示点，并将之移动到相应的位置，其效果如图 7.53 所示。

○**步骤13** 执行【控制】→【测试影片】命令（或按【Ctrl+Enter】组合键），得到动画的预览效果，如图 7.54 所示。用户可以观察到与没有添加形状提示时动画效果的区别。

图 7.53　继续添加形状提示点　　　　图 7.54　预览添加形状提示后的动画效果

7.3.4　自动添加关键帧的补间动画

这种动画是 Flash CS4 新增的类型，是一种全新的动画制作方式，Flash CS4 自动记录动画的关键帧，制作动画更加方便快捷，同时还可以对每一帧中的对象进行编辑。

下面我们通过一个简单的实例来学习创建该类型动画的过程，其操作步骤如下：

○**步骤01** 新建一个 Flash 文档。

○**步骤02** 在动画的起始帧插入关键帧，并在舞台中导入素材图片，并将其放置到合适的位置上，如图 7.55 所示。

○**步骤03** 选中舞台中的对象，按【F8】键将其转换为图形元件。

○**步骤04** 在第 30 帧处按【F5】键插入帧。

○**步骤05** 选中起始帧至结束帧中的任意一帧，单击鼠标右键，在弹出的快捷菜单中选择【创建补间动画】选项，如图 7.56 所示。

○**步骤06** 选中第 10 帧，移动舞台中的对象，改变其位置，如图 7.57 所示。

图 7.55　导入素材图片

此时可以看到时间轴的第 10 帧中有一个菱形的小黑点，每个小黑点代表一个关键帧。同时，舞台中出现一条绿色的线，即对象的运动轨迹。运动轨迹上两个小点之间的距离即代表帧与帧之间的运动距离，在【属性】面板中调节缓动值后，点与点之间的距离也会改变，根据点的疏密程度即可判断出动画运动的快慢。

图 7.56　创建补间动画

○**步骤 07**　单击【工具】面板中的【选择工具】按钮，然后拖动舞台中对象的运动轨迹，可将路径调整为弧形，如图 7.58 所示。

图 7.57　移动某一帧中的对象

图 7.58　调整运动轨迹

○**步骤 08**　选中第 20 帧，调整舞台中的对象，如图 7.59 所示。

○**步骤 09**　单击【工具】面板中的【部分选取工具】按钮，还可对路径上的每个点进行具体调整，进一步控制动画路径，如图 7.60 所示。

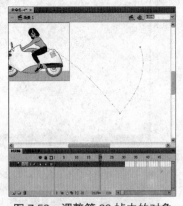

图 7.59　调整第 20 帧中的对象

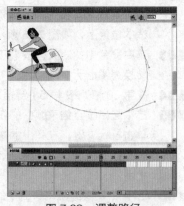

图 7.60　调整路径

○**步骤 10**　在【时间轴】面板中单击【动画编辑器】选项卡，打开【动画编辑器】面板（如图 7.61

所示），可对每一关键帧中的对象的缓动等参数进行更具体的设置。

图 7.61　【动画编辑器】面板

○**步骤 11**　设置完成后即可按【Ctrl+Enter】组合键预览动画。

7.4　场景操作

使用 Flash 制作动画时，一般都在一个场景中完成，当需要制作大型动画时，一般需要使用多个场景。使用场景类似于使用几个 SWF 文件一起创建一个较大的动画，每个场景都有一个时间轴，当播放头到达该场景的最后一帧时，播放头将前进到下一个场景。发布 SWF 文件时，每个场景的时间轴会合并为 SWF 文件中的一个时间轴。

场景操作包括场景的添加、重命名、删除和调整顺序等。

当启动 Flash CS4 后，系统默认使用名称为"场景 1"的空白场景，如图 7.62 所示。

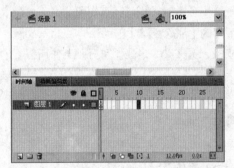

图 7.62　默认的"场景 1"空白场景

要对场景进行操作，需要使用【场景】面板。执行【窗口】→【其他面板】→【场景】命令，即可打开【场景】面板，如图 7.63 所示。

单击【场景】面板下方的【添加场景】按钮，或执行【插入】→【场景】命令，可以添加一个场景，如图 7.64 所示。双击某一场景名，此场景名将变为高亮显示，如图 7.65 所示。在此位置输入新的场景名即可重命名此场景。

　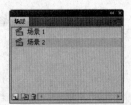

图 7.63　【场景】面板　　　　　　图 7.64　添加场景

如果在动画制作中需要相同的场景，可以复制场景。单击【场景】面板下方的【重制场景】按钮，即可复制一个所选择的场景，如图 7.66 所示。

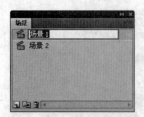

图 7.65　重命名场景

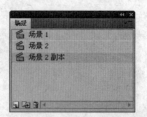

图 7.66　复制场景

在【场景】面板中，当场景的位置需要调整时，在【场景】面板中，选择需要调整位置的场景，然后将其拖拽到合适的位置即可。

在制作的动画有多个场景时，如果需要切换到某一场景时，可在【场景】面板中单击需要的场景名称，或单击【视图】菜单，从【转到】子菜单中选择需要的场景名称，如图 7.67 所示。

图 7.67　【转到】子菜单

当不需要某一场景或该场景不合适时，可以将其删除。在【场景】面板中，选择需要删除的场景，然后单击【场景】面板下方的【删除场景】按钮即可将其删除。

在使用多个场景制作动画时，选择某一场景，可分别制作所需要的动画，也可对每个场景设置不同的动画属性。

7.5　动画制作实例

下面是使用前面介绍的知识讲解几个动画制作的实例。

7.5.1　制作海上日出的效果

使用逐帧动画制作海上日出效果的操作步骤如下：

◐**步骤01**　新建一个 Flash 文档。

◐**步骤02**　执行【修改】→【文档】命令，打开【文档属性】对话框，如图 7.68 所示。

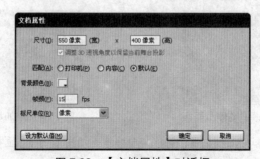

图 7.68　【文档属性】对话框

◐**步骤 03** 根据动画制作需要设置相应的属性参数。

◐**步骤 04** 设置完毕后，单击【确定】按钮，关闭对话框。

◐**步骤 05** 使用 Flash 的绘图工具，绘制动画需要的背景和太阳，如图 7.69 所示。

图 7.69　绘制动画需要的背景和太阳

◐**步骤 06** 右击第 2 帧，从弹出的快捷菜单中，选择【插入关键帧】选项，将第 2 帧变成关键帧，如图 7.70 所示。

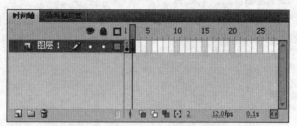

图 7.70　将第 2 帧变成关键帧

◐**步骤 07** 使用【工具】面板中的选择工具选择绘制的太阳，然后移动太阳的位置，如图 7.71 所示。

◐**步骤 08** 使用同样的方法，编辑所有帧中的太阳位置，如图 7.72 所示。

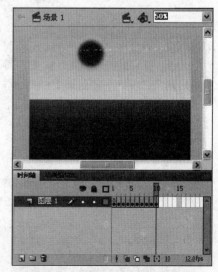

图 7.71　移动太阳的位置　　　　　　　　图 7.72　编辑所有帧中的太阳位置

◐**步骤 09** 执行【控制】→【测试影片】命令，在 Flash 播放器中得到海上日出的效果，如图 7.73 所示。

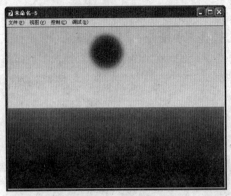

图 7.73　海上日出的效果

7.5.2　制作物体移动的效果

创建移动的物体效果的步骤如下：

步骤01　新建一个 Flash 文档。

步骤02　执行【文件】→【导入】→【导入到舞台】选项，将需要的物体导入到舞台，并设置物体的位置，如图 7.74 所示。

图 7.74　导入需要的物体

步骤03　右击第 10 帧，从弹出的快捷菜单中，选择【插入关键帧】选项，将第 10 帧变成关键帧，并设置物体位置，如图 7.75 所示。

步骤04　右击第 1 帧到第 10 帧之间的任何位置，从弹出的快捷菜单中选择【创建传统补间】选项，在第 1 帧与第 10 帧之间将产生运动补间帧，如图 7.76 所示。

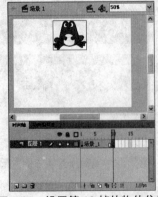

图 7.75　设置第 10 帧的物体位置　　　图 7.76　在第 1 帧与第 10 帧之间创建运动补间帧

步骤05 单击【时间轴】面板下方的【绘图纸外观】按钮，可看到当前帧附近的物体移动效果，如图 7.77 所示。

步骤06 使用相同的方法，创建其他帧的物体移动效果，如图 7.78 所示。

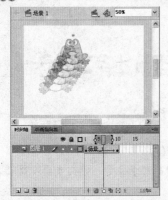

图 7.77　当前帧附近的物体移动效果　　　　图 7.78　完成物体移动的动画效果

步骤07 执行【控制】→【测试影片】命令，在 Flash 播放器中得到物体移动的效果，如图 7.79 所示。

（1）　　　　　　　　　　　（2）

图 7.79　物体移动的效果

7.5.3　制作翻转文字

制作简单的翻转文字的操作步骤如下：

步骤01 新建一个 Flash 文档。

步骤02 单击【文本工具】按钮，在【属性】面板中设置字体为【隶书】，字体大小为 96，文本颜色为蓝色，如图 7.80 所示。

步骤03 使用文本工具，在舞台中输入"翻转文字"，如图 7.81 所示。

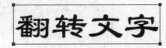

图 7.80　设置文本属性　　　　　　　图 7.81　输入文字

○**步骤 04**　使用选择工具选中文本，按两次【Ctrl+B】组合键将文本分离，如图 7.82 所示。

○**步骤 05**　选中第 15 帧，按【F6】键插入关键帧。

○**步骤 06**　执行【修改】→【变形】→【垂直翻转】命令，对文字进行翻转，如图 7.83 所示。

图 7.82　分离文本　　　　　　　　　　　图 7.83　对文字进行翻转

○**步骤 07**　分别在第 16 帧和第 31 帧处，按【F6】键插入关键帧。

○**步骤 08**　选中第 31 帧，执行【修改】→【变形】→【垂直翻转】命令，使文本再次翻转，如图 7.84 所示。

○**步骤 09**　选中第 1 帧和第 31 帧，单击鼠标右键，在弹出的快捷菜单中选择【创建补间形状】选项，创建补间形状动画，如图 7.85 所示。

图 7.84　再次翻转文字　　　　　　　　　图 7.85　创建补间形状动画

○**步骤 10**　执行【控制】→【测试影片】命令，在 Flash 播放器中得到动画的预览效果。

7.5.4　制作翻山越岭效果

○**步骤 01**　新建一个 Flash 文档。按下【Ctrl+J】组合键，打开【文档属性】对话框，设置文档大小为 600 像素×300 像素，背景颜色为 "#999999"，如图 7.86 所示。

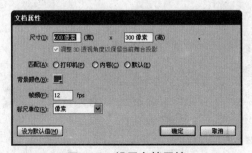

图 7.86　设置文档属性

○**步骤 02** 双击图层 1 的名称，将图层 1 重命名为"背景"，在舞台中绘制如图 7.87 所示的矩形，并为其填充线性渐变色，颜色设置如图 7.88 所示。

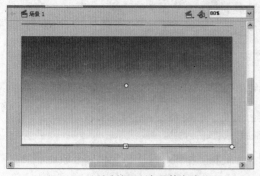

图 7.87　绘制矩形并调整渐变色

图 7.88　在【颜色】面板中设置颜色

○**步骤 03** 然后在场景中绘制山峰的形状，并为其填充放射状渐变色，效果如图 7.89 所示。

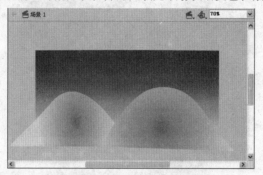

图 7.89　绘制山峰并填充放射状渐变色

○**步骤 04** 按【Ctrl+F8】组合键打开【创建新元件】对话框，创建"汽车"影片剪辑元件，如图 7.90 所示。

图 7.90　创建"汽车"影片剪辑元件

○**步骤 05** 单击【确定】按钮进入影片剪辑的编辑状态，并将图层 1 重命名为"车"。

○**步骤 06** 选中第 1 帧，绘制如图 7.91 所示的汽车图形，然后将其转换为图形元件"小汽车"。

图 7.91　绘制汽车图形

步骤 07 选中"车"图层的第 10 帧，按【F5】键插入帧。

步骤 08 选中"车"图层中第 1 帧至第 8 帧，单击鼠标右键，在弹出的快捷菜单中选择【创建补间动画】选项，创建自动添加关键帧的补间动画，如图 7.92 所示。

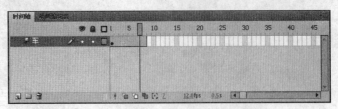

图 7.92　创建自动添加关键帧的补间动画

步骤 09 选中"车"图层的第 2 帧，按住【Shift】键将"小汽车"图形元件向上移动 8 个像素，如图 7.93 所示。

图 7.93　将元件向上移动 8 个像素

步骤 10 选中"车"图层的第 3 帧，按住【Shift】键将"小汽车"图形元件向下移动 8 个像素，即将元件移动到和第 1 帧相同的位置上。

步骤 11 按照相同的方法分别移动第 4 帧、第 5 帧、第 6 帧、第 7 帧和第 8 帧中元件的位置，从而制作出小汽车奔驰在路上颠簸的效果。此时的时间轴如图 7.94 所示。

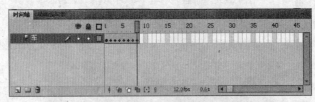

图 7.94　创建小汽车上下颠簸动画后的时间轴

步骤 12 单击【新建图层】按钮，创建新的图层 2，然后在图层 2 的第 1 帧中绘制如图 7.95 所示的烟雾形状，并将其转换为图形元件。

步骤 13 在影片剪辑元件的图层 2 的第 8 帧中按【F6】键插入关键帧，并将第 8 帧中的图形元件放大，然后在【属性】面板中将其透明度改为"12%"。

步骤 14 选中图层 2 的第 1 帧至第 8 帧，单击鼠标右键，在弹出的快捷菜单中选择【创建传统补间】选项，如图 7.96 所示。

图 7.95   绘制烟雾

图 7.96   创建烟雾的动画

⭕**步骤 15**   返回主场景，单击【新建图层】按钮，创建新的图层 2，并将其重命名为 "汽车"。

⭕**步骤 16**   将 "汽车" 影片剪辑元件拖入场景中，放置到舞台的左侧，并调整其大小，如图 7.97 所示。

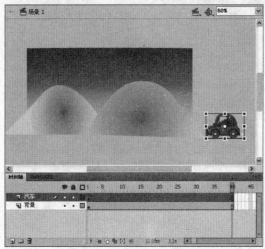

图 7.97   放置影片剪辑元件

⭕**步骤 17**   选中 "汽车" 图层的任意一帧，单击鼠标右键，在弹出的快捷菜单中选择【创建补间动画】选项，创建自动添加关键帧的补间动画。

⭕**步骤 18**   选中 "汽车" 图层的第 20 帧，移动小车的位置，如图 7.98 所示。

图 7.98   移动小车的位置

○**步骤19** 然后利用部分选取工具和选择工具调整小车的运动轨迹，效果如图 7.99 所示。

图 7.99 调整运动轨迹

○**步骤20** 按照同样的方法制作另一段路程的小车的轨迹，效果如图 7.100 所示。

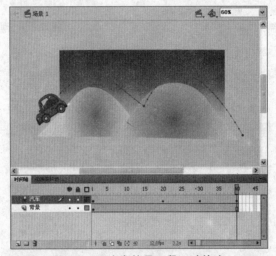

图 7.100 小车的另一段运动轨迹

提示

在小车的运动过程中，由于每段路程都不是直线，所以可以利用任意变形工具调整其运动的方向，如图 7.101 所示。

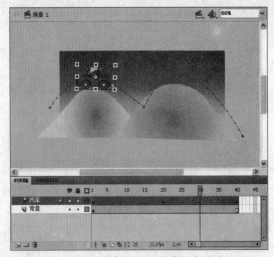

图 7.101 调整小车运动过程中的方向

⟳**步骤21** 执行【控制】→【测试影片】命令，在 Flash 播放器中得到动画的预览效果，如图 7.102 所示。

图 7.102　动画的预览效果

结束语 在 Flash CS4 中可以创建出丰富多彩的动画效果，如一个对象在场景上穿梭运动、放大或缩小、旋转、变色、淡入或淡出，以及改变形状等。本章主要讲解了在各类动画中帧的操作和动画制作的基础知识，涉及了对帧和场景的操作及逐帧和补间动画的制作方法，读者应努力掌握这些知识。

第 8 章 使用图层

本章包括

◆ 图层的基本操作　　　　　　　　◆ 引导线动画
◆ 遮罩动画

要制作出一个优秀的 Flash 动画，使用一个图层是远远不能满足要求的。当 Flash 动画制作涉及多个对象时，为了不影响各对象之间的编辑，需要将各对象放在不同的图层中，因此在比较大的动画制作中，必然需要创建不同的图层，并在不同的图层中添加不同的内容，使不同图层的动画组合起来形成一个复杂且具有观赏价值的动画。本章将介绍 Flash CS4 图层的相关知识。

8.1 图层的基本操作

在 Flash 动画中，图层就像透明的胶片，一张张地向上叠加。每一张胶片上面都有不同的画面，即在对象编辑和动画制作时，可以在不同的图层中放置对象，这样对象之间就不会互相影响了，将这些胶片叠在一起就组成一幅完整的画面。如果一个图层上没有内容，那么就可以透过它看到下面的图层。

8.1.1 图层的概念

在 Flash 中，图层的概念和 Photoshop 中层的概念非常类似，不同的图层上可以放置不同的物件，它给 Flash 引入了纵深的理念。图层与图层之间可以相互掩映、相互叠加，但是不会相互干扰。图层和图层之间可以毫无联系，也可以结合在一起，利用特殊的图层还可以制作特殊的动画效果，如利用遮罩层可以制作遮罩动画，利用引导层可以制作引导动画。

图层在 Flash 中起着非常重要的作用。每个图层之间相互独立，都有自己的时间轴，包含自己独立的多个帧，各个图层中的内容可以相互联系。使用图层可以清楚地把不同的图形和素材分类，这样当修改某一图层时，不会影响到其他图层上的对象。

新建一个 Flash 文档时，默认为一个图层。在制作动画的过程中，可以通过增加新图层来组织动画。

要熟练使用 Flash CS4，熟悉图层的类型是必不可少的，图层主要有普通图层、引导层和遮罩层 3 种类型，如图 8.1 所示。

◆ **普通图层**：普通图层的图标为 ，启动 Flash CS4 后，默认情况下只有一个普通图层。
◆ **引导层**：引导层的图标为 ，用于引导其下面图层中的对象。
◆ **遮罩层**：遮罩图层用于遮罩被遮罩图层上的图形，其中遮罩层的图标为 ，被遮罩图层的图标为 。

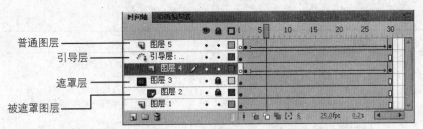

普通图层 ——
引导层 ——
遮罩层 ——
被遮罩图层 ——

图 8.1 Flash 的图层

8.1.2 使用图层快捷菜单

由于很多控制图层选项的工具都内置在【时间轴】面板中，因此在【属性】面板中不能显示图层属性。当选中图层时，在【属性】面板中将显示有关帧的属性。右击图层名，将弹出图层快捷菜单，如图 8.2 所示。

图 8.2 图层快捷菜单

图层快捷菜单中各选项的功能如表 8.1 所示。

表 8.1 图层快捷菜单中各选项的功能

选项名称	功能
显示全部	单击此选项，将显示所有的层，如果某些层被设置为隐藏，则将它们都设为可视
锁定其他图层	单击此选项，将除当前活动层外的其他层全部锁定
隐藏其他图层	单击此选项，使当前活动层可视，其他层隐藏
插入图层	单击此选项，在当前活动图层之上插入新的图层
删除图层	单击此选项，将删除当前活动层及其内容
引导层	单击此选项，将当前活动层转变为引导层
添加传统运动引导层	单击此选项，将在当前活动层之上插入一个新的运动引导层，并将当前层自动转换成引导层
遮罩层	单击此选项，将当前活动层转换为遮罩层
显示遮罩	单击此选项，将在遮罩或者遮罩层上激活遮罩效果

（续表）

选项名称	功能
插入文件夹	单击此选项，将在当前活动图层或文件夹上插入新的图层文件夹
删除文件夹	单击此选项，将删除当前文件夹及其内容
展开文件夹	单击此选项，将打开当前图层文件夹，使其中的图层显示在图层堆栈和时间轴上
折叠文件夹	关闭当前图层文件夹，隐藏其中的图层
展开所有文件夹	单击此选项，将打开所有图层文件夹，使所有的图层显示在图层堆栈和时间轴上
折叠所有文件夹	单击此选项，将关闭所有图层文件夹，隐藏其中的图层
属性	单击此选项，可在打开的对话框中设置图层属性

　　使用这些选项，可实现绝大部分的图层编辑功能。例如，单击【属性】选项，将打开【图层属性】对话框，如图 8.3 所示。

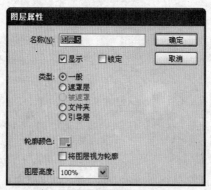

图 8.3　【图层属性】对话框

　　使用此对话框，可完成更改图层名称、设置图层类型、设置轮廓颜色或设置图层高度等操作。

8.1.3　图层的基本操作

　　Flash CS4 除了提供一些图层的基本操作，还提供了有其自身特点的图层锁定、线框显示等操作，大部分的图层操作都可以在【时间轴】面板中完成。

　　一、创建和删除图层

　　在 Flash CS4 中，图层是按建立的先后顺序，由下到上统一放置在【时间轴】面板中，最先建立的图层放置在最下面，当然用户也可以通过拖拽调整图层的顺序。

　　在新建的 Flash 文档中只有一个图层，在制作动画时，可根据需要创建新的图层，如图 8.4 所示。创建新的图层主要有 3 种方法。

◆　执行【插入】→【时间轴】→【图层】命令。
◆　在【时间轴】面板中，右击需要添加图层的位置，在弹出的快捷菜单中，单击【插入图层】选项。

◆ 在【时间轴】面板中，单击【新建图层】按钮 。

删除不需要的图层可使用如下方法。

◆ 在【时间轴】面板中，右击需要删除的图层，在弹出的快捷菜单中单击【删除图层】选项。
◆ 选择需要删除的图层，在【时间轴】面板中，单击【删除图层】按钮 。

二、更改图层名称

在创建新的图层时，系统会按照默认名称为图层依次命名。为了更好地区分每一个图层的内容，可以更改图层名称。

更改时，双击想要重命名的图层名称，然后输入新的名称即可，如图 8.5 所示。

图 8.4　创建新的图层

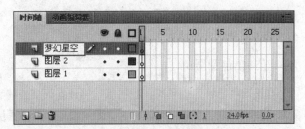
图 8.5　更改图层的名称

三、选择图层

在 Flash CS4 中，选择图层主要有如下 3 种方法。

◆ 在【时间轴】面板上直接单击所要选取的图层名称。
◆ 在【时间轴】面板上单击所要选择的图层包含的帧，即可选择该图层。
◆ 在编辑舞台中的内容时单击要编辑的图形，即可选择包含该图形的图层。

如果需要同时选择多个图层，这时可以按住【Shift】键来连续地选择多个图层，也可以按住【Ctrl】键来选择多个不连续的图层，如图 8.6 所示。

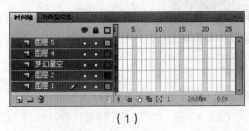
（1）

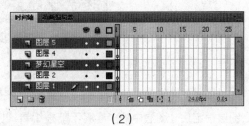
（2）

图 8.6　选择多个图层

四、改变图层的排列顺序

图层的排列顺序不同，会影响到图形的重叠形式，排列在上面的图层会遮挡下面的图层。设计者可以根据需要任意地改变图层的排列顺序。

在【时间轴】面板中，选择需要的图层，然后将其拖拽到需要的图层位置上，就可以改变图层的排列顺序，如图 8.7 所示。

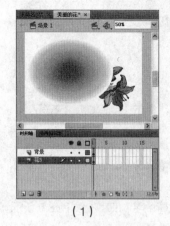
（1）

（2）

图 8.7　更改图层排列顺序的对比效果

五、锁定图层

当设计者已经完成了某些图层上的操作，而这些内容在一段时间内不再需要编辑，这时为了避免对这些内容的误操作，可以将这些图层锁定。锁定图层的操作步骤如下：

步骤01　选择需要锁定的图层。

步骤02　单击【时间轴】面板中的【锁定图层】按钮🔒，锁定当前图层，如图 8.8 所示。

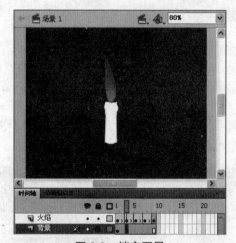

图 8.8　锁定图层

图层锁定后，图层中的内容将不能被编辑，但用户可以对图层进行复制或删除等操作；再次单击【锁定图层】按钮🔒，可以解除图层的锁定状态。

六、显示和隐藏图层

在制作动画时，对某一图层对象进行编辑时，其他图层对象会受到影响，用户可以将影响操作的图层隐藏起来。

隐藏图层的操作步骤如下：

步骤01　选择需要隐藏的图层。

步骤02 单击【时间轴】面板中的【显示或隐藏所有图层】按钮，即可隐藏当前图层，如图
8.9 所示。

当某一图层被隐藏，也可以根据需要将图层显示出来。再次单击【显示或隐藏所有图层】按钮，
即可显示隐藏的图层，如图 8.10 所示。

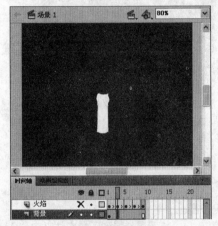

图 8.9　隐藏图层

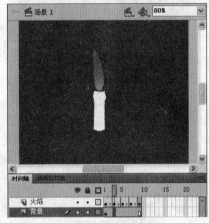

图 8.10.　显示图层

七、显示图层轮廓

利用 Flash 显示轮廓的功能可以识别需要编辑的图层，每一层将显示出不同的轮廓颜色，这样
就可解决在一个复杂影片中查找一个对象的难题。

需要显示图层轮廓时，可以单击【时间轴】面板中的【将所有图层显示为轮廓】按钮，将所
有图层的轮廓显示出来，如图 8.11 所示；再次单击该按钮，即可取消图层轮廓的显示，如图 8.12
所示。

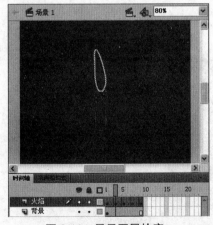

图 8.11　显示图层轮廓

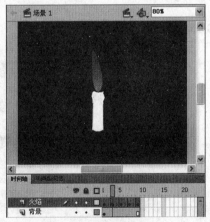

图 8.12　取消图层轮廓显示

八、使用图层文件夹

在 Flash 中，可以创建图层文件夹并在图层文件夹中组织和管理图层。使用图层文件夹的操作
步骤如下：

○**步骤01** 单击【时间轴】面板中的【新建文件夹】按钮 ▭，创建图层文件夹，如图 8.13 所示。
○**步骤02** 在【时间轴】面板中，使用鼠标将需要的图层拖拽到图层文件夹中，如图 8.14 所示。

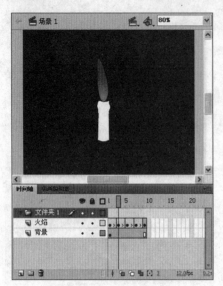 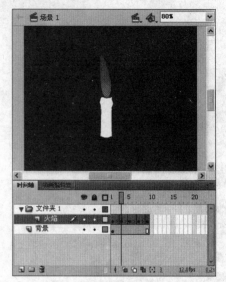

图 8.13　创建图层文件夹　　　　　　　　图 8.14　将图层拖拽到图层文件夹中

如果需要删除图层文件夹，可以选择要删除的图层文件夹，然后单击【时间轴】面板中的【删除图层】按钮 ▭ 即可。在删除图层文件夹时，将同时删除文件夹中的图层。

8.1.4　分散到图层

用 Flash 制作动画时，可以将不同的对象放置到不同的图层中，这样将使操作更为方便。Flash CS4 给我们提供了非常方便的命令，可以快速地把同一图层中的多个对象分别放置到不同的图层中。其操作步骤如下：

○**步骤01** 在一个图层中选择多个对象，如图 8.15 所示。

图 8.15　选择同一个图层中的多个对象

○**步骤02** 执行【修改】→【时间轴】→【分散到图层】命令（或按【Ctrl+Shift+D】组合键），可以把舞台中的不同对象放置到不同的图层中，如图 8.16 所示。

图 8.16　分散到图层

将对象分散到图层后，可以使用图层分别对不同的对象进行处理。

8.1.5　引导层

引导层是 Flash 中一种特殊的图层，它可以分为普通引导层和运动引导层。在运动引导层中绘制一条线，可以让某个对象沿着这条线运动，从而制作出沿曲线运动的动画。普通引导层起辅助定位的作用。

一、普通引导层

普通引导层是建立在普通图层基础上的，其中的所有内容只是在绘制动画时作为参考，不会出现在最终效果中。建立普通引导层的操作步骤如下：

⇨**步骤01**　右击需要的图层，将弹出一个快捷菜单，如图 8.17 所示。

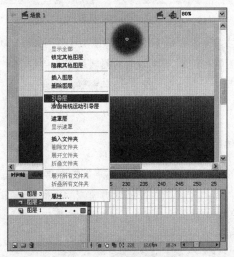

图 8.17　图层快捷菜单

⇨**步骤02**　在此快捷菜单中，单击【引导层】选项，即可将普通图层转换为普通引导层，如图 8.18 所示；再次单击【引导层】选项，即可把普通引导层转换回普通图层。

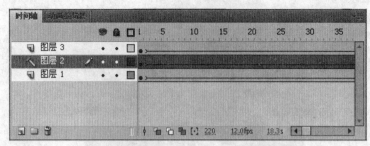

图 8.18　将普通图层转换为普通引导层

在实际的使用过程中，为了避免将一个普通图层拖拽到普通引导层的下方，使该引导层转换为运动引导层，最好将普通引导层放置在所有图层的下方。

二、运动引导层

在 Flash CS4 中，设计者可以通过运动引导层来绘制物体的运动路径，运动引导层常用于对象沿着特定路径移动的动画中。与普通引导层相同，运动引导层中的路径在最后发布的动画中是不可见的。创建运动引导层的步骤如下：

◐步骤01　选择一个图层。

◐步骤02　在该图层上单击鼠标右键，在弹出的快捷菜单中选择【添加传统运动引导层】选项，在当前图层的上方创建一个运动引导层，如图 8.19 所示。

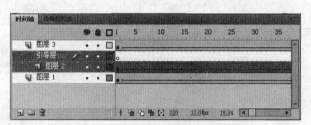

图 8.19　创建运动引导层

选中引导层后，单击【时间轴】面板中的【删除图层】按钮，即可删除运动引导层。

运动引导层至少与一个图层相连，与其相连的图层是被引导层。将图层与运动引导层相连，可以使被引导层中的物体沿着运动引导层中设置的路径移动。创建运动引导层时，被选中的图层都会与该引导层相连。

8.1.6　遮罩层

遮罩层也是一种特殊的图层，其作用是将遮罩层下面的图层内容像通过一个窗口显示出来一样，这个窗口的形状就是遮罩层内容的形状。在遮罩层中绘制的一般单色图形、渐变图形、线条和文本等，都会成为挖空区域。利用遮罩层，可以产生一些特殊的效果。

下面以一个实例说明创建遮罩层的过程，其操作步骤如下：

◐步骤01　新建一个 Flash 文档。

◐步骤02　执行【文件】→【导入】→【导入到舞台】命令，向舞台中导入一张图片素材。

◐步骤03　在【时间轴】面板中，单击【新建图层】按钮，新建一个图层，如图 8.20 所示。

⊙步骤04 使用【工具】面板中的椭圆工具，在新建图层所对应的舞台中绘制椭圆形，用户可以为绘制的椭圆形选择任意颜色，如图 8.21 所示。

图 8.20 新建一个图层

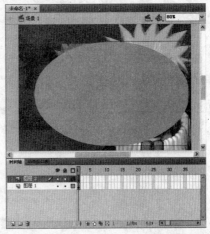

图 8.21 在新建图层中绘制椭圆形

⊙步骤05 右击新建的图层，在弹出的快捷菜单中，单击【遮罩层】选项，完成后在椭圆形中将显示出图片，如图 8.22 所示；再次单击【遮罩层】选项，可以取消遮罩层效果。

图 8.22 遮罩层效果

创建遮罩层后，相应的图层会自动锁定。如果需要编辑遮罩层中的内容，必须先取消图层的锁定状态。

用户可以利用引导层和遮罩层的效果来制作复杂的 Flash 动画效果。当需要有多个动画效果同时出现时，可以通过多个动画复合来完成。前面我们已经介绍了动画制作的基础知识，下面来了解 Flash 中的高级动画制作技巧。

8.2 引导线动画

引导线动画可以控制对象的移动轨迹。引导层是一种特殊的图层，在这个图层中绘制一条线，可以让某个对象沿着这条线运动，从而制作出沿曲线运动的动画。

Flash CS4　**实用教程**

下面以制作"飞舞的花瓣"动画为例，具体操作步骤如下：

步骤 01　新建一个 Flash 文档。

步骤 02　执行【文件】→【导入】→【导入到库】命令，将弹出【导入到库】对话框，如图 8.23 所示。

步骤 03　选择需要的图片素材，单击【打开】按钮，将图片导入到库中。

步骤 04　选中图层 1，双击该图层名称，将其重命名为"花 1"，如图 8.24 所示。

图 8.23　【导入到库】对话框

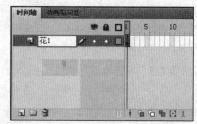

图 8.24　为图层 1 重命名

步骤 05　在【属性】面板中选择【库】选项卡，打开【库】面板，如图 8.25 所示。

步骤 06　将【库】面板中的"花 1"素材拖入舞台中。

步骤 07　单击【新建图层】按钮，新建图层 2，将【库】面板中的"花 2"文件拖拽到舞台中。

步骤 08　按照同样的方法依次将所需的图片素材拖入舞台中，然后调整各图片素材的大小和位置，如图 8.26 所示。

图 8.25　【库】面板

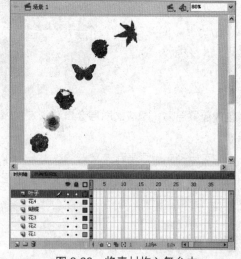

图 8.26　将素材拖入舞台中

步骤 09　选中最上方的图层，单击鼠标右键，在弹出的快捷菜单中选择【添加传统运动引导层】选项，创建引导层，如图 8.27 所示。

◯步骤10 利用铅笔工具在引导层中绘制用做引导线的线条，如图 8.28 所示。

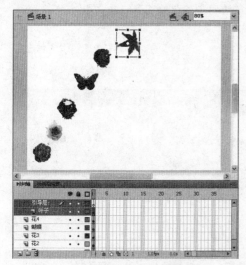 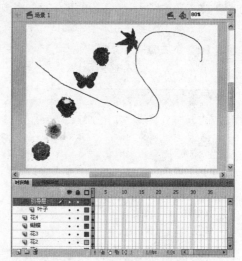

图 8.27　创建引导层　　　　　　　　　　图 8.28　绘制引导线

◯步骤11 将其他图层拖到"叶子"图层的下方，转换为被引导层，如图 8.29 所示。

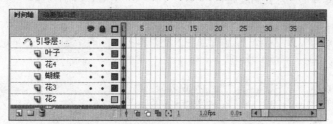

图 8.29　将其他图层转换为被引导层

◯步骤12 在每个被引导层的第 50 帧处，按【F6】键插入关键帧，如图 8.30 所示。

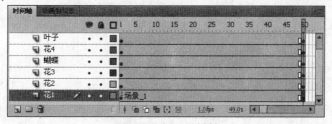

图 8.30　插入关键帧

◯步骤13 在每个被引导层的第 1 帧至第 50 帧之间单击鼠标右键，在弹出的快捷菜单中选择【创
建传统补间】选项，创建运动补间动画，如图 8.31 所示。

图 8.31　创建运动补间动画

○**步骤 14** 选中引导层的第 50 帧，按【F5】键插入帧。

○**步骤 15** 选中 "叶子" 图层的第 1 帧，将该帧所对应的舞台中的对象的中心点对齐到引导线的起点，如图 8.32 所示。

○**步骤 16** 然后选中该图层的第 50 帧，将该帧所对应的舞台中的对象的中心点对齐到引导线的终点，如图 8.33 所示。

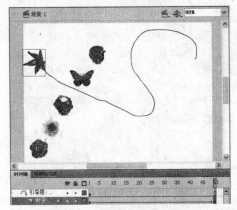 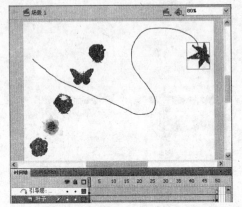

图 8.32　将对象中心点对齐到起点　　　　图 8.33　将对象中心点对齐到终点

○**步骤 17** 按照同样的方法将其他被引导层中的对象的中心点对齐到引导线上的起点和终点。

○**步骤 18** 依次选中被引导层的第 1 帧至第 50 帧，将相邻的两个图层错开 4 帧，效果如图 8.34 所示。

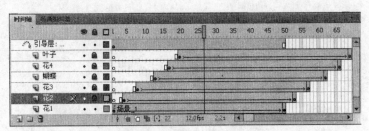

图 8.34　移动运动补间

○**步骤 19** 选中引导层的第 69 帧，按【F5】键插入帧。

○**步骤 20** 单击【新建图层】按钮，新建一个图层，将其命名为 "背景"，如图 8.35 所示。

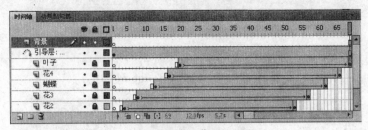

图 8.35　创建 "背景" 图层

○**步骤 21** 从【库】面板中将 "背景" 图片素材拖入舞台，并调整其大小，使其与舞台大小一致，如图 8.36 所示。

○**步骤 22** 将 "背景" 图层拖至所有图层的最下方，如图 8.37 所示。

图 8.36 将"背景"图片拖入舞台并调整大小

图 8.37 将"背景"图层移至所有图层的下方

步骤 23 执行【控制】→【测试影片】命令（或按【Ctrl+Enter】组合键），得到动画的预览效果，如图 8.38 所示。

（1）

（2）

图 8.38 预览效果

8.3 遮罩动画

遮罩动画可以通过遮罩层创建。遮罩的项目可以是填充的形状、文本对象、图形元件实例和影片剪辑元件，但按钮不能用来制作遮罩。一个遮罩层下方可以包含多个被遮罩层。

8.3.1 遮罩层动画

通过为遮罩层制作动画，可以实现遮罩形状改变的动画效果。下面制作一个文本遮罩的实例，其操作步骤如下：

步骤 01 新建一个 Flash 文档。
步骤 02 使用【工具】面板中的椭圆工具绘制一个椭圆形。

○**步骤 03**　执行【窗口】→【对齐】命令（或按【Ctrl+K】组合键），打开 Flash 的【对齐】面板，如图 8.39 所示。

○**步骤 04**　单击【相对于舞台】按钮，将椭圆形对齐到舞台的中心位置。

○**步骤 05**　单击【匹配宽和高】按钮，将椭圆形匹配舞台的尺寸。

○**步骤 06**　使用【颜色】面板给椭圆形填充线性渐变色，两端为白色，中间为黑色，如图 8.40 所示。

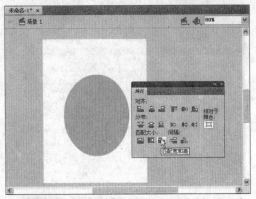 

图 8.39　设置椭圆形的尺寸和位置　　　　图 8.40　给椭圆形填充线性渐变色

○**步骤 07**　使用【工具】面板中的渐变变形工具，把椭圆形水平方向的渐变色调整为垂直方向，如图 8.41 所示。

○**步骤 08**　单击【时间轴】面板中的【新建图层】按钮，新建图层 2。

○**步骤 09**　使用【工具】面板的文本工具，在图层 2 的第 1 帧中输入一段文本，并将文本对齐到舞台的下方，如图 8.42 所示。

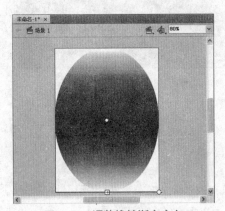 

图 8.41　调整线性渐变方向　　　　图 8.42　在舞台中添加文本

○**步骤 10**　选中舞台中的文本，按【F8】键将文本转换为图形元件。

○**步骤 11**　在图层 1 的第 30 帧中按【F5】键插入静态延长帧。

○**步骤 12**　在图层 2 的第 30 帧中按【F6】键插入关键帧。

○**步骤 13**　把图层 2 的第 30 帧中的文本对齐到舞台的上方。

○**步骤 14**　右击图层 2 的第 1 帧到第 30 帧之间的任何位置，从弹出的快捷菜单中，单击【创建补间动画】选项，创建补间动画帧，如图 8.43 所示。

○**步骤 15**　右击图层 2，将弹出一个快捷菜单，如图 8.44 所示。

○**步骤 16**　单击【遮罩层】选项，创建遮罩层。

○**步骤 17**　执行【控制】→【测试影片】命令（或按【Ctrl+Enter】组合键），在 Flash 播放器中得到动画的效果，如图 8.45 所示。

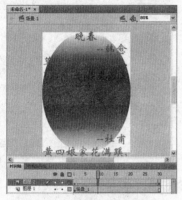

图 8.43　创建补间动画帧

图 8.44　右键快捷菜单

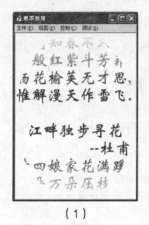

（1）

（2）

图.8.45　遮罩层动画效果

8.3.2　被遮罩层动画

　　使用遮罩层制作动画可以实现改变遮罩内容的动画效果。下面以制作一个移动风景镜头的效果为例，说明被遮罩层动画的制作过程，操作步骤如下：

○**步骤 01**　新建一个 Flash 文档。

○**步骤 02**　执行【修改】→【文档】命令（或按【Ctrl+J】组合键），弹出【文档属性】对话框，如图 8.46 所示。

○**步骤 03**　设置文档大小为 200 像素×200 像素，其他选项保持为默认状态。

○**步骤 04**　设置完毕，单击【确定】按钮。

○**步骤 05**　执行【文件】→【导入】→【导入到舞台】命令（或按【Ctrl+R】组合键），将图片素材导入到当前的舞台中，如图 8.47 所示。

○**步骤 06**　按【F8】键将图片转换为图形元件。

○**步骤 07**　在【时间轴】面板中单击【新建图层】按钮，新建图层 2。

○**步骤 08**　在图层 2 所对应的舞台中，使用【工具】面板中的椭圆工具，绘制一个无边框的圆形。

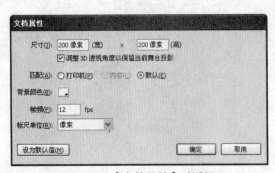

图 8.46 【文档属性】对话框

图 8.47 向舞台中导入一张图片素材

○**步骤 09** 使用【颜色】面板为图层 2 中的圆形填充放射状渐变，并调整填充渐变，如图 8.48 所示。

图 8.48 在图层 2 中绘制一个圆形并填充放射状渐变

○**步骤 10** 按【F8】键将圆形转换为图形元件。

○**步骤 11** 在图层 1 的第 30 帧中按【F6】键，插入关键帧并创建补间动画。

○**步骤 12** 在图层 2 的第 30 帧中按【F5】键，插入静态延长帧。

○**步骤 13** 为了方便圆形与图片对齐，选择图层 2 的轮廓显示模式。

○**步骤 14** 选择第 1 帧，设置圆形在图片中的位置，如图 8.49 所示。

○**步骤 15** 选择第 30 帧，设置圆形在图片中的位置，如图 8.50 所示。

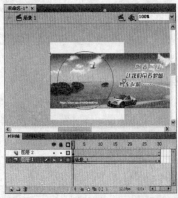

图 8.49 在第 1 帧中设置圆形位置

图 8.50 在第 30 帧中设置圆形位置

○ **步骤 16** 右击图层 2，在弹出的快捷菜单中，单击【遮罩层】选项。

○ **步骤 17** 单击【时间轴】面板中的【新建图层】按钮，在图层 2 的上方创建图层 3。

○ **步骤 18** 执行【窗口】→【库】命令（或按【Ctrl+L】组合键），打开当前影片的【库】面板，把图形元件"圆形"拖拽到图层 3 的舞台中，如图 8.51 所示。

○ **步骤 19** 使用【对齐】面板将图层 3 中的圆形调整到舞台的中心位置。

○ **步骤 20** 选中图层 3 中的图形元件，在【属性】面板中将透明度设置为"50%"，如图 8.52 所示。

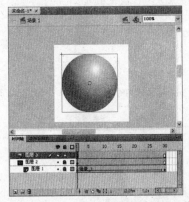

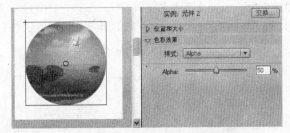

图 8.51　将库中的圆形拖拽到图层 3 中　　　　图 8.52　设置图层 3 中的圆形透明度为 50%

○ **步骤 21** 按【Shift】键，同时选中图层 1 和图层 2 中的所有帧。右击鼠标，在弹出的快捷菜单中单击【复制帧】选项。

○ **步骤 22** 单击【时间轴】面板中的【新建图层】按钮，在图层 3 的上方创建图层 4。

○ **步骤 23** 再次选中图层 3，单击【新建图层】按钮，在其上方创建图层 5。

○ **步骤 24** 分别在图层 4 和图层 5 的第 1 帧处单击鼠标右键，在弹出的快捷菜单中，单击【粘贴帧】选项，将图层 1 和图层 2 中的所有内容粘贴到图层 4 和图层 5 中，如图 8.53 所示。

○ **步骤 25** 将图层 5 中的所有帧选中，右击鼠标，在弹出的快捷菜单中单击【翻转帧】选项。

○ **步骤 26** 执行【控制】→【测试影片】命令（或按【Ctrl+Enter】组合键），在 Flash 播放器中得到动画的预览效果，如图 8.54 所示。

图 8.53　复制并粘贴帧　　　　　　　　图 8.54　被遮罩层动画的效果

8.4 使用图层实例

下面使用前面介绍的知识制作几个动画实例。

8.4.1 制作椭圆形轨道运动动画

本例将使用引导线动画知识，在舞台中制作一个有三个小圆球围绕椭圆形轨道运动的动画。其操作步骤如下：

○**步骤01** 新建一个 Flash 文档。

○**步骤02** 使用【工具】面板的椭圆工具，在舞台中绘制一个正圆。

○**步骤03** 在【颜色】面板中将正圆填充为放射状渐变色，并使用填充变形工具把渐变色的中心点调整到正圆的左上角，如图 8.55 所示。

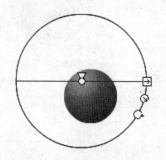

图 8.55　调整渐变色的中心点

○**步骤04** 选择刚绘制的正圆，按【F8】键将其转换为图形元件。

○**步骤05** 选择图形元件，按【F8】键将其转换为影片剪辑元件。

○**步骤06** 双击影片剪辑元件，进入到元件的编辑状态，如图 8.56 所示。

○**步骤07** 选中图层 1 的第 30 帧，按【F6】键插入关键帧，并且创建补间动画。

○**步骤08** 然后在图层 1 上单击鼠标右键，在弹出的快捷菜单中选择【添加传统运动引导层】选项，创建一个运动引导层，如图 8.57 所示。

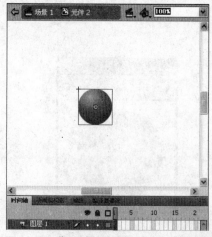

图 8.56　进入到影片剪辑元件的编辑状态

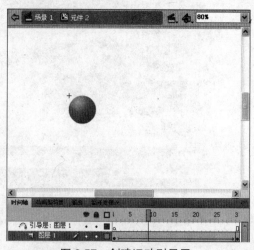

图 8.57　创建运动引导层

○**步骤 09**　使用【工具】面板的椭圆工具，在运动引导层中绘制一个只有边框、没有填充色的椭圆。

○**步骤 10**　将视图比例放大显示，使用【工具】面板中的橡皮擦工具删除椭圆的一小部分，如图 8.58 所示。

○**步骤 11**　使用【工具】面板的选择工具，将图层 1 中第 1 帧的小球和椭圆边框的缺口上边对齐，如图 8.59 所示。

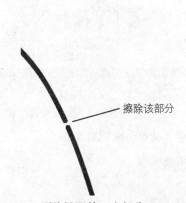

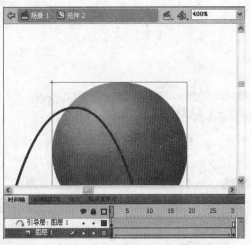

图 8.58　删除椭圆的一小部分　　　　　　　　图 8.59　将小球对齐到椭圆边框的缺口上边

○**步骤 12**　使用【工具】面板中的选择工具，将图层 1 中第 30 帧的小球和椭圆边框的缺口下边对齐，如图 8.60 所示。

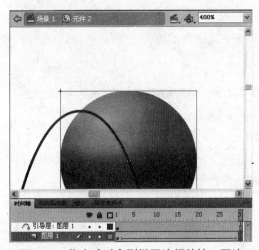

图 8.60　将小球对齐到椭圆边框的缺口下边

○**步骤 13**　在【时间轴】面板中，单击【新建图层】按钮，创建图层 3。

○**步骤 14**　在图层 3 中绘制一个和引导层中大小相同的椭圆边框，并将其对齐到相同的位置，如图 8.61 所示。

○**步骤 15**　在【时间轴】面板上，单击【场景 1】按钮，返回场景的编辑状态。

○**步骤 16**　执行【窗口】→【变形】命令（或按【Ctrl+T】组合键），打开【变形】面板。

○**步骤 17**　在舞台中选中影片剪辑元件，单击【变形】面板中的【重制选区和变形】按钮，并在【变形】面板的【旋转】文本框中输入"120"，如图 8.62 所示。

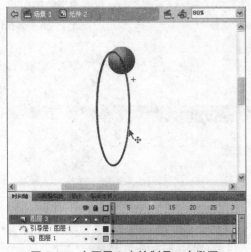

图 8.61 在图层 3 中绘制另一个椭圆　　　　　图 8.62 复制并旋转场景中的影片剪辑元件

○**步骤 18** 再次单击【变形】面板中的【重制选区和变形】按钮，效果如图 8.63 所示。

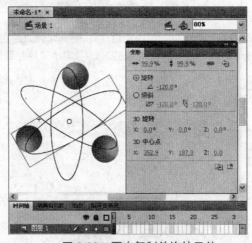

图 8.63　再次复制并旋转元件

○**步骤 19** 执行【控制】→【测试影片】命令（或按【Ctrl+Enter】组合键），在 Flash 播放器中可以看到制作的椭圆形轨道运动动画，如图 8.64 所示。

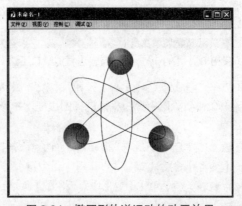

图 8.64　椭圆形轨道运动的动画效果

8.4.2 制作水流效果

下面使用遮罩层动画知识实现水流效果。其操作步骤如下：

○ **步骤 01** 新建一个 Flash 文档。

○ **步骤 02** 执行【文件】→【导入】→【导入到库】命令，将图片素材导入到库中。

○ **步骤 03** 执行【新建】→【新建元件】命令，将弹出【创建新元件】对话框。使用该对话新建"水波"影片剪辑元件，如图 8.65 所示。

○ **步骤 04** 单击【确定】按钮，进入影片剪辑的编辑状态。

○ **步骤 05** 从【库】中将素材图片拖拽到舞台中，并在【属性】面板中设置其宽度和高度，如图 8.66 所示。

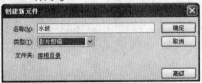

图 8.65　【创建新元件】对话框

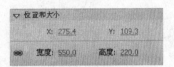

图 8.66　设置图片素材的大小

○ **步骤 06** 新建一个图形元件，命名为"波纹"，并在其中绘制如图 8.67 所示的图形。

○ **步骤 07** 返回主场景，将"水波"影片剪辑元件拖入场景，如图 8.68 所示。

图 8.67　绘制波纹的形状

图 8.68　将影片剪辑元件拖入场景

○ **步骤 08** 单击【新建图层】按钮，新建一个图层，并命名为"水中倒影"。

○ **步骤 09** 将"水波"影片剪辑元件拖拽到"水中倒影"图层所对应的舞台中，放置在图层 1 中图片的下方，如图 8.69 所示。

○ **步骤 10** 执行【修改】→【变形】→【垂直翻转】命令，将下方的图片翻转，效果如图 8.70 所示。

图 8.69　将"水波"影片剪辑元件拖入"水中倒影"图层

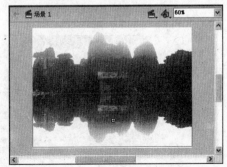

图 8.70　翻转下方的元件

○**步骤 11**　新建图层 3，命名为"透明倒影"，将"水中倒影"图层的第 1 帧复制到"透明倒影"图层中，并将该影片剪辑元件与前一图层中的元件稍微错开。

○**步骤 12**　在【属性】面板中设置"透明倒影"图层中元件实例的透明度为"67%"，如图 8.71 所示。

○**步骤 13**　新建图层 4，命名为"遮罩"，将"波纹"图形元件拖拽到舞台中，如图 8.72 所示。

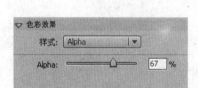

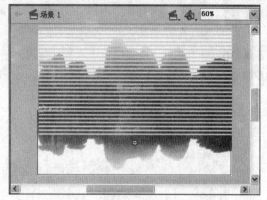

图 8.71　调整元件实例的透明度　　　　　　　　图 8.72　放置"波纹"图形元件

○**步骤 14**　选中第 50 帧，按【F6】键插入关键帧，并将该帧中的图形元件向下拖动到舞台外。

○**步骤 15**　创建"遮罩"图层的传统补间动画，如图 8.73 所示。

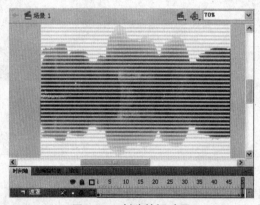

图 8.73　创建补间动画

○**步骤 16**　分别在其他 3 个图层的第 50 帧处，按【F5】键插入帧。

○**步骤 17**　选中"遮罩"图层，单击鼠标右键，选择【遮罩层】选项，将该层设置为遮罩层。完成后的时间轴如图 8.74 所示。

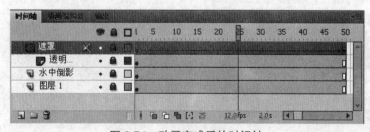

图 8.74　动画完成后的时间轴

⊃步骤18 执行【控制】→【测试影片】命令（或按【Ctrl+Enter】组合键），得到动画的预览效果，如图 8.75 所示。

图 8.75　动画最终效果

8.4.3　走钢索的人

本例将利用引导层知识制作一个"走钢丝的人"的动画效果，其操作步骤如下：

⊃步骤01 新建一个 Flash 文档。

⊃步骤02 在图层 1 上单击鼠标右键，在弹出的快捷菜单中选择【添加传统运动引导层】选项，为图层 1 添加运动引导层，如图 8.76 所示。

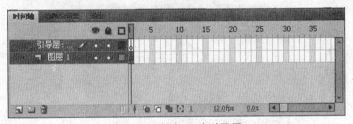

图 8.76　添加运动引导层

⊃步骤03 使用线条工具，在引导层中绘制一条直线，如图 8.77 所示。

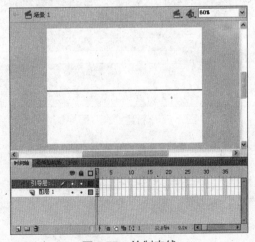

图 8.77　绘制直线

⬤**步骤 04**　选择第 25 帧，按【F6】键插入关键帧，如图 8.78 所示。

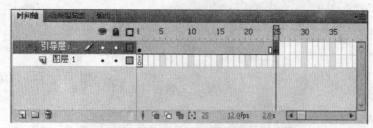

图 8.78　插入关键帧

⬤**步骤 05**　双击图层 1，将其名称更改为"钢丝"。

⬤**步骤 06**　将引导层的第 25 帧复制到"钢丝"图层的第 1 帧，在"钢丝"图层的第 25 帧上，按【F6】键插入关键帧，如图 8.79 所示。

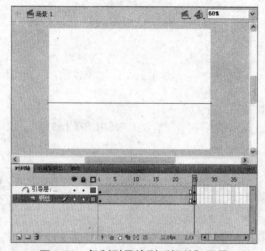

图 8.79　复制引导线到"钢丝"图层

⬤**步骤 07**　单击【新建图层】按钮，新建一个图层并将其重命名为"人"，并拖到"钢丝"图层的下方，如图 8.80 所示。

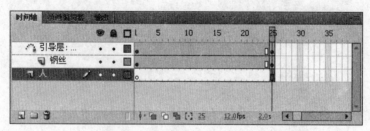

图 8.80　新建"人"图层

⬤**步骤 08**　选中"人"图层的第 1 帧，执行【文件】→【导入】→【导入到舞台】命令，打开【导入】对话框，如图 8.81 所示。

⬤**步骤 09**　选择"人"图片，单击【打开】按钮，将图片导入到舞台。

⬤**步骤 10**　使用【工具】面板中的任意变形工具，调整图片大小，并将其移至直线右侧，如图 8.82 所示。

图 8.81 【导入】对话框

○**步骤 11** 在"人"图层的第 25 帧上，按【F6】键插入关键帧，并将"人"图片移至直线左侧，
　　　　如图 8.83 所示。

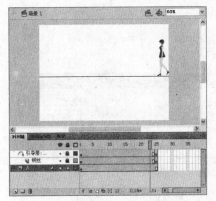

图 8.82 调整图片大小及位置

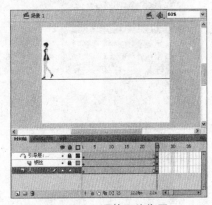

图 8.83 调整图片位置

○**步骤 12** 选中"人"图层的第 1 帧，单击鼠标右键，在弹出的快捷菜单中选择【创建传统补间】
　　　　选项，创建传统补间动画，如图 8.84 所示。

○**步骤 13** 执行【控制】→【测试影片】命令，在 Flash 播放器中可以看到动画的预览效果，如图
　　　　8.85 所示。

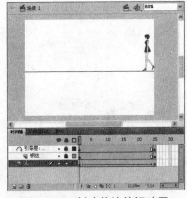

图 8.84 创建传统补间动画

图 8.85 预览动画效果

8.4.4 制作百叶窗效果

本例将利用遮罩层动画知识制作一个百叶窗效果的动画。其操作步骤如下：

◯**步骤01** 新建一个 Flash 文档。

◯**步骤02** 执行【文件】→【导入】→【导入到库】命令（或按【Ctrl+L】组合键），将两张图片素材导入到库中，如图 8.86 所示。

◯**步骤03** 执行【插入】→【新建元件】命令，打开【创建新元件】对话框，创建一个名为"横条"的图形元件，如图 8.87 所示。

图 8.86 将图片素材导入到库

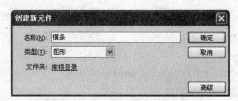

图 8.87 【创建新元件】对话框

◯**步骤04** 单击【确定】按钮，进入元件的编辑状态。

◯**步骤05** 在【工具】面板中单击【矩形工具】按钮，在舞台中绘制一个 350×30 的矩形长条，如图 8.88 所示。

图 8.88 绘制一个矩形

◯**步骤06** 执行【插入】→【新建元件】命令，打开【创建新元件】对话框，创建一个名为"变形条"的影片剪辑元件，如图 8.89 所示。

◯**步骤07** 将前面制作好的"横条"图形元件拖拽到舞台中。

步骤 08 选中第 15 帧，按【F6】键插入关键帧，并使用任意变形工具将长条缩小成一条直线，如图 8.90 所示。然后在【属性】面板中将其透明度改为 "0"。

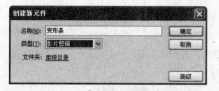

图 8.89 【创建新元件】对话框

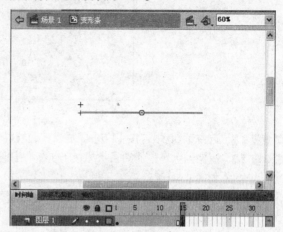

图 8.90 缩放长条

步骤 09 分别在第 25 帧和第 40 帧处插入关键帧，在第 40 帧处将直线恢复成矩形长条。

步骤 10 选中第 1 帧至第 25 帧之间的任意一帧，单击鼠标右键，在弹出的快捷菜单中选择【创建传统补间】选项，如图 8.91 所示。

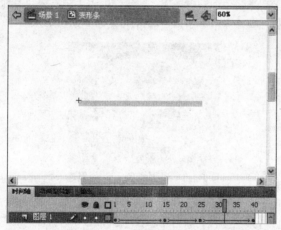

图 8.91 设置动画补间

步骤 11 在第 50 帧处按【F5】键插入一个普通帧，完成后的时间轴如图 8.92 所示。

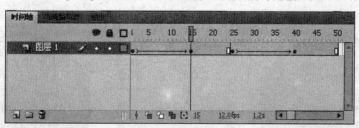

图 8.92 完成后的时间轴

步骤 12 新建一个影片剪辑元件，将其命名为 "百叶窗"，将制作好的 "变形条" 影片剪辑元件重复拖拽到舞台中，并排列整齐，如图 8.93 所示。

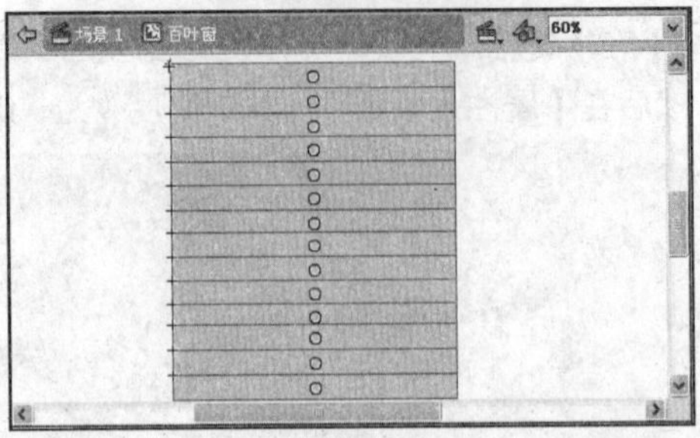

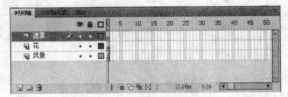

图 8.93　放置多个"变形条"影片剪辑元件

⟳**步骤 13**　选中第 50 帧，按【F5】键插入普通帧，为动画播放留出时间。

⟳**步骤 14**　返回到主场景的编辑状态，新建 3 个图层，分别将其命名为"遮罩"、"花"和"风景"，如图 8.94 所示。

图 8.94　创建图层并重命名

⟳**步骤 15**　将"花儿"图片素材拖拽到舞台中，按【Ctrl+B】组合键将其打散。

⟳**步骤 16**　使用椭圆工具，在【属性】面板中进行如图 8.95 所示的设置。

图 8.95　设置椭圆工具的属性

⟳**步骤 17**　在图片上绘制一个正圆，将正圆外面的部分删除，效果如图 8.96 所示。

⟳**步骤 18**　将"风景"图片素材拖拽到舞台中，按【Ctrl+B】组合键将其打散。

⟳**步骤 19**　选择"花"图层中绘制的圆形，按【Ctrl+C】组合键进行复制。

⟳**步骤 20**　返回到"风景"图层，执行【编辑】→【粘贴到当前位置】命令，然后删除多余的部分，效果如图 8.97 所示。

图 8.96　效果图

图 8.97　效果图

○**步骤 21**　分别选中两幅图，执行【修改】→【合并对象】→【联合】命令，将图形组合起来。

○**步骤 22**　将"百叶窗"影片剪辑元件拖拽到"遮罩"图层所对应的舞台中，并与刚刚制作的两幅图对齐。

○**步骤 23**　分别在这 3 个图层的第 50 帧中，按【F5】键插入普通帧。

○**步骤 24**　在"遮罩"图层单击鼠标右键，选择【遮罩层】选项，将该层设置为遮罩层，设置完成后的时间轴如图 8.98 所示。

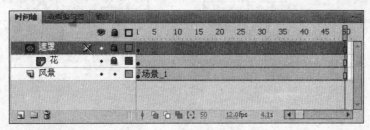

图 8.98　完成后的时间轴

○**步骤 25**　执行【控制】→【测试影片】命令（或按【Ctrl+Enter】组合键），得到动画的预览效果，如图 8.99 所示。

（1）　　　　　　　　　　　　　　　　　　（2）

图 8.99　预览效果

8.4.5　制作放大镜动画

本例通过制作放大镜动画，使读者进一步掌握制作遮罩动画的方法。其操作步骤如下：

○**步骤 01**　新建一个 Flash 文档。

○**步骤 02**　执行【修改】→【文档】命令（或按【Ctrl+J】组合键），弹出【文档属性】对话框。

○**步骤 03**　设置舞台的【背景颜色】为蓝色，大小为 700 像素×200 像素，其他选项保持默认状态，如图 8.100 所示。设置完毕，单击【确定】按钮关闭对话框。

○**步骤 04**　执行【插入】→【新建元件】命令，打开【创建新元件】对话框，输入元件名称，在【类型】下拉列表中选择【图形】选项，如图 8.101 所示。

○**步骤 05**　单击【确定】按钮，进入元件的编辑状态。

○**步骤 06**　使用椭圆工具绘制放大镜，如图 8.102 所示。

图 8.100　【文档属性】对话框

图 8.101　【创建新元件】对话框

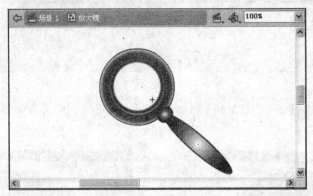

图 8.102　绘制放大镜

⊃**步骤 07**　返回主场景，将图层 1 重命名为"标准文字"，并使用文本工具在舞台中输入文本，设置字体大小为 80、填充颜色为黄色，如图 8.103 所示。

图 8.103　输入文本

⊃**步骤 08**　单击【新建图层】按钮，新建一个"放大文字"图层。
⊃**步骤 09**　选中"标准文字"图层中的文本，按【Ctrl+C】组合键进行复制。
⊃**步骤 10**　选中"放大文字"图层的第 1 帧，执行【编辑】→【粘贴到当前位置】命令。
⊃**步骤 11**　将"放大文字"图层中的文字颜色设置为红色，如图 8.104 所示。

图 8.104　设置文字颜色为红色

○**步骤 12**　按【Ctrl+Alt+S】组合键，打开【缩放和旋转】对话框，设置缩放比例，如图 8.105 所示。

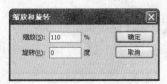

图 8.105　设置缩放比例

○**步骤 13**　单击【确定】按钮，得到放大后的文字，如图 8.106 所示。

图 8.106　放大后的文字

○**步骤 14**　分别在这两个图层的第 90 帧中按【F5】键插入帧，如图 8.107 所示。

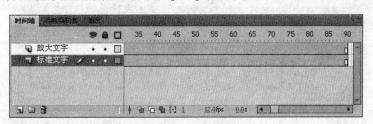

图 8.107　插入帧

○**步骤 15**　执行【插入】→【新建元件】命令，打开【创建新元件】对话框，新建一个"镜片遮罩"图形元件，如图 8.108 所示。

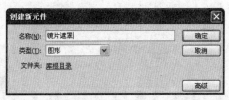

图 8.108　【创建新元件】对话框

○**步骤 16**　单击【确定】按钮，进入图形元件的编辑状态，在其中绘制一个正圆，颜色随意，如图 8.109 所示。

○**步骤 17**　再新建一个图形元件，将其命名为"文字遮罩"，在其中绘制如图 8.110 所示的图形。

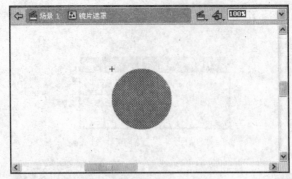

图 8.109　绘制一个正圆

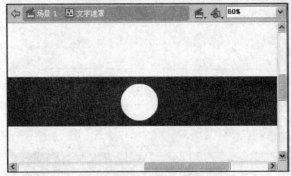

图 8.110　绘制文字遮罩

●**步骤 18**　返回主场景，新建一个图层，将其命名为"放大镜"。

●**步骤 19**　将制作好的"放大镜"元件拖拽到文字的正左方，如图 8.111 所示。

图 8.111　将元件拖拽到场景中

●**步骤 20**　选中第 90 帧，按【F6】键插入关键帧，并将"放大镜"元件移动到文字的正右方，如图 8.112 所示。

图 8.112　移动元件

○**步骤 21**　选中"放大镜"图层的第 1 帧，单击鼠标右键，在弹出的快捷菜单中选择【创建传统补间】选项，创建放大镜从左向右移动的传统补间动画。

○**步骤 22**　在"放大文字"图层上方新建一个图层，命名为"镜片遮罩"。

○**步骤 23**　将制作好的"镜片遮罩"元件拖拽到该层，与放大镜的镜片部分对齐，如图 8.113 所示。

图 8.113　设置镜片遮罩

○**步骤 24**　在第 90 帧中插入关键帧，并将镜片遮罩与放大镜的镜片部分对齐，如图 8.114 所示。

图 8.114　移动镜片遮罩

○**步骤 25**　选中"镜片遮罩"图层的第 1 帧，单击鼠标右键，在弹出的快捷菜单中选择【创建传统补间】选项，创建补间动画。

○**步骤 26**　在"标准文字"图层上方新建一个图层，命名为"文字遮罩"。

○**步骤 27**　将"文字遮罩"元件放置到"文字遮罩"图层的相应位置上并创建补间动画。

○**步骤 28**　分别选择"镜片遮罩"和"文字遮罩"图层，单击鼠标右键，在弹出的快捷菜单中选择【遮罩层】选项，将这两层设置为遮罩层，如图 8.115 所示。

图 8.115 设置遮罩层

○**步骤29** 执行【控制】→【测试影片】命令（或按【Ctrl+Enter】组合键），得到动画的预览效果，如图 8.116 所示。

图 8.116 预览效果

由于在编辑过程中会涉及到多个对象，为了相互之间不受到干扰，需要将这些对象放到不同的图层中，因此在实际的动画制作中，都需要涉及使用图层的问题。本章主要讲解了图层的基本操作以及各类简单动画制作的相关知识，通过对本章内容的学习，用户应熟练掌握如何在动画制作中使用图层。

第 **9** 章　使用元件和库

● 本 章 包 括

◆ Flash 元件　　　　　　　　　　◆ Flash 元件实例

◆ Flash 元件库　　　　　　　　　◆ 实例操作

　　在制作动画的过程中，往往会重复使用某些素材或动画等，若每次都从外面导入或重新制作，很浪费时间，这时可以将素材转换为元件，从而解决重复使用的问题，因此在制作动画之前要学会创建和编辑元件。元件是 Flash 中非常重要的概念，通过元件可以重复使用一个对象，从而有效减少动画的数据量，提高动画制作的效率。库用于存储和管理元件，将元件从库中拖拽到舞台上，即可创建元件的实例。本章将介绍元件和库的相关知识。

9.1　Flash 元件

　　在 Flash 中，元件是在元件库中存放的各种图形、动画、按钮或者引入的声音和视频文件。使用元件可以简化影片的编辑，从而有效减小文件体积。

9.1.1　元件的类型

　　Flash CS4 中有图形元件、按钮元件和影片剪辑元件这 3 种元件类型，不同的类型适合于不同的情况。

◆ **图形元件**：图形元件用于创建可反复使用的图形，通常是静态的图像或简单的动画，它可以是矢量图形、图像、动画或声音。图形元件的时间轴和影片场景的时间轴同步运行，但它不能添加交互行为和声音控制。

◆ **按钮元件**：按钮元件用于创建影片中的交互按钮，通过事件来激发它的动作。按钮元件有弹起、指针经过、按下和点击 4 种状态，每种状态都可以通过图形、元件及声音来定义。创建按钮元件后，按钮编辑区域中会提供这 4 种状态帧。当用户创建了按钮后，就可以给按钮实例分配动作。

◆ **影片剪辑元件**：影片剪辑元件是主动画的一个组成部分，是用途和功能最多的元件。它和图形元件的主要区别在于它支持 ActionScript 脚本语言和声音，具有交互性。影片剪辑元件本身就是一段小动画，能够独立播放，可以包含交互控制、声音以及其他影片剪辑的实例，也可以将它放置在按钮元件的时间轴内来制作动画按钮。影片剪辑元件的时间轴不随场景时间轴同步运行。

9.1.2　创建图形元件

在设计动画的过程中，创建元件主要有两种方法：一是创建一个空白元件，在元件的编辑窗口中编辑元件；二是选中当前工作区中的对象，然后将其转换为元件。

一、新建图形元件

在 Flash 中，新建一个空白图形元件的操作步骤如下：

◯**步骤01**　新建一个 Flash 文档。

◯**步骤02**　执行【插入】→【新建元件】命令（或按【Ctrl+F8】组合键），弹出【创建新元件】对话框，如图 9.1 所示。

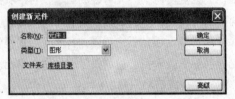

图 9.1　【创建新元件】对话框

◯**步骤03**　在【名称】文本框中输入新元件的名称。

◯**步骤04**　在【类型】下拉列表中选择【图形】选项，如图 9.2 所示。

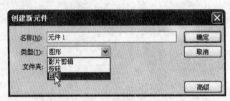

图 9.2　选择【图形】选项

◯**步骤05**　单击【确定】按钮，进入到图形元件的编辑状态，如图 9.3 所示。

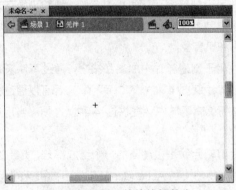

图 9.3　图形元件的编辑状态

◯**步骤06**　在图形元件的编辑状态下，可以使用 Flash【工具】面板中的工具绘制图形或输入文本，也可以导入或粘贴外部的图形对象，并使用 Flash 提供的功能对其进行变形、翻转等编辑处理，如图 9.4 所示。

新建的图形元件自动保存在库中，执行【窗口】→【库】命令（或按【Ctrl+L】组合键），在弹出的【库】面板中便可以看到刚创建的图形元件，如图 9.5 所示。

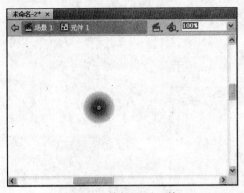

图 9.4　编辑图形元件　　　　　　　　图 9.5　在【库】面板中可看到刚创建的图形元件

单击编辑区左上角的场景名称场景 1，可返回到场景的编辑状态，如图 9.6 所示。

图 9.6　返回到场景的编辑状态

在【库】面板中，选择刚创建的图形元件，将其拖拽到舞台中，就可以使用它了，如图 9.7 所示。

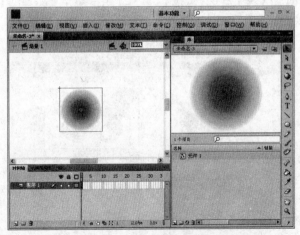

图 9.7　将图形元件拖拽到舞台中

二、转换为图形元件

将舞台中现有的对象转换为图形元件的操作步骤如下：

⭕**步骤01** 新建一个 Flash 文档。

⭕**步骤02** 在舞台中选择一个已经编辑好的图形对象，如图 9.8 所示。

图 9.8 选择舞台中已经编辑好的对象

⭕**步骤03** 执行【修改】→【转换为元件】命令（或按【F8】快捷键），弹出【转换为元件】对话框，如图 9.9 所示。

图 9.9 【转换为元件】对话框

⭕**步骤04** 在【名称】文本框中输入新元件的名称。

⭕**步骤05** 在【类型】下拉列表中选择【图形】选项。

⭕**步骤06** 在【注册】区域中调整元件的中心点位置。

⭕**步骤07** 单击【确定】按钮，即可将选择的图形对象转换为图形元件。

⭕**步骤08** 执行【窗口】→【库】命令（或按【Ctrl+L】组合键），在弹出的【库】面板中便可以找到刚刚转换好的图形元件，如图 9.10 所示。

图 9.10 【库】面板中的图形元件

步骤 09 当需要将创建好的元件应用到舞台时，只要用鼠标把元件拖拽到舞台中即可，如图 9.11 所示。

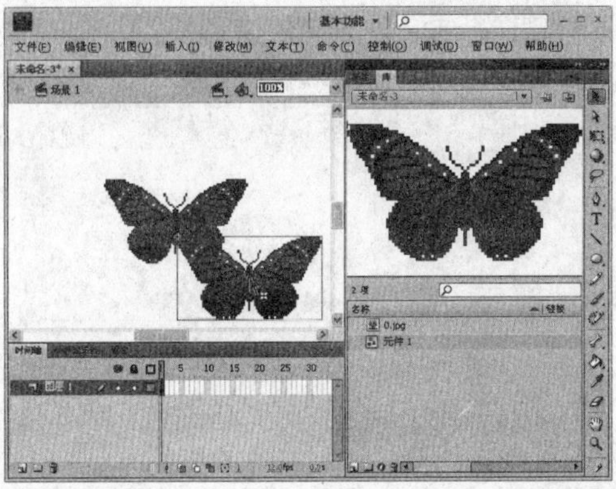

图 9.11 将【库】面板中的图形元件拖拽到舞台中

9.1.3 创建按钮元件

由于按钮元件可以响应鼠标的动作，通过鼠标的移动或单击等操作可以激发按钮相应的动作，因此按钮元件与图形元件不同，它是 Flash CS4 中的一种特殊元件。

一、新建按钮元件

新建一个空白按钮元件的操作步骤如下：

步骤 01 新建一个 Flash 文档。

步骤 02 执行【插入】→【新建元件】命令（或按【Ctrl+F8】组合键），弹出【创建新元件】对话框，如图 9.12 所示。

步骤 03 在【名称】文本框中输入新元件的名称。

步骤 04 在【类型】下拉列表中选择【按钮】选项。

步骤 05 单击【确定】按钮，系统将自动进入到按钮元件的编辑状态，如图 9.13 所示。

步骤 06 在按钮元件的编辑状态下，可以使用 Flash【工具】面板绘制图形或输入文本，也可以导入或粘贴外部的图形对象，并对其进行编辑处理。新建的按钮元件将自动保存在库中。

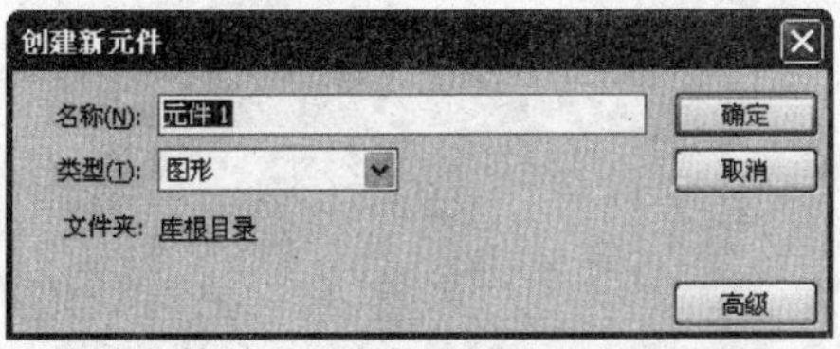

图 9.12 【创建新元件】对话框

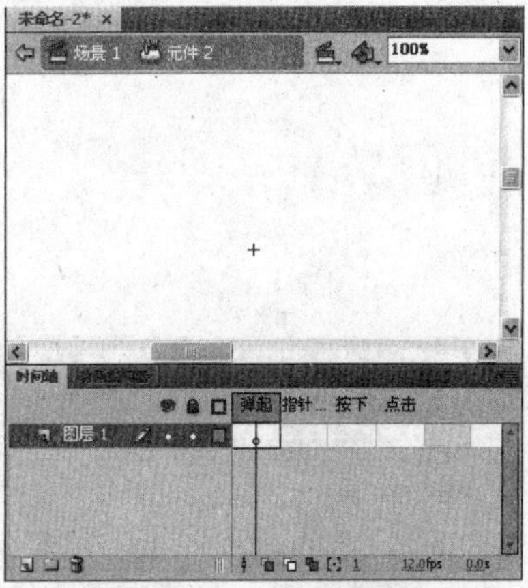

图 9.13 按钮元件的编辑状态

二、按钮元件的 4 种状态

在 Flash 中，按钮元件的时间轴和其他元件不同，它有 4 种状态，每种状态都有特定的名称，可以在【时间轴】面板中对其分别进行定义，如图 9.14 所示。

图 9.14　按钮元件的时间轴

根据鼠标事件，按钮元件的时间轴可分成弹起、指针经过、按下和点击 4 个帧，其意义如下。

◆ **弹起**：指鼠标指针没有接触按钮时的状态，是按钮的初始状态，其中包括一个默认的关键帧，可以在这个帧中绘制各种图形或者插入影片剪辑元件。

◆ **指针经过**：指鼠标移动到该按钮的上面，但没有按下鼠标时的状态。当需要在鼠标移动到该按钮上能够出现一些内容时，可以在该状态下添加内容。

◆ **按下**：指鼠标移动到按钮上面并且按下了鼠标左键时的状态。当需要在按下按钮的同时指针也发生变化，可以在该帧中绘制图形或者放置影片剪辑元件。

◆ **点击**：指定鼠标的有效点击区域。在 Flash CS4 的按钮元件中，这是非常重要的一帧，可以使用按钮元件的该状态来制作隐藏按钮。

下面介绍一下文字按钮的制作过程，其操作步骤如下：

⟳**步骤01**　新建一个 Flash 文档。

⟳**步骤02**　执行【插入】→【新建元件】命令（或按【Ctrl+F8】组合键），弹出【创建新元件】对话框，如图 9.15 所示。

⟳**步骤03**　在【名称】文本框中输入新元件的名称。

⟳**步骤04**　在【类型】下拉列表中选择【按钮】选项。

⟳**步骤05**　单击【确定】按钮，系统自动进入到按钮元件的编辑状态，如图 9.16 所示。

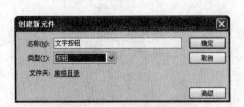

图 9.15　【创建新元件】对话框　　　　　　　图 9.16　进入按钮元件的编辑状态

◯**步骤 06** 在按钮元件的编辑窗口中选择【弹起】状态。

◯**步骤 07** 单击【工具】面板中的【文本工具】按钮，在舞台中输入文字。

◯**步骤 08** 选择舞台中的文本，在【属性】面板中设置文本的字体为黑体、字体大小为 55、颜色为黑色，如图 9.17 所示。

图 9.17　设置文本属性

◯**步骤 09** 在【指针经过】状态中按【F6】键插入关键帧，复制【弹起】状态中的文本，如图 9.18 所示。

图 9.18　在【指针经过】状态中插入关键帧

◯**步骤 10** 在【属性】面板中将【指针经过】状态中文本的颜色改为红色，如图 9.19 所示。

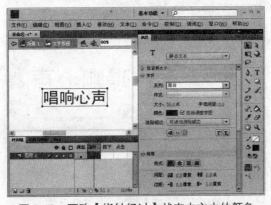

图 9.19　更改【指针经过】状态中文本的颜色

○**步骤 11** 使用同样的方法，在【按下】状态中也插入关键帧，并且把文本的颜色更改为绿色，如图 9.20 所示。

图 9.20 更改【按下】状态中文本的颜色

○**步骤 12** 同样，在【点击】状态也插入关键帧，并且在【点击】状态中绘制一个与文本同样大小的矩形，如图 9.21 所示。

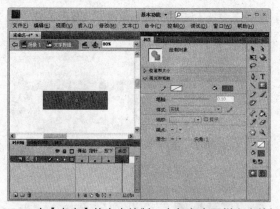

图 9.21 在【点击】状态中绘制一个与文本同样大小的矩形

○**步骤 13** 创建按钮元件完毕后，单击编辑区左上角的场景名称，即可返回到场景的编辑状态。

○**步骤 14** 在【属性】面板中选择【库】选项卡（或按【Ctrl+L】组合键），在【库】面板中找到刚创建的按钮元件，如图 9.22 所示。

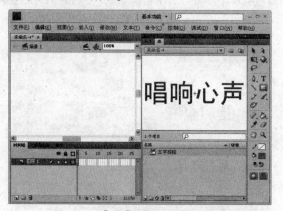

图 9.22 【库】面板中的按钮元件

步骤 15 从【库】面板中将按钮元件拖拽到舞台中，如图 9.23 所示。

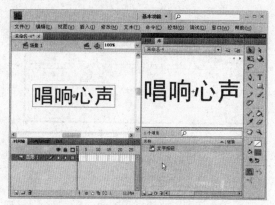

图 9.23 将按钮元件拖拽到舞台中

步骤 16 执行【控制】→【测试影片】命令（或按【Ctrl+Enter】组合键），在 Flash 播放器中预览按钮效果，如图 9.24 所示。

图 9.24 预览按钮效果

在 Flash 播放器中预览时，在【点击】状态下绘制的矩形是不可见的，它的主要作用是使鼠标单击的有效区在整个文本范围内。当鼠标移到按钮元件上时，鼠标指针将变为手形。

三、转换为按钮元件

和图形元件一样，也可将舞台中的现有对象转换为按钮元件。其操作步骤如下：

步骤 01 新建一个 Flash 文档。

步骤 02 在舞台中选择一个已经编辑好的对象，如图 9.25 所示。

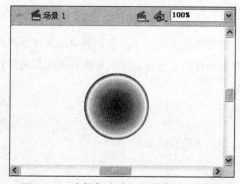

图 9.25 选择舞台中已经编辑好的对象

步骤03 执行【修改】→【转换为元件】命令（或按【F8】键），弹出【转换为元件】对话框，如图9.26所示。

图9.26 【转换为元件】对话框

步骤04 在【名称】文本框中输入新元件的名称。

步骤05 在【类型】下拉列表中选择【按钮】选项。

步骤06 在【注册】区域中调整元件的中心点位置。

步骤07 单击【确定】按钮关闭对话框，完成元件的转换操作。

步骤08 单击【属性】面板中的【库】选项卡（或按【Ctrl+L】组合键），在弹出的【库】面板中可以找到刚转换好的按钮元件，如图9.27所示。

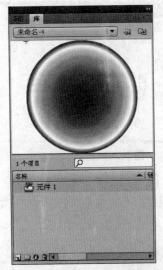

图9.27 【库】面板中的按钮元件

步骤09 当需要将创建好的元件应用到舞台中时，只要用鼠标拖拽元件到舞台中即可。

9.1.4 创建影片剪辑元件

在制作动画的过程中，当需要重复使用一个已经创建的动画片段时，最好的办法就是将这个动画转换为影片剪辑元件，或者是新建影片剪辑元件。转换和新建影片剪辑元件的方法与图形元件大体相同，编辑的方式也很相似。

一、新建影片剪辑元件

新建一个空白影片剪辑元件的操作步骤如下：

步骤01 新建一个Flash文档。

○步骤 02 执行【插入】→【新建元件】命令（或按【Ctrl+F8】组合键），弹出【创建新元件】对话框，如图 9.28 所示。

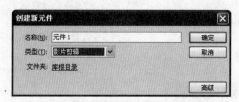

图 9.28　【创建新元件】对话框

○步骤 03 在【名称】文本框中输入新元件的名称。

○步骤 04 在【类型】下拉列表中选择【影片剪辑】选项。

○步骤 05 单击【确定】按钮关闭对话框，系统将自动进入到影片剪辑元件的编辑状态，用户根据需要对其进行编辑即可。

二、将舞台中的对象转换为影片剪辑元件

下面介绍将舞台中的动画转换为影片剪辑元件的方法，其操作步骤如下：

○步骤 01 新建一个 Flash 文档。

○步骤 02 在【时间轴】面板中选择一个已经制作好的动画的多个帧序列，如图 9.29 所示。

○步骤 03 右击选择的帧序列，将弹出一个快捷菜单，如图 9.30 所示。

图 9.29　选择已经制作好的动画帧序列

图 9.30　快捷菜单

○步骤 04 选择【复制帧】选项，复制选择的帧序列。

○步骤 05 执行【插入】→【新建元件】命令（或按【Ctrl+F8】组合键），弹出【创建新元件】对话框，如图 9.31 所示。

○步骤 06 在【名称】文本框中输入新元件的名称。

○步骤 07 在【类型】下拉列表中选择【影片剪辑】选项。

○步骤 08 单击【确定】按钮，系统将自动进入影片剪辑元件的编辑状态，如图 9.32 所示。

○步骤 09 在图层 1 的第 1 帧处单击鼠标右键，在弹出的快捷菜单中，单击【粘贴帧】选项，这时舞台中的动画就被粘贴到了影片剪辑元件中，如图 9.33 所示。

○**步骤 10**　执行【窗口】→【库】命令（或按【Ctrl+L】组合键），在弹出的【库】面板中可以找到
刚刚转换好的影片剪辑元件，如图 9.34 所示。

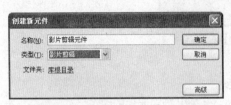

图 9.31　【创建新元件】对话框

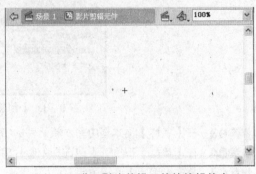

图 9.32　进入影片剪辑元件的编辑状态

图 9.33　把舞台中的动画粘贴到影片剪辑元件中

图 9.34　【库】面板中的影片剪辑元件

9.1.5　将外部图片转换为元件

在 Flash 中，可以将外部图片转换为元件，其操作步骤如下：

○**步骤 01**　新建一个 Flash CS4 文档。

○**步骤 02**　执行【文件】→【导入】→【导入到库】命令，打开【导入到库】对话框，如图 9.35
所示。

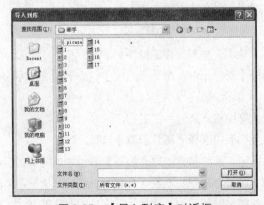

图 9.35　【导入到库】对话框

○**步骤03** 选择需要的图片对象。

○**步骤04** 单击【打开】按钮，将选择的图片导入到 Flash CS4 的库中。

○**步骤05** 执行【窗口】→【库】命令，打开【库】面板，找到刚导入的图片。

○**步骤06** 选中【库】面板中的图片，将其拖动到舞台中。

○**步骤07** 按【F8】键，打开【转换为元件】对话框，如图 9.36 所示。

○**步骤08** 在【名称】文本框中输入元件名称。

○**步骤09** 在【类型】下拉列表中选择一种元件类型。

○**步骤10** 单击【确定】按钮，这时可以在【库】面板中看到转换后的元件，如图 9.37 所示。

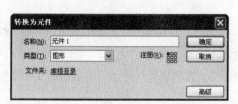

图 9.36 【转换为元件】对话框　　　　　图 9.37 【库】面板

9.2 Flash 元件实例

当创建了元件后，在动画制作中的任何位置，也包括在其他元件中，都可以创建元件的实例。在动画制作中可以编辑这些实例，而对这些实例的编辑不会对元件本身产生任何影响。

9.2.1 创建元件的实例

在舞台中创建元件实例的操作步骤如下：

○**步骤01** 在当前场景中选择放置实例的图层，Flash 只能把实例放在所选图层的关键帧中。

○**步骤02** 执行【窗口】→【库】命令（或按【Ctrl+L】组合键）；在打开的【库】面板中可以看到所有的元件，如图 9.38 所示。

○**步骤03** 在【库】面板中选择需要的元件，将其拖拽到舞台中，即可创建元件的实例，如图 9.39 所示。

创建实例后，用户就可以对实例进行修改。Flash 在动画文档中只记录实例修改的数据，而不保存每一个实例，这样 Flash 动画的体积就很小，非常适合在网上传输和播放。

 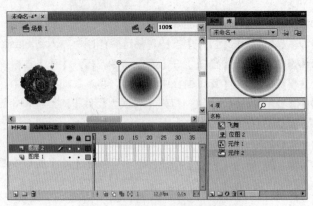

图 9.38　【库】面板中的所有元件　　　　　　图 9.39　将元件拖拽到舞台中

9.2.2　修改元件的实例

创建完实例后，可以通过【属性】面板随时对元件实例的属性进行修改。由于元件类型的不同，元件属性的设置也有所不同。

一、修改图形元件实例

修改图形元件实例的操作步骤如下：

◯步骤01　在舞台中选择一个图形元件实例，其【属性】面板如图 9.40 所示。

◯步骤02　单击【交换】按钮，弹出【交换元件】对话框，在这里可以把当前的实例更改为其他元件的实例，如图 9.41 所示。

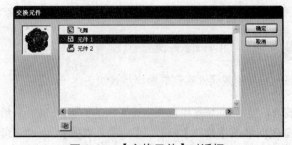

图 9.40　图形元件实例的【属性】面板　　　　图 9.41　【交换元件】对话框

◯步骤03　在【属性】面板的【循环】栏中，单击【选项】下拉列表框，打开【选项】下拉列表，如图 9.42 所示。

图 9.42　【选项】下拉列表

◯**步骤04** 根据需要设置图形元件的播放方式，其中【循环】是指重复播放，【播放一次】是指只播放一次，【单帧】是指只播放第一帧。

◯**步骤05** 在【第一帧】文本框中可输入指定的帧数，动画将从这一帧开始播放，如图 9.43 所示。

图 9.43 指定动画播放的起始帧

◯**步骤06** 在【属性】面板的【色彩效果】栏中，单击【样式】下拉列表框，在其下拉列表中设置图形元件的色彩属性，详细的内容参见后面的内容。

二、修改按钮元件实例

修改按钮元件实例的操作步骤如下：

◯**步骤01** 在舞台中选择一个按钮元件的实例。

◯**步骤02** 执行【窗口】→【属性】命令，打开【属性】面板，如图 9.44 所示。

◯**步骤03** 在【实例名称】文本框中给按钮元件的实例命名。

◯**步骤04** 单击【交换】按钮，在弹出的【交换元件】对话框中将当前的实例更改为其他元件的实例。

◯**步骤05** 在【属性】面板的【音轨】栏中，单击【选项】下拉列表框，打开其下拉列表，如图 9.45 所示。

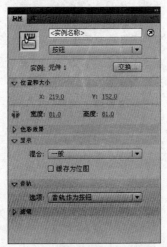

图 9.44 按钮元件实例的【属性】面板

图 9.45 【选项】下拉列表

◯**步骤06** 根据需要设置鼠标的响应方式，其中【音轨作为按钮】是指当按下按钮元件时，其他对象不再响应鼠标操作；【音轨作为菜单项】是指当按钮被按下时，其他对象还会响应鼠标的操作。

◯**步骤07** 在【属性】面板的【色彩效果】栏中，单击【样式】下拉列表框，打开其下拉列表，从中对按钮元件的颜色属性进行设置。

◯**步骤08** 在【属性】面板的【显示】栏中，单击【混合】下拉列表框，打开其下拉列表，可对按钮元件的混合模式进行设置。

◯步骤09 在【滤镜】栏中，还可以为按钮元件添加滤镜效果。

三、修改影片剪辑元件实例

修改影片剪辑元件实例的操作步骤如下：

◯步骤01 在舞台中选择一个影片剪辑元件的实例。
◯步骤02 执行【窗口】→【属性】命令，打开【属性】面板，如图9.46所示。
◯步骤03 在【实例名称】文本框中给影片剪辑元件的实例命名。
◯步骤04 单击【交换】按钮，在弹出的【交换元件】对话框中将当前的实例更改为其他元件的实例。
◯步骤05 在【3D定位和查看】栏中可以设置影片剪辑元件的三维效果，如图9.47所示。

图9.46　影片剪辑元件实例的【属性】面板　　　图9.47　设置影片剪辑元件实例的三维效果

◯步骤06 在【属性】面板的【色彩效果】栏中，单击【样式】下拉列表框，打开其下拉列表，从中对按钮元件的颜色属性进行设置。
◯步骤07 在【属性】面板的【显示】栏中，单击【混合】下拉列表框，打开其下拉列表，可对按钮元件的混合模式进行设置。
◯步骤08 在【滤镜】栏中，还可以为按钮元件添加滤镜效果。

9.2.3　实例的颜色设置

在【属性】面板中，打开【色彩效果】栏的【样式】下拉列表，可以改变元件实例的颜色，从而使动画效果更加丰富多彩。

【样式】下拉列表包含【无】、【亮度】、【色调】、【高级】和【Alpha】这5个选项，除【无】选项外，其他各选项的含义如下。

◆ **亮度**

选择【样式】下拉列表中的【亮度】选项，在其下方将出现设置亮度的滑块与数值框，如图9.48所示。通过更改亮度值可以更改实例的明暗程度。

◆ **色调**

选择【样式】下拉列表中的【色调】选项，在其下方将出现与色调相关的设置选项，如图9.49

所示。通过色调的改变可以更改实例的颜色。

图 9.48　设置实例颜色的亮度　　　　　　　　图 9.49　设置实例颜色的色调

◆ Alpha

选择【样式】下拉列表中的【Alpha】选项，在其下方将出现设置透明度的滑块与数值框，如图 9.50 所示。通过调整透明度可以更改实例的透明程度。

◆ 高级

选择【样式】下拉列表中的【高级】选项，在其下方可以设置元件实例的高级效果，可以调整红、绿和蓝的颜色值，也可以设置透明度的效果，如图 9.51 所示。

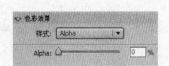

图 9.50　设置实例颜色的透明度　　　　　　　图 9.51　设置高级效果

9.2.4　编辑元件

编辑元件实例也可以通过编辑元件来完成。完成元件的编辑后，Flash 将自动更新当前影片中所有应用了该元件的实例。Flash CS4 提供了三种元件编辑方式。

一、在当前位置编辑元件

在当前位置编辑元件的操作步骤如下：

○步骤01　在舞台中，右击需要编辑的元件实例，将弹出一个快捷菜单，如图 9.52 所示。

图 9.52　快捷菜单

步骤02 选择【在当前位置编辑】选项，这时舞台中的其他对象将显示为灰色，编辑区左上角的
编辑栏中会显示正在编辑的元件名称，如图 9.53 所示。

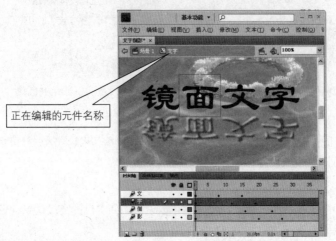

图 9.53　在当前位置编辑元件

说明 通过双击元件的实例也可以在当前位置编辑元件。

步骤03 利用 Flash 提供的工具对元件进行编辑处理。

步骤04 元件编辑完毕，单击场景名称，便可以返回到场景的编辑状态。

二、在新窗口中编辑元件

在新窗口中编辑元件的操作步骤如下：

步骤01 右击舞台中需要编辑的元件实例，将弹出一个快捷菜单（参见图 9.52 ）。

步骤02 在弹出的快捷菜单中选择【在新窗口中编辑】选项，系统将自动进入到独立的元件编辑
窗口，在该窗口中将显示该元件的时间轴，如图 9.54 所示。

图 9.54　在新窗口中编辑元件

 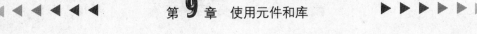

在【库】面板中，双击元件也可在新窗口中进行编辑。

○**步骤03** 利用 Flash 提供的工具对元件进行编辑处理。

○**步骤04** 元件编辑完毕，单击场景名称，便可以返回场景的编辑状态。

三、使用编辑模式编辑元件

使用编辑模式编辑元件的操作步骤如下：

○**步骤01** 右击舞台中需要编辑的元件实例，将弹出一个快捷菜单（参见图 9.52）。

○**步骤02** 选择【编辑】选项，系统将自动进入到独立的元件编辑窗口，与在新窗口中编辑的窗口基本相同。

○**步骤03** 利用 Flash 提供的工具对元件进行编辑处理。

○**步骤04** 元件编辑完毕，单击场景名称，便可以返回场景的编辑状态。

9.3 Flash 元件库

Flash CS4 的元件都存储在【库】面板中，用户可以在【库】面板中对元件进行编辑管理，也可以直接从【库】面板中拖拽元件到场景中制作动画。

9.3.1 元件库的基本操作

在【库】面板中，用户可进行新建元件、更改元件、删除元件和改变显示方式等操作。下面以一个简单的实例说明元件库的基本操作，其步骤如下：

○**步骤01** 新建一个 Flash 文档。

○**步骤02** 执行【窗口】→【库】命令（或按【Ctrl+L】组合键），当前弹出的【库】面板中是没有任何元件的，如图 9.55 所示。

○**步骤03** 单击【新建元件】按钮，打开【创建新元件】对话框，如图 9.56 所示。

图 9.55　空白的【库】面板

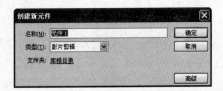

图 9.56　【创建新元件】对话框

○**步骤 04** 在【名称】文本框中输入元件的名称。

○**步骤 05** 在【类型】下拉列表中，根据需要选择相应的选项。

○**步骤 06** 单击【确定】按钮，即可创建所需要的元件，如图 9.57 所示。

○**步骤 07** 单击【库】面板中的【新建文件夹】按钮 ，在【库】面板中创建不同的文件夹，便于元件的分类管理，如图 9.58 所示。

图 9.57　新建不同类型的元件

图 9.58　新建库文件夹

○**步骤 08** 选择需要的元件，将这些元件拖拽到相应的库文件夹中，如图 9.59 所示。

○**步骤 09** 选择库中的一个元件，单击【属性】按钮 ，弹出【元件属性】对话框，如图 9.60 所示。在这个对话框中可以更改元件的名称和类型。

图 9.59　将元件拖拽到库文件夹中

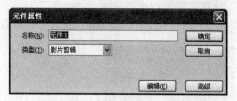

图 9.60　【元件属性】对话框

○**步骤 10** 单击【删除】按钮 ，可直接把元件从库中删除。

○**步骤 11** 单击【切换排序顺序】按钮 ，可调整元件在【库】面板中的排列顺序。

○**步骤 12** 选取【库】面板中的一个元件，在【库】面板上部的预览区中可以对该元件进行预览。如果选中的元件有多个帧，预览区中将出现【播放】和【停止】按钮，如图 9.61 所示。单击 按钮，可以对元件中的动画效果进行预览。在预览时单击 按钮可以停止预览。

○**步骤 13** 单击【库】面板右上角的小三角按钮，将弹出一个下拉菜单，如图 9.62 所示。使用此下拉菜单可以对库中的元件进行更加详细的管理。

图 9.61 单击【播放】按钮　　　　　图 9.62 【库】面板的下拉菜单

9.3.2 导入到库

在 Flash 中，可使用导入到库功能，将导入到动画中的对象自动保存到库中，而不在舞台中出现。下面通过一个简单的实例来说明其操作过程，其具体步骤如下：

⊃步骤01 新建一个 Flash 文档。

⊃步骤02 执行【文件】→【导入】→【导入到库】命令，打开【导入到库】对话框，如图 9.63 所示。

⊃步骤03 选择需要导入的素材。

⊃步骤04 单击【打开】按钮，素材将会被直接导入到当前动画的元件库中。

⊃步骤05 执行【窗口】→【库】命令（或按【Ctrl+L】组合键），打开【库】面板，可看到导入的对象，如图 9.64 所示。

图 9.63 【导入到库】对话框

图 9.64 导入到库中的对象

⊃步骤06 选择需要的素材，使用鼠标直接将其拖拽到舞台中相应的位置，如图 9.65 所示。

（1）　　　　　　　　　　　　　　　（2）

图 9.65　将导入的对象拖拽到舞台

9.3.3　调用其他动画的库

在制作 Flash 动画时，可以调用其他影片文件【库】面板中的元件，这样就不需要重复制作相同的素材，大大提高了制作效率。下面通过一个简单的实例来说明调用其他动画的库的操作，其具体步骤如下：

○**步骤01**　新建一个 Flash 文档。

○**步骤02**　执行【窗口】→【库】命令（或按【Ctrl+L】组合键），打开【库】面板，如图 9.66 所示。

○**步骤03**　执行【文件】→【导入】→【打开外部库】命令（或按【Ctrl+Shift+O】组合键），打开另外一个影片的【库】面板，如图 9.67 所示。

图 9.66　空白的【库】面板　　　　图 9.67　其他影片的【库】面板

○**步骤04**　直接将其他影片【库】面板中的元件拖拽到当前影片中，如图 9.68 所示。这样，选择的元件将被自动添加到当前的元件库中。

图 9.68 将其他影片【库】面板中的元件拖拽到当前影片中

9.3.4 公用库

Flash CS4 自带了很多元件，分别存放在【声音】、【类】和【按钮】等不同的库中，用户可以直接使用。在【窗口】下拉菜单的【公用库】子菜单中，选择其中某一菜单项，即可打开或关闭相应的公用库，如图 9.69 所示。

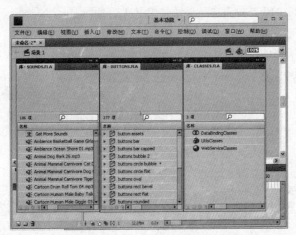

图 9.69 Flash CS4 的公用库

公用库的使用方式与普通库相同，请用户参考本章前面的内容。

9.4 复合动画的制作

通过图形元件和影片剪辑元件来制作动画的局部，可以实现复合动画的效果。在元件的内部有动画效果，再把这个元件放到场景中制作另一个动画，就是复合的概念。当预览动画的时候两种效果可以重叠在一起，利用复合动画的技巧，可以轻松地制作出场景复杂的动画。

下面以制作一个跳动的小球动画为例介绍复合动画的制作过程，其操作步骤如下：

◑**步骤01** 新建一个 Flash 文档。

○**步骤02**　单击【工具】面板中的【椭圆工具】按钮，按【Shift】键在舞台中绘制一个正圆。

○**步骤03**　使用【颜色】面板，为正圆填充放射状渐变色，并使用渐变变形工具，将渐变色的中心点调整到正圆的右上角，如图9.70所示。

○**步骤04**　选中椭圆，按【F8】键将其转换为图形元件。

○**步骤05**　选中刚刚转换的图形元件，继续按【F8】键，将这个图形元件转换为影片剪辑元件。

○**步骤06**　双击舞台中的影片剪辑元件，进入到元件的编辑状态，如图9.71所示。

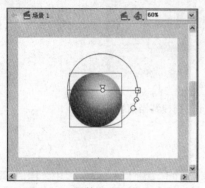
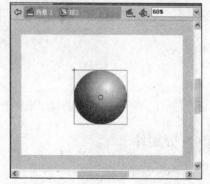

图9.70　调整渐变色的中心点　　　　　图9.71　进入到影片剪辑元件的编辑状态

○**步骤07**　分别在图层1的第15帧和第30帧中按【F6】键，插入关键帧，并创建补间动画。

○**步骤08**　将第15帧中的小球垂直向下移动，如图9.72所示。

○**步骤09**　选中图层1的第1帧，单击【属性】面板中的【缓动】文本框，输入"－100"，如图9.73所示。

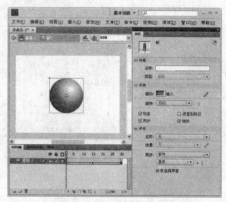

图9.72　将第15帧中的小球垂直向下移动　　　　图9.73　设置缓动值

○**步骤10**　选中第15帧，设置缓动值为"100"。

○**步骤11**　单击【时间轴】面板中的【新建图层】按钮，创建图层2。

○**步骤12**　使用【工具】面板中的选择工具，将图层2拖拽到图层1的下方，如图9.74所示。

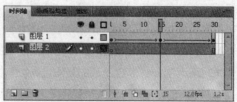

图9.74　将图层2拖至图层1的下方

⊃步骤 13　使用【工具】面板中的椭圆工具，在舞台中绘制一个椭圆，将它的颜色填充为灰色，作为小球的阴影，如图 9.75 所示。

⊃步骤 14　选中图层 2 中的椭圆，按【F8】键将其转换为图形元件。

⊃步骤 15　将阴影椭圆和第 15 帧中的小球对齐，如图 9.76 所示。

图 9.75　绘制阴影

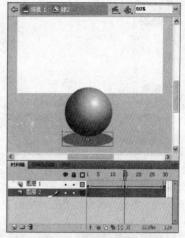

图 9.76　将阴影与小球对齐

⊃步骤 16　分别在图层 2 的第 15 帧和第 30 帧处按【F6】键，插入关键帧，并创建补间动画，如图 9.77 所示。

⊃步骤 17　调整图层 2 的第 1 帧和第 30 帧中的椭圆大小，如图 9.78 所示。

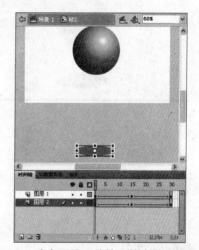

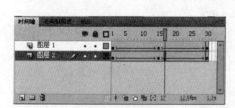

图 9.77　创建阴影所在图层的补间动画　　　　图 9.78　改变图层 2 的第 1 帧中椭圆的大小

⊃步骤 18　选中图层 2 的第 1 帧，在【属性】面板中设置缓动值为 "−100"；选中第 15 帧，设置缓动值为 "100"。

⊃步骤 19　在编辑区的左上角单击【场景 1】按钮，返回到场景的编辑状态。

⊃步骤 20　将场景中的影片剪辑元件对齐到舞台的左侧，如图 9.79 所示。

⊃步骤 21　在图层 1 的第 30 帧中按【F6】键，插入关键帧，并且创建补间动画，如图 9.80 所示。

⊃步骤 22　将场景中第 30 帧的影片剪辑元件移动到舞台的右侧。

⊃步骤 23　动画制作完毕，执行【控制】→【测试影片】命令（或按【Ctrl+Enter】组合键），在 Flash

播放器中得到动画的预览效果，如图 9.81 所示。

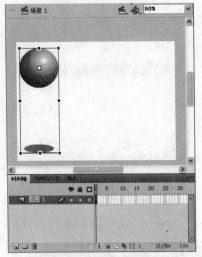

图 9.79　将元件实例对齐到舞台的左侧

图 9.80　插入关键帧并创建补间动画

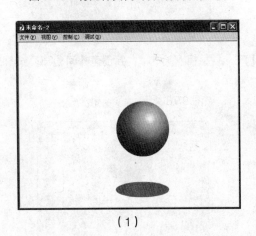

（1）　　　　　　　　　　　　　　（2）

图 9.81　复合动画的预览效果

9.5　实例操作

下面使用前面介绍的知识制作几个使用元件和库的实例。

9.5.1　制作放风筝动画

制作放风筝动画的操作步骤如下：

步骤01　新建一个 Flash 文档，将图层 1 命名为 "背景"。
步骤02　执行【文件】→【导入】→【导入到舞台】命令，打开【导入】对话框，如图 9.82 所示。
步骤03　选择需要的图片，单击【打开】按钮，将图片导入到舞台中。
步骤04　使用任意变形工具，调整图片大小，使其与舞台大小相同，如图 9.83 所示。

图 9.82　【导入】对话框

图 9.83　调整图片大小

○**步骤 05**　执行【插入】→【新建元件】命令，打开【创建新元件】对话框，在【名称】文本框中输入元件名称，在【类型】下拉列表中选择【图形】选项，如图 9.84 所示。

○**步骤 06**　单击【确定】按钮，进入元件的编辑状态。

○**步骤 07**　根据自己的喜好，使用绘图工具在舞台中绘制风筝图，这里绘制了一个方形的风筝，如图 9.85 所示。

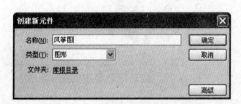

图 9.84　【创建新元件】对话框

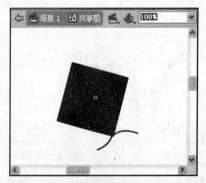

图 9.85　绘制风筝图

○**步骤 08**　返回主场景，执行【插入】→【新建元件】命令，打开【创建新元件】对话框，创建 "叶子 1" 图形元件，利用钢笔工具和颜料桶工具绘制如图 9.86 所示的叶子形状。

⊃**步骤09** 执行【插入】→【新建元件】命令，打开【创建新元件】对话框，创建"叶子2"图形元件，利用钢笔工具和颜料桶工具绘制如图9.87所示的叶子形状。

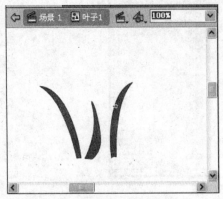

图9.86 绘制"叶子1"

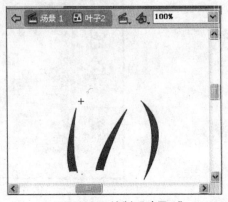

图9.87 绘制"叶子2"

⊃**步骤10** 执行【插入】→【新建元件】命令，打开【创建新元件】对话框，创建"叶子"影片剪辑元件，如图9.88所示。

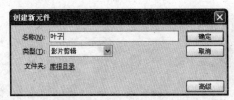

图9.88 【创建新元件】对话框

⊃**步骤11** 单击【确定】按钮，进入影片剪辑的编辑状态。
⊃**步骤12** 选中图层1的第1帧，将"叶子1"图形元件拖拽到舞台中，如图9.89所示。
⊃**步骤13** 选中第2帧，按【F6】键插入关键帧。
⊃**步骤14** 使用任意变形工具将第2帧中的图形元件旋转，如图9.90所示。

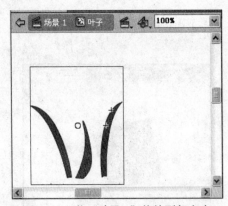

图9.89 将"叶子1"拖拽到舞台中

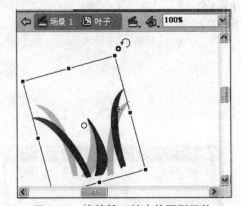

图9.90 旋转第2帧中的图形元件

⊃**步骤15** 单击【新建图层】按钮，新建一个图层2。
⊃**步骤16** 选中第1帧，将"叶子2"拖入舞台中，如图9.91所示。
⊃**步骤17** 选中第2帧，按【F6】键插入关键帧。
⊃**步骤18** 使用任意变形工具，将第2帧中的图形旋转，如图9.92所示。

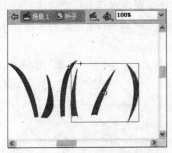

图 9.91　将"叶子 2"放置到舞台中

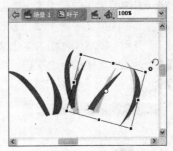

图 9.92　旋转图形

步骤 19 　执行【插入】→【新建元件】命令，打开【创建新元件】对话框，创建"风筝"影片剪辑元件。

步骤 20 　单击【确定】按钮，进入影片剪辑的编辑状态。选中图层 1 的第 1 帧，将"风筝图"图形元件拖拽到舞台中，如图 9.93 所示。

步骤 21 　选中第 9 帧，按【F6】键插入关键帧。

步骤 22 　将元件向上移动，并使用任意变形工具对其进行缩放，如图 9.94 所示。

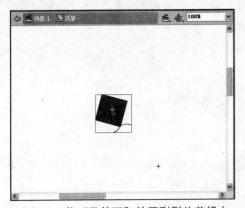

图 9.93　将"风筝图"放置到影片剪辑中

图 9.94　缩小元件实例

步骤 23 　选中第 10 帧，插入关键帧，然后单击【新建图层】按钮，新建图层 2。

步骤 24 　选中图层 2 的第 1 帧，使用铅笔工具绘制一条曲线，如图 9.95 所示。

步骤 25 　选中第 10 帧，插入关键帧，使用任意变形工具将线条拉长，如图 9.96 所示。

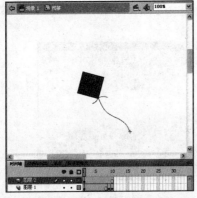

图 9.95　在第 1 帧中绘制曲线

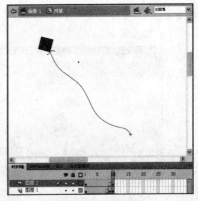

图 9.96　拉长线条

○**步骤26** 选中图层1的第1帧，单击鼠标右键，在弹出的快捷菜单中选择【创建传统补间】选项。

○**步骤27** 选中图层2的第1帧，单击鼠标右键，在弹出的快捷菜单中选择【创建补间形状】选项，分别为图层1和图层2创建动画，如图9.97所示。

○**步骤28** 返回到场景的编辑状态，单击【新建图层】按钮，新建一个名为"风筝"的图层。

○**步骤29** 选中"风筝"图层的第1帧，将"风筝"影片剪辑元件拖到舞台中的合适位置，如图9.98所示。

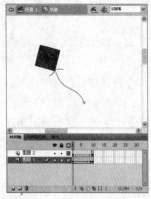

图 9.97　创建动画

图 9.98　将影片剪辑元件拖入场景

○**步骤30** 单击【新建图层】按钮，新建一个名为"叶子"的图层。

○**步骤31** 将"叶子"影片剪辑元件拖到舞台中的合适位置，并复制两个，然后调整大小，如图9.99所示。

图 9.99　放置"叶子"影片剪辑元件

○**步骤32** 执行【控制】→【测试影片】命令（或按【Ctrl+Enter】组合键），得到动画的预览效果，如图9.100所示。

（1）

（2）

图 9.100　预览效果

9.5.2　制作水晶按钮

制作水晶按钮的操作步骤如下：

○**步骤 01**　新建一个 Flash 文档。
○**步骤 02**　执行【插入】→【新建元件】命令（或按【Ctrl+F8】组合键），弹出【创建新元件】对话框，如图 9.101 所示。
○**步骤 03**　在【名称】文本框中输入新元件的名称。
○**步骤 04**　在【类型】下拉列表中选择【按钮】选项。
○**步骤 05**　单击【确定】按钮，进入按钮元件的编辑状态，如图 9.102 所示。

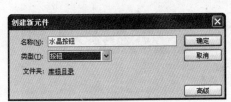

图 9.101　【创建新元件】对话框

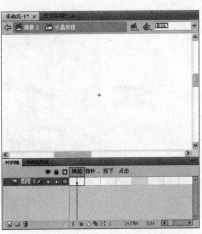

图 9.102　进入按钮元件的编辑状态

○**步骤 06**　单击【工具】面板中的【矩形工具】按钮，设置矩形的边角半径为 "10"，如图 9.103 所示。
○**步骤 07**　选择【时间轴】面板中按钮元件的【弹起】状态，并在舞台中绘制一个圆角矩形，如图 9.104 所示。

图 9.103　设置矩形的边角半径

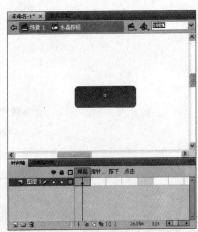

图 9.104　在舞台中绘制一个圆角矩形

○**步骤 08**　选择该圆角矩形，在【属性】面板中设置笔触颜色为无，并为其填充白色到黑色的线性渐变色，如图 9.105 所示。

图 9.105   设置圆角矩形的属性

步骤 09   执行【窗口】→【颜色】命令，打开【颜色】面板，将圆角矩形的填充色改变为由白到
浅灰的渐变，如图 9.106 所示。

步骤 10   选择【工具】面板中的渐变变形工具，把线性渐变的方向调整为从上到下，如图 9.107
所示。

图 9.106   使用【颜色】面板调整渐变色

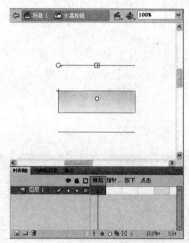

图 9.107   使用渐变变形工具调整渐变色方向

步骤 11   单击【时间轴】面板中的【新建图层】按钮，创建一个新的图层，如图 9.108 所示。

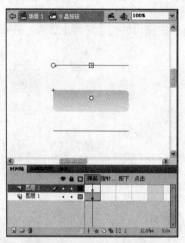

图 9.108   创建新的图层 2

步骤 12   把绘制好的圆角矩形复制到图层 2 中，并且对齐到相同的位置，如图 9.109 所示。

步骤 13   为了便于编辑图层 1 中的圆角矩形，隐藏图层 2，如图 9.110 所示。

步骤 14   选中图层 1 中的圆角矩形，执行【修改】→【变形】→【垂直翻转】命令，改变圆角矩
形的渐变方向，如图 9.111 所示。

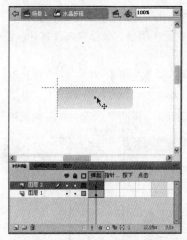

图 9.109   把圆角矩形复制到图层 2 中

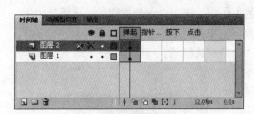

图 9.110   隐藏图层 2

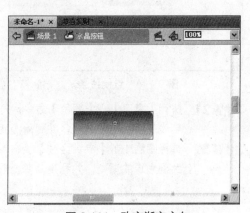

图 9.111   改变渐变方向

○**步骤 15**   选中图层 1 中的圆角矩形，执行【修改】→【形状】→【柔化填充边缘】命令，打开【柔化填充边缘】对话框，如图 9.112 所示。

○**步骤 16**   为了模糊图层 1 中的圆角矩形边缘，在【距离】文本框中设置柔化范围为 "10 像素"；在【步骤数】文本框中设置柔化步骤为 "5"；在【方向】区域中选中【扩展】单选按钮，得到的效果如图 9.113 所示。

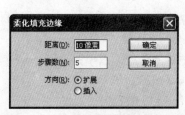

图 9.112   【柔化填充边缘】对话框

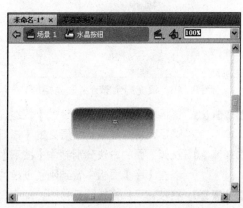

图 9.113   设置柔化填充边缘后的效果

步骤 17 单击图层 2 的【显示或隐藏所有图层】按钮 👁，显示被隐藏的图层 2。

步骤 18 为了让立体水晶的效果更加明显，最后来制作按钮的高光效果。使用同样的操作，将图层 1 隐藏起来。

步骤 19 单击【工具】面板中的【钢笔工具】按钮，在矩形上绘制一条曲线将其分为上下两部分。如图 9.114 所示。

步骤 20 选择下半部分，按【Delete】键将其删除，并将绘制的线条同时删除，如图 9.115 所示。

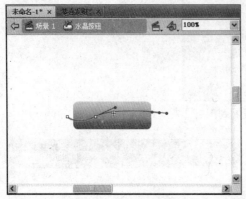
图 9.114 绘制线条

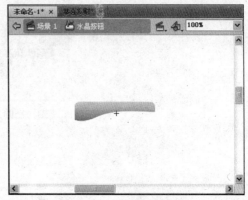
图 9.115 只留上半部分

步骤 21 执行【窗口】→【颜色】命令，打开【颜色】面板，将剩余部分的圆角矩形填充为由白到浅灰色透明的渐变，并利用渐变变形工具调整填充效果，如图 9.116 所示。

步骤 22 选择图层 1 的【指针经过】状态，按【F6】键插入关键帧，将圆角矩形的填充色改为由白到浅绿的渐变，并利用渐变变形工具调整渐变方向，如图 9.117 所示。

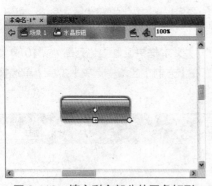
图 9.116 填充剩余部分的圆角矩形

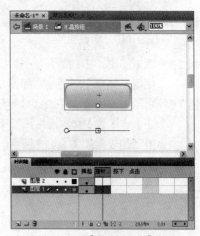
图 9.117 【指针经过】状态

步骤 23 选择图层 1 的【指针经过】状态，单击鼠标右键，在弹出的快捷菜单中选择【复制帧】选项，将其复制到图层 2 的【指针经过】状态中。

步骤 24 按照上面的方法分别制作【按下】状态和【点击】状态的圆角矩形。制作完成后，就可以在【库】面板中看到刚刚创建的按钮元件，如图 9.118 所示。

步骤 25 将按钮元件拖拽到舞台中，即可创建按钮的实例，如图 9.119 所示。

步骤 26 按下【Ctrl+Enter】组合键，即可预览按钮的效果了，如图 9.120 所示。

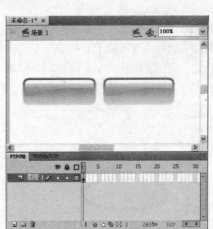

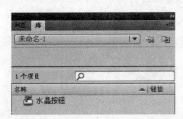

图 9.118　【库】面板中的按钮元件　　　　图 9.119　拖拽按钮元件到舞台中

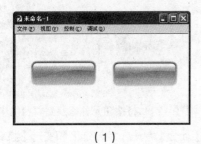

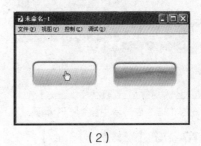

（1）　　　　　　　　　　　　　（2）

图 9.120　预览效果

9.5.3　制作跟随鼠标的边框按钮

利用 Flash 知识可制作出当鼠标指针移动到按钮的不同区域时，按钮的边框随之变化的效果。其操作步骤如下：

步骤 01　新建一个 Flash 文档。

步骤 02　执行【插入】→【新建元件】命令，在弹出的【创建新元件】对话框中设置相应的参数。

步骤 03　单击【确定】按钮，进入到按钮元件的编辑状态。

步骤 04　在【时间轴】面板中选择【指针经过】状态，按【F6】键插入关键帧，如图 9.121 所示。

步骤 05　单击【工具】面板中的【椭圆工具】按钮，在【属性】面板中设置椭圆的笔触颜色为红色、笔触高度为 8、填充为透明，如图 9.122 所示。

图 9.121　在按钮元件的【指针经过】状态中插入关键帧　　　图 9.122　椭圆工具属性设置

○**步骤 06** 选择按钮元件的【指针经过】状态，在舞台中绘制一个椭圆，如图 9.123 所示。

○**步骤 07** 选择【时间轴】面板中的【点击】状态，按【F6】键插入关键帧。

○**步骤 08** 返回主场景，执行【窗口】→【库】命令，在打开的【库】面板中找到刚制作的按钮元件。

○**步骤 09** 将按钮元件拖拽到舞台的中心，如图 9.124 所示。

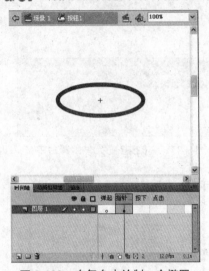

图 9.123　在舞台中绘制一个椭圆

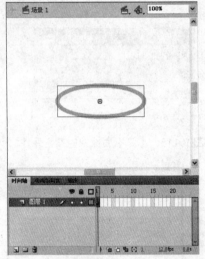

图 9.124　将按钮元件拖拽到舞台的中心

○**步骤 10** 执行【窗口】→【变形】命令，打开【变形】面板，单击【重制选区和变形】按钮 ⊞，
　　　　如图 9.125 所示。

○**步骤 11** 单击【约束】按钮 ⊞，在前面的文本框中输入"45"，效果如图 9.126 所示。

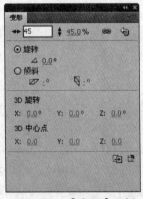

图 9.125　【变形】面板

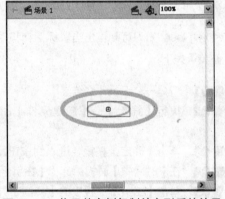

图 9.126　将元件实例复制并变形后的效果

○**步骤 12** 单击【工具】面板中的【椭圆工具】按钮，根据缩小后的椭圆尺寸，绘制一个椭圆，放
　　　　置到按钮元件的正中心，如图 9.127 所示。

○**步骤 13** 执行【修改】→【转换为元件】命令，将制作好的椭圆转换为一个按钮元件。

○**步骤 14** 双击此按钮元件，进入到元件的编辑状态，如图 9.128 所示。

○**步骤 15** 选择按钮元件的【指针经过】状态，按【F6】键插入关键帧。

○**步骤 16** 将【指针经过】状态中的椭圆颜色进行适当的修改，如图 9.129 所示。

○**步骤 17** 执行【控制】→【测试影片】命令，在 Flash 播放器中得到按钮的预览效果，如图 9.130
　　　　所示。

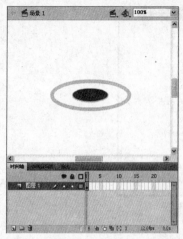

图 9.127 在按钮的中心放置一个新的椭圆

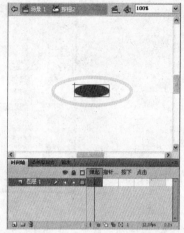

图 9.128 进入到按钮元件的编辑状态

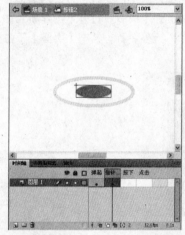

图 9.129 改变【指针经过】状态中椭圆的颜色

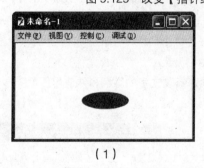

（1）

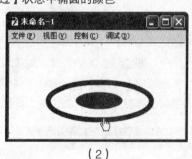

（2）

图 9.130 预览效果

9.5.4 制作"恭喜发财"动画

本例通过制作"恭喜发财"的简单动画，使读者了解简单的影片剪辑元件的制作方法。其具体操作步骤如下：

⊃**步骤01** 新建一个 Flash 文档。

⊃**步骤02** 执行【文件】→【导入】→【导入到舞台】命令，弹出【导入】对话框，如图 9.131 所示。

图 9.131 【导入】对话框

○**步骤03** 选择图片素材，单击【打开】按钮，将图片导入到舞台中。

○**步骤04** 使用任意变形工具调整图片大小，使其与舞台大小相同，如图 9.132 所示。

○**步骤05** 执行【插入】→【新建元件】命令，打开【创建新元件】对话框。

○**步骤06** 在【名称】文本框中输入元件名称，并在【类型】下拉列表中选择【影片剪辑】选项，如图 9.133 所示。

图 9.132 调整图片大小

图 9.133 【创建新元件】对话框

○**步骤07** 单击【确定】按钮，进入到影片剪辑的编辑状态。

○**步骤08** 选择文本工具，分别在舞台中输入“恭”、“喜”、“发”和“财”，并将文本设置为不同的颜色，摆放到合适的位置，如图 9.134 所示。

○**步骤09** 在第 5 帧中按【F6】快捷键插入关键帧，修改文字的颜色，并使用任意变形工具，调整文字大小和旋转角度，如图 9.135 所示。

图 9.134 在舞台中输入文本

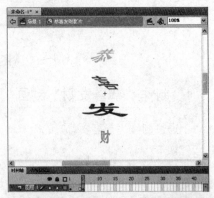

图 9.135 改变文字大小和旋转角度

○**步骤 10**　分别在第 10、15 和 20 帧处，按【F6】快捷键插入关键帧，并调整其中文字的颜色和旋转角度，如图 9.136 所示。

○**步骤 11**　返回到场景的编辑状态，在【库】面板中选择"恭喜发财"影片剪辑，将其拖拽到舞台中合适的位置，如图 9.137 所示。

图 9.136　设置关键帧

图 9.137　将影片剪辑元件拖入场景

○**步骤 12**　执行【控制】→【测试影片】命令（或按【Ctrl+Enter】组合键），得到动画的预览效果，如图 9.138 所示。

（1）

（2）

图 9.138　预览效果

结束语

　本章主要讲解了元件的相关知识，在 Flash CS4 中使用元件可以简化影片的编辑并有效减小文件体积。本章首先介绍了元件的类型、创建和转换，然后详细介绍了相关元件的实例创建方法，最后通过有趣的动画实例让读者牢记相关元件的各方面知识。元件库是 Flash CS4 中比较重要的部分，对它的基本操作和导入方法也应熟练掌握。

第 **10** 章　Flash 特效的应用

特效是 Flash 动画的一个重要组成部分，恰当加入特效，会使动画作品更加精美。而且，Flash 本身还提供了一些特殊效果，利用这些特殊效果更能增强动画的感染力，创建更丰富多彩的动画。本章将介绍 Flash 特效应用的相关知识。

10.1　使用滤镜效果

滤镜效果是 Flash CS4 中比较重要的一个功能，滤镜只适用于文本、影片剪辑和按钮对象。Flash CS4 为动画制作者提供了投影、模糊、发光、斜角、渐变发光、渐变斜角和调整颜色等 7 种不同的特效。

10.1.1　添加和删除滤镜效果

添加滤镜的操作步骤如下：

➡**步骤01**　选中工作区中需要添加滤镜的文本、影片剪辑或按钮对象，此时的【属性】面板如图 10.1 所示。

➡**步骤02**　在【属性】面板的【滤镜】栏中，单击【添加滤镜】按钮🔲，弹出【滤镜】选项菜单，如图 10.2 所示。

图 10.1　【属性】面板

图 10.2　【滤镜】选项菜单

○**步骤03** 选择需要添加的滤镜选项，此时【属性】面板就会出现该滤镜选项的相关参数，如图 10.3 所示的是选择【投影】滤镜后的参数设置。

图 10.3 【投影】滤镜的参数设置

○**步骤04** 然后根据动画制作的要求设置相应的参数即可。

不同的滤镜，其设置项会有所不同，滤镜设置的详细内容参见本章后面的内容。继续在【滤镜】选项菜单中，单击滤镜菜单项，可以为同一个对象添加多个滤镜效果，如图 10.4 所示。

图 10.4 添加多个滤镜效果

当一个对象具有多个滤镜效果时，可以改变滤镜效果的排列顺序，从而形成不同的动画效果。改变滤镜效果的排列顺序时，只需选择需要的滤镜，然后将其拖拽到所需位置即可，如图 10.5 所示。

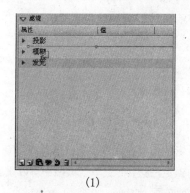
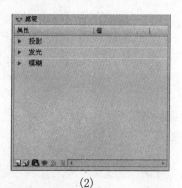

(1)　　　　　　　　　　　　　　　(2)

图 10.5 改变滤镜效果的排列顺序

当不需要某一滤镜效果时，先选择该滤镜效果，然后单击【删除滤镜】按钮 即可。

当设置完某一对象的滤镜效果后，可以把这些滤镜效果保存起来，再将其应用到其他对象中。

保存滤镜效果的操作步骤如下：

步骤01 在【属性】面板的【滤镜】栏中，单击【预设】按钮，打开其选项菜单，选择【另存为】选项，打开【将预设另存为】对话框，如图10.6所示。

步骤02 在【预设名称】文本框中输入滤镜效果的名称。

步骤03 单击【确定】按钮，关闭对话框即可。

　　当保存完滤镜效果后，单击【预设】按钮后，在弹出的选项菜单中将出现该滤镜效果的名称，如图10.7所示。

图10.6　【将预设另存为】对话框

图10.7　已保存的滤镜效果

　　要使用保存的滤镜效果，首先应选择需要使用滤镜效果的文本、影片剪辑和按钮对象，然后单击【预设】菜单中相应滤镜效果的名称即可。

10.1.2　设置滤镜参数

　　Flash CS4提供投影、模糊、发光、斜角、渐变发光、渐变斜角和调整颜色等7种不同的滤镜效果。不同的滤镜效果有不同的设置参数，下面分别介绍这些滤镜效果的设置参数。

一、投影

　　投影滤镜效果与Fireworks中的投影效果类似，包括模糊、强度、品质、颜色、角度、距离、挖空、内阴影和隐藏对象等设置参数，如图10.8所示。

图10.8　投影滤镜的设置参数

这些设置参数的含义如下。

◆　**模糊：** 可分别对X轴和Y轴两个方向设置投影的模糊程度，取值范围为0~100。如果需要解除X、Y方向的比例锁定，可以单击其后的锁定按钮，再次单击该按钮可以重新锁定比例。

◆　**强度：** 可以对投影的强烈程度进行设置，取值范围为0%~100%。数值越大，投影的显示越清晰强烈。

◆　**品质：** 可以对投影的品质高低进行设置，有【高】、【中】、【低】三项参数，品质参数越高，投影越清晰。

◆ **颜色：** 单击此按钮，可以在打开的调色板中对投影的颜色进行设置。

◆ **角度：** 可以对投影的角度进行设置，取值范围为 0° ～360°。

◆ **距离：** 可以对投影的距离大小进行设置，取值范围为-32~32。

◆ **挖空：** 可以将投影效果作为背景，显示挖空的对象部分。

◆ **内阴影：** 可以将阴影的生成方向设置为指向对象内侧。

◆ **隐藏对象：** 可以取消对象的显示，只显示投影而不显示原来的对象。

添加投影滤镜效果的文本如图 10.9 所示。

图 10.9　添加投影滤镜的文本

二、模糊

模糊滤镜包括模糊和品质两个设置参数，如图 10.10 所示。

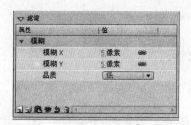

图 10.10　模糊滤镜的设置参数

这两个设置参数的含义如下。

◆ **模糊：** 可以分别对 X 轴和 Y 轴两个方向设置模糊程度，取值范围为 0~100。如果需要解除 X、Y 方向的比例锁定，可以单击其后的锁定按钮，再次单击该按钮可以重新锁定比例。

◆ **品质：** 可以对模糊的品质高低进行设置，有【高】【中】【低】三项参数，品质参数越高，模糊效果越明显。

添加模糊滤镜效果的文本，如图 10.11 所示。

图 10.11　添加模糊滤镜的文本

三、发光

发光滤镜的效果与 Photoshop 中的发光效果类似，包括模糊、强度、品质、颜色、挖空和内发光等设置参数，如图 10.12 所示。

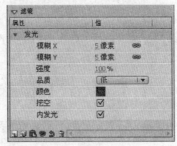

图 10.12　发光滤镜的设置参数

这些设置参数的含义如下。

◆ **模糊：**可以分别对 X 轴和 Y 轴两个方向发光的模糊程度进行设置，取值范围为 0~100。如果需要解除 X、Y 方向的比例锁定，可以单击其后的锁定按钮，再次单击该按钮可以重新锁定比例。

◆ **强度：**可以对发光的强烈程度进行设置，取值范围为 0％~100％。数值越大，发光的显示越清晰强烈。

◆ **品质：**可以对发光的品质高低进行设置，有【高】、【中】、【低】三项参数，品质参数越高，发光越清晰。

◆ **挖空：**可以将发光效果作为背景，显示挖空的对象部分。

◆ **内发光：**可以将发光的生成方向设置为指向对象内侧。

添加发光滤镜效果的文本如图 10.13 所示。

图 10.13　添加发光滤镜的文本

四、斜角

用户可以利用斜角滤镜制作立体的浮雕效果，包含模糊、强度、品质、阴影、加亮显示、角度、距离、挖空和类型等设置参数，如图 10.14 所示。

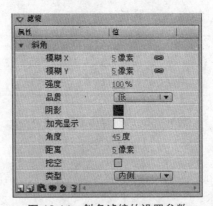

图 10.14　斜角滤镜的设置参数

这些设置参数的含义如下。

◆ **模糊：** 可以分别对 X 轴和 Y 轴两个方向设置斜角的模糊程度，取值范围为 0~100。如果需要解除 X、Y 方向的比例锁定，可以单击其后的锁定按钮，再次单击该按钮可以重新锁定比例。

◆ **强度：** 可以对斜角的强烈程度进行设置，取值范围为 0％~100％。数值越大，斜角的效果越明显。

◆ **品质：** 可以对斜角倾斜的品质高低进行设置，有【高】、【中】、【低】三项参数，品质参数越高，斜角效果越明显。

◆ **阴影：** 可以在调色板中选择斜角的阴影颜色。

◆ **加亮显示：** 可以在调色板中选择斜角的高光加亮颜色。

◆ **角度：** 可以对斜角的角度进行设置，取值范围为 0°~360°。

◆ **距离：** 可以对斜角距离对象的远近进行设置，取值范围为−32~32。

◆ **挖空：** 可以将斜角效果作为背景，显示挖空的对象部分。

◆ **类型：** 可以对斜角的应用位置进行设置，有【内侧】、【外侧】和【全部】三个选项。如果选择【全部】选项，则在内侧和外侧同时应用斜角滤镜。

添加斜角滤镜效果的文本如图 10.15 所示。

图 10.15　添加斜角滤镜的文本

五、渐变发光

渐变发光滤镜的效果与发光滤镜的效果基本相同，区别是渐变发光滤镜可以调节发光的颜色为渐变颜色，同时还可以设置角度、距离和类型，其设置参数如图 10.16 所示。

图 10.16　渐变发光滤镜的设置参数

这些设置参数的含义如下。

◆ **模糊：** 可以分别对 X 轴和 Y 轴两个方向设置渐变发光的模糊程度，取值范围为 0~100。如果需要解除 X、Y 方向的比例锁定，可以单击其后的锁定按钮，再次单击可以重新锁定比例。

◆ **强度：** 可以对渐变发光的强烈程度进行设置，取值范围为 0％～100％。数值越大，渐变发光的显示越清晰强烈。

◆ **品质：** 可以对渐变发光的品质高低进行设置，有【高】、【中】、【低】三项参数，品质参数越高，发光越清晰。

◆ **挖空：** 可以将渐变发光效果作为背景，显示挖空的对象部分。

◆ **角度：** 可以对渐变发光的角度进行设置，取值范围为 0°～360°。

◆ **距离：** 可以对渐变发光的距离远近进行设置，取值范围为−32～32。

◆ **类型：** 可以对渐变发光的应用位置进行设置，包括【内侧】、【外侧】或【全部】三个选项。

◆ **渐变：** 利用面板中的渐变色条控制渐变颜色，默认情况下为白色到黑色的渐变色。在白色控制条上单击鼠标左键可以增加新的颜色控制点。向下方拖拽已有的颜色控制点，可以删除该控制点。单击控制点上的颜色块，可以在弹出的系统调色板上选择要改变的颜色。

添加渐变发光滤镜效果的文本如图 10.17 所示。

图 10.17　添加渐变发光滤镜的文本

六、渐变斜角

使用渐变斜角滤镜的效果与斜角滤镜的效果基本相同，区别是渐变斜角滤镜可以精确控制斜角的渐变颜色，其设置参数如图 10.18 所示。

图 10.18　渐变斜角滤镜的设置参数

这些设置参数的含义如下。

◆ **模糊：** 可以分别对 X 轴和 Y 轴两个方向设置斜角的模糊程度，取值范围为 0～100。如果需要解除 X、Y 方向的比例锁定，可以单击其后的锁定按钮，再次单击可以重新锁定比例。

◆ **强度：** 可以对斜角的强烈程度进行设置，取值范围为 0％～100％。数值越大，斜角的效果越明显。

◆ **品质**：可以对斜角倾斜的品质高低进行设置，有【高】、【中】、【低】三项参数。品质参数越高，斜角效果越明显。

◆ **角度**：可以对斜角的角度进行设置，取值范围为 0°～360°。

◆ **距离**：可以对斜角距离对象的远近进行设置，取值范围为-32～32。

◆ **挖空**：可以将渐变斜角效果作为背景，显示挖空的对象部分。

◆ **类型**：可以对斜角的应用位置进行设置，包括【内侧】、【外侧】和【全部】三个选项。如果选择【全部】选项，则在内侧和外侧同时应用斜角效果。

◆ **渐变**：利用面板中的渐变色条控制渐变颜色，默认情况下为白色到黑色的渐变色。在白色控制条上单击鼠标左键可以增加新的颜色控制点。向下方拖拽已有的颜色控制点，可以删除该控制点。单击控制点上的颜色块，可以在弹出的系统调色板中选择相应的颜色。

添加渐变斜角滤镜的文本如图 10.19 所示。

渐变斜角滤镜

图 10.19　添加渐变斜角滤镜的文本

七、调整颜色

通过对对象设置调整颜色滤镜的效果，可以调整影片剪辑、文本或按钮的颜色，如亮度、对比度、饱和度和色相等。调整颜色滤镜的设置参数如图 10.20 所示。

图 10.20　调整颜色滤镜的设置参数

这些设置参数的含义如下。

◆ **亮度**：通过拖动滑块来调整对象的亮度。向左拖动滑块可以降低对象的亮度，向右拖动可以增强对象的亮度，取值范围为-100～100。

◆ **对比度**：通过拖动滑块来调整对象的对比度。向左拖动滑块可以降低对象的对比度，向右拖动可以增强对象的对比度，取值范围为-100～100。

◆ **饱和度**：通过拖动滑块来调整色彩的饱和程度。向左拖动滑块可以降低对象中包含颜色的浓度，向右拖动可以增加对象中包含颜色的浓度，取值范围为-100～100。

◆ **色相**：通过拖动滑块来调整对象中各个颜色色相的浓度，取值范围为-180～180。

添加调整颜色滤镜前后的效果对比如图 10.21 所示。

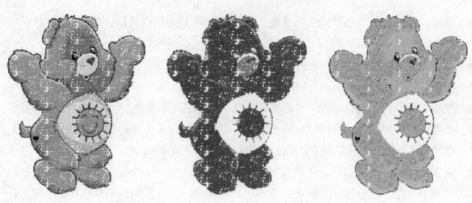

图 10.21　添加调整颜色滤镜前后的效果对比

10.2　使用混合模式

当两个对象的颜色通道以某种数学计算方法混合叠加到一起的时候，这两个对象将产生某种特殊的变化效果。Flash CS4 可以通过混合模式对对象之间的混合效果进行处理。在 Flash CS4 中，只能够给按钮元件和影片剪辑元件添加混合模式。

10.2.1　添加混合模式

Flash CS4 提供了变暗、正片叠底、变亮、滤色、叠加、强光、增加、减去、差值、反相、Alpha和擦除等混合模式。

在 Flash CS4 中，添加混合模式的操作步骤如下：

◯**步骤 01**　选择需要添加混合模式的按钮或影片剪辑元件。此时【属性】面板中会出现【显示】栏，如图 10.22 所示。

◯**步骤 02**　单击【混合】下拉列表框，打开其下拉列表，如图 10.23 所示。

图 10.22　【属性】面板的【显示】栏　　　　图 10.23　【混合】下拉列表

◯**步骤 03**　根据动画制作的需要，选择相应的混合模式。

在 Flash CS4 中，同一个对象只能选择一种混合模式效果。如果需要删除混合模式效果，只需在【混合】下拉列表中选择【一般】选项即可。

10.2.2 混合模式的效果

由于混合模式取决于对象的颜色和基础颜色，因此必须试验不同的颜色，以查看结果。为了使混合模式的应用效果更直观，下面举例说明混合模式的效果，其操作步骤如下：

◐ **步骤 01**　在舞台上导入一张背景位图，如图 10.24 所示。

◐ **步骤 02**　在背景位图上再导入一张位图图片，如图 10.25 所示。

◐ **步骤 03**　选择新导入的位图图片，按【F8】键将其转换为影片剪辑元件，这时在【属性】面板中出现【显示】栏，如图 10.26 所示。

图 10.24　导入背景位图

图 10.25　再导入一张位图图片

图 10.26　新增【显示】栏

◐ **步骤 04**　打开【混合】下拉列表，选择不同的混合模式效果。

◆ **变暗：**应用此模式时，会查看对象中的颜色信息，并选择基准色或混合色中较暗的颜色作为结果色。比结果色暗的像素保持不变，比结果色亮的像素被替换，其效果如图 10.27 所示。

◆ **正片叠底：**应用此模式时，会查看对象中的颜色信息，并把基准色与混合色复合。结果色总是较暗的颜色，任何颜色与白色复合保持不变，任何颜色与黑色复合产生黑色，其效果如图 10.28 所示。

图 10.27　变暗混合模式的效果

◆ **变亮**：应用此模式时，会查看对象中的颜色信息，并把基准色或混合色中较亮的颜色作为结果色。比混合色亮的像素保持不变，比混合色暗的像素被替换，效果如图 10.29 所示。

图 10.28　正片叠底混合模式的效果

图 10.29　变亮混合模式的效果

◆ **滤色**：应用此模式时，将混合颜色的反色与基准色复合，从而产生漂白效果，如图 10.30 所示。

◆ **叠加**：应用此模式时，图案或颜色在现有像素上叠加，同时保留基准色的明暗对比。复合或过滤颜色的情况具体取决于基准色，但不替换基准色，基准色与混合色相混以反映原色的暗度或亮度，效果如图 10.31 所示。

图 10.30　滤色混合模式的效果

图 10.31　叠加混合模式的效果

◆ **强光**：应用此模式时，将进行色彩增殖或滤色，具体情况取决于混合模式颜色，该效果类似于将聚光灯照在图像上，如图 10.32 所示。

◆ **增加**：应用此模式时，将在基准色的基础上增加混合颜色，效果如图 10.33 所示。

◆ **减去**：应用此模式时，将去除基准色中的混合颜色，效果如图 10.34 所示。

◆ **差值**：应用此模式时，将去除基准色中的混合颜色或者去除混合颜色中的基准色（从亮度较高的颜色中去除亮度较低的颜色），具体取决于哪一个颜色的亮度值更大。图案与白色混合将反转基准色，与黑色混合则不产生变化，效果如图 10.35 所示。

图 10.32　强光混合模式的效果

图 10.33　增加混合模式的效果

图 10.34　减去混合模式的效果

图 10.35　差值混合模式的效果

◆　**反相：**应用此模式时，将反相显示基准色，效果如图 10.36 所示。

图 10.36　反相混合模式的效果

◆　**Alpha：**应用此模式时，将透明显示基准色，效果如图 10.37 所示。

◆　**擦除：**应用此模式时，将擦除影片剪辑中的颜色，显示下层的颜色，效果如图 10.38 所示。

图 10.37　Alpha 混合模式的效果

图 10.38　擦除混合模式的效果

说明 图层混合模式可以层叠各个影片剪辑，而不影响其颜色。灵活地使用对象的混合模式，可以得到更加丰富的颜色效果。

10.3 特效应用的实例

下面使用前面介绍的知识制作特效应用的实例。

10.3.1 制作立体按钮

利用滤镜效果制作一个立体按钮的操作步骤如下：

○**步骤 01** 新建一个 Flash 文档。

○**步骤 02** 单击【工具】面板中的【矩形工具】按钮，在【属性】面板中，设置笔触颜色为无、填充颜色为绿色。

○**步骤 03** 在舞台中绘制一个矩形，如图 10.39 所示。

○**步骤 04** 执行【修改】→【转换为元件】命令（或按【F8】键），将弹出【转换为元件】对话框，如图 10.40 所示。

图 10.39　在舞台中绘制一个矩形

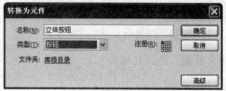

图 10.40　【转换为元件】对话框

○**步骤 05** 在【名称】文本框中输入新元件的名称。

○**步骤 06** 在【类型】下拉列表中选择【按钮】选项。

○**步骤 07** 在【注册】区域中调整元件的中心点位置。

○**步骤 08** 单击【确定】按钮关闭对话框，完成元件的转换操作。

○**步骤 09** 此时的【属性】面板如图 10.41 所示。

图 10.41　【属性】面板

○**步骤 10** 单击【添加滤镜】按钮，打开【滤镜】选项菜单，选择【斜角】选项。

○**步骤 11** 设置【斜角】滤镜参数，【模糊 X】和【模糊 Y】均为 "7 像素"；【强度】为 "170%"；
【品质】为 "高"；【阴影】为 "黑色"；【加亮显示】为 "白色"；【角度】为 "45 度"；
【距离】为 "5 像素"；【类型】为 "内侧"，如图 10.42 所示。其效果如图 10.43 所示。

图 10.42　设置斜角滤镜参数

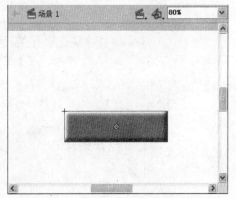

图 10.43　添加斜角滤镜后的按钮效果

○**步骤 12** 选中舞台中的影片剪辑元件，继续执行【修改】→【转换为元件】命令，弹出【转换为
元件】对话框，如图 10.44 所示。

图 10.44　【转换为元件】对话框

○**步骤 13** 在【名称】文本框中输入新元件的名称。

○**步骤 14** 在【类型】按钮下拉列表中选择【按钮】选项。

○**步骤 15** 单击【确定】按钮关闭对话框。

○**步骤 16** 双击舞台中的按钮元件，进入按钮元件的编辑状态，如图 10.45 所示。

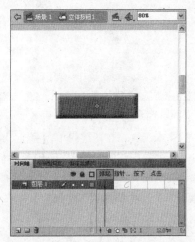

图 10.45　进入按钮元件的编辑状态

◯**步骤 17** 在【时间轴】面板中，选择【按下】状态，按【F6】键插入关键帧，如图 10.46 所示。

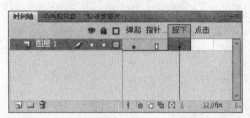

图 10.46   在【按下】状态中插入关键帧

◯**步骤 18** 选择【按下】状态下舞台中的矩形，在【属性】面板中调整斜角滤镜的属性参数，设置【角度】为"230 度"，其他参数保持不变，如图 10.47 所示。

图 10.47   设置【按下】状态中斜角滤镜的参数

◯**步骤 19** 在按钮元件的【时间轴】面板中新建图层 2，如图 10.48 所示。

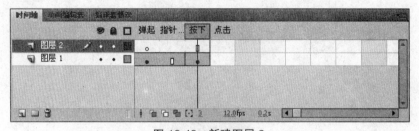

图 10.48   新建图层 2

◯**步骤 20** 使用【工具】面板中的文本工具，在图层 2 的【弹起】状态中输入文本"按钮"，并且将其对齐到图层 1 中矩形的中心位置，如图 10.49 所示。

◯**步骤 21** 选择图层 2 中的文本，使用和前面相同的方法，给文本添加渐变发光滤镜。

◯**步骤 22** 设置【模糊 X】和【模糊 Y】均为"3 像素"、【强度】为"200%"、【品质】为"高"、【角度】为"0 度"、【距离】为"0 像素"、【类型】为"外侧"，如图 10.50 所示。为文本添加滤镜后的效果如图 10.51 所示。

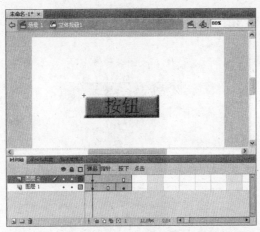

图 10.49 在图层 2 中输入文本并对齐

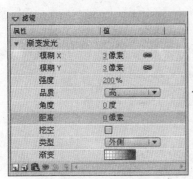

图 10.50 设置滤镜参数

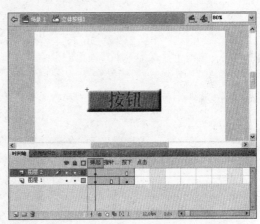

图 10.51 添加滤镜后的文本效果

◯**步骤 23** 按钮效果制作完毕，单击编辑区左上角的场景名称，返回到场景的编辑状态。

◯**步骤 24** 执行【控制】→【测试影片】命令（或按【Ctrl+Enter】组合键），在 Flash 播放器中预览动画效果，如图 10.52 所示。

图 10.52 立体按钮的预览效果

10.3.2 混合模式应用

下面利用混合模式制作动画，其操作步骤如下：

步骤 01　新建一个 Flash 文档。

步骤 02　执行【文件】→【导入】→【导入到库】命令，打开【导入到库】对话框。

步骤 03　选中要导入的图片，单击【打开】按钮，将图片导入到库中，如图 10.53 所示。

图 10.53　在【库】面板中可以看到刚导入的图形

步骤 04　执行【插入】→【新建元件】命令，打开【创建新元件】对话框，创建一个影片剪辑元件，并进入影片剪辑元件的编辑状态。

步骤 05　将刚刚导入的图片拖放到舞台上，在【属性】面板中调整其大小，将图片的宽度与高度锁定，并输入宽度的数值"310"，如图 10.54 所示。

图 10.54　将图片放入舞台并调整大小

说明

由于直接导入的图片并不能使用混合模式，混合模式只适用于影片剪辑元件和按钮元件，所以我们要把图片转换成影片剪辑元件。

步骤 06　执行【插入】→【新建元件】命令，新建一个影片剪辑元件，命名为"横图片"，可以看到此时的【颜色】面板中笔触颜色为无，填充颜色类型设为【位图】，并能看到刚刚导入的图片，如图 10.55 所示。

步骤 07　单击【工具】面板中的【矩形工具】按钮，绘制一个矩形，作为填充色的图片会以原始大小出现。

步骤 08　选中渐变变形工具，分别用鼠标按住填充变形框左边和下边的箭头向里推，将填充图片缩小，直到小图片显示完整且刚好撑满矩形的上下端为止，如图 10.56 所示。

图 10.55　刚导入的图片

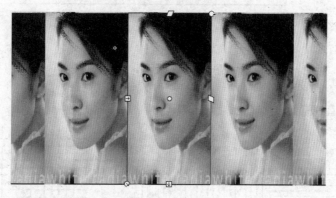

图 10.56　调整图片

 　调整大小之前，一定要先将图片打散。

⭕**步骤 09**　在图层 1 的第 80 帧处插入一个关键帧，使用渐变变形工具选择最前面的填充图片，将鼠标放到填充变形框中心，当其成为十字箭头即可移动状态时，按住鼠标，将其拖放到最后一张图片位置后释放鼠标。

 　保持图片的水平位置，否则在图片移动的动画中会出现抖动。

⭕**步骤 10**　选中图层 1 中第 1 帧到第 80 帧之间的任意一帧，单击鼠标右键，在弹出的快捷菜单中选择【创建补间形状】选项。

⭕**步骤 11**　新建另一个影片剪辑元件，命名为"竖图片"。利用这个元件制作图片从下向上的纵向运动，其制作方法与"横图片"相同，所不同的是矩形为竖向放置，如图 10.57 所示。

⭕**步骤 12**　执行【插入】→【新建元件】命令，新建一个图形元件，命名为"网格"。

⭕**步骤 13**　选择【工具】面板中的线条工具，在【属性】面板中将笔触颜色设为"2 像素"，画一条横线。

⭕**步骤 14**　按住【Alt】键，拖动鼠标将该直线向下复制多条，选中所有直线，执行【修改】→【对齐】→【左对齐】命令，再执行【修改】→【对齐】→【按高度均匀分布】命令，使其排列整齐且分布均匀，如图 10.58 所示。

图 10.57 竖图片

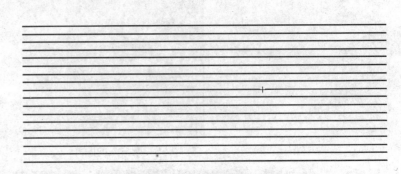

图 10.58   绘制直线并将其对齐

○**步骤 15** 使用选择工具将所有直线全部框选，按住【Alt】键将其拖放到舞台的其他位置，复制一组直线，注意不要与原直线重合。执行【修改】→【变形】→【顺时针旋转 90 度】命令，效果如图 10.59 所示。

○**步骤 16** 将竖向直线拖放到横向直线上，形成网格状，如图 10.60 所示。

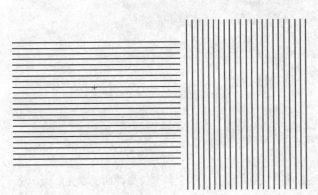

图 10.59   将直线顺时针旋转 90 度

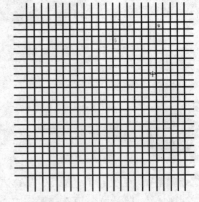

图 10.60   制作成的网格

○**步骤 17** 新建另一个图形元件，命名为"背景"，使用矩形工具绘制一个与影片舞台尺寸相同的矩形。

○**步骤 18** 在第 8 帧、16 帧、24 帧、32 帧、42 帧及 55 帧处各插入关键帧。从第 1 帧开始，在各关键帧处依次填充纯色、#CC99FF、#00CCFF、#FF99FF、#33CC99、#666666、#FFCC33 和#FFFFFF，然后创建补间形状动画，此时的时间轴如图 10.61 所示。

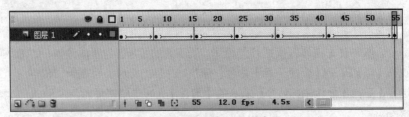

图 10.61   创建补间形状动画

由于混合模式是基于下层色彩而变化的，所以下层图形的色彩至关重要，它的变化会使应用混合模式的图形生成不同的色彩和明度。因此在设计背景元件时，我们使它进行不同颜色间的变化。

步骤 19　在"背景"图形元件中新建一个图层，将【库】面板中的"网格"元件拖入舞台中，在【属性】面板中将网格的 Alpha 值设为 20%（如图 10.62 所示），并在第 55 帧处插入帧。

图 10.62　设置背景图形元件

步骤 20　回到主场景中，将图层 1 重命名为"图片"，将元件 1 拖放到舞台上。选中图片元件后，打开【属性】面板，在其中的【混合】下拉列表中选择【强光】选项。由于舞台是白色的，舞台以外是灰色的，所以使用强光混合模式后，图片在舞台上的部分没有任何变化，而舞台外的部分颜色却变暗了，这样就能根据需要调整图片的位置了。

步骤 21　在第 1 帧、第 25 帧、第 32 帧、第 56 帧、第 66 帧和第 78 帧处各插入关键帧，并在各帧之间创建补间动画。

步骤 22　打开【属性】面板，设置第 1 帧的混合模式为"一般"，以下依次根据需要进行选择，此时【时间轴】面板的图层结构如图 10.63 所示。

图 10.63　"图片"图层的时间轴

步骤 23　新建一个图层，重命名为"背景"，在第 25 帧处插入空白关键帧，将"背景"元件从【库】面板中拖放到舞台上。在第 78 帧和第 90 帧处各插入关键帧，并创建补间动画。在第 90 帧处选择"背景"元件，在【属性】面板中将颜色的 Alpha 值设为 0%。

设置这一段逐渐透明的动画是为了实现网格渐渐隐去的效果。

步骤 24　将"背景"图层拖到"图片"图层的下方。

步骤 25　新建一个图层，命名为"横竖图片"。隐藏其他图层，将"横图片"元件从【库】面板中放入舞台下方，如图 10.64 所示。

步骤 26　在第 60 帧插入关键帧，将"横图片"元件删除，在舞台两侧放入"竖图片"元件，如图 10.65 所示。

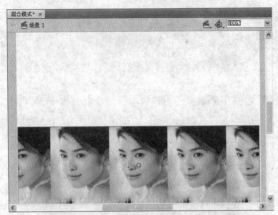

图 10.64 放置"横图片"元件

图 10.65 放置"竖图片"元件

○**步骤 27** 编辑完成后，按【Ctrl+Enter】组合键测试动画，即可看到本例制作的动画效果，如图
10.66 所示。

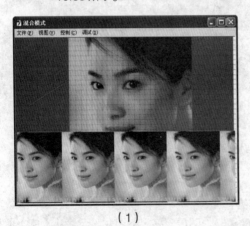

（1）　　　　　　　　　　　　（2）

图 10.66 动画的最终效果

10.3.3 利用特效制作浮雕效果

制作浮雕效果的操作步骤如下：

○**步骤 01**　新建一个 Flash 文档，并将文档背景色改为"黑色"。

○**步骤 02**　执行【文件】→【导入】→【导入到舞台】命令，导入素材文件"背景"，并调整其大小，如图 10.67 所示。

图 10.67　导入素材文件

○**步骤 03**　单击【新建图层】按钮，新建图层 2，并输入文本，如图 10.68 所示。

图 10.68　输入文本

○**步骤 04**　选中文字，按【F8】键将其转换为影片剪辑元件。

○**步骤 05**　保持影片剪辑元件的选中状态，单击【添加滤镜】按钮，为图层 2 的第 1 帧中的元件添加斜角滤镜，如图 10.69 所示。

○**步骤 06**　在图层 2 的第 20 帧、第 40 帧和第 60 帧处按【F6】键插入关键帧，按【F5】键在图层 1 的第 60 帧处插入帧。

○**步骤 07**　选中图层 2 的第 20 帧中的元件实例，添加斜角滤镜并设置其参数，如图 10.70 所示。

图 10.69　添加斜角滤镜

图 10.70　设置滤镜参数

○**步骤08** 选中图层 2 的第 60 帧中的元件实例，为其添加发光滤镜并设置其参数，如图 10.71 所示。

图 10.71　设置发光滤镜参数

○**步骤09** 然后在第 1 帧至第 20 帧、第 20 帧至第 40 帧和第 40 帧至第 60 帧之间创建传统补间动画，如图 10.72 所示。

图 10.72　创建传统补间动画

○**步骤10** 保存并测试动画，效果如图 10.73 所示。

图 10.73　浮雕效果

10.3.4　制作文字倒影效果

制作文字倒影效果的具体操作步骤如下：

○**步骤01** 新建一个 Flash 文档，设置文档大小为 550 像素×346 像素。

步骤 02 执行【文件】→【导入】→【导入到舞台】命令，导入素材文件"水面"，并调整其大小，使其与场景大小一致，如图 10.74 所示。

步骤 03 执行【插入】→【新建元件】命令，创建一个影片剪辑元件，命名为"文字"，如图 10.75 所示。

图 10.74　导入素材图片并调整大小　　　　　　图 10.75　创建影片剪辑元件

步骤 04 进入元件编辑状态，新建三个图层，将图层 1 和其他三个图层分别命名为"文"、"字"、"倒"、"影"，然后在各图层中输入相应的文字，如图 10.76 所示。

步骤 05 将各个图层中的文字转换为影片剪辑元件。

步骤 06 在"文"图层的第 40 帧处按【F5】键插入帧。

步骤 07 选中第 1 帧至第 40 帧之间的任意一帧，单击鼠标右键，在弹出的快捷菜单中选择【创建补间动画】选项，创建自动添加关键帧的补间动画。

步骤 08 将第 8 帧中的"文"元件实例向上移动，如图 10.77 所示。

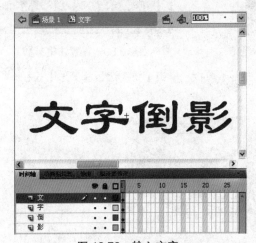 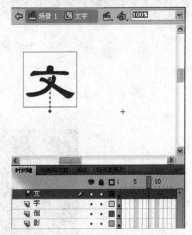

图 10.76　输入文字　　　　　　　　　　图 10.77　移动"文"元件实例

步骤 09 选中第 15 帧，将"文"元件实例向下移动，与第 1 帧处的位置相同，从而创建文字上下跳动的效果。

步骤 10 用相同的方法创建其他文字元件实例的上下跳动的动画效果，如图 10.78 所示。

步骤 11 返回主场景，锁定图层 1，单击【新建图层】按钮，新建图层 2，从【库】面板中将影片剪辑元件"文字"拖入场景中，如图 10.79 所示。

步骤 12 保持元件实例的选中状态，在【属性】面板的【滤镜】栏中单击【添加滤镜】按钮，为元件添加斜角滤镜，并进行如图 10.80 所示的设置。

图 10.78　创建其他文字动画

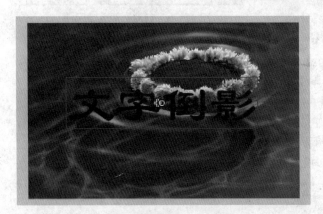

图 10.79　将"文字"元件放入场景

图 10.80　设置滤镜参数

步骤 13　执行【窗口】→【变形】命令，打开【变形】面板，单击【重制选区和变形】按钮📇，复制"文字"元件实例，如图 10.81 所示。

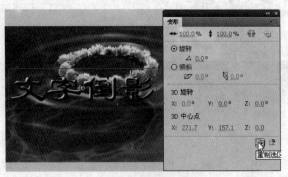

图 10.81　复制元件

步骤 14　选中复制出的元件实例，在【变形】面板中设置旋转角度为"180°"，并将其向下移动，如图 10.82 所示。

步骤 15　选中旋转后的元件实例，为其添加模糊滤镜，进行如图 10.83 所示的设置。

步骤 16　执行【修改】→【变形】→【水平翻转】命令，将复制后的元件进行水平翻转，如图 10.84 所示。

图 10.82　旋转元件并将其下移

图 10.83　设置模糊滤镜参数

图 10.84　水平翻转元件实例

○步骤 **17**　编辑完成后，按【Ctrl+Enter】组合键测试动画，即可看到本例制作的动画效果，如图
　　　　10.85 所示。

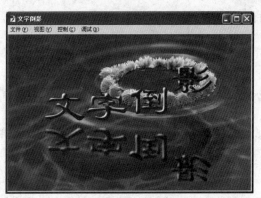

（1）

（2）

图 10.85　完成的动画效果

结束语

在很多动画和影片中可以看到各种特效镜头，不仅增添了视觉效果，还可以提
升影片的档次。通过对这些特效的运用，用户可以轻松地在 Flash 动画中创建
各种动画效果。本章详细介绍了滤镜效果的内容，在实际动画制作中，用户应
熟练掌握这些特效的应用方法。

第11章 使用声音和视频

Flash CS4 支持最主流的声音文件格式，用户可以根据动画的需要添加任意声音文件。在 Flash 中，声音可以添加到时间轴的帧上，或者是按钮元件的内部。在 Flash CS4 中，还可以导入视频素材，为 Flash 动画提供其无法制作的视频效果，以增加其表现内容和动画的丰富程度。本章将介绍在 Flash CS4 中使用声音和视频的相关知识。

11.1 声音和视频素材

在 Flash 动画制作中，使用声音和视频素材，可以实现更加真实的效果。

11.1.1 Flash CS4 的声音素材

Flash CS4 支持大多数的主流声音文件格式，可以导入的声音文件格式主要有如下几种。

◆ **MP3（MPEG-1 Audio Layer 3）**：MP3 声音文件具有跨平台的能力。Flash CS4 既可以在 PC 机上，也可以在 Mac 机上导入 MP3 文件。

◆ **WAV（Windows Wave）**：WAV 是 Windows 操作系统的 PC 机上数字音频的标准。导入的 WAV 文件可以是立体声也可以是非立体声，它支持各种各样的比特率和频率。

◆ **AIFF 或 AIF（Audio Interchange File format）**：AIF 格式是 Mac 机上最常见的用于声音输入的数字音频格式。与 WAV 一样，AIFF 支持立体声和非立体声，也能支持各种各样的比特率和频率。

◆ **Sun AU**：此声音格式（.au 文件）是由 Sun Microsystems 和 Next 公司开发的主流声音格式。Sun AU 格式经常用于网页上支持声音的 Java applet 程序。

◆ **QuickTime**：如果安装了 QuickTime 4 或更新版本，QuickTime 声音文件（.qta 或.mov 文件）可以直接被导入到 Flash CS4 中。

◆ **Sound Designer II**：它是由 Digidesign 公司开发的声音文件格式。如果需要在 Windows 版本的 Flash CS4 中使用 Sound Designer II 文件（.sd2 文件），则必须安装 QuickTime 4 或更新的版本。

11.1.2 Flash CS4 的视频素材

如果系统上安装了 QuickTime 6.5 或 DirectX 9 及其更高版本，Flash CS4 则可以导入多种文件

格式的视频剪辑，包括 MOV、AVI 和 MPG/MPEG 等格式。

在 Flash CS4 中，可以导入的视频文件格式主要有如下几种。

◆ AVI(Audio Video Interleaved)：AVI 是 Microsoft 公司开发的一种数字音频与视频文件格式。

◆ DV（Digital Video Format）：DV 是由索尼、松下、JVC 等多家厂商联合提出的一种家用数字视频格式，目前非常流行的数码摄像机就是使用这种格式记录视频数据的。

◆ MPG 和 MPEG（Motion Picture Experts Group）：MPG 和 MPEG 是由动态图像专家组推出的压缩音频和视频格式，包括 MPEG-1、MPEG-2 和 MPEG-4。MPEG 是运动图像压缩算法的国际标准，现已被几乎所有的计算机平台共同支持。

◆ QuickTime（MOV）：QuickTime（MOV）是 Apple（苹果）公司开发的一种视频格式。

◆ ASF（Advanced Streaming Format）：ASF 是 Microsoft 公司开发的，可以直接在网上观看视频节目的文件压缩格式。

◆ WMV（Windows Media Video）：WMV 是 Microsoft 公司开发的一种采用独立编码方式并且可以直接在网上实时观看视频节目的文件压缩格式。

默认情况下，Flash 使用编解码器导入和导出视频。编解码器是一种压缩/解压缩算法，用于控制多媒体文件在编码期间的压缩方式和回放期间的解压缩方式。

11.2 添加声音和视频

在 Flash CS4 中，使用导入功能可为文件添加声音和视频。

11.2.1 导入声音文件

将声音文件导入到 Flash 中的操作步骤如下：

⊃步骤01 执行【文件】→【导入】→【导入到舞台】命令（或按【Ctrl+R】组合键），弹出【导入】对话框，如图 11.1 所示。

图 11.1 【导入】对话框

○**步骤 02**　选择需要导入的声音文件。

○**步骤 03**　单击【打开】按钮，选择的声音文件将自动存入到当前影片的【库】面板中，如图 11.2 所示。

○**步骤 04**　如果导入的是单声道的声音文件，则在【库】面板的预览窗口中，显示的是一条波形（参见图 11.2）；如果导入的是双声道的声音文件，则显示的是两条波形，如图 11.3 所示。

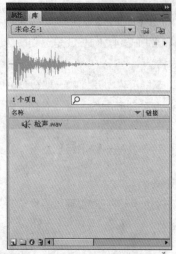　　　　　　　　

图 11.2　【库】面板中的声音文件　　　　　　图 11.3　双声道的声音文件

11.2.2　为关键帧添加声音

将声音文件导入到库中以后，就可以将其添加到动画影片中了。把声音添加到影片的时间轴上，可以为 Flash 动画添加声音。一般会将声音放置在一个新的图层上，而且在一个影片文件中声音图层的数量并不受限制，Flash 会将这些声音混合在一起。

在关键帧上添加声音的操作步骤如下：

○**步骤 01**　新建一个 Flash 文档。

○**步骤 02**　使用前面介绍的方法将声音文件导入到库中。

○**步骤 03**　在【时间轴】面板中单击【新建图层】按钮，创建图层 2。

○**步骤 04**　执行【窗口】→【库】命令（或按【Ctrl+L】组合键），打开 Flash 的【库】面板。

○**步骤 05**　选择图层 2。在【库】面板中，将声音元件拖拽到舞台的适当位置，这时声音的波形会出现在图层 2 的时间轴上，但是只有一帧，因此无法看清波形，如图 11.4 所示。

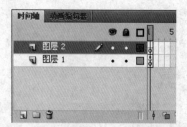

图 11.4　添加声音后的【时间轴】面板

○**步骤 06**　在图层 2 中的任意一帧插入普通帧，就可以将声音的波形显示出来了，如图 11.5 所示。

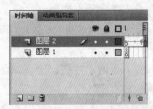

图 11.5 在【时间轴】面板中显示声音的波形

 为了使声音和动画的播放时间相同，可以使用声音文件的总时间（单位秒）乘以帧频，得出声音的播放时间，然后在声音的起始帧加声音的总帧数处插入普通帧即可。

11.2.3 添加视频对象

在 Flash CS4 中，有多种方法用来添加视频对象。下面以在 SWF 文件中嵌入视频为例，介绍添加视频对象的操作过程，具体步骤如下：

◯**步骤 01** 新建一个 Flash 文档。

◯**步骤 02** 在【文档属性】对话框中，根据需要设置帧频。

◯**步骤 03** 执行【文件】→【导入】→【导入视频】命令，打开导入视频向导的【选择视频】界面，如图 11.6 所示。

◯**步骤 04** 单击【浏览】按钮，弹出【打开】对话框，在其中选择要导入的视频文件，如图 11.7 所示。

图 11.6 【选择视频】界面

图 11.7 【打开】对话框

◯**步骤 05** 然后单击【打开】按钮，弹出提示框，提示启动 Adobe Media Encoder 转换文件格式，如图 11.8 所示。

图 11.8 提示框

步骤 06 单击【确定】按钮，返回【选择视频】界面。

步骤 07 单击【启动 Adobe Media Encoder】按钮 ，打开【另存为】对话框，如图 11.9 所示。

步骤 08 在【另存为】对话框中单击【取消】按钮，出现如图 11.10 所示的提示框。

图 11.9 【另存为】对话框   图 11.10 提示框

步骤 09 单击【确定】按钮启动 Adobe Media Encoder，并将导入的视频文件添加到编辑码列表中，如图 11.11 所示。

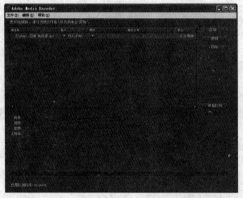

图 11.11 启动 Adobe Media Encoder

步骤 10 单击如图 11.12 所示的位置，打开如图 11.13 所示的【导出设置】对话框，对视频文件进行更详细的设置。

   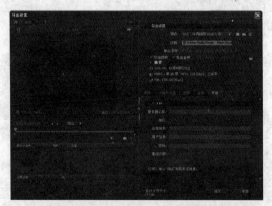

图 11.12 选择文件   图 11.13 【导出设置】对话框

◯**步骤 11**　设置完成后单击【确定】按钮。

◯**步骤 12**　然后单击【开始队列】按钮 　开始队列　，开始对视频文件进行编码。

◯**步骤 13**　完成编码后，关闭 Adobe Media Encoder，返回【打开】对话框，选择完成编码后的视频文件，如图 11.14 所示。

◯**步骤 14**　单击【打开】按钮返回【选择视频】界面，如图 11.15 所示。

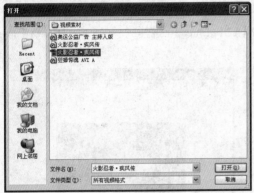

图 11.14　【打开】对话框

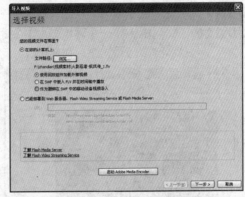

图 11.15　【选择视频】界面

◯**步骤 15**　保持默认设置，单击【选择视频】界面中的【下一步】按钮 　下一步 >　，进入【外观】界面，如图 11.16 所示。

◯**步骤 16**　在【外观】下拉列表中可以选择视频的外观样式，如图 11.17 所示。

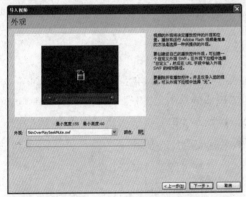

图 11.16　【外观】界面

图 11.17　【外观】下拉列表

◯**步骤 17**　单击【下一步】按钮 　下一步 >　，即可进入【完成视频导入】界面，如图 11.18 所示。

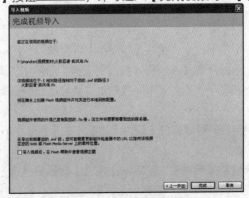

图 11.18　【完成视频导入】界面

步骤18 单击【完成】按钮打开导入视频的进度条，如图 11.19 所示。

图 11.19 进度条

步骤19 稍后即可将视频对象添加到舞台中，如图 11.20 所示。

步骤20 执行【控制】→【测试影片】命令（或按【Ctrl+Enter】组合键），在 Flash 播放器中播放导入的视频对象，如图 11.21 所示。

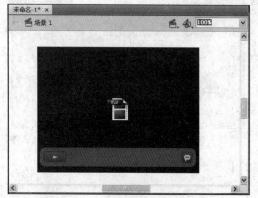

图 11.20 将视频对象添加到舞台中

图 11.21 预览视频播放效果

11.3 编辑声音效果

　　Flash 本身不是处理声音的软件，所以并不具备专业声音软件的编辑功能。但在 Flash CS4 中，可以通过【属性】面板设置声音效果。在 Flash CS4 中不但能使动画和音乐同步播放，还能使声音独立于时间轴连续播放。为了使音乐符合创作需求，可以对导入的声音进行编辑，制作出声音淡入或淡出等效果。在 Flash CS4 中，可以通过【属性】面板来完成声音的设定。

11.3.1 在【属性】面板中编辑声音效果

　　在【属性】面板中编辑声音的操作步骤如下：

步骤01 新建一个 Flash 文档。

步骤02 将声音文件放入到【库】中。

步骤03 执行【窗口】→【库】命令（或按【Ctrl+L】组合键），打开【库】面板。

步骤04 选择【库】面板中的声音文件，将其拖拽到图层 1 所对应的舞台中。

步骤05 选中声音文件所在帧，在【属性】面板的下方会显示当前声音文件的采样率和长度，如图 11.22 所示。

步骤06 如果此时不需要声音，可以打开【属性】面板中的【声音】下拉列表，选择【无】选项，如图 11.23 所示。

步骤07 如果需要把短音效重复地播放，可以在【属性】面板中单击【重复】右侧的文本框，然后输入需要重复的次数即可，如图 11.24 所示。

图 11.22 添加声音后的【属性】面板

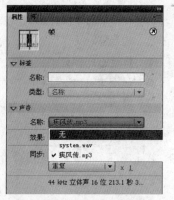

图 11.23 删除声音的操作

还可以单击【重复】下拉列表框，打开其下拉列表，从中选择【循环】选项，设置音乐循环播放，如图 11.25 所示。

图 11.24 设置声音的重复次数

图 11.25 设置音乐循环播放

步骤 08 在【同步】下拉列表中，可选择声音和动画的配合方式，如图 11.26 所示。

图 11.26 设置声音的同步模式

其中各选项的含义如下。

◆ **事件**：该选项是 Flash CS4 内所有声音的默认选项。若不将其改为其他选项，声音将会自动作为事件声音。事件声音与发生事件的关键帧同时开始，它独立于时间轴播放。如果事件声音比时间轴动画长，那么即使动画播放完了，声音还会继续播放。当播放发布的 Flash 文件时，事件声音混合在一起。事件声音是最容易实现的，适用于背景音乐和其他不需要同步的音乐。

◆ **开始**：该选项与【事件】选项的功能相近，但是两者之间有着重要的区别。选中该选项后，它会在播放前先检测是否正在播放同一个声音文件，如果有就放弃此次播放，如果没有它才会进行播放。该选项适用于按钮，若同时有三个一样的按钮，鼠标移动时播放相同的声音。实际上，当鼠标移动任何一个按钮时，声音即开始播放，但当移动第二个或第三个按钮时，声音会再次播放。

◆ **停止**：即停止播放声音，它可用来停止一些特定声音。

◆ **数据流**：该选项将同步声音，以便在网络上同步播放。简单来说就是一边下载一边播放，下载了多少就播放多少。但是它也有一个弊端，就是如果动画下载进度比声音快，没有播放的声音就会直接跳过，接着播放当前帧中的声音。

○**步骤09** 在【属性】面板的【效果】下拉列表中选择声音的各种变化效果，如图 11.27 所示。

图 11.27　设置声音的变化效果

这些选项的含义如下。

◆ **无**：选择【无】选项，将不对声音文件应用效果，选择该选项可以删除前面应用过的效果。

◆ **左声道**：选择【左声道】选项，将只在左声道中播放声音。

◆ **右声道**：选择【右声道】选项，将只在右声道中播放声音。

◆ **向右淡出**：选择【向右淡出】选项，声音将从左声道切换到右声道。

◆ **向左淡出**：选择【向左淡出】选项，声音将从右声道切换到左声道。

◆ **淡入**：选择【淡入】选项，声音的音量会在持续时间内逐渐增加。

◆ **淡出**：选择【淡出】选项，声音的音量会在持续时间内逐渐减小。

◆ **自定义**：选择【自定义】选项，可以创建自定义的声音淡入和淡出效果。

○**步骤10** 声音编辑完毕，执行【控制】→【测试影片】命令（或按【Ctrl+Enter】组合键），在 Flash 播放器中预览动画声音效果。

11.3.2 **在【编辑封套】对话框中编辑声音效果**

用户还可以通过单击【属性】面板中的【编辑声音封套】按钮来自定义声音的效果。在【编辑封套】对话框中可以定义音频的播放起点，并且控制播放声音的大小，还可以改变音频的起点和终点，从中截取部分音频，使音频变短，从而使动画占用较小的空间。

使用【编辑封套】对话框编辑声音效果的操作步骤如下：

○**步骤01** 新建一个 Flash 文档。

○**步骤02** 将声音文件导入到库中。

○**步骤03** 执行【窗口】→【库】命令（或按【Ctrl+L】组合键），打开【库】面板。

○**步骤04** 选择【库】面板中的声音文件，将其拖拽到图层 1 所对应的舞台中，选择声音所在的关键帧。

○**步骤05** 单击【属性】面板中的【编辑声音封套】按钮，打开声音的【编辑封套】对话框，其中上方区域表示声音的左声道，下方区域表示声音的右声道。

○**步骤 06** 要在秒和帧之间切换时间单位，可以单击右下角的【秒】按钮◯或【帧】按钮⊞。单击【帧】按钮⊞，效果如图 11.28 所示。

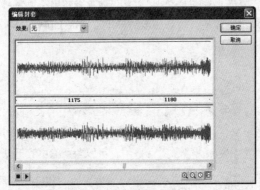

图 11.28　切换时间单位

○**步骤 07** 在对话框上方的【效果】下拉列表框中还可以修改音频的播放效果。

○**步骤 08** 如果只截取部分音频，可以改变声音的起始点和终止点，可以拖拽【编辑封套】对话框中的【开始时间】和【停止时间】控件来改变音频的起始位置和结束位置，如图 11.29 所示。单击对话框左下角的【播放】按钮，即可试听编辑音频后的效果。

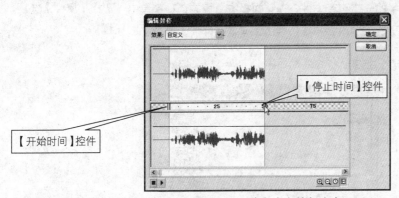

图 11.29　改变声音的起止点

○**步骤 09** 要改变音频的幅度，可拖动幅度包络线上的控制手柄，改变音频上不同点的高度。如图 11.30 所示为单击右下角的【放大】按钮后的效果。

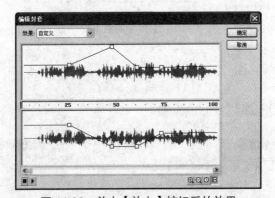

图 11.30　单击【放大】按钮后的效果

◐步骤 10　为了更好地显示更多的音频波形或者更精确地编辑和控制音频，可以使用【放大】和【缩小】按钮。此外，当音频波形较长时，为了编辑音频，还可以使用对话框下方的滚动条来显示。

◐步骤 11　声音编辑完毕，单击【播放】按钮可以测试效果，如果不满意可以重新编辑，单击【停止】按钮可以停止声音的播放。设置完成后单击【确定】按钮，即可完成编辑音频的操作。

11.4　压缩声音

　　声音采样率和压缩比的设置不同，很大程度上会影响影片中声音的大小和播放的质量。通过对压缩选项的选择，可以控制影片文件导出的声音大小和品质。在【声音属性】对话框中，可以选择单个声音的压缩选项，而在文档的【发布设置】对话框中，可以对所有的声音进行设置。

11.4.1　打开【声音属性】对话框

　　在 Flash CS4 中，打开【声音属性】对话框主要有如下几种方法。

◆　在【库】面板中双击声音的图标。
◆　选中【库】面板中的声音文件，右击鼠标，在弹出的快捷菜单中，选择【属性】选项。
◆　选中【库】面板中的一个声音文件，在该面板右上角的选项菜单中，选择【属性】选项。
◆　选中【库】面板中的一个声音文件，单击该面板底部的【属性】图标。

　　打开的【声音属性】对话框如图 11.31 所示。

图 11.31　【声音属性】对话框

　　在【声音属性】对话框的上方，显示了名称、路径、采样率或长度等一些声音文件的基本信息，在下方可以对声音进行压缩设置。下面就对压缩选项的详细设置进行介绍。

11.4.2　使用【ADPCM】压缩选项

　　选择【ADPCM】压缩选项，可以对 8 位或 16 位声音数据进行压缩设置。当导出类似单击按钮这样的短事件声音时，可以使用【ADPCM】选项。

　　使用【ADPCM】选项压缩声音的操作步骤如下：

◯步骤01 在【声音属性】对话框中，选择【压缩】下拉列表中的【ADPCM】选项，如图 11.32 所示。

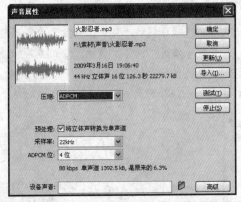

图 11.32　选择【ADPCM】压缩选项

◯步骤02 选中【将立体声转换为单声道】复选框，可以将混合立体声转换为单声（非立体声）。

◯步骤03 在【采样率】下拉列表中进行选择，以控制声音文件的大小和保真度。较低的采样率在减小文件体积的同时，也使声音品质随之降低。

　　在【采样率】下拉列表中包含【5kHz】、【11kHz】、【22kHz】和【44kHz】等选项。其中【5kHz】是最低的语音可接受标准；【11kHz】是最低的音乐短片断建议声音品质，它是标准 CD 的采样率的四分之一；【22 kHz】是用于 Web 回放的常用选择，它是标准 CD 的采样率的二分之一；【44kHz】是标准 CD 的采样率。

11.4.3　使用【MP3】压缩选项

　　选择【MP3】压缩选项，可以用 MP3 压缩格式导出声音。当导出类似乐曲这样较长的事件声音文件时，可以使用【MP3】选项。

　　选择【MP3】选项压缩声音的操作步骤如下：

◯步骤01 在【声音属性】对话框中，选择【压缩】下拉列表中的【MP3】选项，如图 11.33 所示。

◯步骤02 选中【使用导入的 MP3 品质】复选框，可以使用与导入时相同的设置来导出文件。如果取消选中此复选框，则可以选择其他 MP3 压缩设置，如图 11.34 所示。

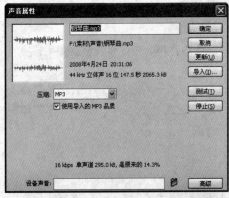

图 11.33　选择【MP3】压缩选项

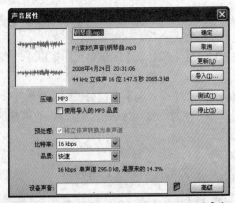

图 11.34　取消选中【使用导入的 MP3 品质】复选框

步骤03 在【比特率】下拉列表中进行选择，Flash 支持 8Kb/s 到 160Kb/s 的 CBR（恒定比特率），以确定导出的声音文件中每秒播放的位数，如图 11.35 所示。当导出音乐时，为了得到最佳的声音效果，需要设置比特率为 16 Kb/s 或更高。

步骤04 在【品质】下拉列表中，选择相应的选项，以确定声音的压缩速度和声音的品质，如图 11.36 所示。其中，选择【快速】选项，表示压缩的速度较快，但声音的品质较低；选择【中等】选项，表示压缩的速度较慢，但声音的品质较高；选择【最佳】选项，表示压缩的速度最慢，但声音的品质最高。

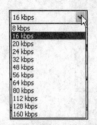

图 11.35　【比特率】下拉列表

图 11.36　【品质】下拉列表

11.4.4　使用【原始】压缩选项

　　选择【原始】压缩选项，在导出声音时不对声音进行压缩。选择【原始】选项压缩声音的操作步骤如下：

步骤01 在【声音属性】对话框中，选择【压缩】下拉列表中的【原始】选项，如图 11.37 所示。

图 11.37　选择【原始】压缩选项

步骤02 在【预处理】区域中选中【将立体声转换为单声道】复选框，可以将混合立体声转换为单声（非立体声）。

步骤03 在【采样率】下拉列表中进行选择，可以控制声音文件的大小和保真度。较低的采样率在减小文件体积的同时，也使声音的品质随之降低。其具体选项与【ADPCM】压缩选项相同。

11.4.5　使用【语音】压缩选项

　　选择【语音】压缩选项，可以使用一个非常适合于语音的压缩方式将声音导出。选择【语音】

选项压缩声音的操作步骤如下：

步骤01 在【声音属性】对话框中，选择【压缩】下拉列表中的【语音】选项，如图 11.38 所示。

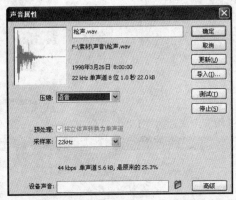

图 11.38　选择【语音】压缩选项

步骤02 在【采样率】下拉列表中进行选择，可以控制声音文件的大小和保真度。较低的采样率在减小文件体积的同时，也使声音的品质随之降低。其具体选项与【ADPCM】压缩选项相同。

11.5　使用声音和视频实例

下面使用本章的知识介绍使用声音和视频的实例。

11.5.1　为按钮添加声音

为了增强交互性，可以在 Flash CS4 中为按钮元件添加声音效果。在按钮元件的弹起、指针经过、按下和点击 4 种状态中都可以添加不同的声音效果。

在按钮元件内部添加声音的操作步骤如下：

步骤01 新建一个 Flash 文档。按下【Ctrl+J】组合键打开【文档属性】对话框，设置场景的大小为 500 像素×400 像素。

步骤02 按下【Ctrl+S】组合键保存动画，并将其命名为"射击"。

步骤03 利用矩形工具绘制一个与舞台大小相同的矩形，并填充"蓝色到白色"的线性渐变色，并利用渐变变形工具调整渐变方向，如图 11.39 所示。

步骤04 然后利用矩形工具和椭圆工具绘制枪靶，如图 11.40 所示。

步骤05 执行【文件】→【导入】→【导入到舞台】命令，导入"手枪"图片素材，并将其转换为按钮元件。

步骤06 进入"枪"按钮元件编辑区，制作各状态帧中按钮的形状。

步骤07 执行【文件】→【导入】→【导入到库】命令，导入"枪声"声音素材，如图 11.41 所示。

图 11.39 绘制矩形并填充渐变色

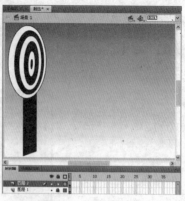

图 11.40 绘制枪靶

图 11.41 添加声音

○**步骤 08** 选中【按下】帧，然后在【属性】面板中单击【名称】右侧的下拉按钮，在其下拉列表中选择【枪声.wav】选项（如图 11.42 所示），为【按下】帧添加声音，如图 11.43 所示。

图 11.42 添加声音

图 11.43 添加声音后的【按下】帧

○**步骤 09** 根据需要可在按钮的不同状态下添加声音，从而使按钮在不同的状态下有不同的声音效果。

○**步骤 10** 返回主场景，按【Ctrl+Enter】组合键测试动画效果。当按下按钮时，会听见相应的声音效果。

11.5.2 电视机效果

使用 Flash 的视频功能可实现电视机的效果，其操作步骤如下：

○**步骤 01** 新建一个 Flash 文档。

○**步骤 02** 执行【文件】→【导入】→【导入到舞台】命令（或按【Ctrl+R】组合键），把电视图片素材导入到当前动画的舞台中，如图 11.44 所示。

⊃**步骤 03**　单击【时间轴】面板中的【新建图层】按钮，创建一个新的图层 2，如图 11.45 所示。

图 11.44　在舞台中导入图片素材

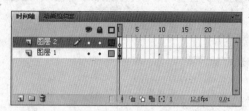

图 11.45　新建图层

⊃**步骤 04**　执行【文件】→【导入】→【导入视频】命令，在弹出的【选择视频】界面中，单击【浏览】按钮，弹出【打开】对话框，如图 11.46 所示。

图 11.46　【打开】对话框

⊃**步骤 05**　选择需要的视频文件，单击【打开】按钮，选择的视频文件将自动显示在【浏览】按钮的下方，如图 11.47 所示。

⊃**步骤 06**　单击【下一步】按钮，在导入视频向导的【外观】界面中选择不同的视频外观类型，如图 11.48 所示。

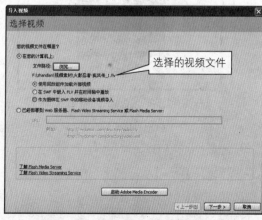

图 11.47　选择需要打开的视频文件

图 11.48　【外观】界面

○**步骤 07** 单击【下一步】按钮，进入【完成视频导入】界面，在该界面中将会出现视频文件的设置说明，如图 11.49 所示。

○**步骤 08** 单击【完成】按钮，会弹出【获取元数据】提示框，如图 11.50 所示。

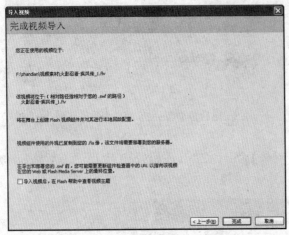

图 11.49 【完成视频导入】界面

图 11.50 【获取元数据】提示框

○**步骤 09** 当进度条显示为 100％时，表示视频导入完毕。

○**步骤 10** 视频导入完毕，将显示在舞台的图层 2 中。

○**步骤 11** 利用任意变形工具调整视频大小，使其与电视机大小一致，如图 11.51 所示。

○**步骤 12** 执行【控制】→【测试影片】命令（或按【Ctrl+Enter】组合键），在 Flash 播放器中预览动画效果，如图 11.52 所示。

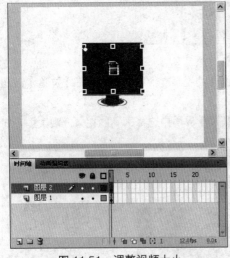

图 11.51 调整视频大小

图 11.52 电视机的动画效果

11.5.3 为动画添加背景音乐

使用本章的知识为制作好的动画添加背景音乐，其操作步骤如下：

○**步骤 01** 打开制作好的动画，如图 11.53 所示。

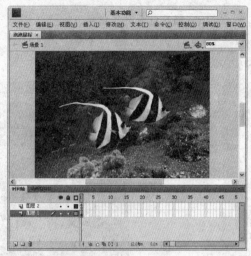

图 11.53 打开动画

●**步骤 02** 单击【新建图层】按钮，新建一个图层并将其命名为"声音"，如图 11.54 所示。

图 11.54 新建"声音"图层

●**步骤 03** 执行【文件】→【导入】→【导入到库】命令，在【导入到库】对话框中，将需要的声音文件导入到库中。

●**步骤 04** 执行【窗口】→【库】命令，打开【库】面板。

●**步骤 05** 选择"声音"图层，把【库】面板中的声音文件拖拽到舞台中的适当位置，如图 11.55 所示。

图 11.55 放置声音文件

●**步骤 06** 选中"声音"图层，在【属性】面板中进行设置，在【效果】下拉列表中选择【向右淡出】选项，在【同步】下拉列表中选择【数据流】选项，如图 11.56 所示。

○**步骤 07** 分别选中 3 个图层的第 100 帧，按【F5】键插入帧。

○**步骤 08** 声音添加完成，执行【控制】→【测试影片】命令，在 Flash 播放器中得到动画的预览效果，如图 11.57 所示。

图 11.56　设置声音文件的属性　　　　　图 11.57　预览动画效果

11.5.4　制作闪电

利用导入的图片和音效，制作名为"闪电"的视觉特效作品。通过本例的制作，使读者了解视觉特效的制作方法和技巧。

其具体操作步骤如下：

○**步骤 01** 新建一个 Flash 文档，在【属性】面板中设置背景色为黑色，如图 11.58 所示。

图 11.58　设置文档属性

○**步骤 02** 执行【文件】→【导入】→【导入到库】命令，将"背景.jpg"和"闪电.wav"文件导入到【库】面板中，如图 11.59 所示。

图 11.59　导入到库中的素材

○**步骤 03** 执行【插入】→【新建元件】命令，打开【创建新元件】对话框，新建一个名为"光"
　　　　　　的影片剪辑元件，如图 11.60 所示。

○**步骤 04** 单击【确定】按钮，进入影片剪辑元件的编辑状态。

○**步骤 05** 单击【矩形工具】按钮，在【颜色】面板中，设置线性渐变色的 4 种基色分别为透明的
　　　　　　灰色（RGB=127，127，127，Alpha=0%）、半透明的白色（RGB=255，255，255，
　　　　　　Alpha=50%）、半透明的灰色（RGB=204，204，204，Alpha=69%）和透明的黑色（RGB=0，
　　　　　　0，0，Alpha=0%），如图 11.61 所示。

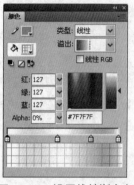

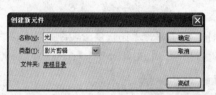

图 11.60　【创建新元件】对话框　　　　　　图 11.61　设置线性渐变色

○**步骤 06** 在舞台中绘制一个矩形，如图 11.62 所示。

○**步骤 07** 新建一个名为"闪"的影片剪辑元件，在第 5 帧处插入空白关键帧，将"光"影片剪辑
　　　　　　从【库】面板拖动到场景中，如图 11.63 所示。

图 11.62　绘制矩形　　　　　　　　　　图 11.63　放置"光"影片剪辑

○**步骤 08** 选中第 5 帧，单击鼠标右键，在弹出的快捷菜单中选择【创建传统补间】选项。

○**步骤 09** 将第 5 帧复制到第 13 帧，并选中第 13 帧中的"光"影片剪辑，在【属性】面板中将其
　　　　　　Alpha 值设置为 0%，如图 11.64 所示。

○**步骤 10** 在第 14 帧处插入空白关键帧，然后在第 30~40 帧中创建一个与 5~13 帧相同的补间动
　　　　　　画，如图 11.65 所示。

图 11.64 设置元件的透明度为 0%

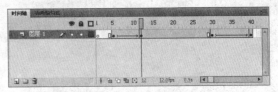

图 11.65 创建补间动画

○**步骤11** 单击【新建图层】按钮，新建图层 2，在第 5 帧处插入空白关键帧。

○**步骤12** 在【工具】面板中单击【铅笔工具】按钮，在【属性】面板中设置笔触颜色为白色，在【样式】下拉列表中选择【极细线】选项，如图 11.66 所示。

图 11.66 设置线条属性

○**步骤13** 在舞台中绘制表现闪电的线条，如图 11.67 所示。

○**步骤14** 在第 6 帧处插入空白关键帧，并在场景中绘制如图 11.68 所示的闪电线条。

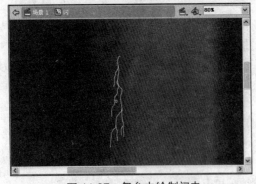

图 11.67 舞台中绘制闪电

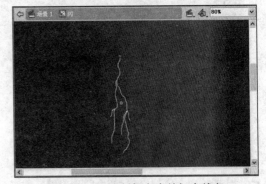

图 11.68 绘制舞台中的闪电线条

○**步骤15** 选中第 6 帧并创建补间动画，将第 6 帧复制到第 9 帧。

○**步骤16** 选中第 9 帧中的图形，在【属性】面板中将其 Alpha 值设置为 8%，如图 11.69 所示。

○**步骤17** 在第 10 帧处插入空白关键帧，然后在第 30~37 帧中创建一个与第 5~9 帧相同的补间动画，如图 11.70 所示。

图 11.69　设置透明度

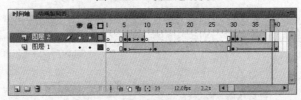

图 11.70　创建补间动画

步骤 18　新建图层 3，在第 5 帧处插入空白关键帧。选中该帧，在【属性】面板中进行声音设置，如图 11.71 所示。

图 11.71　设置声音

步骤 19　在第 14 帧处插入空白关键帧，然后在第 30 帧处插入空白关键帧，并在【属性】面板中进行相同的设置。

步骤 20　在图层 3 的第 70 帧处插入普通帧，此时的时间轴如图 11.72 所示。

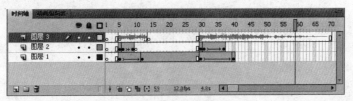

图 11.72　时间轴

○**步骤21** 返回主场景编辑状态，在【库】面板中将"背景.jpg"拖动到舞台中，并使用任意变形
工具调整大小，使其与舞台大小相同，如图 11.73 所示。

图 11.73 设置背景图片

○**步骤22** 新建图层 2，在【库】面板中将"闪"影片剪辑元件拖动到场景的左侧。

○**步骤23** 执行【控制】→【测试影片】命令（或按【Ctrl+Enter】组合键），得到动画的预览效果，
如图 11.74 所示。

图 11.74 预览效果

在 Flash CS4 中，可以使用多种方法在动画中添加声音和视频。这些声音和视频既可以独立于时间轴连续播放，也可以和动画保持同步。本章主要介绍了在 Flash CS4 中使用声音和视频的相关知识，其中包括了声音和视频的添加、编辑和压缩方法。在 Flash 动画制作中，使用声音和视频素材，可以达到更加真实的效果。通过对本章的学习，用户应掌握在 Flash CS4 中加入声音和视频的技巧，使动画观赏者拥有听觉和视觉上的双重享受。

第 **12** 章　ActionScript 脚本编程

- ◆ ActionScript 编程基础
- ◆ ActionScript 面向对象的编程知识
- ◆ 使用行为

- ◆ ActionScript 结构化编程知识
- ◆ 使用 ActionScript 函数

ActionScript 是一种面向对象的编程语言，是 Flash CS4 的脚本语言。在 Flash CS4 中，使用 ActionScript 脚本语言，可以增加动画的交互性。本章将介绍 ActionScript 脚本编程的基础知识。

12.1　ActionScript 编程基础

在 Flash CS4 中，通过使用 ActionScript 脚本语言，用户可以根据运行时间和加载数据等事件控制文档播放；为文档添加交互性，使之响应单击按钮等用户操作；将内置对象（如按钮对象）与内置的相关方法、属性和事件结合使用；创建自定义类和对象等。

12.1.1　【动作】面板

Flash CS4 提供了一个专门用来编写程序的面板，即【动作】面板。

在 Flash CS4 中，执行【窗口】→【动作】命令或按【F9】键，将打开【动作】面板，如图 12.1 所示。

图 12.1　【动作】面板

在【动作】面板左侧的上方是【动作】工具箱，使用分类的方式列出了 Flash CS4 中所有的动作及语句，用户可以用双击或拖拽的方式将需要的动作放置到右侧的脚本编辑区中。

在【动作】面板左侧的下方是脚本导航器，其中列出了 Flash 文档中具有关联动作脚本的帧位置和对象。单击此区域中的某一选项，与该选项相关联的脚本则会出现在脚本编辑区中，并且场景上的播放头也将移到时间轴的对应位置上。

在【动作】面板的右侧部分是脚本编辑区，在脚本编辑区中可以直接编辑动作、输入动作的参数或删除动作，这和在文本编辑器中创建脚本非常相似。

在脚本编辑区的上面是工具栏，在编辑脚本时，可以适时地使用它们，如图 12.2 所示。

图 12.2　【动作】面板的工具栏

【动作】面板的工具栏中各按钮的含义如表 12.1 所示。

表 12.1　【动作】面板的工具栏中各按钮的含义

选项名称	含义
将新项目添加到脚本中	显示 ActionScript 脚本的所有语言元素，从语言元素的分类列表中选择一项添加到脚本中
查找	在 ActionScript 代码中查找和替换文本
插入目标路径	为脚本中的某个动作设置绝对或相对目标路径
语法检查	检查当前脚本中的语法错误，并将语法错误列在【输出】面板中
自动套用格式	设置脚本的格式，以实现正确的编码语法和更好的可读性
显示代码提示	如果关闭了自动代码提示，可以使用此选项手动显示正在编写代码行的代码提示
调试选项	在脚本中设置和删除断点，以便在调试 Flash 文档时可以停止，然后跟踪脚本中的每一行
应用块注释	快速输入块注释符号 /**/
应用行注释	快速输入行注释符号 //
删除注释	选中注释符号后，单击此按钮即可删除
脚本助手	单击此按钮可以快速、简单地编辑动作脚本，更加适合初学者使用
帮助	单击此按钮可显示相关的帮助信息

在使用【动作】面板时，单击 ⊞ 按钮可以将面板折叠成只剩标题栏的状态，如图 12.3 所示。在该状态下，可以使【动作】面板更加简洁，方便脚本的编辑。再次单击该按钮，而可以将折叠起来的面板展开。

图 12.3　折叠后的【动作】面板

12.1.2　添加 ActionScript 脚本代码的位置

ActionScript 语言的功能非常强大，在整个影片中，根据实际的效果需要，可以在影片的 3 个位置添加函数。

一、为关键帧添加代码

给关键帧添加代码，可以让影片播放到某一帧时执行某种动作。例如，给影片的第 1 帧添加 Stop（停止）语句命令，可以让影片在开始的时候就停止播放。同时，帧动作也可以控制当前关键帧中的所有内容。

为按钮元件添加代码，【动作】面板的标题栏将变为【动作 - 帧】（参见图 12.1）。给关键帧添加脚本代码后，在关键帧上会显示一个"a"标记，如图 12.4 所示为添加脚本前后的效果对比。

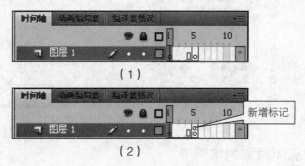

（1）

（2）

图 12.4　效果对比

二、为按钮元件添加代码

给按钮元件添加动作，可以通过按钮来控制影片的播放或者控制其他元件。通常这些动作都是在特定的按钮事件发生时才会执行，如鼠标的按下或松开等。

为按钮元件添加代码，【动作】面板的标题栏将变成【动作 - 按钮】，如图 12.5 所示。

图 12.5　为按钮元件添加代码

结合按钮元件，可以轻松地创建互动式的界面和动画，也可以制作有多个按钮的菜单，每个按钮的实例都可以有自己的动作，而且不会互相影响。

三、为影片剪辑元件添加代码

当装载电影剪辑或播放电影剪辑到达某一帧时，分配给该电影剪辑的动作将被执行。

为影片剪辑元件添加代码，【动作】面板的标题栏将变成【动作 - 影片剪辑】，如图 12.6 所示。灵活运用影片剪辑动作，可以简化很多的工作流程。

图 12.6　为影片剪辑元件添加代码

12.1.3　理解面向对象的编程

ActionScript 是一种面向对象的脚本语言，因此要使用 ActionScript 语言进行编程，需要理解面向对象的编程。

一、对象和类

面向对象编程主要是将现实世界的对象抽象成软件工程的对象。现实世界的对象（如汽车、书桌、电视机和动物等）都有两个相同的特征：状态和行为。例如，狗有状态（名字、颜色、种类）和行为（叫、吃东西），汽车也有状态（颜色、车牌、轮子）和行为（刹车、加速、减慢）等，将这些现实世界的对象进行分析，使用变量来包含状态，用方法实现对象行为，从而形成软件工程的对象模型。

通过抽象可以使编程人员将重点集中在基本方面上而忽略那些非本质的方面，从而更能理解应用系统的需求。

面向对象的编程不仅可以表示现实世界中的对象，而且可以表示抽象的对象。例如，用户图形界面中的对象就是一些抽象对象。

面向对象的编程技术有三个重要的概念：封装、继承和多态性。

封装就是将代码和所操作的数据捆绑在一起，使除了该对象的方法以外的其他方法不能使用这些数据或改变这些数据的状态。封装也称为消息隐藏。封装允许对象运行完全独立的数据和代码，这样人们在使用对象时，不需考虑对象的具体实现，而只需考虑各个对象的接口。这样，当一个对象的内部结构或实现方法改变时，只要对象的接口没有改变，就不用改变程序。

继承就是一个对象获取另一个对象属性的过程。继承是支持层次抽象的主要手段。如果不使用继承，每个对象都需要定义其所有属性，而使用继承，对象只需定义与父对象不相同的数据和方法，

相同的部分可以从父对象中继承下来。继承可以最大限度地重复使用代码，编程效率也大大提高。

多态性就是多种形式，是指一个接口可以用做多种用途，而特定的用途由环境来确定。例如，编辑工具中的粘贴操作，先要选中所粘贴的内容，然后按【Ctrl+C】组合键或选择【复制】选项将粘贴内容复制到剪贴板上，将光标定义到需要粘贴的位置，按【Ctrl+V】组合键或选择【粘贴】选项，将内容粘贴到所需要的位置。粘贴操作的过程相同，粘贴的内容如文本、图是不相同的，这就是多态性。多态性可以表达为"一个接口，多个方法"，多态性较好地解决了应用系统中方法同名的问题。

在面向对象的编程中，对象是使用类来实现的。类实质上定义了一种对象类型，它描述了属于该类型的所有对象的性质，它将具有相同数据结构（属性）和行为（方法）的对象聚集在一起。类通过实例化后就成为对象。

二、属性、方法和事件

类使用数据变量来表示对象的状态，使用函数来实现对象的行为。

当类被实例化为对象时，在类中定义的数据变量就成为对象的属性，有处理代码的函数就成为对象的方法，而没有处理代码的函数就成为对象的事件。

属性是描述对象特征的参数，每个属性都具有一定的含义。定义属性值可以改变对象的形状、位置和显示方式等。由于方法有相应的处理代码，因此可以在代码中直接调用方法来完成某一功能；而事件没有处理代码，需要在事件处理中根据需要编写自己的处理代码。

12.2　ActionScript 结构化编程知识

和其他面向对象的编程语言一样，ActionScript 脚本语言也具有编程所需要的结构化编程知识，如常数、变量、运算符、语句和函数等。

12.2.1　数据类型

在 ActionScript 中，可以将所有不同的数据类型值划分为两个主要的类别：原始和复杂。原始值（即原始数据类型）是 ActionScript 在最低抽象层存储的值，这意味着对原始数据类型的操作比对复杂数据类型的操作往往会更快、更高效。复杂值（或复杂数据类型）不是原始值，但它将引用原始值。

ActionScript 的数据类型如表 12.2 所示。

表 12.2　ActionScript 的数据类型

数据类型	类别	说明
boolean	原始	此数据类型包括两个值：true 和 false。此类变量对于其他任何值都是无效的，已经声明但尚未初始化的布尔变量的默认值是 false
MovieClip	复杂	此数据类型允许使用 MovieClip 类的方法控制影片剪辑元件
null	原始	此数据类型包含一个值，即 null，意味着"没有值"，即没有数据。在很多种情况下，可以指定 null 值，以指示某个属性或变量尚未赋值

（续表）

数据类型	类别	说明
number	原始	此数据类型可以表示整数、无符号整数和浮点数。若要存储浮点数，数字中应该包括一个小数点。若没有小数点，数字将被存储为整数
object	复杂	此数据类型是由 object 类定义的。在 ActionScript 中，object 类可用做所有类定义的基类，它可以使对象包含对象（嵌套对象）
string	原始	此数据类型表示字符的序列，可能包括字母、数字和标点符号
undefined	原始	此数据类型包含一个值：undefined，这是 object 类实例的默认值
void	复杂	此数据类型仅包含一个值：void，用户可以对不返回值的函数指定此数据类型

12.2.2 常数

常数是具有固定值（无法改变的值）的属性。换句话说，它们是在整个应用程序中都不发生改变的值。

在【动作】面板的【动作】工具箱中，选择【常数】选项，可看到 ActionScript 预定义的常数，如图 12.7 所示。

图 12.7 ActionScript 常数

对这些预定义的常数的说明如下。

◆ true 常数和 false 常数

true 和 false 是一对相反的布尔值，如果自动设置数据类型将 true 转换为数字，则它变为 1；如果将 true 转换为字符串，则它变为 "true"。如果自动设置数据类型将 false 转换为数字，则它变为 0；如果将 false 转换为字符串，则它变为 "false"。

◆ Infinity 常数和-Infinity 常数

Infinity 常数指定表示正无穷大的 IEEE-754 值，此常数值与 Number.POSITIVE_INFINITY 相同；

-Infinity 常数指定表示负无穷大的 IEEE-754 值，此常数值与 Number.NEGATIVE_INFINITY 相同。

◆ NaN 常数

一个预定义的常数，NaN（非数字）常数具有 IEEE-754 值。

◆ newline 常数

插入一个回车符，该回车符会在由代码生成的文本输出中插入一个空行。使用 newline 为由代码中的函数或语句检索的信息留出空间。

◆ null 常数

一个可以分配给变量的或由未提供数据的函数返回的特殊值。可以使用 null 表示缺少的或不具有已定义数据类型的值。

◆ undefined 常数

一个特殊值，通常用于指示变量尚未赋值。对未定义值的引用会返回特殊值 undefined。

12.2.3 保留字和关键字

保留字是一些单词，由于这些单词是保留给 ActionScript 使用的，因此不能在代码中将它们用做标识符。

保留字包括关键字，关键字是 ActionScript 中用于执行一项特定操作的单词。例如，var 关键字用于声明变量。关键字是具有特定含义的保留字，不能用做标识符（如变量、函数或标签名称），也不应在 FLA 文件中的其他位置用做其他目的（如实例名称）。

在 Flash CS4 中，可引发脚本错误的关键字如表 12.3 所示。

表 12.3 可引发脚本错误的关键字

add	and	break	case
catch	class	continue	default
delete	do	dynamic	else
eq	extends	finally	for
function	ge	get	gt
if	ifFrameLoaded	implements	import
in	instanceof	interface	intrinsic
le	lt	ne	new
not	on	onClipEvent	or
private	public	return	set
static	switch	tellTarget	this
throw	try	typeof	var
void	while	with	

在 ActionScript 或 ECMAScript（ECMA-262）edition 4 语言规范草案中所保留的并供将来使用的关键字如表 12.4 所示。

表 12.4　保留的关键字

abstract	enum	export	short
byte	long	synchronized	char
debugger	protected	double	volatile
float	throws	transient	goto

　　在 Flash CS4 中，所有内置类名称、组件类名称和接口名称都是保留字，不应在代码中用做标识符，如表 12.5 所示。

表 12.5　内置类名称、组件类名称和接口名称

Accessibility	Accordion	Alert	Array
Binding	Boolean	Button	Camera
CellRenderer	CheckBox	Collection	Color
ComboBox	ComponentMixins	ContextMenu	ContextMenuItem
CustomActions	CustomFormatter	CustomValidator	DataGrid
DataHolder	DataProvider	DataSet	DataType
Date	DateChooser	DateField	Delta
DeltaItem	DeltaPacket	DepthManager	EndPoint
Error	FocusManager	Form	Function
Iterator	Key	Label	List
Loader	LoadVars	LocalConnection	Log
Math	Media	Menu	MenuBar
Microphone	Mouse	MovieClip	MovieClipLoader
NetConnection	NetStream	Number	NumericStepper
Object	PendingCall	PopUpManager	PrintJob
ProgressBar	RadioButton	RDBMSResolver	Screen
ScrollPane	Selection	SharedObject	Slide
SOAPCall	Sound	Stage	String
StyleManager	System	TextArea	TextField
TextFormat	TextInput	TextSnapshot	TransferObject
Tree	TreeDataProvider	TypedValue	UIComponent
UIEventDispatcher	UIObject	Video	WebService
WebServiceConnector	Window	XML	XMLConnector
XUpdateResolver			

　　另外还有一些单词，虽然它们不是保留字，但是也不应在 ActionScript 代码中用做标识符（如变量或实例名称），这些单词是供组成 ActionScript 语言的内置类使用的。因此，在代码中（如命名变量、类或实例时）不要将属性名称、方法名称、类名称、接口名称、组件类名称以及值用做标识符。

12.2.4 变量

变量是在整个应用程序运行中可能发生改变的值，用来保存在编程过程中需要使用的数值。在 ActionScript 脚本中，变量有本地变量、时间轴变量和全局变量等。

一、本地变量（Local Variables）

本地变量在一个语句块内有效，在语句块结束时变量的生存期也就结束。在 ActionScript 脚本中，使用 var 关键字来定义本地变量，其语法格式如下：

```
var variableName1:typeName[= value1][,...,variableNameN:typeName[=valueN]]
```

其中，variableName 为变量名，typeName 为变量的数据类型，value 为变量的初始值。

在 ActionScript 中，变量的命名必须遵守下面的规则。

◆ 变量名的第一个字符必须为字母、下画线（ _ ）或美元符号（ $ ），其后的字符可以是数字、字母、下画线或美元符号。

◆ 不能使用保留字和关键字作为变量名。

◆ 变量名在其作用域必须是唯一的。

在声明变量时，应指定变量的数据类型，变量的数据类型包括字符串、数字、数组、对象、XML、日期和自定义类等，例如：

```
var myName:String;
var myAge: Number;
myName="袁枚";
myAge=28;
```

在声明变量时，可以定义一个值作为变量的初始值，只要所赋的值与为变量指定的数据类型匹配即可，例如：

```
var myName:String="袁枚";
var myAge: Number=28;
```

在 ActionScript 脚本中，可使用 trace() 语句查看变量的值，trace() 语句在测试环境中测试 SWF 文件时，会将变量值显示在【输出】面板中。例如，在【动作】面板的脚本编辑区中输入下列代码：

```
var myAge:Number;
trace(myAge);
myAge=38;
trace(myAge);
var hAge:Number=38;
trace(hAge);
```

输入代码后的【动作】面板如图 12.8 所示。

图 12.8　输入代码后的【动作】面板

按【Ctrl+Enter】组合键，在【输出】面板中可看到代码的执行结果，如图 12.9 所示。

图 12.9　代码的执行结果

使用 var 关键字创建一个数组并为其赋值，例如：

```
var hMonthName:Array =new Array("一月","二月","三月","四月","五月","六月","七
月","八月","九月","十月","十一月","十二月");
```

在 ActionScript 中，可使用方括号（[]）简化数组的创建过程，例如：

```
var hMonthName:Array =[ "一月","二月","三月","四月","五月","六月","七月","八月
","九月","十月","十一月","十二月"];
```

在【动作】面板的脚本编辑区中输入下列代码：

```
var hMonthName:Array =new Array("一月","二月","三月","四月","五月","六月","七
月","八月","九月","十月","十一月","十二月");
trace(hMonthName[0]);
trace(hMonthName[1]);
trace(hMonthName[2]);
trace(hMonthName[3]);
trace(hMonthName[4]);
trace(hMonthName[5]);
```

按【Ctrl+Enter】组合键，在【输出】面板中可看到代码的执行结果，如图 12.10 所示。

图 12.10　代码的执行结果

 如果是本地变量就一定要使用 var 声明，否则系统会将其视为时间轴变量。在函数中使用本地变量是一个非常好的习惯，这样可以使函数更加独立地运行。

二、时间轴变量（Timeline Variables）

时间轴变量可用于该特定时间轴上的任何脚本。时间轴变量可在定义它的时间轴上的任何脚本中使用。

要使用时间轴变量，首先在该时间轴中的任意一帧上，使用 var 关键字声明时间轴变量并初始化该变量，该变量可用于该帧和其后的所有帧。

 如果本地变量与时间轴变量同名，那么在该本地变量的生存期内将无法访问这个时间轴变量，系统将优先访问本地变量。

三、全局变量（Global Variables）

全局变量可以被任何时间轴访问，并且在整个文档中有效。使用全局变量时需要用_global 标识符声明，例如：

```
_global.myName = "George";
_global.counter = 100;
```

全局变量不使用 var 关键字来声明，也不能被指定严格的数据类型。

 如果本地变量与全局变量同名，那么在该本地变量的生存期内将无法访问这个全局变量，系统将优先访问本地变量。

12.2.5　运算符和表达式

运算符是对变量进行操作的符号，ActionScript 包括算术运算符、赋值、逻辑运算符、比较运算符和按位运算符等运算符。在【动作】面板的【动作】工具箱中，选择【运算符】选项，可看到所有的运算符，如图 12.11 所示。

将变量用运算符连接起来就形成了表达式，例如：

```
x += y;
x = x + y;
x /= y;
x = x / y;
var z = (x < 6) ? x: y;
```

图 12.11　ActionScript 运算符

　　在一个表达式中可包含多个运算符，表达式按照运算符优先级的顺序进行计算，ActionScript 脚本语言的运算符及其优先级如表 12.6 所示。

表 12.6　ActionScript 运算符及其优先级

优化级	运算符	说明	结合律
高	x++	后递增	从左到右
	x−−	后递减	从左到右
	.	对象属性访问	从左到右
	[]	数组元素	从左到右
	()	小括号	从左到右
	++x	前递增	从右到左
	−−x	前递减	从右到左
	-	一元非	从左到右
	~	按位"非"	从右到左
	!	逻辑"非"	从右到左
	new	分配对象	从右到左
	delete	取消分配对象	从右到左
	typeof	对象类型	从右到左
	void	返回未定义值	从右到左
	*	乘号	从左到右
	/	除号	从左到右
	%	求模	从左到右
	+	一元加号	从右到左
	−	一元减号	从右到左
	<<	按位左移位	从左到右
低	>>	按位右移位	从左到右

（续表）

优化级	运算符	说明	结合律
高	>>>	按位右移位（无符号）	从左到右
	instanceof	获取实例所属的类	从左到右
	<	小于	从左到右
	<=	小于或等于	从左到右
	>	大于	从左到右
	>=	大于或等于	从左到右
	==	等于	从左到右
	!=	不等于	从左到右
	&	按位 "与"	从左到右
	^	按位 "异或"	从左到右
	|	按位 "或"	从左到右
	&&	逻辑 "与"	从左到右
	||	逻辑 "或"	从左到右
	?:	条件	从右到左
	=	赋值	从右到左
	*=	自乘赋值	从右到左
	/=	自除赋值	从右到左
	%=	自求余赋值	从右到左
	+=	自加赋值	从右到左
	-=	自减赋值	从右到左
	&=	自按位与赋值	从右到左
	|=	自按位或赋值	从右到左
	^=	自按位异或赋值	从右到左
	<<=	自按位左移赋值	从右到左
	>>=	自按位算术右移赋值	从右到左
	>>>=	自按位逻辑右移赋值	从右到左
低	,	逗号	从左到右

在 ActionScript 编程中，表达式的灵活运用是 Flash 动画产生交互性的基础。

12.2.6 语句

语句是 FLA 文件执行操作的指令。例如，可以使用条件语句确定某一条件是否为 true，然后代码可以根据条件的真假执行指定的动作。

在【动作】面板的【动作】工具箱中，选择【语句】选项，可看到所有的语句，如图 12.12 所示。

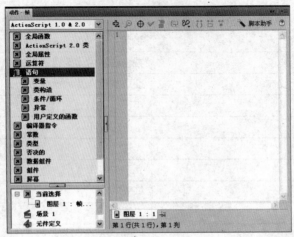

图 12.12 ActionScript 语句

语句是执行或指定动作的语言元素。例如，if 语句对一个条件求值，以确定采取的下一个动作；switch 语句可创建 ActionScript 语句的分支结构。ActionScript 语句的具体内容如表 12.7 所示。

表 12.7 ActionScript 语句

语句	说明
break	出现在循环（for、for...in、do...while 或 while）内或与 switch 语句中的特定情况相关的语句块内
case	定义 switch 语句的条件
class	定义一个自定义类，通过该自定义类可以实例化共享用户定义的方法和属性的对象
continue	跳过最里层循环中所有其余的语句并开始循环的下一个迭代，就像控制正常传递到了循环结尾一样
default	定义 switch 语句的默认情况
delete	删除由 reference 参数指定的对象引用，如果成功删除了引用，则返回 true，否则返回 false
do...while	与 while 循环类似，不同之处是在对条件进行初始计算前执行一次语句
dynamic	指明基于所指定类的对象可以在运行时添加和访问动态属性
else	指定当 if 语句中的条件返回 false 时要运行的语句
else if	计算条件，并指定当初始 if 语句中的条件返回 false 时要运行的语句
Extends	定义一个类，它是另一个类（超类）的子类
for	计算一次 init（初始化）表达式，然后开始一个循环序列
for...in	迭代对象的属性或数组中的元素，并对每个属性或元素执行 statement 语句的内容
function	包含为执行特定任务而定义的一组语句
get	允许隐式获取与某些对象关联的属性，这些对象基于外部类文件中定义的类
if	对条件进行计算以确定 SWF 文件中的下一个动作

（续表）

语句	说明
impléments	指定类必须定义所实现的接口中声明的所有方法
import	使用此语句可不必指定类的完全限定名就可以访问类
interface	定义接口
intrinsic	允许对以前定义的类执行编译时的类型检查
private	指定变量或函数只对声明或定义该变量或函数的类或该类的子类可用
public	指定变量或函数对任何调用者都可用
return	指定由函数返回的值
set	允许隐式设置与某些对象关联的属性，这些对象基于外部类文件中定义的类
set variable	为变量赋值
static	指定某个变量或函数只为每个类创建一次，而不是在基于该类的每个对象中都创建
super	调用方法或构造函数的超类版本
switch	创建 ActionScript 语句的分支结构
throw	生成或抛出（通过 throw 语句）一个可由 catch{}代码块处理或捕获的错误
try…catch…finally	包含一个代码块，如果该代码块内发生错误，将对错误进行响应
var	用于声明变量
while	计算条件，如果条件计算结果为 true，则在循环返回以再次计算条件之前执行一条语句或一系列语句
with	允许使用 object 参数指定一个对象（如影片剪辑），并使用 statement(s)参数计算该对象内的表达式和动作

下面介绍几种常用 ActionScript 语句。

一、for 语句

for 语句用于根据循环条件反复执行一段代码，其语法格式如下：

```
for(init; condition; next) {
statement(s);
}
```

其中，init 为循环变量的初始化部分，通常为赋值表达式；condition 为循环控制条件；next 为循环变量的处理表达式；statement(s)为循环语句。

说明 　如果只执行一条语句，可以省略花括号{}。

执行 for 语句时，系统会先计算 init 表达式的值，然后开始一个循环序列。循环序列从计算

condition 表达式开始，如果 condition 表达式的计算结果为 true，将执行 statement 并计算 next 表达式，然后循环序列再次从计算 condition 表达式开始。

下面以计算 1 到 100 之间的所有自然数、奇数和偶数之和为例，说明 for 语句的使用方法，其操作步骤如下：

◯**步骤 01**　新建一个 Flash CS4 文档。

◯**步骤 02**　执行【窗口】→【动作】命令或按【F9】键，打开【动作】面板。

◯**步骤 03**　在【动作】面板的脚本编辑区中输入下列代码：

```
var hSum:Number=0;
for(i=1;i<=100;i++) {
  hSum +=i;
}
trace("1 到 100 所有自然数之和="+hSum);
hSum=0
for(i=1;i<=100;i=i+2) {
  hSum +=i;
}
trace("1 到 100 所有奇数之和="+hSum);
hSum=0
for(i=2;i<=100;i=i+2) {
  hSum +=i;
}
trace("1 到 100 所有偶数之和="+hSum);
```

◯**步骤 04**　按【Ctrl+Enter】组合键，在【输出】面板中可看到代码的执行结果，如图 12.13 所示。

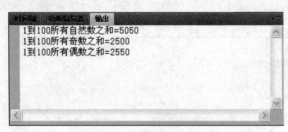

图 12.13　for 语句的执行结果

二、while 语句

while 语句先判断循环条件，如果条件为真则执行循环体，否则退出循环，其语法格式如下：

```
while(condition) {
statement(s);
}
```

其中，condition 为循环控制条件，statement(s) 为循环语句。

while 语句的执行过程可使用下列步骤来描述：

○**步骤01** 计算表达式 condition。

○**步骤02** 如果 condition 的计算结果是 true 或布尔值为 true 的值（如一个非零数），则转到第 3 步，否则 while 语句结束并继续执行 while 循环的下一个语句。

○**步骤03** 运行循环体 statement(s)。

○**步骤04** 转到步骤 1。

下面使用 while 语句计算 1 到 100 之间的所有自然数之和，在【动作】面板的脚本编辑区中输入下列代码：

```
var hSum:Number=0;
var i:Number=1;
while (i<=100) {
  hSum +=i;
  i++;
}
trace("1到100所有自然数之和="+hSum);
```

按【Ctrl+Enter】组合键，在【输出】面板中可看到代码的执行结果，如图 12.14 所示。

图 12.14　while 语句的执行结果

三、do...while 语句

do...while 语句先执行循环体，然后判断循环条件，如果条件为真则继续执行循环体，否则退出循环。其语法格式如下：

```
do {
statement(s)
} while (condition)
```

其中，statement(s)为循环语句，condition 为循环控制条件。

do...while 语句的执行过程可用下列步骤来描述：

○**步骤01** 运行循环体 statement(s)。

○**步骤02** 计算表达式 condition。

○**步骤03** 如果 condition 的计算结果是 true 或布尔值为 true 的值（如一个非零数），则转到第 1 步，否则 while 语句结束并继续执行 while 循环的下一个语句。

下面使用 do...while 语句计算 1 到 100 之间所有自然数之和，在【动作】面板的脚本编辑区输入下列代码：

```
var hSum:Number=0;
var i:Number=1;
do {
  hSum +=i;
  i++;
} while (i<=100)
trace("1 到 100 所有自然数之和="+hSum);
```

按【Ctrl+Enter】组合键，在【输出】面板中可看到代码的执行结果，如图 12.15 所示。

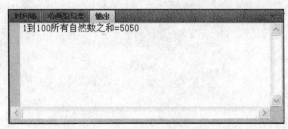

图 12.15　do...while 语句的执行结果

do...while 与 while 循环类似，不同之处是在对条件进行初始计算前是否执行一次循环体。下面举例说明 do...while 与 while 循环出现不同运行结果的情况，在【动作】面板的脚本编辑区输入下列代码：

```
var hSum:Number=0;
var i:Number=1;
while (i<=0) {
  hSum +=i;
  i++;
}
trace("while 语句的运行结果="+hSum);
hSum=0;
i=1;
do {
  hSum +=i;
  i++;
} while (i<=0)
trace("do..while 语句的运行结果="+hSum);
```

按【Ctrl+Enter】组合键，在【输出】面板中可看到代码的执行结果，如图 12.16 所示。

图 12.16　while 语句与 do...while 语句不同的执行结果

四、for...in 语句

for...in 语句用于循环对象的属性或数组中的元素，并对每个属性或元素执行循环体。其语法格式如下：

```
for (variableIterant in object) {
statement(s);
}
```

其中，variableIterant 是循环变量的变量名，循环变量引用对象的每个属性或数组中的每个元素；object 为定义的对象或数组；statement(s)为循环语句。

下面使用 for...in 语句在一个存储学生成绩的数组中计算所有成绩总和及平均值。在【动作】面板的脚本编辑区中输入下列代码：

```
var myArray:Array = new Array(98,92,91,87,85,83,76,72,65,58);
var hSum:Number=0;
var hNum:Number=0;
for (var index in myArray) {
  hSum +=myArray[index];
  hNum +=1;
}
trace("成绩和=" +hSum);
trace("平均值=" +hSum/hNum);
```

按【Ctrl+Enter】组合键，在【输出】面板中可看到代码的执行结果，如图 12.17 所示。

图 12.17 for...in 语句的执行结果

五、if 语句

if 语句是根据逻辑表达式值，有选择地执行一组命令的一个程序结构，其语法格式如下：

```
if(condition) {
statement(s);
}
```

其中，condition 为分支条件，statement(s)为当条件为 true 时执行的语句块。

ActionScript 对条件进行计算。如果条件为 true，则 Flash 将运行条件后面花括号（{}）内的语句。如果条件为 false，则 Flash 将跳过花括号内的语句，而运行花括号后面的语句。

下面使用 if 语句在一个存储学生成绩的数组中计算大于 80 的成绩和、人数及平均值。在【动作】

面板的脚本编辑区中输入下列代码:

```
var myArray:Array = new Array(98,92,91,87,85,83,76,72,65,58);
var hSum:Number=0;
var hNum:Number=0;
for (var index in myArray) {
  if (myArray[index]>=80) {
   hSum +=myArray[index];
   hNum +=1;
  }
}
trace("大于80的成绩和=" +hSum);
trace("大于80的人数=" +hNum);
trace("大于80的平均值=" +hSum/hNum);
```

按【Ctrl+Enter】组合键，在【输出】面板中可看到代码的执行结果，如图12.18所示。

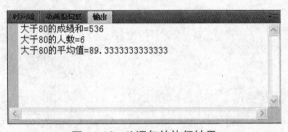

图 12.18　if 语句的执行结果

if 语句可与 else 语句一起使用，其语法格式如下:

```
if (condition){
statement1(s);
} else {
statement2(s);
}
```

其中，condition 为分支条件；statement1(s)为当条件为 true 时执行的语句块；statement2(s)为当条件计算为 false 时执行的语句块。

下面使用 if...else 语句在一个存储学生成绩的数组中计算大于 80 和小于 80 的成绩和、人数及平均值。在【动作】面板的脚本编辑区中输入下列代码:

```
var myArray:Array = new Array(98,92,91,87,85,83,76,72,65,58);
var hSum1:Number=0,hSum2:Number=0;
var hNum1:Number=0,hNum2:Number=0;
for (var index in myArray) {
  if (myArray[index]>=80) {
   hSum1 +=myArray[index];
   hNum1 +=1;
  }
```

```
  else {
   hSum2 +=myArray[index];
   hNum2 +=1;
  }
}
trace("大于 80 的成绩和=" +hSum1);
trace("大于 80 的人数=" +hNum1);
trace("大于 80 的平均值=" +hSum1/hNum1);
trace("小于 80 的成绩和=" +hSum2);
trace("小于 80 的人数=" +hNum2);
trace("小于 80 的平均值=" +hSum2/hNum2);
```

按【Ctrl+Enter】组合键，在【输出】面板中可看到代码的执行结果，如图 12.19 所示。

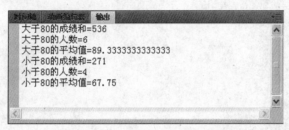

图 12.19 if...else 语句的执行结果

if 语句还可以与 else if 语句一起使用，其语法格式如下：

```
if (condition1){
   statement1(s);
 } else if(condition2) {
   statement2(s);
 }
```

当初始 if 语句的条件值为 false 时，else if 语句将对其条件进行计算。如果条件为 true，则 Flash 将运行条件后面花括号（{}）内的语句；如果条件为 false，则 Flash 将跳过花括号内的语句，而运行花括号后面的语句。

下面使用 if...else if 语句在前面的数组中计算成绩优秀的人数和不及格的人数。在【动作】面板的脚本编辑区中输入下列代码：

```
var myArray:Array = new Array(98,92,91,87,85,83,76,72,65,58);
var hNum1:Number=0,hNum2:Number=0;
for (var index in myArray) {
  if (myArray[index]>=90)
   hNum1 +=1;
  else if(myArray[index]<60)
   hNum2 +=1;
}
trace("成绩优秀的人数=" +hNum1);
trace("成绩不及格的人数=" +hNum2);
```

按【Ctrl+Enter】组合键，在【输出】面板中可看到代码的执行结果，如图 12.20 所示。

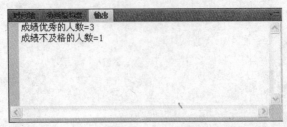

图 12.20　if...else if 语句的执行结果

六、switch 语句

switch 语句用于解决某一条件多次判断的问题。如果使用 if 和 else if 语句，不但比较麻烦，而且代码的可读性也比较差。switch 语句的语法格式如下：

```
switch (expression){
case ClauseA:
statementA(s)
[break]
case ClauseB:
statementB(s)
[break]
……
case ClauseN:
statementN(s)
[break]
default:
statement(s)
}
```

在使用 switch 语句时，break 语句指示 Flash 跳过此 case 块中其余的语句，并跳到位于包含其他的 switch 语句后面的第一个语句。

如果 case 块不包含 break 语句，就会出现一种被称为"落空"的情况。在此情况下，将执行下面的 case 语句，直到遇到 break 语句或 switch 语句结束才停止。

下面使用 switch 语句在前面的数组中按成绩的等级计算人数。在【动作】面板的脚本编辑区中输入下列代码：

```
var myArray:Array = new Array(98,92,91,87,85,83,76,72,65,58);
var hNum:Array=new Array(0,0,0,0,0);
var hTmp:Number;
for (var index in myArray) {
  hTmp=(myArray[index]-myArray[index]%10)/10
  switch(hTmp) {
case 9:
```

```
hNum[0] +=1;
 break;
case 8:
 hNum[1] +=1;
 break;
case 7:
 hNum[2] +=1;
 break;
case 6:
 hNum[3] +=1;
 break;
  default:
    hNum[4] +=1;
 break;
  }
}
trace("成绩为优的人数="+hNum[0]);
trace("成绩为良的人数="+hNum[1]);
trace("成绩为中的人数="+hNum[2]);
trace("成绩及格的人数="+hNum[3]);
trace("成绩不及格的人数="+hNum[4]);
```

按【Ctrl+Enter】组合键，在【输出】面板中可看到代码的执行结果，如图 12.21 所示。

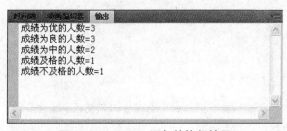

图 12.21　switch 语句的执行结果

12.2.7　注释

在 ActionScript 脚本中，有单行注释和多行注释两种注释方式。

单行注释用于为代码中的单个行添加注释。单行注释可以注释单行代码，也可以为一段代码实现的功能添加一个简短的说明。

单行注释使用两个斜杠（//）表示，其语法格式如下：

```
// comment
```

单行注释通常用于解释很小的代码片断。对于任何单行能写下的短注释，都可以使用单行注释。例如：

```
var myAge:Number = 26;  // 定义表示年龄的本地变量。
```

多行注释（又称"块注释"）用于长度为几行的注释。多行注释使用/*..*/表示，其语法格式如下：

```
/* comment */
/* comment
comment */
```

出现在注释开始标签（/*）和注释结束标签（*/）之间的任何字符都被 ActionScript 解释程序解释为注释并忽略。例如：

```
// 以下代码将运行。
var x:Number = 15;
var y:Number = 20;
// 以下的代码被注释掉了，将不会运行。
/*
x =x>>2;
y =y>>2;
x +=y;
*/
// 以下代码将运行。
trace(x);    //输出值为 15
```

12.3 ActionScript 面向对象的编程知识

ActionScript 是面向对象的脚本语言，因此了解 ActionScript 面向对象的编程知识是使用 ActionScript 脚本进行编程的关键。

12.3.1 创建对象

在 Flash 动画编程中，创建对象一般有两个方法：一是使用 ActionScript 类创建对象；二是使用 Flash 可视化工具创建对象实例。

一、使用 ActionScript 类创建对象

在 ActionScript 中，利用内置类和自定义类可创建对象。使用 new 操作符创建对象一般使用类的构造函数，构造函数的作用就是创建某种类型对象的特殊函数。例如：

```
myArray=new Array("一季度","二季度","三季度","四季度");
myCircle = {radius: 5, area:(pi * radius * radius)};
```

在 ActionScript 脚本中，可以直接使用一些类的方法和属性，而不必事先创建构造函数。例如，在【动作】面板的脚本编辑区中输入 "Math." 后，系统将自动提示对象的方法和属性，以便用户直接使用，如图 12.22 所示。

二、使用 Flash 可视化工具创建对象实例

在 Flash 动画制作中，使用影片剪辑、按钮和图形元件在舞台中创建一个实例，或者使用工具

箱中的工具创建动态文本和输入文本等，可以先创建一个对象。选中该对象，可在【属性】面板中设置它的实例名称，如图 12.23 所示。

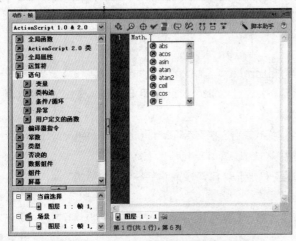

图 12.22　不使用构造函数的对象实例

图 12.23　对象实例的【属性】面板

由于这些对象都是相应类的实例化，因此它们与使用类创建的对象具有相同的属性、方法和事件。

12.3.2　ActionScript 顶级类

在 ActionScript 脚本语言中包含核心数据（数组、布尔、日期等）、定制错误和事件以及加载外部内容等顶级类，用户还可以编程扩展这些类的处理功能。ActionScript 顶级类如表 12.8 所示。

表 12.8　ActionScript 顶级类

顶级类	功能
Accessibility 类	Accessibility 类管理与屏幕读取器之间的通信。屏幕读取器是一种辅助性技术，可以为视力有缺陷的用户提供屏幕内容的音频版本。Accessibility 类的方法是静态方法，不必创建该类的实例即可使用其方法
Arguments 类	Arguments 类用于存储和访问函数的参数，这些参数作为数组元素存储
Array 类	使用 Array 类可访问和处理索引数组。在数组元素中可存储各种各样的数据类型，包括数字、字符串、对象，甚至是其他数组
AsBroadcaster 类	AsBroadcaster 类提供事件通知功能和侦听器管理功能，这些功能可以添加到用户定义的对象中
BevelFilter 类	使用 BevelFilter 类可在 Flash 中给各种不同对象添加斜角效果
BitmapData 类	使用 BitmapData 类可在运行时创建任意大小的透明或不透明位图图像并采用多种方式操作这些图像
BitmapFilter 类	BitmapFilter 类是所有图像滤镜效果类的基类
BlurFilter 类	BlurFilter 类允许将模糊视觉效果应用于 Flash 中的各种对象。模糊效果可以柔化图像的细节

（续表）

顶级类	功能
Boolean 类	Boolean 类是一种包装对象，它具有与标准 JavaScript Boolean 对象一样的功能。使用 Boolean 类可检索 Boolean 对象的基元数据类型或字符串表示形式
Button 类	SWF 文件中的所有按钮元件都是 Button 对象的实例。可在属性检查器中指定按钮实例的名称，并通过 ActionScript 使用 Button 类的方法和属性来操纵按钮
Camera 类	使用 Camera 类可以捕获来自连接到运行 Macromedia Flash Player 的计算机的视频摄像头的视频
Capabilities 类	使用 Capabilities 类可确定承载 SWF 文件的系统和播放器的功能，以便定制不同格式的内容
Color 类	通过 Color 类可以设置影片剪辑的 RGB 颜色值和颜色转换，并可以在设置后检索这些值
ColorMatrixFilter 类	使用 ColorMatrixFilter 类可以将 4 x 5 矩阵转换应用于输入图像上的每个像素的 RGBA 颜色和 Alpha 值，以产生具有一组新的 RGBA 颜色和 Alpha 值的结果
ColorTransform 类	使用 ColorTransform 类可以精确地调整影片剪辑中的所有颜色值
ContextMenu 类	ContextMenu 类提供对 Flash Player 上下文菜单项的运行时控制，可使用 ContextMenu 类的方法和属性添加自定义菜单项，控制内置上下文菜单项的显示或者创建菜单的副本
ContextMenuItem 类	使用 ContextMenuItem 类可创建在 Flash Player 上下文菜单中显示的自定义菜单项
ConvolutionFilter 类	ConvolutionFilter 类可应用矩阵卷积滤镜效果
CustomActions 类	CustomActions 类的方法使得在 Flash 创作工具中播放的 SWF 文件可以管理任何用该创作工具注册的自定义动作
Date 类	Date 类用于检索相对于通用时间或相对于运行 Flash Player 的操作系统的日期和时间值
DisplacementMapFilter 类	DisplacementMapFilter 类使用来自指定的 BitmapData 对象的像素值，以执行舞台对象（如 MovieClip 实例）的置换
DropShadowFilter 类	使用 DropShadowFilter 类可以在 Flash 中为各种对象添加投影
Error 类	使用 Error 类可包含关于脚本中出现的错误信息
ExternalInterface 类	ExternalInterface 类是外部 API（在 ActionScript 和 Flash Player 的容器之间实现直接通信的应用程序编程接口）
FileReference 类	FileReference 类提供了在用户计算机和服务器之间上载和下载文件的方法
FileReferenceList 类	FileReferenceList 类提供了让用户选择一个或多个要上载的文件的方法
Function 类	ActionScript 中用户定义的函数和内置函数都由 Function 对象来表示，该对象是 Function 类的实例

（续表）

顶级类	功能
GlowFilter 类	使用 GlowFilter 类可以在 Flash 中给各种对象应用发光效果
GradientBevelFilter 类	使用 GradientBevelFilter 类可以在 Flash 中给各种对象应用渐变斜角效果
GradientGlowFilter 类	使用 GradientGlowFilter 类可以在 Flash 中给各种对象应用渐变发光效果
IME 类	使用 IME 类可以在客户端计算机上运行的 Flash Player 应用程序中直接操纵操作系统的输入法编辑器（IME）
Key 类	Key 类是不通过构造函数即可使用其方法和属性的顶级类。使用 Key 类的方法可生成用户能够通过标准键盘控制的界面
LoadVars 类	使用 LoadVars 类可验证数据加载是否成功，并监视下载进程。LoadVars 类是 loadVariables() 函数的替代方法，用于在 Flash 应用程序和服务器之间传输变量
LocalConnection 类	LocalConnection 类用于开发 SWF 文件，这些文件不需要使用 fscommand() 或 JavaScript 即可相互发送指令
Locale 类	使用 Locale 类可以控制多语言文本在 SWF 文件中的显示方式
Math 类	Math 类是一个顶级类，不必使用构造函数即可使用其方法和属性。使用此类的方法和属性可以访问和处理数学常数和函数
Matrix 类	Matrix 类表示一个转换矩阵，用于确定如何将一个坐标空间的点映射到另一个坐标空间。通过设置 Matrix 对象的属性并将其应用于 MovieClip 对象或 BitmapData 对象，可以对该对象执行各种图形转换
Microphone 类	Microphone 类用于从运行 Flash Player 的计算机上所连接的麦克风中捕获音频
Mouse 类	Mouse 类是不通过构造函数即可访问其属性和方法的顶级类。可以使用 Mouse 类的方法来隐藏和显示 SWF 文件中的鼠标指针
MovieClip 类	MovieClip 类的方法提供的功能与定位影片剪辑的动作所提供的功能相同
MovieClipLoader 类	MovieClipLoader 类用于实现在 SWF、JPEG、GIF 和 PNG 文件正被加载到影片剪辑中时提供状态信息的侦听器回调
NetConnection 类	NetConnection 类提供从本地驱动器或 HTTP 地址播放 FLV 文件流的方法
NetStream 类	NetStream 类提供从本地文件系统或 HTTP 地址播放 Flash 视频（FLV）文件的方法和属性。可以使用 NetStream 对象通过 NetConnection 对象对视频进行流式处理
Number 类	Number 类是 Number 数据类型的简单包装对象。使用与 Number 类关联的方法和属性可以操作基元数值。此类与 JavaScript 的 Number 类完全相同
Object 类	Object 类位于 ActionScript 类层次结构的根处。此类包含 JavaScript Object 类所提供功能的一小部分
Point 类	Point 类表示二维坐标系统中的一个位置，其中 X 表示水平轴，Y 表示垂直轴
PrintJob 类	PrintJob 类用于创建内容并将其打印为一页或多页
Rectangle 类	Rectangle 类用于创建和修改 Rectangle 对象。Rectangle 对象是按其位置以及宽度和高度定义的区域
security 类	System.security 类包含的方法指定不同域中的 SWF 文件如何相互通信

（续表）

顶级类	功能
Selection 类	Selection 类可以设置和控制插入点所在的文本字段（即具有焦点的字段）
SharedObject 类	SharedObject 类用于在用户计算机上读取和存储有限的数据量。共享对象提供永久贮存在用户计算机上的对象之间的实时数据共享
Sound 类	使用 Sound 类可在影片中控制声音，用户可以在影片正在播放时从库中向该影片剪辑添加声音，并控制这些声音
Stage 类	Stage 类是一个顶级类，不必使用构造函数即可访问其方法、属性和处理函数。此类的方法和属性用于访问和操作有关 SWF 文件边界的信息
String 类	String 类是字符串基元数据类型的包装，提供用于操作基元字符串值类型的方法和属性。使用 String()函数可以将任何对象的值转换为字符串
StyleSheet 类	使用 StyleSheet 类可以创建包含文本格式设置规则（如字体大小、颜色和其他格式样式）的 StyleSheet 对象，然后可以将样式表定义的样式应用到包含 HTML 或 XML 格式文本的 TextField 对象中
System 类	System 类包含与发生在用户计算机上的某些操作相关的属性，如具有共享对象的操作、摄像头和麦克风的本地设置和剪贴板的使用
TextField 类	TextField 类用于创建区域以供文本显示和输入。SWF 文件中的所有动态文本字段和输入文本字段都是 TextField 类的实例
TextFormat 类	TextFormat 类描述字符格式设置信息，使用 TextFormat 类可以为文本字段创建特定的文本格式
TextRenderer 类	TextRenderer 类提供了嵌入字体的高级消除锯齿功能。使用高级消除锯齿时，即使字号很大，也能使字体达到极高的呈现品质
TextSnapshot 类	TextSnapshot 对象可用于处理影片剪辑中的静态文本
Transform 类	Transform 类收集有关应用于 MovieClip 对象的颜色转换和坐标处理的数据。Transform 对象通常是通过从 MovieClip 对象获取 transform 属性的值获得的
Video 类	使用 Video 类可以直接在舞台上显示实时视频流，而不需要将其嵌入到 SWF 文件中
XML 类	使用 XML 类的方法和属性可以加载、分析、发送、生成和操作 XML 文档树
XMLNode 类	在 Flash 中，XML 文档用 XML 类来表示。层次结构文档的每个元素都由一个 XMLNode 对象来表示
XMLSocket 类	XMLSocket 类可实现客户端套接字，这使得运行 Flash Player 的计算机可以与由 IP 地址或域名标识的服务器计算机进行通信
XMLUI 类	XMLUI 对象可以与用做 Flash 创作工具扩展功能的自定义用户界面的 SWF 文件进行通信

12.3.3 使用对象属性和方法

在 ActionScript 脚本中，当创建一个对象后，就可以使用点操作符（ . ）获取或设置对象的属性

值。对象名在点操作符的左边，属性名在点操作符的右边。例如，使用语句 myObject.name 可获取属性值，其中的 myObject 是对象，name 是它的属性。

如果需要改变属性的值，只需使用赋值语句设置新的属性值即可，例如：

```
myObject.name ="播放按钮";
```

在 ActionScript 脚本中，调用对象的方法与使用对象属性的方法类似，也使用点操作符，只是在点操作符的右边是方法名。当在【动作】面板中创建一个对象后，输入对象名和点操作符，系统将提示该对象的属性和方法，如图 12.24 所示。

图 12.24　提示对象的属性和方法

在 ActionScript 脚本编程中，用户还可以根据需要添加新的对象属性和方法。

12.3.4　定义事件处理方法

事件是 SWF 文件播放时发生的动作。ActionScript 脚本编程的事件主要包括两个方面：一是用户事件，它是由于用户直接交互操作而发生的，如鼠标单击或按键等；二是系统事件，它是由 Flash Player 自动生成的事件，而非用户直接生成的，如影片剪辑在舞台上第一次出现等。

为使应用程序能够对事件做出反应，必须使用事件处理函数。事件处理函数是与特定对象和事件关联的 ActionScript 代码。使用 ActionScript 处理事件有许多方式，主要有三种方式：一是使用事件处理函数方法；二是使用事件侦听器；三是使用按钮和影片剪辑事件处理函数。

一、使用事件处理函数方法

事件处理函数方法是一种类方法，当在对象上发生事件时将调用此类方法。例如，在 MovieClip 类中定义了 onPress 事件处理函数，只要单击鼠标就会对影片剪辑对象调用该处理函数。

> 与一个类的其他方法不同，在 ActionScript 脚本中不直接调用事件处理函数，Flash Player 在相应事件发生时会自动调用事件处理函数。

事件处理函数由事件所应用的对象、事件处理函数的方法名称和事件处理函数代码三部分组成，其模型结构如下：

```
object.eventMethod = function () {
// 此处是事件处理代码，用于对事件作出反应。
}
```

下面使用 ActionScript 脚本创建两个输入文本对象并编写一个输入文本的 onSetFocus 事件处理函数。在【动作】面板的脚本编辑区中输入下列代码：

```
this.createTextField("my_txt1", 99, 10, 10, 200, 20);
my_txt1.border = true;
my_txt1.type = "input";
my_txt1.text="输入文本。";
my_txt1.onSetFocus = function() {
  my_txt1.text = "第一个文本获得焦点。";
  my_txt2.text ="";
};
this.createTextField("my_txt2", 100, 10, 50, 200, 20);
my_txt2.border = true;
my_txt2.type = "input";
my_txt2.text = "输入文本。";
```

按【Ctrl+Enter】组合键，在动画界面中将看到创建的两个输入文本对象，如图 12.25 所示。使用鼠标单击第一个输入文本，系统将自动调用 onSetFocus 事件处理函数，其运行结果如图 12.26 所示。

图 12.25　创建两个输入文本对象

图 12.26　调用事件处理函数的运行结果

二、使用事件侦听器

事件侦听器让一个对象（即侦听器对象）接收由其他对象（即广播器对象）生成的事件，广播器对象注册侦听器对象以接收由该广播器生成的事件。例如，可以注册影片剪辑对象以从舞台接收 onResize 事件，或者注册按钮实例可以从文本字段对象接收 onChanged 事件。

在 ActionScript 脚本中，使用 addListener() 方法注册侦听器对象以接收其事件，其模型结构如下：

```
var listenerObject:Object = new Object();
listenerObject.eventName = function(eventObj:Object) {
//此处是事件处理代码
};
```

```
broadcasterObject.addListener(listenerObject);
```

下列脚本代码将创建新的侦听器对象，并为 onKeyDown 和 onKeyUp 定义事件处理函数，最后使用 addListener()向 Key 对象注册该侦听器。

```
var myListener:Object = new Object();
myListener.onKeyDown = function () {
    trace ("按下一个键。");
    }
myListener.onKeyUp = function () {
    trace ("释放一个键。");
    }
Key.addListener(myListener);
```

三、使用按钮和影片剪辑事件处理函数

在 ActionScript 脚本编程中，可以使用 onClipEvent()和 on()事件处理函数直接将事件处理函数附加到舞台上的按钮或影片剪辑实例。其中，onClipEvent()事件处理函数广播影片剪辑事件，而 on()事件处理函数处理按钮事件。

将事件处理函数附加到某个按钮或影片剪辑实例时，首先需在舞台中选中该按钮或影片剪辑实例，然后按【F9】键打开【动作】面板，如图 12.27 所示。最后在【动作】面板的脚本编辑区中，编写 onClipEvent()和 on()事件处理函数即可。

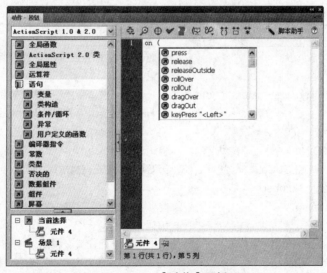

图 12.27 【动作】面板

12.4 使用 ActionScript 函数

在 Flash 动画制作中，使用比较频繁的是一些 ActionScript 函数。灵活使用 ActionScript 函数，可以满足实际动画的处理需求。

12.4.1 全局函数

在【动作】面板中，单击【动作】工具箱中的【全局函数】选项，可以看出在 ActionScript 编程中可使用的全局函数，如图 12.28 所示。

图 12.28　全局函数

全局函数是一组内置函数，在 Flash 动画文件的任何部分都可使用这些函数。这些全局函数涵盖了各种各样的常见编程任务，如处理数据类型（Boolean()、int()等）、生成调试信息（trace()）以及与 Flash Player 或浏览器进行通信（fscommand()）等。ActionScript 全局函数如表 12.9 所示。

表 12.9　ActionScript 全局函数

函数名称	说明
Array([numElements:Number], [elementN:Object])	创建一个新的空数组，或者将指定的元素转换为数组
asfunction(function:String, parameter:String)	用于 HTML 文本字段中 URL 的特殊协议，该协议允许 HREF 链接调用 ActionScript 函数
Boolean(expression:Object)	将参数 expression 转换为布尔值并返回 true 或 false
clearInterval(intervalID:Number)	停止 setInterval()调用
duplicateMovieClip(target:Object, newname:String, depth:Number)	当 SWF 文件正在播放时，创建一个影片剪辑的实例
escape(expression:String)	将参数转换为字符串，并以 URL 编码格式对其进行编码
eval(expression:Object)	按照名称访问变量、属性、对象或影片剪辑
fscommand(command:String, parameters:String)	使 SWF 文件能够与 Flash Player 或承载 Flash Player 的程序（如 Web 浏览器）进行通信
getProperty(my_mc:String, property)	返回影片剪辑 my_mc 的指定属性的值
getTimer()	返回自 SWF 文件开始播放时起已经过的毫秒数
getURL(url:String, [window:String], [method:String])	将来自特定 URL 的文档加载到窗口中，或将变量传递到位于所定义 URL 的另一个应用程序
getVersion()	返回一个包含 Flash Player 版本和平台信息的字符串
gotoAndPlay([scene:String], frame:Object)	将播放头转到场景中指定的帧并从该帧开始播放

（续表）

函数名称	说明
gotoAndStop([scene:String], frame:Object)	将播放头转到场景中指定的帧并停止播放
isFinite(expression:Object)	计算 expression 值，如果结果为有限数，则返回 true；如果为无穷大或负无穷大，则返回 false
isNaN(expression:Object)	计算参数，如果值为 NaN（非数字），则返回 true
loadMovie(url:String, target:Object, [method:String])	在播放原始 SWF 文件的同时将 SWF 文件或 JPEG 文件加载到 Flash Player 中
loadMovieNum(url:String, level:Number, [method:String])	在播放原来加载的 SWF 文件的同时将 SWF 文件或 JPEG 文件加载到 Flash Player 的某个级别中
loadVariables(url:String, target:Object, [method:String])	从外部文件（如文本文件，或由 ColdFusion、CGI 脚本、ASP、PHP 或 Perl 脚本生成的文本）中读取数据，并设置目标影片剪辑中变量的值
loadVariablesNum(url:String, level:Number, [method:String])	从外部文件（如文本文件，或由 ColdFusion、CGI 脚本、ASP、PHP 或 Perl 脚本生成的文本）中读取数据，并设置 Flash Player 的某个级别中的变量的值
MMExecute(command:String)	允许从 ActionScript 中发出 Flash JavaScript API（JSAPI）命令
nextFrame()	将播放头转到下一帧
nextScene()	将播放头转到下一场景的第 1 帧
Number(expression:Object)	将参数 expression 转换为数字
Object([value:Object])	创建一个新的空对象，或者将指定的数字、字符串或布尔值转换为一个对象
on(mouseEvent:Object)	指定触发动作的鼠标事件或按键
onClipEvent(movieEvent:Object)	触发为特定影片剪辑实例定义的动作
parseFloat(string:String)	将字符串转换为浮点数
parseInt(expression:String, [radix:Number])	将字符串转换为整数
play()	在时间轴中向前移动播放头
prevFrame()	将播放头转到前一帧
prevScene()	将播放头转到前一场景的第 1 帧
print(target:Object, boundingBox:String)	根据在参数中指定的边界打印影片剪辑
printAsBitmap(target:Object, boundingBox:String)	根据在参数中指定的边界将影片剪辑打印为位图
printAsBitmapNum(level:Number, boundingBox:String)	根据在参数中指定的边界将 Flash Player 中的某个级别打印为位图
printNum(level:Number, boundingBox:String)	根据在参数中指定的边界打印 Flash Player 中的级别
removeMovieClip(target:Object)	删除指定的影片剪辑

（续表）

函数名称	说明
setInterval(functionReference:Function, interval:Number, [param:Object], objectReference:Object, methodName:String)	在播放 SWF 文件时，每隔一定时间就调用函数或对象的方法
setProperty(target:Object, property:Object, expression:Object)	当影片剪辑播放时，更改影片剪辑的属性值
showRedrawRegions(enable:Boolean, [color:Number])	使调试器播放器能够描绘出正在重绘的屏幕区域的轮廓
startDrag(target:Object, [lock:Boolean], [left,top,right,bottom:Number])	使 target 影片剪辑在影片播放过程中可拖动
stop()	停止当前正在播放的 SWF 文件
stopAllSounds()	在不停止播放头的情况下停止 SWF 文件中当前正在播放的所有声音
stopDrag()	停止当前的拖动操作
String(expression:Object)	返回指定参数的字符串表示形式
targetPath(targetObject:Object)	返回包含 movieClipObject 的目标路径的字符串
trace(expression:Object)	计算表达式并输出结果
unescape(string:String)	将参数 x 作为字符串计算，将该字符串从 URL 编码格式解码，并返回该字符串
unloadMovie(target:Object)	从 Flash Player 中删除通过 loadMovie()加载的影片剪辑
unloadMovieNum(level:Number)	从 Flash Player 中删除通过 loadMovieNum()加载的 SWF 或图像
updateAfterEvent()	当在处理函数内调用它或使用 setInterval()调用它时更新显示

12.4.2 常用的全局函数

全局函数涉及的知识比较多，下面举例说明常用的全局函数。

一、使用 play 和 stop 函数

Flash 动画的默认状态是永远循环播放，可以添加相应的语句以控制动画的播放和停止。通过 play 函数可以播放动画，通过 stop 函数可以停止动画播放，并且使动画停止在当前帧。

使用 play 和 stop 函数的操作步骤如下：

●步骤 01 新建一个 Flash 文档。
●步骤 02 创建两个图形元件，分别命名为"叶"和"花"。
●步骤 03 选择【工具】面板中的喷涂刷工具，然后在【属性】面板中进行如图 12.29 所示的设置。

○**步骤 04** 在图层 1 中制作一个 30 帧的形状补间动画。

○**步骤 05** 在图层 2 所对应的舞台中放置两个按钮元件，如图 12.30 所示。

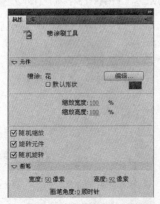

图 12.29 设置工具的属性

图 12.30 在场景中制作动画并放置按钮元件

○**步骤 06** 在【时间轴】面板中的任意图层选择第 1 帧，按【F9】键打开【动作-帧】面板。

○**步骤 07** 在脚本编辑区中输入如下语句：

```
stop();
```

○**步骤 08** 在舞台中选择播放按钮实例，在脚本编辑区中输入如下语句：

```
on(release){
play();
}
```

○**步骤 09** 在舞台中选择停止按钮实例，在脚本编辑区中输入如下语句：

```
on(release){
stop();
}
```

○**步骤 10** 动画效果完成，执行【控制】→【测试影片】命令（或按【Ctrl+Enter】组合键），在 Flash
播放器中，刚打开动画的时候是不播放的，单击【播放】按钮会开始播放动画，单击【停
止】按钮会停止播放动画，如图 12.31 所示。

（1）

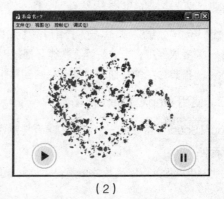

（2）

图 12.31 停止和播放动画效果

二、使用 gotoAndPlay 和 gotoAndStop 函数

可以使用 goto 函数跳转到影片中指定的帧或场景。根据跳转后的状态，有 gotoAndPlay 和 gotoAndStop 两种函数。

使用这两种函数实现跳转的操作步骤如下：

○**步骤01** 新建一个 Flash 文档。

○**步骤02** 在图层 1 中制作一个 30 帧的补间动画。

○**步骤03** 在图层 2 所对应的舞台中放置一个按钮元件，如图 12.32 所示。

图 12.32　在场景中制作动画并放置按钮元件

○**步骤04** 在【时间轴】面板中选择图层 1 的第 30 帧，按【F9】键打开【动作-帧】面板。

○**步骤05** 在脚本编辑区中输入如下语句：

```
gotoAndPlay(15);
```

○**步骤06** 在舞台中选择按钮实例。

○**步骤07** 在脚本编辑区中输入如下语句：

```
on(release){
gotoAndPlay(1);
}
```

○**步骤08** 动画效果完成，执行【控制】→【测试影片】命令（或按【Ctrl+Enter】组合键），在 Flash 播放器中，当动画第 2 次循环播放时，只播放第 15 帧至第 30 帧之间的动画效果。当单击舞台中的按钮时，动画将回到第 1 帧播放。

三、使用 stopAllSounds 函数

stopAllSounds 函数是一个简单的声音控制命令，当执行该命令时，会将当前影片文件中播放的所有声音停止。

使用 stopAllSounds 函数停止声音播放的操作步骤如下：

○**步骤01** 新建一个 Flash 文档。

○**步骤 02** 在图层 1 中制作一个 30 帧的补间动画。

○**步骤 03** 在图层 2 中放置一个声音文件，并在【属性】面板中将声音设置为循环。

○**步骤 04** 在图层 2 所对应的舞台中放置一个按钮元件，如图 12.33 所示。

图 12.33　添加声音并放置按钮元件

○**步骤 05** 在舞台中选择按钮实例，按【F9】键打开【动作-按钮】面板。

○**步骤 06** 在脚本编辑区中输入如下语句：

```
on(release){
stopAllSounds();
}
```

○**步骤 07** 动画效果完成，执行【控制】→【测试影片】命令（或按【Ctrl+Enter】组合键），在 Flash 播放器中，将播放动画声音，当单击舞台中的按钮时，会停止播放动画中的声音。

四、使用 fscommand 函数

fscommand 函数是用来控制 Flash 播放器的，可以通过添加该命令实现 Flash 中常见的全屏、隐藏右键菜单等效果。fscommand 函数的语法格式如下：

```
fscommand(command:String, parameters:String)
```

其中，command 为传递给主机应用程序用于任何用途的一个字符串，或传递给 Flash Player 的一个命令；parameters 为传递给主机应用程序用于任何用途的一个字符串，或传递给 Flash Player 的一个值。

fscommand 函数包含的命令和参数如表 12.10 所示。

表 12.10　fscommand 函数

命令	参数	说明
quit	无	关闭播放器
fullscreen	true 或 false	值为 true，表示将 Flash Player 设置为全屏模式；值为 false，播放器会返回到常规菜单视图

（续表）

命令	参数	说明
allowscale	true 或 false	值为 false，则播放器始终按 SWF 文件的原始大小绘制 SWF 文件，从不进行缩放；值为 true，则强制 SWF 文件缩放到播放器的 100%
showmenu	true 或 false	值为 true，则启用整个上下文菜单项集合；值为 false，则使得除关于 Flash Player 外的所有上下文菜单单项变暗
exec	应用程序的路径	在播放器内执行应用程序
trapallkeys	true 或 false	值为 true，则将所有按键事件（包括快捷键事件）发送到 Flash Player 中的 onClipEvent(keyDown/keyUp)处理函数

使用 fscommand 函数控制 Flash 播放器的操作步骤如下：

◌**步骤 01** 新建一个 Flash 文档。

◌**步骤 02** 在图层 1 中制作一个 30 帧的补间动画。

◌**步骤 03** 在图层 2 所对应的舞台中放置两个按钮元件，如图 12.34 所示。

图 12.34　在场景中制作动画并放置按钮元件

◌**步骤 04** 在【时间轴】面板中选择任意图层的第 1 帧，按【F9】键打开【动作-帧】面板。

◌**步骤 05** 在脚本编辑区中输入如下语句：

```
fscommand("fullscreen","true");
fscommand("showmenu","false");
fscommand("allowscalle","true");
```

◌**步骤 06** 在舞台中选择第一个按钮实例。

◌**步骤 07** 在脚本编辑区中输入如下语句：

```
on(release){
fscommand("fullscreen","false");
fscommand("allowscale","false");
fscommand("showmenu","true");
}
```

步骤08 在舞台中选择第二个按钮实例。

步骤09 在脚本编辑区中输入如下语句：

```
on(release){
fscommand("quit");
}
```

步骤10 执行【文件】→【导出】→【导出影片】命令（或按【Ctrl+Shift+S】组合键），则在 Flash 播放器中，动画一开始可以全屏播放，同时隐藏菜单并允许缩放。单击第一个按钮，可以取消全屏播放，同时显示菜单并不允许缩放；单击第二个按钮，可以关闭 Flash 播放器。

五、使用 getUrl 函数

getUrl 函数是用于创建 Web 超链接，包括创建相对路径和绝对路径，可以实现超链接的跳转。其语法格式如下：

```
getURL(url [, window [, "variables"]])
```

其中，url 指定获取文档的 url；window 指定应将文档加载到其中的窗口或 HTML 帧。用户可输入特定窗口的名称，或从下面的保留目标名称中选择。

◆ _self：当前窗口中的当前帧。

◆ _blank：指定一个新窗口。

◆ _parent：指定当前帧的父级。

◆ _top：指定当前窗口中的顶级帧。

variables 用于发送变量的 GET 或 POST 方法。

使用 getUrl 函数创建 Web 超链接的操作步骤如下：

步骤01 新建一个 Flash 文档。

步骤02 制作一个补间动画。

步骤03 新建图层 3，在其所对应的舞台中放置一个按钮元件，如图 12.35 所示。

图 12.35 在场景中制作动画并放置按钮元件

●步骤04 在【时间轴】面板中选择任意图层的第 40 帧，按【F9】键打开【动作-帧】面板。

●步骤05 在脚本编辑区中输入如下语句：

```
getURL("http://www.baidu.cn","_blank");
```

●步骤06 在舞台中选择按钮实例。

●步骤07 在脚本编辑区中输入如下语句：

```
on(release){
getURL("001.html","_self");
}
```

●步骤08 完成动画效果，执行【文件】→【导出】→【导出影片】命令（或按【Ctrl+Shift+S】组合键），当动画播放到第 40 帧时就可以自动跳转到指定的网页上；单击此按钮可以打开同一目录的 001.html 文档。

六、加载/卸载外部影片剪辑

在一个影片中可以通过 loadMovie 函数将其他位置的外部影片或位图加载到影片中，使用 unloadMovie 函数可以将前面载入的影片或位图卸载。

使用 loadMovie 函数加载/卸载外部影片剪辑的操作步骤如下：

●步骤01 新建一个 Flash 文档。

●步骤02 在图层 1 所对应的舞台中放置两个按钮元件。

●步骤03 使用矩形工具，在图层 1 所对应的舞台中绘制一个矩形。

●步骤04 按【F8】键将这个矩形转换为影片剪辑元件（如图 12.36 所示），并将其中心点调整到左上角。

●步骤05 选中该影片剪辑元件，在【属性】面板的【实例名称】文本框中输入 "flash"，如图 12.37 所示。

●步骤06 在舞台中选择第一个按钮元件，在脚本编辑区中输入语句：

```
on(release){
loadMovie("001.swf","mc");
}
```

图 12.36　将矩形转换为影片剪辑元件

图 12.37　设置影片剪辑元件的实例名称

○**步骤07** 在舞台中选择第二个按钮元件，在脚本编辑区中输入语句：

```
on(release){
loadMovie("http://www.aflash.cn/002.swf","mc");
}
```

○**步骤08** 完成动画效果，在 Flash 播放器中得到动画的预览效果。单击不同的按钮，就可以将不同的动画加载到当前的影片中，并且对齐到影片剪辑元件 "flash" 的位置上。

七、使用 LoadVariables 函数

通过使用 LoadVariables 函数可以将外部的数据加载到影片中，并对变量的值进行设置。

使用 LoadVariables 函数加载外部变量的操作步骤如下：

○**步骤01** 新建一个 Flash 文档。

○**步骤02** 在舞台中使用文本工具拖拽出一个文本框，在【属性】面板中将【文本类型】设置为【动态文本】，将变量类型设置为【多行】，在【变量】文本框中输入 "loadV"，如图 12.38 所示。

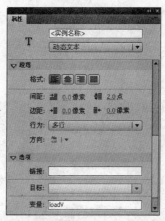

图 12.38　设置动态文本框的属性

○**步骤03** 新建一个网页文件，并将其命名为 "loadV.htm"，网页的内容开始是 "loadV="（如图 12.39 所示），其中开始的 "loadV" 是变量名称。

图 12.39　网页文件的源文件

◯**步骤04**   选择第 1 帧，按【F9】键打开【动作-帧】面板。
◯**步骤05**   在脚本编辑区中输入语句：

```
loadVariablesnum(loadV.html,0);
Stop();
```

◯**步骤06**   完成动画效果，在 Flash 播放器中预览动画效果。

八、使用 duplicateMovieClip 函数

使用 duplicateMovieClip 函数能够复制命名的影片剪辑元件实例。其语法格式如下：

```
duplicateMovieClip(target, newname, depth)
```

其中，target 为要复制的影片剪辑的目标路径；newname 为新复制的影片剪辑名称；depth 为新复制的影片剪辑的深度级别。每个对象都有唯一的深度级，深度级高的在上方，深度级低的在下方。

使用 duplicateMovieClip 函数复制影片剪辑元件的操作步骤如下：

◯**步骤01**   新建一个 Flash 文档。
◯**步骤02**   从外部导入一张图片到图层 1 中。
◯**步骤03**   按【F8】键，将该图片转换为一个图形元件。
◯**步骤04**   再按【F8】键，将该图片转换为一个影片剪辑元件。
◯**步骤05**   在场景中双击刚刚建立的元件，进入到影片剪辑元件的编辑状态，如图 12.40 所示。

图 12.40   进入到影片剪辑元件的编辑状态

◯**步骤06**   在影片剪辑元件的【时间轴】面板上，选中第 30 帧按【F6】键，插入关键帧。
◯**步骤07**   将第 30 帧舞台中的图像放大，并在【属性】面板中调整透明度为 0，如图 12.41 所示。
◯**步骤08**   在影片剪辑元件内部创建传统补间动画。
◯**步骤09**   在编辑区左上角单击【场景 1】按钮，返回到场景的编辑状态。在【属性】面板中将影片剪辑元件的实例名称设置为 "car"。
◯**步骤10**   在图层 1 的第 30 帧中按【F5】键，插入静态延长帧。
◯**步骤11**   新建 "图层 2"，分别在该图层中的第 3、6、9、12、15、18、21、24、27、30 帧中，按【F7】键插入空白关键帧，如图 12.42 所示。

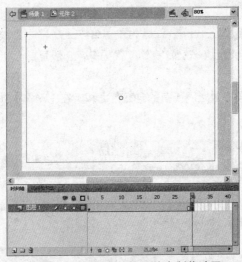

图 12.41 在影片剪辑元件中制作动画

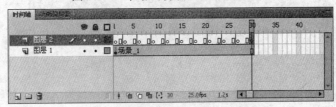

图 12.42 在图层 2 中插入空白关键帧

○步骤 12 在【时间轴】面板中选择图层 2 的第 1 帧，按【F9】键打开【动作-帧】面板。

○步骤 13 在脚本编辑区中输入语句：

```
duplicateMovieClip("car", "car01", 1);
```

○步骤 14 在【时间轴】面板中选择图层 2 的第 3 帧。

○步骤 15 在脚本编辑区中输入语句：

```
duplicateMovieClip("car", "car02", 2);
```

○步骤 16 用同样的方法，给所有的关键帧都添加复制语句，但是每个关键帧中的 newname 和 depth 的值是依次递增的。

○步骤 17 动画效果完成，在 Flash 播放器中得到动画的预览效果。

12.4.3 自定义函数

在 ActionScript 脚本中，除了使用内置的全局函数外，还可以使用自定义函数。

在 Flash CS4 动画制作中，用户可以将经常使用的某一功能或一段代码编写成自定义函数。使用自定义函数，可以减少代码量并提高编码效率。

自定义函数使用 function 语句，其语法的一般形式如下：

```
function functionName(parameters) {
    // function block

}
```

其中，functionName 为函数名；parameters 为传递给该函数的一个或多个参数；// function block 包含由函数执行的所有 ActionScript 代码。在这些代码中，一般包含一个 return 语句，以使函数生成或返回一个值。

下面使用函数计算两个自然数之间所有的自然数之和，在【动作】面板的脚本编辑区中输入下列代码：

```
trace("1 到 10 所有自然数和="+getSum(1,10));
trace("1 到 50 所有自然数和="+getSum(1,50));
trace("50 到 100 所有自然数和="+getSum(50,100));
trace("100 到 200 所有自然数和="+getSum(100,200));
trace("200 到 250 所有自然数和="+getSum(200,250));

function getSum(a,b) {
  var hSum:Number=0;
  for(i=a;i<=b;i++) {
    hSum +=i;
  }
  return hSum;
}
```

按【Ctrl+Enter】组合键，在【输出】面板中可看到代码的执行结果，如图 12.43 所示。

12.4.4 使用行为

行为是一些预定义的 ActionScript 函数，用户可以将它们附加到 Flash 文档中的对象上，而不需要自己创建 ActionScript 代码。行为提供了预先编写的 ActionScript 功能，例如帧导航、加载外部 SWF 文件和 JPEG、控制影片剪辑的堆叠顺序，以及影片剪辑拖动功能。

在 Flash 文档中添加行为是通过【行为】面板来实现的，执行【窗口】→【行为】命令或按【Shift+F3】组合键可打开或关闭【行为】面板，【行为】面板如图 12.44 所示。

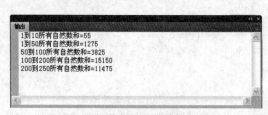

图 12.43 自定义函数的执行结果

图 12.44 【行为】面板

【行为】面板上方有 4 个功能按钮，其主要功能如下。

◆ 【添加行为】按钮：单击这个按钮可以弹出一个包括很多行为的下拉菜单，用户在下拉菜单中可以选择需要添加的具体行为。

◆ 【删除行为】按钮：单击这个按钮可以将选中的行为删除。

◆ **【上移】按钮**⬆：单击这个按钮可以将选中的行为向上移动。

◆ **【下移】按钮**⬇：单击这个按钮可以将选中的行为向下移动。

【行为】面板下方是显示行为的窗口，它包括两列内容，左边显示的是【事件】，右边显示的是【动作】。

需要添加行为时，首先要单击【添加行为】按钮，打开其下拉菜单，如图 12.45 所示。从此下拉菜单中，选择需要的行为，然后弹出该行为的相关属性的对话框，如图 12.46 所示。单击【确定】按钮即可在【行为】面板中添加一个行为，如图 12.47 所示。

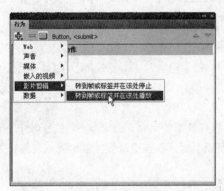

图 12.45　【添加行为】按钮的下拉菜单

图 12.46　行为的相关属性

在【行为】面板中，单击某一事件选项，打开【事件】下拉列表，如图 12.48 所示。选择其中某一选项可以修改激活动作的事件。

图 12.47　在【行为】面板中添加一个行为

图 12.48　【事件】下拉列表

下面举例说明如何在 Flash CS4 中使用行为，其操作步骤如下：

⟳步骤 01　新建一个 Flash 文档。

⟳步骤 02　执行【文件】→【导入】→【导入到舞台】命令（或按【Ctrl+R】组合键），向影片中导入一段视频。

⟳步骤 03　新建一个图层 2，在该图层所对应的舞台中放置三个按钮，分别用于控制视频的播放、停止和暂停，如图 12.49 所示。

⟳步骤 04　选择图层 1 中的视频，在【属性】面板中将视频的实例名称设置为 "movie"。

图 12.49 在场景中放置视频和按钮

○**步骤 05** 执行【窗口】→【行为】命令（或按【Shift+F3】组合键），打开 Flash CS4 的【行为】面板。

○**步骤 06** 在舞台中选择【播放】按钮。

○**步骤 07** 单击【行为】面板中的【添加行为】按钮，打开其下拉菜单，选择【嵌入的视频】→【播放】选项，如图 12.50 所示。弹出【播放视频】对话框，选择要控制的视频文件，如图 12.51 所示。

○**步骤 08** 单击【确定】按钮，最终效果如图 12.52 所示。

图 12.50 选择行为

图 12.51 【播放视频】对话框

图 12.52 最终效果

○**步骤 09** 使用相同的方法，在另外两个按钮上添加行为。

○**步骤 10** 动画效果完成，在 Flash 播放器中得到动画的预览效果。

12.5 ActionScript 编程的简单实例

下面使用本章的编程知识制作几个 Flash 动画的简单实例。

12.5.1 小型 Flash 个人网站

使用 Flash 制作一个小型网站，在不同的栏目上单击就可以浏览相应的栏目内容，同时单击每个栏目中的返回按钮，可以返回到主栏目中，完成后的效果如图 12.53 所示。

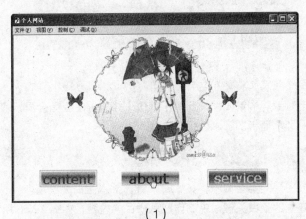

（1）

（2）

图 12.53 小型 Flash 个人网站

其操作步骤如下：

○**步骤 01** 新建一个 Flash 文档，将背景色设置为白色，舞台的尺寸设置为 700 像素×400 像素。

○**步骤 02** 执行【文件】→【导入】→【导入到舞台】命令（或按【Ctrl+R】组合键），向影片中导入一张图片素材，并且将其放置到舞台中合适的位置，如图 12.54 所示。

○**步骤 03** 新建一个图层，将其命名为"按钮"，在该图层所对应的舞台中放置"content"、"about"和"service"三个按钮元件。

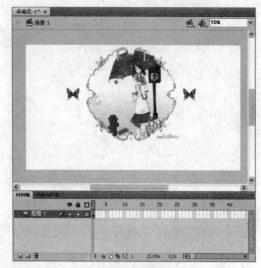

图 12.54 导入图片素材

步骤04 继续新建一个图层，将其命名为"栏目"。

步骤05 选择"栏目"图层的第1帧，此时【动作】面板的左上角会显示"动作-帧"。

步骤06 在【动作-帧】面板的脚本编辑区中输入语句：

```
stop();
```

步骤07 在"栏目"图层的第2帧中，按【F7】键，插入空白关键帧。

步骤08 再在刚刚建立的空白关键帧中制作联系栏目的内容，如图12.55所示。

图 12.55 制作联系栏目的内容

步骤09 在"栏目"图层的第3帧中，按【F7】键，插入空白关键帧。

步骤10 在刚刚建立的空白关键帧中制作简介栏目的内容，如图12.56所示。

步骤11 在"栏目"图层的第4帧中，按【F7】键，插入空白关键帧。

步骤12 在刚刚建立的空白关键帧中制作服务栏目的内容，如图12.57所示。

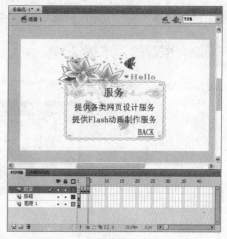

图 12.56 制作简介栏目的内容 　　　　　　　图 12.57 制作服务栏目的内容

◯**步骤 13** 此时的【时间轴】面板如图 12.58 所示。

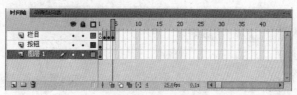

图 12.58 【时间轴】面板

◯**步骤 14** 选中"按钮"图层中的按钮元件,此时【动作】面板的左上角会显示"动作－按钮"。

◯**步骤 15** 选择"content"按钮元件,在【动作-按钮】面板的脚本编辑区中输入语句:

```
on(release){
gotoAndStop(2);
}
```

◯**步骤 16** 选择"about"按钮元件,在【动作-按钮】面板的脚本编辑区中输入语句:

```
on(release){
gotoAndStop(3);
}
```

◯**步骤 17** 选择"service"按钮元件,在【动作-按钮】面板的脚本编辑区中输入语句:

```
on(release){
gotoAndStop(4);
}
```

◯**步骤 18** 在"栏目"图层中选择 2、3、4 帧中的返回按钮,在【动作-按钮】面板的脚本编辑区中输入语句:

```
on(release){
gotoAndStop(1);
}
```

◯**步骤 19** 动画效果完成，在 Flash 播放器中得到动画的预览效果。

12.5.2 声音的基本控制

使用 ActionScript 脚本语言编程可实现声音的基本控制效果，如图 12.59 所示。

图 12.59 实现声音的基本控制效果

其操作步骤如下：

◯**步骤 01** 新建一个 Flash 文档，在【属性】面板中将舞台尺寸设置为 400 像素×300 像素，如图 12.60 所示。

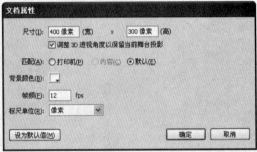

图 12.60 属性设置

◯**步骤 02** 执行【文件】→【导入】→【导入到库】命令，将声音文件导入到库中。

◯**步骤 03** 在【时间轴】面板中选中第 1 帧，在【属性】面板中设置声音效果，如图 12.61 所示。

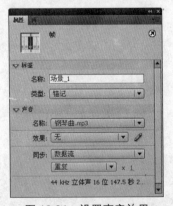

图 12.61 设置声音效果

◯步骤 04 根据声音素材的长度在【时间轴】面板中插入相应的帧，直至声音全部结束，如图 12.62 所示。

图 12.62 添加声音后的【时间轴】面板

◯步骤 05 执行【插入】→【新建元件】命令，新建一个名为 "play" 的按钮元件。

◯步骤 06 在【弹起】状态所对应的帧中绘制一个椭圆形，调整该图形的填充渐变色，如图 12.63 所示。

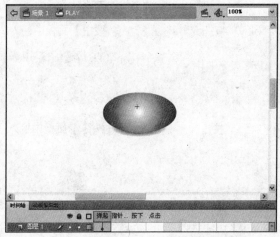

图 12.63 绘制椭圆形并调整其填充渐变色

◯步骤 07 然后分别绘制【指针经过】帧和【点击】帧中的按钮状态。

◯步骤 08 使用文本工具在椭圆形上方输入文字，将文本打散后利用墨水瓶工具为添加边框路径，最终效果如图 12.64 所示。

◯步骤 09 使用相同的方法制作 "stop" 按钮元件；如图 12.65 所示。

图 12.64 "play" 按钮最终效果　　　　　　　　图 12.65 "stop" 按钮最终效果

◯步骤 10 返回到主场景，分别从【库】面板中将 "play" 和 "stop" 按钮元件拖拽到舞台中，如图 12.66 所示。

◯步骤 11 在【时间轴】面板中选中第 1 帧，在【动作-帧】面板中输入语句：

```
stop();
```

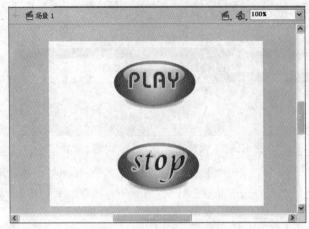

图 12.66　放置按钮元件

○步骤 12　在场景中选中 "play" 按钮元件，在【动作–按钮】面板中输入语句：

```
on (press) {
play();
}
```

○步骤 13　在场景中选中 "stop" 按钮元件，在【动作–按钮】面板中输入语句：

```
on (press) {
stop();
}
```

○步骤 14　动画效果完成后，执行【控制】→【测试影片】命令（或按【Ctrl+Enter】组合键），在 Flash 播放器中得到动画的预览效果。

12.5.3　制作鼠标跟随动画

使用 ActionScript 脚本编程可制作鼠标跟随动画，如图 12.67 所示。

图 12.67　鼠标跟随动画

其操作步骤如下：

⭕步骤01 新建一个文档，执行【文件】→【导入】→【导入到舞台】命令，打开【导入】对话框，如图 12.68 所示。

图 12.68 【导入】对话框

⭕步骤02 选择一张图片，单击【打开】按钮将图片导入到舞台中。

⭕步骤03 使用任意变形工具调整图片大小，使其与舞台大小相同，如图 12.69 所示。

图 12.69 调整图片大小

⭕步骤04 按【Ctrl+F8】组合键，打开【创建新元件】对话框，新建一个名为"变色星"的影片剪辑元件，如图 12.70 所示。

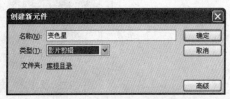

图 12.70 【创建新元件】对话框

⭕步骤05 单击【打开】按钮，进入到影片剪辑元件的编辑状态。

⭕步骤06 单击【工具】面板中的【钢笔工具】按钮，在舞台中绘制一个星形。

⭕步骤07 然后利用部分选取工具进行更细致的修改，参数设置如图 12.71 所示。

⭕步骤08 单击【确定】按钮，在编辑区中绘制如图 12.72 所示的图形。

图 12.71　【工具设置】对话框　　　　　　　图 12.72　绘制图形

步骤09 分别在第 5、10、15、20 和 25 帧中插入关键帧，如图 12.73 所示。

图 12.73　插入关键帧

步骤10 将 5 帧、第 10 帧、第 15 帧、第 20 帧和第 25 帧中的图形分别填充不同的颜色。

步骤11 在【属性】面板中，创建各关键帧间的形状补间动画，如图 12.74 所示。

图 12.74　创建形状补间动画

步骤12 新建一个名为"转星"的影片剪辑元件。

步骤13 从【库】面板中将"变色星"元件拖入影片剪辑元件编辑区中，如图 12.75 所示。

图 12.75　放置影片剪辑

步骤14 分别在第 1、5、10、15、20 和 25 帧中插入关键帧。

步骤15 执行【窗口】→【变形】命令，打开【变形】面板，如图 12.76 所示。

步骤16 分别选中第 5、10、15 和 20 帧，在【变形】面板中设置旋转角度依次为"60"、"120"、
　　　　　"-60"和"-120"。

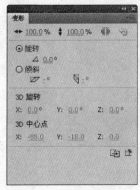

图 12.76　【变形】面板

○**步骤 17**　在各关键帧间创建动作补间动画，如图 12.77 所示。

图 12.77　创建动作补间动画

○**步骤 18**　返回主场景的编辑状态，单击【新建图层】按钮，新建图层 2。

○**步骤 19**　将"转星"影片剪辑元件拖入场景中的图层 2，并在【属性】面板中将其实例名称设为"xx"，如图 12.78 所示。

图 12.78　设置影片剪辑属性

○**步骤 20**　在图层 1 和图层 2 的第 25 帧中，按【F5】键，插入普通帧。

○**步骤 21**　新建图层 3，并将其重命名为"语句"图层，如图 12.79 所示。

图 12.79　新建"语句"图层

○**步骤 22**　分别在"语句"图层的第 3、5、7、10、13、15、17、21、23 和 25 帧处，插入关键帧，如图 12.80 所示。

图 12.80　插入关键帧

○**步骤 23** 选中"语句"图层的第 1 帧，在【动作-帧】面板中输入语句：

```
startDrag("xx", true);
//设置 "zh" 影片剪辑元件可随鼠标移动
```

○**步骤 24** 选中第 3 帧，在【动作-帧】面板中输入语句：

```
duplicateMovieClip("xx", "xx1", 1);
//复制 "zh" 影片剪辑元件为 "xx1" 影片剪辑元件
```

○**步骤 25** 在其余的关键帧中添加同样的语句，不同的是，在第 5 帧中为"xx2"且数值 1 变为 2，以此类推，依次加 1。如在第 10 帧中为 xx4 和 4；在第 17 帧中为 xx7 和 7 等，一直添加到第 23 帧为止。

○**步骤 26** 选中第 25 帧，在【动作-帧】面板中输入语句：

```
gotoAndPlay(1);   //跳转到第 1 帧并进行播放
```

○**步骤 27** 执行【控制】→【测试影片】命令（或按【Ctrl+Enter】组合键），得到动画的预览效果。

结束语

本章介绍了 ActionScript 脚本语言的编程基础，包括 ActionScript 编程基础、结构化编程知识、面向对象的编程知识和使用 ActionScript 函数等相关内容，这些知识是用户使用 ActionScript 脚本语言进行动画处理的基础。

第 13 章 使用核心类和影片类

● 本 章 包 括

◆使用核心类　　　　　　　　　　　　　◆使用影片类

在 ActionScript 脚本编程中，需要使用 Flash CS4 内置的类来创建对象，然后利用这些对象的属性、方法和事件来满足动画制作的需求。本章将介绍核心类和影片类的相关知识。

13.1 使用核心类

在 Flash CS4 的 ActionScript 脚本中，核心类包括 arguments、Array、Boolean、Date、Error、Fuction、Math、Number、Object、String 和 System 等。下面介绍常用核心类的使用方法。

13.1.1 使用 Object 类

Object 类位于 ActionScript 类层次结构的根处，其他的类大多都继承此类的属性、方法和事件。Object 对象由 Object 类的构造函数 Object()创建，其语法格式如下：

```
Object([value:Object]) : Object
```

其中，value:Object （可选）是一个数字、字符串或布尔值。

Object 类对象的属性和方法如表 13.1 所示。

表 13.1 Object 类对象的属性和方法

类别	名称	说明
属性	constructor:Object	对给定对象实例的构造函数的引用
	__proto__:Object	引用用于创建对象的类（ActionScript 2.0）或构造函数（ActionScript 1.0）的 prototype 属性
	prototype:Object	对类或函数对象的超类的引用
	__resolve:Object	对用户定义的函数的引用，该函数在 ActionScript 代码引用未定义的属性或方法时调用
方法	addProperty(name:String, getter:Function, setter:Function)：Boolean	创建一个 getter/setter 属性
	hasOwnProperty(name:String)：Boolean	指示对象是否已经定义了指定的属性
	isPropertyEnumerable(name:String)：Boolean	指示指定的属性是否存在、是否可枚举

（续表）

类别	名称	说明
	isPrototypeOf(theClass:Object) : Boolean	指示 Object 类的实例是否在指定为参数的对象的原型链中
	registerClass(name:String, theClass:Function) : Boolean	将影片剪辑元件与 ActionScript 对象类相关联
	toString() : String	将指定对象转换为字符串然后返回它
	unwatch(name:String) : Boolean	删除 Object.watch()创建的监视点
	valueOf() : Object	返回指定对象的原始值
	watch(name:String, callback:Function, [userData:Object]) : Boolean	注册当 ActionScript 对象的指定属性更改时要调用的事件处理函数

下面将创建一个新的空对象并使用值填充该对象。在【动作】面板的脚本编辑区中输入下列代码：

```
var company:Object = new Object();
company.postal = "100068";
company.phone = "67577309";
company.city = "北京市";
for (var i in company) {
 trace("company."+i+" = "+company[i]);
}
var company:Object = new Object();
company.address = "马家堡时代风帆大厦";
company.name = "经纬视野公司";
for (var i in company) {
 trace("company."+i+" = "+company[i]);
}
```

按【Ctrl+Enter】组合键，在【输出】面板中可看到代码的执行结果，如图 13.1 所示。

图 13.1 使用 Object 对象的执行结果

13.1.2 使用 Array 类

Array 类用于访问和处理索引数组。Array 对象使用 Array 类的构造函数 Array()创建，其语法格式如下：

```
public Array([value:Object])
```

其中，value:Object （可选）可以是一个指定数组中元素数量的整数，或者是一个包含两个或多个任意值的列表。这些值的类型可以为 Boolean、Number、String、Object 或 Array。

Array 类对象的属性和方法如表 13.2 所示。

表 13.2　Array 类对象的属性和方法

类别	名称	说明
属性	CASEINSENSITIVE:Number	在排序方法中，此常数指定不区分大小写的排序
	DESCENDING:Number	在排序方法中，此常数指定降序排序
	length:Number	指定数组中元素数量的非负整数
	NUMERIC:Number	在排序方法中，此常数指定数字（而不是字符串）排序
	RETURNINDEXEDARRAY:Number	指定排序返回索引数组作为调用sort()或sortOn()方法的结果
	UNIQUESORT:Number	在排序方法中，此常数指定唯一的排序要求
方法	concat([value:Object]) : Array	将参数中指定的元素与数组中的元素连接，并创建新的数组
	join([delimiter:String]) : String	将数组中的元素转换为字符串，在元素间插入指定的分隔符，连接这些元素然后返回结果字符串
	pop() : Object	删除数组中最后一个元素，并返回该元素的值
	push(value:Object) : Number	将一个或多个元素添加到数组的结尾，并返回该数组的新长度
	reverse() : Void	在当前位置倒转数组
	shift() : Object	删除数组中第一个元素，并返回该元素
	slice([startIndex:Number], [endIndex:Number]) : Array	返回由原始数组中某一范围的元素构成的新数组，而不修改原始数组
	sort([compareFunction:Object], [options:Number]) : Array	对数组中的元素进行排序
	sortOn(fieldName:Object, [options:Object]) : Array	根据数组中的一个或多个字段对数组中的元素进行排序
	splice(startIndex:Number, [deleteCount:Number], [value:Object]) : Array	给数组添加元素以及从数组中删除元素
	toString() : String	返回一个字符串值，该值表示所指定的 Array 对象中的元素
	unshift(value:Object) : Number	将一个或多个元素添加到数组的开头，并返回该数组的新长度

说明　此表以及本章的其他表没有列出继承 Object 对象的属性和方法。

索引数组是一个对象，在数组元素中存储各种各样的数据类型，包括数字、字符串、对象，甚至是其他数组。其属性由表示该属性在数组中位置的数字来标识，此数字称为索引。所有索引数组都从零开始，这意味着数组中的第一个元素为[0]，第二个元素为[1]，依此类推。

在 ActionScript 脚本编程中，还可以创建一个多维数组，方法是创建一个索引数组，然后给它的每个元素分配不同的索引数组。

下面将创建一个数组对象并对数组进行排序，在【动作】面板的脚本编辑区中输入下列代码：

```
var aStudent:Array = new Array();
aStudent.push({name: "王 平", bDate: "1982-10-24", Sex: "女"});
aStudent.push({name: "杨靖华", bDate: "1982-11-01", Sex: "女"});
aStudent.push({name: "孟 力", bDate: "1985-12-11", Sex: "男"});
aStudent.push({name: "张燕钗", bDate: "1985-03-04", Sex: "女"});
aStudent.push({name: "史春雁", bDate: "1985-06-28", Sex: "女"});
aStudent.push({name: "刘 涛", bDate: "1980-07-05", Sex: "男"});
aStudent.sortOn("bDate");
var sElement:String = null;
for(var i:Number = 0; i < aStudent.length; i++) {
 sElement = "";
 for(var key in aStudent[i]) {
  sElement += aStudent[i][key] + "  ";
 }
 trace(sElement);
}
```

按【Ctrl+Enter】组合键，在【输出】面板中可以看到代码的执行结果，如图 13.2 所示。

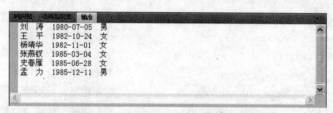

图 13.2　使用 Array 对象的执行结果

13.1.3　使用 Date 类

Date 类用于检索相对于通用时间（格林威治平均时，现在叫做通用时间或 UTC）或相对于运行 Flash Player 的操作系统的日期和时间值。Date 对象由 Date 类的构造函数 Date() 创建，其语法格式如下：

```
Date([yearOrTimevalue:Number], [month:Number], [date:Number],
[hour:Number], [minute:Number], [second:Number], [millisecond:Number])
```

其中，yearOrTimevalue:Number（可选）表示如果指定了其他参数，则此数字表示年份，否则表示时间值；month:Number（可选）为 0（一月）到 11（十二月）之间的整数；date:Number（可选）为 1 到 31 之间的整数；hour:Number（可选）为 0（午夜）到 23（晚上 11 点）之间的整数；

minute:Number（可选）为 0 到 59 之间的整数；second:Number（可选）为 0 到 59 之间的整数；millisecond:Number（可选）为 0 到 999 之间的整数（毫秒）。

Date 类对象的方法如表 13.3 所示。

表 13.3　Date 类对象的方法

类别	名称	说明
方法	getDate() : Number	按照本地时间返回指定的 Date 对象中表示月中某天的值（1~31 之间的整数）
	getDay() : Number	按照本地时间返回指定的 Date 对象中表示周几的值（0 代表星期日，1 代表星期一，依此类推）
	getFullYear() : Number	按照本地时间返回指定的 Date 对象中的完整年份值（一个 4 位数，如 2000）
	getHours() : Number	按照本地时间返回指定的 Date 对象中的小时值（0~23 之间的整数）
	getMilliseconds() : Number	按照本地时间返回指定的 Date 对象中的毫秒数（0~999 之间的整数）
	getMinutes() : Number	按照本地时间返回指定的 Date 对象中的分钟值（0~59 之间的整数）
	getMonth() : Number	按照本地时间返回指定的 Date 对象中的月份值（0 代表一月，1 代表二月，依此类推）
	getSeconds() : Number	按照本地时间返回指定的 Date 对象中的秒钟值（0~59 之间的整数）
	getTime() : Number	返回指定的 Date 对象自 1970 年 1 月 1 日午夜（通用时间）以来的毫秒数
	getTimezoneOffset() : Number	以分钟为单位，返回计算机的本地时间和通用时间之间的差值
	getUTCDate() : Number	按照通用时间返回指定的 Date 对象中表示月中某天的值（1~31 之间的整数）
	getUTCDay() : Number	按照通用时间返回指定的 Date 对象中表示周几的值（0 代表星期日，1 代表星期一，依此类推）
	getUTCFullYear() : Number	按照通用时间返回指定的 Date 对象中用 4 位数字表示的年份值
	getUTCHours() : Number	按照通用时间返回指定的 Date 对象中的小时值（0~23 之间的整数）
	getUTCMilliseconds() : Number	按照通用时间返回指定的 Date 对象中的毫秒数（0~999 之间的整数）
	getUTCMinutes() : Number	按照通用时间返回指定的 Date 对象中的分钟值（0~59 之间的整数）
	getUTCMonth() : Number	按照通用时间返回指定的 Date 对象中的月份值（0 [一月]~11 [十二月]）
	getUTCSeconds() : Number	按照通用时间返回指定的 Date 对象中的秒钟值（0~59 之间的整数）
	getUTCYear() : Number	按照通用时间（UTC）返回此 Date 的年份
	getYear() : Number	按照本地时间返回指定的 Date 对象的年份

（续表）

类别	名称	说明
	setDate(date:Number) : Number	按照本地时间设置指定的 Date 对象的月份中的日期，并以毫秒为单位返回新时间
	setFullYear(year:Number, [month:Number], [date:Number]) : Number	按照本地时间设置指定的 Date 对象的年份，并以毫秒为单位返回新时间
	setHours(hour:Number) : Number	按照本地时间设置指定的 Date 对象的小时值，并以毫秒为单位返回新时间
	setMilliseconds(millisecond:Number) : Number	按照本地时间设置指定的 Date 对象的毫秒数，并以毫秒为单位返回新时间
	setMinutes(minute:Number) : Number	按照本地时间设置指定的 Date 对象的分钟值，并以毫秒为单位返回新时间
	setMonth(month:Number, [date:Number]) : Number	按照本地时间设置指定的 Date 对象的月份，并以毫秒为单位返回新时间
	setSeconds(second:Number) : Number	按照本地时间设置指定的 Date 对象中的秒钟值，并以毫秒为单位返回新时间
	setTime(millisecond:Number) : Number	以毫秒为单位设置指定的 Date 对象自 1970 年 1 月 1 日午夜以来的日期，并以毫秒为单位返回新时间
	setUTCDate(date:Number) : Number	按照通用时间设置指定的 Date 对象的日期值，并以毫秒为单位返回新时间
	setUTCFullYear(year:Number, [month:Number], [date:Number]) : Number	按照通用时间设置指定的 Date 对象（my_date）的年份，并以毫秒为单位返回新时间
	setUTCHours(hour:Number, [minute:Number], [second:Number], [millisecond:Number]) : Number	按照通用时间设置指定的 Date 对象的小时值，并以毫秒为单位返回新时间
	setUTCMilliseconds(millisecond:Number) : Number	按照通用时间设置指定的 Date 对象的毫秒数，并以毫秒为单位返回新时间
	setUTCMinutes(minute:Number, [second:Number], [millisecond:Number]) : Number	按照通用时间设置指定的 Date 对象的分钟值，并以毫秒为单位返回新时间
	setUTCMonth(month:Number, [date:Number]) : Number	按照通用时间设置指定的 Date 对象的月份，还可以选择设置日期，并以毫秒为单位返回新时间
	setUTCSeconds(second:Number, [millisecond:Number]) : Number	按照通用时间设置指定的 Date 对象的秒钟值，并以毫秒为单位返回新时间
	setYear(year:Number) : Number	按照本地时间设置指定 Date 对象的年份值，并以毫秒为单位返回新时间
	toString() : String	以可读格式返回指定的 Date 对象的字符串值
	UTC(year:Number, month:Number, [date:Number], [hour:Number], [minute:Number], [second:Number], [millisecond:Number]) : Number	返回 1970 年 1 月 1 日午夜（通用时间）与参数中指定的时间之间相差的毫秒数
	valueOf() : Number	返回此 Date 自 1970 年 1 月 1 日午夜（通用时间）以来的毫秒数

下面使用 Date 对象制作系统的时间显示牌，其操作步骤如下。

步骤 01 新建一个 Flash 文档。

步骤 02 设置舞台的宽度为 400 像素、高度为 300 像素。

步骤 03 使用【工具】面板的文本工具添加显示时间所需要的静态文本，如图 13.3 所示。

图 13.3 添加需要的静态文本

步骤 04 使用【工具】面板的文本工具在"年"前添加一个动态文本，并设置其实例名称为"hYear"，如图 13.4 所示。

图 13.4 设置动态文本的实例名称

步骤 05 使用相同的方法添加其他动态文本，设置实例名称分别为"hMonth"、"hDay"、"hWeek"、"hHour"、"hMinute"和"hSecond"，并调整这些文本的位置，如图 13.5 所示。

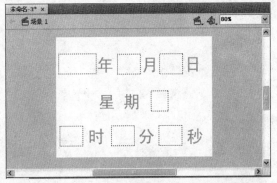

图 13.5 添加显示时间的动态文本并调整位置

步骤 06 选择第 1 帧，按【F9】键，打开【动作-帧】面板，在脚本编辑区中输入如下代码：

```
var intervalId:Number;
var  hTmp:Number;

function DisplayDate():Void {
  var myDate:Date=new Date();
```

```
hYear.text=myDate.getFullYear();
hTmp=myDate.getMonth()+1;
if (hTmp<10) {
  hMonth.text="0"+hTmp;
}
else {
hMonth.text=hTmp;
}
hTmp=myDate.getDate ();
if (hTmp<10) {
  hDay.text="0"+hTmp;
}
else {
hDay.text=hTmp;
}
hTmp=myDate.getDay();
switch(hTmp) {
case 0:
hWeek.text="日";
break;
case 1:
hWeek.text="一";
break;
case 2:
hWeek.text="二";
break;
case 3:
hWeek.text="三";
break;
case 4:
hWeek.text="四";
break;
case 5:
hWeek.text="五";
break;
case 6:
hWeek.text="六";
break;
default:
hWeek.text="";
break;
}
hTmp=myDate.getHours();
if (hTmp<10) {
  hHour.text="0"+hTmp;
}
else {
hHour.text=hTmp;
}
```

```
    hTmp=myDate.getMinutes();
    if (hTmp<10) {
        hMinute.text="0"+hTmp;
    }
    else {
     hMinute.text=hTmp;
    }
    hTmp=myDate.getSeconds();
    if (hTmp<10) {
        hSecond.text="0"+hTmp;
    }
    else {
     hSecond.text=hTmp;
    }
    delete myDate;
    }
intervalId = setInterval(this, "DisplayDate", 1000);
```

◯**步骤07** 按【Ctrl+Enter】组合键，即可显示计算机的系统时间，如图 13.6 所示。

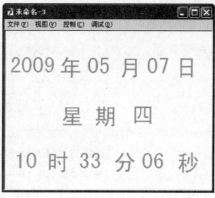

图 13.6　显示计算机的系统时间

13.1.4　使用 Math 类

Math 类是一个顶级类，不必使用构造函数即可使用其方法和属性。使用此类的方法和属性可以访问和处理数学常数和函数。

Math 类对象的属性和方法如表 13.4 所示。

表 13.4　Math 类对象的属性和方法

类别	名称	说明
属性	E:Number	代表自然对数的底的数学常数，表示为 e
	LN10:Number	代表 10 的自然对数的数学常数，表示为 loge10，其近似值为 2.302 585 092 994 046
	LN2:Number	代表 2 的自然对数的数学常数，表示为 loge2，其近似值为 0.693 147 180 559 945 3

（续表）

类别	名称	说明
	LOG10E:Number	代表常数 e（Math.E）以 10 为底的对数的数学常数，表示为 log10e，其近似值为 0.434 294 481 903 251 8
	LOG2E:Number	代表常数 e（Math.E）以 2 为底的对数的数学常数，表示为 log2e，其近似值为 1.442 695 040 888 963 387
	PI:Number	代表一个圆的周长与其直径的比值的数学常数，表示为 pi，其近似值为 3.141 592 653 589 793
	SQRT1_2:Number	代表 1/2 的平方根的数学常数，其近似值为 0.707 106 781 186 547 6
	SQRT2:Number	代表 2 的平方根的数学常数，其近似值为 1.414 213 562 373 095 1
方法	abs(x:Number) : Number	计算并返回由参数 x 指定的数字的绝对值
	acos(x:Number) : Number	以弧度为单位计算并返回由参数 x 指定的数字的反余弦值
	asin(x:Number) : Number	以弧度为单位计算并返回由参数 x 指定的数字的反正弦值
	atan(tangent:Number) : Number	以弧度为单位计算并返回角度值，该角度的正切值已由参数 tangent 指定
	atan2(y:Number, x:Number) : Number	以弧度为单位计算并返回点 y/x 的角度，该角度从圆的 x 轴（0 点在其上，0 表示圆心）沿逆时针方向测量
	ceil(x:Number) : Number	返回指定数字或表达式的上限值
	cos(x:Number) : Number	以弧度为单位计算并返回指定角度的余弦值
	exp(x:Number) : Number	返回自然对数的底（e）的 x 次幂的值，x 由参数 x 指定
	floor(x:Number) : Number	返回由参数 x 指定的数字或表达式的下限值
	log(x:Number) : Number	返回参数 x 的自然对数
	max(x:Number, y:Number) : Number	计算 x 和 y，并返回两者中的较大值
	min(x:Number, y:Number) : Number	计算 x 和 y，并返回两者中的较小值
	pow(x:Number, y:Number) : Number	计算并返回 x 的 y 次幂
	random() : Number	返回一个伪随机数 n，其中 0 <= n < 1
	round(x:Number) : Number	将参数 x 的值向上或向下舍入为最接近的整数并返回该值
	sin(x:Number) : Number	以弧度为单位计算并返回指定角度的正弦值
	sqrt(x:Number) : Number	计算并返回指定数字的平方根
	tan(x:Number) : Number	计算并返回指定角度的正切值

　　Math 类的多个方法都使用以弧度为单位的角度作为参数。在调用方法前，可以使用如下公式计算弧度值：

```
radians = degrees * Math.PI/180
```

　　下面使用 Math 类对象在 Flash 中计算一元二次方程，其操作步骤如下。

○**步骤 01**　新建一个 Flash 文档。

○**步骤 02**　设置舞台的宽度为 400 像素、高度为 300 像素。

○**步骤 03**　使用【工具】面板的文本工具添加一元二次方程所需要的输入文本和静态文本，输入文本的实例名称分别为 "aValue"、"bValue" 和 "cValue"，如图 13.7 所示。

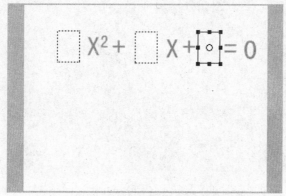

图 13.7　添加需要的输入文本和静态文本

○**步骤 04**　使用【工具】面板的文本工具添加显示方程解所需要的静态文本和动态文本，动态文本的实例名称为 "myAnswer"，并添加两个按钮对象，分别用于求方程和清除文本内容，如图 13.8 所示。

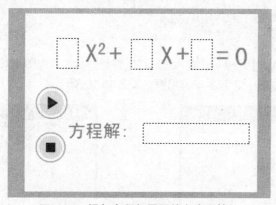

图 13.8　添加方程解需要的文本和按钮

○**步骤 05**　选择上面的按钮，按【F9】键，打开【动作-按钮】面板，在脚本编辑区中输入如下代码：

```
on(release) {
  var a:Number, b:Number,c:Number;
  var d:Number, x1:Number,x2:Number;
  a=aValue.text;
```

```
b=bValue.text;
c=cValue.text;
d=Math.pow(b,2)-4*a*c;
if (d<0) {
myAnswer.text="方程没有解";
}
else {
 if(d==0) {
 x1=-b/(2*a);
 myAnswer.text="X="+x1;
 }
 else {
 d=Math.sqrt(d);
 x1=(-b+d)/(2*a);
 x2=(-b-d)/(2*a);
 x1=Math.round(1000*x1)/1000;
 x2=Math.round(1000*x2)/1000;
 myAnswer.text="X="+x1+"或 X="+x2;
  }
 }
}
```

⊃**步骤06** 选择下面的按钮，在脚本编辑区中输入如下代码：

```
on(release) {
 aValue.text="";
 bValue.text="";
 cValue.text="";
 myAnswer.text="";
 }
```

⊃**步骤07** 按【Ctrl+Enter】组合键，输入一元二次方程的参数，如图 13.9 所示。

⊃**步骤08** 单击上面的按钮，即可显示方程解，如图 13.10 所示。

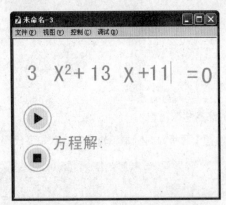

图 13.9 输入一元二次方程的参数

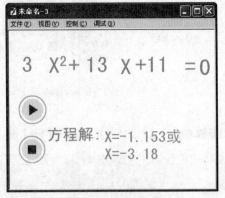

图 13.10 显示方程解

13.1.5　使用 Number 类

　　Number 类是 Number 数据类型的简单包装对象。使用与 Number 类关联的方法和属性可以操作基元数值。

　　Number 类的属性是静态属性,不需要创建 Number 对象就可以使用这些属性,但要使用 Number 对象的方法,就需要使用 Number 类的构造函数 Number() 创建对象,其语法格式如下:

```
Number(expression) : Number
```

　　其中,expression:Object 是要转换为数字的表达式。以 0× 开头的数字或字符串被解释为十六进制值;以 0 开头的数字或字符串被解释为八进制值。

　　Number 类对象的属性和方法如表 13.5 所示。

表 13.5　Number 类对象的属性和方法

类别	名称	说明
属性	MAX_VALUE:Number	最大可表示数(双精度 IEEE-754)
	MIN_VALUE:Number	最小可表示数(双精度 IEEE-754)
	NaN:Number	表示"非数字"(NaN)的 IEEE-754 值
	NEGATIVE_INFINITY:Number	指定表示负无穷大的 IEEE-754 值
	POSITIVE_INFINITY:Number	指定表示正无穷大的 IEEE-754 值
方法	toString(radix:Number) : String	返回指定的 Number 对象(myNumber)的字符串表示形式
	valueOf() : Number	返回指定的 Number 对象的基元值类型

　　下面使用 Number 类对象实现十进制数据的转换,其操作步骤如下。

○**步骤01**　新建一个 Flash 文档。

○**步骤02**　设置舞台的宽度为 400 像素、高度为 300 像素。

○**步骤03**　使用【工具】面板的文本工具添加输入十进制数据所需要的静态文本和输入文本,在【属性】面板中将输入文本的实例名称设置为"htext10",如图 13.11 所示。

○**步骤04**　使用相同方法添加显示转换数据所需要的静态文本和动态文本,并设置动态文本的实例名称分别为"htext2"、"htext8"和"htext16",在舞台中添加需要的按钮,如图 13.12 所示。

图 13.11　设置输入文本的实例名称

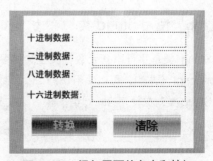

图 13.12　添加需要的文本和按钮

⟶**步骤 05** 选择【转换】按钮，按【F9】键，打开【动作-按钮】面板，在脚本编辑区中输入如下代码：

```
on(release) {
 var hValue1:Number=htext10.length;
 if (hValue1>0) {
   var myNum:Number=new Number(htext10.text);
   htext2.text=myNum.toString(2);
   htext8.text=myNum.toString(8);
   htext16.text=myNum.toString(16);
   delete myNum;
 }
}
```

⟶**步骤 06** 选择【清除】按钮，在脚本编辑区中输入如下代码：

```
on(release) {
htext10.text="";
htext2.text="";
htext8.text="";
htext16.text="";
}
```

⟶**步骤 07** 按【Ctrl+Enter】组合键，输入需要转换的十进制数，如图 13.13 所示。

⟶**步骤 08** 单击【转换】按钮，即可显示数据的转换结果，如图 13.14 所示。

图 13.13 输入需要转换的十进制数

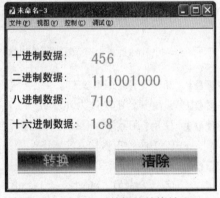

图 13.14 显示数据的转换结果

13.1.6 使用 String 类

String 类是字符串基元数据类型的包装，提供用于操作基元字符串值类型的方法和属性。在 ActionScript 脚本中，可以使用 String() 函数将任何对象的值转换为字符串。

String 类对象使用 String 类的构造函数 String() 创建，其语法格式如下：

```
String(expression:Object) : String
```

其中，expression:Object 为要转换为字符串的表达式。如果 expression 是数字，则返回字符串为该数字的文本表示形式；如果 expression 是字符串，则返回字符串为"expression"；如果 expression 是一个对象，则返回值是该对象的字符串表示形式；如果 expression 是布尔值，则返回字符串为 true 或 false；如果 expression 是一个影片剪辑，则返回值是以斜杠（/）记号表示的该影片剪辑的目标路径。

String 类对象的属性和方法如表 13.6 所示。

表 13.6　String 类对象的属性和方法

类别	名称	说明
属性	length:Number	一个整数，它指定在所指定的 String 对象中的字符数
方法	charAt(index:Number) : String	返回由参数 index 指定的位置处的字符
	charCodeAt(index:Number) : Number	返回一个 0 到 65 535 之间的 16 位整数，它表示由 index 指定的字符
	concat(value:Object) : String	将 String 对象的值与参数合并，并返回新组成的字符串，而原始值 my_str 不变
	fromCharCode() : String	返回一个由参数中的 Unicode 值表示的字符组成的字符串
	indexOf(value:String, [startIndex:Number]) : Number	搜索字符串，并返回到调用字符串的 startIndex 位置或之后找到的 value 的第一个匹配项的位置
	lastIndexOf(value:String, [startIndex:Number]) : Number	从右向左搜索字符串，并返回在调用字符串内 startIndex 之前找到的 value 的最后一个匹配项的索引
	slice(start:Number, end:Number) : String	返回一个字符串，该字符串包括从 start 字符一直到 end 字符（但不包括该字符）之间的所有字符
	split(delimiter:String, [limit:Number]) : Array	在指定的 delimiter 参数出现的所有位置断开 String 对象，将其拆分为子字符串，然后以数组形式返回子字符串
	substr(start:Number, length:Number) : String	返回字符串中从 start 参数所指定的索引开始，直至 length 参数所指定的字符数为止的字符
	substring(start:Number, end:Number) : String	返回一个字符串，该字符串由 start 和 end 参数指定的两点之间的字符组成
	toLowerCase() : String	返回 String 对象的一个副本，其中的所有大写字符均转换为小写字符
	toString() : String	无论对象的属性是否为字符串，均以字符串形式返回该属性
	toUpperCase() : String	返回 String 对象的一个副本，其中的所有小写字符均转换为大写字符
	valueOf() : String	返回字符串

由于所有字符串索引都是从零开始的，因此任何字符串 x 的最后一个字符的索引都是"x.length – 1"。

String 类的所有方法（concat()、fromCharCode()、slice() 和 substr() 除外）都是通用方法，这意味着在对这些方法执行操作前，这些方法都将调用 toString()，并且用户可以将这些方法用于其他非 String 类对象。

下面使用 String 类对象实现文本的打字效果显示，其操作步骤如下。

⊃**步骤 01** 新建一个 Flash 文档。

⊃**步骤 02** 设置舞台的宽度为 500 像素、高度为 300 像素。

⊃**步骤 03** 使用【工具】面板的文本工具添加显示文本的动态文本，在【属性】面板中设置动态文本的相关属性，如图 13.15 所示。

⊃**步骤 04** 使用【工具】面板的文本工具添加输入字符的输入文本，在【属性】面板中设置输入文本的相关属性，如图 13.16 所示。

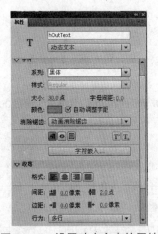 

图 13.15　设置动态文本的属性　　　　　　　图 13.16　设置输入文本的属性

⊃**步骤 05** 在舞台中添加一个按钮，并按照需要布局这些对象，如图 13.17 所示。

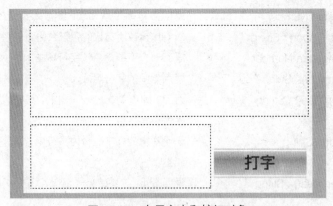

图 13.17　布局文本和按钮对象

⊃**步骤 06** 选择按钮对象，按【F9】键，打开【动作-按钮】面板，在脚本编辑区中输入如下代码：

```
on(release) {
  var intervalId:Number;
  var hCount:Number;
```

```
 var hLen:Number;
 var myTxt:String=new String(hInText.text);

 function displaytext():Void {
  hCount++;
  hOutText.text=myTxt.substring(0,hCount)+"_";
  if(hCount > hLen) {
   clearInterval(intervalId);
  }
 }

 hLen=myTxt.length;
 if (hLen>0) {
  hCount=0;
  intervalId = setInterval(this,"displaytext", 200);
 }
}
```

○**步骤 07** 按【Ctrl+Enter】组合键，输入需要的文本，如图 13.18 所示。

○**步骤 08** 单击【打字】按钮，就会出现以打字效果显示的输入文本，如图 13.19 所示。

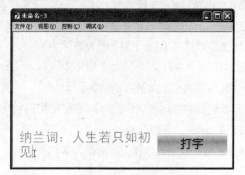

图 13.18 输入需要的文本

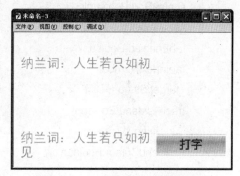

图 13.19 文本的打字效果显示

13.2 使用影片类

在 Flash CS4 的 ActionScript 脚本中，影片类包括 Accessibility、Button、Color、Context Menu、Key、LocalConnection、Mouse、MovieClip、MovieClipLoader、PrintJob、Selection、Shared Object、Stage、TextField、TextFormat、TextSnapshot 等，下面介绍常用影片类的使用方法。

13.2.1 使用 Button 类

在 Flash 动画中，所有按钮元件都是 Button 类对象的实例，用户可在属性检查器中指定按钮实例名称，并通过 ActionScript 使用 Button 类的方法和属性来操纵按钮。

Button 类对象的属性、事件和方法如表 13.7 所示。

表 13.7　Button 类对象的属性、事件和方法

类别	名称	说明
属性	_alpha:Number	由 my_btn 指定的按钮的 Alpha 透明度值
	blendMode:Object	按钮的混合模式
	cacheAsBitmap:Boolean	如果设置为 true，Flash Player 将缓存按钮的内部位图表示形式
	enabled:Boolean	布尔值，指定按钮是否处于启用状态
	filters:Array	索引数组，包含当前与按钮关联的每个滤镜对象
	_focusrect:Boolean	布尔值，指定当按钮具有键盘焦点时，其四周是否有黄色矩形
	_height:Number	按钮的高度，以像素为单位
	menu:ContextMenu	将 ContextMenu 对象 contextMenu 与按钮对象 my_button 相关联
	_name:String	由 my_btn 指定的按钮的实例名称
	_parent:MovieClip	对包含当前影片剪辑或对象的影片剪辑或对象的引用
	_quality:String	属性（全局），设置或检索用于 SWF 文件的呈现品质
	_rotation:Number	按钮距其原始方向的旋转程度，以度为单位
	scale9Grid:Rectangle	为按钮定义 9 个缩放区域的矩形区域
	_soundbuftime:Number	指定在声音开始进行流处理前预先缓冲的秒数的属性
	tabEnabled:Boolean	指定 my_btn 是否包括在【Tab】键的自动排序中
	tabIndex:Number	用于自定义 SWF 文件中对象的【Tab】键排序
	_target:String [只读]	返回由 my_btn 指定的按钮实例的目标路径
	trackAsMenu:Boolean	布尔值，指示其他按钮或影片剪辑是否可接收鼠标释放事件
	_url:String [只读]	检索创建按钮的 SWF 文件的 URL
	useHandCursor:Boolean	布尔值，指示鼠标指针滑过按钮上方时是否显示手指形（手形光标）
	_visible:Boolean	布尔值，指示由 my_btn 指定的按钮是否可见
	_width:Number	按钮的宽度，以像素为单位
	_x:Number	整数，用来设置按钮相对于父级影片剪辑的本地坐标的 X 轴坐标
	_xmouse:Number [只读]	返回鼠标位置相对于按钮的 X 轴坐标
	_xscale:Number	从按钮注册点开始应用的按钮水平缩放比例，以百分比表示
	_y:Number	按钮相对于父级影片剪辑的本地坐标的 Y 轴坐标
	_ymouse:Number [只读]	指示鼠标位置相对于按钮的 Y 轴坐标
	_yscale:Number	从按钮注册点开始应用的按钮垂直缩放比例，以百分比表示
事件	onDragOut = function() {}	当在按钮上单击鼠标按钮，然后将鼠标指针拖动到按钮之外时调用

（续表）

类别	名称	说明
	_ymouse:Number [只读]	指示鼠标位置相对于按钮的 Y 轴坐标
	_yscale:Number	从按钮注册点开始应用的按钮垂直缩放比例，以百分比表示
	onDragOver = function() {}	当用户在按钮外部按下鼠标按钮，然后将鼠标指针拖动到按钮之上时调用
	onKeyDown = function() {}	当按钮具有键盘焦点而且按下某按键时调用
	onKeyUp = function() {}	当按钮具有输入焦点而且释放某按键时调用
	onKillFocus = function(newFocus:Object) {}	当按钮失去键盘焦点时调用
	onPress = function() {}	当按下按钮时调用
	onRelease = function() {}	当释放按钮时调用
	onReleaseOutside = function() {}	在这样的情况下调用：在鼠标指针位于按钮内部的情况下按下按钮，然后将鼠标指针移到该按钮外部并释放鼠标按钮
	onRollOut = function() {}	当鼠标指针移至按钮区域之外时调用
	onRollOver = function() {}	当鼠标指针移过按钮区域时调用
	onSetFocus = function(oldFocus:Object) {}	当按钮接收键盘焦点时调用
方法	getDepth() : Number	返回按钮实例的深度

下面给 Button 对象添加右键快捷菜单并设置按钮属性，其操作步骤如下。

◯**步骤 01** 新建一个 Flash 文档。

◯**步骤 02** 设置舞台的宽度为 300 像素、高度为 200 像素。

◯**步骤 03** 在舞台上添加一个按钮实例，将其实例名称设置为 "myBtn_btn"。

◯**步骤 04** 在舞台上添加一个动态文本，将其实例名称设置为 "myTxt"，并根据需要布局按钮和文本，如图 13.20 所示。

图 13.20 布局按钮和文本

◯**步骤 05** 选择第 1 帧，在【动作-帧】面板的脚本编辑区中输入如下代码：

```
var menu_cm:ContextMenu = new ContextMenu();
menu_cm.customItems.push(new ContextMenuItem("打开", doOpen));
menu_cm.customItems.push(new ContextMenuItem("保存", doSave));
```

```
menu_cm.customItems.push(new ContextMenuItem("另存为", doSaveAs));

function doOpen(menu:Object, obj:Object):Void {
  myTxt.text="用户选择了'打开'选项。";
}
function doSave(menu:Object, obj:Object):Void {
  myTxt.text="用户选择了'保存'选项。";
}
function doSaveAs(menu:Object, obj:Object):Void {
  myTxt.text="用户选择了'另存为'选项。";
}

myBtn_btn.menu = menu_cm;

myBtn_btn.onRelease = function(){
 this._alpha = 50;
 this._width = 100;
 this._height = 45;
 this._rotation += 30;
};
```

○**步骤 06** 按【Ctrl+Enter】组合键，显示实例的按钮，如图 13.21 所示。

○**步骤 07** 右击按钮，将弹出一个快捷菜单，如图 13.22 所示。

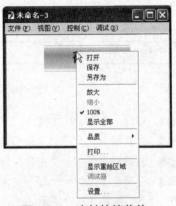

图 13.21　显示实例的按钮　　　　　　　　　　　图 13.22　右键快捷菜单

○**步骤 08** 单击【打开】选项，在动态文本中将显示相应的菜单提示，如图 13.23 所示。

○**步骤 09** 单击按钮，将修改按钮的属性，如图 13.24 所示。

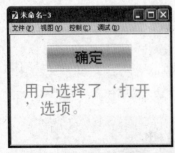

图 13.23　显示菜单提示　　　　　　　　　　　　图 13.24　修改按钮属性

13.2.2　使用 Key 类

Key 类是不通过构造函数即可使用其方法和属性的顶级类。使用 Key 类的方法可生成用户能够通过标准键盘控制的界面。Key 类的属性是一些常数，这些常数表示用于控制应用程序的常用键（如箭头键、Page Up 和 Page Down）。

Flash 应用程序只能监视其焦点内发生的键盘事件，它无法检测其他应用程序中的键盘事件。

Key 类对象的属性、事件和方法如表 13.8 所示。

表 13.8　Key 类对象的属性、事件和方法

类别	名称	说明
属性	BACKSPACE:Number	【Backspace】键的键控代码值（8）
	CAPSLOCK:Number	【Caps Lock】键的键控代码值（20）
	CONTROL:Number	【Ctrl】键的键控代码值（17）
	DELETEKEY:Number	【Delete】键的键控代码值（46）
	DOWN:Number	下箭头键的键控代码值（40）
	END:Number	【End】键的键控代码值（35）
	ENTER:Number	【Enter】键的键控代码值（13）
	ESCAPE:Number	【Esc】键的键控代码值（27）
	HOME:Number	【Home】键的键控代码值（36）
	INSERT:Number	【Insert】键的键控代码值（45）
	LEFT:Number	左箭头键的键控代码值（37）
	_listeners:Array [只读]	一个引用列表，引用对象是向 Key 类对象注册的所有侦听器对象
	PGDN:Number	【Page Down】键的键控代码值（34）
	PGUP:Number	【Page Up】键的键控代码值（33）
	RIGHT:Number	右箭头键的键控代码值（39）
	SHIFT:Number	【Shift】键的键控代码值（16）
	SPACE:Number	空格键的键控代码值（32）
	TAB:Number	【Tab】键的键控代码值（9）
	UP:Number	上箭头键的键控代码值（38）
事件	onKeyDown = function() {}	当按下某按键时获得通知
	onKeyUp = function() {}	当释放某按键时获得通知
方法	addListener(listener:Object): Void	注册一个对象，以便接收 onKeyDown 和 onKeyUp 通知
	getAscii() : Number	返回按下或释放的最后一个键的 ASCII 码
	getCode() : Number	返回按下的最后一个键的键控代码值
	isAccessible() : Boolean	根据安全限制返回一个布尔值，该值指示按下的最后一个键是否可以被其他 SWF 文件访问
	isDown(code:Number) : Boolean	如果按下 keycode 中指定的键，则返回 true；否则返回 false
	isToggled(code:Number) : Boolean	如果激活【Caps Lock】或【Num Lock】键（切换到活动状态），则返回 true；否则返回 false
	emoveListener(listener:Object) : Boolean	删除以前用 Key.addListener() 注册的对象

下面使用 Key 类对象获取箭头键并根据按键移动舞台中的图片，其操作步骤如下。

○**步骤01** 新建一个 Flash 文档。
○**步骤02** 设置舞台的宽度为 500 像素、高度为 400 像素。
○**步骤03** 向舞台中导入一张图片。
○**步骤04** 将导入的图片转换为一个影片剪辑元件，将其实例名称设置为"myBmp"。
○**步骤05** 选择第 1 帧，在【动作-帧】面板的脚本编辑区中输入如下代码：

```
var keyListener_obj:Object = new Object();
keyListener_obj.onKeyDown= function() {
  switch (Key.getCode()) {
   case Key.LEFT :
    myBmp._x -= 1;
    break;
   case Key.RIGHT :
    myBmp._x += 1;
    break;
   case Key.UP :
    myBmp._y -= 1;
    break;
   case Key.DOWN :
    myBmp._y += 1;
   break;
   }
  };
 Key.addListener(keyListener_obj);
```

○**步骤06** 按【Ctrl+Enter】组合键，按箭头键即可移动舞台中的图片，如图 13.25 所示。

（1）　　　　　　　　　　　　　　　　　　　　（2）

图 13.25　按箭头键移动舞台中的图片

13.2.3　使用 Mouse 类

Mouse 类是不通过构造函数即可访问其属性和方法的顶级类，用户可以使用 Mouse 类的方法来隐藏和显示 SWF 文件中的鼠标指针（光标）。

Flash 应用程序只可以监视在其焦点以内发生的鼠标事件，无法检测另一个应用程序中的鼠标事件。

Mouse 类对象的事件和方法如表 13.9 所示。

表 13.9　Mouse 类对象的事件和方法

类别	名称	说明
事件	onMouseDown = function() {}	当按下鼠标时获得通知
	onMouseMove = function() {}	当移动鼠标时获得通知
	onMouseUp = function() {}	当释放鼠标时获得通知
	onMouseWheel = function([delta:Number], [scrollTarget:String]) {}	当用户滚动鼠标滚轮时获得通知
方法	addListener(listener:Object): Void	注册一个对象以接收 onMouseDown、onMouseMove、onMouseUp 和 onMouseWheel 侦听器的通知
	hide() : Number	在 SWF 文件中隐藏指针
	removeListener(listener:Object) : Boolean	删除以前向 addListener()注册的对象
	show() : Number	在 SWF 文件中显示鼠标指针

下面使用 Mouse 类对象实现舞台中的图片随鼠标移动，而单击鼠标后图片将不再移动的效果，其操作步骤如下。

○**步骤01**　新建一个 Flash 文档。
○**步骤02**　设置舞台的宽度为 500 像素、高度为 400 像素。
○**步骤03**　在舞台中导入一张图片。
○**步骤04**　将导入的图片转换为一个影片剪辑元件，设置其实例名称为 "myBmp"。
○**步骤05**　选择第 1 帧，在【动作-帧】面板的脚本编辑区中输入如下代码：

```
var mouseListener:Object = new Object();
mouseListener.onMouseMove = function() {
myBmp._x = _xmouse;
myBmp._y = _ymouse;
};
mouseListener.onMouseDown = function() {
myBmp._x = _xmouse;
myBmp._y = _ymouse;
Mouse.removeListener(mouseListener);
};
Mouse.addListener(mouseListener);
```

○**步骤06**　按【Ctrl+Enter】组合键，移动鼠标，舞台中的图片将随着移动，如图 13.26 所示。

⊃**步骤07** 单击鼠标后，图片将不再移动。

图 13.26　舞台中的图片随着鼠标移动

13.2.4　使用 Movieclip 类

MovieClip 类的方法提供的功能与定位影片剪辑的动作所提供的功能相同。在 ActionScript 脚本编程中，不使用构造函数方法来创建影片剪辑。要创建新的影片剪辑实例，可使用如下三种方法。

◆ 通过 attachMovie()方法，可以基于库中存在的影片剪辑元件创建影片剪辑实例。

◆ 通过 createEmptyMovieClip()方法，可以基于其他影片剪辑创建新的空影片剪辑实例以作为子级。

◆ 通过 duplicateMovieClip()方法，可以基于其他影片剪辑创建影片剪辑实例。

Movieclip 类对象的属性、事件和方法如表 13.10 所示。

表 13.10　Movieclip 类对象的属性、事件和方法

类别	名称	说明
属性	_alpha:Number	影片剪辑的 Alpha 透明度值
	blendMode:Object	此影片剪辑的混合模式
	cacheAsBitmap:Boolean	如果设置为 true，则 Flash Player 将缓存影片剪辑的内部位图表示
	_currentframe:Number [只读]	返回指定帧的编号，该帧中的播放头位于影片剪辑的时间轴中
	_droptarget:String [只读]	返回在其上放置此影片剪辑的影片剪辑实例的绝对路径，以斜杠语法记号表示
	enabled:Boolean	一个布尔值，指示影片剪辑是否处于活动状态
	filters:Array	一个索引数组，包含当前与影片剪辑相关联的每个过滤器对象
	focusEnabled:Boolean	如果值为 undefined 或 false，则除非影片剪辑是一个按钮，否则它无法获得输入焦点
	_focusrect:Boolean	一个布尔值，指定当影片剪辑具有键盘焦点时其周围是否有黄色矩形
	_framesloaded:Number [只读]	从流式 SWF 文件加载的帧数
	_height:Number	影片剪辑的高度，以像素为单位
	hitArea:Object	将另一个影片剪辑指定为影片剪辑的点击区域

（续表）

类别	名称	说明
	_lockroot:Boolean	一个布尔值，指定将 SWF 文件加载到影片剪辑中时 _root 引用的内容
	menu:ContextMenu	将指定的 ContextMenu 对象与影片剪辑相关联
	_name:String	影片剪辑的实例名称
	opaqueBackground:Number	由数字（RGB 十六进制值）指定影片剪辑的不透明背景颜色
	_parent:MovieClip	对包含当前影片剪辑或对象的影片剪辑或对象的引用
	_quality:String	设置或检索用于 SWF 文件的呈现品质
	_rotation:Number	指定影片剪辑相对于其原始方向的旋转程度，以度为单位
	scale9Grid:Rectangle	矩形区域，它定义影片剪辑的 9 个缩放区域
	scrollRect:Object	通过 scrollRect 属性，可以快速滚动影片剪辑内容，并具有一个用来查看较大内容的窗口
	_soundbuftime:Number	指定在声音开始进入流之前，预先缓冲的秒数
	tabChildren:Boolean	确定影片剪辑的子级是否包括在【Tab】键的自动排序中
	tabEnabled:Boolean	指定影片剪辑是否包括在【Tab】键的自动排序中
	tabIndex:Number	可用于自定义影片中对象的【Tab】键排序
	_target:String [只读]	返回影片剪辑实例的目标路径，以斜杠记号表示
	_totalframes:Number [只读]	返回由 MovieClip 参数指定的影片剪辑实例中的总帧数
	trackAsMenu:Boolean	布尔值，指示其他按钮或影片剪辑是否可接收鼠标释放事件
	transform:Transform	一个对象，具有与影片剪辑的矩阵、颜色转换和像素范围有关的属性
	_url:String [只读]	检索从中下载影片剪辑的 SWF、JPEG、GIF 或 PNG 文件的 URL
	useHandCursor:Boolean	一个布尔值，指示当鼠标滑过影片剪辑时是否显示手指形（手形光标）
	_visible:Boolean	一个布尔值，指示影片剪辑是否处于可见状态
	_width:Number	影片剪辑的宽度，以像素为单位
	_x:Number	一个整数，用于设置影片剪辑相对于父级影片剪辑的本地坐标的 X 轴坐标
	_xmouse:Number [只读]	返回鼠标位置的 X 轴坐标
	_xscale:Number	确定从影片剪辑注册点开始应用的影片剪辑水平缩放比例（percentage）
	_y:Number	设置影片剪辑相对于父级影片剪辑的本地坐标的 Y 轴坐标
	_ymouse:Number [只读]	指示鼠标位置的 Y 轴坐标
	_yscale:Number	设置从影片剪辑注册点开始应用的影片剪辑垂直缩放比例（percentage）

（续表）

类别	名称	说明
事件	onData = function() {}	在影片剪辑从 MovieClip.loadVariables() 调用或 MovieClip.loadMovie()调用获得数据时调用
	onDragOut = function() {}	当按下鼠标按钮并且指针滑出对象时调用
	onDragOver = function() {}	当鼠标指针在影片剪辑外拖动并且随后拖过该影片剪辑时调用
	onEnterFrame = function() {}	以 SWF 文件的帧频重复调用
	onKeyDown = function() {}	当影片剪辑具有输入焦点并且用户按下某个键时调用
	onKeyUp = function() {}	当释放按键时调用
	onKillFocus = function(newFocus:Object) {}	当影片剪辑失去键盘焦点时调用
	onLoad = function() {}	当影片剪辑被实例化并显示在时间轴上时调用
	onMouseDown = function() {}	当按下鼠标按钮时调用
	onMouseMove = function() {}	当移动鼠标时调用
	onMouseUp = function() {}	当释放鼠标时调用
	onPress = function() {}	当鼠标指针处于影片剪辑之上而用户单击鼠标时调用
	onRelease = function() {}	当用户在影片剪辑上释放鼠标按钮时调用
	onReleaseOutside = function() {}	用户在影片剪辑区域中按下鼠标按钮并且在影片剪辑区域之外释放它后调用
	onRollOut = function() {}	当鼠标指针移到影片剪辑区域的外面时调用
	onRollOver = function() {}	当鼠标指针滑过影片剪辑区域时调用
	onSetFocus=function(oldFocus:Object) {}	当影片剪辑获得键盘焦点时调用
	onUnload = function() {}	从时间轴删除影片剪辑后，在第 1 帧中调用
方法	attachAudio(id:Object) : Void	指定要播放的音频源
	attachBitmap(bmp:BitmapData, depth:Number, [pixelSnapping:String], [smoothing:Boolean]) : Void	将位图图像附加到影片剪辑
	attachMovie(id:String, name:String, depth:Number, [initObject:Object]): MovieClip	从库中取得一个元件并将其附加到影片剪辑中
	beginBitmapFill(bmp:BitmapData, [matrix:Matrix], [repeat:Boolean], [smoothing:Boolean]) : Void	用位图图像填充绘画区域
	beginFill(rgb:Number, [alpha:Number]) : Void	指示新的绘画路径的开始
	beginGradientFill(fillType:String, colors:Array, alphas:Array, ratios:Array, matrix:Object, [spreadMethod:String], [interpolationMethod:String], [focalPointRatio:Number]) : Void	指示新的渐变路径的开始

（续表）

类别	名称	说明
	clear() : Void	删除使用影片剪辑绘画方法（包括用 MovieClip.lineStyle() 指定的线条样式）在运行时创建的所有图形
	createEmptyMovieClip(name:String, depth:Number) : MovieClip	创建一个空影片剪辑作为现有影片剪辑的子级
	createTextField(instanceName:String, depth:Number, x:Number, y:Number, width:Number, height:Number) : TextField	创建一个新的空文本字段作为在其上调用此方法的影片剪辑的子级
	curveTo(controlX:Number, controlY:Number, anchorX:Number, anchorY:Number) : Void	通过由（controlX, controlY）指定的控制点，使用当前线条样式绘制一条当前绘画位置到（anchorX, anchorY）的曲线
	duplicateMovieClip(name:String, depth:Number, [initObject:Object]) : MovieClip	当 SWF 文件正在播放时，创建指定影片剪辑的实例
	endFill() : Void	对从上一次调用 beginFill()或 beginGradientFill()之后存在的直线或曲线应用填充
	getBounds(bounds:Object) : Object	基于 bounds 参数，返回作为影片剪辑的最小和最大 X 轴、Y 轴坐标值的属性
	getBytesLoaded() : Number	返回已加载（流处理）的影片剪辑的字节数
	getBytesTotal() : Number	以字节为单位返回影片剪辑的大小
	getDepth() : Number	返回影片剪辑实例的深度
	getInstanceAtDepth(depth:Number) : MovieClip	确定特定深度是否已被影片剪辑占用
	getNextHighestDepth() : Number	确定可传递给 MovieClip.attachMovie()、MovieClip.duplicateMovieClip()或 MovieClip.createEmptyMovieClip()的深度值，以确保 Flash 将该影片剪辑呈现在当前影片剪辑中同一级和同一层上所有其他对象的前面
	getRect(bounds:Object) : Object	基于 bounds 参数，返回作为影片剪辑的最小和最大 X 轴、Y 轴坐标值的属性，不包括形状上的任何笔触
	getSWFVersion() : Number	返回一个整数，该整数指示所发布的影片剪辑的 Flash Player 版本
	getTextSnapshot() : TextSnapshot	返回一个 TextSnapshot 对象，该对象包含指定影片剪辑的所有静态文本字段中的文本，不包括子级影片剪辑中的文本
	getURL(url:String, [window:String], [method:String]) : Void	从指定 URL 将文档加载到指定窗口

（续表）

类别	名称	说明
	globalToLocal(pt:Object) : Void	将 pt 对象从舞台（全局）坐标转换为影片剪辑（本地）坐标
	gotoAndPlay(frame:Object) : Void	从指定帧开始播放 SWF 文件
	gotoAndStop(frame:Object) : Void	将播放头移到影片剪辑的指定帧并停在那里
	hitTest() : Boolean	计算影片剪辑，以确认其是否与由 target 或 X 轴和 Y 轴坐标参数标识的点击区域发生重叠或相交
	lineGradientStyle(fillType:String, colors:Array, alphas:Array, ratios:Array, matrix:Object, [spreadMethod:String], [interpolationMethod:String], [focalPointRatio:Number]) : Void	指定 Flash 用于后续 lineTo()和 curveTo()方法调用的线条样式，在以不同参数调用 lineStyle()方法或 lineGradientStyle()方法之前，线条样式不会改变
	lineStyle(thickness:Number, rgb:Number, alpha:Number, pixelHinting:Boolean, noScale:String, capsStyle:String, jointStyle:String, miterLimit:Number) : Void	指定 Flash 用于后续 lineTo()和 curveTo()方法调用的线条样式，在以不同参数调用 lineStyle()方法之前，线条样式不会改变
	lineTo(x:Number, y:Number) : Void	使用当前线条样式绘制一条从当前绘画位置到（x, y）坐标的线条；当前绘画位置随后会设置为（x, y）坐标
	loadMovie(url:String, [method:String]) : Void	在播放原始 SWF 文件时，将 SWF、JPEG、GIF 或 PNG 文件加载到 Flash Player 的影片剪辑中
	loadVariables(url:String, [method:String]) : Void	从外部文件读取数据并设置影片剪辑中变量的值
	localToGlobal(pt:Object) : Void	将 pt 对象从影片剪辑（本地）坐标转换为舞台（全局）坐标
	moveTo(x:Number, y:Number) : Void	将当前绘画位置移动到（x, y）坐标
	nextFrame() : Void	将播放头转到下一帧并停止
	play() : Void	在影片剪辑的时间轴中移动播放头
	prevFrame() : Void	将播放头转到前一帧并停止
	removeMovieClip() : Void	删除用 duplicateMovieClip()、MovieClip.duplicateMovieClip()、MovieClip.createEmptyMovieClip()或 MovieClip.attachMovie() 创建的影片剪辑实例
	setMask(mc:Object) : Void	使参数 mc 中的影片剪辑成为展示调用影片剪辑的遮罩层
	startDrag([lockCenter:Boolean], [left:Number], [top:Number], [right:Number], [bottom:Number]) : Void	允许用户拖动指定的影片剪辑

（续表）

类别	名称	说明
	stop() : Void	停止当前正在播放的影片剪辑
	stopDrag() : Void	结束 MovieClip.startDrag() 方法
	swapDepths(target:Object) : Void	交换此影片剪辑与另一影片剪辑的堆栈或深度级别（z-顺序），另一影片剪辑由 target 参数指定，或指定为当前占用由 target 参数指定的深度级别的影片剪辑
	unloadMovie() : Void	删除影片剪辑实例的内容

下面使用 MovieClip 类对象在舞台上绘制一个图像，其操作步骤如下。

⊃**步骤 01** 新建一个 Flash 文档。

⊃**步骤 02** 设置舞台的宽度为 500 像素、高度为 400 像素。

⊃**步骤 03** 选择第 1 帧，在【动作-帧】面板的脚本编辑区中输入如下代码：

```
import flash.geom.*
this.createEmptyMovieClip("gradient_mc", this.getNextHighestDepth());
with (gradient_mc) {
colors = [0x65CCFF, 0xFFCC65];
fillType = "radial";
alphas = [100, 100];
ratios = [0, 0xFF];
spreadMethod = "reflect";
interpolationMethod = "linearRGB";
focalPointRatio = 0.9;
matrix = new Matrix();
matrix.createGradientBox(100, 100, Math.PI, 0, 0);
beginGradientFill(fillType, colors, alphas, ratios, matrix, spreadMethod,
interpolationMethod, focalPointRatio);
moveTo(100, 100);lineTo(100, 350);
lineTo(350, 350);lineTo(350, 100);
lineTo(100, 100);
endFill();
}
```

⊃**步骤 04** 按【Ctrl+Enter】组合键，在舞台上绘制一个图像，如图 13.27 所示。

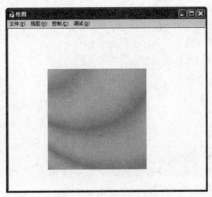

图 13.27 绘制的图像

13.2.5 使用 Stage 类

Stage 类是一个顶级类，不必使用构造函数即可访问其方法、属性和处理函数。此类的方法和属性用于访问和操作有关 SWF 文件边界的信息。

Stage 类对象的属性、事件和方法如表 13.11 所示。

表 13.11　Stage 类对象的属性、事件和方法

类别	名称	说明
属性	align:String	指示 SWF 文件在播放器或浏览器中当前的对齐方式
	height:Number	以像素为单位指示舞台的当前高度
	scaleMode:String	指示 SWF 文件在 Flash Player 当前的缩放比例
	showMenu:Boolean	指定显示或隐藏 Flash Player 上下文菜单中的默认项
	width:Number	以像素为单位指示舞台的当前宽度（只读）
事件	onResize = function() {}	当 Stage.scaleMode 被设置为 noScale 且在调整 SWF 文件大小时调用
方法	addListener(listener:Object) : Void	检测何时调整 SWF 文件的大小（但只在 Stage.scaleMode = "noScale" 的情况下）
	removeListener(listener:Object) : Boolean	删除用 addListener()创建的侦听器对象

下面使用 Stage 类对象显示或隐藏 Flash Player 上下文菜单中的默认项，其操作步骤如下。

◯**步骤 01**　新建一个 Flash 文档。
◯**步骤 02**　设置舞台的宽度为 400 像素、高度为 300 像素。
◯**步骤 03**　选择第 1 帧，在【动作-帧】面板的脚本编辑区中输入如下代码：

```
    this.createTextField("showMenu_txt", this.getNextHighestDepth(), 10, 10,
100, 32);
    showMenu_txt.html = true;
    showMenu_txt.autoSize = true;
    showMenu_txt.htmlText = "<a
href=\"asfunction:toggleMenu\"><u>Stage.showMenu =
"+Stage.showMenu+"</u></a>";
    function toggleMenu() {
      Stage.showMenu = !Stage.showMenu;
      showMenu_txt.htmlText = "<a
href=\"asfunction:toggleMenu\"><u>Stage.showMenu =
"+Stage.showMenu+"</u></a>";
    }
```

○步骤 **04** 按【Ctrl+Enter】组合键，右击鼠标，打开 "showMenu" 属性为 "true" 的上下文菜单，如图 13.28 所示。

○步骤 **05** 单击舞台上的文本链接，将 "showMenu" 属性设置为 "false"。右击鼠标，打开 showMenu 属性为 "false" 的上下文菜单，如图 13.29 所示。

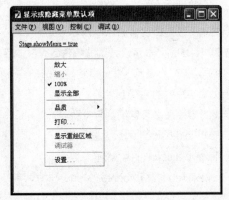

图 13.28 "showMenu" 属性为 "true" 的上下文菜单

图 13.29 "showMenu" 属性为 "false" 的上下文菜单

13.2.6 使用 TextField 类

TextField 类用于创建区域以供文本显示和输入。SWF 文件中的所有动态文本字段和输入文本字段都是 TextField 类的实例。用户可以在属性检查器中为文本字段指定实例名称，并且可以在 ActionScript 中使用 TextField 类的方法和属性对文本字段进行操作。

TextField 类对象的属性、事件和方法如表 13.12 所示。

表 13.12 TextField 类对象的属性、事件和方法

类别	名称	说明
属性	_alpha:Number	设置或检索文本字段的 Alpha 透明度值
	antiAliasType:String	用于设置此 TextField 实例的消除锯齿类型
	autoSize:Object	控制文本字段的自动大小调整和对齐
	background:Boolean	指定文本字段是否具有背景填充
	backgroundColor:Number	指定文本字段背景的颜色
	border:Boolean	指定文本字段是否具有边框
	borderColor:Number	指定文本字段边框的颜色
	bottomScroll:Number [只读]	一个整数（从一开始的索引），指示文本字段中当前可见的最后一行
	condenseWhite:Boolean	一个布尔值，指定当 HTML 文本字段在浏览器中呈现时是否删除字段中的额外空白（空格、换行符等）
	embedFonts:Boolean	指定是否使用嵌入字体轮廓进行呈现
	filters:Array	一个索引数组，包含当前与文本字段相关联的每个滤镜对象

（续表）

类别	名称	说明
属性	gridFitType:String	用于 TextField 实例的网格固定类型
	_height:Number	文本字段的高度，以像素为单位
	hscroll:Number	指示当前水平滚动位置
	html:Boolean	指示文本字段是否包含 HTML 表示形式的标志
	htmlText:String	如果为 HTML 文本字段，则此属性包含文本字段内容的 HTML 表示形式
	length:Number [只读]	指示文本字段中的字符数
	maxChars:Number	指示文本字段最多可容纳的字符数
	maxhscroll:Number [只读]	指示 TextField.hscroll 的最大值
	maxscroll:Number [只读]	指示 TextField.scroll 的最大值
	menu:ContextMenu	将 ContextMenu 对象 contextMenu 与文本字段 my_txt 相关联
	mouseWheelEnabled:Boolean	一个布尔值，指示当鼠标指针单击某个文本字段且用户滚动鼠标滚轮时，Flash Player 是否应自动滚动多个文本字段
	multiline:Boolean	指示文本字段是否为多行文本字段
	_name:String	文本字段的实例名称
	_parent:MovieClip	对包含当前文本字段或对象的影片剪辑或对象的引用
	password:Boolean	指定文本字段是否是密码文本字段
	_quality:String	用于 SWF 文件的呈现品质
	restrict:String	指示用户可输入到文本字段中的字符集
	_rotation:Number	文本字段距其原始方向的旋转程度，以度为单位
	scroll:Number	文本在文本字段中的垂直位置
	selectable:Boolean	一个布尔值，指示文本字段是否可选
	sharpness:Number	TextField 实例中字体边缘的清晰度
	_soundbuftime:Number	在声音开始进入流之前预先缓冲的秒数
	styleSheet:StyleSheet	将样式表附加到文本字段
	tabEnabled:Boolean	指定文本字段是否包括在【Tab】键的自动排序中
	tabIndex:Number	用于自定义 SWF 文件中对象的【Tab】键排序
	_target:String [只读]	文本字段实例的目标路径
	text:String	指示文本字段中的当前文本
	textColor:Number	指示文本字段中文本的颜色
	textHeight:Number	指示文本的高度
	textWidth:Number	指示文本的宽度
	thickness:Number	此 TextField 实例中字体边缘的粗细

（续表）

类别	名称	说明
属性	type:String	指定文本字段的类型
	_url:String [只读]	检索创建文本字段的 SWF 文件的 URL
	variable:String	与文本字段关联的变量的名称
	_visible:Boolean	一个布尔值，指示文本字段 my_txt 是否可见
	_width:Number	文本字段的宽度，以像素为单位
	wordWrap:Boolean	一个布尔值，指示文本字段是否自动换行
	_x:Number	一个整数，用来设置文本字段相对于父级影片剪辑的本地坐标的 X 轴坐标
	_xmouse:Number [只读]	返回鼠标位置相对于文本字段的 X 轴坐标
	_xscale:Number	确定从文本字段注册点开始应用的文本字段的水平缩放比例，以百分比表示
	_y:Number	文本字段相对于父级影片剪辑的本地坐标的 Y 轴坐标
	_ymouse:Number [只读]	指示鼠标位置相对于文本字段的 Y 轴坐标
	_yscale:Number	从文本字段的注册点开始应用的文本字段的垂直缩放比例，以百分比表示
事件	onChanged = function(changedField:TextField) {}	事件处理函数/侦听器，在文本字段的内容发生更改时调用
	onKillFocus = function(newFocus:Object) {}	在文本字段失去键盘焦点时调用
	onScroller = function(scrolledField:TextField) {}	事件处理函数/侦听器，在某一个文本字段的 scroll 属性发生更改时调用
	onSetFocus = function(oldFocus:Object) {}	在文本字段接收键盘焦点时调用
方法	addListener(listener:Object) : Boolean	注册一个对象，以接收 TextField 事件通知
	getDepth() : Number	返回文本字段的深度
	getFontList() : Array	以数组的形式返回播放器的主机系统上的字体名称
	getNewTextFormat() : TextFormat	返回一个 TextFormat 对象，该对象包含文本字段的文本格式对象的一个副本
	getTextFormat([beginIndex:Number], [endIndex:Number]) : TextFormat	返回一个字符、一段字符或整个 TextField 对象的 TextFormat 对象
	removeListener(listener:Object) : Boolean	删除以前使用 TextField.addListener()注册到文本字段实例的侦听器对象
	removeTextField() : Void	删除文本字段
	replaceSel(newText:String) : Void	使用 newText 参数的内容替换当前所选内容

（续表）

类别	名称	说明
	replaceText(beginIndex:Number, endIndex:Number, newText:String) : Void	在指定的文本字段中，用 newText 参数的内容替换由 beginIndex 和 endIndex 参数所指定的一段字符
	setNewTextFormat(tf:TextFormat) : Void	设置文本字段的默认新文本格式
	etTextFormat([beginIndex:Number], [endIndex:Number], textFormat:TextFormat) : Void	将 textFormat 参数指定的文本格式应用于文本字段中的某些文本或全部文本

　　下面使用 TextField 类对象在舞台中创建一个输入文本并水平滚动输入文本中的输入内容，其操作步骤如下。

◯**步骤 01**　新建一个 Flash 文档。
◯**步骤 02**　设置舞台的宽度为 400 像素、高度为 300 像素。
◯**步骤 03**　在舞台上添加两个按钮，设置它们的实例名称分别为 "Left_btn" 和 "Right_btn"。
◯**步骤 04**　选择第 1 帧，在【动作-帧】面板的脚本编辑区中输入如下代码：

```
this.createTextField("my_txt", this.getNextHighestDepth(), 10, 30, 360, 200);
my_txt.border = true;
my_txt.multiline = true;
my_txt.wordWrap = false;
my_txt.borderColor=0xff0000;
my_txt.type="input";

Left_btn.onRelease = function() {
 my_txt.hscroll -= 10;
};

Right_btn.onRelease = function() {
 my_txt.hscroll += 10;
};
```

◯**步骤 05**　按【Ctrl+Enter】组合键，在输入文本中输入内容，如图 13.30 所示。
◯**步骤 06**　单击按钮可水平滚动输入文本的内容，如图 13.31 所示。

图 13.30　在输入文本中输入内容

图 13.31　水平滚动输入文本的内容

13.3 使用核心类和影片类实例

下面使用实例形式介绍使用核心类和影片类的知识。

13.3.1 制作雨点效果

下面使用 Math 类和 Movieclip 类制作雨点效果，其操作步骤如下。

○**步骤 01** 新建一个 Flash 文档。

○**步骤 02** 设置舞台的宽度为 400 像素、高度为 300 像素、背景颜色为黑色。

○**步骤 03** 执行【插入】→【新建元件】命令，在打开的【创建新元件】对话框中，创建一个【名称】为【雨点】，【类型】为【影片剪辑】的新元件，如图 13.32 所示。

○**步骤 04** 使用【工具】面板的线条工具绘制一条白色线段，如图 13.33 所示。

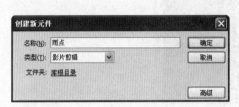

图 13.32 创建"雨点"影片剪辑元件

图 13.33 绘制一条白色线段

○**步骤 05** 在第 10 帧的位置上插入一个关键帧，将白色的线段向下移动 300 像素。

○**步骤 06** 在第 1 帧与第 10 帧之间创建形状补间动画，如图 13.34 所示。

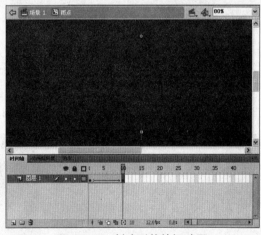

图 13.34 创建形状补间动画

○**步骤 07** 新建一个图层，在新建图层的第 11 帧处插入一个关键帧。

○**步骤 08** 使用【工具】面板中的工具制作一个白色的椭圆形，并调整其位置，如图 13.35 所示。

○**步骤 09** 在新建图层的第 15 帧处插入一个关键帧，将白色的椭圆形修改为灰色，并调整椭圆的大小。

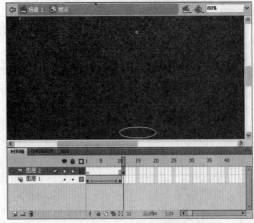

图 13.35　制作一个白色的椭圆形

步骤 10　在新建图层的第 10 帧与第 15 帧之间创建形状补间动画，如图 13.36 所示。

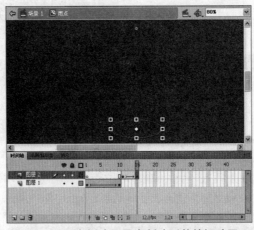

图 13.36　在新建图层中创建形状补间动画

步骤 11　新建一个 Flash 文档，将文档命名为 "雨点.fla"。

步骤 12　设置舞台的宽度为 400 像素、高度为 300 像素、背景颜色为黑色。

步骤 13　在【库】面板中复制前面创建的 "雨点" 影片剪辑元件，如图 13.37 所示。

步骤 14　将 "雨点" 影片剪辑元件粘贴到 "雨点.flv" 文档，如图 13.38 所示。

图 13.37　复制 "雨点" 影片剪辑元件

图 13.38　粘贴 "雨点" 影片剪辑元件

步骤 15 新建一个图层，将"雨点"影片剪辑元件拖放到舞台上，并在【属性】面板中将其实例名称改为"rain"。

步骤 16 选择图层 1 的第 1 帧，在【动作-帧】面板中输入如下代码：

```
var i:Number  = 0;
rain._visible = 0;
function xiayu() {
duplicateMovieClip(rain, "r"+i, i);
_root["r"+i]._x = Math.round(Math.random()*400);
_root["r"+i]._y = Math.round(Math.random()*300);
i++;
if (i == 150) {
    i = 0;
}
}
var sj:Number= setInterval(xiayu,10);
```

步骤 17 按【Ctrl+Enter】组合键，即可看到制作的雨点效果，如图 13.39 所示。

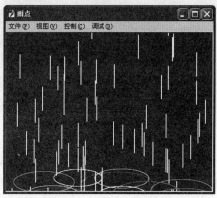

图 13.39　制作的雨点效果

13.3.2　装载外部的 HTML 文件

在 ActionScript 编程中，可使用 TextField 类功能将外部的 HTML 文件加载到 SWF 文件的文本字段中，其操作步骤如下。

步骤 01 使用网页制作工具制作需要的样式表"index.css"和 HTML 文件"index.html"。

步骤 02 新建一个 Flash 文档，将其命名为"addHtml.fla"。

步骤 03 设置舞台的宽度为 550 像素、高度为 400 像素、背景颜色为黑色。

步骤 04 选择第 1 帧，在【动作-帧】面板中输入如下代码：

```
var myStyle:TextField.StyleSheet = new TextField.StyleSheet();
myStyle.load("index.css");
content_txt.styleSheet = myStyle;


content_txt.multiline= true;
```

```
content_txt.wordWrap = true;
content_txt.html = true;

var myTxt:XML = new XML();
myTxt.ignoreWhite = true;
myTxt.load("index.html");
myTxt.onLoad = function () {
content_txt.htmlText = myTxt;
}
```

⊙**步骤05** 按【Ctrl+Enter】组合键，可看到装载外部 HTML 文件的效果，如图 13.40 所示。

图 13.40 装载外部 HTML 文件的效果

本章简单介绍了 ActionScript 核心类和影片类的相关知识，在动画制作中，使用这些类的属性、事件和方法必将提高用户的动画制作水平。这些类涉及许多知识，需要用户在动画制作中逐步掌握。

第 **14** 章　在 ActionScript 中绘制图形 以及应用效果和滤镜

> ## 本 章 包 括
>
> ◆ 在 ActionScript 中绘制图形　　　　◆ 在 ActionScript 中应用效果
> ◆ 在 ActionScript 中应用滤镜

在 Flash 动画制作中，除了使用 Flash CS4 的可视化工具绘制图形、应用效果和滤镜外，还可以使用 ActionScript 脚本编程的方法实现这些功能。本章将介绍在 ActionScript 中绘制图形以及应用效果和滤镜的相关知识。

14.1　在 ActionScript 中绘制图形

使用 ActionScript 脚本可以在舞台上设置像素点，绘制直线、曲线、圆、矩形、多边形等各种图形。

14.1.1　设置像素点

在 ActionScript 编程中，一般使用 BitmapData 类的 setPixel()和 setPixel32()方法来设置像素点。setPixel()方法的语法格式如下：

```
public setPixel(x:Number, y:Number, color:Number) : Void
```

其中，

◆ x:Number：像素值会更改的像素的 x 位置。
◆ y:Number：像素值会更改的像素的 y 位置。
◆ color:Number：为要对像素设置的 RGB 颜色。

设置像素点也可使用 setPixel32()方法，它与 setPixel()方法类似，主要差别在于 setPixel32()方法采用包含 Alpha 通道信息的 ARGB 颜色值，其语法格式如下：

```
public setPixel32(x:Number, y:Number, color:Number) : Void
```

其中，x:Number 和 y:Number 与 setPixel 方法的 x:Number 和 y:Number 相同，而 color:Number 为要对像素设置的 ARGB 颜色。如果需要创建一个不透明的位图，将忽略此颜色值的 Alpha 透明度部分。

下面通过使用 setPixel 方法在舞台上设置像素点来绘制一个正弦曲线，其操作步骤如下。

步骤01 新建一个 Flash 文档。

步骤02 设置舞台的宽度为 360 像素、高度为 300 像素。

步骤03 选择第 1 帧，在【动作-帧】面板的脚本编辑区中输入如下代码：

```
import flash.display.BitmapData;
var b:Number;
var myBitmapData:BitmapData = new BitmapData(400, 300, false, 0x00FFFFFF);
var mc:MovieClip = this.createEmptyMovieClip("mc",
this.getNextHighestDepth());
mc.attachBitmap(myBitmapData, this.getNextHighestDepth());
for (var i=0;i<360;i++) {
  y=100*Math.sin(i*Math.PI/180);
  myBitmapData.setPixel(i,150+y, 0xff0000);
}
```

步骤04 按【Ctrl+Enter】组合键，在舞台上可以看到绘制的正弦曲线，如图 14.1 所示。

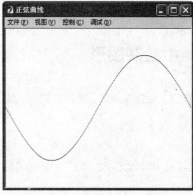

图 14.1 绘制的正弦曲线

14.1.2 绘制直线

在 ActionScript 脚本中，绘制直线需要使用 MovieClip 类的 lineStyle()、moveTo()和 lineTo()方法。lineStyle()方法为路径中的不同线段指定不同的样式，其语法格式如下：

```
public lineStyle(thickness:Number, rgb:Number, alpha:Number,
pixelHinting:Boolean, noScale:String, capsStyle:String, jointStyle:String,
miterLimit:Number) : Void
```

其中，

◆ thickness:Number：一个整数，以磅为单位指示线条的粗细，有效值在 0~255 之间。如果未指定数值或该参数为 undefined，则不绘制线条。

◆ rgb:Number：线条的十六进制颜色值（如红色为 0xFF0000）。如果未指示值，则默认为 0x000000（黑色）。

◆ **alpha:Number**：用于指示线条颜色的 Alpha 值的整数，有效值在 0~100 之间。如果未指示值，则默认为 100（纯色）。

◆ **pixelHinting:Boolean**：一个布尔值，指定是否提示笔触采用完整像素，此值同时影响曲线锚点的位置以及线条笔触大小本身。如果未指示值，则 Flash Player 不使用像素提示。

◆ **noScale:String**：一个字符串，指定如何缩放笔触，其有效值有 normal（始终缩放粗细，默认值）、none（从不缩放粗细）、vertical（如果只垂直缩放对象，则不缩放粗细）和 horizontal（如果只水平缩放对象，则不缩放粗细）4 种。

◆ **capsStyle:String**：一个字符串，指定线条终点的端点类型，其有效值有 round、square 和 none 3 种。如果未指示值，则 Flash 使用圆角端点。

◆ **jointStyle:String**：一个字符串，指定用于拐角的连接外观的类型，其有效值有 round、miter 和 bevel 3 种。如果未指示值，则 Flash 使用圆形连接。

◆ **miterLimit:Number**：一个数字，指示切断尖角的限制，有效值的范围是 1~255（超出该范围的值将舍入为 1 或 255）。此值只可用于"jointStyle"被设置为"miter"的情况下。如果未指定值，Flash 将使用"3"。

moveTo 方法表示将当前绘画位置移动到（x, y），其语法格式如下：

```
public moveTo(x:Number, y:Number) : Void
```

其中，x:Number 和 y:Number 指示相对于父级影片剪辑注册点的水平位置和垂直位置。如果缺少任何一个参数，则此方法将失败，并且当前绘画位置不改变。

lineTo 方法表示使用当前线条样式绘制一条从当前绘画位置到（x, y）的线条，其语法格式如下：

```
public lineTo(x:Number, y:Number) : Void
```

其中，x:Number 和 y:Number 指示相对于父级影片剪辑注册点的水平位置和垂直位置。如果缺少任何一个参数，则此方法将失败，并且当前绘画位置不改变。

下面使用 MovieClip 类的 lineStyle()、moveTo() 和 lineTo() 方法绘制一个三角形，其操作步骤如下。

步骤 01 新建一个 Flash 文档。

步骤 02 设置舞台的宽度为 400 像素、高度为 300 像素。

步骤 03 选择第 1 帧，在【动作-帧】面板的脚本编辑区中输入如下代码：

```
this.createEmptyMovieClip("triangle_mc", this.getNextHighestDepth());
triangle_mc.lineStyle(5, 0x0000ff, 100, true, "none", "round", "miter", 1);
triangle_mc.moveTo(200, 20);
triangle_mc.lineTo(350, 220);
triangle_mc.lineTo(50, 220);
triangle_mc.lineTo(200, 20);
```

步骤 04 按【Ctrl+Enter】组合键，在舞台上可以看到绘制的三角形，如图 14.2 所示。

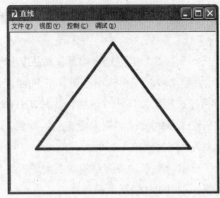

图 14.2　绘制的三角形

14.1.3　绘制曲线

在 ActionScript 脚本中，使用 MovieClip 类的 curveTo() 方法可绘制一条曲线。curveTo 方法使用当前线条样式绘制曲线，其语法格式如下：

```
public curveTo(controlX:Number, controlY:Number, anchorX:Number,
anchorY:Number) : Void
```

其中，

◆ **controlX:Number 和 controlY:Number**：指定控制点相对于父级影片剪辑注册点的水平位置和垂直位置。

◆ **anchorX:Number 和 anchorY:Number**：指定下一个锚点相对于父级影片剪辑注册点的水平位置和垂直位置。如果缺少任何一个参数，则此方法将失败且当前绘画位置不改变。

下面使用 curveTo() 方法绘制一条近似圆形的曲线，其操作步骤如下。

⟳**步骤 01**　新建一个 Flash 文档。
⟳**步骤 02**　设置舞台的宽度为 240 像素、高度为 240 像素。
⟳**步骤 03**　选择第 1 帧，在【动作-帧】面板的脚本编辑区中输入如下代码：

```
this.createEmptyMovieClip("circle_mc", 1);
with (circle_mc) {
    lineStyle(3, 0x00FF00, 100);
    moveTo(20, 120);
    curveTo(20,220,120,220);
    curveTo(220,220,220,120);
    curveTo(220,20,120,20);
    curveTo(20,20,20,120);
}
```

⟳**步骤 04**　按【Ctrl+Enter】组合键，在舞台上可以看到绘制的曲线，如图 14.3 所示。

图 14.3　绘制的曲线

14.1.4　填充颜色

在 ActionScript 编程中，当绘制一个封闭的形状时，可以使用单一颜色或渐变色填充。填充单一颜色时只需将绘制形状语句放在 beginFill() 或 beginGradientFill() 方法与 endFill() 方法之间即可。

beginFill() 方法用于指示新的绘画路径的开始，其语法格式如下：

```
public beginFill(rgb:Number, [alpha:Number]) : Void
```

其中，

◆ rgb:Number：十六进制颜色值，如果未提供或未定义该值，则不创建填充。

◆ alpha:Number（可选）：一个 0~100 之间的整数，指定填充的 Alpha 值。如果未提供该值，则使用 100（纯色）。

endFill() 方法是用于对从上一次调用 beginFill() 或 beginGradientFill() 方法之后存在的直线或曲线应用填充，其语法格式如下：

```
public endFill() : Void
```

下面对前面绘制的一条近似圆形曲线的代码进行修改，在【动作】面板的脚本编辑区中添加 beginFill() 和 endFill() 方法，代码如下：

```
this.createEmptyMovieClip("circle_mc", 1);
with (circle_mc) {
    lineStyle(3, 0x00FF00, 100);
    beginFill(0xFF0000);    //设置红色的填充
    moveTo(20, 120);
    curveTo(20,220,120,220);
    curveTo(220,220,220,120);
    curveTo(220,20,120,20);
    curveTo(20,20,20,120);
endFill();
}
```

按【Ctrl+Enter】组合键，在舞台上可以看到绘制的曲线被填充了红色，如图 14.4 所示。

图 14.4 填充单一颜色的效果

在 ActionScript 编程中，使用 beginGradientFill()方法可实现颜色的渐变填充。beginGradientFill()方法的语法格式如下：

```
public beginGradientFill(fillType:String, colors:Array, alphas:Array,
ratios:Array, matrix:Object, [spreadMethod:String],
[interpolationMethod:String], [focalPointRatio:Number]) : Void
```

其中，

◆ **fillType:String**：用于设置填充类型，其有效值为字符串 "linear" 和字符串 "radial"。

◆ **colors:Array**：用于指定渐变色的 RGB 十六进制颜色值的数组，可以至多指定 15 种颜色。对于每种颜色，应确保在 alphas 和 ratios 参数中指定对应值。

◆ **alphas:Array**：数组中对应颜色的 Alpha 值数组，其有效值范围为 0~100。

◆ **ratios:Array**：颜色分布比率数组，有效值范围为 0~255，该值定义颜色采样率为 100%处的宽度百分比。

◆ **matrix:Object**：一个转换矩阵。此转换矩阵可以有三种形式，一是 matrix 对象（只有 Flash Player 8 和更高版本支持它），类似在 flash.geom.Matrix 类定义的那种矩阵；二是使用属性 a, b, c, d, e, f, g, h 和 i 描述的 3 x 3 矩阵；三是 matrixType, x, y, w, h, r。其中，matrixType 是字符串 "box"，x 是渐变的左上角相对于父级剪辑注册点的水平位置，y 是渐变的左上角相对于父级剪辑注册点的垂直位置，w 是渐变的宽度，h 是渐变的高度，r 是渐变的旋转程度（以弧度为单位）。

◆ **spreadMethod:String（可选）**：控制渐变填充的模式，其有效值为 "pad"、"reflect" 或 "repeat"。

◆ **interpolationMethod:String（可选）**：其有效值为 "RGB" 或 "linearRGB"。

◆ **focalPointRatio:Number（可选）**：一个数字，控制渐变焦点的位置。值为 "0" 表示焦点位于中心；值为 "1" 表示焦点位于渐变圆的一条边界上；值为 "-1" 表示焦点位于渐变圆的另一条边界上。

下面使用 beginGradientFill()方法修改前面近似圆形曲线的填充方式，在【动作】面板的脚本编辑区中输入如下代码：

```
import flash.geom.*
```

```
this.createEmptyMovieClip("circle_mc", 1);
with (circle_mc) {
    colors = [0xFF0000, 0x0000FF];
    fillType = "radial"
    alphas = [100, 100];
    ratios = [0, 0xFF];
    spreadMethod = "reflect";
    interpolationMethod = "linearRGB";
    focalPointRatio = 0.9;
    matrix = new Matrix();
    matrix.createGradientBox(100, 100, Math.PI, 0, 0);
    beginGradientFill(fillType, colors, alphas, ratios, matrix,
spreadMethod, interpolationMethod, focalPointRatio);
    moveTo(20, 120);
    curveTo(20,220,120,220);
    curveTo(220,220,220,120);
    curveTo(220,20,120,20);
    curveTo(20,20,20,120);
    endFill();
}
```

按【Ctrl+Enter】组合键，在舞台上可以看到曲线新的填充效果，如图 14.5 所示。

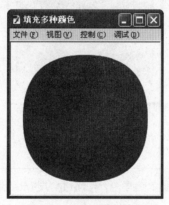

图 14.5　新的填充效果

14.1.5　绘制矩形

在 Flash CS4 的 ActionScript 脚本编程中，可使用 moveTo()和 lineTo()方法扩展 MovieClip 类在舞台上绘制矩形，也可使用 BitmapData 对象的 fillRect()方法实现。

下面以扩展 MovieClip 类的方法为例说明绘制矩形的方法。在 Flash 文档中选择第 1 帧，在【动作-帧】面板的脚本编辑区中输入如下代码：

```
// x1,y1 为矩形的左上角位置，x2,y2 为矩形的右下角位置
```

```
MovieClip.prototype.drawRectangle = function(x1:Number, y1:Number,
x2:Number, y2:Number) {
    this.moveTo(x1, y1);
    this.lineTo(x1, y2);
    this.lineTo(x2, y2);
    this.lineTo(x2, y1);
    this.lineTo(x1, y1);
}

// 开始绘制矩形
var Rect_mc = this.createEmptyMovieClip("Rect", 1);
Rect_mc.lineStyle(1, 0xaaaaaa, 100);
Rect_mc.beginFill(0xcccc00, 100);
Rect_mc.drawRectangle(10, 20, 230, 200);
Rect_mc.endFill();
```

按【Ctrl+Enter】组合键，在舞台上可以看到绘制的矩形，如图 14.6 所示。

图 14.6　绘制的矩形

14.1.6　绘制圆和椭圆

在 Flash CS4 的 ActionScript 脚本编程中，可通过扩展 MovieClip 类的方法在舞台上绘制圆和椭圆。

在 Flash 文档中选择第 1 帧，在【动作-帧】面板的脚本编辑区中输入如下代码：

```
// x,y为圆心坐标，r 为半径
MovieClip.prototype.drawCircle = function(x:Number, y :Number, r:Number) {
    this.moveTo(x+r, y);
    a = Math.tan(22.5 * Math.PI/180);
    for (var angle = 45; angle<=360; angle += 45) {
        // endpoint:
        var endx = r*Math.cos(angle*Math.PI/180);
        var endy = r*Math.sin(angle*Math.PI/180);
            // control:
```

```
      // (angle-90 is used to give the correct sign)
      var cx =endx + r*a*Math.cos((angle-90)*Math.PI/180);
      var cy =endy + r*a*Math.sin((angle-90)*Math.PI/180);
      this.curveTo(cx+x, cy+y, endx+x, endy+y);
    }
  }


  //x,y 为椭圆圆心坐标，rx 为椭圆水平半轴长，ry 为椭圆垂直半轴长
  MovieClip.prototype.drawOval = function(x:Number, y:Number, rx:Number,
ry:Number) {
    var Rx = rx/Math.cos(Math.PI/8);
    var Ry = ry/Math.cos(Math.PI/8);
    var x1:Number;
    var y1:Number;
    var x2:Number;
    var y2:Number;
    this.moveTo(x+rx, y);
    for (k=0; k<8; k++) {
     x1=x+Rx*Math.cos(Math.PI/8+k*Math.PI/4);
     y1=y+Ry*Math.sin(Math.PI/8+k*Math.PI/4);
     x2=x+rx*Math.cos((k+1)*Math.PI/4);
     y2=y+ry*Math.sin((k+1)*Math.PI/4);
     this.curveTo(x1, y1, x2, y2);
    }
  };


  // 开始绘制圆和椭圆
  var circle_mc = this.createEmptyMovieClip("circle", 1);
  circle_mc.lineStyle(1, 0xaaaaaa, 100);
  circle_mc.beginFill(0xcccccc, 100);
  circle_mc.drawCircle(100, 100, 80);
  circle_mc.drawOval(300, 100, 100, 60);
  circle_mc.endFill();
```

按【Ctrl+Enter】组合键，在舞台上可以看到绘制的圆和椭圆，如图 14.7 所示。

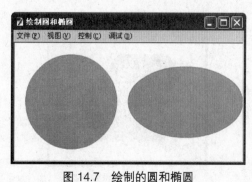

图 14.7 绘制的圆和椭圆

14.1.7 绘制多边形

在 ActionScript 脚本编程中，可通过多种途径扩展 MovieClip 类的方法在舞台上绘制多边形。比较常用的方法是使用数组来实现各种多边形的绘制。

在 Flash 文档中选择第 1 帧，在【动作-帧】面板的脚本编辑区中输入如下代码：

```
// myArray 是存储多边形顶点位置的数组

MovieClip.prototype.drawpoly = function(myArray:Array) {
  var hStartx:Number;
  var hStarty:Number;
  var hCurValue:Number=1;
  for (var index in myArray) {
    if (hCurValue==1) {
     hStartx=myArray[index][0];
     hStarty=myArray[index][1];
     this.moveTo(hStartx, hStarty);
  } else {
     this.lineTo(myArray[index][0], myArray[index][1]);
  }
  hCurValue++;
   }
   this.lineTo(hStartx, hStarty);
}

// 开始绘制多边形
var poly_mc = this.createEmptyMovieClip("poly", 1);
var dArray:Array=new
Array([70,20],[20,100],[80,180],[200,180],[240,110],[160,20]);
poly_mc.lineStyle(1, 0xaaaaaa, 100);
poly_mc.beginFill(0x009900, 100);
poly_mc.drawpoly(dArray);
poly_mc.endFill();
```

按【Ctrl+Enter】组合键，在舞台上可以看到绘制的多边形，如图 14.8 所示。

图 14.8 绘制的多边形

14.2 在 ActionScript 中应用效果

使用 ActionScript 脚本，可以对这些图形和图像进行各种方式的处理，满足动画制作所需要的特殊效果。

14.2.1 生成杂点效果

在 ActionScript 脚本编程中，可使用 BitmapData 类的 noise() 和 perlinNoise() 方法生成杂点效果。BitmapData 类的 noise() 方法使用表示随机杂点的像素填充图像，其语法格式如下：

```
public noise(randomSeed:Number, [low:Number], [high:Number],
[channelOptions:Number], [grayScale:Boolean]) : Void
```

其中，

- ◆ randomSeed:Number：要使用的随机种子。
- ◆ low:Number（可选）：为每个通道生成的最低值（0~255），默认值为 0。
- ◆ high:Number（可选）：为每个通道生成的最高值（0~255），默认值为 255。
- ◆ channelOptions:Number（可选）：一个数字，可以是 4 个颜色通道值的任意组合，包括 1（红色）、2（绿色）、4（蓝色）和 8（Alpha）。
- ◆ grayScale:Boolean（可选）：一个布尔值。如果该值为 true，则会通过将所有颜色通道设置为相同的值来创建一个灰度图像。将此参数设置为 true，不会影响 Alpha 通道的选择，默认值为 false。

BitmapData 类的 perlinNoise() 方法可以生成 Perlin 杂点图像，Perlin 杂点生成算法会内插单个随机杂点函数并将它们组合成一个函数，该函数能生成多个看起来很自然的随机杂点。perlinNoise() 方法的语法格式如下：

```
public perlinNoise(baseX:Number, baseY:Number, numOctaves:Number,
randomSeed:Number, stitch:Boolean, fractalNoise:Boolean,
[channelOptions:Number], [grayScale:Boolean], [offsets:Object]) : Void
```

其中，

- ◆ baseX:Number：要在 x 方向上使用的频率。
- ◆ baseY:Number：要在 y 方向上使用的频率。
- ◆ numOctaves:Number：要组合以创建此杂点的 octave 函数或各个杂点函数的数目。octave 的数目越多，创建的图像将会具有越多的细节。
- ◆ randomSeed:Number：要使用的随机种子数目。如果保持所有其他参数不变，可以通过改变随机种子值来生成不同的伪随机结果。
- ◆ stitch:Boolean：一个布尔值。如果该值为 true，则该方法将尝试平滑图像的转变边缘以创建无缝的纹理，用于作为位图填充进行平铺。

◆ fractalNoise:Boolean：一个布尔值。如果该值为 true，则该方法将生成碎片杂点；否则，它将生成湍流。带有湍流的图像具有可见的不连续性渐变，可以使用它处理更接近锐化的视觉效果。

◆ channelOptions:Number（可选）：一个数字，它指示一个或多个颜色通道。

◆ grayScale:Boolean（可选）：一个布尔值，如果该值为 true，则通过将红色、绿色和蓝色通道的每一个值都设置为相同的值来创建一个灰度图像。此值为 true 时，Alpha 通道值将不会受到影响，其默认值为 false。

◆ offsets:Object（可选）：与每个 octave 的 x 和 y 偏移量相对应的点数组。通过操作该偏移值，可以平滑滚动 perlinNoise 图像的图层。

下面使用 BitmapData 类的 noise() 方法生成杂点效果，其操作步骤如下。

○**步骤 01**　新建一个 Flash 文档。

○**步骤 02**　设置舞台的宽度为 400 像素、高度为 300 像素。

○**步骤 03**　在舞台上导入一张图片并将其转换为影片剪辑元件，设置其实例名称为 "mc_bmp"，如图 14.9 所示。

图 14.9　在舞台上设置影片剪辑对象

○**步骤 04**　选择第 1 帧，在【动作-帧】面板的脚本编辑区中输入如下代码：

```
import flash.display.BitmapData;

function onMouseMove() {
  updateAfterEvent();
}

var noiseBmp:BitmapData = new BitmapData(Stage.width, Stage.height, true);
this.attachBitmap(noiseBmp, 20);
setInterval(updateNoise, 100);
var grayScale:Boolean = true;
function updateNoise():Void {
    var low:Number = 30 * _xmouse / Stage.width;
    var high:Number = 200 * _ymouse / Stage.height;
    my_txt.text = "low:" + Math.round(low) + ", high:" + Math.round(high);
    noiseBmp.noise(Math.round(Math.random() * 100000), low, high, 8, true);
}
```

◔**步骤05** 按【Ctrl+Enter】组合键，在舞台上移动鼠标，可以看到生成的杂点效果，如图 14.10 所示。

图 14.10 生成的杂点效果

14.2.2 颜色调整

在 ActionScript 编程中，进行颜色调整有许多方法，下面介绍使用 BitmapData 对象的 ColorTransform()方法调整图像颜色值的方法。

使用 BitmapData 对象的 ColorTransform()方法可调整图像指定区域中的颜色值，如果矩形与位图图像的边界匹配，则此方法将转换整个图像的颜色值。ColorTransform()方法的语法格式如下：

```
public colorTransform(rect:Rectangle, colorTransform:ColorTransform) : Void
```

其中，rect:flash.geom.Rectangle 是一个 Rectangle 对象，它定义其中应用了 ColorTransform 对象的图像区域；colorTransform:flash.geom.ColorTransform 是一个 ColorTransform 对象，它描述要应用的颜色转换值。

ColorTransform 对象由构造函数 ColorTransform()创建，其语法格式如下：

```
public ColorTransform([redMultiplier:Number], [greenMultiplier:Number],
[blueMultiplier:Number], [alphaMultiplier:Number], [redOffset:Number],
[greenOffset:Number], [blueOffset:Number], [alphaOffset:Number])
```

其中，

- redMultiplier:Number（可选）：为红色乘数的值，取值范围在 0~1 之间，默认值为 1。
- greenMultiplier:Number（可选）：为绿色乘数的值，取值范围在 0~1 之间，默认值为 1。
- blueMultiplier:Number（可选）：为蓝色乘数的值，取值范围在 0~1 之间，默认值为 1。
- alphaMultiplier:Number（可选）：为 Alpha 透明度乘数的值，取值范围在 0~1 之间，默认值为 1。
- redOffset:Number（可选）：为红色通道值的偏移量，取值范围在-255~255 之间，默认值为 0。
- greenOffset:Number（可选）：为绿色通道值的偏移量，取值范围在-255~255 之间，默认值为 0。
- blueOffset:Number（可选）：为蓝色通道值的偏移量，取值范围在-255~255 之间，默认值为 0。
- alphaOffset:Number（可选）：为 Alpha 透明度通道值的偏移量，取值范围在-255~255 之间，默认值为 0。

下面使用 ColorTransform()方法对舞台上图像的颜色值进行调整，其操作步骤如下。

○**步骤01**　新建一个 Flash 文档。

○**步骤02**　设置舞台的宽度为 400 像素、高度为 300 像素。

○**步骤03**　在舞台上导入一张图片并将其转换为影片剪辑元件，设置其实例名称为"mc_bmp"。

○**步骤04**　选择第 1 帧，在【动作-帧】面板的脚本编辑区中输入如下代码：

```
import flash.geom.ColorTransform;
import flash.geom.Transform;

var colorTrans:ColorTransform = new ColorTransform(1, 0.6, 1, .5, 0, 0, 128, 0);

var trans:Transform = new Transform(mc_bmp);
trans.colorTransform = colorTrans;
```

○**步骤05**　按【Ctrl+Enter】组合键，可以看到图像颜色的调整效果，如图 14.11 所示。

图 14.11　图像颜色的调整效果

14.2.3　设置过渡效果

Flash 包括多种可应用于影片剪辑对象的过渡效果，所有过渡效果都可以设置参数，从而满足动画制作的要求。例如遮帘过渡、淡化过渡、飞行过渡、光圈过渡等，这些过渡效果与 TransitionManager 类组合使用。在利用 ActionScript 编程时，可使用 TransitionManager 对象来指定过渡并将其应用于影片剪辑对象，而不是直接调用过渡。

使用 TransitionManager 类的方法和属性，可通过以下两种方法：一是使用调用 TransitionManager.start() 方法，也是最简单的方法，只要调用一次，就可以创建新的 TransitionManager 实例、指定目标对象、用一种缓动方法应用过渡并启动过渡效果；二是使用 new 运算符创建 TransitionManager 类的新实例，然后可以指定过渡属性，并通过调用 TransitionManager.startTransition() 方法启动过渡效果。

TransitionManager.start()方法的语法格式如下：

```
transitionManagerInstance.start(content, transParams)
```

其中，

◆ content：要应用过渡效果的 MovieClip 对象。
◆ transParams：在对象内传递的参数的集合。transParams 对象应包含 type 参数，该参数（后面跟有 direction、duration 和 easing 参数）指示要应用的过渡效果类，此外还必须包括该过渡效果类所必需的任何参数。

一、遮帘过渡

遮帘过渡使用逐渐消失或逐渐出现的矩形来显示影片剪辑对象。

在 Flash CS4 中使用遮帘过渡，需要将 transitionManagerInstance.start() 方法的 transParams 对象的 type 参数设置为 mx.transitions.Blinds 类，增加 numStrips 和 dimension 两个参数。其中，numStrips 为遮帘效果中的遮罩条纹数，建议的取值范围是 1~50；dimension 是一个整数，指示遮帘条纹是垂直的（0）还是水平的（1）。

下面为一个影片剪辑对象设置遮帘过渡效果，其操作步骤如下。

◯**步骤01** 新建一个 Flash 文档。
◯**步骤02** 设置舞台的宽度为 400 像素、高度为 300 像素。
◯**步骤03** 在舞台上导入一张图片并将其转换为影片剪辑元件，设置其实例名称为 "mc_bmp"。
◯**步骤04** 选择第 1 帧，在【动作-帧】面板的脚本编辑区中输入如下代码：

```
import mx.transitions.*;
import mx.transitions.easing.*;

TransitionManager.start(mc_bmp, {type:Blinds, direction:Transition.IN,
duration:2, easing:None.easeNone, numStrips:10, dimension:0});
```

◯**步骤05** 按【Ctrl+Enter】组合键，可以看到遮帘过渡效果，如图 14.12 所示。

图 14.12 遮帘过渡效果

二、淡化过渡

淡化过渡使用淡入或淡出的方式显示影片剪辑对象。

在 Flash CS4 中使用淡化过渡，需要将 transitionManagerInstance.start()方法的 transParams 对象的 type 参数设置为 mx.transitions.Fade 类，不需要其他额外的参数。

实现淡化过渡的代码如下：

```
import mx.transitions.*;
import mx.transitions.easing.*;

TransitionManager.start(mc_bmp, {type:Fade, direction:Transition.IN,
duration:3, easing:None.easeNone});
```

效果如图 14.13 所示。

图 14.13　淡化过渡效果

三、飞行过渡

飞行过渡指从某一指定方向滑入影片剪辑对象。

在 Flash CS4 中要使用飞行过渡，需要将 transitionManagerInstance.start()方法的 transParams 对象的 type 参数设置为 mx.transitions.Fly 类，还需增加 startPoint 参数，用于指示起始位置的整数，取值范围为 1~9。其中，1 表示左上，2 表示上中，3 表示右上，4 表示左中，5 表示中心，6 表示右中，7 表示左下，8 表示下中，9 表示右下。

实现飞行过渡的代码如下：

```
import mx.transitions.*;
import mx.transitions.easing.*;

TransitionManager.start(mc_bmp, {type:Fly, direction:Transition.IN,
duration:3, easing:Elastic.easeOut, startPoint:9});
```

效果如图 14.14 所示。

四、光圈过渡

光圈过渡是使用可以缩放的矩形或圆形动画遮罩来显示或隐藏影片剪辑对象。

在 Flash CS4 中要使用光圈过渡，需要将 transitionManagerInstance.start()方法的 transParams 对象的 type 参数设置为 mx.transitions.Iris 类，需要增加 startPoint 和 shape 两个参数。其中，startPoint

参数用于指示起始位置的整数，取值范围为 1~9，此参数与飞行过渡的 startPoint 参数相同；shape
参数为遮罩形状，值为 mx.transitions.Iris.SQUARE（矩形）或 mx.transitions.Iris.CIRCLE（圆形）。

（1）　　　　　　　　　　　　　　　　（2）

图 14.14　飞行过渡效果

实现光圈过渡的代码如下：

```
import mx.transitions.*;
import mx.transitions.easing.*;

TransitionManager.start(mc_bmp, {type:Iris, direction:Transition.IN,
duration:2, easing:Strong.easeOut, startPoint:5, shape:Iris.CIRCLE});
```

效果如图 14.15 所示。

图 14.15　光圈过渡效果

五、照片过渡

照片过渡指使影片剪辑对象像放映照片一样出现或消失的效果。

在 Flash CS4 中要使用照片过渡，需要将 transitionManagerInstance.start()方法的 transParams
对象的 type 参数设置为 mx.transitions.Photo 类，不需要增加其他额外的参数。

实现照片过渡的代码如下：

```
import mx.transitions.*;
import mx.transitions.easing.*;

TransitionManager.start (mc_bmp, {type:Photo, direction:Transition.IN,
duration:1, easing:None.easeNone});
```

六、像素溶解过渡

像素溶解过渡是使用随机出现或消失的棋盘图案矩形来显示或隐藏影片剪辑对象。

在 Flash CS4 中要使用像素溶解过渡，需要将 transitionManagerInstance.start() 方法的 transParams 对象的 type 参数设置为 mx.transitions.PixelDissolve 类，需要增加 xSections 和 ySections 两个参数。其中，xSections 用于指示沿水平轴的遮罩矩形部分的数目，建议的取值范围为 1~50；ySections 用于指示沿垂直轴的遮罩矩形部分的数目，建议的取值范围为 1~50。

实现像素溶解过渡的代码如下：

```
import mx.transitions.*;
import mx.transitions.easing.*;

TransitionManager.start(mc_bmp, {type:PixelDissolve,
direction:Transition.IN, duration:2, easing:None.easeNone, xSections:10,
ySections:10});
```

效果如图 14.16 所示。

图 14.16　像素溶解过渡效果

七、旋转过渡

旋转过渡使用旋转的方式显示或隐藏影片剪辑对象。

在 Flash CS4 中要使用旋转过渡，需要将 transitionManagerInstance.start() 方法的 transParams 对象的 type 参数设置为 mx.transitions.Rotate 类，需要增加 ccw 和 degrees 两个参数。其中，ccw 为一个布尔值，false 表示顺时针旋转，true 表示逆时针旋转；degrees 是一个整数，指示对象要旋转的度数，建议范围为 1~9999。

实现旋转过渡的代码如下：

```
import mx.transitions.*;
import mx.transitions.easing.*;

TransitionManager.start(mc_bmp, {type:Rotate, direction:Transition.IN,
duration:3, easing:Strong.easeInOut, ccw:false, degrees:720});
```

效果如图 14.17 所示。

（1）

（2）

图 14.17　旋转过渡效果

八、挤压过渡

挤压过渡使用水平或垂直缩放的方式显示或隐藏影片剪辑对象。

在 Flash CS4 中要使用挤压过渡，需要将 transitionManagerInstance.start()方法的 transParams 对象的 type 参数设置为 mx.transitions.Squeeze 类，需要增加 dimension 参数，dimension 参数是一个整数，用于指示挤压的效果，0 表示水平，1 表示垂直。

实现挤压过渡的代码如下：

```
import mx.transitions.*;
import mx.transitions.easing.*;

TransitionManager.start(mc_bmp, {type:Squeeze, direction:Transition.IN,
duration:2, easing:Elastic.easeOut, dimension:1});
```

九、划入/划出过渡

划入/划出过渡使用水平移动的动画遮罩形状来显示或隐藏影片剪辑对象。

在 Flash CS4 中要使用划入/划出过渡，需要将 transitionManagerInstance.start()方法的 transParams 对象的 type 参数设置为 mx.transitions.Wipe 类，并增加 startPoint 参数。startPoint 参数用于指示起始位置的整数，取值范围 1~9，此参数与飞行过渡的 startPoint 参数相同。

实现划入过渡的代码如下：

```
import mx.transitions.*;
import mx.transitions.easing.*;
```

```
TransitionManager.start(mc_bmp, {type:Wipe, direction:Transition.IN,
duration:2, easing:None.easeNone, startPoint:1});
```

效果如图 14.18 所示。

（1）　　　　　　　　　　　　　　　（2）

图 14.18　划入过渡效果

十、缩放过渡

缩放过渡通过按比例缩放来放大或缩小影片剪辑对象。

在 Flash CS4 中要使用缩放过渡，需要将 transitionManagerInstance.start() 方法的 transParams 对象的 type 参数设置为 mx.transitions.Zoom 类，不需要增加其他额外的参数。

实现缩放过渡的代码如下：

```
import mx.transitions.*;
import mx.transitions.easing.*;


TransitionManager.start(mc_bmp, {type:Zoom, direction:Transition.IN,
duration:2, easing:Elastic.easeOut});
```

14.3　在 ActionScript 中应用滤镜

在 ActionScript 脚本中，可以使用滤镜在 Flash 播放器中实现丰富的视觉效果。

14.3.1　使用 flash.filters 包

在 flash.filters 包中包含用于 Flash Player 中的滤镜效果的类。flash.filters 包由多个实现滤镜效果的类组成，这些类的功能如表 14.1 所示。

表 14.1　flash.filters 包的类

类	说明
BevelFilter	BevelFilter 类可用来向影片剪辑实例中添加斜角效果
BitmapFilter	BitmapFilter 类是所有滤镜效果的基类
BlurFilter	BlurFilter 类可用来对影片剪辑实例应用模糊效果

（续表）

类	说明
ColorMatrixFilter	ColorMatrixFilter 类可用来对输入图像上每个像素的 RGB 颜色和 Alpha 值应用 4 x 5 矩阵变形。应用变形后，可以得到一组新的 ARGB 颜色和 Alpha 值
ConvolutionFilter	ConvolutionFilter 类可用来实现矩阵盘绕滤镜效果
DisplacementMapFilter	DisplacementMapFilter 类使用来自指定的 BitmapData 对象（被称为置换映射图像）的像素值，以执行舞台对象的置换
DropShadowFilter	DropShadowFilter 类可用来向影片剪辑中添加投影效果
GlowFilter	GlowFilter 类可用来向影片剪辑中添加发光效果
GradientBevelFilter	GradientBevelFilter 类可用来对影片剪辑应用渐变斜角效果
GradientGlowFilter	GradientGlowFilter 类可用来对影片剪辑应用渐变发光效果

在 flash.filters 包的所有类中，BitmapFilter 类是所有滤镜效果的基类，其他的所有类都是在此基础上进行扩展的。

在 ActionScript 编程中，使用滤镜取决于要应用滤镜的对象，一般有下列两种情况。

◆ 要在运行时给影片剪辑、文本字段和按钮应用滤镜，应使用 filters 属性。设置对象的 filters 属性不会修改对象，清除 filters 属性即可撤销设置操作。
◆ 要对 BitmapData 实例应用滤镜，应使用 BitmapData.applyFilter()方法。对 BitmapData 对象调用 applyFilter() 会获得原 BitmapData 对象和滤镜对象，并最终生成一个过滤图像。

在对影片剪辑或按钮应用滤镜时，应将影片剪辑或按钮的 cacheAsBitmap 属性设置为 true。如果清除所有滤镜，系统将恢复 cacheAsBitmap 的原始值。

在 ActionScript 编程时，可同时应用两个以上的滤镜效果。

14.3.2　使用模糊滤镜

在 ActionScript 编程中，使用 flash.filters.BlurFilter 类可以将模糊视觉效果应用于 Flash 中的各种对象。

BlurFilter 类使用 BlurFilter()构造函数创建 BlurFilter 对象，其语法格式如下：

```
public BlurFilter([blurX:Number], [blurY:Number], [quality:Number])
```

其中，

◆ blurX:Number（可选）：水平模糊量，有效值为 0~255（浮点值），默认值为 4。
◆ blurY:Number（可选）：垂直模糊量，有效值为 0~255（浮点值），默认值为 4。
◆ quality:Number（可选）：应用滤镜的次数，默认值为 1。其中，1 表示低品质，2 表示中等品质，3 表示高品质并且接近高斯模糊。

下面为一个影片剪辑对象设置模糊滤镜，其操作步骤如下。

○**步骤01** 新建一个 Flash 文档。

○**步骤02** 设置舞台的宽度为 550 像素、高度为 400 像素。

○**步骤03** 在舞台上导入一张图片并将其转换为影片剪辑元件，设置其实例名称为"mc_bmp"，如图 14.19 所示。

○**步骤04** 选择第 1 帧，在【动作-帧】面板的脚本编辑区中输入如下代码：

```
import flash.filters.BlurFilter;

var blurX:Number = 30;
var blurY:Number = 30;
var quality:Number = 3;

var filter:BlurFilter = new BlurFilter(blurX, blurY, quality);
var filterArray:Array = new Array();
filterArray.push(filter);
mc_bmp.filters = filterArray;
```

○**步骤05** 按【Ctrl+Enter】组合键，可以看到应用模糊滤镜的效果，如图 14.20 所示。

图 14.19　创建影片剪辑对象

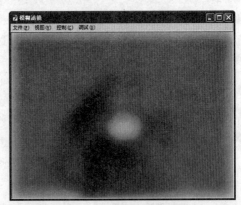

图 14.20　应用模糊滤镜的效果

14.3.3　使用投影滤镜

在 ActionScript 编程中，使用 flash.filters.DropShadowFilter 类可以在 Flash 中为各种对象添加投影滤镜。投影样式有多个模式，包括内侧或外侧阴影和挖空模式。

DropShadowFilter 类使用 DropShadowFilter()构造函数创建 DropShadowFilter 对象，其语法格式如下：

```
public DropShadowFilter([distance:Number], [angle:Number], [color:Number],
[alpha:Number], [blurX:Number], [blurY:Number], [strength:Number],
[quality:Number], [inner:Boolean], [knockout:Boolean], [hideObject:Boolean])
```

其中，

◆ distance:Number（可选）：阴影的偏移距离，以像素为单位，默认值为 4（浮点）。

◆ angle:Number（可选）：阴影的角度，有效值为 0~360 度（浮点），默认值为 45。

◆ color:Number （可选）：阴影颜色，采用十六进制格式 0xRRGGBB 表示，默认值为 0x000000。

◆ alpha:Number（可选）：阴影颜色的 Alpha 透明度值，有效值为 0~1，默认值为 1。

◆ blurX:Number（可选）：水平模糊量，有效值为 0~255（浮点），默认值为 4。

◆ blurY:Number（可选）：垂直模糊量，有效值为 0~255（浮点），默认值为 4。

◆ strength:Number（可选）： 印记或散布的强度，该值越高，印记的颜色越深，而且阴影与背景之间的对比度也越强，有效值为 0~255，默认值为 1。

◆ quality:Number（可选）：应用滤镜的次数，有效值为 0~15，默认值为 1。

◆ inner:Boolean（可选）：表示阴影是否为内侧阴影。值为 true 将指定内侧阴影；默认为 false，即外侧阴影，它表示对象外缘周围的阴影。

◆ knockout:Boolean（可选）：表示是否应用挖空效果。值为 true 将有效地使对象的填色变为透明，并显示文档的背景颜色，其默认值为 false（不应用挖空效果）。

◆ hideObject:Boolean（可选）：表示是否隐藏对象。如果值为 true，则表示没有绘制对象本身，只有阴影是可见的，默认值为 false（显示对象）。

在前面的示例中，如果将第 1 帧的代码修改为如下代码：

```
import flash.filters.DropShadowFilter;

var distance:Number = 20;
var angleInDegrees:Number = 45;
var color:Number = 0x000000;
var alpha:Number = .8;
var blurX:Number = 16;
var blurY:Number = 16;
var strength:Number = 1;
var quality:Number = 3;
var inner:Boolean = false;
var knockout:Boolean = false;
var hideObject:Boolean = false;

var filter:DropShadowFilter = new DropShadowFilter(distance, angleInDegrees,
color, alpha, blurX, blurY, strength, quality, inner, knockout, hideObject);
var filterArray:Array = new Array();
filterArray.push(filter);
mc_bmp.filters = filterArray;
```

按【Ctrl+Enter】组合键，则可以看到应用投影滤镜的效果，如图 14.21 所示。

14.3.4 使用发光滤镜

在 ActionScript 编程中，使用 flash.filters.GlowFilter 类可以在 Flash 中为各种对象添加发光滤镜，有多个用于发光样式的选项，包括内侧发光或外侧发光以及挖空模式。

图 14.21　应用投影滤镜的效果

GlowFilter 类使用 GlowFilter () 构造函数创建 GlowFilter 对象，其语法格式如下：

```
public GlowFilter([color:Number], [alpha:Number], [blurX:Number],
[blurY:Number], [strength:Number], [quality:Number], [inner:Boolean],
[knockout:Boolean])
```

其中，

- color:Number(可选)：光晕颜色，采用十六进制格式 0xRRGGBB 表示，默认值为 0xFF0000。
- alpha:Number (可选)：颜色的 Alpha 透明度值，有效值为 0~1。
- blurX:Number (可选)：水平模糊量，有效值为 0~255 (浮点)，默认值为 6。
- blurY:Number (可选)：垂直模糊量，有效值为 0~255 (浮点)，默认值为 6。
- strength:Number (可选)：印记或散布的强度。该值越高，印记的颜色越深，而且发光与背景之间的对比度也越强。有效值为 0~255，默认值为 2。
- quality:Number (可选)：应用滤镜的次数，有效值为 0~15，默认值为 1。
- inner:Boolean(可选)：指定发光是否为内侧发光。值为 true 表示内侧发光；默认值为 false，即外侧发光，它表示对象外缘周围的发光。
- knockout:Boolean (可选)：指定对象是否具有挖空效果。值为 true 将使对象的填充变为透明，并显示文档的背景颜色，其默认值为 false (不应用挖空效果)。

在前面的示例中，如果将第 1 帧的代码修改为如下代码：

```
import flash.filters.GlowFilter;

var color:Number = 0x33CCFF;
var alpha:Number = .8;
var blurX:Number = 35;
var blurY:Number = 35;
var strength:Number = 2;
var quality:Number = 3;
var inner:Boolean = false;
var knockout:Boolean = false;

var filter:GlowFilter = new GlowFilter(color, alpha, blurX, blurY, strength,
```

```
quality, inner, knockout);
    var filterArray:Array = new Array();
    filterArray.push(filter);
    mc_bmp.filters = filterArray;
```

按【Ctrl+Enter】组合键，则可以看到应用发光滤镜的效果，如图 14.22 所示。

图 14.22　应用发光滤镜的效果

14.3.5　使用渐变发光滤镜

在 ActionScript 编程中，使用 flash.filters.GradientGlowFilter 类可以在 Flash 中为各种对象使用渐变发光滤镜。渐变发光是一种非常逼真的发光效果，在编程中可以控制颜色渐变。用户可以在对象的内缘或外缘的周围或者对象的顶部应用渐变发光。

GradientGlowFilter 类使用 GradientGlowFilter() 构造函数创建 GradientGlowFilter 对象，其语法格式如下：

```
public GradientGlowFilter([distance:Number], [angle:Number],
[colors:Array], [alphas:Array], [ratios:Array], [blurX:Number], [blurY:Number],
[strength:Number], [quality:Number], [type:String], [knockout:Boolean])
```

其中，

◆ distance:Number（可选）：光晕的偏移距离，默认值为 4。
◆ angle:Number（可选）：指角度，以度为单位。其有效值为 0°～360°，默认值为 45°。
◆ colors:Array（可选）：定义渐变的颜色的数组。例如，红色为 0xFF0000，蓝色为 0x0000FF，依此类推。
◆ alphas:Array（可选）：指 colors 数组中对应颜色的 Alpha 透明度值组成的数组。数组中每个元素的有效值为 0~1。
◆ ratios:Array（可选）：颜色分布比例的数组，其有效值为 0~255。该值定义宽度的百分比，颜色采样率为 100%。
◆ blurX:Number（可选）：水平模糊量，有效值为 0~255。如果模糊量小于或等于 1，则表明原始图像是按原样复制的，默认值为 4。
◆ blurY:Number（可选）：垂直模糊量，有效值为 0~255。如果模糊量小于或等于 1，则表明原始图像是按原样复制的，默认值为 4。

◆ strength:Number（可选）：印记或散布的强度。该值越高，印记的颜色越深，而且发光与背景之间的对比度也越强，有效值为 0~255。值越大，印记越强，值为 0 意味着未应用滤镜，其默认值是 1。

◆ quality:Number（可选）：应用滤镜的次数。其有效值为 0~15，默认值为 1。

◆ type:String（可选）：滤镜效果的放置。其可能的值包括 "outer"（对象外缘上的发光）、"inner"（对象内缘上的发光，默认值）和 "full"（对象顶部的发光）。

◆ knockout:Boolean（可选）：指定对象是否具有挖空效果。应用挖空效果将使对象的填充变为透明，并显示文档的背景颜色。值为 true 将指定应用挖空效果。其默认值为 false，即不应用挖空效果。

在前面的示例中，如果将第 1 帧的代码修改为如下代码：

```
import flash.filters.GradientGlowFilter;

var distance:Number = 0;
var angleInDegrees:Number = 45;
var colors:Array = [0xFFFFFF, 0xFF0000, 0xFFFF00, 0x00CCFF];
var alphas:Array = [0, 1, 1, 1];
var ratios:Array = [0, 63, 126, 255];
var blurX:Number = 50;
var blurY:Number = 50;
var strength:Number = 2.5;
var quality:Number = 3;
var type:String = "outer";
var knockout:Boolean = false;

var filter:GradientGlowFilter = new GradientGlowFilter(distance,
angleInDegrees,  colors, alphas, ratios, blurX, blurY, strength, quality,  type,
knockout);
var filterArray:Array = new Array();
filterArray.push(filter);
mc_bmp.filters = filterArray;
```

按【Ctrl+Enter】组合键，则可以看到应用渐变发光滤镜的效果，如图 14.23 所示。

图 14.23 应用渐变发光滤镜的效果

14.3.6　使用斜角滤镜

在 ActionScript 编程中，使用 flash.filters.BevelFilter 类可以在 Flash 中为各种对象使用斜角滤镜。斜角滤镜使对象（如按钮）具有三维外观。在编程中可以利用不同的加亮颜色和阴影颜色、斜角上的模糊量、斜角的角度、斜角的位置和挖空效果来自定义斜角的外观。

BevelFilter 类使用 BevelFilter ()构造函数创建 BevelFilter 对象，其语法格式如下：

```
public BevelFilter([distance:Number], [angle:Number],
[highlightColor:Number], [highlightAlpha:Number], [shadowColor:Number],
[shadowAlpha:Number], [blurX:Number], [blurY:Number], [strength:Number],
[quality:Number], [type:String], [knockout:Boolean])
```

其中，

◆ distance:Number（可选）：斜角的偏移距离，以像素为单位（浮点），默认值是 4。
◆ angle:Number（可选）：斜角的角度，取值范围为 0° ~360° ，默认值是 45° 。
◆ highlightColor:Number（可选）：斜角的加亮颜色，其格式为 0xRRGGBB，默认值为 0xFFFFFF。
◆ highlightAlpha:Number（可选）：加亮颜色的 Alpha 透明度值，有效值为 0~1。
◆ shadowColor:Number（可选）：斜角的阴影颜色，其格式为 0xRRGGBB，默认值为 0x000000。
◆ shadowAlpha:Number（可选）：阴影颜色的 Alpha 透明度值，有效值为 0~1。
◆ blurX:Number（可选）：水平模糊量，以像素为单位。其有效值为 0~255（浮点），默认值为 4。
◆ blurY:Number（可选）：垂直模糊量，以像素为单位。其有效值为 0~255（浮点），默认值为 4。
◆ strength:Number（可选）：印记或散布的强度。该值越大，印记的颜色越深，而且斜角与背景之间的对比度也越强。其有效值为 0~255，默认值为 1。
◆ quality:Number（可选）：应用滤镜的次数。默认值为 1，即表示低品质；值为 2 表示中等品质；值为 3 表示高品质。
◆ type:String（可选）：斜角的类型，有效值为 "inner"、"outer" 和 "full"，默认值为 "inner"。
◆ knockout:Boolean（可选）：应用挖空效果（true），这将有效地使对象的填充变为透明，并显示文档的背景颜色，默认值为 false（不应用挖空效果）。

如果在前面的示例中，如果将第 1 帧的代码修改为如下代码：

```
import flash.filters.BevelFilter;

var distance:Number = 5;
var angleInDegrees:Number = 45;
var highlightColor:Number = 0xFFFF00;
var highlightAlpha:Number = .8;
var shadowColor:Number = 0x0000FF;
var shadowAlpha:Number = .8;
var blurX:Number = 25;
var blurY:Number = 25;
var strength:Number = 5;
var quality:Number = 3;
var type:String = "inner";
```

```
    var knockout:Boolean = false;

    var filter:BevelFilter = new BevelFilter(distance, angleInDegrees,
highlightColor, highlightAlpha, shadowColor, shadowAlpha, blurX, blurY,
strength, quality, type, knockout);
    mc_bmp.filters = new Array(filter);
```

按【Ctrl+Enter】组合键，则可以看到应用斜角滤镜的效果，如图 14.24 所示。

图 14.24　应用斜角滤镜的效果

14.3.7　使用渐变斜角滤镜

在 ActionScript 编程中，使用 flash.filters.GradientBevelFilter 类可以在 Flash 中为各种对象使用渐变斜角滤镜。渐变斜角是位于对象外部、内部或顶部的使用渐变色增强的有斜面的边缘，使对象具有三维外观。

GradientBevelFilter 类使用 GradientBevelFilter()构造函数创建 GradientBevelFilter 对象，其语法格式如下：

```
    public GradientBevelFilter([distance:Number], [angle:Number],
[colors:Array], [alphas:Array], [ratios:Array], [blurX:Number], [blurY:Number],
[strength:Number], [quality:Number], [type:String], [knockout:Boolean])
```

其中，

◆ distance:Number（可选）：指偏移距离，其有效值为 0~8，默认值为 4。
◆ angle:Number（可选）：指角度，以度为单位，其有效值为 0°~360°，默认值为 45°。
◆ colors:Array（可选）：指由渐变中使用的 RGB 十六进制颜色值组成的数组。例如，红色为 0xFF0000，蓝色为 0x0000FF，依此类推。
◆ alphas:Array（可选）：指由 colors 数组中对应颜色的 Alpha 透明度值组成的数组。数组中每个元素的有效值在 0~1 之间。
◆ ratios:Array（可选）：指颜色分布比例的数组，有效值为 0~255。
◆ blurX:Number（可选）：指水平模糊量，有效值为 0~255。如果模糊量小于或等于 1，则表明原始图像是按原样复制的，默认值为 4。
◆ blurY:Number（可选）：指垂直模糊量，有效值为 0~255。如果模糊量小于或等于 1，则表明原始图像是按原样复制的，默认值为 4。

◆ **strength:Number（可选）：** 印记或散布的强度。该值越高，印记的颜色越深，而且斜角与背景之间的对比度也越强。有效值为 0~255，值为 0 表明没有应用滤镜，默认值是 1。

◆ **quality:Number（可选）：** 指滤镜的质量，有效值为 0~15，默认值为 1。滤镜的值越小，呈现速度越快。

◆ **type:String（可选）：** 指斜角效果的放置。其有效值为 "inner"、"outer" 和 "full"，默认值为 "inner"。

◆ **knockout:Boolean（可选）：** 指定是否应用挖空效果。值为 true 将使对象的填充变为透明，并显示文档的背景颜色。其默认值为 false，即不应用挖空效果。

在前面的示例中，如果将第 1 帧的代码修改为如下代码：

```
import flash.filters.GradientBevelFilter;

var distance:Number = 5;
var angleInDegrees:Number = 225;
var colors:Array = [0xFFFFFF, 0xCCCCCC, 0x000000];
var alphas:Array = [.75, .75, .75];
var ratios:Array = [0, 128, 255];
var blurX:Number = 8;
var blurY:Number = 8;
var strength:Number = 2;
var quality:Number = 3;
var type:String = "inner";
var knockout:Boolean = false;

var filter:GradientBevelFilter = new GradientBevelFilter(distance,
angleInDegrees, colors, alphas, ratios, blurX, blurY, strength, quality, type,
knockout);
var filterArray:Array = new Array();
filterArray.push(filter);
mc_bmp.filters = filterArray;
```

按【Ctrl+Enter】组合键，则可以看到应用渐变斜角滤镜的效果，如图 14.25 所示。

图 14.25 应用渐变斜角滤镜的效果

14.3.8 使用颜色矩阵滤镜

在 ActionScript 编程中，使用 flash.filters.ColorMatrixFilter 类可以将 4 x 5 矩阵转换应用于输入图像上的每个像素的 RGBA 颜色和 Alpha 值，以产生具有一组新的 RGBA 颜色和 Alpha 值的结果。该类允许饱和度更改、色相旋转、亮度为 Alpha 以及其他各种效果。

ColorMatrixFilter 类使用 ColorMatrixFilter() 构造函数创建 ColorMatrixFilter 对象，其语法格式如下：

```
public ColorMatrixFilter(matrix:Array)
```

其中，matrix:Array 是由 20 个元素（排列成 4 x 5 矩阵）组成的数组。
假设原始颜色值为 "oldRed,oldGreen,oldBlue,oldAlpha"，数组的排列结构如图 14.26 所示。

$$\begin{vmatrix} a0 & a1 & a2 & a3 & a4 \\ a5 & a6 & a7 & a8 & a9 \\ a10 & a11 & a12 & a13 & a14 \\ a15 & a16 & a17 & a18 & a19 \end{vmatrix}$$

图 14.26　数组的排列结构

那么，使用下列公式计算新的颜色值：

```
newRed = a0 * oldRed + a1 * oldGreen + a2 * oldBlue + a3 * oldAlpha + a4
newGreen = a5 * oldRed + a6 * oldGreen + a7 * oldBlue + a8 * oldAlpha + a9
newBlue = a10 * oldRed + a11 * oldGreen + a12 * oldBlue + a13 * oldAlpha + a14
newAlpha = a15 * oldRed + a16 * oldGreen + a17 * oldBlue + a18 * oldAlpha + a19
```

在前面的示例中，如果将第 1 帧的代码修改为如下代码：

```
import flash.filters.ColorMatrixFilter;

var aBrighten:Array = [2, 0, 0, 0, 0,
0, 2, 0, 0, 0,
0, 0, 2, 0, 0,
0, 0, 0, 1, 0];
mc_bmp.filters = [new ColorMatrixFilter(aBrighten)];
```

按【Ctrl+Enter】组合键，则可以看到应用颜色矩阵滤镜的效果，如图 14.27 所示。

图 14.27　应用颜色矩阵滤镜的效果

14.3.9　使用卷积滤镜

在 ActionScript 编程中，使用 flash.filters. ConvolutionFilter 类可以应用矩阵卷积滤镜效果。卷积将输入图像的像素与相邻的像素合并以生成图像。通过卷积，可以实现大量不同的图像处理操作，包括模糊、边缘检测、锐化、浮雕和斜角。

ConvolutionFilter 类使用 ConvolutionFilter ()构造函数创建 ConvolutionFilter 对象，其语法格式如下：

```
public ConvolutionFilter(matrixX:Number, matrixY:Number, matrix:Array,
[divisor:Number], [bias:Number], [preserveAlpha:Boolean], [clamp:Boolean],
[color:Number], [alpha:Number])
```

其中，

- matrixX:Number：指矩阵的 x 维度（矩阵中列的数目），默认值是 0。
- matrixY:Number：指矩阵的 y 维度（矩阵中行的数目），默认值是 0。
- matrix:Array：指用于矩阵转换的值的数组。数组中的项数必须等于 matrixX×matrixY。
- divisor:Number（可选）：指矩阵转换中使用的除数，默认值为 1。
- bias:Number（可选）：指要添加到矩阵转换结果的偏差，默认值是 0。
- preserveAlpha:Boolean（可选）：该值为 false 表明盘绕应用于所有通道，包括 Alpha 通道；值为 true 表示只对颜色通道应用盘绕，默认值为 true。
- clamp:Boolean（可选）：应用于源图像之外的像素。如果值为 true，则表明通过复制输入图像给定边缘处的颜色值，沿着输入图像的每个边框按需要扩展输入图像。如果值为 false，则表明应按照 color 和 Alpha 属性中的指定使用其他颜色，其默认值为 true。
- color:Number（可选）：要替换源图像之外的像素的十六进制颜色。
- alpha:Number（可选）：替换颜色的 Alpha 值。

在前面的示例中，如果将第 1 帧的代码修改为如下代码：

```
import flash.filters.ConvolutionFilter;

var matrixX:Number = 3;
var matrixY:Number = 3;
var matrix:Array = [-2, -1, 0, -1, 1, 1, 0, 1, 2];
var divisor:Number = 9;

var filter:ConvolutionFilter = new ConvolutionFilter(matrixX, matrixY,
matrix);
mc_bmp.filters=[filter];
```

按【Ctrl+Enter】组合键，则可以看到应用卷积滤镜的效果，如图 14.28 所示。

14.3.10　使用置换图滤镜

在 ActionScript 编程中，使用 flash.filters.DisplacementMapFilter 类可以使用来自指定的 BitmapData 对象（被称为置换映射图像）的像素值，以执行舞台对象（如 MovieClip 实例）的置换。使用此滤镜可以获得扭曲或斑点效果。

图 14.28　应用卷积滤镜的效果

DisplacementMapFilter 类使用 DisplacementMapFilter() 构造函数创建 DisplacementMapFilter 对象，其语法格式如下：

```
public DisplacementMapFilter(mapBitmap:BitmapData, mapPoint:Point,
componentX:Number, componentY:Number, scaleX:Number, scaleY:Number,
[mode:String], [color:Number], [alpha:Number])
```

其中，

◆ **mapBitmap:flash.display.BitmapData**：包含置换映射数据的 BitmapData 对象。

◆ **mapPoint:flash.geom.Point**：指定一个 flash.geom.Point 值，它包含目标影片剪辑的左上角与映射图像左上角之间的偏移量。

◆ **componentX:Numbe**：描述在映射图像中使用哪个颜色通道来置换 x 结果，可能的值有 1（红色）、2（绿色）、4（蓝色）和 8（Alpha）。

◆ **componentY:Number**：描述在映射图像中使用哪个颜色通道来置换 y 结果，可能的值有 1（红色）、2（绿色）、4（蓝色）和 8（Alpha）。

◆ **scaleX:Number**：用于缩放映射计算的 x 置换结果的乘数。

◆ **scaleY:Number**：用于缩放映射计算的 y 置换结果的乘数。

◆ **mode:String（可选）**：指定滤镜的模式，可能的值有 "wrap"（将置换值折返到源图像的另一侧）、"clamp"（将置换值锁定在源图像的边缘）、"ignore"（如果置换值超出了范围，则忽略置换并使用源像素）和 "color"（如果置换值在图像外，则替换由滤镜的 Alpha 属性和 color 属性组成的像素值）。

◆ **color:Number（可选）**：指定对于超出范围的替换应用什么颜色，置换的有效范围是 0.0~1.0。如果 mode 被设置为 "color"，则使用此参数。

◆ **alpha:Number（可选）**：指定对于超出范围的替换应用什么 Alpha 值。它被指定为 0.0~1.0 之间的标准值，默认值为 1.0。如果 mode 被设置为 "color"，则使用此参数。

下面应用置换图滤镜使加载的图像扭曲，其操作步骤如下。

步骤 01 新建一个 Flash 文档。

步骤 02 设置舞台的宽度为 550 像素、高度为 400 像素。

步骤 03 选择第 1 帧，在【动作-帧】面板的脚本编辑区中输入如下代码：

```
import flash.filters.DisplacementMapFilter;
import flash.geom.Point;
import flash.display.BitmapData;

var perlinBmp:BitmapData;
var displacementMap:DisplacementMapFilter;
var mclListener:Object = new Object();
mclListener.onLoadInit = function(target_mc:MovieClip):Void  {
    target_mc._x = (Stage.width - target_mc._width) / 2;
    target_mc._y = (Stage.height - target_mc._height) / 2;
    perlinBmp = new BitmapData(target_mc._width, target_mc._height);
    perlinBmp.perlinNoise(target_mc._width, target_mc._height, 10,
Math.round(Math.random() * 100000), false, true, 1, false);
    displacementMap = new DisplacementMapFilter(perlinBmp, new Point(0,
0), 1, 1, 100, 100, "color");
    shapeClip.filters = [displacementMap];
};
var shapeClip:MovieClip = this.createEmptyMovieClip("shapeClip", 1);
shapeClip.createEmptyMovieClip("holderClip", 1);
var imageLoader:MovieClipLoader = new MovieClipLoader();
imageLoader.addListener(mclListener);
imageLoader.loadClip("鸟4.jpg", shapeClip.holderClip);

var mouseListener:Object = new Object();
mouseListener.onMouseMove = function():Void {
   perlinBmp.perlinNoise(shapeClip._width, shapeClip._height, 10,
Math.round(Math.random() * 100000), false, true, 1, false);
    shapeClip.filters = [displacementMap];
};
Mouse.addListener(mouseListener);
```

步骤 04 按【Ctrl+Enter】组合键，可以看到应用置换图滤镜的效果，如图 14.29 所示。

（1）　　　　　　　　　　　　　　　　　（2）

图 14.29　应用置换图滤镜的效果

14.4 绘制图形和应用滤镜实例

下面以实例的形式介绍使用 ActionScript 脚本绘制图形和应用滤镜的相关知识。

14.4.1 绘制奥运五环标志

在 Flash CS4 文档中可使用 ActionScript 脚本绘制奥运五环标志，其操作步骤如下。

○**步骤 01** 新建一个 Flash 文档。

○**步骤 02** 设置舞台的宽度为 600 像素、高度为 400 像素。

○**步骤 03** 选择第 1 帧，在【动作-帧】面板的脚本编辑区中输入如下代码：

```
// x,y 为圆心坐标，r 为半径
MovieClip.prototype.drawCircle = function(x:Number, y:Number, r:Number) {
  this.moveTo(x+r, y);
  a = Math.tan(22.5 * Math.PI/180);
  for (var angle = 45; angle<=360; angle += 45) {
    // endpoint:
    var endx = r*Math.cos(angle*Math.PI/180);
    var endy = r*Math.sin(angle*Math.PI/180);
        // control:
    // (angle-90 is used to give the correct sign)
    var cx =endx + r*a*Math.cos((angle-90)*Math.PI/180);
    var cy =endy + r*a*Math.sin((angle-90)*Math.PI/180);
    this.curveTo(cx+x, cy+y, endx+x, endy+y);
  }
}


var circle_mc = this.createEmptyMovieClip("circle", 1);
circle_mc.lineStyle(6, 0x0000FF, 100);  // 开始绘制蓝色环
circle_mc.drawCircle(100, 150, 80);
circle_mc.lineStyle(6, 0x000000, 100);  // 开始绘制黑色环
circle_mc.drawCircle(300, 150, 80);
circle_mc.lineStyle(6, 0xFF0000, 100);  // 开始绘制红色环
circle_mc.drawCircle(500, 150, 80);
circle_mc.lineStyle(6, 0xFFFF00, 100);  // 开始绘制黄色环
circle_mc.drawCircle(200, 250, 80);
circle_mc.lineStyle(6, 0x00FF00, 100);  // 开始绘制绿色环
circle_mc.drawCircle(400, 250, 80);
```

○**步骤 04** 按【Ctrl+Enter】组合键，可以看到绘制的奥运五环标志，如图 14.30 所示。

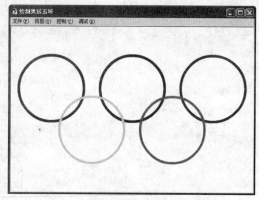

图 14.30　绘制的奥运五环标志

14.4.2　滤镜效果展示

　　下面使用 ActionScript 脚本对同一对象应用多种滤镜，实现按任意键可变换一种滤镜，从而看到不同滤镜的效果，其操作步骤如下。

○**步骤 01**　新建一个 Flash 文档。

○**步骤 02**　设置舞台的宽度为 300 像素、高度为 300 像素。

○**步骤 03**　选择第 1 帧，在【动作-帧】面板的脚本编辑区中输入如下代码：

```
import flash.filters.*;
_global.myValue =1;

// x,y 为圆心坐标，r 为半径
MovieClip.prototype.drawCircle = function(x:Number, y:Number, r:Number) {
  this.moveTo(x+r, y);
  a = Math.tan(22.5 * Math.PI/180);
  for (var angle = 45; angle<=360; angle += 45) {
    // endpoint:
    var endx = r*Math.cos(angle*Math.PI/180);
    var endy = r*Math.sin(angle*Math.PI/180);
        // control:
    // (angle-90 is used to give the correct sign)
    var cx =endx + r*a*Math.cos((angle-90)*Math.PI/180);
    var cy =endy + r*a*Math.sin((angle-90)*Math.PI/180);
    this.curveTo(cx+x, cy+y, endx+x, endy+y);
  }
}

// 开始绘制圆
var circle_mc = this.createEmptyMovieClip("circle", 1);
circle_mc.lineStyle(4, 0xFF0000, 100);
circle_mc.beginFill(0x0000FF, 100);
circle_mc.drawCircle(150, 150, 120);
```

```
    circle_mc.endFill();

    circle_mc.onKeyDown = function() {
        this.filters="";
    switch(_global.myValue) {
        case 1:
         var filter:BevelFilter = new BevelFilter(5, 45, 0xFFCCCC, 1, 0x000000,
1, 10, 10, 5, 15, "inner");
      this.filters=[filter];
      break;
        case 2:
      var filter:BlurFilter = new BlurFilter(10, 40);
          this.filters=[filter];
      break;
        case 3:
      var filter:DropShadowFilter = new DropShadowFilter(10, 0, 0x000000, 1, 10, 10);
          this.filters=[filter];
      break;
        case 4:
      var filter:GlowFilter = new GlowFilter(0x000000, .5, 40, 20);
          this.filters=[filter];
      break;
        case 5:
      var aColors:Array = [0x0000FF, 0xFFFFFF, 0xFFFFFF, 0xFFFFFF, 0x000000];
          var aAlphas:Array = [100, 20, 0, 20, 100];
          var aRatios:Array = [0, 255 / 4, 2 * 255 / 4, 3 * 255 / 4, 255];
          var filter:GradientBevelFilter = new GradientBevelFilter(10, 45,
aColors, aAlphas, aRatios);
          this.filters=[filter];
      break;
        case 6:
      var filter:ColorMatrixFilter = new ColorMatrixFilter([-1, 0, 0, 0, 255, 0,
-1, 0, 0, 255, 0, 0, -1, 0, 255, 0, 0, 0, 1, 0]);
          this.filters=[filter];
      break;
      }
      _global.myValue++;
      if (_global.myValue>6) {
      _global.myValue=1;
      }
    };

    Key.addListener(circle_mc);
```

◯**步骤 04**　按【Ctrl+Enter】组合键后，按任意键可变换不同的滤镜效果，如图 14.31 所示。

（1） （2） （3）

图 14.31 按任意键可变换不同的滤镜效果

 结束语 本章介绍了在 ActionScript 中绘制图形以及应用效果和滤镜的有关知识。ActionScript 脚本编程提供了丰富的强大功能，用户需要在实际动画制作中逐步掌握。

第 15 章 使用 Flash 组件

● 本章包括

◆ 认识组件 ◆ 使用常用组件

组件是包含有参数的复杂动画剪辑，它们本质上是一个容器，内含很多资源，这些资源可提供更强的交互能力及动画效果。用户可以自己扩展组件，从而拥有更多的 Flash 界面元素或动画资源。本章将介绍 Flash CS4 组件的使用知识。

15.1 认识 Flash CS4 的组件

组件是带参数的影片剪辑，允许用户修改它们的外观和行为。组件可以提供很多种功能，它可以是一个简单的用户界面控件，如单选按钮或复选框；也可以是一个复杂的控件元素，如媒体控制器或滚动窗格。

15.1.1 ActionScript 3.0 组件类型

组件是按字母顺序分类排列的，可在【组件】面板中找到它们。

执行【窗口】→【组件】命令，打开【组件】面板，在 Flash CS4 的【组件】面板中默认提供了两组不同类型的组件，如图 15.1 所示。单击左侧的 田 图标，打开一个组，可以看到其中有许多组件，如图 15.2 所示。每个组件都有预定义参数，可在制作 Flash 动画时设置这些参数。

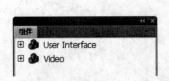

图 15.1 ActionScript 3.0 的【组件】面板 图 15.2 展开组

从【组件】面板中可以看出，Flash CS4 的 ActionScript 3.0 Flash 文档提供了 User Interface（用户界面）和 Video 两种类型的默认组件。

一、User Interface 组件

利用 User Interface 组件可与应用程序进行交互。User Interface 组件如表 15.1 所示。

表 15.1 User Interface 组件

组件名称	说明
Button 组件	一个大小可调整的按钮，可使用自定义图标来自定义
CheckBox 组件	允许用户进行布尔值选择（真或假）
ColorPicker 组件	在导出的 Flash 影片中单击该组件右下方的小箭头，打开颜色选择器，允许用户选择需要的颜色
ComboBox 组件	允许用户从滚动的选择列表中选择一个选项。该组件可以在列表顶部有一个可选择的文本字段，以允许用户搜索此列表
DataGrid 组件	允许用户显示和操作多列数据
Label 组件	一个不可编辑的单行文本字段
List 组件	允许用户从滚动列表中选择一个或多个选项
NumericStepper 组件	一个带有可单击箭头的文本框，单击箭头可增大或减小数字的值
ProgressBar 组件	显示一个过程（如加载操作）的进度
RadioButton 组件	允许用户在相互排斥的选项之间进行选择
ScrollPane 组件	使用自动滚动条在有限的区域内显示影片剪辑、位图和 SWF 文件
TextArea 组件	一个可随意编辑的多行文本字段
TextInput 组件	一个可以随意编辑的单行文本输入字段
TileList 组件	由一个列表组成，该列表由通过数据提供者提供数据的若干行和列组成
UILoader 组件	可以显示 SWF、JPEG、渐进式 JPEG、PNG 和 GIF 文件的容器
UIScrollBar 组件	允许将滚动条添加至文本字段

二、Video 组件

该组件是一个媒体组件，从中可以查看 FLV 文件以及对该文件进行操作的控件。这些控件包括 BackButton、BufferingBar、ForwardButton、MuteButton、PauseButton、PlayButton、PlayPauseButton、SeekBar、StopButton 和 VolumeBar 等，如图 15.3 所示。

图 15.3 Video 组件

Video 组件如表 15.2 所示。

表 15.2 Video 组件

组件名称	说明
FLVPlayback 组件	具有一个初始默认外观 SkinOverAll.swf，它提供了播放、停止、后退、快进、搜索栏、静音、音量、全屏和字幕控件
FLVPlaybackCaptioning 组件	可与一个或多个 FLVPlayback 组件一起使用，利用该组件可控制字幕区域的大小、实例的名称，并对 Timed Text XML 文件的格式设置指令进行限制以及是否显示字幕等
BackButton 组件	用于控制视频回放的按钮
BufferingBar 组件	缓冲栏组件，它由一个动画组成，该动画在组件进入缓冲状态时出现
CaptionButton 组件	控制是否显示字幕信息的按钮
ForwardButton 组件	用于控制视频前进的按钮
FullScreenButton 组件	一个按钮，单击后可全屏播放视频文件
MuteButton 组件	回放自定义用户界面组件的外观，单击该控件时将调度 volumeUpdate 事件
PauseButton 组件	用于控制视频暂时停止播放的按钮
PlayButton 组件	用于控制视频开始正常播放的按钮
PlayPauseButton 组件	兼有播放与停止播放两种功能
SeekBar 组件	搜索进度条
StopButton 组件	用于控制视频停止播放的按钮
VolumeBar 组件	显示视频播放过程中声音大小的控制条

15.1.2 ActionScript 2.0 组件类型

ActionScript 2.0 的组件类型与 ActionScript 3.0 的组件类型不同。新建一个 Flash 文档（ActionScript 2.0），执行【窗口】→【组件】命令，可以打开 ActionScript 2.0 的【组件】面板，如图 15.4 所示。

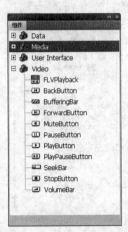

图 15.4 ActionScript 2.0 的【组件】面板

一、Data 组件

利用 Data 组件可以加载和处理数据源的信息，Data 组件的内容如表 15.3 所示。

表 15.3　Data 组件

组件名称	说明
DataHolder 组件	保存数据，并可用作组件之间的连接器
DataSet 组件	一个构造块，用于创建数据驱动的应用程序
RDBMSResolver 组件	用于将数据保存回任何支持的数据源。此组件对 Web 服务、JavaBean、servlet 或 ASP 页可接收并分析的 XML 进行翻译
WebServiceConnector 组件	提供对 Web 服务方法调用的无脚本访问
XMLConnector 组件	使用 HTTPGET 和 POST 方法来读写 XML 文档
XUpdateResolver 组件	用于将数据保存回任何支持的数据源。此组件将增量数据包翻译为 XUpdate

二、Media 组件

利用 Media 组件可以播放和控制媒体流，Media 组件的内容如表 15.4 所示。

表 15.4　Media 组件

组件名称	说明
MediaController 组件	在应用程序中控制媒体流的播放
MediaDisplay 组件	在应用程序中显示流媒体
MediaPlayback 组件	MediaDisplay 和 MediaController 组件的结合

三、User Interface 组件

利用 User Interface 组件可与应用程序进行交互。ActionScript 2.0 的 User Interface 组件与 ActionScript 3.0 的 User Interface 组件大体相同，下面介绍二者不同的组件内容，如表 15.5 所示。

表 15.5　User Interface 组件

组件名称	说明
Accordion 组件	一组垂直的互相重叠的视图，视图顶部有一些按钮，用户利用这些按钮可以在视图之间进行切换
Alert 组件	一个窗口，用于显示消息并提供捕获用户响应的按钮
DateChooser 组件	允许用户从日历中选择一个或多个日期
DateField 组件	一个不可选择的文本字段，并带有日历图标。当用户在组件的边框内单击时，Macromedia Flash 会显示一个 DateChooser 组件
Loader 组件	一个包含已载入的 SWF 或 JPEG 文件的区域
Menu 组件	一个标准的桌面应用程序菜单，允许用户从列表中选择一个命令
MenuBar 组件	水平的菜单栏
Tree 组件	允许用户处理分级信息
Window 组件	一个可拖动的窗口，带有标题栏、题注、边框、【关闭】按钮和内容显示区域

四、Video 组件

ActionScript 2.0 的 Video 组件与 ActionScript 3.0 的 Video 组件类似，这里就不再赘述了。

15.1.3 向 Flash 文档中添加组件

向 Flash 文档中添加组件一般有两种方式，一是在创建时添加组件；二是使用 ActionScript 在运行时添加组件。

一、在创建时添加组件

在创建时使用【组件】面板向 Flash 文档添加组件的一般步骤如下：

○步骤01 执行【窗口】→【组件】命令或按【Ctrl+F7】组合键，打开【组件】面板。

○步骤02 在【组件】面板中选择需要的组件。

○步骤03 将选择的组件从【组件】面板拖到舞台上或双击选择的组件，选择的组件实例将添加到舞台上。

○步骤04 在舞台上选择该组件实例，在【属性】面板中可设置该组件实例的名称，如图 15.5 所示。

○步骤05 单击【组件检查器面板】按钮，打开【组件检查器】面板，在【参数】选项卡下可设置组件实例的属性，如图 15.6 所示。

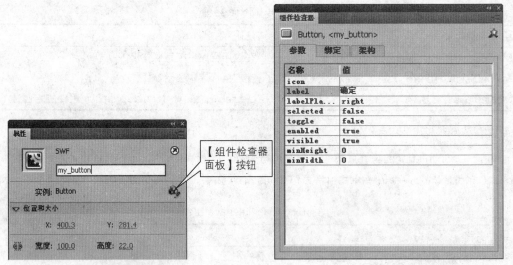

图 15.5　设置组件实例的名称　　　　　　　　图 15.6　设置组件实例的属性

向 Flash 文档中添加组件后，选择的组件将添加到【库】面板中，如图 15.7 所示。从【库】面板中可将组件拖到舞台上，向文档中添加该组件的更多实例。

二、使用 ActionScript 在运行时添加组件

在 Flash CS4 中，可以使用 ActionScript 在运行时添加组件。在 ActionScript 脚本中，用户可采用 createClassObject()方法（大多数组件都从 UIObject 类继承该方法），向 Flash 应用程序动态添加组件。

图 15.7　选择的组件将添加到【库】面板中

 在这些组件中，Menu 和 Alert 两个组件无法通过 UIObject.createClassObject() 实例化，需要使用 show() 方法。

　　在运行时添加组件，首先需要将组件从【组件】面板拖放到当前文档的【库】面板中，然后在时间轴上选择需要添加组件的一帧，按【F9】键打开【动作-帧】面板，在脚本编辑区中输入 ActionScript 代码。

　　下面以添加 Alert 组件为例说明使用 ActionScript 在运行时添加组件的过程，其操作步骤如下。

⊃**步骤01**　新建一个 Flash 文档（ActionScript 2.0）。

⊃**步骤02**　将 Alert 组件从【组件】面板拖放到当前文档的【库】面板中，如图 15.8 所示。

⊃**步骤03**　在时间轴上选择第 1 帧。

⊃**步骤04**　按【F9】键打开【动作-帧】面板，在脚本编辑区中输入如下代码：

```
import mx.controls.Alert;

// 定义警告确认后的动作。
var myClickHandler:Function = function (evt_obj:Object) {
 if (evt_obj.detail == Alert.OK) {
  trace("执行 OK 按钮动作");
 } else {
   trace("执行 CANCEL 按钮动作");
 }
};

// 显示警告对话框。
Alert.show("是否打开其他文档? ", "系统提示", Alert.OK | Alert.CANCEL, this,
myClickHandler);
```

⊃**步骤05**　按【Ctrl+Enter】组合键，在舞台上可以看到添加的 Altert 组件，如图 15.9 所示。

图 15.8　在【库】面板中添加 Alert 组件　　　　图 15.9　添加的 Alert 组件

15.1.4　设置组件大小

向 Flash 文档中添加组件实例后，可以使用多种方法设置组件的大小。

◆ **使用任意变形工具**

在舞台上选择需要设置组件大小的组件实例，然后在【工具】面板中单击【任意变形工具】按钮，拖动鼠标即可设置组件大小，如图 15.10 所示。

◆ **使用【属性】面板**

在舞台上选择需要设置组件大小的组件实例，然后在【属性】面板的【宽度】和【高度】文本框中输入相应的数值即可，如图 15.11 所示。

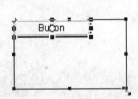

图 15.10　使用任意变形工具设置组件大小　　　图 15.11　使用【属性】面板设置组件大小

◆ **使用 setSize()方法**

在 ActionScript 代码中，从任何组件实例中都可以调用 setSize()方法来调整组件大小。例如可将 hTextArea 组件的大小调整为 200 像素宽、300 像素高，其代码如下：

```
hTextArea.setSize(200,300);
```

15.1.5　删除添加的组件实例

如果需要从 Flash 文档中删除已添加的组件实例，不仅需要从舞台上将其删除，而且需要从【库】面板中删除编译剪辑的图标。

从【库】面板中删除编译剪辑的图标比较简单，先在【库】面板中选择需要删除的已编译过的剪辑元件，然后单击【库】面板底部的【删除】按钮即可。

15.2　使用常用组件

由于使用组件一般涉及到 ActionScript 编辑语言，因此下面以简单实例的方式介绍一下常用组件的使用方法。

15.2.1　Button 组件

使用 Button（按钮）组件的操作步骤如下。

○步骤01　新建一个 Flash 文档（ActionScript 2.0）。

○步骤02　执行【窗口】→【组件】命令（或按【Ctrl+F7】组合键），打开【组件】面板。

○步骤03　在【组件】面板中，双击【User Interface】选项，选择【Button】组件并将其拖拽到舞台中，如图 15.12 所示。

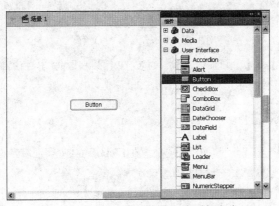

图 15.12　将 Button 组件拖拽到舞台中

○步骤04　选中按钮组件实例，在【属性】面板中将实例名称改为 "Button01"，如图 15.13 所示。然后单击【组件检查器面板】按钮，在【label】参数栏中输入 "点点我"，如图 15.14 所示。

图 15.13　设置按钮组件的实例名称

图 15.14　设置按钮实例参数

◯**步骤05** 在图层 1 中选择第 1 帧，在【动作-帧】面板中输入如下代码：

```
clippyListener = new Object();
clippyListener.click = function(evt) {
    getURL("http://www.baidu.com", "_blank");
};
Button01.addeventListener("click",clippyListener);
```

输入后的面板如图 15.15 所示。

图 15.15　输入第 1 帧代码

◯**步骤06** 执行【控制】→【测试影片】命令（或按【Ctrl+Enter】组合键），在 Flash 播放器中得到动画的预览效果。

15.2.2　CheckBox 组件

使用 CheckBox（复选框）组件可以很轻松地在 Flash 动画中实现复选框的功能，用户可以不选或者选择一个或多个选项。这个组件在各种应用程序中都有应用。

使用 CheckBox 组件的操作步骤如下。

◯**步骤01** 新建一个 Flash 文档（ActionScript 2.0）。
◯**步骤02** 执行【窗口】→【组件】命令（或按【Ctrl+F7】组合键），打开【组件】面板。
◯**步骤03** 在【组件】面板中双击【User Interface】选项，选择【CheckBox】组件并将其拖拽到舞台中，如图 15.16 所示。

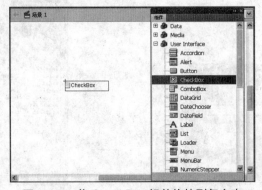

图 15.16　将 CheckBox 组件拖拽到舞台中

◯**步骤 04**　选中复选框实例，在【属性】面板中单击【组件检查器面板】按钮 ，打开【组件检查器】面板，如图 15.17 所示。

图 15.17　【组件检查器】面板

◯**步骤 05**　在【label】参数栏中输入标签文字，用于说明复选框的内容。例如，输入"Flash"，在舞台中的 CheckBox 组件实例的效果如图 15.18 所示。

◯**步骤 06**　在【labelPlacement】参数栏中可设置标签文字在复选框的左侧或者右侧，默认状态下是在右侧的。单击此参数栏，可打开一个下拉菜单，从中可以选择【left】【right】【top】或【bottom】选项，如图 15.19 所示。

图 15.18　设置 label 标签文字　　　　　　　图 15.19　设置标签文字的位置

◯**步骤 07**　在【selected】参数栏中可设置初始状态下此复选框是否被选中。单击此参数栏，在弹出的下拉菜单中可选择【false】或【true】选项，如图 15.20 所示。

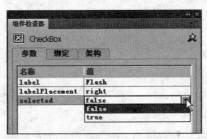

图 15.20　【selected】下拉菜单

◯**步骤 08**　执行【控制】→【测试影片】命令（或按【Ctrl+Enter】组合键），在 Flash 播放器中得到动画的预览效果。

15.2.3　ComboBox 组件

　　ComboBox（下拉列表框）组件为用户提供多个选项，用户可根据不同的需要选择其中的一个或者多个选项。

　　使用 ComboBox 组件的操作步骤如下：

◯步骤01　新建一个 Flash 文档（ActionScript 2.0）。

◯步骤02　执行【窗口】→【组件】命令（或按【Ctrl+F7】组合键），打开【组件】面板。

◯步骤03　在【组件】面板中，双击【User Interface】选项，选择【ComboBox】组件并将其拖拽到舞台中，如图 15.21 所示。

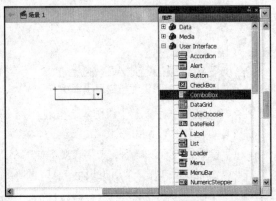

图 15.21　将 ComboBox 组件拖拽到舞台中

◯步骤04　选中下拉列表框实例，在【属性】面板中单击 按钮，打开【组件检查器】面板，如图 15.22 所示。

◯步骤05　在【labels】参数栏中可设置备选条目。单击此参数栏，打开【值】对话框，如图 15.23 所示。

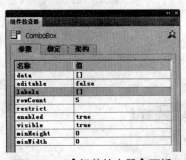

图 15.22　【组件检查器】面板

图 15.23　【值】对话框

　　使用此话框可对选项进行添加、删除和排列操作。单击 按钮，可以在列表中添加新的选项，如图 15.24 所示。用户可以选中【值】对话框中的一个选项，单击 按钮将其删除；单击 或者 按钮可以将选中的选项下移或者上移。

◯步骤06　在【editable】参数栏中可设置菜单项内容是否可以被用户修改。单击此参数栏，在弹出的下拉菜单中选择【true】或【false】选项，默认为 false。

◯步骤07　在【data】参数栏中设置各个选项的值。其设置方法与设置【labels】参数相同，【data】参数值应与【labels】参数值一一对应。

图 15.24　在【值】对话框中添加内容

○**步骤 08**　在【rowCount】参数栏的下拉菜单中可以设置最多同时显示的选项数目，当选项数目被
设置为多于行数时，在动画的预览效果中，会自动出现滚动条。参数设置完成后的【组
件检查器】面板如图 15.25 所示。

○**步骤 09**　执行【控制】→【测试影片】命令（或按【Ctrl+Enter】组合键），在 Flash 播放器中得
到动画的预览效果，如图 15.26 所示。

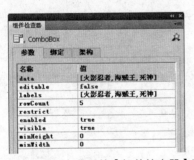

图 15.25　设置完成后的【组件检查器】面板

图 15.26　预览效果

15.2.4　List 组件

List（列表框）组件的功能和用法与 ComboBox 组件基本相似，其操作步骤如下：

○**步骤 01**　新建一个 Flash 文档（ActionScript 2.0）。

○**步骤 02**　执行【窗口】→【组件】命令（或按【Ctrl+F7】组合键），打开【组件】面板。

○**步骤 03**　在【组件】面板中双击【User Interface】选项，选择【List】组件并将其拖拽到舞台中，
如图 15.27 所示。

○**步骤 04**　选中列表框实例，在【属性】面板中单击 按钮，打开【组件检查器】面板，如图 15.28
所示。

○**步骤 05**　使用与 ComboBox 组件相同的方法设置【labels】和【data】参数值。

○**步骤 06**　在【multipleSelection】参数栏中设置列表框的选项能否多选。默认值为 false，即不能
多选；选择 true，则改为可多选，如图 15.29 所示。此时，在预览状态下，按下【Ctrl】
键配合鼠标操作就能选取多个选项，如图 15.30 所示。

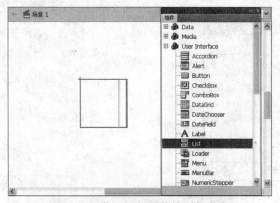

图 15.27　将 List 组件拖拽到舞台中

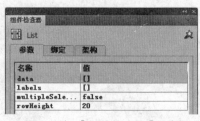

图 15.28　【组件检查器】面板

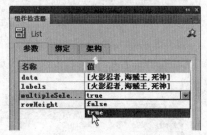

图 15.29　设置【multipleSelection】参数

图 15.30　选择多个选项

○**步骤07**　在【rowHeight】参数栏中可设置列表框每行的高度，如图 15.31 所示。设置效果如图 15.32 所示。

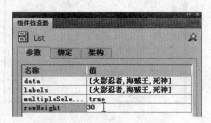

图 15.31　设置每行的高度

图 15.32　改变列表框的行高的效果

○**步骤08**　执行【控制】→【测试影片】命令（或按【Ctrl+Enter】组合键），在 Flash 播放器中得到动画的预览效果。

15.2.5　RadioButton 组件

使用 RadioButton（单选按钮）组件，可以创建单选按钮，用户只能选择一组选项中的一个选项。使用 RadioButton 组件的操作步骤如下：

○**步骤01**　新建一个 Flash 文档。

○**步骤02**　执行【窗口】→【组件】命令（或按【Ctrl+F7】组合键），打开【组件】面板。

○**步骤03**　在【组件】面板中，双击【User Interface】选项，选择【RadioButton】组件并将其拖拽到舞台中，如图 15.33 所示。

○**步骤04**　选中单选按钮实例，在【属性】面板中单击█按钮，打开【组件检查器】面板，如图 15.34 所示。

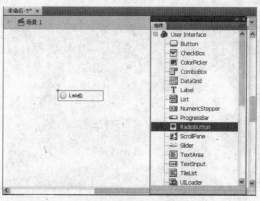

图 15.33 将 RadioButton 组件拖拽到舞台中

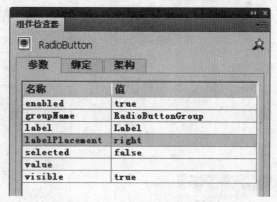

图 15.34 【组件检查器】面板

○**步骤05** 在【label】参数栏中设置单选按钮的标签文本。

○**步骤06** 在【labelPlacement】参数栏中设置标签文字在单选按钮的位置。默认状态下是在右侧的，单击此参数栏打开下拉菜单，从中可选择【left】、【right】、【top】或【button】选项。

○**步骤07** 在【selected】参数栏中设置初始状态下此单选按钮是否被选中。

○**步骤08** 执行【控制】→【测试影片】命令（或按【Ctrl+Enter】组合键），在 Flash 播放器中得到动画的预览效果。

15.2.6 ScrollPane 组件

使用 ScrollPane（滚动条）组件可创建滚动条，其操作步骤如下：

○**步骤01** 新建一个 Flash 文档（ActionScript 2.0）。

○**步骤02** 按【Ctrl+F8】组合键，新建一个影片剪辑元件，进入到影片剪辑元件的编辑状态。

○**步骤03** 执行【文件】→【导入】→【导入到舞台】命令（或按【Ctrl+R】组合键），导入一张图片素材到当前的影片剪辑元件内，如图 15.35 所示。

○**步骤04** 在编辑区的左上角单击【场景 1】按钮，返回场景的编辑状态。

○**步骤05** 执行【窗口】→【库】命令（或按【Ctrl+L】组合键），打开【库】面板。

○**步骤06** 在【库】面板中选择刚才创建的影片剪辑元件，右击鼠标，在弹出的快捷菜单中单击【属性】选项，打开【元件属性】对话框，如图 15.36 所示。

○**步骤07** 单击【高级】按钮，显示元件的相关属性，如图 15.37 所示。

图 15.35　导入一张图片素材

图 15.36　【元件属性】对话框

图 15.37　元件的相关属性

○**步骤 08**　选中【为 ActionScript 导出】复选框，然后在【标识符】文本框中输入"naruto"。

○**步骤 09**　单击【确定】按钮关闭此对话框。

○**步骤 10**　执行【窗口】→【组件】命令（或按【Ctrl+F7】组合键），打开【组件】面板。

○**步骤 11**　在【组件】面板中，双击【User Interface】选项，选择【ScrollPane】组件并将其拖拽到舞台中，如图 15.38 所示。

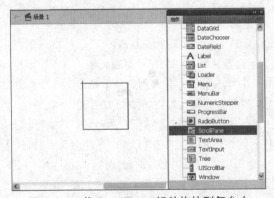

图 15.38　将 ScrollPane 组件拖拽到舞台中

⟳**步骤 12** 在【属性】面板中，将滚动条的【contentPath】参数值设置为"naruto"，这样就在组件与影片剪辑元件之间建立了联系，如图 15.39 所示。

图 15.39　设置滚动条的【contentPath】参数值

⟳**步骤 13** 在【hScrollPolicy】参数栏中设置滚动条的水平滑动。单击此参数栏，在弹出的下拉菜单中选择【auto】、【on】或【off】选项。选择【auto】选项时，可以根据电影剪辑与滑动窗口的相对大小来决定是否允许水平方向的滑动；选择【on】选项时，无论电影剪辑与滑动窗口的相对大小如何都显示滑动条；选择【off】选项时，无论电影剪辑与滑动窗口的相对大小如何都不显示滑动条。

⟳**步骤 14** 在【vScrollPolicy】参数栏中设置滚动条的垂直滑动，设置方法与水平滑动相同。

⟳**步骤 15** 在【scrollDrag】参数栏中设置是否允许用户使用鼠标拖拽影片剪辑对象。

⟳**步骤 16** 在【hLineScrollSize】参数栏中设置调节水平滚动条时滑动尺寸的大小。

⟳**步骤 17** 在【vLineScrollSize】参数栏中设置调节垂直滚动条时滑动尺寸的大小。

⟳**步骤 18** 执行【控制】→【测试影片】命令（或按【Ctrl+Enter】组合键），在 Flash 播放器中得到动画的预览效果，如图 15.40 所示。

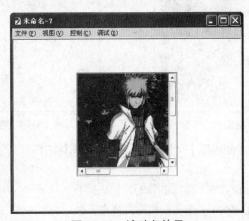

图 15.40　滚动条效果

15.3　使用组件实例

下面介绍使用 Flash 组件创建动画的实例，帮助读者加深对组件应用的理解。

15.3.1 搞笑测试

制作一个搞笑测试交互动画的操作步骤如下：

⊃步骤01 新建一个 Flash 文档（ActionScript2.0），将场景大小设置为"600 像素×400 像素"，如图 15.41 所示。

图 15.41 设置文档属性

⊃步骤02 执行【文件】→【导入】→【导入到库】命令，将图片素材导入到【库】中。

⊃步骤03 将图片素材从【库】面板拖拽到舞台中，使用任意变形工具调整其大小，使其刚好覆盖整个场景，如图 15.42 所示。

⊃步骤04 然后在图层 1 的第 4 帧处插入普通帧。

⊃步骤05 新建图层 2，在舞台中输入相关文字，如图 15.43 所示。

图 15.42 放置素材图片

图 15.43 在图层 2 中输入文本

⊃步骤06 执行【窗口】→【公用库】→【按钮】命令，打开【库-BUTTONS.FLA】面板，如图 15.44 所示。

⊃步骤07 双击【classic buttons】选项左侧的文件夹图标，打开该文件夹所包含的文件，然后再双击【Arcade buttons】选项左侧的文件夹图标。

⊃步骤08 再在其列表中选择【arcade buttons-orange】按钮选项，将其从【库-BUTTONS.FLA】面板中拖拽到舞台中，如图 15.45 所示。

⊃步骤09 使用文本工具在按钮上方输入文字"进入测试"，如图 15.46 所示。

⊃步骤10 选择图层 2 的第 2 帧，单击鼠标右键，在弹出的快捷菜单中选择【插入关键帧】选项。删除不需的内容，并利用文本工具输入测试题目，如图 15.47 所示。

图 15.44　【库-BUTTONS.FLA】面板

图 15.45　放置按钮

图 15.46　输入文字

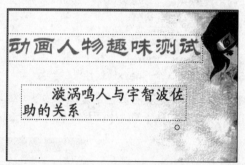

图 15.47　输入测试题目

○**步骤 11**　执行【窗口】→【组件】命令，在打开的【组件】面板中将 CheckBox 组件拖拽到题目的下方，如图 15.48 所示。

○**步骤 12**　选中 CheckBox 组件，在【组件检查器】面板中设置相应的参数值，如图 15.49 所示。

图 15.48　拖拽 ComboBox 组件到舞台中

图 15.49　设置参数值

○**步骤 13**　在【属性】面板中将实例名称改为"zq"，如图 15.50 所示。

○**步骤 14**　将设置完成的 CheckBox 组件复制 3 个，并放置到合适的位置。选择第 2 个 CheckBox 组件，在【属性】面板中将实例名称改为"cw1"，并将【label】参数值改为"敌人"，如图 15.51 所示。

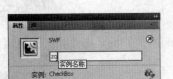

图 15.50 设置实例名称

图 15.51 设置第 2 个 CheckBox 组件的参数

步骤 15 选中第 3 个 CheckBox 组件，在【属性】面板中将实例名称修改为 "cw2"，并修改【label】参数值，如图 15.52 所示。

步骤 16 选中第 4 个 CheckBox 组件，在【属性】面板中将实例名称修改为 "cw3"，并修改【label】参数值，如图 15.53 所示。

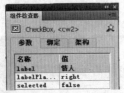

图 15.52 设置第 3 个 CheckBox 组件的参数

图 15.53 设置第 4 个 CheckBox 组件的参数

步骤 17 使用文本工具在舞台中复选框的下方输入文字 "答案"。然后在 "答案" 右侧拉出一个文本框，在【属性】面板中进行相应设置，如图 15.54 所示。

图 15.54 设置动态文本框属性

步骤 18 执行【插入】→【新建元件】命令，打开【创建新元件】对话框，新建一个按钮元件，如图 15.55 所示。

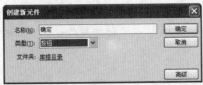

图 15.55 新建按钮元件

○**步骤 19** 单击【确定】按钮进入按钮元件的编辑状态，分别设置该按钮的【弹起】帧、【指针经过】帧、【按下】帧和【点击】帧中的按钮状态，完成对按钮元件的制作，如图 15.56 所示。

○**步骤 20** 返回到主场景，将新建的按钮元件从【库】面板中拖动到场景中动态文本框的右侧，如图 15.57 所示。

图 15.56 制作按钮元件

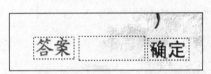

图 15.57 将按钮元件放置到舞台中

○**步骤 21** 使用文本工具在场景右侧输入"下一题"文字。

○**步骤 22** 在【库-BUTTONS.FLA】面板中，双击【classic buttons】选项，再双击【Circle Buttons】选项，在其中选择【Circle with arrow】按钮，将其拖动到场景中"下一题"文字的右侧，如图 15.58 所示。

○**步骤 23** 按照前面的方法在图层 2 的第 3 帧中插入关键帧，然后输入第 2 题。

○**步骤 24** 使用相同的方法将 CheckBox 组件拖动到文字下方，并在【属性】面板中输入实例名称，在【组件检查器】面板中设置【label】参数值。

○**步骤 25** 将复选框复制 3 个，使用同样的方法分别输入 3 个复选框的实例名称和【label】属性值，如图 15.59 所示。

图 15.58 放置按钮

图 15.59 设置复制的复选框

○**步骤 26** 将第 1 题中的"答案"文字、文本框和按钮复制到第 2 题所在的帧中。

○**步骤 27** 复制文字"下一题"，将其改为"上一题"，并拖动到适当位置。复制一个"下一题"的按钮，使用任意变形工具将其翻转，调整位置，如图 15.60 所示。

○**步骤 28** 在第 4 帧处插入关键帧，用同样的方法制作第 3 题，效果如图 15.61 所示。

图 15.60　放置按钮

图 15.61　第 3 题效果

○**步骤29**　选中图层 2 的第 1 帧，按【F9】键打开【动作-帧】面板，在其中输入以下语句：：

```
stop();  //停止播放
```

○**步骤30**　选中第 2 帧，在【动作-帧】面板中输入如下语句：

```
_root.jg="";
stop();
```

输入后的面板如图 15.62 所示。

图 15.62　输入第 2 帧语句

○**步骤31**　分别选中第 3 和第 4 帧，在【动作-帧】面板中输入与第 2 帧相同的语句。

○**步骤32**　选中第 1 帧中的 "进入测试" 按钮，在【动作-按钮】面板输入如下语句：

```
on (release) {
gotoAndStop(2);  //单击该按钮跳转到第 2 帧。
}
```

○**步骤33**　选中第 2 帧中的 "下一题" 按钮，在【动作-按钮】面板输入如下语句：

```
on (release) {
```

```
gotoAndStop(3);  //单击该按钮跳转到第3帧。
}
```

输入后的面板如图 15.63 所示。

图 15.63 输入"下一题"按钮的语句

○**步骤 34** 选中第3帧中的"下一题"按钮,在【动作-按钮】面板输入如下语句:

```
on (release) {
gotoAndStop(4);  //单击该按钮跳转到第4帧。
}
```

输入后的面板如图 15.64 所示。

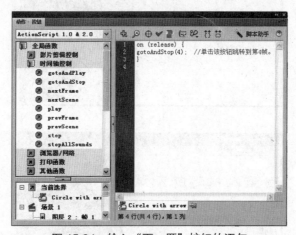

图 15.64 输入"下一题"按钮的语句

○**步骤 35** 选中第3帧中的"上一题"按钮,在【动作-按钮】面板输入如下语句:

```
on (release) {
gotoAndStop(2);  //单击该按钮跳转到第2帧。
}
```

○**步骤 36** 选中第4帧中的"上一题"按钮,在【动作-按钮】面板输入如下语句:

```
on (release) {
gotoAndStop(3);  //单击该按钮跳转到第 3 帧。
}
```

◯**步骤 37** 选中第 2 帧中的 "确定" 按钮，在【动作-按钮】面板输入如下语句：

```
on (press) {
if (_root.zq.selected == true && _root.cw1.selected == false &&
_root.cw2.selected == false && _root.cw3.selected == false) {
    _root.jg = "正确";
} else {
    _root.jg = "错误";
}
}
```

◯**步骤 38** 选中第 3 和第 4 帧中的 "确定" 按钮，在【动作-按钮】面板中分别为其输入与第 2 帧中 "确定" 按钮相同的语句。

◯**步骤 39** 执行【控制】→【测试影片】命令（或按【Ctrl+Enter】组合键），在 Flash 播放器中得到动画的预览效果，如图 15.65 所示。

（1）

（2）

图 15.65　预览效果

15.3.2 网络交友信息调查表

制作网上交友信息调查表的操作步骤如下：

○**步骤01** 新建一个 Flash 文档，并将文档保存为"调查表"。

○**步骤02** 双击图层 1 名称，将图层 1 重新命名为"背景"，导入需要的图片，调整其大小，使其与舞台场景大小一致，如图 15.66 所示。

○**步骤03** 选中背景图片，按【F8】键将其转换为图形元件，调整该元件的 Alpha 值，如图 15.67 所示。

图 15.66　导入图片并调整其大小

图 15.67　调整 Alpha 值

○**步骤04** 单击【新建图层】按钮，新建一个的图层，并将其命名为"文本"，使用文本工具，在舞台上方输入调查表的标题"网络交友信息调查表"，在其下方依次输入"姓名:"、"性别:"、"年龄:"、"文化程度:"以及"网络交友的渠道:"等文字，如图 15.68 所示。

○**步骤05** 在"姓名:"和"年龄:"右侧利用线条工具绘制两条直线，如图 15.69 所示。

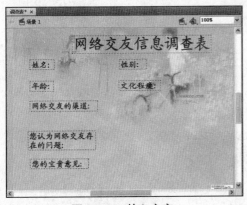

图 15.68　输入文字

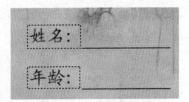

图 15.69　绘制两条直线

○**步骤06** 在"姓名:"右侧拖出一个文本框，在【属性】面板中将其设为【输入文本】，并命名为"name"，其他选项保持默认状态，如图 15.70 所示。

○**步骤07** 在"年龄:"右侧绘制一个文本框，在【属性】面板中将其设为【输入文本】，并命名为"age"。

○**步骤08** 在"您认为网络交友存在的问题:"右侧拖出一个文本框，在【属性】面板中将其设为【输入文本】，命名为"question"，并选中【多行】方式，如图 15.71 所示。

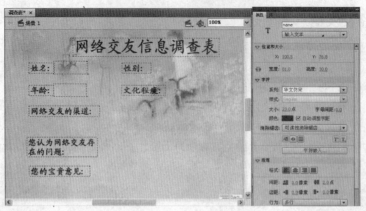

图 15.70　设置输入文本框

○**步骤 09**　在"您的宝贵意见："右侧拖出一个文本框，在【属性】面板中将其设为【输入文本】，命名为"advice"，并选中【多行】方式，如图 15.72 所示。

图 15.71　设置文本框属性

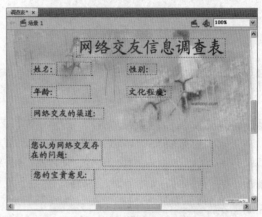

图 15.72　拖出文本框

○**步骤 10**　单击【新建图层】按钮，创建一个新图层，并命名为"组件"，执行【窗口】→【组件】命令，打开【组件】面板，如图 15.73 所示。

○**步骤 11**　拖动两个 RadioButton 组件到文本"性别："后面，再拖动 5 个 RadioButton 组件到文本"网络交友的渠道："下面，如图 15.74 所示。

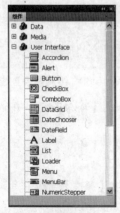

图 15.73　【组件】面板

图 15.74　放置组件

○**步骤 12**　选中文本"性别:"后的第 1 个单选按钮,打开【组件检查器】面板,在【参数】选项
　　　　卡下将【lable】参数值设为"男",如图 15.75 所示。

○**步骤 13**　用同样的方法将"性别:"后面的第 2 个单选按钮的显示文字设置为"女"。

○**步骤 14**　选中文本"网络交友的渠道:"下方的第 1 个单选按钮,在【组件检查器】面板中将【lable】
　　　　参数值设为"论坛聊天室",组名设为"qudao",如图 15.76 所示。

图 15.75　设置 RadioButton 组件属性　　　　图 15.76　设置 RadioButton 组件属性

○**步骤 15**　用同样的方法设置其他几个单选按钮,分别按顺序将【lable】参数值设为"交友网站"、
　　　　"声讯电话"、"短信交友"和"婚介机构",如图 15.77 所示。

图 15.77　单选按钮显示效果

○**步骤 16**　在【组件】面板中将 ComboBox 组件拖拽到文本"文化程度:"后。

○**步骤 17**　在【组件】面板中将 ScrollPane 组件拖拽到"您认为网络交友存在的问题:"和"您的
　　　　宝贵建议:"右侧,调整其大小,使其与原来绘制的文本框相同。

○**步骤 18**　在【组件】面板中将 CheckBox 组件拖动到场景的左下方。

○**步骤 19**　在【组件】面板中将 Button 组件拖动到场景的右下方,效果如图 15.78 所示。

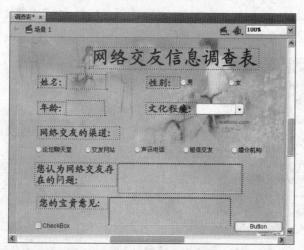

图 15.78　放置其他组件

○步骤**20** 选中文本"文化程度:"后的下拉列表框,在【属性】面板中将其实例名称设置为"wenhua"。如图 15.79 所示。

○步骤**21** 打开【组件检查器】面板,在【参数】选项卡下选择【data】参数栏,单击【值】框中的 按钮,打开【值】对话框,在其中单击 按钮增加选择值,如图 15.80 所示。

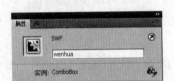

图 15.79　设实例名称

图 15.80　添加 Data 值

○步骤**22** 用相同的方法设置【labels】参数值,如图 15.81 所示。

图 15.81　设置【labels】参数值

○步骤**23** 使用同样的方法设置"您的宝贵意见:"右侧的 ScrollPane 组件的参数。

○步骤**24** 选中文本"您认为网络交友存在的问题:"右侧的 ScrollPane 组件,在打开的【组件检查器】面板中设置相应的参数值,如图 15.82 所示。然后使用同样的方法设置"您的宝贵意见:"右侧的 ScrollPane 组件的参数。

○步骤**25** 选中场景左下方的复选框,在打开的【属性】面板中,将【实例名称】设置为"fuxuan",并在【组件检查器】面板中设置相应的参数值,如图 15.83 所示。

图 15.82　设置 ScrollPane 组件参数

图 15.83　设置 CheckBox 组件参数

○步骤**26** 选中场景右下方的按钮,在【组件检查器】面板中设置相应的参数值,如图 15.84 所示。

步骤 27 单击【新建图层】按钮，新建一个图层，并将其命名为"调查结果"。在第 2 帧中插入关键帧，并在该帧中导入一张图片，使用文本工具输入文本"调查结果"，如图 15.85 所示。

图 15.84 设置 Button 组件参数　　　　　　　　图 15.85 导入图片并输入文本

步骤 28 在标题下方拖出动态文本框，在【属性】面板中进行设置，如图 15.86 所示。

步骤 29 在动态文本框下方创建一个按钮组件，并在【属性】面板中将其命名为"onclick1"，在【组件检查器】面板中将【label】参数值修改为"返回"，如图 15.87 所示。

图 15.86 设置动态文本框属性　　　　　　　　图 15.87 添加"返回"按钮

步骤 30 选中"调查结果"图层的第 1 帧，在【动作-帧】面板中输入如下语句：

```
stop();
```

输入后的【动作-帧】面板如图 15.88 所示。

图 15.88　输入第 1 帧语句

●步骤 31　选中"组件"图层中的"提交"按钮，在【动作-组件】面板中输入如下语句：

```
on (click) {   //设置单击"提交"按钮后将出现的动作
if (_root.fuxuan.getValue() == true) {
text = "是";
} else {
text = "否";
}   //根据组件"fuxuan"的取值决定变量"text"的显示内容
_root.result = "姓名:"+_root.name.text+"\r 年龄: "+_root.age.text+"\r 文化程
度:"+_root.wenhua.getValue()+"\r 性别:"+_root.radioGroup.getValue()+"\r 交友渠
道: "+_root.kaizhi.getValue()+"\r 存在问题:"+_root.quesion.text+"\r 宝贵建
议:"+_root.advice.text+"\r 会员:"+text;   //提取各个输入文本框的值以及各组件实例的选
择值，并以字符串的形式显示在第二个页面的_root.result 文本框中
_root.gotoAndStop(2);   //跳转并停止在第 2 帧
}
```

输入后的面板如图 15.89 所示。

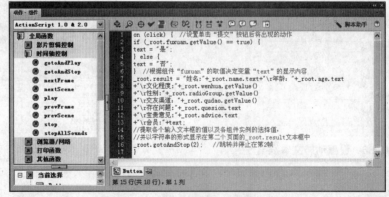

图 15.89　输入"提交"按钮的语句

●步骤 32　选中"调查结果"图层中的"返回"按钮，在【动作-组件】面板中输入如下语句：

```
on (click) {
```

```
_root.gotoAndStop(1);  //单击"返回"按钮将返回到第一个页面
}
```

输入后的面板如图 15.90 所示。

图 15.90　输入"返回"按钮的语句

○**步骤 33**　执行【控制】→【测试影片】命令（或按【Ctrl+Enter】组合键），在 Flash 播放器中得
　　　　　到动画的预览效果，如图 15.91 所示。

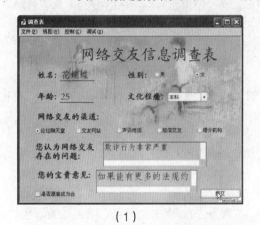 

（1）　　　　　　　　　　　　　　　　（2）

图 15.91　网络交友信息调查表的动画效果

本章介绍了使用组件的相关知识。在 Flash 动画制作时，使用组件可提供更强
的交互能力及动画效果。

第 **16** 章 3D 变形工具和骨骼工具

● **本 章 包 括**

◆ **3D 变形工具**　　　　　　　　　　　　◆ **骨骼工具**

　　Flash CS4 新增了两个特殊的工具，即 3D 变形工具和骨骼工具。利用 3D 变形工具可以对影片剪辑元件进行变形，从而制作出具有三维效果的动画。利用骨骼工具通过反向运动可以使动画制作更加方便快捷。本章将介绍在 Flash CS4 中使用这两种工具的知识。

16.1　3D 变形工具

　　Flash 允许通过在舞台的 3D 空间中移动和旋转影片剪辑元件来创建 3D 效果。Flash 通过在每个影片剪辑元件实例的属性中包括 Z 轴来表示 3D 空间。通过使用 3D 平移和 3D 旋转工具沿着影片剪辑元件实例的 Z 轴移动和旋转，可以向影片剪辑元件实例中添加 3D 透视效果。

16.1.1　3D 平移工具

　　3D 平移工具主要是对对象的三维位置进行控制的工具，使用 3D 平移工具 ▨ 可以在 3D 空间中移动影片剪辑元件的实例。在使用该工具选择影片剪辑后，影片剪辑的 X、Y 和 Z 3 个轴将显示在舞台上对象的顶部，如图 16.1 所示。

　　3D 平移工具的使用方法：

◯ **步骤 01**　选中要进行平移的影片剪辑元件的实例。

◯ **步骤 02**　通过 3 个轴向的不同颜色提示进行操作，X 轴为红色，Y 轴为绿色，而 Z 轴为黑色。

◯ **步骤 03**　在移动对象过程中，将指针移动到 X、Y 或 Z 轴控件上，指针在经过任意控件时将发生变化。如将鼠标放置在 X 轴的箭头上，鼠标形状变为 ▸×，如图 16.2 所示。

图 16.1　利用 3D 平移工具选中影片剪辑元件的实例　　　　图 16.2　鼠标放置在 X 轴上

○**步骤04** 要移动对象在 Y 轴上的位置，将鼠标放置在 Y 轴的箭头上，此时鼠标变为 ▶Y 形状，然后进行拖动即可改变对象在 Y 轴上的位置，如图 16.3 所示。

○**步骤05** 要移动对象在 Z 轴上的位置，将鼠标放置在中间的黑点上，此时鼠标变为 ▶z 形状，然后进行拖动即可改变对象在 Z 轴上的位置。

○**步骤06** 轴向的控制还可以结合【属性】面板进行，如图 16.4 所示。在【属性】面板中可以通过以下几个参数设置影片剪辑元件实例的三维效果。

◆ **消失点控制**△：可以任意设置消失点的位置，然后再进行 Z 轴向移动的时候会根据消失点进行新的透视的运算。

◆ **透视角度**▣：调整其右侧的文本数值，可以对透视的强度进行控制。

◆ 若要精确移动对象，在【3D 定位和查看】区域中直接输入 X、Y 或 Z 轴的坐标值。

图 16.3　鼠标放置在 Y 轴上

图 16.4　3D 平移工具的【属性】面板

　　利用 3D 平移工具除了可以移动单个影片剪辑元件外，还可以同时选中多个影片剪辑元件实例进行移动。只需使用 3D 平移工具移动其中一个选定对象，其他对象将以相同的方式移动。具体操作步骤如下：

○**步骤01** 选中舞台中的影片剪辑元件实例，然后单击【工具】面板中的【3D 平移工具】按钮📷，选中舞台中的多个影片剪辑元件实例，如图 16.5 所示。

图 16.5　利用 3D 平移工具同时选中多个影片剪辑元件实例

步骤02 然后单击【工具】面板中的【全局模式】按钮，将 3D 平移工具设置为全局模式，然后用轴控件拖动其中一个对象，即可同时移动其他元件实例，如图 16.6 所示。

图 16.6 利用 3D 平移工具同时移动多个影片剪辑元件实例

按住【Shift】键的同时，双击其中一个选中对象可将轴控件移动到该对象上。通过双击 Z 轴控件，也可以将轴控件移动到多个所选对象的中间。按住【Shift】键并双击其中一个选中对象可将轴控件移动到该对象上。

16.1.2 3D 旋转工具

使用 3D 旋转工具可以在 3D 空间中旋转影片剪辑实例。3D 旋转控件出现在舞台中的选定对象之上，X 轴为红色、Y 轴为绿色、Z 轴为蓝色，使用黄色的轴向控件可以同时在 3 个轴向上随意旋转对象。

使用 3D 旋转工具的方法如下：

步骤01 在【工具】面板中单击【3D 旋转工具】按钮。
步骤02 在舞台上选择一个影片剪辑元件的实例，如图 16.7 所示。

图 16.7 利用 3D 旋转工具选择对象

步骤03 将鼠标指针放在 4 个旋转轴任意一个轴之上将会发生变化，左右拖动 X 轴控件可绕 X 轴旋转，如图 16.8 所示。移动时灰色的角度代表移动的距离。

图 16.8　绕 *X* 轴旋转的效果

◌**步骤 04**　上下拖动 *Y* 轴控件可绕 *Y* 轴旋转，如图 16.9 所示。

图 16.9　绕 *Y* 轴旋转的效果

◌**步骤 05**　拖动 *Z* 轴控件进行圆周运动可绕 *Z* 轴旋转，如图 16.10 所示。

图 16.10　绕 *Z* 轴旋转的效果

◌**步骤 06**　拖动黄色控件可同时绕 3 个轴进行旋转，如图 16.11 所示。

图 16.11　绕 3 个轴向旋转的效果

◌**步骤 07**　若要相对于影片剪辑重新定位旋转控件中心点，直接拖动中心点即可。若要按 45° 或以其倍数进行约束中心点的移动，可在按住【Shift】键的同时进行拖动。

◌**步骤 08**　移动旋转中心点可以控制旋转对于对象及其外观的影响，如图 16.12 所示。双击中心点可以移回所选影片剪辑的中心。

图 16.12　移动旋转中心点进行控制

16.1.3　透视角度和消失点

　　透视角度和消失点都是 3D 变形工具最重要的属性，透视角度属性控制 3D 影片剪辑的实例在舞台上的外观视角。增大透视角度可使对象看起来更接近查看者，减小透视角度属性可使对象看起来更远。关于透视角度及消失点的参数可在【属性】面板中进行设置，如图 16.13 所示。

图 16.13　设置透视角度和消失点

　　若要在【属性】面板中查看或设置透视角度，必须在舞台上选择一个 3D 影片剪辑。对透视角度所做的更改在舞台上立即可见。

　　透视角度在更改舞台大小后会自动进行更改，以使 3D 对象的外观不会发生改变。要想关闭此设置，可在【文档属性】对话框中进行更改，如图 16.14 所示。

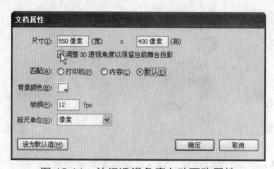

图 16.14　关闭透视角度自动更改属性

　　设置透视角度的具体操作步骤如下：

⇨步骤01　在舞台上，选择一个应用了 3D 旋转或平移的影片剪辑元件实例。

⇨步骤02　单击【属性】面板中的【透视角度】文本框，然后输入一个新的数值（直接用鼠标拖动也可更改该值）。如图 16.15 所示为对象的透视角度分别为 55° 和 110° 的效果。

透视角度的取值范围在 1° ~180° 之间，默认为 55°。

消失点这一属性主要控制对象的 Z 轴方向。在移动对象的过程中，所有对象的 Z 轴都朝着消失点后退。通过重新定位消失点，可以更改沿 Z 轴平移对象时对象的移动方向。

消失点的默认位置是舞台的中心。

设置消失点的具体操作步骤如下所示：

◯**步骤01**　在舞台上，选择一个应用了 3D 旋转或平移的影片剪辑元件的实例。

◯**步骤02**　单击【属性】面板中的【消失点 X 位置】文本框和【消失点 Y 位置】文本框，然后输入一个新的数值（直接用鼠标拖动也可更改该值）。用鼠标拖动时，指示消失点位置的辅助线显示在舞台上，如图 16.16 所示。

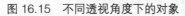

图 16.15　不同透视角度下的对象　　　　　图 16.16　显示指示消失点的辅助线

若要将消失点移回舞台中心，可以单击【属性】面板中的【重置】按钮。

16.2　骨骼工具

Flash CS4 还新增了骨骼工具，利用骨骼工具不仅可以向单独的元件实例，还可以向单个形状的内部添加骨骼。当一个骨骼移动时，与启动运动的骨骼相关的其他连接骨骼也会移动，从而创建骨骼动画。下面我们就来介绍骨骼工具的相关知识。

16.2.1　反向运动

Flash CS4 的骨骼系统是利用反向动力学进行动画制作的。

利用反向动力可以方便地将各个动画元素以父子方式联系起来，在移动父物体的过程中子物体也会随之移动，移动子物体时也会一定程度地对父物体产生相应的影响。下面我们来具体了解一下什么是反向运动。

　　反向运动是一种使用骨骼的相关节结构对一个对象或彼此相关的一组对象进行动画处理的方法。通过骨骼工具相关联的元件实例和形状对象都可以按复杂而自然的方式移动。例如，通过反向运动可以更加轻松地创建与人物相关的动画，如胳膊及腿部运动等。通过反向运动，可以更加轻松地创建逼真的运动效果。

16.2.2　添加骨骼

　　通过 Flash CS4 的骨骼工具可以向单独的元件实例或单个形状的内部添加骨骼。下面我们就来分别介绍这两种方式。

一、向单个的形状添加骨骼

　　在向形状添加第一个骨骼之前必须选择所有形状。在将骨骼添加到所选内容后，Flash 将所有的形状和骨骼转换为 IK 形状对象，并将该对象移动到新的骨架图层。具体操作步骤如下：

◐步骤01　在舞台上创建填充的形状，如图 16.17 所示。

图 16.17　创建填充形状

　创建的填充形状可以包含多个颜色和笔触。编辑形状，以便它们尽可能接近其最终形式。这样添加骨骼后更加方便编辑。

◐步骤02　选择整个形状，在【工具】面板中单击【骨骼工具】下拉按钮 ，从弹出的下拉列表中选择【骨骼工具】选项，如图 16.18 所示。

图 16.18　选择【骨骼工具】选项

◐步骤03　在形状内单击并拖动鼠标到形状内的其他位置。此时在【时间轴】面板上将会添加一个新的图层，即骨架图层，如图 16.19 所示。

 骨架中的第一个骨骼是根骨骼，它显示为一个圆围绕骨骼头部。添加第一个骨骼时，在形状内希望骨架根部所在的位置中单击，也可以稍后编辑每个骨骼的头部和尾部的位置。而且添加骨骼以后，就无法再向形状内部添加新形状或笔触了。

⊃**步骤 04** 从第一个骨骼的尾部开始向形状内的其他位置拖动鼠标，继续添加其他骨骼，如图 16.20 所示。

图 16.19 创建第一个骨骼

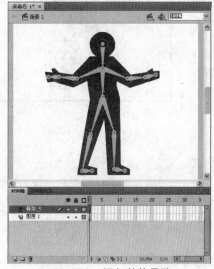

图 16.20 添加其他骨骼

⊃**步骤 05** 选中骨架图层的第 10 帧，按【F6】键插入关键帧。

⊃**步骤 06** 单击【工具】面板中的【选择工具】按钮，将鼠标移至骨架位置进行拖动，创建骨架运动轨迹，如图 16.21 所示。

⊃**步骤 07** 选中骨架图层的第 20 帧，按【F6】键插入关键帧。

⊃**步骤 08** 然后再对舞台中的骨架对象进行移动，如图 16.22 所示。

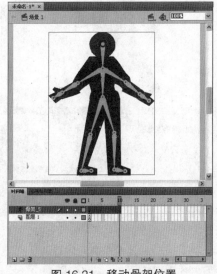

图 16.21 移动骨架位置

图 16.22 再次移动骨架

步骤09 多次移动骨架即可完成骨骼动画的制作，按【Ctrl+Enter】组合键预览动画效果，如图 16.23 所示。

（1） （2）

图 16.23 预览动画

二、向元件添加骨骼

向元件实例添加骨骼时，会创建一个链接实例链。这不同于对形状使用骨骼，其中形状变为骨骼的容器。根据需要，元件实例的链接链可以是一个简单的线性链或分支结构。

向元件添加骨骼的操作步骤如下：

步骤01 在舞台上绘制如图 16.24 所示的图形，并分别将它们转换成图形元件。

步骤02 将绘制的不同部位组合在一起，然后利用任意变形工具将中心调整到如图 16.25 所示的位置。

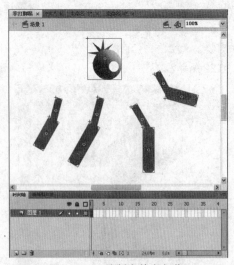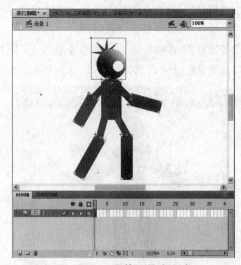

图 16.24 绘制身体各部位 图 16.25 调整元件中心点

步骤03 在【工具】面板中单击【骨骼工具】按钮，创建第一个骨架，如图 16.26 所示。

步骤04 使用骨骼工具连接其他部位，如图 16.27 所示。

步骤05 通过选择工具移动连接在一起的任意一个元件，都可带动与其相连的元件移动。

步骤06 然后对骨骼进行详细设置，设置完成后进行动画制作即可。

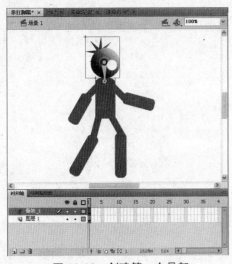

图 16.26 创建第一个骨架

图 16.27 添加其他部位的骨架

16.2.3 编辑骨骼

创建骨骼后，如果对效果不满意，还可以对其进行编辑，如在对象内移动骨骼，更改骨骼的长度，删除骨骼等。

选中其中的一个骨架，则在【属性】面板中会出现该骨架的相关属性，如图 16.28 所示。

【属性】面板中可以通过【上一个同级】按钮 ⇦ 、【下一个同级】按钮 ⇨ 、【子级】按钮 ⇩ 和【父级】按钮 ⇧ 选择与选中骨架相关联的其他骨架。

若要删除某个不需要的骨架，选中该骨架后，按【Delete】键即可。

若要使选定的骨骼可以沿 X 或 Y 轴移动并更改其父级骨骼的长度，选中【属性】面板中【联接: X 平移】或【联接: Y 平移】区域的【启用】复选框。然后选中【约束】复选框，设置最大及最小值即可。在骨架的周围会出现 X 轴和 Y 轴两个方向的约束线，即连接骨骼的双向箭头，如图 16.29 所示。

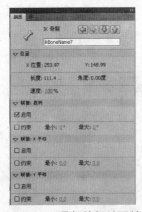

图 16.28 骨架的相关属性

图 16.29 约束线

在【属性】面板的【联接: 旋转】区域中取消选中【启用】复选框，即可禁用选定骨骼绕连接的旋转。如果要约束骨骼的旋转，在【属性】面板的【联接: 旋转】区域中输入旋转的最小度数和最大度数即可。

除此之外，还可以对骨骼的运动速度进行设置，在【属性】面板的【速度】文本框中改变数值即可。默认为 100%，表示对速度没有限制。

16.3 动画实例

下面使用本章知识制作动画实例。

16.3.1 制作翻页切换效果

利用 3D 变形工具制作翻页切换效果的操作步骤如下：

步骤 01 新建一个 Flash 文档，并将其保存为“翻页效果”。

步骤 02 执行【文件】→【导入】→【导入到库】命令，打开【导入到库】对话框，如图 16.30 所示。

步骤 03 选择所需的素材文件，单击【打开】按钮将素材导入到库中，如图 16.31 所示。

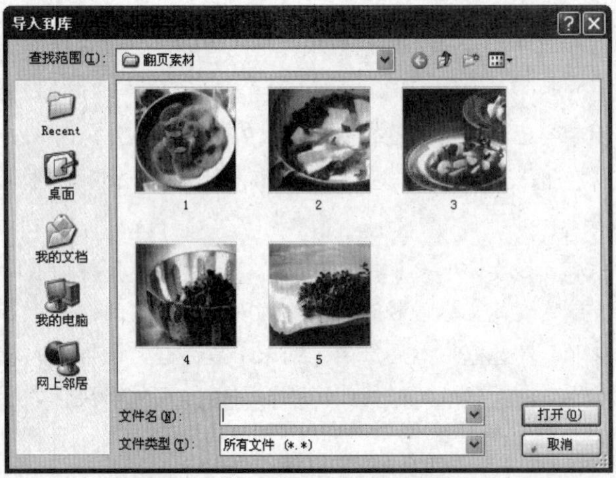

图 16.30 【导入到库】对话框

图 16.31 【库】面板

步骤 04 按下【Ctrl+J】组合键，在打开的【文档属性】对话框中设置文档大小为 660 像素×550 像素，背景颜色设为“#0099FF”，如图 16.32 所示。

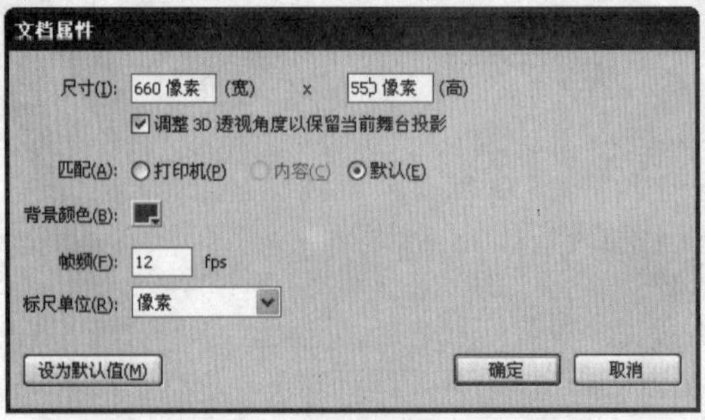

图 16.32 【文档属性】对话框

步骤05 在【库】面板中将 "1.jpg" 图片素材拖入场景中，将其位置设为 "X=340，Y=180"，如图 16.33 所示。

图 16.33 设置图片的位置

步骤06 选择场景中的图片，按【F8】键将其转换为影片剪辑元件，如图 16.34 所示。

图 16.34 将图片转换为影片剪辑元件

步骤07 设置完成击【确定】按钮。

步骤08 单击【任意变形工具】按钮，将鼠标移到影片剪辑元件实例的中心点上，按住鼠标左键不放，水平向左移动，将中心点移动到影片剪辑元件实例的左侧，如图 16.35 所示。

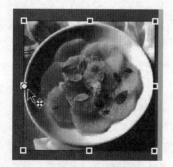

图 16.35 移动元件实例的中心点

步骤09 选中图层 1 的第 30 帧，按【F5】键插入普通帧。

步骤10 然后选中第1帧至第30帧中的任意一帧，单击鼠标右键，在弹出的快捷菜单中选择【创建补间动画】选项，如图16.36所示。

图 16.36 选择【创建补间动画】选项

步骤11 选中第15帧，然后单击【工具】面板中的【3D旋转工具】按钮。3D旋转工具的轴控件自动添加到场景中的影片剪辑元件上，如图16.37所示。

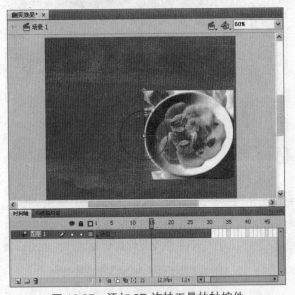

图 16.37 添加3D旋转工具的轴控件

步骤12 将鼠标移动到Y轴控件上，当鼠标指针变为 形状时，按住左键向左拖动，效果如图16.38所示。

步骤13 选中第30帧中的影片剪辑元件实例，按照同样的方法利用3D旋转工具旋转元件实例，完成第一张图片的翻页效果，如图16.39所示。

步骤14 单击【新建图层】按钮，新建图层2。

步骤15 在图层2的第30帧处按【F6】键插入关键帧，将"2.jpg"图片素材拖入场景。

步骤16 选中该图片，参照"pic1"影片剪辑元件实例的设置方法，调整其中心点位置和坐标位置。

◐**步骤 17**　在图层 2 的第 60 帧处按【F5】键插入帧，并创建与图层 1 中相同的动画效果，如图 16.40 所示。

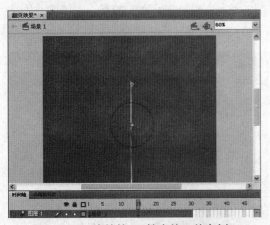
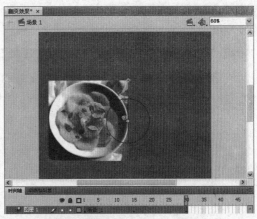

图 16.38　旋转第 15 帧中的元件实例　　　　　　　图 16.39　第 30 帧中的元件实例

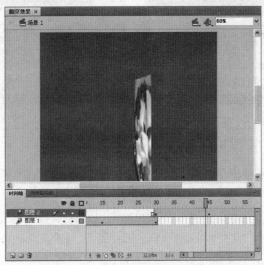

图 16.40　制作图层 2 的翻页动画

◐**步骤 18**　为了使第一张图片翻页时第二张图片显示在下方，单击【新建图层】按钮，新建图层 3，然后将图层 3 拖至图层 1 和图层 2 的下方，如图 16.41 所示。

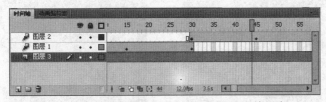

图 16.41　将图层 3 移至图层 1 和图层 2 的下方

◐**步骤 19**　选择图层 2 的第 30 帧中的影片剪辑元件的实例，按【Ctrl+C】组合键复制该帧中的内容，再选择图层 3 中的第 1 帧，按【Ctrl+Shift+V】组合键粘贴复制的内容。

◐**步骤 20**　选择图层 3 的第 30 帧，按【F7】键插入空白关键帧，此时显示与图层 2 的第 30 帧相同的内容，如图 16.42 所示。

○**步骤21** 选择图层 2，然后单击【新建图层】按钮，新建图层 4，在第 60 帧至第 90 帧之间创建建第三张图片翻页的动画，如图 16.43 所示。

○**步骤22** 然后再新建图层 5 并将其移动到图层 2 的下方。复制图层 4 的第 60 帧，在图层 5 的第 30 帧处粘贴帧，并将补间删除，然后在第 61 帧处插入空白关键帧，如图 16.44 所示。

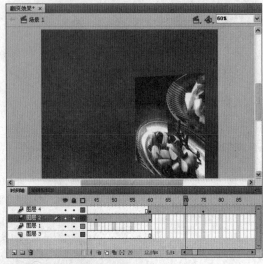

图 16.42 插入空白关键帧　　　　　图 16.43 创建第三张图片的翻页动画

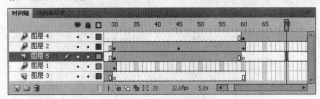

图 16.44 在图层 5 的第 61 帧插入空白关键帧

○**步骤23** 用相同的方法完成第四张图片和第五张图片的翻页切换效果动画，完成后在所有图层的第 150 帧处按【F5】键插入帧，延长图片翻页之后的显示时间。

○**步骤24** 最后保存动画，按【Ctrl+Enter】组合键预览动画效果，如图 16.45 所示。

（1）　　　　　　　　　　　　　　　（2）

图 16.45 动画预览效果

16.3.1 制作爬行的虫子

利用骨骼工具制作爬行的虫子的操作步骤如下：

○**步骤 01** 新建一个 Flash 文档，将其保存为"爬行的虫子"。

○**步骤 02** 按【Ctrl+R】组合键打开【导入】对话框，如图 16.46 所示。

○**步骤 03** 选择需要的素材图片，单击【打开】按钮，将素材图片导入到舞台中，然后调整其大小放置在合适的位置，如图 16.47 所示。

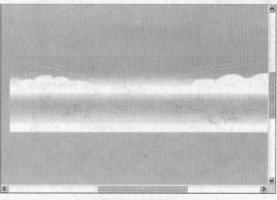

图 16.46 【导入】对话框　　　　　　　　　图 16.47 放置图片

○**步骤 04** 选择图层 1 的第 50 帧，按【F5】键插入普通帧。

○**步骤 05** 选中图片，按【F8】键将其转换为图形元件。

○**步骤 06** 选中第 1 帧，单击鼠标右键，在弹出的快捷菜单中选择【创建补间动画】选项。

○**步骤 07** 选中第 50 帧，将图形元件向舞台左侧移动，制作场景移动的动画，如图 16.48 所示。

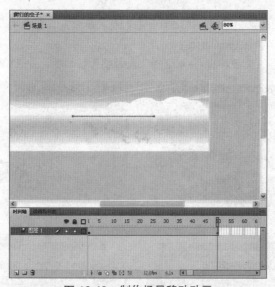

图 16.48 制作场景移动动画

○**步骤 08** 单击【新建图层】按钮，创建新的图层 2。

○**步骤 09** 单击【工具】面板中的【椭圆工具】按钮，在舞台中绘制如图 16.49 所示的虫子形状。

○**步骤 10** 单击【工具】面板中的【骨骼工具】按钮，为刚刚绘制的虫子添加骨骼，如图 16.50 所示。

○**步骤 11** 选中新增的骨架图层的第 50 帧和图层 2 的第 50 帧，按【F5】键插入帧，如图 16.51 所示。

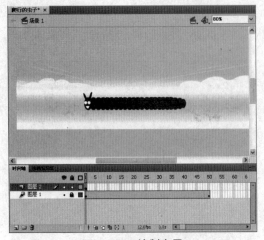
图 16.49 绘制虫子

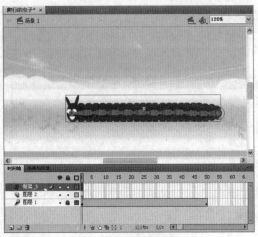
图 16.50 添加骨骼

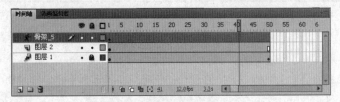
图 16.51 插入帧

○**步骤 12** 选中骨架图层的第 15 帧，然后单击【工具】面板中的【选择工具】按钮，改变虫子中的骨骼形状，如图 16.52 所示。

○**步骤 13** 选中骨架图层的第 28 帧，利用选择工具调整骨骼形状，效果如图 16.53 所示。

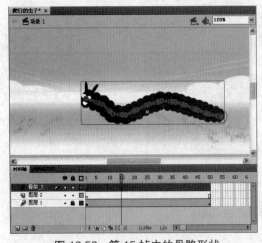
图 16.52 第 15 帧中的骨骼形状

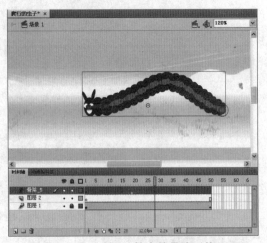
图 16.53 第 28 帧中的骨骼形状

○**步骤 14** 然后按照同样的方法调整其他帧中的骨骼形状。

○**步骤15** 完成设置后保存动画，按【Ctrl+Enter】组合键预览动画效果，如图 16.54 所示。

（1）

（2）

图 16.54 动画的最终效果

结束语 本章介绍了在 Flash CS4 中使用 3D 变形工具及骨骼工具制作动画的相关知识。使用 3D 变形工具及骨骼工具大大方便了动画的制作，减少了动画制作的工作量，提高了制作效率。用户在使用 Flash CS4 进行动画制作时，应熟练掌握这两种工具的使用方法。

第 17 章　优化与发布动画

使用 Flash 制作的动画一般用于网页中，因此制作完 Flash 动画后，一般需要发布动画。在发布动画前，需要对动画进行优化。本章将介绍优化与发布动画的相关知识。

17.1　测试与优化动画

对动画进行测试是为了查看动画是否按照制作者的思路达到预期的效果，以及动画中是否有不连续的帧导致动画断断续续；优化动画是为了使 Flash 动画的体积更小，或是上传到网上后能进行正常观看等。在将 Flash 作品发布到网上之前，应先对动画进行测试并优化。

17.1.1　测试 Flash 动画

在测试制作完成的 Flash 作品时，既可以对单个场景的下载性能进行测试，也可以对整个动画的下载性能进行测试。

一般情况下在对 Flash 作品进行测试时应注意以下几个问题。

◆ 是否将 Flash 作品的体积降到最小。

◆ 在网络环境下，动画能否被正常下载和观赏。

◆ Flash 作品是否按照设计者的思路产生预期的效果。

测试 Flash 动画的操作步骤如下：

●**步骤01**　将需要进行测试的 Flash 动画打开，按【Ctrl+Enter】组合键播放动画，打开该动画的测试界面，查看 Flash 动画的播放情况，如图 17.1 所示。

图 17.1　动画测试界面

 在每个 FLA 文件播放一次后都会自动在该文件所在的位置生成一个 SWF 文件，以后只要双击该 SWF 文件即可播放动画。

○**步骤 02** 单击【视图】菜单，将鼠标移动到【下载设置】选项，打开【下载设置】子菜单，可以模拟 Flash 动画在不同网络速率下的播放效果，如图 17.2 所示。

○**步骤 03** 当需要自定义下载速度时，可以选择【自定义】选项，在打开的【自定义下载设置】对话框中，用户可以对下载速度进行设置，如图 17.3 所示。

图 17.2 【下载设置】子菜单

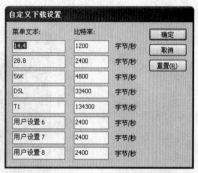

图 17.3 【自定义下载设置】对话框

○**步骤 04** 在观看 SWF 文件时，可以通过执行【视图】→【带宽设置】命令，显示带宽显示图，如图 17.4 所示。

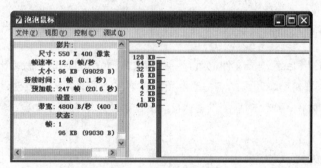

图 17.4 带宽显示图

 再次执行【视图】→【带宽设置】命令可隐藏该显示图。

○**步骤 05** 执行【视图】→【模拟下载】命令，可打开或隐藏带宽显示图下方的 SWF 文件，如果隐藏了 SWF 文件，则文档在不模拟网络连接的情况下就开始下载，如图 17.5 所示。

○**步骤 06** 在图表上拖动条形滑块 ▊，对应帧的设置会显示在左侧窗口中，同时停止文档的下载。

○**步骤 07** 完成测试后，关闭测试界面，返回到 Flash 动画的制作场景。

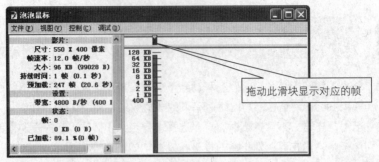

图 17.5　模拟下载

执行【窗口】→【工具栏】→【控制器】命令，可以打开【控制器】工具栏，如图 17.6 所示。利用其中的按钮可以对动画的停止、播放、前进和倒退等进行控制。

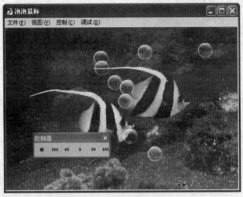

图 17.6　显示【控制器】工具栏

17.1.2　优化动画

通常情况下，如果 Flash 动画文件很大，下载和播放 Flash 动画时，就会出现速度很慢，或是容易停顿的现象，这样将影响动画的点击率。所以在导出动画之前，需要对动画文件进行优化，以便减小 Flash 动画体积，加快动画的下载速度。优化动画主要包括对动画、色彩、元素和文本的优化等。

一、对动画的优化

优化动画的制作过程主要有如下 3 个方面。

◆ 通过把动画中相同的对象转换为元件，可以将相同内容的对象只保存一次，并且可以在以后需要时反复调用，这样大大地减小了动画的数据量。

◆ 在动画制作过程中尽量使用补间动画，减少逐帧动画的使用，因为逐帧动画的过渡帧是通过用户添加对象而得到的，而补间动画中的过渡帧是由系统计算得到的，这样补间动画的数据量相对于逐帧动画要小很多。当制作效果类似的动画时，渐变动画相对于逐帧动画的体积要小得多。

◆ 调用素材时最好使用矢量图，因为矢量图比位图的体积小得多。

二、对色彩的优化

大多数情况下 Flash 都需要绚丽多彩的颜色，在对作品的效果影响不大时，建议使用单色，减少对渐变色的使用。

三、对元素的优化

在动画的制作过程中，应注意对元素的优化，主要有如下 6 个方面。

◆ 尽可能地减小矢量图形的形状复杂程度。

◆ 尽可能分层管理动画中的各元素。

◆ 尽可能减少特殊形状的矢量线条的应用，如斑马线、虚线和点线等。

◆ 尽量可能减少素材的导入，特别是位图，它会大幅度增加动画体积的大小。

◆ 在导入声音文件时，尽可能使用体积相对较小的 MP3 格式。

◆ 尽可能用矢量线条替换矢量色块，因为矢量线条的数据量相对于矢量色块要小。

四、对文本的优化

对文本的优化主要体现在如下两个方面。

◆ 使用文本时不宜使用过多种类的字体和样式，因为这样不但会使动画的数据量增大，而且风格不易统一。

◆ 尽量不要将文字打散。

在优化动画时，请记住务必要随时测试动画，查看其播放质量和下载情况是否满意，并查看动画文件的大小等。

17.2 导出动画

通过将 Flash 动画导出可以得到单独格式的 Flash 作品，方便动画的观赏。在优化并测试完动画的下载性能后，就可以通过导出动画或图像命令，把 Flash 动画导出到其他应用程序中。导出 Flash 动画主要包括导出动画文件和导出动画图像。

17.2.1 导出动画文件

为了将 Flash 作品应用到更广泛的领域，需要用文件形式导出 Flash 作品动画。导出动画文件的具体操作步骤如下：

○**步骤 01** 打开需要导出的 Flash 动画。

○**步骤 02** 执行【文件】→【导出】→【导出影片】命令，打开【导出影片】对话框，如图 17.7 所示。

○**步骤 03** 在【保存在】下拉列表框中选择文件要导出的路径。

○**步骤 04** 在【文件名】下拉列表框中输入文件名称。

○**步骤 05** 单击【保存类型】下拉列表框，打开其下拉列表（如图 17.8 所示），选择【SWF 影片

（*.swf）】选项。

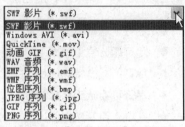

图 17.7 【导出影片】对话框   图 17.8 【保存类型】下拉列表

○步骤06 单击【保存】按钮即可将该文件导出，如图 17.9 所示。

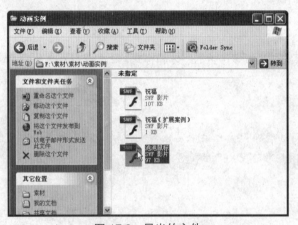

图 17.9 导出的文件

17.2.2 导出动画图像

　　可以将动画中的某个图像以图片格式导出并存储，将其作为制作其他动画的素材。导出动画图像的操作步骤如下：

○步骤01 打开需要导出的 Flash 动画。

○步骤02 在场景中选择要导出的某个对象或某帧。

○步骤03 执行【文件】→【导出】→【导出图像】命令，打开【导出图像】对话框，如图 17.10 所示。

○步骤04 在【保存在】下拉列表框中选择保存的位置。

○步骤05 在【文件名】下拉列表框中输入文件的名称。

○步骤06 打开【保存类型】下拉列表，从中选择导出文件的格式。这里选择【JPEG 影片（*.jpg）】选项，如图 17.11 所示。

○步骤07 单击【保存】按钮，打开【导出 JPEG】对话框，如图 17.12 所示。

图 17.10　【导出图像】对话框

图 17.11　选择导出的文件类型

图 17.12　【导出 JPEG】对话框

◯**步骤 08**　在此对话框中根据需要设置图像的导出参数。

◯**步骤 09**　单击【确定】按钮即可完成图像的导出。

17.3　发布动画

可以通过 Flash 的发布命令将 Flash 动画发布到网络上，同时也可以通过该命令向没有安装 Flash 插件的浏览器发布各种各样的图形文件、视频文件及可独立运行的小程序。动画的质量和大小由发布 Flash 动画时，根据需要设置的发布格式及预览发布的动画格式决定。

17.3.1　设置发布类型

要发布 Flash 动画，首先需要对 Flash 动画进行发布设置。执行【文件】→【发布设置】命令（或按【Ctrl+Shift+F12】组合键），打开【发布设置】对话框，如图 17.13 所示。

打开此对话框时，默认显示【格式】选项卡，使用此选项卡可设置动画的发布类型，包括 Flash、HTML、GIF 图像和 JPEG 图像等。

选中某一类型的复选框，将显示对应类型的选项卡；取消选中此复选框，将关闭该类型的选项卡。

图 17.13 【发布设置】对话框

系统默认发布 Flash 和 HTML 格式，因此在打开的【发布设置】对话框中将默认包含【Flash】和【HTML】选项卡。

17.3.2 设置 Flash 的发布格式

单击【Flash】选项卡，打开如图 17.14 所示的对话框。

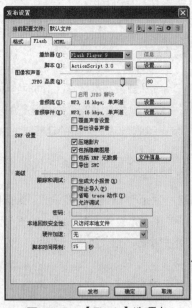

图 17.14 【Flash】选项卡

使用该选项卡可以对发布后 Flash 动画的版本、图像品质和音频质量等进行设置。【Flash】选项卡中主要选项的含义如下。

◆ **播放器：**在此下拉列表框中可选择一个播放器版本，但不是所有的功能都能够在 Flash Player 7 之前的动画中起作用。

◆ **脚本：**在此下拉列表框中可选择在动画中使用的 ActionScript 版本是 1.0、2.0 或 3.0。

◆ **JPEG 品质：**在该区域拖拽滑块或输入一个值可设置 JPEG 文件的品质。图像品质越低，生成的文件就越小；图像品质越高，生成的文件就越大。

◆ **音频流/音频事件：**对当前动画中的所有声音进行压缩。

◆ **压缩影片：**选中此复选框，将压缩 SWF 文件以减小文件大小并缩短下载时间。

◆ **生成大小报告：**选中此复选框，可生成一个文本文件格式的报告，报告中列出最终 Flash 内容的数据量。

◆ **防止导入：**选中此复选框，可防止其他人导入 SWF 文件并将其转换回 Flash 文件，同时可以决定是否使用密码来保护 Flash 文件。

◆ **省略 trace 动作：**选中此复选框，可使 Flash 忽略当前 SWF 文件中的跟踪动作，来自跟踪动作的信息就不会显示在【输出】面板中。

◆ **允许调试：**选中此复选框，会激活调试器并允许远程调试 Flash 动画。

◆ **密码：**选中【允许调试】复选框后，此文本框将有效，可以在此文本框中输入密码。

17.3.3 设置 HTML 的发布格式

单击【HTML】选项卡，打开【发布设置】对话框的【HTML】选项卡，如图 17.15 所示。

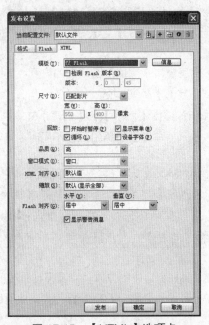

图 17.15 【HTML】选项卡

如果需要在 Web 浏览器中显示 Flash 动画，必须创建一个用来包含动画的 HTML 网页文件。使用此选项卡可自动生成相应的 HTML 网页文件。【HTML】选项卡中主要选项的含义如下。

◆ **模板:** 用于选择所使用的模板,单击右边的【信息】按钮,会显示出该模板的有关信息。
◆ **尺寸:** 对动画的宽度和高度值进行设置。此下拉列表包括【匹配影片】、【像素】和【百分比】3 个选项。

> 其中的【匹配影片】选项会将发布的尺寸设置为和动画的实际尺寸大小相同;选择【像素】选项后可在【宽度】和【高度】文本框中输入具体的像素值;选择【百分比】选项可对动画相对于浏览器窗口的尺寸大小进行设置。

◆ **回放:** 用于对发布的动画进行设置,其中包括【开始时暂停】、【显示菜单】、【循环】和【设备字体】4 个复选框。

> 其中的【开始时暂停】复选框使动画一开始处于暂停状态,直到用户单击【播放】按钮后才开始播放;【显示菜单】复选框使菜单有效;【循环】复选框使动画播放自动且反复地进行;【设备字体】复选框可用反锯齿系统字体取代用户系统中未安装的字体。

◆ **品质:** 对动画的品质进行设置。
◆ **窗口模式:** 该项设置适用于安装有 Flash ActiveX 的 IE 浏览器,可利用 IE 的透明显示、绝对定位及分层功能。窗口模式有【窗口】、【不透明无窗口】和【透明无窗口】3 个选项。

> 其中的【窗口】选项可以使 Flash 动画在网页窗口中播放;【不透明无窗口】选项使 Flash 动画后面的元素移动,但不会在穿过动画时显示;【透明无窗口】选项使嵌有 Flash 动画的 HTML 页面背景从动画中所有透明的地方显示出来。

◆ **HTML 对齐:** 用于决定动画窗口在浏览器窗口中的位置,其中包括【默认值】、【左对齐】、【右对齐】、【顶部】和【底部】5 个选项。
◆ **缩放:** 用于定义动画如何放进由【水平】和【垂直】文本框所设定的尺寸范围中。该项设置只有当文本框中输入的尺寸与动画的原始尺寸不同时才有效。

> 其中的【默认(显示全部)】选项设定在指定区域内显示整个动画,并保持动画原有的纵横比;【无边框】选项使动画在保持原有纵横比的基础上填满指定的区域;【精确匹配】选项使动画保持原有的纵横比;【无缩放】选项使整个动画显示在指定的区域内,但并不一定要保持动画原有的尺寸比例。

◆ **Flash 对齐:** 用于定义动画在窗口中的位置,以及将动画裁剪到窗口尺寸。
◆ **显示警告消息:** 设置 Flash 是否要警示 HTML 标签代码中所出现的错误。

17.3.4 设置 GIF 图像的发布格式

如果在【格式】选项卡中选中了【GIF 图像(.gif)】复选框,在【发布设置】对话框中将增加【GIF】选项卡,如图 17.16 所示。

使用此选项卡可对 GIF 图像的发布格式进行设置。【GIF】选项卡中主要选项的含义如下。

◆ **尺寸**：输入导出的位图图像的宽度和高度值（以像素为单位）。若选中【匹配影片】复选框，
可使 GIF 文件和 Flash 动画大小相同并保持原始图像的高宽比。

◆ **回放**：确定 Flash 创建的是静止图像还是 GIF 动画。如果选中【动画】单选按钮，可选中
【不断循环】单选按钮或选中【重复】单选按钮并输入重复次数，如图 17.17 所示。

◆ **选项**：指定导出的 GIF 文件的外观设置范围。

◆ **透明**：设置动画的背景透明度及转换为 GIF 格式的透明度。

◆ **抖动**：可以改善颜色品质，但是也会增加文件大小。

◆ **调色板类型**：定义图像的调色板类型。

◆ **最多颜色**：设置 GIF 图像中使用的颜色数量。选择颜色数量较少，生成的文件就会较小，
但却可能会降低图像的颜色品质。

◆ **调色板**：定义图像的调色板。

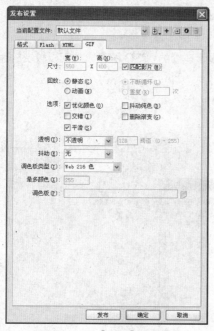

图 17.16 【GIF】选项卡

图 17.17 设置循环或重复的次数

17.3.5 设置 JPEG 图像的发布格式

如果在【格式】选项卡中选中了【JPEG 图像（.jpg）】复选框，在【发布设置】对话框中将增
加【JPEG】选项卡，如图 17.18 所示。

使用此选项卡可对 JPEG 图像的发布格式进行设置。【JPEG】选项卡中各选项的含义如下。

◆ **尺寸**：输入导出的位图图像的宽度和高度值（以像素为单位）。若选中【匹配影片】复选框，
可以使 JPEG 和 Flash 动画大小相同并保持原始图像的高宽比。

◆ **品质**：拖动滑块或输入一个值，可以控制所使用的 JPEG 文件的压缩量。

图 17.18 【JPEG】选项卡

◆ **渐进**：选中此复选框，可在 Web 浏览器中逐步显示连续的 JPEG 图像，从而以较快的速度在网速较低的情况下显示加载的图像。

17.3.6 设置 PNG 图像的发布格式

如果在【格式】选项卡中选中了【PNG 图像（.png）】复选框，在【发布设置】对话框中将增加【PNG】选项卡，如图 17.19 所示。

图 17.19 【PNG】选项卡

使用此选项卡可对 PNG 图像的发布格式进行设置。【PNG】选项卡中主要选项的含义如下。

◆ **尺寸**：输入导出的位图图像的宽度和高度值（以像素为单位）。若选中【匹配影片】复选框，

可使 PNG 图像和 SWF 文件大小相同并保持原始图像的高宽比。

◆ **位深度**：设置创建图像时要使用的每个像素的位数和颜色数。位深度越高，文件就越大。

> 其中的【8 位】选项用于 256 色图像；【24 位】用于数千种颜色的图像；【24 位 Alpha】选项用于数千种颜色并带有透明度（32 位）的图像。

◆ **优化颜色**：从 PNG 文件的颜色表中删除任何未使用的颜色，在不影响图像品质的情况下将使文件大小减少 1000~1500 个字节，但会稍稍提高对内存的要求。

◆ **交错**：下载导出的 PNG 文件时，在浏览器中逐步显示该文件。使用户可以在文件完全下载之前就能看到基本的图形内容，并能在较慢的网速中以更快的速度下载文件。不要交错 PNG 动画文件。

◆ **平滑**：消除导出位图的锯齿，从而生成较高品质的位图图像，并改善文本的显示品质。但是，平滑可能导致彩色背景上已消除锯齿的图像周围出现灰色像素的光晕，并且会增加 PNG 文件的大小。如果出现光晕，或者如果要将透明的 PNG 放置在彩色背景上，则在导出图像时不要使用平滑操作。

◆ **抖动纯色**：将抖动应用于纯色和渐变色。

◆ **删除渐变**：（默认为未选中）用渐变色中的第一种颜色将应用程序中的所有渐变填充转换为纯色。渐变色会增加 PNG 文件的大小，而且通常品质欠佳。为了防止出现意想不到的结果，请在使用该选项时小心选择渐变色的第一种颜色。

◆ **过滤器选项**：通过过滤的方法使 PNG 文件的压缩性更好。

> 其中，选择【无】选项将关闭过滤功能；选择【下】选项后，则传递每个字节和前一像素相应字节的值之间的差。选择【上】选项，传递每个字节和它上面相邻像素的相应字节的值之间的差。选择【平均】选项，使用两个相邻像素（左侧像素和上方像素）的平均值来预测该像素的值。选择【线性函数】选项，则会计算 3 个相邻像素（左侧、上方、左上方）的简单线性函数，然后选择最接近计算值的相邻像素作为颜色的预测值。选择【最合适】选项分析图像中的颜色，并为所选 PNG 文件创建一个唯一的颜色表。对于显示成千上万种颜色的系统而言是最佳的，它可以创建最精确的图像颜色，但所生成的文件要比用 "Web 216 色"调色板创建的 PNG 文件大。通过减少最合适色彩调色板的颜色数量，可以减小用该调色板创建的 PNG 的大小。

17.3.7 发布和发布预览

在【发布设置】对话框中设置完动画的发布格式后，单击【发布】按钮，即可发布动画。

如果需要进行发布预览，可单击【确定】按钮，关闭【发布设置】对话框。单击【文件】菜单项，打开【发布预览】子菜单，如图 17.20 所示。

在【发布预览】子菜单中选择一种要预览的文件格式，这样就可以在动画预览界面中得到动画发布后的效果。例如，选择【HTML】选项，将显示动画发布为 HTML 格式后的效果，如图 17.21 所示。执行【文件】→【发布】命令，也可实现动画的发布。

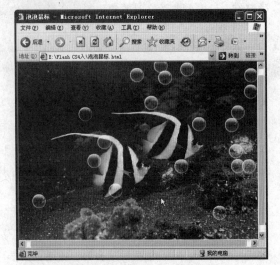

图 17.20　【发布预览】子菜单　　　　　　图 17.21　预览 HTML 格式效果

在网页中使用 Flash 动画，需要将 Flash 动画集成到 HTML 文档中。

17.4　使用标签

17.4.1　使用<object>标签

在 Internet Explorer 的 Windows 版本中，<object>标签用来支持 Flash Player ActiveX 控件。其语法格式如下：

```
<object  classid="clsid: clsid:d27cdb6e-ae6d-11cf-96b8-444553540000"
  codebase="http://fpdownload.macromedia.com/pub/shockwave/cabs/flash
/swflash.cab#version=8,0,0,0" width="550" height="400"
  id="home"  align="middle">
  <param name="allowScriptAccess" value="sameDomain" />
  <param name="movie" value="home.swf"/>
  <param name="play" value="false"/>
  <param name="loop" value="false"/>
  <param name="menu" value="false"/>
  <param name="quality" value="high"/>
  <param name="scale" value="noborder"/>
  <param name="salign" value="LT"/>
  <param name="wmode" value="transparent"/>
  <param name="devicefont value="true"/>
  <param name="bgcolor" value="#FFFFFF"/>
  <param name="flashvars" value="title=My%20Movie"/>
  <param name="base" value="." />
</object>
```

这一语法结构包含三个部分的内容，一是<object>的开始标签；二是<object>的属性设置部分；三是<object>的结束标签。

<object>的开始标签如下：

```
<object classid="clsid: clsid:d27cdb6e-ae6d-11cf-96b8-444553540000"
 codebase="http://fpdownload.macromedia.com/pub/shockwave/cabs/flash
/swflash.cab#version=8,0,0,0" width="550" height="400"
 id="home" align="middle">
```

其中，"classid"是唯一的 ActiveX 标识码；"codebase"与 Java 中<applet>标签的 codebase 属性相似，用于指定 ActiveX 控件安装文件位置的 URL；"width"和"height"用于设置 Flash 动画在 Web 页面上的实际宽度和高度；"id"是分配给 Flash 动画的标识符，使用此标识符，在 HTML 文档中，可使用 JavaScript/VBScript 函数来控制 Flash 动画；"align"指定 Flash 动画在 HTML 文档中的对齐方式。

"codebase"中的#version=8,0,0,0 指出需要使用 Flash Player 8，也可以指定别的较低版本。

<object>的属性设置部分使用<param>标签，name 表示属性名，value 表示属性值。对这些属性名及其属性值的说明如下。

◆ <param name="allowScriptAccess" value="sameDomain"/>：此属性控制 Flash 动画如何访问包含在 HTML 文档内的 JavaScript 或 VBScript 函数。Flash 动画使用 ActionScript fscommand()或 getURL()行代码调用 JavaScript 或 VBScript 函数，支持的值有 always、never 和 sameDomain。值为 "always" 允许 Flash 动画访问页面中的脚本，而值为 "never" 则不允许 Flash 动画访问脚本。"sameDomaln"是默认值，只有当 Flash 动画和包含它的 HTML 页面位于同一个域时，才允许 Flash 动画访问页面中的脚本。

◆ <param name="movie" value="home.swf" />：此属性决定哪个 Flash 动画（SWF 文件）将装入到文档中，value 属性指定 Flash 的动画文件名和相对或绝对 URL。

◆ <param name="play" value="false" />：此属性用于告诉 Flash Player，在 Flash 动画下载过程中是否开始播放。如果值为 "false"，Flash 动画进入 "暂停" 状态，就像在第 1 帧中放入 stop()动作；如果值为 "true"，一旦流开始下载到浏览器，Flash Player 就开始播放动画。此属性的默认值为 true。

◆ <param name="loop" value="false" />：此属性用于告诉 Flash Player，当播放头到达最后一帧时，主时间轴（如任意场景时间轴）是否重复。如果值为 "false"，播放头将不会循环；如果值为 "true"，播放头将循环。如果忽略了该参数，Flash Player 默认循环播放主时间轴。

◆ <param name="menu" value="false"/>：此属性用于设置 Flash Player 右键快捷菜单的显示方式，如果将此属性设置为 "false"，则只显示部分菜单项；如果该值为 "true"，将显示所有菜单项。

◆ <param name="quality" value="high" />：此属性用于设置 Flash 动画在浏览器窗口着色的质量。value 可以为 low、autolow、autohigh、high 或 best，大多数 Web 上的 Flash 动画

使用 "autohigh"。

◆ <param name="scale" value="noborder" />：此属性用于控制 Flash 动画在窗口中的比例，其属性值可取 showall、noborder、exactfit 或 noscale。

◆ <param name="salign" value="lt" />：此属性用于控制 Flash 动画在浏览器中的动画可视区域在指定空间中的对齐方式。其属性值的含义为，l 为左边，垂直居中；r 为右边，垂直居中；t 为上边，水平居中；b 为下边，水平居中；lt 为左上边；rt 为右上边；lb 为左下边；rb 为右下边。

◆ <param name="wmode" value="transparent"/>：此属性用于在 Web 页面上控制 Flash 动画的背景色如何出现在 HTML 或 DHTML 元素上。只在 Windows 下的 Internet Explorer（Internet Explorer 3 或更高版本）、Netscape 与 Mac OS X 浏览器下的 Flash Player 6 r65 或更高版本中适用。

◆ <param name="devicefont" value="true" />：此属性用于控制 Flash 文字如何出现在浏览器窗口中，该选项只在 Windows 操作系统下可用。

◆ <param name="bgcolor" value="#FFFFFF" />：此属性用于控制 Flash 动画的背景颜色。

◆ <param name="flashvars" value="title=My%20Flash%Movie" />：此属性允许当 Flash 动画被加载到 Web 浏览器中时，在 Falsh 动画中声明变量。flashvars 表示 Flash Variables（Flash 变量）。此新特性允许绕过浏览器 URL 的长度限制，在 Flash 动画的文件名中声明变量。

◆ <param name="base" value="."/>：此属性告诉 Flash 动画如何使用 ActionScript 解释相对路径，其默认值是 "."，这意味着 Flash 将 ActionScript 的所有相对路径解释为与 Flash 动画所驻留的目录相同的目录。

<object>的结束标签如下：

```
</object>
```

17.4.2 使用<embed>标签

Netscape、基于 Mozilla 的浏览器和 Macintosh 下的浏览器都使用<embed>标签，以显示非浏览器本地的需要插件（如 Flash 和 Shockwave Director 或 QuickTime）的文件格式。

使用<embed>标签的语法格式如下：

```
<embed  src="home.swf" play="false" loop="false"  quality="high"
 scale="noborder"  salign="lt"  wmode="transparent"
 devicefont="true"   bgcolor="#FFFFFF"
width="550" height="400" swLiveConnect="false"
name="home"   id="home"  align="middle"
allowScriptAccess="sameDomain"   flashvars="name=Lucian"
type="application/x-shockwave-flash"  base=". "
pluginspage="http://www.macromedia.com/go/getflashplayer">
</embed>
```

其中，

- ◆ <embed>：<embed>开始标签。
- ◆ src：代表 source，它指出 Flash 动画的文件名。这一属性与<object>标签的 movie 参数作用完全相同。
- ◆ play：这一属性与<object>标签的 play 属性作用方式相同。如果在 HTML 中忽略此属性，Flash Player 将推断应该自动播放 Flash 动画。
- ◆ loop：这一属性控制与<object>标签的 loop 属性有同样的行为。如果在 HTML 中忽略此属性，Flash Player 将自动循环播放动画的主时间轴。
- ◆ quality：这一属性控制 Flash 动画作品将如何在浏览器窗口中显示。与相应的<object>标签的 quality 参数相同，它的值可以取 low、autolow、autohigh、high 或 best。
- ◆ scale：这一属性控制 Flash 动画如何适应浏览器窗口或由 width 和 height 指定的尺寸。可取值为 showall（默认值）、noborder、exactfit 或 noscale。
- ◆ salign：这一属性控制 Flash 动画在动画尺寸的可视区域的内部对齐方式。
- ◆ wmode：这一属性控制 Flash 动画背景颜色的不透明度，并且只在指定浏览器和 Flash Player 版本组合中运行。
- ◆ devicefont：这一属性控制 Flash 动画中文字的视觉外观，且只能在 Windows 操作系统下起作用。
- ◆ bgcolor：这一属性用于设置 Flash 动画的背景颜色。
- ◆ width 和 height：这些属性用于控制 Flash 动画出现在 Web 页面时的尺寸。
- ◆ swLiveConnect：这一属性用于支持 Netscape 的 LiveConnect 特性，此属性支持插件和 Java applets 与 JavaScript 之间的通信。
- ◆ name：这一属性与 swLiveConnect 属性相配合，允许在 JavaScript 中识别 Flash 动画。赋予 name 属性的值是 Flash 动画的对象名，可在 JavaScript 编程中使用。
- ◆ id：这个属性也可以用于 JavaScript 功能。
- ◆ align：这一属性与<object>中 align 参数的作用一致。
- ◆ allowScriptAccess：这一属性控制 Flash 动画从 getURL() 和 fscommand() 动作访问 JavaScript。
- ◆ flashvars：这个属性用于指定在运行时到 Flash 动画主时间轴的变量。
- ◆ type="application/x-shockwave-flash"：这一属性告诉浏览器嵌入的文件是哪种 MIME 内容类型。每种文件类型（TIF、JPEG、GIF、PDF 等）都有唯一的 MIME 内容类型标题，可描述其内容。对 Flash 动画，其内容类型是 application/x-shockwave-flash。
- ◆ base="."：这一属性告诉 Flash 动画如何解析用于动画的 ActionScript 代码中的相对路径。
- ◆ pluginspage：如果没有安装 Flash 插件，这一属性告诉浏览器在哪里可以找到适当的插件安装程序。
- ◆ </embed>：<embed>的结束标签。

为了使 HTML 文档能够适合于多种浏览器，在创建 HTML 文档时，一般将<embed>标签嵌入到<object>标签中，放置在<object>标签最后的<param>标签与</object>结束标签之间。例如，下面是 HTML 文档使用<embed>标签的例子：

```
<html>
<head>
<meta http-equiv="Content-Type" content="text/html; charset=gb2312" />
<title>Flash文档</title>
</head>
<body>
<object classid="clsid: clsid:d27cdb6e-ae6d-11cf-96b8-444553540000"
codebase="http://download.macromedia.com/pub/shockwave/cabs/flash/swflas
h.cab#version=7,0,19,0" width="400" height="300">
  <param name="movie" value="home.swf "/>
  <param name="quality" value="high" />
  <embed src=" home.swf " quality="high"
pluginspage="http://www.macromedia.com/go/getflashplayer"
type="application/x-shockwave-flash" width="400" height="300">
</embed>
</object>
</body>
</html>
```

17.5 实例操作

使用本章的知识完成 Flash 动画的发布设置，并在 HTML 文档中集成 Flash 动画，其操作步骤如下 。

◯ 步骤 01 打开前面已完成的 Flash 动画。

◯ 步骤 02 执行【文件】→【发布设置】命令，在打开的【发布设置】对话框进行设置。

◯ 步骤 03 设置完成后，单击【发布】按钮发布 Flash 动画。

◯ 步骤 04 启动【记事本】程序创建一个 HTML 文档。

◯ 步骤 05 根据动画需要编写<object>标签的内容。

◯ 步骤 06 在<object>标签最后的<param>标签与</object>结束标签之间编写<embed>标签的内容。

◯ 步骤 07 将编写的内容保存在扩展名为.htm 或.html 的文档中。

◯ 步骤 08 使用浏览器打开刚创建的 HTML 文档。

结束语 本章介绍了优化与发布动画有关的内容。在动画制作中，测试、输出、优化和发布动画作品都是非常重要的环节。为了使自己的动画作品达到最佳效果，用户应熟练掌握本章的相关知识。

第**18**章 综合实例（一）

本章包括

◆ 烟花效果制作实例　　　　　　　　　◆ 灿烂阳光的效果制作实例

◆ 录制鼠标动作的效果制作实例　　　　◆ 三维物体的效果制作实例

通过对前面各章节的学习，读者已经对 Flash CS4 软件的功能、命令和使用方法等都有了一定的了解。本章将通过对实例制作的介绍，使读者更深刻地掌握 Flash CS4 的相关知识。

18.1　烟花效果制作实例

在很多 Flash 动画中都有烟花的特级效果表现，因此烟花的制作在 Flash 动画中是非常实用的。本例则巧妙地运用了遮罩效果，使焰火呈现出多种色彩。

其具体操作步骤如下：

步骤 01　新建一个 Flash 文档。

步骤 02　执行【修改】→【文档】命令（或按【Ctrl+J】组合键），打开【文档属性】对话框。将背景颜色为"黑色"，舞台大小为 800 像素×600 像素，如图 18.1 所示。

步骤 03　设置完毕，单击【确定】按钮关闭对话框。

步骤 04　执行【文件】→【导入】→【导入到舞台】命令，导入背景图片，并使用任意变形工具调整大小，使其与舞台大小相同，如图 18.2 所示。

图 18.1　设置文档属性

图 18.2　导入背景图片

步骤 05　执行【插入】→【新建元件】命令，打开【创建新元件】对话框，新建图形元件"烟花遮罩"，如图 18.3 所示。

步骤 06　单击【确定】按钮，进入元件的编辑状态。

步骤 07　使用线条工具绘制如图 18.4 所示的线条。

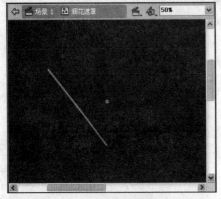

图 18.3　创建图形元件

○**步骤 08**　使用选择工具拖拽直线边缘，将直线拖拽成如图 18.5 所示的曲线形状。

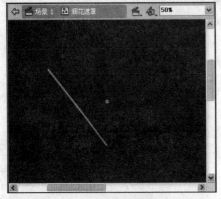
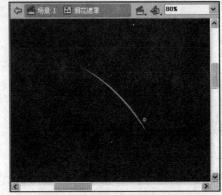

图 18.4　绘制直线　　　　　　　　　图 18.5　将直线拖拽成曲线

○**步骤 09**　复制多个这样的曲线，使用任意变形工具，使线条组成如图 18.6 所示的烟花效果。

○**步骤 10**　执行【插入】→【新建元件】命令，打开【创建新元件】对话框，新建图形元件"红色"，用来改变烟花的颜色。

○**步骤 11**　单击【确定】按钮，进入元件的编辑状态。

○**步骤 12**　执行【窗口】→【颜色】命令，打开【颜色】面板，将填充色设为如图 18.7 所示的放射状态渐变色。放射渐变色的 3 种基色为全透明红色（RGB=255, 0, 0，Alpha=0%），红色（RGB=255, 0, 0，Alpha=100%）和橘红色（RGB=254, 186, 118，Alpha=100%）。

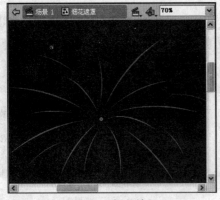

图 18.6　烟花效果　　　　　　　　　图 18.7　设置放射渐变色

○**步骤 13**　选择【工具】面板中的椭圆工具，在舞台中绘制如图 18.8 所示的正圆。

○**步骤 14**　执行【插入】→【新建元件】命令，打开【创建新元件】对话框，新建图形元件"蓝色"，同样用来改变烟花的颜色。

图 18.8　绘制正圆

○**步骤 15**　单击【确定】按钮，进入元件的编辑状态。在【颜色】面板中设置放射状渐变色的 3 种
基色为全透明蓝色（RGB=48, 4, 255, Alpha=0%）、蓝色（RGB=0, 0, 255, Alpha=100%）
和白色（RGB=255, 255, 255, Alpha=100%），如图 18.9 所示。

○**步骤 16**　设置好渐变色，利用椭圆工具在舞台中绘制一个正圆，如图 18.10 所示。

图 18.9　设置放射渐变色

图 18.10　绘制正圆

○**步骤 17**　执行【插入】→【新建元件】命令，打开【创建新元件】对话框，新建影片剪辑元件"烟
花动画 1"。

○**步骤 18**　单击【确定】按钮，进入元件的编辑状态。在图层 1 的第 4 帧处按【F7】键插入空白关
键帧。

○**步骤 19**　将【库】面板中的"红色"元件拖入场景，如图 18.11 所示。然后在【属性】面板中设
置其大小为 30 像素×30 像素，如图 18.12 所示。

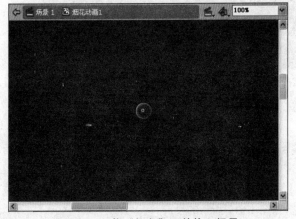

图 18.11　将"红色"元件拖入场景

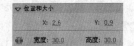

图 18.12　设置"红色"元件实例大小

步骤 20　选中第 25 帧，按【F6】键插入一个关键帧，将其放大到 600 像素×600 像素。

步骤 21　选中第 4 帧至第 25 帧之间的任意一帧，单击鼠标右键，在弹出的快捷菜单中选择【创建传统补间】选项，创建圆由小变大的补间动画。

步骤 22　选中第 26 帧，按【F7】键插入空白关键帧。再在第 30 帧处按【F6】键插入关键帧，再次将"红色"图形元件拖拽到舞台稍靠右侧的位置，如图 18.13 所示。

步骤 23　保持元件的选中状态，在【属性】面板的【色彩效果】栏中，单击【样式】右侧的下拉按钮，在其下拉列表中选择【高级】选项，进行如图 18.14 所示的设置。

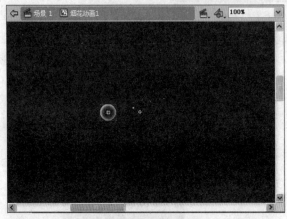

图 18.13　调整元件位置

图 18.14　设置高级效果

步骤 24　选中第 51 帧，按【F6】键插入关键帧，将"红色"元件放大到 600 像素×600 像素，并按前面介绍的步骤设置其高级效果，如图 18.15 所示。

步骤 25　在第 30 帧至第 51 帧之间创建传统补间动画，如图 18.16 所示。

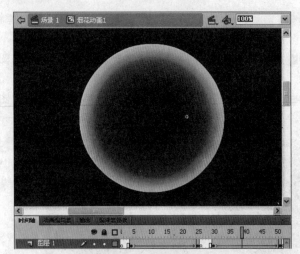

图 18.15　设置高级效果

图 18.16　设置高级效果

步骤 26　再在第 52 帧处按【F7】键插入空白关键帧，并在第 56 帧处按【F6】键插入关键帧，第三次将"红色"图形元件拖拽到场景中偏左的位置。

步骤 27　保持元件的选中状态，在【属性】面板的【色彩效果】栏中，单击【样式】右侧的下拉按钮，选择【色调】选项，并进行如图 18.17 所示的设置。

⊃步骤 28 在第 79 帧处按【F6】键插入关键帧，将"红色"元件放大到 600 像素×600 像素，并在【属性】面板中对色调进行设置，如图 18.18 所示。

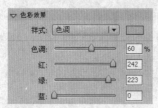 

图 18.17 设置色调　　　　　　　图 18.18 设置第 79 帧中的元件色调

⊃步骤 29 创建第 56 帧至第 79 帧之间的传统补间动画。

⊃步骤 30 单击【新建图层】按钮，新建图层 2，在第 4 帧处插入一个空白关键帧，将"烟花遮罩"图形元件放置到舞台中，位置与"红色"图形元件相同，如图 18.19 所示。

⊃步骤 31 选中图层 2 的第 25 帧，按【F6】键插入关键帧，并将"烟花遮罩"图形元件向下移动一点。

⊃步骤 32 创建第 4 帧至第 25 帧之间的传统补间动画。

⊃步骤 33 选中图层 2 的第 1 帧至第 25 帧，单击鼠标右键，在弹出的快捷菜单中选择【复制帧】选项，将其粘贴到第 26 帧至第 51 帧和第 56 帧至第 79 帧之间，效果如图 18.20 所示。

 将动画帧粘贴到合适位置后，一定要调整好"烟花遮罩"图形元件的位置，使其与"红色"图形元件的位置相同。

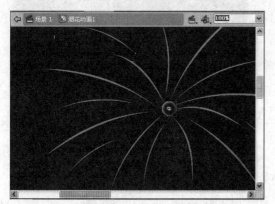 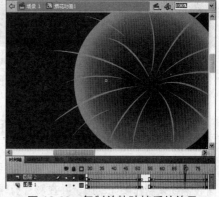

图 18.19 将"烟花动画"元件拖拽到舞台　　　图 18.20 复制并粘贴帧后的效果

⊃步骤 34 在图层 2 上单击鼠标右键，在弹出的快捷菜单中选择【遮罩层】选项，将图层 2 设置为遮罩层，效果如图 18.21 所示。

⊃步骤 35 按照同样的方法制作"烟花动画 2"影片剪辑元件，制作过程中将"红色"图形元件换为"蓝色"图形元件即可，如图 18.22 所示。

⊃步骤 36 返回主场景，单击【新建图层】按钮，新建一个图层 2，选中第 1 帧，将"烟花动画 1"拖拽到舞台中。

⊃步骤 37 选中图层 2 的第 15 帧，按【F6】键插入关键帧，将"烟花动画 2"也拖拽到场景中，并放置在"烟花动画 1"的左下方。

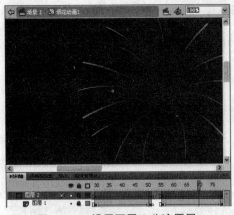

图 18.21　设置图层 2 为遮罩层

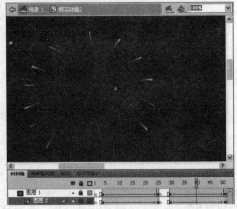

图 18.22　"烟花 2"效果图

⇨**步骤 38**　选中图层 2 的第 80 帧，按【F6】键插入关键帧。执行【控制】→【测试影片】命令（或按【Ctrl+Enter】组合键），可得到动画的预览效果，如图 18.23 所示。

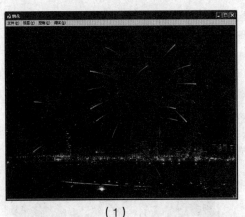

（1）　　　　　　　　　　　　　　　　（2）

图 18.23　预览效果

18.2　灿烂阳光的效果制作实例

有时候在影片或动画制作效果中会用阳光的特效来渲染气氛，尤其是那些柔和的阳光效果。下面我们就来制作阳光动画，并在影片剪辑元件中创建多个图层，表现光芒的层次关系。

其具体的操作方法如下：

⇨**步骤 01**　新建一个 Flash 文档，将图层 1 命名为"阳光动画"。

⇨**步骤 02**　在【属性】面板中，单击【背景颜色】按钮，设置背景色为"黑色"，如图 18.24 所示。

图 18.24　设置背景色

◯**步骤03** 执行【插入】→【新建元件】命令，弹出【创建新元件】对话框，输入元件名称"大兰"，在【类型】下拉列表中选择【图形】选项，如图 18.25 所示。

◯**步骤04** 单击【确定】按钮，进入元件的编辑状态。

◯**步骤05** 使用椭圆工具，在【颜色】面板中单击【类型】右侧的下拉按钮，在下拉列表中选择【放射状】选项。

◯**步骤06** 设置 3 种基色分别为白色、淡蓝色（RGB=188, 228, 252）和黑色，如图 18.26 所示。

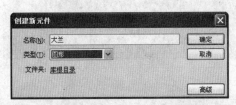

图 18.25 【创建新元件】对话框　　　　　图 18.26 设置"大兰"元件的放射渐变色

◯**步骤07** 在舞台中绘制一个直径为 220 的圆，删除其轮廓线，如图 18.27 所示。

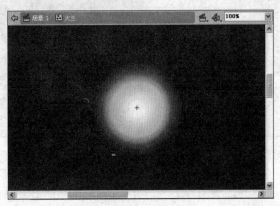

图 18.27 绘制圆

◯**步骤08** 新建一个图形元件，将其命名为"光芒"，在该元件中新建 3 个图层，分别取名为"光"、"圆环"和"光芒"，如图 18.28 所示。

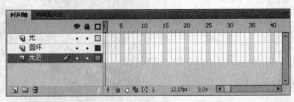

图 18.28 新建 3 个图层

◯**步骤09** 使用椭圆工具，在【颜色】面板中，设置放射渐变色的两种基色分别为白色和半透明的浅褐色（RGB=255, 204, 71，Alpha=0%），如图 18.29 所示。

◯**步骤10** 在"光"图层中绘制一个直径为 75 的圆，删除其轮廓线，如图 18.30 所示。

◯**步骤11** 在【颜色】面板中，将填充颜色设置为半透明的粉红色（RGB=255,107,100，

Alpha=30%），如图 18.31 所示。

◯步骤12 使用椭圆工具，在"圆环"图层中绘制一个直径为 60 的圆，删除其轮廓线，如图 18.32 所示。

图 18.29 设置"光"的放射渐变色

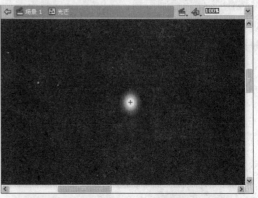

图 18.30 绘制"光"

图 18.31 设置"圆环"的填充色

图 18.32 绘制"圆环"

◯步骤13 在"光芒"图层绘制十字光芒，并填充线性渐变色，设置 3 种基色分别为透明的白色、淡蓝色（RGB=102, 204, 255，Alpha=100%）和半透明的白色（Alpha=30%），如图 18.33 所示。绘制好的十字光芒如图 18.34 所示。

图 18.33 设置"光芒"填充色

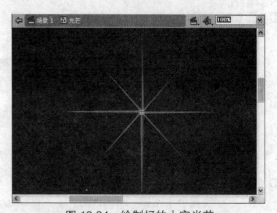

图 18.34 绘制好的十字光芒

◯步骤14 新建一个图形元件，将其命名为"影子大兰"，使用椭圆工具，设置放射渐变色的两种基色分别为半透明的黑蓝色（RGB=28, 64, 100, Alpha=15%）和蓝灰色（RGB=50, 130, 160, Alpha=100%），如图 18.35 所示。

○**步骤 15**　在舞台中绘制一个直径为 32 的圆，删除其轮廓线，如图 18.36 所示。

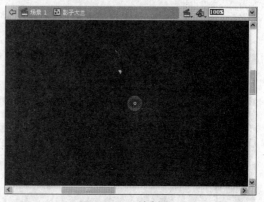

图 18.35　设置"影子大兰"的填充色　　　　　图 18.36　绘制圆

○**步骤 16**　新建一个图形元件，将其命名为"影子大兰环"，使用椭圆工具，设置放射渐变色的 3 种基色分别为半透明的黑色、墨蓝色（RGB=17, 81, 140, Alpha=100%）和褐色 （RGB=105, 75, 35, Alpha=100%），如图 18.37 所示。

○**步骤 17**　在舞台中绘制一个直径为 157 的圆，并删除其轮廓线，如图 18.38 所示。

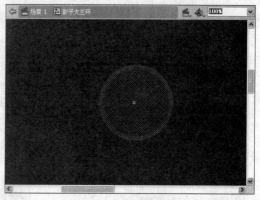

图 18.37　设置"影子大兰环"填充色　　　　　图 18.38　绘制圆

○**步骤 18**　新建一个图形元件，将其命名为"影子绿"，使用椭圆工具，设置放射渐变色的 3 种基色分别为半透明的黑色、绿色（RGB=50, 130, 30, Alpha=100%）和褐色（RGB=105, 75, 35, Alpha=100%），如图 18.39 所示。

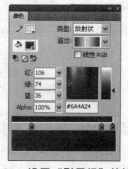

图 18.39　设置"影子绿"的填充色

○**步骤 19** 在舞台中绘制一个直径为 118 的圆，删除其轮廓线，如图 18.40 所示。

○**步骤 20** 新建一个图形元件，将其命名为"影子小兰点"，使用椭圆工具，设置放射渐变色的 3 种基色分别为半透明的白色、蓝色（RGB=5, 6, 186，Alpha=100%）以及透明的黑色（RGB=0, 0, 0，Alpha=0%），如图 18.41 所示。

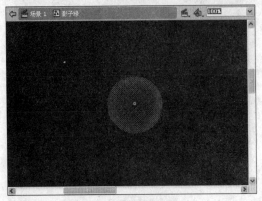

图 18.40　绘制"影子绿"

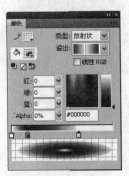

图 18.41　设置"影子小兰点"的填充色

○**步骤 21** 新建一个图形元件，将其命名为"影子棕"，使用椭圆工具，设置放射渐变色的两种基色分别为半透明的黑色和褐色（RGB=171, 98, 24，Alpha=100%），如图 18.42 所示。

○**步骤 22** 在舞台中绘制一个直径为 118 的圆，删除其轮廓线，如图 18.43 所示。

图 18.42　设置"影子棕"

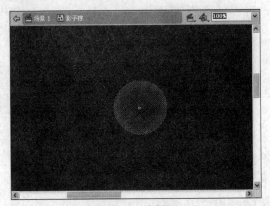

图 18.43　绘制圆

○**步骤 23** 新建一个影片剪辑元件，将其命名为"阳光动画"。

○**步骤 24** 新建 13 个图层，分别按顺序取名为"光芒 1"、"光芒 2"、"影子小兰点 1"、"影子小兰点 2"、"影子棕 1"、"影子棕 2"、"影子棕 3"、"影子绿"、"影子大兰环"、"影子大兰 1"、"影子大兰 2"、"影子大兰 3"和"大兰"，如图 18.44 所示。

○**步骤 25** 在"光芒 1"图层的第 19 帧处，插入一个空白关键帧。

○**步骤 26** 将"光芒"图形元件从【库】面板中拖拽到舞台的左下方，并使用任意变形工具将其逆时针旋转 45°，如图 18.45 所示。

○**步骤 27** 在【属性】面板中，单击【样式】右侧的下拉按钮，打开【样式】下拉列表，从中选择【Alpha】选项，并设置其值为"0%"，如图 18.46 所示。

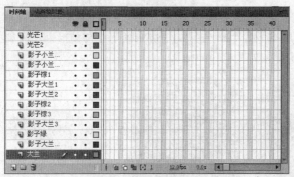

图 18.44 设置影片剪辑中的图层

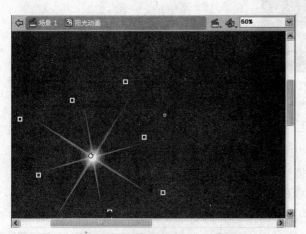

图 18.45 放置"光芒"元件

图 18.46 设置透明度

○步骤28 选中第 29 帧，按【F6】键，使用任意变形工具将"光芒"顺时针旋转 45°，并将透明度调整为 60%，如图 18.47 所示。

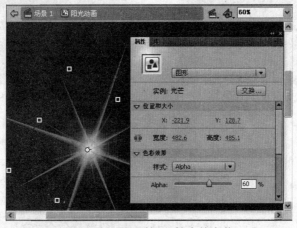

图 18.47 设置第 29 帧中的光芒

○步骤29 选中第 19 帧，单击鼠标右键，在弹出的快捷菜单中选择【创建传统补间】选项，创建补间动画，如图 18.48 所示。

○步骤30 选中"光芒 2"图层的第 1 帧，按【F6】键，插入空白关键，再次拖拽"光芒"元件到舞台中，其位置与前面相同。

◯步骤 31 按【Ctrl+Alt+S】组合键，打开【缩放和旋转】对话框，设置【缩放】为"10%"、【旋转】为"45°"，如图 18.49 所示。

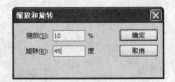

图 18.48　设置补间动画　　　　　　　　图 18.49　【缩放和旋转】对话框

◯步骤 32 单击【确定】按钮，得到缩放旋转后的"光芒"，如图 18.50 所示。

◯步骤 33 在【属性】面板中，将透明度调整为 40%。

◯步骤 34 在第 9 帧处插入关键帧，使用任意变形工具将"光芒"逆时针旋转 45°，放大 500%，并将透明度调整为 100%，效果如图 18.51 所示。

图 18.50　缩放旋转后的"光芒"　　　　　图 18.51　调整第 9 帧中的"光芒"

◯步骤 35 选中第 1 帧，单击鼠标右键，在弹出的快捷菜单中选择【创建传统补间】选项，创建传统补间动画。

◯步骤 36 在第 29 帧处插入关键帧，将"光芒"再逆时针旋转 60°，并放大到 400%，效果如图 18.52 所示。

◯步骤 37 选中第 9 帧，在【属性】面板中设置动画补间。

◯步骤 38 在"影子小兰点"图层的第 20 帧处，按【F6】键插入关键帧，将"影子小兰点"元件拖拽到"光芒"的正右方不远处，如图 18.53 所示。

◯步骤 39 按【Ctrl+Alt+S】组合键，打开【缩放和旋转】对话框，设置【缩放】为"15%"，并将透明度设置为 0%。

◯步骤 40 在第 29 帧处，按【F6】键插入关键帧。

图 18.52 调整第 29 帧中的"光芒"　　　　　图 18.53 放置"影子小兰点"

○**步骤 41** 选中"影子小兰点"，按 3 次【Shift+ →】组合键，并设置透明度为"100%"。

○**步骤 42** 选中第 20 帧，单击鼠标右键，在弹出的快捷菜单中选择【创建传统补间】选项，创建补间动画。

○**步骤 43** 在"影子小兰点 2"图层的第 23 帧处，插入关键帧，将"影子小兰点"元件拖拽到上一个小蓝点的正右方，如图 18.54 所示。

图 18.54 放置"影子小蓝点"

○**步骤 44** 将"影子小兰点"缩放 30%，并设置透明度为 15%。

○**步骤 45** 在第 29 帧插入关键帧，选中"影子小兰点"，按 3 次【Shift+ →】组合键，并设置透明度为 100%。

○**步骤 46** 选中第 23 帧，创建传统补间动画。

○**步骤 47** 在"影子棕 1"图层的第 26 帧，插入关键帧，将"影子棕"元件拖拽到"影子小兰点 2"的稍左侧，如图 18.55 所示。

○**步骤 48** 将"影子棕"缩放 20%，并设置透明度为 5%。

○**步骤 49** 在第 29 帧插入关键帧，选中"影子棕"，按两次【Shift+ →】组合键，并设置透明度为 45%。

○**步骤 50** 选中第 26 帧，创建传统补间动画。

○**步骤 51** 在"影子大兰 1"图层的第 9 帧中，插入关键帧，将"影子大兰"元件拖拽到"光芒"右侧，如图 18.56 所示。

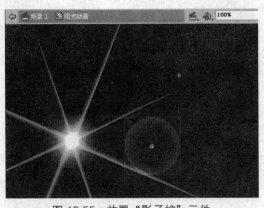
图 18.55　放置"影子棕"元件

图 18.56　放置"影子大兰"

○**步骤 52**　将"影子大兰"缩放 30%，并设置透明度为 0%。

○**步骤 53**　在第 29 帧处插入关键帧，选中"影子大兰"，按 6 次【Shift+ →】组合键，并设置透明度为 40%。

○**步骤 54**　选中第 9 帧，单击鼠标右键，在弹出的快捷菜单中选择【创建传统补间】选项，在该图层创建传统补间动画。

○**步骤 55**　在"影子大兰 2"图层的第 6 帧，插入关键帧，将"影子大兰"元件拖拽到"影子大兰 1"的稍左侧，如图 18.57 所示。

图 18.57　放置"影子大兰"

○**步骤 56**　将"影子大兰"缩放 60%，并设置透明度为 0%。

○**步骤 57**　在第 29 帧处插入关键帧，选中"影子大兰"，按 16 次【Shift+ →】组合键，并设置透明度为 40%。

○**步骤 58**　选中第 6 帧，单击鼠标右键，在弹出的快捷菜单中选择【创建传统补间】选项，在该图层创建补间动画。

○**步骤 59**　在"影子棕 2"图层的第 19 帧，插入关键帧，将"影子棕"元件拖拽到"影子大兰 2"的右侧，如图 18.58 所示。

○**步骤 60**　将"影子棕"缩放 60%，并设置透明度为 5%。

○**步骤 61**　在第 29 帧处插入关键帧，选中"影子棕"，按 9 次【Shift+ →】组合键，并设置透明度为 45%。

⟳**步骤 62** 选中第 19 帧，创建补间动画。

⟳**步骤 63** 在"影子棕 3"图层的第 15 帧，插入关键帧，将"影子棕"元件拖拽到"影子棕 2"的左侧，如图 18.59 所示。

图 18.58 放置"影子棕"元件

图 18.59 放置"影子棕"元件

⟳**步骤 64** 将"影子棕"缩放 80%，并设置透明度为 0%。

⟳**步骤 65** 在第 29 帧处插入关键帧，选中"影子棕"，按 15 次【Shift+ →】组合键，并设置透明度为 40%。

⟳**步骤 66** 选中第 15 帧，单击鼠标右键，在弹出的快捷菜单中选择【创建传统补间】选项，创建该图层的补间动画。

⟳**步骤 67** 在"影子大兰 3"图层的第 24 帧，插入关键帧，将"影子大兰"元件拖拽到"影子棕 2"的右侧，如图 18.60 所示。

⟳**步骤 68** 将"影子大兰"缩放 15%，并设置透明度为 0%。

⟳**步骤 69** 在第 29 帧处插入关键帧，选中"影子大兰"，按 7 次【Shift+ →】组合键，并设置透明度为 40%，同时缩放 220%。

⟳**步骤 70** 选中第 24 帧，创建该图层的补间动画。

⟳**步骤 71** 在"影子绿"图层的第 16 帧，插入关键帧，将"影子绿"元件拖拽到"影子棕 2"的右侧，如图 18.61 所示。

图 18.60 放置"影子大兰"元件

图 18.61 放置"影子绿"元件

⟳**步骤 72** 将"影子绿"缩放 30%，并设置透明度为 0%。

⟳**步骤 73** 在第 29 帧处插入关键帧，选中"影子绿"元件，按 18 次【Shift+ →】组合键，并设置透明度为 50%，同时缩放 250%。

⟳**步骤 74** 选中第 16 帧，创建该图层的补间动画。

◐步骤 **75** 在"影子大兰环"图层的第 12 帧，插入关键帧，将"影子大兰环"元件拖拽到"影大兰 2"的右侧，如图 18.62 所示。

◐步骤 **76** 将"影子大兰环"缩放 40%，并设置透明度为 5%。

◐步骤 **77** 在第 29 帧处插入关键帧，选中"影子绿"，按 26 次【Shift+ →】组合键，并设置透明度为 70%，同时缩放 400%。

◐步骤 **78** 选中第 12 帧，创建该图层的补间动画。

◐步骤 **79** 在"大兰"图层的第 1 帧，插入关键帧，将"大兰"元件拖拽到"光芒"图层的相同位置，如图 18.63 所示。

图 18.62　放置"影子大兰环" 元件

图 18.63　放置"大兰"元件

◐步骤 **80** 将"大兰"元件缩放 110%，并设置透明度为 0%。

◐步骤 **81** 在第 29 帧插入关键帧，设置透明度为 25%，同时缩放 140%。

◐步骤 **82** 选中第 1 帧，创建"大兰"图层的补间动画。这样"阳光动画"影片剪辑就制作完成了，其效果如图 18.64 所示。

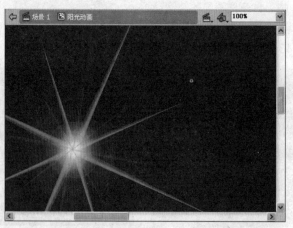

图 18.64　"阳光动画"影片剪辑效果

影片剪辑中各时间轴如图 18.65 所示。

◐步骤 **83** 返回动画的主场景，在图层 1 的第 50 帧处按【F5】键，并将"阳光动画"影片剪辑拖拽到舞台的右上角。

◐步骤 **84** 使用任意变形工具，将影片剪辑旋转一定的角度，使光芒倾斜地射出。

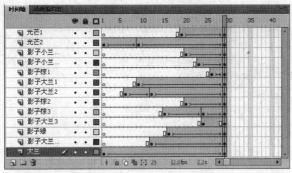

图 18.65 各图层的时间轴

○**步骤85** 执行【控制】→【测试影片】命令（或按【Ctrl+Enter】组合键），得到动画的预览效果，如图 18.66 所示。

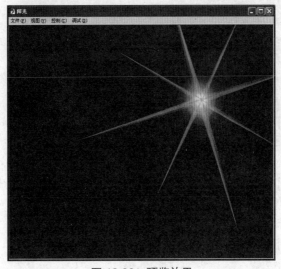

图 18.66 预览效果

18.3 录制鼠标操作的效果制作实例

函数在 Flash 动画制作中的应用比较深入和频繁，录制鼠标操作也必不可少地用到它。本例中使用 Flash CS4 中的数组函数，实现记录鼠标移动路径的效果。通过自定义函数可以记录当前鼠标移动时的 X 轴、Y 轴坐标。

要想实现鼠标录制的操作效果，请执行以下步骤：

○**步骤01** 新建一个 Flash CS4 文档。

○**步骤02** 执行【修改】→【文档】命令（或按【Ctrl+J】组合键），打开 Flash CS4 的【文档属性】对话框，如图 18.67 所示。

○**步骤03** 在【尺寸】文本框中设置文档的宽度为 "650 像素"、高度为 "300 像素"、背景颜色为 "白色"、帧频为 "25"。

○**步骤04** 使用【工具】面板中的矩形工具，在舞台中绘制一个与舞台尺寸一致的矩形，如图 18.68 所示。

图 18.67 【文档属性】对话框

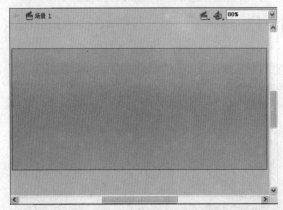

图 18.68 在舞台中绘制一个矩形

○**步骤05** 执行【窗口】→【颜色】命令（或按【Shift+F9】组合键），打开 Flash CS4 的【颜色】面板，设置填充渐变色，如图 18.69 所示。

○**步骤06** 设置好填充颜色后，为刚刚绘制的矩形填充线性渐变色。

○**步骤07** 使用【工具】面板中的渐变变形工具，把线性渐变色的方向更改为上下方向，其效果如图 18.70 所示。

图 18.69 设置填充渐变色

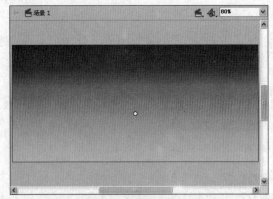

图 18.70 更改渐变色的方向

○**步骤08** 使用【工具】面板中的文本工具，在舞台中输入标题"记录鼠标移动路径"，如图 18.71 所示。

○**步骤09** 执行【插入】→【新建元件】命令（或按【Ctrl+F8】组合键），打开 Flash CS4 的【创建新元件】对话框，创建一个新的按钮元件"开始"，如图 18.72 所示。

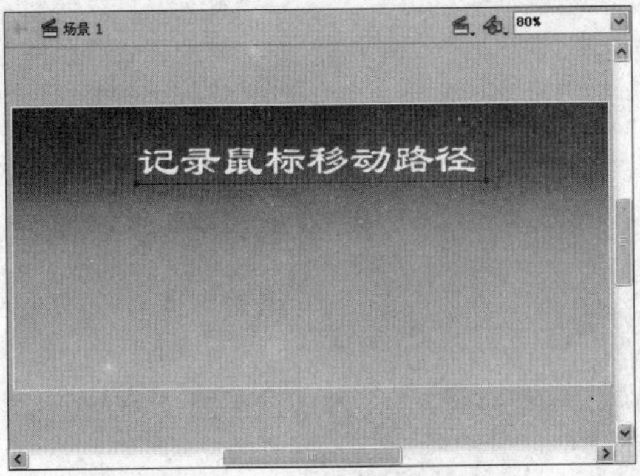

图 18.71 在舞台中输入文字

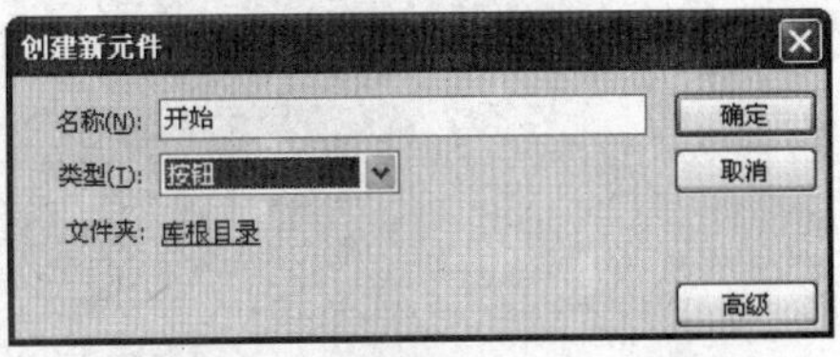

图 18.72 【新建元件】对话框

步骤 10 单击【确定】按钮，进入到元件的编辑状态。

步骤 11 在舞台中制作一个按钮元件，如图 18.73 所示。

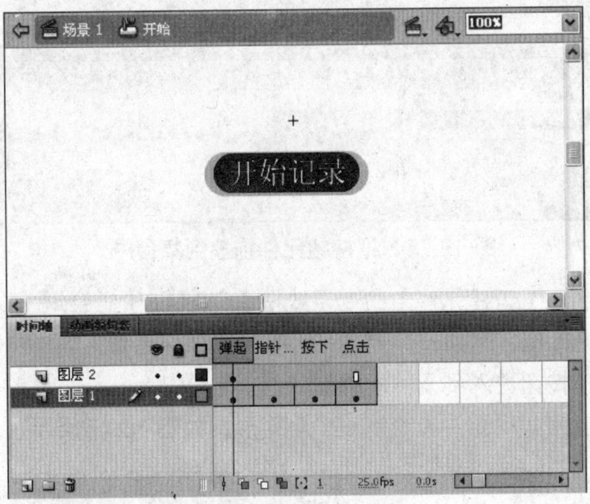

图 18.73 制作按钮元件

步骤 12 按照同样的方法，制作另外一个按钮元件“显示”，如图 18.74 所示。

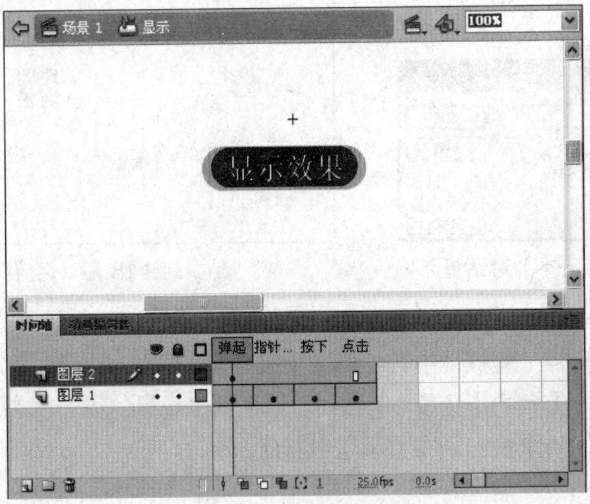

图 18.74 制作按钮元件

步骤 13 单击编辑区右上角的【场景 1】按钮，返回到主场景的编辑状态。

步骤 14 单击【新建图层】按钮，新建一个图层 2。

步骤 15 从【库】面板中，把刚刚制作好的两个按钮元件拖拽到图层 2 所对应的舞台中，如图 18.75 所示。

图 18.75 把按钮元件拖拽到舞台中

步骤 16 执行【插入】→【新建元件】命令（或按【Ctrl+F8】组合键），打开 Flash CS4 的【创建新元件】对话框，创建一个新的影片剪辑元件"函数"，如图 18.76 所示。

步骤 17 单击【确定】按钮进入到元件的编辑状态。

步骤 18 在"函数"影片剪辑元件内绘制一个小矩形，如图 18.77 所示。

图 18.76 【创建新元件】对话框

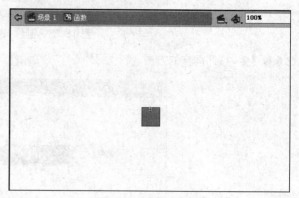

图 18.77 绘制小矩形

步骤 19 用同样的方法创建"鼠标"影片剪辑元件。

步骤 20 在影片剪辑元件"鼠标"中，绘制一个鼠标箭头，效果如图 18.78 所示。

步骤 21 单击编辑区右上角的【场景 1】按钮，返回到主场景的编辑状态。

步骤 22 单击【新建图层】按钮，在主场景中新建图层 3。

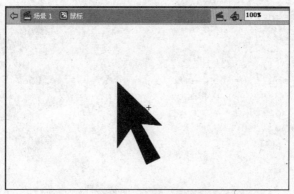

图 18.78　制作"鼠标"影片剪辑元件

步骤 23　从【库】面板中，将"函数"和"鼠标"影片剪辑元件都拖拽到"图层 3"所对应的舞台中，如图 18.79 所示。

图 18.79　把影片剪辑元件拖拽到舞台中

步骤 24　在【属性】面板中，分别设置图层 3 的两个影片剪辑元件的实例名称，将影片剪辑元件"鼠标"命名为"mouse"，如图 18.80 所示。

步骤 25　将影片剪辑元件"函数"命名为"mc"，如图 18.81 所示。

图 18.80　给影片剪辑元件命名

图 18.81　给影片剪辑元件命名

步骤 26　选中"图层 3"中的"函数"影片剪辑元件，按【F9】键，打开【动作-影片剪辑】面板，在其中输入如下代码：

```
onClipEvent (load) {
function init() {
    i = 0;
    flag = 0;
    limit = 200;
```

```
        cursor_pos = new Array();
}
function record_pos() {
    if ((flag == 1) && (i<limit)) {
        cursor_pos[i] = new Array();
        cursor_pos[i][0] = _root._xmouse;
        cursor_pos[i][1] = _root._ymouse;
        i = i+1;
    }
}
function read_pos() {
    if ((flag == 2) && (i<cursor_pos.length)) {
        _root["mouse"]._x = cursor_pos[i][0];
        _root["mouse"]._y = cursor_pos[i][1];
        i = i+1;
    }
}
function release_array() {
    delete cursor_pos;
    cursor_pos = new Array();
    i = 0;
}
function display_status() {
    _root.num = i;
}
}
onClipEvent (load) {
init();
}
onClipEvent (enterFrame) {
read_pos();
record_pos();
display_status();
}
```

其效果如图 18.82 所示。

图 18.82　在面板中添加函数

○**步骤 27** 选中图层 2 中的"开始"按钮元件，在【动作-按钮】面板中添加下列函数：

```
on (release) {
_root.mc.release_array();
_root.mc.flag = 1;
}
```

其效果如图 18.83 所示。

图 18.83　在面板中添加函数

○**步骤 28** 选中图层 2 中的"显示"按钮元件，在【动作-按钮】面板中添加下列函数：

```
on (release) {
_root.mc.flag = 2;
_root.mc.i = 0;
}
```

其效果如图 18.84 所示。

图 18.84　在面板中添加函数

○**步骤 29** 执行【控制】→【测试影片】命令（或按【Ctrl+Enter】组合键），得到动画的预览效果，
如图 18.85 所示。

图 18.85　动画预览效果

18.4　三维物体的效果制作实例

众所周知，Flash 文件不能够保存有关三维方面的图形数据，但用户可以适当地通过对 Flash CS4 中的颜色、各种绘图工具等的运用来制作和使用它们，然后用户通过自己对图形立体透视等各方面的理解，在 Flash 中制作出具有三维效果的文字或图形。

下面我们就来介绍下制作三维字体的具体操作方法：

○步骤01　首先打开 Flash CS4 的程序，然后利用文本工具，在舞台中输入文本 "A"，颜色自行选择，这里以黑色为例，如图 18.86 所示。

　如果文本字样大小不合适，可以在【属性】面板中进行修改，或使用任意变形工具来进行适当地调试。

○步骤02　执行【修改】→【分离】命令（或按【Ctrl+B】组合键），将文本打散为图形，其效果如图 18.87 所示。

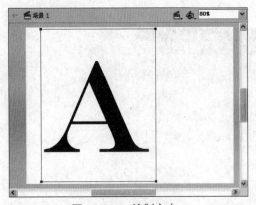

图 18.86　绘制文本

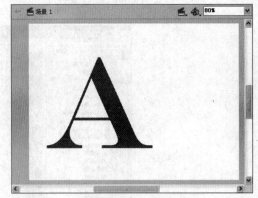

图 18.87　分离文本

○步骤03　利用线条工具在文字 "A" 的各个端点上引出一条直线，并相交于右上角的一个点上，其效果如图 18.88 所示。

　该作图方法利用了图形中的立体透视原理，上述直线的相交点表示视觉中的无穷远点，这样能够使对象看起来更加具有立体效果。

步骤 04 新建一个图层，在该层中复制出一个 "A" 字样，并利用缩放功能将该层的文字缩小到一定的合适尺寸，并与上一个图层各端点引出的立体线条相交，如图 18.89 所示。

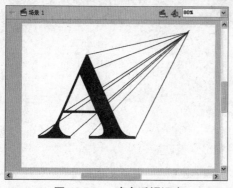
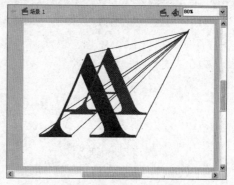

图 18.88　确定透视远点　　　　　　　　图 18.89　制作立体字底层对象

步骤 05 使用线条工具，沿上一步所制作出来的对象的边缘勾画出其轮廓后，删除其中多余的透视线条，则会显示出所需要的效果。

步骤 06 在【属性】面板中，打开填充颜色的调色板，如图 18.90 所示。

步骤 07 单击【系统颜色】按钮，打开【颜色】面板，为字体设置颜色的过渡效果，即将较浅颜色的色块设置为顶层字体的颜色。而与之相反的，较深颜色的色块则设置为底层字体的颜色，该面板如图 18.91 所示。

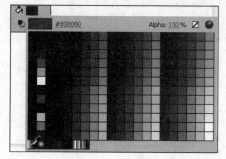
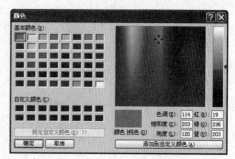

图 18.90　调色板　　　　　　　　　　图 18.91　【颜色】面板

步骤 08 使用颜料桶工具，将工作区中各层字体之间的区域用设置的填充效果进行填充之后，就可以得到所要的三维字体效果了。

步骤 09 执行【控制】→【测试影片】命令（或按【Ctrl+Enter】组合键），得到动画的预览效果，如图 18.92 所示。

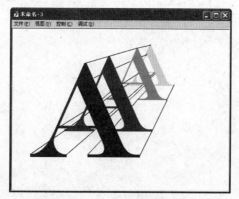

图 18.92　三维字体的最终效果

结束语 本章使用实例来进一步加强读者对 Flash CS4 制作能力的理解。这些实例可以使读者感受到 Flash 动画的广阔应用，希望读者能够触类旁通，制作出更多精彩的 Flash 作品。

第 **19** 章　综合实例（二）

本章包括

◆ 通信公司广告制作实例　　　　　　　　　◆ 生日贺卡制作实例

◆ MTV 制作实例

通过对前面各章节的学习，读者已经对 Flash CS4 软件的功能、命令和使用方法等都有了一定的了解。而随着互联网的迅猛发展，网络广告空前盛行，Flash 以其效果精美、制作方便快捷而倍受青睐，使得 Flash 网页广告动画成为网络世界不可或缺的重要组成部分。Flash 广告被商家广泛应用于商业行为中，同时动画 MTV 则是 Flash 在商业应用之外的一种延伸。

本章将通过对实例制作的介绍，使读者学习和掌握在 Flash CS4 中制作网页广告及 MTV 和贺卡的基本方法和技巧。

19.1 通信公司广告制作实例

本例制作一则可用于通信类公司或产品的广告动画。

其具体操作步骤如下：

◎**步骤01** 新建一个 Flash 文档。

◎**步骤02** 按【Ctrl+J】组合键打开【文档属性】对话框，设置文档大小为 320 像素×240 像素，帧频为 "25"，将其保存为 "通信公司广告"。

◎**步骤03** 利用矩形工具绘制一个场景大小相同的矩形，并填充为 "#E2EDFA"、"#B4D2FE" 放射状渐变，如图 19.1 所示。

◎**步骤04** 选择图层 1 的第 380 帧，按【F5】键插入普通帧。

◎**步骤05** 单击【新建图层】按钮，新建图层 2，按【Ctrl+F8】组合键创建一个图形元件，命名为 "手机"，并进入该元件的编辑状态。

◎**步骤06** 执行【文件】→【导入】→【导入到舞台】命令，将素材图片导入到舞台中，如图 19.2 所示。

图 19.1　绘制矩形并填充渐变色

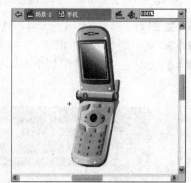

图 19.2　导入素材图片

○**步骤07** 返回主场景，将【库】面板中的"手机"图形元件拖入舞台中，调整大小和位置，如图19.3所示。

○**步骤08** 选择图层2的第15帧，将"手机"移动到如图19.4所示的位置。

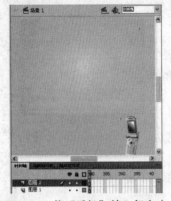
图19.3 将"手机"放入舞台中

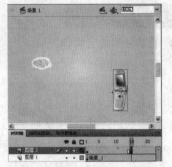
图19.4 移动"手机"的位置

○**步骤09** 选中图层2的第1帧至第15帧之间的任意一帧，单击鼠标右键，在弹出的快捷菜单中选择【创建传统补间】动画选项。

○**步骤10** 选中图层2的第1帧，单击【属性】面板中的【编辑缓动】按钮✐，打开【自定义缓入/缓出】对话框，进行如图19.5所示的设置。

○**步骤11** 单击【新建图层】按钮，新建图层3，选择第10帧，按【F6】键插入关键帧。再次将"手机"从【库】面板中拖放到如图19.6所示的位置。

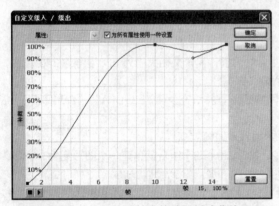
图19.5 设置第1帧中的动画缓动曲线

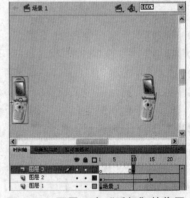
图19.6 图层3中"手机"的位置

○**步骤12** 执行【修改】→【变形】→【水平翻转】命令，将第10帧中的图形元件进行翻转。

○**步骤13** 选中第10帧中的图形元件，在【属性】面板中将其改为影片剪辑元件，如图19.7所示。

○**步骤14** 然后在【属性】面板中为其添加调整颜色滤镜，并进行如图19.8所示的设置。

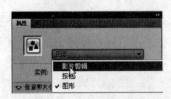
图19.7 转换元件类型

图19.8 添加滤镜

步骤 15 在图层 3 的第 25 帧处插入关键帧，将"手机"元件移至舞台中，并创建第 10 帧至第 25 帧之间的传统补间动画。

步骤 16 选中图层 3 的第 10 帧，在【属性】面板中将缓动值改为"100"。

步骤 17 单击【新建图层】按钮，新建图层 4，在第 20 帧处插入关键帧。

步骤 18 按【Ctrl+F8】组合键创建"信息 1"图形元件，进入元件的编辑状态，将素材图片导入舞台，如图 19.9 所示。

步骤 19 将"信息 1"图形元件导入第 20 帧处的舞台，放置到如图 19.10 所示的位置并调整大小。

图 19.9　导入"信息 1"图片元件　　　　图 19.10　调整"信息 1"的位置和大小

步骤 20 按照同样的方法创建"信息 2"和"信息 3"图形元件。

步骤 21 新建图层 5 和图层 6，分别在两个图层的第 20 帧处插入关键帧，将"信息 1"和"信息 2"分别导入两个图层的舞台，并调整大小和位置。

步骤 22 选择图层 6 名称，单击鼠标右键，在弹出的快捷菜单中选择【添加传统运动引导层】选项，添加运动引导层，并在引导层中绘制一条如图 19.11 所示的曲线。

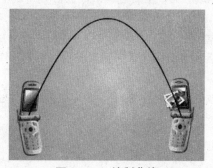

图 19.11　绘制曲线

步骤 23 将图层 5 和图层 4 拖到图层 6 的下方，将它们转换为被引导层。

步骤 24 分别在图层 4、图层 5 和图层 6 的 40 帧插入关键帧，并在 3 个图层的第 20 帧至第 40 帧之间创建传统补间动画。

步骤 25 在图层 4、图层 5 和图层 6 的第 20 帧和第 40 帧中，将 3 个图形元件的中心分别吸附到引导线的左右两端，如图 19.12 所示。

步骤 26 分别调整图层 4、图层 5 和图层 6 的补间动画的时间关系，调整后的效果如图 19.13 所示。

步骤 27 将图层 6 中的第 30 帧至第 51 帧复制到该图层的第 60 帧至第 81 帧，然后保持第 60 帧至第 81 帧的选中状态，单击鼠标右键，在弹出的快捷菜单中选择【翻转帧】命令，如图 19.14 所示。

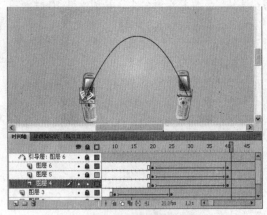

图 19.12 将元件吸附到引导线上

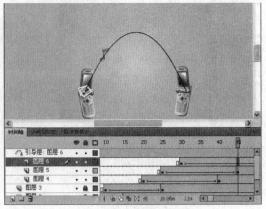

图 19.13 调整时间关系

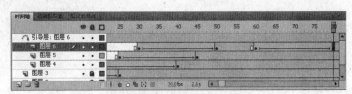

图 19.14 复制并翻转帧

◯**步骤 28** 用同样的方法将图层 5 中的动画复制到第 56 帧至第 77 帧之间并翻转动画，将图层 4 中的动画复制到第 50 帧至第 71 帧之间并翻转动画。

◯**步骤 29** 在图层 3 的第 70 帧和第 80 帧中分别插入关键帧，将第 80 帧中的"手机"元件拖到舞台之外，如图 19.15 所示。

◯**步骤 30** 创建第 70 帧至第 80 帧之间的传统补间动画。

◯**步骤 31** 选中图层 3 的第 70 帧，在【属性】面板中将缓动值设为"-100"。

◯**步骤 32** 在图层 3 的第 81 帧处按【F7】键插入空白关键帧，然后按【F6】键插入关键帧。

◯**步骤 33** 按【Ctrl+F8】组合键创建"电话"图形元件，进入元件编辑状态，将"电话"图片素材拖入舞台中。

◯**步骤 34** 在图层 3 的第 82 帧处插入关键帧，然后将"电话"元件放入舞台，并调整位置及大小，如图 19.16 所示。

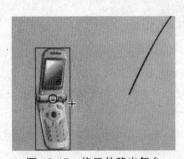

图 19.15 将元件移出舞台

图 19.16 调整"电话"元件的位置和大小

◯**步骤 35** 在图层 3 的第 95 帧处插入关键帧，将"电话"元件实例移到如图 19.17 所示的位置。

◯**步骤 36** 在第 82 帧和第 95 帧之间创建传统补间动画，并将第 82 帧的缓动值设为"100"。

◯**步骤 37** 将图层 4、图层 5 和图层 6 的第 20 帧至第 81 帧分别复制至各图层的第 100 帧处，如图

19.18 所示。

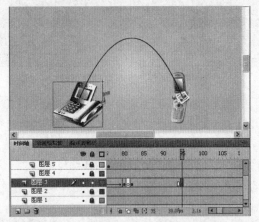

图 19.17 第 95 帧中元件实例的位置

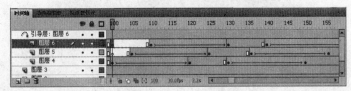

图 19.18 复制并粘贴帧

○**步骤 38** 在图层 3 的第 150 帧和第 160 帧分别插入关键帧，然后将第 160 帧中的"电话"元件实例拖出舞台，并创建第 150 帧至第 160 帧之间的传统补间动画。

○**步骤 39** 创建"电脑"图形元件。

○**步骤 40** 按照制作"电话"元件实例动画的方法将"电脑"拖入舞台中，创建从左向右出现的动画，如图 19.19 所示。

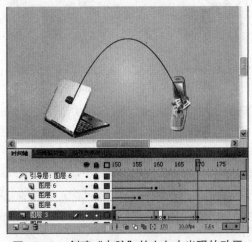

图 19.19 创建"电脑"从左向右出现的动画

○**步骤 41** 将图层 4、图层 5 和图层 6 的第 20 帧至第 81 帧分别复制到各图层的第 170 帧处，如图 19.20 所示。

○**步骤 42** 分别在图层 3 的第 221 帧至第 230 帧之间插入关键帧，将第 230 帧中的"电脑"元件实例移出舞台，在【属性】面板中将第 221 帧的缓动值设为"-100"。

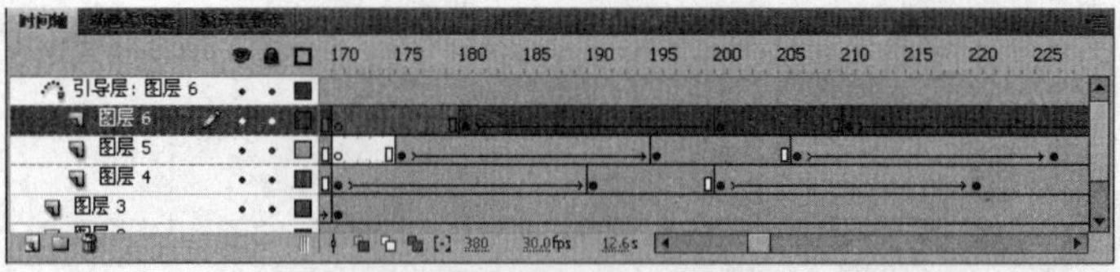

图 19.20　复制并粘贴帧

◯步骤 43 　分别在图层 3、图层 4、图层 5 和图层 6 的第 231 帧处按【F7】键插入空白关键帧。

◯步骤 44 　在图层 2 的第 235 帧和第 252 帧之间插入关键帧，移动第 252 帧中元件实例的位置，如图 19.21 所示。

◯步骤 45 　创建第 235 帧至第 252 帧之间的传统补间动画。

◯步骤 46 　在第 253 帧处插入关键帧，并将元件实例进行水平翻转，如图 19.22 所示。

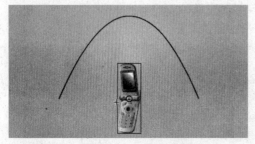

图 19.21　第 252 帧中元件实例的位置

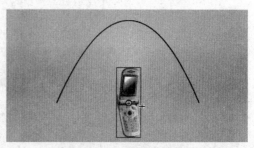

图 19.22　水平翻转图形元件

◯步骤 47 　在第 265 帧处插入关键帧，将元件实例移到如图 19.23 所示的位置。

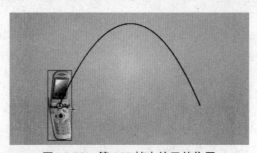

图 19.23　第 265 帧中的元件位置

◯步骤 48 　在图层 2 下方新建图层 8，在第 290 帧处插入关键帧。

◯步骤 49 　按【Ctrl+F8】组合键创建"地球"图形元件，进入元件编辑状态，将"地球"图片素材拖入舞台中。

◯步骤 50 　返回主场景，将"地球"元件实例拖到舞台中，并将其放大到原来的 200%。

◯步骤 51 　在第 350 帧处插入关键帧并调整"地球"的大小，将其缩小到原来的 80%。

◯步骤 52 　将第 290 帧中的元件实例的透明度改为"0%"，并创建第 290 帧至第 350 帧之间的传统补间动画，如图 19.24 所示。

◯步骤 53 　在图层 2 的第 290 帧和第 304 帧处分别插入关键帧，将第 304 帧中的图形元件缩小到原来的 10%，并创建第 290 帧和第 304 帧之间的传统补间动画。然后在第 305 帧处分别插入空白关键帧。

◯步骤 54 　新建图层 9，在第 286 帧处插入关键帧，将图形元件"信息 1"拖到舞台中，调整位置和大小，如图 19.25 所示。

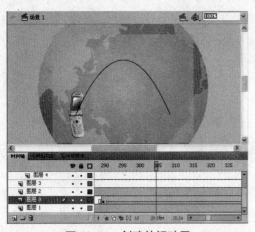

图 19.24　创建补间动画

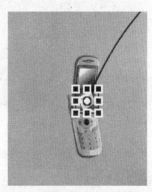

图 19.25　调整"信息 1"的位置和大小

⊙**步骤 55**　在第 350 帧处插入关键帧，将该帧中的图形元件缩放到原来的 80%。

⊙**步骤 56**　在第 361 帧处插入关键帧并调整元件实例的位置，放置到舞台的右上角。然后在第 362 帧处插入空白关键帧。

⊙**步骤 57**　按【Ctrl+F8】组合键创建"卫星"图形元件，进入元件编辑状态，将"卫星"图片素材拖入舞台中。

⊙**步骤 58**　返加主场景，在图层 3 的第 311 帧处插入关键帧，将"卫星"元件实例拖到舞台右上角，如图 19.26 所示。

图 19.26　将"卫星"拖到舞台中

⊙**步骤 59**　在第 361 帧处插入关键帧，调整"卫星"元件实例的大小，缩小为原来的 30%，并创建第 311 帧至第 361 帧之间的传统补间动画。

⊙**步骤 60**　按【Shift+F2】组合键打开【场景】面板，单击【添加场景】按钮新建场景 2，如图 19.27 所示。

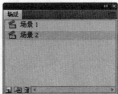

图 19.27　【场景】面板

◯**步骤61** 按【Ctrl+F8】组合键创建 "LOGO" 图形元件，进入元件编辑状态，利用文本工具输入文字，并将其排列成如图 19.28 所示的效果。

图 19.28　编辑 "LOGO" 图形元件

◯**步骤62** 将 "LOGO" 图形元件拖到场景 2 的舞台中，并放置到合适的位置，如图 19.29 所示。

◯**步骤63** 再利用文本工具在 "LOGO" 的上方输入文本，如图 19.30 所示。然后在第 60 帧处插入帧。

图 19.29　将元件放入舞台中　　　　　　图 19.30　输入文本

◯**步骤64** 保存文件，按【Ctrl+Enter】组合键测试动画，效果如图 19.31 所示。

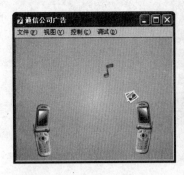
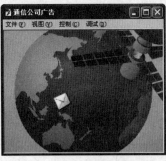
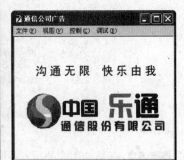

图 19.31　通信公司广告最终效果

19.2　生日贺卡制作实例

本例制作一张生日贺卡，其具体操作步骤如下：

◯**步骤01** 新建一个 Flash 文档。

◯**步骤02** 在舞台中绘制一个与场景大小相同的矩形，设置填充色及效果如图 19.32 所示。

○**步骤03** 选中矩形，按【F8】键打开【转换为元件】对话框，将矩形转换为图形元件，如图 19.33 所示。

图 19.32 绘制矩形并设置渐变填充色　　　　　　图 19.33 将图形转换为元件

○**步骤04** 单击【新建图层】按钮，创建一个新的图层 2，并在场景中绘制如图 19.34 所示的山的形状，按照同样的方法将其转换为图形元件，命名为"bg2"。

○**步骤05** 按下【Ctrl+F8】组合键打开【创建新元件】对话框，创建一个影片剪辑元件，将其命名为"草"，如图 19.35 所示。

图 19.34 绘制山的形状　　　　　　图 19.35 创建影片剪辑元件

○**步骤06** 单击【确定】按钮进入影片剪辑元件的编辑状态。然后利用钢笔工具在场景中绘制小草的轮廓，为其填充颜色后将笔触线条删除，如图 19.36 所示。

○**步骤07** 选中第 3 帧，按【F6】键插入关键帧，绘制如图 19.37 所示的图形。

图 19.36 绘制小草　　　　　　图 19.37 绘制另一个小草

○**步骤08** 按照同样的方法在第 5 帧绘制图形，如图 19.38 所示。

○**步骤09** 单击【新建图层】按钮，创建新的图层 2，选中第 5 帧，按【F6】键插入关键帧，如图 19.39 所示。

图 19.38 绘制第 5 帧中的图形

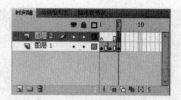

图 19.39 新建图层并插入关键帧

○**步骤 10** 选中图层 2 的第 5 帧，按【F9】键打开【动作-帧】面板，在其中输入以下语句：

```
stop ( )
```

添加语句后的【动作-帧】面板如图 19.40 所示。

图 19.40 【动作-帧】面板

○**步骤 11** 按下【Ctrl+F8】组合键打开【创建新元件】对话框，创建另一个影片剪辑元件，将其命名为"小花"。

○**步骤 12** 利用绘图工具绘制如图 19.41 所示的小花图形，并将绘制的小花转换为图形元件。

 提示 也可导入已经绘制好的图形或图片素材。

图 19.41 绘制小花

◯**步骤 13** 选中第 8 帧，按【F6】键插入关键帧，并利用任意变形工具调整图形的形状，如图 19.42 所示。

 调整形状之前要将图形的中心点移到图形的底部，如图 19.43 所示。

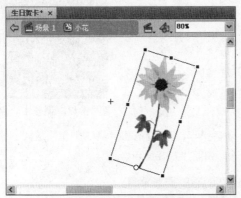

图 19.42 调整图形的形状

图 19.43 调整中心点

◯**步骤 14** 选中第 1 帧至第 8 帧中的任意一帧，单击鼠标右键，在弹出的快捷菜单中选择【创建传统补间】选项，创建小花摇摆的动画效果。

◯**步骤 15** 选中第 10 帧，按【F6】键插入关键帧，再将"小花"调整为第 1 帧时的形状，并创建传统补间动画。

◯**步骤 16** 选中第 20 帧，按【F5】键插入帧，如图 19.44 所示。

◯**步骤 17** 返回主场景，在图层 1 和图层 2 的第 100 帧处按【F5】键插入帧，并创建新的图层 3。

◯**步骤 18** 选择图层 3 的第 2 帧，按【F6】键插入关键帧，将【库】面板中的"草"元件拖入场景中，并调整实例的大小，如图 19.45 所示。

图 19.44 创建小花摇摆动画

图 19.45 将元件"草"放入场景

◯**步骤 19** 按照同样的方法在第 6、10、14 和第 18 帧中放入"草"元件，如图 19.46 所示。

◯**步骤 20** 新建图层 4，在第 20 帧处插入关键帧，将元件"小花"放入场景中，利用任意变形工具将其中心点调整到下方，如图 19.47 所示。

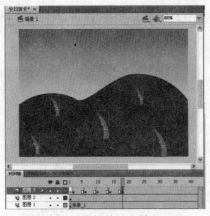

图 19.46　在其他帧中放入元件

图 19.47　调整中心点

⚫**步骤 21**　在图层 4 的第 25 帧处插入关键帧，然后利用任意变形工具将"小花"放大一倍，并在第 20 帧和第 25 帧之间创建补间动画，如图 19.48 所示。

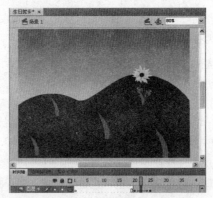

图 19.48　创建补间动画

⚫**步骤 22**　在舞台中绘制一个直径为 118 的圆，去掉轮廓线，如图 19.49 所示。

⚫**步骤 23**　在图层 1 和图层 2 之间创建一个新的图层 9。然后隐藏除图层 1 和图层 8 之外的所有图层，在图层 8 的第 36 帧处插入关键帧，绘制如图 19.50 所示的白云。

图 19.49　绘制圆

图 19.50　绘制白云

步骤 24 分别在图层9的第55帧和第60帧处插入关键帧，分别绘制如图19.51和19.52所示的图形。

图 19.51 第 55 帧中的图形   图 19.52 第 60 帧中的图形

步骤 25 创建第36帧至第55帧和第55帧至第60帧之间的补间形状动画。

步骤 26 新建图层10，分别在第45帧、第65帧和第70帧处插入关键帧并绘制如图19.53、19.54和19.55所示的图形，然后在各关键帧之间创建补间形状动画。

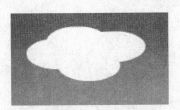

图 19.53 第 45 帧中的图形   图 19.54 第 65 帧中的图形   图 19.55 第 70 帧中的图形

步骤 27 按照同样的方法新建图层11，分别在第55帧、第70帧和第75帧之间插入关键帧并绘制图形，创建"快"字的形状补间动画，如图19.56的所示。

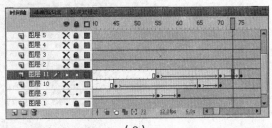

（1）   （2）

图 19.56 图层 11 的动画制作

步骤 28 新建图层12，分别在第62帧、第77帧和第82帧插入关键帧并绘制图形，然后在各关键帧之间创建"乐"字的形状补间动画，如图19.57所示。

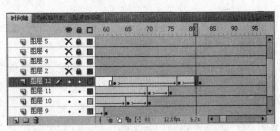

（1）   （2）

图 19.57 制作"乐"字补间形状动画

步骤 29 取消所有图层的隐藏，在最上层新建图层 13，在第 95 帧处插入关键帧，绘制一个大小为"550 像素×400 像素"的矩形，设置为"黑色到黑色透明的渐变"，并调整渐变方向，然后将其转换为图形元件，如图 19.58 所示。

图 19.58 绘制矩形并设置属性

步骤 30 在第 100 帧处插入关键帧，然后将第 95 帧中矩形的 Y 坐标设为"-200"，然后第 95 帧和第 100 帧之间创建传统补间动画。

步骤 31 在所有图层的第 160 帧处插入帧。

步骤 32 新建图层 14，在第 100 帧处插入关键帧，然后将"蛋糕"图片素材导入到库中，再从库中将其拖到舞台中，调整其大小，如图 19.59 所示。

图 19.59 放入"蛋糕"图片

步骤 33 将"蛋糕"图片转换为影片剪辑元件"生日蛋糕"。

步骤 34 进入"生日蛋糕"元件的编辑状态，在其中新建图层 2，绘制一个如图 19.60 所示的圆形，为其填充放射状渐变，渐变色设置如图 19.61 所示。

步骤 35 在图层 1 的第 3 帧处插入帧，在图层 2 的第 2 帧和第 3 帧处插入关键帧，并调整烛光，如图 19.62 所示。

步骤 36 返回主场景，在图层 14 的第 110 帧处插入关键帧，调整"生日蛋糕"的位置和大小，并在第 100 帧和第 110 帧之间创建传统补间动画。

图 19.60　绘制圆形

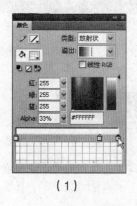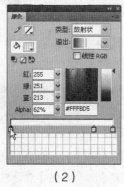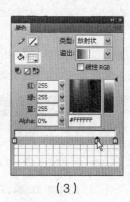

（1）　　　　　　　　（2）　　　　　　　　（3）

图 19.61　设置渐变色

（1）　　　　　　　　　　　　（2）

图 19.62　第 2 帧和第 3 帧中的烛光

�‌**步骤 37**　分别选择图层 14 的第 135 帧和第 139 帧，插入关键帧，将"生日蛋糕"调整到与场景大小相同，然后在第 135 帧和第 139 帧之间创建传统补间动画，如图 19.63 所示。

◌**步骤 38**　在第 140 帧处插入空白关键帧，绘制一个黑色矩形，将场景完成遮住，然后在第 142 帧和第 145 帧处插入关键帧。

◌**步骤 39**　在第 142 帧处将矩形的填充色改为"白色"，然后将第 145 帧中的矩形改为如图 19.64 所示的形状，在第 142 帧到第 145 帧之间创建形状补间动画。

图 19.63　创建补间动画

图 19.64　第 145 帧中的图形

●**步骤 40**　新建图层 15，执行【文件】→【导入】→【导入到舞台】命令，将音乐文件"生日快乐.mp3"导入到场景中，如图 19.65 所示。

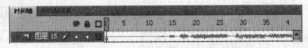

图 19.65　导入音乐

●**步骤 41**　选中图层 15 的任意一帧，在【属性】面板的【同步】下拉列表中选择【数据流】选项。

●**步骤 42**　按下【Ctrl+J】组合键，打开【文档属性】对话框，将帧频设为"6"，如图 19.66 所示。

图 19.66　设置帧频

●**步骤 43**　保存动画，按下【Ctrl+Enter】组合键测试动画，效果如图 19.67 所示。

图 19.67　动画预览效果

19.3 制作 MTV——不会分离

本例制作一首名为"不会分离"的 MTV，其具体操作步骤如下：

○步骤 01 新建一个 Flash 文档，将背景颜色改为"#A4D3E6"，保存文档，并命名为"不会分离"。

○步骤 02 将图层 1 重命名为"背景"，利用矩形工具在舞台中绘制一个无边框的矩形，大小与舞台大小一致，并为其填充"#FFFFFF"到"#5BB0D2"的线性渐变色。同时，X 轴和 Y 轴坐标均为"0.0"。

○步骤 03 利用渐变变形工具调整矩形的渐变方向，如图 19.68 所示。

○步骤 04 利用刷子工具在场景中绘制白云，并将其转换为"云"图形元件，然后在场景中放置几个"云"图形元件，如图 19.69 所示。

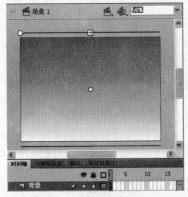

图 19.68　调整渐变方向　　　　　图 19.69　放置"云"图形元件

○步骤 05 在"背景"图层的第 15 帧处按【F5】键插入帧。

○步骤 06 按【Ctrl+F8】组合键创建一个名为"标题"的图形元件，进入元件编辑状态，利用文本工具输入文本"不会分离"，字体为"华文琥珀"，字体大小为"60"，字体颜色为"白色"，然后为其添加投影滤镜，如图 19.70 所示。

图 19.70　设置文本属性

○步骤 07 回到主场景，新建图层 2，将【库】面板中的"标题"元件拖入场景中，在【属性】面板中将其透明度改为"0%"。

○步骤 08 在图层 2 的第 15 帧处按【F6】键插入关键帧，然后在【属性】面板中将其透明度改为"100%"。

○步骤 09 选中图层 2 的第 1 帧至第 15 帧之间的任意一帧，单击鼠标右键，在弹出的快捷菜单中选择【创建传统补间】选项，创建文字由透明到逐渐显现的动画，如图 19.71 所示。

图 19.71　创建动画

○**步骤 10**　将图层 2 重命名为"标题"，然后在图层的第 71 帧至第 88 帧之间创建文本由显现到透明的传统补间动画，并在"背景"图层的第 88 帧处插入帧，延长动画的长度。

 在动画制作的过程中，随着动画长度的增加，要在"背景"图层添加普通帧，后面此步骤省略，读者在制作的过程中要注意。

○**步骤 11**　新建图层 3，重命名为"演唱"，按照制作"标题"元件的方法创建"演唱"图形元件，字体为"华文彩云"，颜色为"蓝色"，效果如图 19.72 所示。

○**步骤 12**　返回主场景，将【库】面板中的"演唱"元件拖入场景中，按照制作"标题"动画的方法制作"演唱"从透明到显示及相反效果的两段传统补间动画，如图 19.73 所示。

图 19.72　设置文本属性　　　　　　　　图 19.73　创建"演唱"图层的动画

○**步骤 13**　在"标题"和"演唱"图层的第 89 帧处按【F7】键插入空白关键帧。

○**步骤 14**　新建图层 4，重命名为"布景"，然后利用矩形工具在场景中绘制一个黑色的"回"字形图形，如图 19.74 所示。

○**步骤 15**　按【Ctrl+F8】组合键创建一个名为"楼房"的图形元件，进入元件编辑状态，绘制如图 19.75 所示的几座高矮不一的楼房。

○**步骤 16**　回到主场景，在"演唱"图层的上方新建一个图层，并命名为"楼房"，然后将"楼房"图形元件拖入第 90 帧处的场景中，在该图层的第 90 帧至第 106 帧之间创建"楼房"由透明到显示且位置稍向上移动效果的传统补间动画，如图 19.76 所示。

图 19.74　绘制布景

图 19.75　绘制楼房

◯步骤 **17** 然后在第 120 帧至第 343 帧之间创建楼房由左向右移动的动画，在第 344 帧至第 371 帧之间创建楼房逐渐变为透明的动画，如图 19.77 所示。

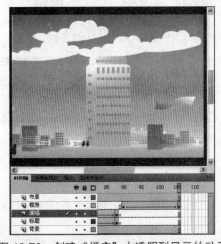

图 19.76　创建"楼房"由透明到显示的动画

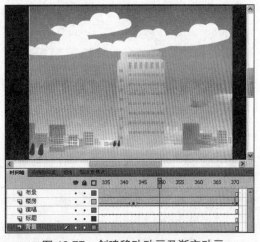

图 19.77　创建移动动画及渐变动画

◯步骤 **18** 按【Ctrl+F8】组合键分别创建"男头"、"男身"、"男手左"、"男手右"、"男脚左"及"男脚右"等图形元件，在每个元件内部绘制男生身体的各个部位。

步骤 19 创建"行李"图形元件，如图 19.78 所示。然后创建"男生"图形元件，将"行李"图形元件和男生身体的各部分组合，效果如图 19.79 所示。

图 19.78 绘制"行李"图形元件　　　　　　　　图 19.79 组合的效果

步骤 20 按【Ctrl+F8】组合键创建"男生行走"影片剪辑元件，利用前面创建的图形元件制作一个男生行走的动画效果，如图 19.80 所示。

步骤 21 在"楼房"图层上方新建一个图层并重命名为"男生"，将"男生"图形元件拖入第 383 帧的场景中，在该图层的第 383 帧至第 410 帧之间创建由透明到显示的动画，在第 410 帧至第 421 帧之间创建元件逐渐向下移的动画，如图 19.81 所示。

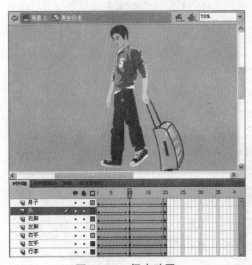

图 19.80 行走动画　　　　　　　　　　图 19.81 创建由透明到显示及下移的动画

步骤 22 在"男生"图层的第 460 帧至第 484 帧之间创建由显示到透明的传统补间动画，如图 19.82 所示。

步骤 23 然后在第 714 帧插入关键帧，将"男生行走"影片剪辑元件拖入场景，在第 714 帧和第 799 帧之间创建男生从下方走到上面的动画。

步骤 24 再在第 800 帧至第 900 帧之间创建从右向左走并逐渐缩小的动画，在第 900 帧至 960 帧之间创建逐渐消失的动画。

步骤 25 按【Ctrl+F8】组合键创建一个图形元件，命名为"仰视"，进入元件编辑状态，导入素材文件"天空"，将其打散后适当缩小，然后利用矩形工具绘制多个小矩形，为其填充颜色使其具有楼房的感觉，如图 19.83 所示。

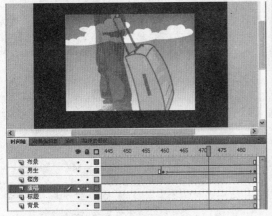

图 19.82　创建补间动画　　　　　　　　　　图 19.83　"仰视"图形元件

○**步骤 26**　返回主场景，在"男生"图层的上方创建"旋转的天空"图层，然后将刚刚创建的"仰视"图形元件拖入该图层第 485 帧处的舞台中，然后在第 661 帧处插入帧，将第 485 帧处的元件透明度改为"0%"。

○**步骤 27**　在第 485 帧至第 661 帧之间的任意一帧处单击鼠标右键，在弹出的快捷菜单中选择【创建补间动画】选项，创建自动添加关键帧的补间动画。

○**步骤 28**　选中第 518 帧，然后利用任意变形工具将舞台中的元件放大，并在【属性】面板中将透明度改为"100%"，如图 19.84 所示。

○**步骤 29**　选中第 629 帧，在【属性】面板中设置元件的旋转方式及次数（如图 19.85 所示），并将元件缩小。

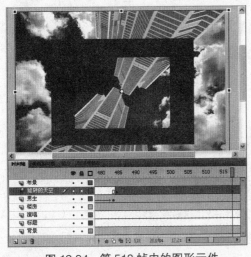

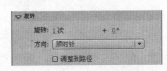

图 19.84　第 518 帧中的图形元件　　　　　　图 19.85　设置旋转属性

○**步骤 30**　选中第 661 帧，在【属性】面板中将透明度改为"1%"。

○**步骤 31**　新建"建筑 1"图形元件，进入元件的编辑状态，绘制如图 19.86 所示的建筑物。

○**步骤 32**　新建"建筑 2"图形元件，进入元件的编辑状态，绘制如图 19.87 所示的另一种风格的建筑物。

图 19.86　绘制"建筑 1"

图 19.87　绘制另一建筑

○**步骤 33**　在"旋转的天空"图层上方新建一个图层并命名为"房子 1"，在第 640 至 799 帧、第 799 至第 900 帧以及 900 至第 960 帧之间创建"建筑 1"图形元件实例由透明到显示、由小到大和逐渐消失的传统补间动画。

○**步骤 34**　然后再创建"建筑 2"图形元件实例的第 961 帧至 1010 帧和第 1010 帧至第 1080 帧之间的由透明到显示再逐渐放大的传统补间动画。

○**步骤 35**　再创建第 1239 帧至第 1323 帧之间的传统补间动画，然后将"房子 1"图层拖到"背景"层之上。

○**步骤 36**　此时测试动画发现"白云"的显示不太合理，选中"背景"图层的第 383 帧，按【F7】键插入空白关键帧。

○**步骤 37**　创建女生身体各部分的图形元件，然后创建"女生"影片剪辑元件，利用刚刚绘制的身体各部分组合成一个完整的人物，制作头部左右晃动的动画，如图 19.88 所示。

图 19.88　创建女生头部晃动的动画

○**步骤 38**　创建"男生与女生"影片剪辑元件，将"女生头"、"女生身体"、"男头"及"男身"等图形元件拖入场景中，制作男生与女生拥抱的形象。如图 19.89 所示。

○**步骤 39**　在"男生"图层上方创建一个新图层，并命名为"男女"，将"男生与女生"元件拖入场景中。

○**步骤 40**　在"男女"图层的第 1034 帧至 1181 帧之间创建元件实例从下方移到上面的传统补间动画。然后在第 1239 帧至第 1323 帧之间创建元件实例由大变小的传统补间动画，如图 19.90 所示。

图 19.89　绘制男女拥抱的形象

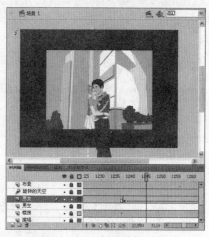

图 19.90　创建补间动画

◯**步骤41**　在"布景"图层上方创建一个新的图层，并命名为"音乐"，将"不会分离.mp3"音乐
文件导入到库中。

◯**步骤42**　选中"音乐"图层的第1帧，在【属性】面板的【声音】栏下的【名称】下拉列表中选
择【不会分离.mp3】选项，如图19.91所示。

◯**步骤43**　单击【编辑声音封套】按钮，打开【编辑封套】对话框，设置音乐结束的时间，如图19.92
所示。

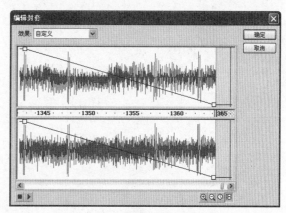

图 19.91　选择音乐文件

图 19.92　设置音乐结束的时间

◯**步骤44**　在【属性】面板中设置音乐同步方式为"数据流"。

◯**步骤45**　在"布景"图层上方创建一个新的图层，并命名为"歌词"。

◯**步骤46**　按【Enter】键播放动画，在唱出一句歌词的地方再次按下【Enter】键停止播放动画，
然后在"歌词"图层的相应帧中插入关键帧，在场景中输入对应的歌词，设置自己喜欢
的字体即可。

◯**步骤47**　按【Enter】键继续播放动画，在第一句歌词唱完所对应的图层帧中插入空白关键帧。用
同样的方法创建多个关键帧，并输入歌词。

◯**步骤48**　歌词输入完成后保存动画并测试动画效果即可，最终效果如图19.93所示。

图 19.93　MTV 最终效果

 结束语　本章通过实例讲解来进一步加强读者对 Flash CS4 制作能力的了解。这些实例可以使读者感受到 Flash 动画在广告及网络方面的广阔应用。希望读者通过对上面几个实例的学习，发挥自己的想象力，进而触类旁通，制作出更多精彩的 Flash 作品。

反侵权盗版声明

电子工业出版社依法对本作品享有专有出版权。任何未经权利人书面许可,复制、销售或通过信息网络传播本作品的行为;歪曲、篡改、剽窃本作品的行为,均违反《中华人民共和国著作权法》,其行为人应承担相应的民事责任和行政责任,构成犯罪的,将被依法追究刑事责任。

为了维护市场秩序,保护权利人的合法权益,我社将依法查处和打击侵权盗版的单位和个人。欢迎社会各界人士积极举报侵权盗版行为,本社将奖励举报有功人员,并保证举报人的信息不被泄露。

举报电话: (010)88254396;(010)88258888

传　　真: (010)88254397

E - mail: dbqq@phei.com.cn

通信地址: 北京市万寿路 173 信箱

　　　　　电子工业出版社总编办公室

邮　　编: 100036